他看到光的背面

林小珑

著

《上册》

青岛出版社
QINGDAO PUBLISHING HOUSE

图书在版编目（ＣＩＰ）数据

他看到光的背面 / 林小珑著. — 青岛 : 青岛出版
社, 2020.4
ISBN 978-7-5552-8335-5

Ⅰ. ①他… Ⅱ. ①林… Ⅲ. ①推理小说－中国－当代
Ⅳ. ①I247.5

中国版本图书馆CIP数据核字(2019)第234430号

书　　名	他看到光的背面	
著　　者	林小珑	
出版发行	青岛出版社	
社　　址	青岛市海尔路182号（266061）	
本社网址	http://www.qdpub.com	
邮购电话	010-85787680-8015　13335059110	
	0532-85814750（传真）　0532-68068026	
责任编辑	李文峰	
特约编辑	崔　悦　程钰云	
校　　对	王苏苏	
装帧设计	蒋　晴	
照　　排	李红艳	
印　　刷	三河市良远印务有限公司	
出版日期	2020年4月第1版　2020年4月第1次印刷	
开　　本	16开（700㎜×980㎜）	
印　　张	43.5	
字　　数	510 千	
书　　号	ISBN 978-7-5552-8335-5	
定　　价	65.00元（全二册）	

编校印装质量、盗版监督服务电话　4006532017　0532-68068638
建议陈列类别：畅销·青春文学

CONTENTS

目录 上册

CONTENTS

目录 下册

楔子 命运的齿轮

眼前是白亮的光，那种光惨白、炽亮，白得如同虚幻。

一个密封的房间，一个密闭的空间。

我想，我是在哪里？

我躺在了一张手术台上，不，是解剖台。

还有生的希望吗？我想求救，我想大喊，可是我喊不出声。

"你不是善于捕捉猎物吗？最精明的猎手！"

我听到了一个声音，冷静中有着狂热的兴奋，就像是一个最出色的猎人发出的，而我现在成了猎物。

我看到了刀的冷光，锋利、嗜血、锋芒毕露。

我想，要是能一刀毙命，真是很不错的选择，可是现实是不会。这个冷酷声音的主人，是个性虐待犯。他喜欢残忍地虐待，直至猎物死亡，然后，再寻找下一个猎物，以此反复循环，只有被抓到，才会是终止。我

一直在追捕他。

然而，现在我躺在了解剖台上。

所以，他不会选择轻松的解决方法。不然，他无须将我带到这里，置于解剖台上。这意味着慢慢折磨的开始。

刀从我的腹部切了下去。此刻，我只希望有人能听见我的呼喊。

刀避开了重要器官，在肌肉与骨骼之间的缝隙里游走。他在戏耍我。

我听到了另一个声音对自己说："慕骄阳，你忍受不了是吗？你看，每个受害人都是这样过来的，每个受害人都在说话。"

"我知道。我知道。"我说。

"你承受不了的，这对你来说太残酷。你不够强大，换我来吧！我会坚持到救我的人出现的那一刻。"我看到自己闭上了眼睛，然后我体内被称作慕教授的另一个我出来了。

我是游走在黑暗与光明之间的那一类人。我们看到的，总是隐藏在光的背面的东西。这个世界越是充满光明，黑暗地方的反扑就越是强大。凶手总是最好的猎人，他们就像丛林里的狮子，总能看到一群猎物里最特别的那一只。他们一直等待它，直至它落单，然后将它捕获。要想抓到凶手，就要将自己置于凶手的位置去思考。

而只有"最特别"的那一只猎物，才会落单。

我们必须对受害者感同身受，才不会坠入黑暗。

因为有时候，我们与凶手并没有什么不同，我们都想成为猎人。

疼痛，一层一层铺开，镇静剂在我的身体里流动。而我无法动弹，只能清醒地，眼睁睁地看着自己被剖开。

快救救我吧！我听到慕教授发了疯一样地大喊，但依旧只有卡在喉头的喵喵声。我和他，在苟延残喘。

然后，我听到了破门而入的声音。于是，我自炽亮中坠落，跌进黑暗里，然后，我看到了光。

只是南柯一梦。

梦里，我成为受害人。他们的痛苦，我感同身受。

我听到了慕教授的声音："慕骄阳，你总是不够强大。你回去吧。是时候了，我将出现在世人面前。我会替代你，成为慕骄阳。"

2012 年，夏。

简报室里，一个有着好看苹果脸的年轻女孩子站在最靠近讲台的位置，她迅速记录着什么，偶尔抬头给出几点简报意见。她身穿一袭黑色套装，下身那条垂坠的黑色丝质长裤利落笔直。

下面的人看着她，雪白的肌肤，大大的眼睛黑白分明；鼻子像她的着装一样利落干净，但弧线是东方人特有的柔和流畅；红菱似的小嘴，紧抿时像一颗樱桃：是一张故作成熟的脸。

"从凶手寄录像给受害人家属这点来看，凶手没有任何怜悯之心。凶手选择的受害人除了都是已婚，已为人母，无不良嗜好，是低风险人群外，没有任何共同点，她们的年龄跨度非常大，职业身份也完全不同，这证明凶手智商很高。凶手的行为里，透露出的信息更多的是报复。而且，作案的是一个团伙。从作案手法的熟练程度来看，凶手是惯犯了，至少有一个人是曾经坐过牢的，最近才被放出来。可以查查资料库。"女孩子做出简报。

台上的中年男人点了点头，面露微笑，表示赞赏。其他几位探员分别补充了简报要点，然后台上的男人做了总结。

待大家散去，年轻女孩子走到男人身边，说："外公，为什么受害人都是已婚已育的女性？这点很奇怪。"

只有在没有外人的情况下，肖甜心才会叫钟明泽外公。

"母亲，代表的是博大、无私、宽恕与宽容，但凶手对她们进行了侵犯。整个案子透露出非常强烈的复仇意识。"肖甜心又说。

钟教授沉默了许久，才说："关于这个案件，寄过来的资料太少。我们要到犯罪现场才能看到更多。"

顿了顿，他又说："甜心，你还是出不了现场吗？"

那些鲜血、支离破碎的身体、残缺的灵魂，时常进入肖甜心的梦中，血淋淋的。血腥味时刻缠绕着她，让她不得安宁，她从来做不到镇定自若。

受害人被暴露于光天化日之下。更关键的点在于，凶手将受害者扔在了不深的溪水里，清澈的溪水流过受害者的身体，受害者只露出头部仰躺于卵石上。

受害人双目圆睁，瞪着肖甜心。尚未来得及听法医的简述，她就跑到一边取出塑封袋呕吐了起来。

一个警察摇了摇头，嘀咕："这也能加入 FBI（联邦调查局）？"

另一个便衣警探说："别小看她，一个大一实习生，跟在钟教授身边，短短半年时间，破了好几件棘手的连环凶杀案。她能从凶手的行为里看到不一样的东西。有时就连一起负责案件的其他FBI成员也看不到。她除了不能看尸体，其他一切都好。"

钟教授带来的一个探员已经把所有资料发送给了苏格兰场犯罪实验室的一个教授。

大家在底下窃窃私语，听说那个教授是钟教授曾带过的一个学生，现在已是苏格兰场的神探，破了无数起难以侦破的大案。

钟教授把电话转为免提，低沉有磁性的嗓音传了过来，伴随着山涧的风，像被风刮过的松树发出的沙沙声，是好听的牛津腔："大家好，我是慕教授。根据大家传过来的资料与简报，我作了画像，并看到其中一个凶手是女人。"

众人呼吸一窒。女人？凶手的心态是多么扭曲啊！

慕教授低醇好听的嗓音再度传来："而且已经排除凶手是女同性恋的可能。凶手性向正常，选择同性受害人，是因为凶手憎恨女人。为什么憎恨，目前还不清楚。但憎恨的原因，正是驱使她做出一系列犯罪行为的动机。"

肖甜心神色未变。其实，她隐隐地已经察觉出了这些案件背后那些奇怪与不和谐的地方，原来果然是因为，凶手有可能是女人。

"其实，你一早就看出来了，为什么不说呢，甜心？"钟教授对外孙女微笑，鼓励她说出来。

肖甜心蹙了蹙眉，抿了一口矿泉水，擦拭干净嘴唇，才说："我不想影响了大家做简报。慎重起见，我觉得出完现场后，才能确定自己的推测。"

电话里的呼吸声明显重了，肖甜心听见后一怔，问道："慕教授，你有什么意见吗？"

对方像是在调整情绪，然后才冷淡地说："没有，你分析得很对。流动的溪水，有冲刷、清白、愧疚的寓意，相当于遮羞布，将受害人包裹起来。这些在前几起案件里没有出现，凶手改变了行凶手法。她的行为模式不会突然发生转变，此时也不是她的衰退期。那究竟是什么导致了她的改变？在这起团体作案中，从寄来的录像可以看出，凶手有两人，而处于主导地位的，是那个女凶手。"

电话再次响起。

有人报警，称自己的妻子失踪了。因为最近媒体在报道已婚妇女被绑架、遇害的案子，且有人爆料称，曾经见过其中一个受害者，跟疑似侧写画像里的人上了车离开（前提是，当时目击者觉得受害人像是自愿跟上车的）。所以，当丈夫回到家，发现厨房里放着晚上要煮的食材，然而等到半夜还不见妻子回来，甚至连电话都打不通时，很快就想到了媒体的相关报道，于是在今天上午八点左右报了案。

资料已经传到了大家的手机里。

免提依旧开着。

钟教授说："这次的失踪妇女没有小孩。"

"凶手不会突然间就完全改变自己的行为模式，每一个罪犯都有自己的一套独特的因素和模式，这种特性被称为'signature（签名）'，就如人的签名一样。"

慕教授与肖甜心几乎同时说出了同一番话。

肖甜心愣了愣，然后听见慕教授说："即使凶手再怎么混乱，他的行为也不会被混乱期影响，除非是衰退期影响了他对受害人的某一种特殊嗜好。如果排除衰退期的因素，那么这位妇女很有可能已经怀孕。大家的行动得加快了。希望能救出她。"

顿了顿，肖甜心说："马上查失踪妇女的医疗报告，如果证实她已怀孕，那凶手的范围将会缩到最小。因为，只有进出那家医院的人，才有机会看到那份怀孕报告。"

一众警察听罢纷纷点头。于是大家分头行动。

丁零零，电话响起。

慕教授怔了一下，他又梦见了肖甜心。

铃声还在响，慕教授不耐烦地拿起手机。

他在慕骄阳做了那个噩梦，意志不坚定的时候，抢夺到了身体的主动权。现在的他是慕教授。

"慕骄阳。"

一听见对方的声音，慕教授马上清醒过来，他揉了把头发，看见墙上挂钟显示：凌晨三点四十分。

"做了噩梦？"对方马上对他做出了侧写。

慕教授再度深呼吸，才说："钟教授，好久不见。"

"骄阳，我有个不情之请。"钟教授有些无奈。

"老师，你该知道，心病还须心药医。我帮不上什么忙。"

电话里传来钟明泽的一声叹："我知道，最好的心理学家也无法治好不想被治好的病人。"

慕教授又想起了那件案子。

最后，那名有了三个月身孕的孕妇没有被救回来。肖甜心只差了最后一步：当肖甜心与FBI成员赶到现场时，那名女凶手勒死了孕妇。

天堂与地狱，往往只是一线之差。

这本来就不是肖甜心的错，她的严谨与慎重是对的。但是她恨自己没有把凶手里有女性这一点早些说出来，耽误了救人的时间。所以，她崩溃了，潜意识里把那段记忆封堵掉。在生了一场大病后，当高烧退去，她恢复了神志，就第一时间递交了辞职申请书。

"关于那件案子，她还记得多少？"慕教授问。

钟教授答："除了那件案子之外的所有事，她都记得。她醒来后，只是觉得自己无法忍受现场和尸体，才提出了辞职。我们都不敢在那时刺激她，所以没有把事情的真相说出来。"

"典型的Post-traumatic stress disorder（创伤后应激障碍）。你们的处理手法是对的。她出现了很严重的创伤后应激障碍，其实她的潜意识里根本就是知道那件事的，只是无法面对。她感到强烈的愧疚，才会仅仅对那件事失忆。"顿了顿，慕教授又说，"老师，你真的希望我治疗她吗？那就意味着，她的所有记忆都会恢复。而现在，她的生活其实过得很好。"

沉默了许久，钟教授才说："骄阳，换了是你，你会怎么选择？在你第一次来听我的课时，我就知道是你，因为甜心时常和我提起你。她很喜欢你。你们曾经是那么要好的中学同学。"

是呀，是他的话，他会怎么选择呢？可是，现在的他不是慕骄阳，他是慕教授。

每一次选择，或许都会带来难以磨灭的印记，也许是一场毁灭，也许是一次新生……

第一章 重遇慕教授

一

2018 年。

慕骄阳坐在书案前，桌上的档案被翻开，他盯着出神。那是属于慕教授的回忆，但他也知道。

慕骄阳又回忆起当年的事情。

2014 年。

候机室里响起了登机广播。

是从谢菲尔德飞往伦敦郊外化工制药区的小型飞机。这是一家生物化工企业的私人飞机，只够坐 15 个人。

肖甜心正在等待登机。她法语很好，是来打假期工的。

那是一家英法合资的企业，大老板是个法国人，所以她给会计部的高管琳达做法语翻译。

可琳达的状态似乎很不好。肖甜心看了看她，发现她的手在轻微地

颤抖。她心里疑惑：琳达是身体不适颤抖，还是精神高度紧张压抑性颤抖，还是……嗑了药？算了，自己又不是什么神探，不管她了。

一边的小助理丽莎说："别理她，她最近压力大，总是这样子。"

好奇心旺盛的肖甜心随口就问了句："琳达的压力很大吗？"

丽莎还要八卦，被一个高管用眼神示意，马上闭了嘴。听说，这家公司最近好像出了些问题。肖甜心虽然无法知道内情，但还是通过看相关的法文文件知道了一些事情。比如，这一趟伦敦行，就是为大老板去受相关机构质询而安排的。

"听说，伦敦方面还派了一个教授随行，一下飞机，他就会直接到我们公司的工厂里采样，然后去证管会。"丽莎一边说，一边捅了捅这个亚洲小美女的胳膊。

"所以，我们是在等专家喽！"肖甜心撇了撇嘴，这专家的架子还真大呀！

丽莎兴高采烈地说道："据说这位教授是个亚裔美男子哦！身高有一米九以上！你们亚洲男人里很少有这个高度的呀！"

其他的一些管理人员也开始八卦："有图有真相。"

"八卦收集机"丽莎还真有图，马上从手机里翻出来："还是我昨天抓拍的呢！Honey（蜜糖），快看，多帅！"

听见丽莎喊她 Honey，肖甜心无奈地翻了翻白眼。

手机屏幕里，一个高挑儿的男人正站在古典的街道中央，他低着头，身穿巴宝莉的双排扣黑色长风衣，白色的衬衣领子挺括，扣子系到白衬衣最上一颗，有一种深深的禁欲气质。而长长的黑色风衣带子只是被他随意打了个结，垂在身侧，禁欲气质里又显出了一种洒脱不羁。

男人的身后是一座红色的电话亭，而虚化的红色双层巴士在背景中的一侧，整个画面极富镜头感与色彩张力。

可当肖甜心沿着他的一双大长腿和腰再往上看时，却无语了。无可否认，那男人有一张轮廓立体、刚毅的脸庞，鼻子也很高，因为是侧面，所以看不见眼睛的样子，但他却蓄着在欧美男人中很流行的那一种浓密乌黑的大胡子。

肖甜心瞬间出戏。

"我对满脸络腮胡子的美男没兴趣。"肖甜心翻了个白眼。

已经走近了谈话中心的男人忽然止住了脚步。

"怎么了，教授？"他的助理陈莎低声询问。

慕教授眉毛一挑，正要摘下口罩的念头止住了，他直直向着肖甜心走了过去，在她面前站定。

肖甜心一抬头就看见了戴着白口罩的男人。男人的眼睛长得很好，就是眼神太犀利。可她又总觉得男人很熟悉。她又看了一眼，男人有一头飘逸的发，微微卷起，如波浪起伏，轻坠耳侧。别说，还真是文艺范儿十足。

再目测了一番他的海拔，嗯，很高，有双大长腿，那身高超过一米九了……肖甜心恍然大悟，哦，原来这就是传说中的教授。难怪她对他有熟悉感，刚才还看着人家的玉照来着！

"教授？"陈莎再次确认大老板是不是心情不好。

然后肖甜心就听见他用磁性十足的嗓音说道："时间到了，登机。"

好吧，说人家坏话，被人家听见了，肖甜心有点尴尬。

他和她擦身而过，驼色的风衣衣摆擦过了她垂在腿侧的指尖。

她手挽着一件酒红色的大衣，而身上只简单穿了一件真丝白衬衣，搭配时尚的九分牛仔裤与酒红色的高跟鞋，露出光洁白皙的脚踝，那也是她的小小心机了。她知道自己皮肤好，又是学时尚和时装设计的，自然懂得打扮。

可现在，肖甜心却小小地窘了一下。他一定是故意的，不就是为了打击她矮嘛！他居然还敢看她的脚踝，不就是在说她腿短嘛！

虽是小型机，但位置上还是有区别。肖甜心一进入机舱，就看到教授坐在最好的位置上。对此，她暗暗撇嘴。

可等她坐下没多久后，却发现情况不对了。

教授居然丢下了好位置，坐到了她的对面！

面对面哪，很糟糕的视野呀！

他们那个区域的气氛已经小小地沸腾了起来，丽莎一直在对着亚裔教授眨眼睛。

他的助手陈莎有些为难地走了过来："教授，你怎么坐这儿来了？"

"这里有花，能使人心情愉悦。"慕教授闲闲地开口了。

肖甜心在心里鄙视他，可也只是垂眸看着自己的红色高跟鞋发呆。

墙壁上插有紫色的鸢尾。

那花甚美，就柔柔地垂于肖甜心的一侧。而她肤白，白如凝脂，小嘴却红润润的，即使不笑，静静的，那小嘴也似微微嘟着。花映衬着她的脸，淡紫的花，白的脸庞，还有她垂下的浓密眼睫，与花影相杂，竟美丽得不可思议，如一幅恬静美好的油画。

就连陈莎也觉得这小姑娘侧颜挺美的。

肖甜心的脚无意识地一点一点，鞋跟松脱了一些，露出了美好的脚踝，小小的，白润润的，看得慕教授喉结一滑。他忽然冷冷地说道："你脚上的这个动作叫作 shoe fondle（一种脚部诱惑动作），是一个诱惑性动作。普通社交场合是不会出现这个动作的，这是一种色诱的行为。肖小姐，你是想色诱谁吗？"

肖甜心马上停止了动作，睁大了眼，狠狠地瞪了他一眼，她不过就是随意动动脚跟，也称得上色诱了？

她将脚踝狠狠地压进了酒红色的鞋跟里。

他们这一区只有他一块唐僧肉，他还能说得更自恋些吗？

陈莎在心里偷着乐，估计自家大 boss（老板）要心疼小美女那双细白的小脚踝了。原来，禁欲系的慕教授也有"小野猫遇上春天"的那一天哪！

慕教授说的是中文，众美女听不明白，纷纷围着肖甜心问，教授说了什么。

肖甜心没好气："他问我，是不是喜欢女人？你们猜，我喜欢你们中的哪一个呢？"接着向一众美女伸出了魔爪。

一众美女大笑着躲开。

陈莎笑得肚子疼，看来慕教授被小美女彻底无视了。

慕教授金边眼镜下的那一双好看的眼睛忽然眨了眨。虽然他戴着口罩，可肖甜心怎么觉得他笑了呢？禁欲系教授说好的高冷呢？

肖甜心："……"

慕教授取出小巧的电子记事本，手指在屏幕上飞快键入，列下了相应的内容。

跟踪研究对象：肖甜心 21 岁

记录次数：第 15 次（但在她失忆后，是第一次面对面接触）

选择性失忆。她在新的学业环境里过得很好，对服装设计充满热忱，但对犯罪心理学专业真的那么冷漠？对过去破案的日子真的不再怀念？有待观察。

性情方面。与在 BAU（联邦调查局行为分析部）实习时不同，少了那种克制和刻意装出来的知性、冷淡，变回了从前的样子，活泼、开朗、爱玩。但她的内心真的如表现出来的那么活泼？对此，我持保留意见。

就目前情况，综合 15 次观察分析：她的失忆症减缓了她的创伤后应激障碍，就是常说的 PTSD（创伤后应激障碍）；显得开朗，但代表逻辑推理的好奇心不减。

她活在假想世界里，但很快活。我们真的要强迫她记起那些不愉快的事情吗？哪怕那一切是真实的。

当年的受害人，那名孕妇的死亡，使得她深感内疚，终日忧郁沉沦，直至她某天醒来，完全忘记了那一件事，更提交了辞呈（她外公钟教授的说法）。

写着写着，慕教授忽然又笑了。当年，他不是明确地拒绝了他的老师钟教授的请求吗，怎么放不下，一直在观察追踪记录的反而是他自己呢？

二

琳达的精神状态很不佳，她甚至在飞机上喝酒。

慕教授看了琳达一眼，没作声。

肖甜心为了不和他有眼神接触，全程低头看地毯，好像能将那埃及地毯研究出什么学术性课题似的。但不可避免地，她的眼睛也会不小心瞄到他的鞋子。

那是一双深棕色的皮鞋，很有英伦学院风。

似乎是察觉到了她的眼神，慕教授的眼睛也看向了自己的脚，却是一怔。他研究过微表情，知道现在自己的身体语言代表的是什么。他的身体完全倾向于肖甜心的方向。他的本能想保护她，或者说，他的心倾向于她！

他默默地摆正了自己的身体。

他与她是中学同学，但他们其实是两条不会相交的平行线。他当年用尽了一切方法也要远离她……

肖甜心觉得坐不住了，她能感受到来自他那边的压力，她感到他在打量她，观察她，审视她。于是她站了起来，坐到了琳达旁边的空位置上，关切地问道："琳达，别在飞机上喝那么多酒，很危险。"

琳达有些癫狂："能有多危险，啊？你们不都是盼着我死吗？！"

肖甜心只能好言相劝："琳达，没有人那样想你。"

另一边，法国大老板让·保罗似乎很在意这边的动静。他走过来坐到了这一区，与琳达隔了一点距离，用夹杂着大量法语的蹩脚英语说话，大意就是让琳达不要有什么压力。

肖甜心很配合地开始给两方进行翻译。她尽量将大老板的意思翻译得更具人文关怀，可琳达看她的眼神却忽然变得怪异。

一怔，肖甜心住了嘴。琳达的反应太奇怪了，就好像在说，吹吧，

我就不相信，让·保罗会有那么好心肠。

慕教授忽然离座，往洗手间方向去了。

肖甜心紧绷的一颗心终于松了下来。

琳达在坤包里找着什么，从包里掉出来好多东西。

肖甜心弯腰帮她捡，却被她一把推开。琳达已经处于精神崩溃的边缘。

肖甜心觉得十分不对劲，很本能地往洗手间方向走去。关键时刻，她觉得她信任教授。那个男人博学而机敏，让她觉得安心。

可肖甜心走得太急，走到休息区时，被高跟鞋绊了一下，撞到餐车上，疼得想哭。她一看，脚踝肿了。可顾不了那么多，她一瘸一拐地走了过去。

等到了洗手间，她正要捶门，门却忽然开了，她一下没站稳，整个人失去了平衡，摔进他怀里。

他那么高，而她那么娇小，他的肩那么宽，已经整个儿将她包围。而她即使穿了7厘米的高跟鞋，头顶却只碰到他的肩膀上一点。他已经抱稳了她，他的双手圈住她的肩头，呈保护的姿势。"别急，怎么了？"他说。

没有她以为的揶揄和调侃，他在尽量安抚她急躁的情绪。

"琳达，她……"

肖甜心的话还没说完，机舱里忽然传出猛烈的尖叫声。

"快走！"慕教授走在她前头，依旧保持着阻隔她与外界的姿势，保护的姿势。

然后，他蓦地站住。

她跟得紧，头撞到了他宽阔的背脊。

他说："你要有心理准备。琳达死了。"

有了他的话做缓冲，当看到眼前震撼的一幕时，肖甜心觉得其实自己的状态还算可以。

"你还好吧？"他轻轻地握了握她的手，然后马上松开，既体贴周到，又十足绅士。

"还好。我外公是美国BAU的部门主管，我也曾是他的学生加助理。小时候，每次进他的房间，总是能看见挂了整整一面墙的尸体照。"肖甜心强自镇定。

"能说冷笑话，看来是没什么大问题了。"慕教授指了指人少，空气相对流通的地方说，"你到那里坐着，我来控制场面。"

他嘴上这样说，但心里已经飞快地将她的话研究了一遍。他知道，她对尸体、命案现场有着难以克服的恐惧，这也是造成她辞职的一个重要因素。现在，她的表情僵硬，明显是对尸体的恐惧症又发作了。但是她没有表现出抗拒、厌恶，也没有情绪失控，相反还保持了旺盛的好奇心。看来，对她的心理评估要重新做。或许，她没有表现出来的那么脆弱，只是她自己还没有意识到。所以，他现在是在有意识地引导她去接触案发现场，让她再度面对曾经的自己。

听见他那句"我来控制场面"的话，肖甜心心想：这人还能不能更自负些呀！虽然心里是这样想的，但她唇一动，却说："不，我要跟着你。"

这话歧义又暧昧，一说完，两个人都是一怔。

为了缓解尴尬，肖甜心眼睛闪烁，就是不看他，嘴却硬："你一个生物化学教授，还管这个？"

"我常年在英美两国以专家身份协助警方破案。"慕教授淡淡地道，"而这里，是自杀还是谋杀，还是未知数。"

慕教授的言下之意，是琳达的死谋杀的可能性更大？肖甜心眼珠子一转，也开始将从外公那儿学到的破案知识应用起来。

在这一场事故里，飞机就是一个密室。这里有十个人。其实从环境证据来看，在这种案子中，人证的口供往往起决定性作用。

三

肖甜心的脑子转得飞快，她忽然说："你为什么觉得琳达不是自杀，或者突发的意外致死，例如心脏病发、心肌梗死什么的？"

因为慕教授一直在用中文和她说话，所以她也本能地全程说中文。她人机灵，虽然大大咧咧，可也敏感，她总觉得让·保罗在观察他俩，而且对他俩说中文感到有些紧张。

"你的推断没错。"慕教授说，"所有人的视线都集中在尸体上，但让·保罗却在看着我们。有意思的是，他的双脚却是向着与尸体和我们所在的这两个方位完全相反的方向。从心理学角度来说，人的脚会比我们身体的任何一个部位都更加诚实。例如一个人的双脚交叉站立，表示他身边有一个他很信赖的人，他觉得很自在。交叉站立，而身体又偏向一边，"他怔了怔，想起了方才的自己，可还是镇定地说了下去，"表示你对那个人有偏爱。同样的道理，你看让·保罗，他双手按住膝盖，脚的重心偏向我们的反方向，证明了其实他想逃。他为什么想逃？这，不是很有意思吗？"

肖甜心蓦地看向让·保罗，看来在这个密闭的空间里，慕教授已经第一时间锁定了嫌疑人。他在演绎推理。

　　察觉到肖甜心的注视，让·保罗双手微震，悄悄地在大腿上摩擦，脚尖再度转移，转向了离他俩更远的方向。"他是通过手脚触摸去镇定自己。在心理学上这是一种极度紧张的表现。"慕教授的声音在她的头顶响起。他的气息暖暖的，拂在她的发梢和脸庞上。脸上一热，她悄悄地挪开了一些距离。

　　"你不自在？"慕教授眼神犀利地看着她。

　　"又是你的那些什么微表情告诉你的？"肖甜心反驳。

　　对于她的挑衅，慕教授眉毛一挑，脸上没什么表情。

　　"谁能告诉我事发的经过？"慕教授环视众人一圈，然后指了指一个看起来尤其胆小的女员工问道。

　　那女员工脸色苍白，但还是镇定地站于一旁，努力支撑着，让自己别因此晕过去，由此证明她虽胆小但不算怕事。

　　"她胆小，反而能将当时的情况在脑海中记得更牢，因为恐惧会加深人的记忆。"慕教授俯下身和肖甜心说话，他的唇几乎触到了她的耳郭。

　　肖甜心一抬头，就对上了他戏谑的眼神，她的耳郭红透了。

　　一垂眸，她避开他的注视，拒绝答话。哼，他居然敢戏弄她。

　　对于慕教授的破案手法，陈莎是最熟悉不过的了，她已经飞快地翻开了记事本。

　　那个叫茉莉的女员工战战兢兢地开始讲述："刚才琳达忽然产生了急剧的强直性痉挛，身体上几乎所有的肌肉都马上变得紧绷。她的四肢伸出，手握得很牢很紧，掌心都被指甲抠出血来了。"她停了停，开始冒汗。于是肖甜心连忙走了过去，取出纸巾替她擦汗，并安慰她，让她放松。

　　肖甜心的这一举动似乎让慕教授捕捉到了什么。于是他用压得很低的声音对陈莎说："琳达应该会呕吐，可她嘴边仍算干净，估计是有人替她擦过了。这一点很奇怪。"

　　"因为这些女性看起来都很爱干净，而且很没有同情心？"陈莎分析，"所以，你觉得她们都不会去碰死者？"

　　"茉莉哭泣流涕，不是只有肖甜心一个人想到了要去安抚她吗？那群人还算不上冷血？"慕教授讥讽。

　　情绪稳定下来的茉莉继续讲述："琳达的头……头部前后抽搐，整个身体由于极度的收缩而变得更加僵硬。痉挛持续了两分钟，然后肌肉忽然就松弛了，她的身体上到处都是排出来的汗液。可她的停歇只是暂时的，很快又开始了痉挛，随后又回到肌肉松弛的状态。然后……然后痉挛变得更加激烈，她的整个背部形成了怪异的角弓反张的姿势，肌肉剧烈收缩。她因角弓反张而突起的腹部变得像木头一样硬，胸腔凝固，脸色就像现在见到的……变得青黑。她的眼神呆滞，她甚至还笑了，好恐怖！"

茉莉说不下去了。

"她会笑，是因为她的面部肌肉剧烈收缩引起了痉笑，可她一直到最后都还有意识。周围的哪怕最轻微的一丝声响或一道亮光，都会成为压倒她的最后一根稻草，促使她再度虚脱性痉挛，直至死于筋疲力尽与窒息。"慕教授补充，"她是中毒了。"

他没有说下去的是，这种中毒迹象与马钱子或半边莲造成的毒性死亡症状相似。陈莎已经将这两种毒草标注在了记事本上。

众人脸上露出恐惧的表情。

慕教授忽然拍了拍肖甜心的头，然后用中文说道："好了，现在来回答你刚才提出的'为什么琳达不是自杀或意外死亡'的问题。她是中毒而死的，这一点毫无疑问。但也可以是她自己毒死了自己，但是……"

他刻意加重了声音："但是，我刚才看见琳达打开手机看她的宠物狗的照片，而且她还在记事本上写下了要定时喂狗的留言，并设定好了定时发送信息，发送时间是在下飞机后。一个如此在意她的狗有没有定时喂的人，你觉得她会自杀吗？"

经过慕教授提点，肖甜心已经回想起了一些细节。方才，让·保罗走过来坐到琳达身边时，肖甜心就注意到了，让·保罗藏蓝色西装下的米黄色暗格纹羊毛衫上，在胸膛靠近肩膀处有一个口红印，只是被深色的领带挡住了，一般人不会注意到。她是学服装设计的，对图案、衣饰这些小细节特别注意，所以才会发现。

而且那个口红的颜色很特别。

"琳达是让·保罗的情妇？"对此结论，肖甜心还是感到有些震惊，毕竟让·保罗在法国是有家室的。而且，在她与琳达接触下来的这一天半的时间里，琳达与让·保罗的关系一直谈不上熟络。该企业也没有流传出什么大老板的桃色新闻。

"又或者说，他们的关系并没有那么简单。"慕教授点了点头，对她的分析很满意，因为她对细节很敏锐，"你学时装设计，真是暴殄天物。"

肖甜心听到这个结论后翻了一个白眼。

慕教授上前一步分开众人，用英语说道："死者的头发会很好地告诉我们，这半年来的时间里她吃过什么药物。"然后他接过了陈莎递过来

的手提箱，打开，取出相应试管、试剂，取下一小撮琳达的头发浸泡到试管里。他观察了一下试管里液体的变化，然后输入数据，打开电脑数据库，开始分析比对，"分析图谱没那么快出来，等下了飞机以后再行处理。"

琳达的工作搭档蜜雪儿说："我好像看见她有服食抗抑郁药。"

"什么时候的事？"陈莎边做记录边问。

蜜雪儿想了想，道："接近三个月了吧。"

慕教授盯着琳达的唇色看。她的口红是酒红色的，也就是俗称的"姨妈红"。这也是让·保罗羊毛衫上口红印的那种颜色。但还不到提问让·保罗的时机。

"能说一下刚才我们离开后发生的事吗？"慕教授问道。

丽莎是个闲不住的人，已经开始说了："Honey 当时走开了。其实也不过一会儿工夫，琳达情绪明显失控，开始嗑药。她吃的不是那些抗抑郁药，我觉得应该是软性毒品。这是私人飞机，这种药要混进来很容易。"

陈莎开始翻找琳达的手袋，手袋里面有好几支口红，有眼药水，还有几个装着药丸的小瓶子。

慕教授的目光在那些物件里游走。陈莎请示要为他取来哪些物件，可他入定一般，没有回答。那些药瓶子，他不甚在意，直至他的视线胶着在那八支正装规格的口红上面。那不是样板的小支装，而是正装。让·保罗忽然抬起了手，松了松脖子上的领带。

肖甜心反应得比陈莎还要快，她已经明白了慕教授的意图。她把那八支口红全部抓了起来，献宝邀功似的，用双手递到了慕教授面前："只是出行办公事，又不是去玩，怎么会那么骚包地带那么多口红，有古怪！"

"你的指纹会对证物造成二次污染。"慕教授冷冷的声音响起。

肖甜心的面部表情僵住了。呃……好吧，她一急已经忘了。

一直戴着白手套的陈莎捱着嘴偷乐。看到小美女憋成了猪肝色的小脸蛋，她连忙安慰："没事，到时剥离指纹就可以了，只锁定有嫌疑的指纹嘛。交给警方去做就好。"

"同样，作为指纹的所有人之一，她也会被带进局里喝咖啡。"慕教授继续泼冷水。

肖甜心摸了摸自己的下巴。

"人的下巴以下和喉咙以上有很多神经末梢，摸一摸可以降低血压，减慢心跳，令整个人平静。当一个人紧张或是有压力的时候，不期然会摸摸脖子安抚自己。"慕教授眉毛一挑，看向肖甜心，"你是怕进警察局？

放心，我会罩着你！"

这笑话还真冷啊！等等，肖甜心马上反应过来。刚才让·保罗也有此动作，只不过他更狡猾，借松领带来掩饰。

蜜雪儿补充："琳达把一颗药送进嘴里，但因为手抖，还多吃了一粒。还是老板担心出事，上前来扶了她一把，并抢过了她的药袋子，扔到了一边。"她左看右看，忽然指着两米远处的一把椅子的底下说，"对了，丢这边来了，应该能找到。"

陈莎已经走过去并蹲了下来，在那个位置上寻找。她意外地发现还有一支口红，就在小药袋边上。

然后蜜雪儿又说："当时琳达开始吐白沫了，一看就是吃两粒药过量了。还是老板人好，替她擦去嘴边的脏东西。不然我们都担心她会因此窒息。"

"找到了！"陈莎大声说道，并把一包药和一支口红递给了教授。蜜雪儿的话就被打断了。

慕教授眉头一蹙，觉得问题就出在那里了，可还是抓不住灵感。

四

慕教授举起口红。在灯光下，那双修长、骨节分明的好看的手慢慢地旋开了口红，动作十分优雅，十分赏心悦目。

慕教授注视着口红，眼神专注得几乎深情。灯光打在他的眼里，熠熠生辉，他整个人都是亮的。他已经注意到了，膏体上附着着一层淡淡的荧光物质。口红是酒红色的，是琳达嘴上涂着的那种颜色。

肖甜心努力地踮脚，往他手上看。

教授在口罩下扬了扬嘴角，然后将手放低。她就顺势把脑袋靠了过来，也看着那支口红。

陈莎递来刀片，慕教授用刀片刮下一些口红，又接过陈莎递过来的试管，然后吩咐："三号试剂。"于是陈莎取出三号试剂递给他。

他将试剂滴进试管里，然后淡淡地开口："只是初步化验，并不百分百准确。回到实验室后，我会把相关报告一并移交给当地警察。"陈莎将他的话一并记录。他又说："试剂有反应，这种荧光有百分之四十的可能性是具有高防晒指数和防脱的物质。用这种口红的，多为需要在户外活动的人，例如户外工作者、要到户外去的明星，或者是……"他看了眼琳达的尸体，她是偏深的蜜糖色皮肤，是经常进行阳光浴造成的，于是他接

着说，"或者是琳达刚旅游回来，又或者她是爱好户外游泳的人。"

"我想，从该公司最近的情况来看，琳达也没什么心情去旅游了。"慕教授又说。

陈莎把他的话抽重点记录，这记录待会儿是要一并移交给警察的。

丽莎口快："呀，老板家里有一个大泳池。"

让·保罗额间的青筋突了突。丽莎知道自己嘴快了，连忙解释："老板，我只是听到游泳，一时想到了泳池。嘿嘿，去年在你家别墅聚会，我看到了那个泳池。"

"没事。"让·保罗笑着说道。

慕教授也笑了，他的眼睛弯起。肖甜心觉得他笑得分外愉悦。

既要美，又要防晒防脱，甚至是防水！如此讲究，一定是在情人面前了。穿着性感的泳衣，涂着性感的唇色，那只会是在私人游泳池，而不是海边。因为公司的事，所以没有人会有心情去海边度假了。肖甜心觉得自己离真相又近了些，抽丝剥茧的感觉很爽。

她又想，下了飞机，估计大老板就要到警察局去做取证了。现在是在飞机上，高空飞行容不下一丝危险，所以慕教授迟迟不对他发难。

"证管会已经发传票影本传唤让·保罗和他的财务主管，我想财务主管里只有琳达才知道公司的内情，毕竟，她才是让保罗最'看重'或者说最亲近的人。公司要倒闭，大老板靠企业反并购策略领巨额资遣费退休，相当于公司倒闭但大老板不受影响，员工却因此丢饭碗，退休金也泡汤了。而这一切，这里的一众员工都还不知情，但显然琳达是知道的。"慕教授对着肖甜心说，"其实让·保罗的杀人动机有了。毕竟，琳达的口供会对他造成极为不利的影响。她是会计师，手上一定有某些对他不利的证据。我们现在只是缺了他杀人的实质证据。"

肖甜心蹙眉，眉心处显出一个可爱的小窝。知道她有些疑惑，于是慕教授解释道："刚才让·保罗走向琳达这一区的座位时，脸上有一个很具代表性的表情。他眉毛下压，上眼睑抬高，嘴巴抿成一条线。尽管他压抑得还算成功，那些微表情做得极为隐秘且只是瞬间就换作了平常的神色，但还是被我发现了。他那种表情，代表他有着极强的愤怒和仇恨。"

肖甜心点了点头："当时，琳达已经开始喝酒和趋近失控。一个喝醉和情绪失控的人，是什么事都做得出来，什么话都说得出来的。又或者是，琳达根本就是想借酒来壮胆，来爆出让·保罗的秘密。"

所以，让·保罗有这个动机，为了让这个女人永远地住口，他选择了让她死。

蜜雪儿与琳达算是有些交情的，她还在那儿感叹："琳达怎么就这么想不开呢？嗑药嗑得那么厉害，最终害死了自己。"

陈莎接到慕教授的示意，已经将眼药水递给了他。

教授旋开眼药水闻了闻，然后把它也滴进了试管里。他将数据一并输入电脑，然后开始倒数："一、二、三……"在肖甜心莫名其妙之时，他已数到十，然后是电脑里传来的嘀的一声响。

见小美女眉头蹙得紧，更显得婴儿肥的脸圆嘟嘟的，连陈莎都想上去亲一口，于是她笑着说："我们教授的电脑与里面的软件可是最先进的，比一般实验室的速度都快哦！"

"还没有结果，"慕教授打断了陈莎的吹嘘，"只是眼药水里有一样成分与酒红色口红里的一种物质相同，所以电脑发出了讯号。"

慕教授将那支眼药水举起。透过灯光，眼药水呈淡淡的紫色，异常魔幻与美丽。慕教授向陈莎看了眼，然后陈莎看似无意地问起："咦，这眼药水的颜色好特别。"

"哦，听说是琳达的一个朋友配比的，说用了会使眼睛更迷人。她很宝贵这支眼药水，我想试试，她都不给。"蜜雪儿接过了话头。这些问话看似随意，但肖甜心知道事实并非如此。

想要击破一样东西，往往要从最细微的裂缝中开始。

"里面含有一种化学物质，能扩大人的瞳孔，使眼睛更迷人和深邃。人偶尔用无伤大雅，但用过量了就会产生幻觉，会头痛，最后在不知不觉中死亡。看来凶手是个用毒高手！"慕教授用中文说道。

让·保罗本来就是研发药物的，药理于他而言如家常便饭。看来他的嫌疑更大了。这支药水应该就是他送给琳达的，如同他在口红里下药，然后再暗示那是他最喜欢的一个颜色，因此琳达也最爱用这一支。

这真是……让·保罗太聪明，做得也太隐晦。他们只是站在这里推测，并没有什么用，因为破案讲究的是证据。肖甜心把这话对慕教授说了，可慕教授笑了笑，道："那也未必。"

"下药的手法必须十分精准，这些不过是障眼法而已。能使人在飞机上突然死亡，还需要一剂类似毒品一样的，既不引人注意，又大剂量的毒药。所以，我得出的结论是，这并非临时起意杀人，而是蓄意杀人，且凶手准备良久。但飞机上并不是最理想的作案场所。凶手也是迫于无奈，怕琳达会透露不能说的机密，所以才改变了杀人计划，提前在飞机上动

手。也因此，他的准备并非完全充分，起码，他还来不及处理毒药。加上从琳达出事到现在，大家一直都在这个区域的位置上基本没动过，毒药冲不进洗手间，所以还会在这里。"慕教授分析道。

八卦的丽莎听得太难过，于是说道："男神，你说什么？我们听不懂。"

信息广播响起，飞机已抵达伦敦了。广播提示大家回到座位上，扣紧安全带。

这个时候更不能乱。于是慕教授淡淡地回答："我的比对不能马上出结果，最快也要到明天。所以，下了飞机后，我们还是先到企业工厂里取样本。只是……"顿了顿，慕教授想到让·保罗的精明，如果自己不抛出些无关紧要的"证据"，只怕让·保罗不相信自己，他可能会觉得仍处于危险之中，而对大家、对飞机做出不利的举动。于是慕教授说道，"有一项化验结果出来了。死者生前使用了大量的致幻剂，这是造成她死亡的其中一个原因。"

让·保罗蓦地松了一口气。

可这也让他跌进了慕教授的圈套。他之所以会松口气，是因为他知道那根本就不是琳达的致死原因，这项证据对他不足以造成威胁。换而言之，他下的致命药还在飞机上。

到底是什么呢？这一项证据才是足以起诉他的。慕教授陷入了深思。

大家坐在座位上，各怀心思。尸体就躺在彼此的中间，大家因此沉默。

"哎。"肖甜心拿膝盖轻轻地摩擦了一下慕教授的膝盖。

"你这也是挑逗性的动作，拿膝盖来碰我的膝盖，与 Shoe Fondle 的行为相同。这一次，肖小姐不能否认了吧，其实你想色诱我。"慕教授淡淡地斜了她一眼。

陈莎扑哧一声笑了出来。虽然他说的依旧是中文，可大家听得懂 Shoe Fondle 这个英文词组，也跟着笑了起来。机舱里的气氛瞬时破冰。

可肖甜心眨了眨眼睛，已经明白了他的意思。他故意中英文一起说，不过是为了稳住让·保罗。

毕竟，让·保罗是一个体格很魁梧的男人。

"那也要你懂得接收我的信息才行。其实，是你在向我献殷勤吧！"肖甜心的脸上露出甜甜的笑容，那可是她的撒手锏。

两人之间瞬时泛起了无数的粉红泡泡。即使是听不懂中文的一众女郎也明白了，其实两人是在调情。

肖甜心假意暧昧，却说出了别的话："我刚才努力将上了飞机后的所有事情做了记忆重组。我记得，让·保罗的西服口袋里原本放有白色的手帕，恰恰露出一角，可事发后却不见了。"

"还记得什么？"他的脸已经靠了过来，若非戴着口罩，他的唇已经触碰到她的脸了。

她脸一红，身体烫得厉害，连耳根都红了。可他偏偏还要来撩，替她将鬓间的一缕碎发别到了耳后。

"呀，Honey 你很热吗？"丽莎打趣她。

这一下，她羞得眼神都不知该往哪儿放了。虽然她明白他都是故意做给人看的，可为什么她的心会止不住地怦怦跳呢？

她还真纯情，这样就害羞得不行了？慕教授心情大好，那一对漆黑的眼睛里露出玩味。但他蓦地想到了另一件事：和他分别的那么多年时光里，她的生命中没有出现过别的男人吗？

无解。慕教授深邃的眼眸一沉，人又恢复了低气压，他对自己的状态不满意。要分析她是不是单身很容易，可是他不想这样做。

他离她太近了，害她太紧张。于是，肖甜心连忙移开了一点距离，声音低低地说："我还看到了手帕上的花纹。因为手帕是白色的，所以花纹挺清晰的，而且刚好就在露出衣袋的那一角上。"她又仔细地回想了一遍，可还是觉得不对，"我曾经在哪儿见过那个标志的，在哪儿呢？"

"别急，慢慢想。"他伸出手来，在空中顿了顿，最后还是握住了她的手，在她的手背上轻轻地按了按，"什么性质的标志？例如族徽、家徽、个人身份的标志，或是某个衣饰品牌的 logo（标志）？"

经他一提醒，肖甜心马上记起来了："是公司 logo！"

慕教授同样有过目不忘的本事，他回想起上级发给他的有关该企业的资料，里面是有那个 logo 图标。想了许久，他终于笑了："我想我明白了。"

"是抽象的马钱子符号。"慕教授说。

"马钱子有非常广泛的用途，也是常用的药物化学提取物质，可以用来治疗儿童疝气以及各种呼吸困难的疾病，还可以用来减轻分娩的阵痛，甚至能激起性冷感女性的激情与治疗各色'妇女疾病'。而在这里面起关键作用的，是从马钱子果仁里提取的汁液——马钱子碱。如果是深谙药性的人，每次施以小量的马钱子碱，对患者造成的威胁外人根本看不出来，直到它累积形成致命的效果。而且，这种药物还会使人产生幻觉，也能用于镇痛。琳达精神压力大，在三个月前就开始服用镇痛剂来对抗抑

郁。那使用不当造成过量，也只是她自己的问题了。凶手真的很聪明。"怕她不明白，慕教授补充。

"所以说，即使我们搜集到了物证，也是无用的？让·保罗也可以自辩，说是用以给她减缓痛苦，而不是要毒死她？"肖甜心急了，眼睛一下子就变得红红的了。

慕教授勾起食指在她翘翘的鼻尖上弹了一下，十分亲昵："急什么，小兔子！这些都是警方和控方的工作。我们做好自己就够了。"

"你觉得他的手帕有问题？"肖甜心问道。

"没问题他将手帕藏起来干吗？"慕教授无奈，她怎么就一会儿聪明，一会儿糊涂呢！当初在BAU跟着钟教授学到的东西都扔到大西洋里去了？

"你没注意到蜜雪儿无意间提到的证词吗？"慕教授停止对肖甜心的分析，开始解释，"她说，她看见让·保罗上前扶了琳达一把，当时琳达的嘴边开始出现嗑药后的唾液，还是让·保罗顾不上脏替她擦去的。用什么擦？总不能用手吧？蜜雪儿没有注意到很细节的问题，但逻辑上是说得通的。而且，让·保罗也可以很顺理成章地将脏的手帕扔掉，而不是紧握在手中。唯一的可能就是，浓缩的马钱子药粉就在手帕中，他借替她擦嘴这一动作，将药粉灌进了她的口中。琳达本就已服食了大量的、混乱的各式药物，即使事后查出她是中了马钱子的毒，也可以说是她自己为了镇痛和抗抑郁而滥嗑药的问题。"

"所以……"肖甜心觉得自己的小心脏不好了。

"我们只需要把推理的内容告诉警察，做出自己的口供，然后我提供相应的化学测试数据报告就可以了。其他的就让警察来忙。我可爱的小蜜糖。"

最后那一句话使得肖甜心战栗。

可她的表现在外人眼里都不过是小女生害羞的正常反应。

其实，飞机上的一切都在慕教授的掌控之中。他用了一些方法暗中通知了机长。

所以，让·保罗一走下飞机，警察就已等着他了。

鉴证科的人员马上对飞机进行了搜查与取证。那块白手帕被让·保罗趁乱藏在了飞机的地毯下。

当肖甜心嘀咕，这一次假期工泡汤，外快没有了的时候，慕教授已经坐上了专门来接他的车走了。

肖甜心想到他，匆忙回转身，可他已经不见了。她喃喃："怎么跑得那么快，我都还不知道你的名字！"

飞机上的这一场相遇并非偶然。

慕教授拨通了钟教授的电话："老师，您好。"

"骄阳，你见到甜心了是吗。"钟教授用的是陈述语气。

慕教授沉默了一会儿才说："老师，这次的事是你故意安排的，为了让我重遇她。"

"我知道甜心在那里当翻译，所以才让你接了这件涉及化工的商业调查案。会出人命是意外，但对甜心来说却是一个契机。你也帮助她克服了面对突然死亡事件的障碍。以你的聪慧，肯定知道甜心会出现。那你当初为什么还要接受我的邀请呢？"

没听到他的回答，钟教授又说："骄阳，我们都是学心理的，别和我来虚的那一套。她是你的初恋。你在中学阶段就喜欢她。那现在呢，你还喜欢她吗？她是那么好的一个孩子。"

这真是一个……很难说得清的问题。慕骄阳还喜欢她吗？而自己呢？慕教授坐在车里，一手托腮，一手拿着手机，却没有回答。

"骄阳，你帮帮她。"

"老师，我的答案依旧和当年一样，我拒绝！"

2018 年，春。夏海市。

慕骄阳坐在椅子里，眼睛看向窗外。有一瞬，他的大脑是放空的。

他已经于半年前抢回了自己身体的控制权。

是时候了，人生苦短，去日良多。她，他不想再错过。

他已经浪费了太多的时间。

手顿了顿，他合上了属于慕教授的档案日记。

第二章 灵犀

一

一辆黑色的轿车停了下来，慕骄阳正要下车，手却被一把拉住。他回头看了一眼，目光沉敛，深不见底。

男人一怔，收回了手，笑了笑，用手按揉起眉心来："你总该回家看看。毕竟那件案子也过去很久了……你不知道那段时间你多消沉，父母都很担心你。"有些话，点到即止，他也就不多说了。那件事对弟弟的打击非常大。

"大哥，你又不是不知道，我和父母的相处方式实在是……"苦笑了一声，慕骄阳也有些无可奈何。他确实不懂得怎么和家人相处。

见他下了车，慕林也走下车去，两个高大的男人站在路边聊了起来。与站得笔直挺拔的弟弟不同，慕林斜倚着车子，姿态优雅闲适。

过往的路人频频看向他们。

正是三四月倒春寒时节，满树梨花白，洁白的花瓣扑簌簌落了一地。慕骄阳只穿了一件白棉衣，眉眼清隽，高挑得扎眼。

"你的第二重人格又回来了是吗？慕教授 Tom 对所有人都很冷漠。"慕林笑了声又不说话了。当 Tom 出来时，弟弟就是另一个人。父母一直觉得慕骄阳怪，但不知道真相。倒是慕林察觉到了。

"多重人格的事，不要告诉父母。我不想他们担心。"慕骄阳敛了眉，心事重重。

"嗯。"慕林点了点头。

见弟弟的目光定格在前方十五米开外的一处，慕林也看了过去。居然是个娇小玲珑的女孩子在爬树。

慕林脸上带了点笑，再往树干高处看去。原来是一沓文件被风卷到了树干上。"哟，现在体力活都兴找女的来干了？"慕林打趣。

"或许，只是她的上司整蛊她，特意要她来干体力活呢？"慕骄阳淡淡地说。他看了眼大树旁边的建筑，是一幢高耸入云的摩天大楼，很明显是一幢写字楼。这里是 CBD 中心商务区。

慕骄阳一直注视着女孩。

女孩很瘦，仿佛风一刮就会倒，就连慕林都看得心惊胆战的。幸而，她终于够到了散落在各树杈上的文件。

只见她一跃，从两米高的树干上跳了下来。她居然还拍了拍手，一脸轻松的样子。"嗯，身轻如燕。身材看着也还行，纤瘦但婀娜，啧啧，胸很美呀，屁股也翘，就是不知道样貌好不好。"慕林的手肘搁在车顶，指尖有一下没一下地摩挲着下巴。

"收起你的轻佻。"慕骄阳淡淡地道。

"我发现你还真是……"慕林看了弟弟一眼，有些无可奈何。

"又像一本正经的唐僧了？"慕骄阳忽然一笑，笑容比阳光还要璀璨，"放心，我喜欢女人，做不来唐僧。"

慕林也配合着笑了一下。

女孩身后几步处有个男人，形迹可疑，而他的目标是女孩挂在肩上的包。

忽然，女孩在路边站定，想看看文件有没有破损。那尾随的男人也突然停住，怕被女孩发现，他转过了身去假装在等的士。然后那男人拿起手机，摁了一通。

"真是个大大咧咧的笨丫头。"慕骄阳总结，"他还有同伙，上一个路口停着一辆摩托车。"

"你的刑侦技术可谓一流，难道就真的打算一直蹉跎下去，就因为

当年那件案子……"慕林忽然打住了。今天，他是第二次提及弟弟不愿触碰的伤心往事了。

"我还懂七国语言。"慕骄阳说道，"难道就要进外交部了？"

慕林语塞。

"大哥，你为什么辞去了翻译官的工作，还常年跑去芬兰、挪威、瑞士这种冷死人的地方？"

慕林想了想，笑了一声："秘密，偏不告诉你。"

另一边，女孩正想离去，忽然被人一推，整个人飞了出去。一个黑影扯过了她的手袋。劫匪开着发出轰隆隆巨大声响的机车，挥舞着长刀。

慕林立刻跑上前去救她，而劫匪的另一个同伙忽然跑了过来做包抄，机车上那个狂徒正朝着慕林冲过来，他手里的长刀在阳光下泛出森森寒光。

"还真有不怕死的。"慕林一跃，避开机车，一个擒拿手将跑上来的劫匪掼倒。他回头，料来以弟弟的好身手，早将机车男制服了，就是特意为了让弟弟露一手，自己才避开机车男的。谁料，那厮居然坐到车上了？

眼看着机车男就要跑了，慕林瞪了弟弟一眼。

慕骄阳坐在贴了黑膜，一片漆黑的车里，闲闲地看着越驶越近的机车男。忽然，他吹了声口哨："哟，宝马的机车，少说也得三两万，偷的好货！"突然，他将车门猛地打开，紧接着就是一声轰天巨响。车门被撞飞了，机车摔出好几米，机车男不幸被撞飞在地，长刀都被飞出去的车门卷弯了。

慕林看得目瞪口呆，就见什么力也没出的慕骄阳闲闲地下了车，对着他招了招手，笑得特别坏。

慕林平生第一次爆粗口。

慕骄阳走到机车劫匪身边，用脚尖踢了踢他。他一边打电话给120，顺便报警，一边提起地上的女坤包，向慕林走了过去："喏，献殷勤去。"

女孩站在十米开外处看得是目瞪口呆！

慕骄阳的手依旧握着那只包，他瞄到包底绣有三个字，眸光一闪，动了动嘴角，还有直接将自己的名字绣到包上的人！果然是个笨丫头！隔了多年未见，两人之间的距离又那么远，他确实认不出她来了。

绅士地一笑，慕林接过了那只包："希望她的颜值不要令我太失望。"

慕骄阳动了动嘴唇，正想说还是他去，可脑海里有一道颀长的身影从漆黑幽暗的深处走了过来。再说话时，他的声音低了两个度，醇厚又沙哑："真刻薄。"

是慕教授出来了。笑了笑，他已经转身，小跑着离开。

慕林闲步走上去，在女孩面前站定，伸出手在女孩面前挥了挥："你没事吧？"说罢他将坤包递给了女孩。

女孩一脸愣怔地接过包，然后要很努力地仰起头，才能看清来人。

他先前站在背光的地方，她看不清他的样子，但他的轮廓让她感到很熟悉，以至于令她心跳加速。

他又走近了一步，似笑非笑地看着她。她已经看清了面前的男人，他狭长的凤眼斜飞入鬓，说不出的姿态风流。他是那种不笑也似在笑的男人。

肖甜心在心里道：是个看多了一眼，都会被他勾走魂的男人。

他，很像某个故人。尤其是他那对好看秀气的凤目。

原来是个小不点。慕林看了她一眼。不过她眼睛大大的、亮晶晶的，脸小又白，红润的嘴如红菱角微微嘟起，还有一个俏梨窝，十分甜美。

"救命恩人在这儿，也不说句多谢的话？吓傻了？还是我的样子很吓人？"慕林说话逗她。

原来还是个善调情的男人。肖甜心腹诽，不自觉道："是很吓人。"男人太英俊也是种罪过呀！会祸害女性同胞哇！阿弥陀佛！

慕林勾了勾嘴角，这小不点个子那么小，气性倒挺大。

"你知道柯基吗？"他忽然问。

肖甜心："……"有这样搭讪的吗？不过还挺新鲜。不明所以的她问道："与你和我有什么关系吗？"

"在威尔士土方言里，柯基就是侏儒的意思。"慕林看向她充满求知欲的大眼睛，笑了笑。

肖甜心整个人都不好了。原来，他在暗示她是侏儒。她又努力地抬头看了他一眼，还真是找不到反驳的理由。这人有一米九了吧？

"怎么不说话了，小不点？"虽同为世家子弟，但慕林天性不羁，与弟弟性格截然不同。

"我有名字的，不叫小不点！"肖甜心抗议。

"哦，叫什么？"慕林想要问出她的名字。

"我叫……"他听着，却见她大眼睛骨碌碌地转了一圈，莞尔，"我……不告诉你！"

然后，她迈着小步跑开了。

还真是……第一次有女人拒绝他！

不过，还挺有趣的。

当慕林把被撞飞老远的车门扛起，塞进车后座里，坐上缺了车门的

主驾把车慢慢开走时，引来不少路人的注视。

他嘴角微挑，依旧是一副风度翩翩的样子。但当他的车从不知名的小不点身边开过时，那小不点偷着乐的样子，让他想把地上趴着的人再揍一遍。

等他开远了，捂嘴偷偷笑的肖甜心才放声大笑起来，他那一脸憋屈的样子，实在是太搞笑了！

二

房间里漆黑一片，只有巨大的镜子折射出淡淡的亮光。

"嘿。"镜子前站着的男人举了举手，镜子里的男人也跟着举了举手。

"慕骄阳，你想追求她？"过了那么多年了，你依旧在乎她。

"啧，她确实是块美味的甜点，我也很喜欢她。"男人看了眼镜子里的自己，他额间的那点红痣淡淡的。他笑了："我会去赴和她的约会。我，Tom，慕教授和甜心。"

"睡吧，睡吧。"

黑暗中，慕骄阳一直在挣扎，最后慢慢地闭上了眼睛。

肖甜心最近接了个小项目，就是为一位新客户做高定系列的服装设计。这位新客户是一个归国华侨，神秘得很，除了他留的一个 Tom 的英文名、一张大数额的支票，与一个工作室的地址，就什么信息也没有了。

咚咚咚，门被轻轻敲响，是她的高中同学兼公司合伙人厉安安进来了。英俊挺拔的厉安安见她一脸抓狂的样子，笑了笑，就倚在门边对她说："肖甜心，别摆着一张苦瓜脸，快去把客户给侍候好！"

肖甜心哼了句，说："哟，什么事要劳驾大老板亲自来找我呀！不就是个第一次光顾我们公司的客户吗？"她又叹，"我怎么觉得这个 Tom 挺诡异的？不会是贩卖人口组织的吧？你看看他留的地址，那么偏远！"

厉安安似笑非笑："或许，你有艳遇也说不定。"

说归说，肖甜心还是乖乖地收拾好一大堆相应的东西出了门。她驾车出了城，上了高速，然后在郊外一个偏僻的地方找到了方向。

别说，这怪人住的地方还挺山清水秀的。

照怪人给的地址来看，眼前这栋有着白墙壁和红拱尖屋顶的欧式风格的三层小别墅就是目的地了。

肖甜心走到门前，刚想伸手按门铃，门就开了。

已到了预约的时间，可主人没有出来迎接，居然让她一个人四处瞎逛。

她拐上了二楼，发现楼道间种有许多古怪的植物。

这些植物，她根本叫不上名字来。

而最吸引肖甜心的，是一株泛出迷离紫光的植物。

这株植物，叶子奇异，是灰绿色的，呈莲座状叶丛；花色妖艳，是植物界里极少见的紫绿色，那种莹莹的光泽十分魔幻，妖艳又邪恶；它的果实更像是引诱夏娃和亚当的那一种魔果，艳丽得从黑亮中透出紫来。

这株植物是挂有名牌的。名牌上写着：可以称呼它"贝拉女士"或者"美女"，它更为古老的名字叫"阿特洛波斯"。

"还美女呢！"肖甜心嘀咕了一句，"难道就没有浅显易懂的注解？就不能好好说人话吗？"

当她正要伸手去碰那闪耀着邪恶而迷人色泽的黑色浆果时，一个声音不知从屋子里的哪个角落传来："中世纪，时髦的威尼斯贵妇们使用某种植物溶液滴入眼睛，从而使眼睛看起来更黑、更有神采，这种植物因此被美其名曰'贝拉女士'，或是'美女'。它可以放大瞳孔，使眼睛看起来更乌黑深邃，还可以帮助女性散发出强烈、迷人的性欲信号。"

顿了顿，那个声音又说："如果你想体验'欲仙欲死'的感觉，请放心触碰'贝拉女士'。"

肖甜心被吓得立马收回了手。

"嗯，用人话来说，这位具有催情作用的'美女'，它的拉丁学名叫颠茄。"

肖甜心觉得说话的人笑了，他那声嗯，分明说得十分调侃。

顺着声音的方向，肖甜心噔噔噔地跑上了楼大声地说道："把这么危险的东西随便摆，你是色情狂吗！"

"噢，'贝拉女士'可是被广泛地用在化妆品上，这也算色情？"那个声音依旧在滔滔不绝，可声音的主人迟迟不见露面。

肖甜心登上三楼，看见有一间房的房门是虚掩的。她走了过去，手尚未碰到门，门就自动开了。

里面的景象并不阴森，反而窗明几净，处处被打扫得一尘不染，没有她想象中的变态情景。

肖甜心往房间深处走，只见一个穿着一身白大褂的男人坐在计算机前。"喀喀，"她清了清嗓子，"请问，您就是 Tom？"

"如果不喜欢这样称呼，你也可以叫我慕教授。"慕教授从计算机前抬起了头，有些无礼且傲慢地扫了她一眼，"我的'美女们'都是用

来做研究和搜集数据的，我与我的美女们不是色情狂。"他侧了侧身子，一抬眸，就看见了不远处的镜子里映出的自己的身影。他勾了勾嘴角笑了，他，慕教授就是慕骄阳。

很好，他称这些乱七八糟的植物为美女，不是色情狂，也八九不离十是个变态。肖甜心腹诽。

为了生意，肖甜心露出了招牌式的甜甜微笑："那慕教授，我们可以谈谈生意了吗？"

"我对服装没什么特别的要求，但考虑到演讲时要庄重，剪裁方面简洁、贴身、舒适、大方就可以了。"慕教授隔了口罩说道。顿了顿，他又补充，"我喜欢复古一点的。"

这又要修身的剪裁又要舒适，已经很考功力了好不好！还有比他要求更高的人吗？肖甜心不自觉地翻了翻白眼。

就在那一瞬，慕教授的眼睛弯了起来。

肖甜心觉得他一定是笑了！忽然，她就对他口罩下的那一张脸感兴趣起来。因为，他的眼睛足够迷人！

男人坐在计算机后，姿态慵懒。他的头发稍稍偏长而凌乱，带点自来卷，被随意地别在耳侧，配上那对深邃浓黑的眼睛，居然有些文艺范儿。

似是猜到了肖甜心在想什么，慕教授直直地注视着她，而下一秒，他修长白皙的手优雅地举起，用食指钩开了口罩。

然后……

然后居然露出满是胡须的腮帮子来。他的胡须浓密乌黑，几乎遮住了他的下半张脸，连他两边的发鬓都连着胡须。

她居然还觉得他有文艺范儿……

她惊讶地张了张嘴，然后笑："你毛发真浓密……"

连她自己都觉得这是带点"颜色"的冷笑话。

慕教授依旧面无表情，可眼底闪过了一丝戏谑。

见对方不作声，肖甜心的内心是丰富多样的。这人……是多久没修剪他的毛发了呀……哦，不对，是修剪他的头发与胡须了呀……

三

为了缓解尴尬，肖甜心连忙从坤包里取出了一张碟片与一个文件夹，说："我已经初步设计了一些服装系列，要不你看看再提意见。是要看电脑稿，还是图画稿？"

"电脑稿件吧。"慕教授脚一动，让椅子离开了计算机一些，方便她走到电脑前。她将碟片递给他，视线一低，无意中看到了电脑屏幕上的尸体图片，她被吓得呀的一声尖叫起来。

慕教授压了压两边的太阳穴，觉得有些头痛，深吸了一口气才说："肖小姐，这只是正常的公安系统用的案件图片，没有什么值得大惊小怪的吧？"

肖甜心："……"她止不住地腹诽：对于你个变态来说就是小菜一碟，因为你是不正常的！

等等，他说公安系统？"你是警察？"肖甜心脱口而出。

"不是。我只是作为某方面的专家协助破案而已。"慕教授的回答相当冷漠。

"那你还种这么多有毒的植物？"肖甜心在考虑要不要报警抓他了。

慕教授怔了怔才说："我在为国外的家族制药集团提供资料数据，所有的过程都合法。还有什么疑问，肖小姐？"

肖甜心正要说话，楼下却变得嘈杂起来。一个男人在楼下大喊："出人命啦！出人命啦！"

"中午还好好的，怎么一下子人就没了呢？"另一个人附和。

慕教授眸光一沉，显然对此深感困扰。外面实在是太吵了！

在离他别墅的花园不远的地方，围了一大群看热闹的人。

突然，屋外传来了撕心裂肺的"救命"声。肖甜心猛地屏住呼吸，静听。

底下的人群更沸腾了。

慕教授头很痛，干脆闭目养神。

肖甜心于是问："有什么需要我做的吗？"

"你帮我拨110，报警！"慕教授冷冷地丢下了一句话。

肖甜心拿起手机，拨通了报警电话。

没过多久他们就听见了警车的声音，连肖甜心都在感叹，效率这么高？

慕教授挽着双手仍在闭目养神。下面太吵，他的头很疼。

但他突然睁开眼睛说："走，看看到底吵什么。"

肖甜心眨了眨眼睛："你不是嫌太吵吗，还要亲自下去？"

慕骄阳心头一动，是慕教授嫌太吵，走了。

来了一队警察，但显然不是为了村民而来。为首的刑警走进花园，敲了敲门，就往慕教授家里走。

然后另一队民警也过来了，把底下围着的人都清走。场面闹哄哄的，人走远了，但还是吵。

慕骄阳的太阳穴突突地跳，他觉得头痛欲裂，简直就是没完没了。

而肖甜心看出来了，太吵，他不爽。于是，她抿嘴偷着乐。

看不得她得意，慕骄阳忽然开口："待会儿你跟我一起出现场。"正好他之前的助理离职了，需要一个新的助理，他看肖甜心正合适。正说着，刑警到了。原来是出了大案，市局特意来请慕教授帮忙。

等等，这是什么道理？她一个服装设计师跟他出凶杀案现场？

不给她反驳的机会，慕骄阳又说："六年前，你考取了美国那边的警察大学，只读了两年，不明缘由地退学了，但是你的刑侦与犯罪心理学等各项学科成绩优异。再者你的外公是美国警方那边的权威专家，你从小跟在他身边，学到不少东西。所以没有人比你暂时更适合小助理这个头衔。"

而且，他还很笃定地加了句："以我的眼光看，你好奇心旺盛，对此其实十分感兴趣。"

慕骄阳站了起来。

肖甜心更是要跌掉了眼珠子，他还真高哇！

肖甜心忽然举起手来发问："高人，你有一米九吗？"

慕骄阳："……"

走到花园外，肖甜心忽然站定。

对面那栋两层村屋的院门大开着，一个两三岁的小孩坐在地上哭。

"李队，等会儿我再去现场。"慕骄阳的嗓音醇厚，言行举止温文尔雅，和刚才的尖锐不同。肖甜心悄悄地瞄了他一眼，刚好对上他的视线，只听他说："过去吧！"

两个民警在给屋主陈先生做笔录，法医还没到。陈先生很不耐烦，把女儿抱起喝了她一声，吓得孩子不敢哭了。

然后一个女人从书房的门边走了过来，抱过小孩站在一边，也不哄，只是机械地抱着。

肖甜心察觉出了一丝异样。

"你叫什么名字？"民警问。

"陈宏。"男人答。

"那位是？"民警指着女人问。

陈宏看了女人一眼，说："我的经纪人。我的摄影作品由她打理。"

做笔录的民警让陈宏把事情的经过说一遍。

陈宏说："一点二十，我接了个很重要的客户的电话，谈了四十多

分钟，肚子很疼也忍着谈完。我就站在院子里，没有注意到屋里的情形，但一回来就看见老婆中毒了，明明我和她吃的是一样的午饭和饭后茶。"

民警又问了些问题，陈宏提到自己和妻子在后山踏青时，看见一些金银花开得很好，所以采了回家，打算煮茶喝。一个民警过去打开茶壶盖看，果然里面还有残渣。

"你们不是村民吗？应该知道有些野花是不能随便食用的。"民警问。

陈宏回答："我和妻子是城里人。这里是我父母的祖屋，我们一年也没回来过几次。我们见现在是春天，这里空气好，还可以带着小孩踏青，所以才来小住几天。我们以为那就是金银花，所以才拿来煮茶喝。"

墙壁上挂了好多摄影照片，慕骄阳沿着那些风景照一张一张看过去，但视线始终在钉着照片的钉子上流连。

"他说的话逻辑上没问题，但语序上有问题。不是意外中毒这么简单。"慕骄阳忽然开口。

"他在隐瞒！"肖甜心几乎是和慕骄阳同时说出结论的。

慕骄阳一怔，垂下眸来看着眼前的小不点，忽然笑了："看来这个案子十五分钟就可以破了。"

满屋子的民警丈二和尚摸不着头脑，大眼瞪小眼。

肖甜心踮起脚推了慕骄阳的肩膀一记："你说。"

她的声音有点娇。他一垂眸，只见她很认真地看着他，眉心都蹙起一个小疙瘩了。还真是可爱呀！他举起手来，在她眉心处弹了一记。

满屋子民警："……"

"一般人说话会有感情起伏，带有自己的感情色彩，但这位陈先生没有。遇到这样的事，作为当事人被问起，在情感思维里的逻辑应该是'我的妻子死了，我打完电话才知道'。重点在于妻子死了，而不是打完电话才知道。"顿了顿，慕骄阳说，"真是可怕！"

想了想，他又补充："一般人会补上一句类似'真可怕'的话，或用其他的情感表达方式，表示对这件事情的看法。"

"呵，真可怕！"慕骄阳走到客厅里看尸体。

肖甜心："……"你不用强调语气中的逻辑问题了。

"他说得对。"法医走进屋子里，对众人说，"而且法医都还没有进行验尸，没有展开调查，陈宏只是看了那么一眼，就断定他的妻子中毒了，这一点就很有意思了。"

陈宏挥了挥手，辩解："不是这样的。她嘴唇发紫，指甲发黑，是中毒了。"

慕骄阳哼了一声："我建议你还是别说话了。电视看多了吧！"他说完后蹲下，将死者的手抬了起来，声音淡淡的，"她哪只手指甲发黑了？你自己看看清楚。"

肖甜心的眼神在一旁飘哇哇，并不看尸体。慕骄阳触到她的目光，怔了怔，又不说话了。

陈宏脸色发白，僵在那里。

"从刑侦学角度来说，妻子死亡，首先要怀疑的对象就是丈夫，进行第一轮排查。而你偏偏还要往枪口上撞，刚才警察问你话，有问你几点了吗？你张口就说一点二十，记得还真是准哪！难道是在计算死亡所需要的时间？"慕骄阳的声音越发冷酷。

"你没有证据！我就是和她吃了一样的饭菜，喝了一样的茶水。但我只喝了一口茶就去接电话了，刚才也腹痛难当，所以我知道是中毒。"

慕骄阳淡淡一笑："你当然知道应该做些什么。"

肖甜心的目光也被墙上的照片吸引住了。她发现照片不是用双面胶贴在墙上，而是用钉子钉着，且钉得非常紧，深嵌墙壁。不会是陈太太做的，女人不会做得这么利落，是陈宏做的。

肖甜心再将注意力放回到照片上。照片的主打是风光摄影，但用心看，会发现每一帧风光照里都有花草的点缀。甚至，花草可能才是主角。例如，在一张以"天空"为主题的照片里，四周空旷，远山在天边，还有一面宁静如镜的湖，湖面倒映着天空，两片"天空"在大家面前展开，但湖心里还倒映着一枝艳丽的红杏。整张照片很素净，因这点"红"而生动。

"陆队，翻找这间屋子里的所有照片，包括陈宏的个人电脑、手机、微博、微信，或一切可以隐藏起来的图片，应该能找得到。"慕骄阳从手提包里取出一个本子，两支蜡笔，开始描描画画。

"要找什么？"陆队还是一脸茫然。假金银花的残渣不是在那里吗？而且这个案子的动机还没有找到。刚才他已经第一时间打电话问过了，陈宏没有给妻子买保险，不存在骗保杀人的情况。

"找这一种植物的照片。"慕骄阳将本子竖了起来，上面是株栩栩如生的艳丽植物，黄灿灿的花朵一簇一簇缀于枝头上，像极了金银花。

"这位狡猾的陈先生绝对知道这是什么花，而且他应该还拍了许多这种花的照片。因为它就是他心中最理想的杀人利器。"慕骄阳笃定地说，"而且陈太太也知道那是什么花。所以，她绝对不会误食。因此，这壶假'金银花茶'只是障眼法，是陈先生一早备在那里误导我们。他提前把毒花榨汁混在了中午饮用的猪脚汤里，骗陈太太喝下去。因为这种毒要经过一到两个小时才开始发作，所以从陈太太喝下饭后茶到一点二十死亡来看，时间稍短，够不上，必然是要加上吃中午餐那半个小时。但如果以意外中毒来预判，等民警走了，他就可以把中午的饭菜全部处理掉。在法医检查死亡的时间和原因时，他也可以利用时间差很好地蒙混过关。但很不幸，我和肖小姐过来了。"

陈宏给律师打了个电话，然后拒绝开口。但是他很不安，一直在扯衣领上的领结。他的内心在抵触，因为慕骄阳说对了。

村里一向有用"三角米"来煲猪脚的做法，煲出来的菜是道补品。因为三角米本来就是草药，所以汤的味道浓，带苦味，遮盖了毒花汁液的味道，妻子没有怀疑，喝了三大碗汤。她的毒发来得快，去得也算利索。他本已计划好一切，以为天衣无缝，却在这个高大的男人面前栽了跟头。

肖甜心此刻的注意力都在慕骄阳手中的那幅画上。

她的手轻轻地抚了上去。黄色的蜡笔勾勒出几朵张扬又艳丽的花，他的画品如人品，他穿衣典雅，散发着古典气质，就连笔下的画作也有种复古的韵味在其中。指尖流连而过，她的食指指腹不小心触到了他的手背，她心头一跳，只觉他的肌肤真烫。

然后，她听见他极轻的一声笑。

肖甜心的脸蓦地就红了，她连忙把手收了回去，背在身后，只觉整个手腕都好像麻麻痒痒的。

"你喜欢？"慕骄阳低笑了一声，"送给你。"

她一抬头，就见他那对深邃的眼睛注视着她，眼底有戏谑，又似深潭波澜不惊，又黑又亮，灼灼地看着她，似有许多话要和她说。

她抿了抿唇，将画收了。

一旁的陆队急了："哎，姑娘，我们还要靠它找照片。"

肖甜心："……"

慕骄阳看着她那一张红得像红苹果一样的脸，只觉心情大好。他的指腹摩挲着手背的肌肤，也觉得酥酥的，麻麻的，痒痒的。

见一众警察还是对凶手杀人的动机感到茫然，没有头绪，肖甜心说："往最随意的地方找。他的照片或许藏在电脑的隐藏文件里，又或许随意得如同垃圾一样，丢在各个角落里。因为他的所谓作品就是垃圾！"

突然，一个小民警大声嚷："找到了！压在煲汤的锅底下的废纸堆

里就有一沓照片。"民警拿着那沓照片走过来，其中一张上就有这种植物，与慕教授画里的植物十分相似。

"你果然最懂我心，最称职的小助理。"慕骄阳微笑着看她。什么叫心有灵犀？她和他就是了。她就是他的灵犀。

肖甜心的脸又红了。

慕骄阳补充："这叫'断肠草'，开黄白色的花，又叫钩吻花。金银花花型要比钩吻花长，但也很难分辨。经常有对这两种花不熟悉的人因误食钩吻花而死亡。人食用钩吻花后，即使送医院抢救也很难医治，死亡率非常高。而陈氏夫妇都认得钩吻花，因为两人同是风光摄影师，经常在野外活动，又拍摄过许多植物的照片，不可能不知道这是什么花。而动机就是……"他忽然顿住，轻撞了肖甜心一记，"你来说。"

被他如此注视，被他如此信任，肖甜心的脸很红。

但她还是很镇定地开口了："丈夫的创作就是一堆垃圾，是妻子在背后默默地支持他，才使他渐渐成名，开始有大红大紫的迹象。但这个时候，丈夫应该是受到了妻子的要挟，妻子说要对外公布这件事情，丈夫于是杀人灭口。"

陈宏脸色阴沉得更为可怕。但他干脆坐下来，挽着双手似在看戏。

"沉着冷静，已经符合杀人犯的心理画像了。这个人已经开始变态，不过嘛，只是入门级程度，不值一提。肖小姐，我们走吧。"慕骄阳拿过画册本子，就要离开。

因为是命案，已经有两个刑警跟过来了。其中一个满脸好奇，问道："慕教授，您是怎么知道他的杀人动机的？"

肖甜心很无奈，心道：我被无视得真彻底，明明是我说的。

看穿了她那点可爱的小心思，慕骄阳说："入门级问题，你们去问我的助理。"

一众警察："……"

肖甜心："……"

肖甜心指了指站在书房门边的女人说："陈宏穿了黄色衬衣，是那种艳丽的颜色，穿这么骚气，从心理学角度分析，是因为他有了外遇。他的外遇就是这个女人。因此推断，妻子要挟的条件，就是要他结束婚外情，离开这个女人，否则就要将他找枪手这件事说出去。"

顿了顿，肖甜心又说："一个穿着这么糟糕、没品位的男人，是拍不出墙上那么生动那么有灵魂的照片的。所以他只会把自己的垃圾照片随意丢弃。又因为杀机早早埋下，起码可以追溯到一年前，因此他的照片里，必定有拍到过钩吻花的照片。钩吻花、毒药、杀人，就是他内心的直接投射。"

"他恨满墙的杰出作品，又不能不靠它们获取名利。所以每每看着那一切，他心里就像被点起了一把毒火。他将每一颗钉在照片上的钉子都钉得很用力，直透墙壁。即使没有婚外情，他也迟早会下手。就像慕教授说的，他在发生变态。"

啪啪啪！慕骄阳率先鼓掌，然后说："好了，动机明晰。其余的就是你们警方的工作了。"

他忽然牵起肖甜心的手，说："走吧！"

肖甜心心道：很好，对于慕教授来说破案大概只用了五分钟。想到他，以及还被他握着的手，她脸一红，不动声色地想挣脱他的手，却被他握得更紧。

处理完这个简单的小案子，慕骄阳带着她，马上赶赴本来要去参与侦查的命案现场。

发生命案的地方是在夏海市的市郊，那里是一个城乡结合部，行政区划上是夏海市下辖的宏福区。

现场被保护得很好，鉴证科与法医科的人员都在，证物也已收集完毕。

浓重的血腥味冲天，肖甜心细细弯弯的眉毛一直挑啊挑的。忽然，一只苍白的手递了过来，吓得她几乎尖叫。

一众警员纷纷看向她。肖甜心觉得自己丢脸丢大了。"把这个戴上。"苍白的手的主人淡淡开口，"味道就没那么冲了。"他手上是一个口罩。

肖甜心接过，还没言谢，慕骄阳又说："下次我拷贝120G的尸体图片给你，你看完就习惯了。"

等等！还有下次？而且还要看恐怖图片？肖甜心觉得自己整个人都不好了，嘟了嘟唇，问："你是研究犯罪心理的？时下不是很流行这个吗，你是来给罪犯做侧写的吧？"

慕骄阳回头睨了她一眼，说："不是，我纯粹是来研究植物的。"

肖甜心："……"

带队的何穆同拍了拍慕骄阳的肩膀，简明扼要地说起了案情。

事情经过就是，经常在这里爬山远足的黄伯，因为滑跤，跌滚到了山的这个斜坡边上，意外地发现了一袋埋在地里的内脏。因为昨夜下了雨，泥地被冲开，所以装内脏的袋子露了出来。

这已是这两个月内的第二起命案，内脏都是雨夜后被冲出来的。因

为下雨对证据链十分不利，所以已经很难搜集到什么有用的证物，除了两朵奇异地出现在这里的花。其中一朵已经被鉴证科取走。而两起埋内脏的案件里，在尸袋附近都有花。花朵被完好如初地插在地里，仿佛仍在生长。

"第一起是一朵，现在多了一朵，两朵，是第二起。"何穆同说。

"就像拿花在祭奠。"肖甜心忽然插嘴。

四

"祭奠？"何穆同低声地叫起来，"我还真没想过祭奠这个方向。"

慕骄阳不动声色地看了肖甜心一眼，视线又落到了那朵花上。

"我美丽的女士，你又出现了。"慕骄阳在尸体旁蹲了下来，戴着白手套的手轻轻地、温柔地捡起那朵粉白色的花。花朵上接近花蕊的地方飘着淡淡的紫，十分美丽。他抚摸花朵的样子专注而温柔，仿佛那花是他最心爱的情人。

正在做记录的陈星虚心地问道："慕教授，这是什么花？"

慕骄阳的唇庸轻启，露出一颗颗洁白好看的牙齿："它生长在中美洲，是旋花科里的攀缘植物。这位美人的名字叫作'木蔷薇'，也是圆叶牵牛的一种近亲，含有奇特的物质。它会结出木质的果实，经常在种子目录里作为珍品出售。它含有类似LSD（麦角酸二乙基酰胺）的化合物，即使是巫师也要远离它，因为无论古今的巫师都认为食用它会令自己'疯狂'。"

"哦，它真是可爱！"慕骄阳有感而发，"它的性格就像某些美人，美丽却很霸道。"

陈星直摇头，他完全听不懂。

肖甜心无奈，如果法医大人还在现场的话，一定听得懂。于是，她清了清嗓子，说道："用人话来说，这花中含有的LSD成分是致幻剂的一种。LSD，生物碱。它的LSD成分在动物体内呈现出不同的效果：青蛙与老鼠会呈昏迷状态；兔子则会血液温度升高，坐立不安，被毛直立；有些猫食用后会呕吐；可鸟科类动物食用，却能更服从人类指令，例如去开锁偷盗保险库珠宝；而人类嘛，应该不是昏睡就是产生幻觉吧。"

此刻，慕骄阳眼睛里只装得下那一株会令人"心醉神迷"的美人。

见他不说话了，肖甜心向慕骄阳的方向靠了靠，说："高人，你不推理？"

慕骄阳冷睨了她一眼："我只是来分析研究植物的，推理的事有警察，我又不是警察。"在所有人都没察觉的情况下，慕教授重新占据了慕骄阳的身体。

　　陈星会意，马上说道："埋内脏的应该是住在这附近的人。他很熟悉这里的环境，知道这条路偏僻，几乎没什么人经过。如果不是因为下雨，这里的内脏根本很难被发现。若非附近的人，一定不会把内脏埋到这里，因为山路越偏僻，就越难走，花的时间也就越多，外来者心里也会觉得自己在这里花的时间越久越容易被人发现。也只有附近的居民才知道这条山路少有人出没，且因为陡峭，行山的人也不会选择这条路走。"

　　"分析得不错。"慕教授脸上没什么表情，众人能看到的也只是他满脸的络腮胡子，可肖甜心察觉到了他长眉一挑。果然，他接着说道："但是……"

　　"但是，你说错了一点。"慕教授看着陈星，很认真地说道，"推理基本正确，应该是住在这一带的熟人所为，他很熟悉地理环境。但是，他是故意让人发现那些内脏的。第一起案子时，我还不能百分百肯定他是故意的。可现在看，他一定知道了当天夜里会下雨，所以故意在下雨的时候埋。而且袋子的链子也是他故意只拉一半的，目的就是让人发现这些罪证。毕竟，一个一心要掩埋尸块的人，即使再匆忙，也不会在袋子拉链那么重要的一个环节上出现纰漏。就算第一次他真的是太急了没有完全拉好拉链，那第二次呢？难道第二次还会忘记拉好拉链吗？所以说，他的目的只有一个，就是确保这些内脏会被人发现！而在第一起案子里，鉴证科检测到内脏里含有防腐剂。凶手为什么要多此一举用防腐剂？因为他要保存受害者的内脏，直到下雨天才将它抛出来，'展示'给大家看。"

　　慕教授在"展示"两个字上咬了重音："如果鉴证科检验出这袋内脏同样含有防腐剂，那就可以并案处理了。"

　　何穆同深思许久，才凝重地说道："凶手为什么要如此大费周章？既要掩藏尸体的一部分，又要展示？"

　　"这就是你们的任务了。关于木蔷薇的后续报告我会打好给你。"慕教授对肖甜心示意可以走了。

　　可肖甜心正听得兴起，哎哎了两声，见他已经迈开了大长腿，她一把牵住他的手说："高人，我正听到高潮部分，忽然打住，会憋出内伤啊！"

　　慕教授垂下眼睑，视线停在了她牵住他的手上，他怔了怔才说："我不是警察。"见她嘟嘴表示不满，他回头对一众刑警说道，"无论他是何种目的大费周章，可以肯定的是，这人是变态，还会再犯案。你们要抓紧时间了。"

这将会是一个极为残忍的、亢奋的变态连环杀手。他似乎是在挑战警方。

等上了慕教授的车，开出很远了，眼看城市入口在即，华灯已上，一片灯火辉煌，肖甜心忽然嚷嚷着："难道你就不好奇吗？居然就这样走了？"她没注意到他开过了头，又拐上了郊外的小路。

"那是个变态的连环杀手，且具有不稳定的精神因素，他会产生幻觉，所以此人十分危险。而我……"他忽然不说了。

肖甜心睁大了眼睛看着他，催促他快说。

"而我突然间改变主意了，我不希望你为此涉险。"慕教授转过头来，看了她一眼。

肖甜心不得不感叹，他这一记眼神对女性十分具有杀伤力，若非一大腮帮子胡须碍眼的话。

慕教授直视前方的路况，又开始下雨了。

他心事重重，居然把肖甜心给载回了别墅。

等停车熄火了，他才恍然大悟："对不起，居然忘记你了。"

肖甜心撇嘴："那需要我时刻刷存在感吗？"

"哦，"他单手托腮看着她，拇指指腹在性感的下唇瓣摩挲，"那就是你同意当我助理了，冒失但又干劲十足的助理小姐？"

隔着橘黄的车内灯光，肖甜心才发现，他的下唇瓣中间有一道竖着的凹痕，衬得他厚薄适中的唇十分性感。脸一红，她掩饰什么似的叫了起来："谁说我答应了。"脑海里出现的却是另一个人，那个人的唇瓣上也有一道竖痕。但他在她的记忆里永远年少，一直停留在十六七岁的样子。

看到某人恼羞成怒了，慕教授低笑起来。

"谁让你笑我！"肖甜心红着脸，伸手推了他一记，没料到尾指尖尖的指甲居然在他的脸上划开了一道血痕。

他的胡须那么茂密，可脸皮渗出血珠来了。

他的脸皮有没有那么嫩啊！肖甜心十分哀怨，于是认命般地双手一摊，说道："我不是故意的，你想怎么罚我就怎么罚吧！"

这话怎么听怎么暧昧。慕教授的脸蓦地红了。

"咦，你脸红了？"肖甜心高兴得如同发现了新大陆。

"没有。"慕教授不看她。

"你连耳根子都红了，骗谁呢？"肖甜心笑得很甜。

慕教授气得牙痒痒，突然想到了一个好主意："我想到该怎样罚你了。"

这句话同样说得很暧昧，尤其是在这样的夜里。这次轮到肖甜心红了脸。

"你帮我把胡子剃干净！"最后三个字，他几乎是一字一顿地念出来的。

最后，肖甜心只好在雨夜里跟随他上了楼。

慕教授在浴室里待了二十分钟，再出来时，只穿了一件白色的大睡袍，居然已经洗过澡了。

肖甜心何曾试过这样孤男寡女地待在一个房间里，有些羞赧。可那只苍白的手已经伸到了她面前，手里是一只剃须刀和一瓶须后水。

想了想，肖甜心从自己的坤袋里取出了一瓶乳液，说道："我先给你涂点香香吧，不然刮时会有点疼。"

慕教授怔了怔，没想到大大咧咧的她居然还挺细心。他低低地嗯了一声。

他坐了下来。他太高大，十分有压迫力。肖甜心的影子几乎都被他的影子给完全包裹住了。念及此，她又脸红了，说话时声音轻轻的："你再坐近一些。"

他眸色渐深，并没有说话，只是离她再近了些。

肖甜心本已坐下，后来还是觉得站着好。他实在太高。

肖甜心将两只手抹好了乳液，贴到了他的脸上。

慕教授觉得她的手很温暖。

她替他打圈涂均匀，然后涂上了剃须膏，开始给他剃胡子。

他用的不是什么高科技的电动剃须刀，要慢慢地一下一下地刮，难怪他自己都懒得刮胡子。于是她没话找话说："下次来，我给你买个飞利浦的吧，一下子就好了。"

他没说话。可是她觉得他笑了笑。

人与人的相处，说来就是如此奇妙。肖甜心与慕教授只是初次见面，却觉得他们已经认识了许久。

原本她的手还有些抖，后来越刮越顺。

他忽然说了一句："我还是喜欢由你来刮。"

他撩她？肖甜心不敢看他的眼睛了，这对眼睛太迷人，也太危险。

"难道你不期待吗？"慕教授说。笑意从他的眼里一闪而过。

回不回答都是一个坑啊！肖甜心在心里纠结。

果然，他又说了："刮完胡子，你就能看到我的样子。难道你不期

待吗？”

肖甜心的耳根都红了，只觉得他再撩下去，她都要自燃了。然后，她手一抖，在他已经看得出的白皙的左脸上划开了一道口子，与方才指甲划的地方形成了一个"二"字！

肖甜心只觉得"二"的人，分明是她自己！

"对不起，对不起！"肖甜心有些手足无措。

"没关系。"慕教授看向墙壁上的挂钟，居然快十点了。于是道："太晚了，我先送你回家。"

"可是你的脸……"只刮了一小半哪，这么"拉风"地出去，真的好吗？

"没关系，我回来再自行处理。"慕教授拿起了车钥匙，"走吧。"他也不管身上穿着的还是大睡袍。

当教授的，生活自理能力都这么差的吗？肖甜心的内心在呐喊。

回到公寓，肖甜心没开灯。

她踏着夜色走进浴室，热水滚烫而下，几乎灼伤了她。她一点一点地冲洗自己。闭上眼睛，脑海里浮现的是慕教授的背影，那么高，那么挺拔，如立在夜色下的一棵杉树。

他在单薄的夜雾里缓缓转过身来……

是记忆中那个清隽而冷漠的少年的脸。

肖甜心猛地睁开了眼睛。

四周是无边的黑暗。

苦笑了一声，她还是没有办法忘记那个不辞而别的少年。

嘟的一声，是微信响。她从衣物架里一捞，翻开手机看，是慕教授发来的：注意安全，好梦。

她没有回复。

今天的事对她的冲击太大。

那么多年过去了，她几乎要忘记真正的自己是什么样子的。但这个叫 Tom 的慕教授却领着她一步一步重新走上来时的路。

那些鲜血、断肢，那些冤屈与那些不愿闭上的眼睛，从此以后，又将是她梦中挥之不去的常客。

无论是这几年来爱笑的、活泼的、爱做衣服的她，还是从前站于 FBI 的简报厅里认真沉默而严肃地做简报，缉拿罪犯的她，可能都不是真正的她吧。

肖甜心想，她觉得自己在迷失。

第三章 她是我的猎物

一

肖甜心无故消失了一个多星期。

慕骄阳气得牙痒痒，又没有办法。

他的身体大多时候被慕教授占据。他要出来非常困难。

他现在既对肖甜心感到抗拒，又被她强烈地吸引，想要靠近。

他给她打了无数个电话，都转到了自动留言箱里。

很显然，是她想要避开他。

为什么呢？是察觉到了彼此间的属于男人与女人的化学反应吗？

慕骄阳苦笑了一声，他和她之间一向都是如此。从年少到今天，只要是她，总会乱了他的分寸，乱了他的心。

他给她发了一条微信：肖甜心，你为我做的衣服呢？还加了一个 [二哈] 的表情。

这一次，她很快回复：还没有进行第二次量身。你要高定，最少要

量身三次。[心]

一个红彤彤的跳动的心，在他脑海里不停地跳动，扑腾扑腾！她好热情，好可爱！

她的心思不难猜。

她的好奇心很旺盛，但与此同时她又在抗拒，不希望再踏进这个满是犯罪、鲜血、肢体、肮脏与丑陋的世界。

他给她发了一串地址，附加了一句：明天上午十点十五分准时在这个地方见。

她秒回：为什么选这么……独特的地点？[笑哭]

"因为我的时间很宝贵，必须抓紧每一分每一秒。反正都是要量身，在哪里量不一样？"这一次，他直接用语音回复。

她发了个[可怜]的表情过来。

慕骄阳给她回了个摸头的表情，然后语音说道："甜心，你不觉得发微信是很私密的一件事情吗？"

你来我往，一句一句，一字一字，只有很要好的朋友、亲人和情人，才会有这样的闲心。顿了顿，他又说："我只和你一人发微信，因为是你。"

对方很久没有回复。

他主动，她就逃避了。

就如上个星期，他站在夜色里，看着她的家。她家里的灯一直没有亮起。他在楼下站了一夜，给她发的微信她也没回。就如今天这般。

想了许久，对话框里一直显示他在输入，他一怔，笑了。是呀，就是她了！他一直想的，这么多年想的，只有一个她。

"我很想你"，他刚写完，又删掉了，最后只发了一段话：你对这个充满犯罪和丑恶的世界感到厌倦、抗拒，但内心还是向往黑暗背后的那一点光。因为你就是凭着那一点光在坚持，坚持和邪恶做斗争。你是这样，我也是这样。甜心，你很勇敢。明天，我在那里等你。我需要你。

第76次评估：

跟踪研究对象：肖甜心，25岁

她的精神，有一部分隐没于黑暗之中。当年意外的过失对她打击非常大，比我之前所料想的都大。

对犯罪心理学没有彻底遗忘（但这一科的知识她已见生疏），处理案件干净利落、条理清晰、观察入微。内心有抗拒，但对连环杀手有着不一样的热情，对于她来说，那就是挑战。她和我一样，生来就是猎人，就是捕手。她察觉到了我在追猎她。她是我的猎物，我也是她的猎物？谁知道呢？

轻笑一声，慕骄阳摇了摇头，将最后一段删掉了。最后他又补充：她的抗受力到底低到哪一步？看来，必须带她回美国，让她亲自见一见当年那个杀死孕妇的连环女杀手。

咿呀一声，铁门被推开了。

肖甜心来得早，上午十点就到了。

"来得真早。我们不是约的十点十五分吗？"慕骄阳走进铁门后的这个封闭的世界。

四周全是铁索围栏，看不到蓝天，闻到的都是潮湿腐朽的味道。

肖甜心提着一个大袋子，背后还背了一个双肩包，安安静静地坐在长椅上看着他。

长椅经过岁月磨蚀，泛着乌黑的色泽，木纹几乎被磨没了，辨不出是什么木材。长椅很长，他就站在长椅的另一边。

他的站姿挺拔，逆着光，她看不清他的样子，但那个高挑儿挺拔的身影，就是昨晚她的脑海里曾出现过的样子。

他动了动，问："用过早餐了吗？"

肖甜心站了起来，乖乖巧巧地答："用过了。是你早到，现在才十点零五分。"

他依旧戴着白色的口罩。她看不清他的模样，只能瞧见他那一双清澈见底的乌黑的眼睛。他的目光清浅又温柔，黑湛湛的，会教人沉沦。

"等待女孩子，应该提前一点的。"慕骄阳举起手揉了把她的发，说，"待会儿我请你吃午餐。"

两人肩并肩往里面走。

这里是监狱。

被囚禁的犯人见到有生人来，十分激动，全部拥到了铁门边。

见到是个俏生生的女孩子，他们就更加激动了，说出的话一句比一句下流。

"啊！我闻到你下面的味道！"一个罪犯猛地撞击铁门，伸出手来抓她。

慕骄阳动作奇快，一把扯过她，挡在她的身前，一个反手擒住犯人的手，啪的一声将犯人的手腕拧脱臼。

监狱里传来极为痛苦的鬼哭狼嚎。

肖甜心冷笑了一声，说："一个性无能奸杀犯，能闻得出什么味道？"

慕骄阳回眸看她。她头顶上悬着一盏泛出白光的灯，白亮的光打在她脸上，她那对大眼睛异常明亮，明明唇边是甜美可人的笑容，可眼底的笑意却冷，衬着她精致小巧的五官，此时却有一种冷艳的美。

她站在这灰蒙蒙的牢房里，却是所有光亮的中心。

她，就是光明。

慕骄阳低笑了一声。是他小看她了。

"他的心理画像确实就是个性无能。"慕骄阳斜了一眼还在鬼哭狼嚎的犯人。犯人所在牢房的墙上挂有一张不知名女人的海报。刚才慕骄阳与她经过时，就看见他一直在拿铅笔戳墙上的女人，他戳的位置分别是女人的胸部和下体。

著名的犯罪心理学家道格拉斯曾经说过，所有的犯罪行为在本质上都和性有关，即便作案过程中没有对受害人进行性侵犯也是如此。

"弗洛伊德曾说过，性冲动是人类一切行为最原始的驱动力。"慕骄阳说，"尤其是在犯罪世界里，性犯罪占百分之九十以上。他在幻想拿刀不断刺受害人。以刀刺本身就是一种性行为。铅笔就是刀。"

"是。"肖甜心乖乖巧巧地答。她又说："他只幻想用刀刺，多多少少有身体缺陷或是性无能。"

两人在一群犯人的嘶吼和鬼哭狼嚎中淡定地进行着学术讨论。当他们说出这番话时，所有的犯人都被镇住了，像见了鬼一样，全缩到了牢房的最里面。

突然，外面的那道铁门再度被打开，外头的阳光刺了进来，一个狱警举起铁棍狠狠地砸了一下铁门，说："你们再吵，看我今天废不废了你们！"然后他又瞪了慕骄阳一眼，道，"还有你俩，别做不合时宜的事。还有，进入里面那道门，需要交出一切武器。我不管你们是警方那边的什么人，刀和枪绝对不准带进去。"

慕骄阳淡淡地嗯了一声，说："我们不需要枪，只需要这里。"他说着指了指自己的脑袋，也不管狱警什么表情，先一步往里面走去。

肖甜心紧紧跟随他，尽管没有枪和任何武器，但只要他在身边，她就莫名地感到安心。

二

两人在接待处停下。慕骄阳签了一系列文件，并交出随身携带的武器。

其实就是一把防身用的匕首。

肖甜心眼尖，看见文件一角，他的签名是 Shaw。

Shaw，狼？

不是 Tom 吗？ Tom，猫，一只温柔的雄性大猫。

她抿了抿唇，没有作声，默默地将自己的东西交到桌面上，像他刚才那样接受检查。

慕骄阳一垂眸，已经看到了她的反应。他想向她解释，想告诉她自己就是慕骄阳，但又知道不是时候。

好吧，忍耐一下，等中午吃饭时再向她坦白。

"有什么事就大喊。"接待人员将另一道铁门打开，说，"黄千在最里面。"

黄千就是慕骄阳要探访的犯人。

最近新发生的几起连环杀人案与当年震惊世人的黄千案极为相似，凶手有意模仿黄千，想要炮制"黄千案"。要破解"黄千模仿案"，就有必要拜访黄千，探寻这个模仿者与黄千的相似之处。

肖甜心一边走一边观察，这一路，他们走过了无数道铁门。夏海市的这座监狱在海中小岛上，与世隔绝，关押的都是等待执行死刑或是被判无期徒刑、穷凶极恶的罪犯。

他人高腿长，步子大，她要很努力才跟得上他。忽地，她停住脚步说："五年前，在谢菲尔德飞往伦敦的小型私人飞机上，慕教授就是你，对吗？"

慕骄阳脚步一顿，那个人只是慕教授，并非他。但她已经认出有着大胡须的慕教授来，他现在无论说是还是不是，她都要生气了。

"当年为什么不打个招呼就走了呢？"肖甜心不走，娇娇小小的一个身影就停留在了昏暗的监狱过道里。她咬了咬唇，扬起小脸看定他，红红的小嘴一张一合，"你不会是请我来给你做西服那么简单。尤其是今天还到监狱里来。"

"当年的事，我中午的时候都会跟你解释清楚。"慕骄阳的眼睫颤了颤，那对漂亮的黑色瞳仁既漆黑清润又清澈透明，像从水底捞起的墨玉，即使是在这种不见天日的地方，依旧湛湛有光，那么动人。

他牵着她的衫袖，犹豫了一会儿，指尖触及她的尾指，轻轻一抓又放开了。

那种感觉既陌生又熟悉，还十分挠人。她努力地扬着小脸，瞪着一对大眼睛无辜地注视着他，咬了咬唇，脸就红了。

慕骄阳低笑了一声，举起手轻按在她脑袋上揉了揉。

"待会儿，你帮我引起黄千的注意。他的警觉性太高，我一个人去探访，问不出任何有价值的东西。但有你从旁协助，就可以套到料。"说完，慕骄阳牵着她的小手往最里面的会客室走去。

那里并非黄千的牢房，而是一间占地面积颇大，拥有一扇窗户，唯一可以照到太阳的会客室。

黄千已经从牢房里被押解到这个会客室了。

当黄千看到穿着一套蜜色女士西服的肖甜心时，眼睛一亮，但又感到十分意外。

黄千的任何表情都没有逃过慕骄阳的眼睛。

看到异性，黄千没有说出任何的污言秽语，只是一直打量她，反而忽略了慕骄阳。

察觉到他的灼灼目光，肖甜心丝毫不避，大大方方地微笑道："黄先生，你好。"

黄千先是一愣，然后嘴角一勾，清秀的脸庞瞬间变得更为柔和，也微微地笑了："甜美的小姐，你好。"

他动了动身体，往桌子前肖甜心站的方向靠了靠，眼睛一直盯着她，忽然又说："你很勇敢，美丽的小姐。"

肖甜心只是礼貌性地笑了笑，没有回答。

慕骄阳对守在门边的狱警说："警官，麻烦你把黄千的脚镣打开。我希望我们这次的谈话可以在更舒服的状态下进行。今天，我只是他的一位客人。"

肖甜心不动声色地整理自己袋子里的东西，然后也替慕骄阳把手提包里的相应文件、资料与录音笔一一整理好，放到桌面上来，与他十分有默契。

他只是垂眸，眼睛一弯，对着她笑了，笑得十分温柔。

狱警进来替黄千打开脚镣，并警告说："他一只手就可以碾死抓捕他的刑警，你好自为之。"他说着还不忘看了眼那个娇滴滴的女孩子。

应慕骄阳的要求，狱警站在离会客室更远一点的那扇门边，隔着七八米，但铁门通透，彼此之间是看得见的。

黄千笑了一声，坐下。

他举起戴着手铐的手，在慕骄阳面前甩了甩说："我用手铐只需要三十秒就可以把你勒死，别看你比我高那么多。"

慕骄阳微微一笑，斯斯文文地坐了下来，说："我对此毫不怀疑。"顿了顿，他又说，"抱歉，我感冒了，所以戴着口罩，你别介意。"女士在场，黄千变得比前几次见面时要急切了，他急切地想要表现。

明明慕教授的声音淡淡的，但并不冷漠。没有了之前跑凶案现场时的尖锐，他整个人变得平和。肖甜心再度看了他一眼，然后说："慕教授你们继续吧，我先根据你的气质把衣服设计稿修改一遍，再为你量身。"旋即她回头对黄千一笑，"抱歉，打扰你们谈话了。"

无论是慕骄阳还是肖甜心，都给足了黄千应有的尊重。

黄千眼眸一沉，忽然就不说话了。他脸上阴沉沉的，显然并不开心。

慕骄阳理了理衣服，将风衣里的衬衣纽扣解开一颗，也不急着问话。他翻开了相应文件夹，几张照片露了出来。他淡淡地睨了一眼黄千，又把文件夹合上，说："不介意我录音吧？放心，不会泄露给任何人，更不会对你造成任何不利。待会儿我没有提到的问题，你也别主动说出来，以免被人抓到把柄。"

肖甜心拿着画笔的手一顿，嘴角扬起一个很微小的弧度。这个慕教授是个善于攻心的高手。她又看了眼慕教授，他不但高挑儿挺拔，骨肉匀停，而且身体肌理充满力量美感，绝不是一个好对付的人。这一点上，黄千看走眼了。

莫名地，她伸出小手，按在了慕教授的手臂上，拇指食指与无名指并拢，捏了捏他的手臂与手腕，与想象中的一样，他的肌肉硬邦邦的，极富张力，充满了力量感与线条感。她是服装设计师，见惯了男性试衣模特儿，可以想象得到，慕教授皮囊下的这具身体是强壮而有力的。

慕骄阳一垂眸，眼神扫过她白白净净的手腕。她的十指纤细修长如葱白，只在指尖上透出健康的粉红。他的视线沿着她的手臂往上，凝在她俊俏的小脸蛋上，她的眼睛那么大那么亮，一直盯着他的手臂瞧。轻笑了一声，他说："你的脸红了。"

嗖的一下，她收回了手："我只是摸摸看你的手腕有多大，做袖口时，尺寸要咬得很合适，在细节处见真章，才能显出高定的精神。"

慕教授将手腕处的袖口扣子解开，然后将手腕轻放于她面前的桌面上，一副任她摸的样子，闲闲道："破案也是，关键在于细节。"

黄千双手抱着后脑，身体往后仰，姿态懒散，一副很舒适自在的模样，静静地看着两人。过了许久他才肯继续说话："随便吧。我判了死刑，再多几条罪，又有什么关系。"

肖甜心的心微微一颤，然后跳得越发厉害，她想：慕教授的心理暗示与分析术成功了，犯人肯再度开口说话。

刚才文件夹里的照片就是关于黄千犯下的五桩凶杀案的，只那么一眼，就让黄千血液汇涌，犹如重回犯罪现场，兴奋得不得了，无论是心理还是生理都出现了反应。

换而言之，他很爽！

慕骄阳微微一笑，指尖又触了触那沓文件。果然，黄千的眼神又掠了过来，擦过他的指尖，看向文件夹里的照片。

"说说你的童年吧。"慕骄阳放缓了语气，慢慢诱导。

他的声音很有磁性，醇厚动人，现在这样慢慢说来，也就更加低醇，像月光下流淌而出的大提琴音。

黄千很享受似的，闭上了眼睛："我的童年？我的童年衣食无忧，实在是没有什么好说的。"

"有的。"慕骄阳认真地看着他，嘴角噙着一点笑，"不如说说你的妈妈？你真是恨她呀，巴不得在她嘴里塞上什么东西封死，让她永远都发不出声音来。噢，你也这样做了。你给她的嘴巴塞了一刀，直接搅烂她的舌头、喉咙、声带。"

他一点一点地让黄千去幻想，黄千笑了。

明明是说着那么诡异的事，但年近四十的黄千笑得像个孩子。

笑容那么纯粹，却越发令人毛骨悚然。

这就是黄千的幻想，而慕骄阳作为最优秀的猎手，自然懂得猎物所想。

肖甜心不自觉地蹙了蹙眉。

慕骄阳自然是感觉得到的，他在桌底下轻轻地握住了她的手。

他的手那么温暖。

肖甜心不得不叹：可他的思维，却是那么变态！

因为他将自己完全置于凶手的角度去思考，这一刻，他就是黄千，黄千就是他。

"我的妈妈，呵，"黄千发出一声讥笑，"真像在看题作文。"

"就当是一篇作文。"慕骄阳说，"你就接着写吧。"微微一顿，他笑道，"就写'我的妈妈'。"

但黄千不说话了。

彼此沉默了长达二十分钟。而肖甜心一直安静地做着自己的工作，在画册里给第三版的西装设计图做细节修改。然后她又停了笔，拿起卷尺比对到了慕骄阳的腰身上。

她稍有犹豫，两只手还是轻轻地卡了上去，两拇指指腹稍用力按在慕骄阳的腰眼上。慕骄阳的身体震了震，但他又恢复了镇定从容，腰板挺得更直，但她还是感觉到了。也不知是谁的心在怦动。

"你喜欢裙子，那种很梦幻的洋娃娃裙。聊聊。"慕骄阳说。

肖甜心在心中哂笑：原来是个恋物癖。这一类人不一定就会走上杀人的道路。但变态连环杀手很多都有恋物癖、纵火、少年期尿床的不良习惯，他们缺乏稳定感，无法融入社会，最终走上杀人犯罪的道路。

"我第一次得到的裙子是从晾衣台里捡到的。"顿了顿，黄千笑了，"是一条很漂亮的花裙子。我将它带回家，收藏在自己的地盘里，但被妈妈找到了。嗬，她说我是怪物。怪物难道不是她生的吗？真棒，她生出一头怪物！她的爱好不就是骂我吗？她那么爱说个不停，我就让她永远闭嘴好了。哦，说远了。后来，我妈妈不准我住在屋里，把我赶到了天台，随意搭了个棚屋给我住，和狗窝没什么区别。"

慕骄阳在本子上写写画画，忽然又说："她还经常暴打你，公然地羞辱你，不让你和你姐姐或者妹妹接触。我猜应该是妹妹，而且是你妈妈和继父所生的孩子。"

"是。"黄千顿了顿，抬头看向他。

黄千从小住在国外，后来因为经常被妈妈虐待，福利署来干预，他被带走，被别的家庭领养，单是领养家庭就换了好几家。他还进过精神病院。他的背景复杂，就连国外警察都不是十分清楚，更何况是国内的。因为他早在二十多年前就不和原生家庭联系了。

但他的家庭背景却被这个看似年轻的男人一眼看透。

这不是个普通男人。于是，黄千又不说话了。

慕骄阳看见肖甜心一张小脸憋得通红，手卡在他腰上，一副欲言又止的害羞模样，他怔了怔，耳根都红透了，才站了起来，说："有什么要求，你可以直接提的。"

"哦，那你把衣服脱了吧。"肖甜心的声音细细的，说话时没什么起伏。可他站得高，一垂下睐，就看见她鹅黄色的真丝衬衣领口处有一抹可疑的红，从锁骨一直往下蔓延，埋入深深的沟壑……

慕骄阳低笑了一声，连忙转开了视线。

他将驼色风衣的带子一解，利索地将风衣扔到了地上。

这男人……是在勾引她吗？

肖甜心抿了抿唇，才知道，无论是对黄千还是对她，他都是为属于自己的猎物量身打造的。

她眼看着他白皙的手一颗一颗地解开黛色西服上的扣子……

三

他黛色的西服异常修身，包裹着他完美的躯体，让他看起来就如意大利文艺复兴时期的雕塑。

她低垂着眼睫，眼角的余光看到他明明看似单薄的肩膀却那么宽。他的白衬衣下摆微微卷起，露出他纤细修长的腰线，下去一点是深深凹陷进去的腰窝与人鱼线……

她急忙避开了那些令人面红耳赤的身体弧线，却又不小心将目光定在了他被西裤包裹着的劲瘦有力的长腿上。

他又睨了她一眼，随手一扔，将西服也扔到了地板上。

肖甜心红着脸，默不作声地将他的风衣与西服捡起，搭在他的椅背上。然后她取过尺子，在他的裤头处绕了一圈，小心翼翼地不去触碰到他腰部的肌肤，在心中默默地记下了他的腰围。啧，在男人里，以他一米九几的高海拔，这腰围真纤细！

他的手按在了衬衣的第二颗纽扣上，利索地解开，接着是第三、第四颗，露出他白皙精致的锁骨与胸膛。"需要我把衬衣也脱了，嗯？"慕骄阳看着她，眼底有戏谑。

"不要。"肖甜心憋得一张小脸特别红。

黄千忽然开口："她是你的女人？"

肖甜心的手蓦地一顿。

慕骄阳一直看着她低垂的脸庞，只是笑了笑，没有回答他的问题。

"她滋味如何？"黄千的视线一直定格在慕骄阳脸上，他隐有兴奋。

肖甜心正半蹲着身，手又在卡他的腰部尺寸，被这样一说，只觉得轰的一声，血液都倒流上了脑部。

虽然她知道慕教授为什么要这样做，但还是害羞得不行。

一只手按压在她的头顶，然后她听见慕教授淡淡地道："起来吧。"他的声音不带一丝欲望与杂质，干净纯粹。

她站了起来，往后退了一点。

慕骄阳重新坐回椅子上，说："我很好奇，是什么触到了你的兴奋点？"顿了顿，他了然道，"我明白了，在那五起凶杀案里，没有你侵犯那五位妻子的迹象，但其实你是在她们死后动了她们的嘴，之后又将刀插入她们的嘴里，就如在幻想中一遍又一遍地羞辱了你的妈妈。"

肖甜心全身一震，完全明白过来。只不过短短一个小时的工夫，慕教授已经得到了他对于犯人所需要知道的一切详细资料。"这件案子，是你负责抓捕？"她忍不住问道。

"不是。当时我不在夏海，只是根据警方提供的照片和各项报告给出了一个具体的画像侧写。警方请教了另一位心理学家景蓝教授，最后抓到了他。"慕骄阳回答。

黄千笑了笑，并没有秘密被戳破的恼羞成怒："说吧！你们来究竟是为了在我身上寻找，或者说得到什么？"顿了顿，他又说，"这位年轻的小姐，你绝对不是什么服装设计师，你也是警察。你身上有那种味道，十分令人讨厌，就像那种一旦咬住人就不会再放开的鬣狗，对，就是这种味道。不过嘛，也令我十分愉悦。"

慕骄阳以眼神示意，又点了点头，于是肖甜心坐到了慕骄阳身旁。她翻开资料，一目十行。文件资料非常厚，慕骄阳问："时间够吗？"

"没问题。我还在 FBI 时，练过利玛窦记忆法，能以最快速度将资料看完。"

黄千吹了一记口哨，说："哟，女神探。"

肖甜心将一沓照片放到了一边，发现黄千的目光一直没有离开过照片。

呵，就先让他看看照片爽一下吧，反正都是慕教授教的。

慕骄阳只是笑："你学坏了。"

只要结果对，过程？不重要！肖甜心嗤了一声。

"夏海市又发生了连环凶杀案。凶手使用与你相似的作案手法，简直就是你的崇拜者与追随者。"慕骄阳从手提包里拿出另一份文件，扔到桌面上。

见他伸过手来，慕骄阳又一把按住了那份文件。

"你想看，我们会满足你。但你总得给我们点什么吧？"慕骄阳耸了耸肩，双手置于桌面在那儿玩叠罗汉，"例如，在你犯下的案件里，你为什么改变了作案手法？"

"你憎恨你的家庭，尤其是母亲，这点我可以理解。所以你费了大量的时间在对付女主人上。但对付男主人时你的手段非常迅速，没有过度折磨，我想你的亲生父亲在你很小的时候就抛弃了你们。所以，你也憎恨父亲，直接映射到了男主人身上，你在他身上刺了好几刀，又深、又快、

又狠，最后致命的一刀在心脏。你所选择的家庭都有两到三个孩子，有男孩有女孩，你将这些家庭模仿和幻想成你的原生家庭。男孩子通常死于刀刺，但女孩子却全是服用安眠药，像沉睡了一样。你幻想的重点部分，究竟是在哪里？"慕骄阳问了两个问题，一个是黄千为何在女孩子身上改变了作案手法，一个是黄千重点幻想的部分在哪里。

肖甜心觉得哪里奇怪又说不上来，她隐隐地觉得不安，觉得慕教授是在对她映射什么。以慕教授的聪敏和强大，怎么可能不知道这些问题的答案？

他为什么选了她陪他来监狱？仅仅是为了令黄千开口吗？

无解。

不去想那么多，肖甜心从慕骄阳手中拿过新的案件文件夹，迅速翻看起来，她越看越心惊，总觉得有什么似曾相识，有什么呼之欲出。

"你幻想过成为女性。你捡裙子的初衷是真的喜欢，想往身上穿，而不是单纯的恋物癖。但后来，妈妈的不理解和她对你的敌视、侮辱、暴打，才一步步地令你变态。你还做了什么故意惹恼她的事，是吧？"肖甜心一口气说了很多。

黄千不再摇晃身体，坐直了看着她。

接下来的话，肖甜心没有马上说出口，她看了慕教授一眼，再次红了脸。

换了从前，无论是哪个男士站在她身旁，她都可以脸不红心不跳地把话说完整，换了是他，她却……

"你当着她的面，拿捡到的裙子手淫。"慕骄阳淡淡地说了出来。

黄千哼了一句："那是因为在她的眼里，我就是这样的变态。我成全她。"顿了顿，他又转向肖甜心说，"你说对了，我是幻想过成为女孩子。"因为，如果他真的是女孩子的话，或许他的妈妈就不会那么讨厌他，视他为怪物。

他没有说出口的话，肖甜心和慕骄阳都看懂了。

惹怒妈妈后，他被暴打。只有12岁的男孩终于变态，然后举起了屠刀。

"你没有亲手杀害她。"慕骄阳点明。

"是。我太小，力气弱。我被关进了精神病院。"黄千答。

慕骄阳思考了一会儿才说："所以你才会一步步沦为变态连环杀人犯，把你没有做成的事一遍一遍地幻想，一遍一遍地付诸现实，无法停止。"

过了许久，黄千点了点头。

究竟是人本善，还是人本恶？肖甜心依旧心存最后一点善念。她看着他，手攥紧了他的衫袖，声音低低的："Shaw，你说如果当初他对他妈妈……他后来还会不会一次次地幻想和杀人？"

慕骄阳摸了摸她的头说："甜心，你要明白，从他妈妈粗暴地对待他开始，他的心理已经变态。无论有没有杀母，最后他都是会控制不了心里的变态与杀戮因子的。任何一个母亲都不应该这样对待自己的孩子。"

蓦地，黄千整个人如被钉在地，他脸色苍白地看着慕骄阳，最后只说了声："谢谢。"

话是由衷的，但说完后，他面如死灰，没了半点生机，也不再愿意回答任何问题。

慕骄阳再度以眼神示意她。

她动了动身体，往黄千那一边的桌面靠去，说："有兴趣看看吗？"然后她将新案件的照片递给了他，里面没有尸体照（那是对受害者的尊重），但有现场照，鲜血到处都是，可见当时的情况多么惨烈。

"我想看看孩子的尸体。"黄千说。

肖甜心摇了摇头，放缓声音："那是不可能的。"她离他又近了一些。

黄千看了她一眼，笑了声："你们还想知道什么？"

之前装有黄千犯下的灭门惨案的资料的文件夹还放在那儿，照片也没有被刻意收起。黄千的视线定格在那几个小女孩的陈尸地（即女孩子们的卧室，只画了一个表示受害人的大圆圈，没有死者的照片）上。料到黄千所想，慕骄阳进一步补充："她们死得最为安详，安安静静地躺在床上，像睡着了。她们衣饰整齐，没有遭受任何虐待与侵犯。"

一个又一个的洋娃娃。

肖甜心不像慕骄阳早看过了资料，这些照片，她也是第一次看。只见那些小女孩看起来四到八岁不等，面容安详，脸上没有丝毫的恐惧神色。她们的头发一丝不乱，显然是后来有人特意梳理过的。她们身上的衣服是完整的。她从记忆里搜索，档案显示，小女孩们的身上没有遭受侵犯的痕迹。"你从一开始就把小女孩与其他家人隔开，她们什么都不知道，所以感受不到恐惧。从一开始，你应该是找各种借口接近那些家庭，从而与他们成为朋友。你的画像应该是能言善辩，有亲和力，在社区里热心助人，但又不会有过多话语，刻意不引人注意。你看起来穿着干净整洁，工作薪水不错，所以给人的第一印象非常好，你的职业应该是老师、医生一类。"

"儿科医生。"慕骄阳肯定道。

所以能够进入受害人的家里。

肖甜心一直研究着那些照片，为了便于走进对方的幻想世界，她把手机里保存的五个小女孩的照片换了好几次位置，最后全部打横摆放在一起，她发现这些小女孩真像一个一个的洋娃娃。

蓦地，她就找到了幻想里的关键点："五个小女孩的裙子在哪里？"美丽的洋娃娃们怎么可以没有裙子！

四

慕骄阳笑了一下："甜心，你终于找到了黄千案的标签。这就是他的签名，他的模式。他将大量的时间留在了小女孩的房间。"

"这几起模仿者的新案子也是这样。而且从表面上来看，这个追随模仿者作案的手法和黄千作案的手法几乎接近。但小女孩们的裙子并没有被除下收藏起来。"他说。

准确地说，黄千并没有对小女孩们进行侵犯和猥亵。因为她们都是他渴望成为的模样，是他幻想中最重要的一环，保持了童真和纯粹的干净，所以，黄千只是给她们换上了一套像洋娃娃一样的分体套裙，包括上衣和裙子。但同一套的裙子部分不见了，取而代之的是一条同色系的裤子。乍一看也像是一套，但事实上不是。

"会不会不是他收起来了，而是衣服和裤子本来就是他带去受害人家里的？"肖甜心产生疑问，又重新回到黄千案上来分析。

慕骄阳答："不是，衣服都是他直接从衣橱里找出来的，所以裙子被他带走了。他是恋物癖，绝对有'收藏'的嗜好。裙子就是他的战利品，是他的收藏品。"

这一次，慕骄阳没有再兜圈子，直接说道："黄千，我希望你能帮我们抓到凶手。这个凶手的幻想内容与你高度接近。我相信，他的童年情况与你大致相同，他也受到了来自父母的虐待。他和你一样，都幻想拥有一个完美的、温馨的家庭。我希望能从你的角度出发捕获他。"

"说说凶手挑选的这几个家庭吧。"黄千的态度松动了。

"第一个家庭，父与母，拥有三个孩子，两个男孩、一个女孩。第二个家庭，父与母，拥有两个孩子，一个女孩、一个男孩。第三个家庭，父与母，拥有两个女孩、一个男孩。第四个家庭，父与母，拥有三个女孩、一个男孩。所有男孩子都有姐姐。所有女孩与男孩都没有遭到侵犯。但是女主人遭到了侵犯。"慕骄阳吐字清晰，语速流畅。

黄千又看了看新案件的另一张现场的照片，指着一个擀面杖说："这个有点意思。"

慕骄阳看着他，嘴角一勾，似笑非笑："受害人的头部曾遭到击打，与这个物证相符。"

黄千笑得很放肆："真有意思。拿这个虐杀人？力度够吗？"

慕骄阳也笑了，看着他的眼睛，看懂了他的一切所想。只是还不到时候点破。他要一步步地引导肖甜心走到他预设的那个中心点去，又或者说是，圈套。

"女孩子们的情况怎样？"黄千直接问到关键点。

"和你一样，凶手花了大量的时间在女孩子们的房间。他用安眠药杀死她们，所以她们去得很安详。她们也是被换下了裙子，套上与衣服不配套的裤子。"慕骄阳说，"配套的裙子反而被扔在地上。"

肖甜心听得眉头拧得紧。

"有什么想法？"慕骄阳问。

"我国不同于外国，二胎政策近几年才开放，那些家庭生育颇多。"肖甜心指出。

"这几起新案子都发生在郊区或县城，受害的不是城市家庭。但是黄千针对的都是富裕人家的家庭，父亲都是做生意的，不需要恪守独胎政策，交钱就行。这里是一个不同点。"慕骄阳回答。

黄千的视线停留在女孩子的房间里，然后又停留在地上微微拱起的地方。

"那堆衣服的下面是什么？"黄千问。由于这是抬走死者后拍的现场照，很多东西黄千不能直观地看到，所以思考起来更为费力。

"衣服的最下面是女孩子们身上配套的裙子，裙子里是一只破旧的洋娃娃，娃娃衣衫褴褛，几乎不能蔽体，与床上纯洁如天使的女孩子们形成鲜明对比。"慕骄阳说。

肖甜心浑身一震，脱口而出："凶手是女性，童年时遭受到继父的侵犯，但没有人拯救她，原因是母亲包庇，因为继父是唯一的经济支柱。凶手的父母离婚前的原生家庭重男轻女，生了一个又一个女孩，凶手的妈妈因为生不出男孩而被迫离婚。所以这就是那些男孩子要比黄千案中的男孩子受到更严重的刀刺的原因，明明凶手可以很快地取他们的性命。凶手在对这个重男轻女的社会陋习进行报复。她要熟悉这些家庭，必须得花大量的时间观察。这些家庭又远在郊区，那她就得有自己的车。而且她经济条件应

该不错，去到陌生的环境里又能低调地不引人注意，应该是为这些家庭提供帮助的人。她平常多在城里见那些家庭的人，最后下手时才去对方的家里。她的车应该是最普通的与她的身份不搭的二手车，黑色或灰色旧车。而黄千案的侦破通过新闻媒体在社会上流传开来，是她开始杀人的刺激源与导火索。因为本质上，她与黄千都渴望美满幸福的家庭。那些破碎的洋娃娃是她带去放在受害人身边的，却是对她自己的投射。洋娃娃昭示着她悲惨的童年过往和她遭受到的侵犯。这也是为什么在同样的行凶手法背后，黄千犯下的那些案子里有性动机，而这些新案件里看不到性动机。尽管凶手用那根擀面杖造成侵犯了女主人的假象，但她真正的动机不是性。"

一口气说完，肖甜心整个人都在颤抖。

许多模糊的记忆涌上来又退下去，堵在她胸口处，逼得她要崩溃。

汗湿透了她后背的衣服，她的大脑一片空白，就连她的眼神都放空了，无法聚焦。

黄千笑了一声："原来这就是你的心理疗法。你不是来访问我，更不是来查新案件，因为你一早就知道凶手是女人。你真正的目标，是她。"他指了指肖甜心。最好的连环杀手本身就是最好的猎人，所以他们都懂得侧写。

有时候，慕骄阳与他们站在同一个深渊，多走一步或许就是毁灭。

此刻，肖甜心整个人已经处于崩溃的边缘。

她根本听不见任何人说话。

慕骄阳行了一步险棋，看来还不到时候。

"甜心，"他再次开口，声音变得平缓、温柔，低低的，像在月下拉响一支小夜曲，"甜心，你想到了什么？放轻松，你做得很好，帮助我锁定了目标。你很棒。我只是有一个模糊的感觉，但你帮我抓住了它。"

为了治疗她的心疾，慕骄阳说了谎。

他当然知道凶手的全部心理画像。这是个女人，毋庸质疑。巧的地方是，这个案子和她当年办过的案子有异曲同工之处，就是凶手伪装成男人犯案，但其实是女人！

在他的引导下，肖甜心的眼珠子动了动，又恢复了清明。

"慕教授，我刚才怎么了？"她摸了摸自己的脸，"我居然睡着了？"

慕骄阳心里咯噔一下，觉得事情被推向了更难控制的地步。她的精神问题更严重了，她对这件事直接失忆。为了避免那次孕妇意外死亡事故在她脑海里重演，她已经出现了初步的人格分裂。

"你已经为我们找到凶手了。"慕骄阳微笑着看向她，伸出手来，揉了揉她的脑袋，"你做得很棒。"

"凶手是帮助过这些家庭的社会福利署人员、医生还有律师中的一个人。"他又说。

恢复过来的肖甜心还有些茫然，但也感到十分开心："能破案就好。"

似是想到了什么，她眨了眨眼睛，问道："我很好奇，黄千收起来的那些裙子被他收在了哪里？"

不过是一个简单的画像。

慕骄阳十指并拢，做祈祷状，说道："就在他那座公寓的共用天台上晾着。他有偷窥癖和恋物癖，什么才能让他最兴奋？当然是童年时，共用天台上那些晾挂着的一条又一条的裙子。他钻进去，任由那些裙子拂过他的脸庞，他用力嗅着再嗅着，终于达到了高潮。所以，他会把他的收藏品放在小区的顶层，多好的障眼法，警察们又怎么会想到去那里找呢，你说对不对，黄千？"

原来如此。

要想成为猎人，就要将自己置身于连环凶手的精神世界里，成为他们那样的人。因为，连环凶手也想成为最厉害的猎手。

这条路不好走，稍有不慎，就会永坠黑暗深渊。

尼采曾说过：与恶龙缠斗过久，自身亦成为恶龙；凝视深渊过久，深渊将回以凝视。

一不小心，他们就会成为凶手追捕的对象，因为黑暗一直未曾远离。

但莫名地，她就觉得心安。那个高大挺拔的男人站在幽深漆黑的牢狱里，却是此间唯一的真理，唯一的光明。

五

离开监狱的时候，她一改从前的活泼开朗的样子，变得很沉默。

慕骄阳摘下口罩，正要开口说请她吃午饭，电话却响了。

又发生了一起"黄千模仿案"。肖甜心还在走神，就直接被他塞进了车里，他们飞速赶往了犯罪现场。

"离上次命案有多长时间？"肖甜心咬了咬牙，明明心里抗拒，却希望能尽快抓到凶手。好像这样做了，自己就能得到解脱一样。

"三天。之前每次作案，凶手会有四到五个月的冷却期。"

"凶手的作案手法在不断升级。而且，凶手似乎……"肖甜心斟酌

了一下，道，"似乎很焦虑。"

慕骄阳侧过脸来看了她一眼，没有说话。

犯罪现场。

一处偏僻的郊外。简陋的农家大院。

慕骄阳取出手套戴了起来，然后对她说："你没有手套，注意一些，别碰任何证物。"

她点了点头。

他先走了进去，然后说："要有心理准备。"

到处都是鲜血。感觉凶手更为残暴了。

刑警队长何穆同首先走了过来："最近夏海市不知道怎么了，接二连三地发生连环凶杀案，所以只好麻烦你和景教授了。"

现场都是慕骄阳熟悉的人，陈星也在，正在搜索什么。而一个蹲在尸体旁边查看的男人在听见何穆同提到他后，站了起来朝慕骄阳走了过来，说了声："嘿。"

肖甜心看了一眼来人，他西装革履，是个将正装穿得一丝不苟，温润儒雅的英俊男人。

"嘿，King。"慕骄阳走到他身边，和他讨论初步的案情。

男性死者 34 岁，身上的刀伤很多，每一刀都砍得很深。比起前三起案件，这起案件里凶手变得更为残暴。死者的致命伤在心脏。"典型的父爱情感的缺失。"慕骄阳分析。

再看女性死者。女性死者 29 岁，口中塞有一把匕首，身上的刀伤比男死者更多但不致命，死者下体呈撕裂状。但由于慕骄阳与肖甜心已经分析出凶手是女性，所以这是凶手为了掩饰自己的作案动机而伪造的伤口。"凶手对母亲这个角色非常憎恨，这种憎恨来自童年受到的虐待。"景蓝说，"凶手遭到过继父的侵犯。"

肖甜心又看了景蓝一眼，他果然是厉害的心理学家，他的想法与慕教授的想法完全吻合。

"这里我已经做了侧写，我们的重点还是在小女孩的卧房里。因为凶手心理接近崩溃，且因时间仓促改变了作案模式，所以没有经过'过家家'扮演，直接开始杀戮。凶手的幻想没有得到满足，所以凶手很快进行第五次杀戮。"景蓝先一步往受害者七岁小女孩的房间走去。

肖甜心察觉到这一次的现场十分凌乱，凶手的心理出现了异常，估计是最近发生了什么令她崩溃的事件，例如失业。毕竟，以她的精神状态，已经开始处理不好工作上面临的各种问题。她的脑海里充斥的全是杀人的幻想。而失业导致了她对原生家庭更多的怨恨、绝望，她感到极度的不公平。

闭上眼睛，肖甜心将自己代入凶手的心理，喃喃："为什么要这样不公平？因为我是女孩子，不是父母想要的男孩子，所以才会经历这些不幸的事情，才会失业，才会绝望。"

"是，这就是凶手的诉求。"慕骄阳牵着她的衫袖，将她带离鲜血、死亡，将她带到他的羽翼之下，"进去吧。"他想了想，放开她的衫袖，手轻轻地搭在她的肩头，堪堪圈着她，给她保护。

这一次，他的女孩很勇敢，没有呕吐。

心理学家、犯罪心理专家组成的小团体有自己的破案方式，于是和刑警队分开工作。

当他们三人走进小女孩的房间时，痕检人员和技术人员正在取证和拍照。

"小严，请对那个洋娃娃进行多角度、多方位拍照。谢谢。"慕骄阳对着技术员说道。

陈星知道他们对证物的侧重与刑警们是不同的，他对严武点了点头："照办。"然后又对另一个捧着笔记本电脑的技术人员严文说道，"阿文，你把这座屋子四周道路的天眼与主干道的天眼找一遍。这边虽然偏僻，但离这座房子不远处就是公路边的主干道。能找到一丝蛛丝马迹的一切地方都不要放过。"

"是！"严文和另一个技术人员调取天眼能拍到的监控画面进行快速比对，还给局里留守的几个技术人员打了电话，让他们一起查看监控录像。

一切都在安静、迅速而有条不紊地进行着。

慕骄阳将完成证物拍照的洋娃娃拿了起来。

慕骄阳、肖甜心、景蓝同时围在一起观察洋娃娃。

何穆同带着陈星进来时，就看见了眼前"诡异"的一幕。

三个专家对着一个洋娃娃进行分析。这画面……何穆同觉得，涉及犯罪心理的专家果然都是怪物。

"你们的分析，我也来听一听，能带给我破案的思路。"何穆同对着三人点了点头，态度谦逊，"不用管我们，你们说你们的。"

肖甜心看了眼床上的女孩子，她睡得真安详，像一个美丽苍白的小天使。

但其实，肖甜心还是注意到了异样："慕教授你看，这四起案件里，

每个小女孩都很干净。吃安眠药死亡其实过程也还是痛苦的，会引起胃痉挛，食物倒灌进入肺部和鼻腔，引起巨大的呼吸痛苦和喉咙肺部的灼烧感，经过十五分钟左右人才会窒息死亡。但她们好像都不太痛苦。"

黄千案里，每一起都发现得迟，吃安眠药的死者是被黄千拭去了嘴边的呕吐物，清洁干净的。这里的前三起案件里，小女孩都被清理过了。但这一起真的太仓促、太混乱了，连小女孩嘴边的呕吐物都还没有清理。

"凶手是来不及清理。因为当时这户人家不远处的另一家村屋大院里的大黄狗一直在猛烈地吠叫，估计是闻到了血腥味。凶手怕被发现所以走得很急。也因为大黄狗的异常，凶案现场才能这么快地被发现。"陈星说起案情。

慕骄阳想了想，说："这一次，凶手不是开车来的。因为现在是白天，凶手是上午八点犯的案，进来时开车会引起注意。她应该是经过了乔装打扮，坐公交来到这里的。她行凶后脱掉血衣，将血衣放进不大不小的手提包里。为了避开天眼，她会选择步行走进后面的小山里，找地方抛弃血衣，再潜行回去。如果现在搜山，可能还来得及。"慕骄阳看了看时间，现在是下午两点半，离事发已过去了将近五个小时，那座山说大不大说小不小，还真得看运气。

"天眼估计很难拍到凶手，此人有反侦查能力，很懂得避开天眼。而且这里是比较偏僻的城乡接合部，天眼不多，不一定能拍到。再者，离受害人最近的邻居的村屋也隔了十五米远，要不是那只狗，其实我们不一定能这么快就发现现场。而受害人的家虽然很靠近公路边，但这一带的小路同样多。更重要的一点是，这户人家的后院靠着山林，直接从后门出去，是个盲区，这也是慕骄阳认为凶手会从后山走的原因。"景蓝再次补充。

何穆同马上叫来了痕检员问话。原来后院确实直通后山，而那户人家也经常出入后山，所以那边的足迹混乱。刚才痕检员还没有往这个方向想，但已经拍了照。

何队那边的人马都是配合默契的，严武马上把刚才拍的照片从平板里调了出来。

慕骄阳和肖甜心同时指着其中一张鞋印纹理特别的照片说道："就是这个鞋印。"

"是登山要用的徒步穿越鞋，靴帮。"经验老到的何队立即说道。

这一切足以说明凶手是爬山走的，陈星立即带了一队人从后山追出去。

景蓝蹙眉："凶手是怎么想的？明明看似十分严谨，却又着急得非要在白天搭乘公交大巴过来。这样即使避过天眼，也还有司机可以做证，七八点的时间还是很早的，人少，司机会有印象。凶手的行为完全矛盾。"

"有两个可能。"慕骄阳说，"第一，凶手能从后山离开，也可以从后山来，提前一个晚上就可以。但这一点需要绝对的体力，更不要说还要行凶，还要爬山再离开。这个和我们的初次画像有矛盾的地方。因为我们的初次画像都认为凶手是女性。即使凶手是男性，也应该是个清秀、看起来偏瘦的年轻男性，身高在172~175厘米左右。第二，凶手处于精神紊乱分裂的前期，所以行事非常潦草，已经到了不管白天不利于作案这些因素的地步。精神紊乱可能也是造成凶手失业的原因。凶手能这么轻易地进入这户人家，说明他们有一定交情。综合我之前的画像，还是从原有嫌疑人里找。"

何穆同立即打了电话，局里负责跑这起连环凶杀案的警员何庭马上汇报了最新排查下来的名单，符合画像的十个嫌疑人里刚好有四个人失业。

何穆同骂了句粗口。这么多！还得排查和找证据，而根据慕教授他们的推理，这个疯子随时会再犯案。他们根本就是和死神抢时间。

肖甜心忽然浑身发颤，觉得哪里不对。

从慕教授和景教授的多次叙述中，他们总是用"凶手"来代替称呼，而不是"她"。而且，这次的现场确实暴露出凶手的性别存在着矛盾的地方，既像男人又像女人。

这也是何穆同疑惑的地方，说："白天杀人，这个很耗体力呀！"

慕骄阳是生物化学家，提出了自己的意见："凶手和这户人家一起用了早餐，还带来了一盒糕点。我刚才进来时，在垃圾桶里看到糕点的包装，挺精致的，根据这一点可以推断，糕点是从市里带来的。糕点里应该含有安眠药，可以减轻凶手杀人的难度。"

"是。根据对糕点进行的最初步检测来看，有毒理反应。但还要回实验室进行具体分析才有答案。"法医也进来了，把刚得出的初步结果反馈给他们。

从这点来看，凶手还是很谨慎的。看出何队的疑惑更深了，慕骄阳进一步解释："凶手依旧是有组织地犯罪。精神紊乱并不影响凶手的智力，这是外行人对此类人心理形态的误区。凶手没有发疯，不是疯子。"

肖甜心从技术人员那里借了一副手套戴上，直接拿起洋娃娃研究。

直觉告诉她，这很可能是破案的关键。她的手小小的，而那副手套是男用手套，戴在她手上太大了，有些笨笨的样子。但在慕骄阳眼里，她

更可爱了。

洋娃娃的裙子几乎不能遮挡胸部了，大腿那里也裂了一道缝，露出里面红色的小短裤。但小短裤却是完好的。这一点有点怪异。"把短裤拿掉。"慕骄阳走到她身边，声音淡淡地说。

肖甜心乖乖地嗯了一声，将裤子拿掉。

她猛地收起了呼吸。

六

洋娃娃小短裤下的重要部位被切掉了，只用一块肉色的布将切掉的洞口填补完整。

难怪!

一切使人恍然大悟!

而慕骄阳早看出来了。

"甜心。"慕骄阳拍了拍她的肩膀，为了照顾她的情绪，他体贴地将她的一缕发别到耳后。他的嗓音清润，带着抚慰人心的安宁，"心理画像不是做一次两次就能完成的，也不可能靠一个人就能完成，那些都是影视作品和小说的误导。你已经做得很好了。而且，我和景蓝在前三起案件发生后都没有到过现场，只是凭着一系列物证和数据分析报告给出了初步画像。所以，我也是在刚才见到黄千时，凭着你的敏锐，发现了凶手很有可能是女性的疑点。"

见她的情绪还算稳定，他放心了些。顿了顿，他才说："所以，我们的初步画像是对的，凶手确实是女性。或者可以这样说，凶手是有着女性的心态和意识的。"

景蓝了然，所以并不说话。但何穆同听得云里雾里，急得嚷开了："什么? 不是女性? 是男性? "刚好4名嫌疑人里有2名男性，马上就缩小了范围。

"不是。"慕骄阳和肖甜心再度异口同声。

她扬起小脸看了他一眼，眼里亮晶晶的，充满了期待。也是，他和她确实很合拍，一想到"心有灵犀"那个词，她的脸又红了。

看着这两个人居然还有时间秀恩爱，何穆同真是急死了。他狂抓一把头发，嚷："到底怎么回事? 凶手是男是女? "

"不男不女。"景蓝忽然轻飘飘地来了一句。

噗! 一边的严武极力忍住，才不至于表情扭曲。

"应该说，凶手是个打扮成女人的双性人，医学上叫'雌雄同体人'。这类人极少，但确实存在，且他们在生理上具有完整的男性和女性生殖器官，有子宫、卵巢和短小的阴茎。"慕骄阳语速飞快，继续说，"而且她已经做了变性手术，成为真正的女人。查找做过变性手术的人就能锁定疑凶。不排除是在外国做的手术，考虑到国外医院的保密程度，可能需要点时间。找出这个凶手就能马上找到下一个受害人。因为受害人就是'她'失业前服务的客户。"

　　这一次，慕骄阳终于说了是"她"，在"她"字上咬了重音，是对肖甜心的肯定和鼓励，肖甜心都懂。

　　她抿了抿唇，低喃："慕教授……我……"

　　慕骄阳只是看着她温柔地笑："没关系，你做得很好。"然后他抬起手来，轻轻地按在了她的头发上，温柔地摸了摸。

　　"何队，我和甜心就先回去了。还有，要给你们的'木蔷薇'连环凶杀案的一系列报告，我也做得差不多了。这里由景教授跟进。"慕骄阳对景蓝点了点头，牵着肖甜心先行离开。

　　开车回到市里，已经晚上八点。

　　他有些抱歉地开口："本来想请你吃午餐，结果变晚餐。这里近海，前面有家还不错的海鲜餐厅，我们去那里吃吧。"

　　海风温柔，月色溶溶，温度不算太低。他将跑车的车篷摇下，淡淡的月光掠过他的眉眼，满天的星子都似融进了他的眼里，他的眼睛闪着温柔而动人的光。他嘴边是清隽的笑，而他身边是蔚蓝如墨的海，浮光掠影，如午夜美丽的梦。

　　尽管他有一大把浓密的胡子，可是肖甜心相信，有这么一对漂亮眼睛的男人，肯定也有着出色的容貌。

　　他在等着她的回答。

　　海边还有几株野桃树，一阵风吹过，桃花瓣飘落，沾在他的唇边，居然就黏着了。他看了看她，而车子渐慢，等她反应过来，车子已经停了下来。

　　车子就停在一排野桃树下。

　　他的身后是开在夜色里最美的桃花。

　　他轻轻地靠近了她一些。他的刘海儿长，即使被碎发遮掩，他的眼底也依然盛着璀璨星光，那么明亮。而黏在他唇边的桃花瓣在夜色里红得那么鲜活动人，深深地烙在了她的心头。

心中一动，她忽地举起手按在他唇边的粉色桃花上，她轻轻一揭就把花拿下来了，而他的唇已经吻到了她的指腹。

她的心一颤，手也跟着颤了颤。

他看着她，轻笑了一声："谢谢。"

他很绅士，更是体贴，为她略去了那些尴尬。

"我当时是不敢那么大胆就确定凶手是变性人的，虽然能将画像画到那一步，但不能画到做了变性手术。"他的眼神太过灼灼，她不敢看，匆忙移开了视线。

"洋娃娃的白色蕾丝领子上绑有粉色的蝴蝶结，证明凶手对女性的身体是认同的，而且是由衷地喜欢。所以我想她在雌雄同体问题上更偏向认为自己是女性。同时，凶手的父母确实重男轻女，这个画像没错。凶手的父母讨厌她，是因为她不是完整的男孩子。她应该还有两三个姐姐，她又有缺陷，导致父母更加仇视她。她和姐妹们关系很好。她仇视父母还有后来出世的弟弟。而洋娃娃衣衫破烂，证明了她曾遭继父侵犯，认为自己肮脏，自卑、压抑、看不起自己，但又在理智上知道错不在自己，所以她并不恨自己，依旧热爱女性的身份。这一点在洋娃娃的短裤里得到证实，她只是阉割了男性特征，而不是因为厌弃、怨恨自己曾遭侮辱而毁掉洋娃娃的下体。综上分析，我和景蓝都认为她做了变性手术，成为了真正的女人。"慕骄阳为她解释得十分详尽。

"在前三起案件里，你没有发现这些吗？"肖甜心疑惑。

慕骄阳答："拍照的技术员是按照刑警的推理思路拍摄的，他们拍的重点不在洋娃娃上，只有一个正面的特写镜头。所以有些遗憾，不然能更快破案的。"

不对，他说的话前后有些矛盾。他之前就看过照片了，应该早就发现凶手是女性，而不是因为她的提示。可是他为什么要假装不知道这点？肖甜心觉得头很疼，对于这一切，她从心底感到抗拒。她很疲倦，她唯一想做的事，只是逃离这里。

慕骄阳眼睛一眨不眨地看着她，漆黑的眼睛深深凝住。她一抬眸就发现了，他在分析她？

"甜心，我一直有话想和你说。"他握起了她的手，放于唇边吻了吻，再抬眸看她时，他的眼神变得温柔，像夜色里轻轻起伏的海。

她的脑海出现了短暂的模糊，然后是选择性失忆，忘记了他分析她的事。她看着他，手还被他握着，脸不争气地再度红了。

她快 26 岁了，不是无知的少女，当然知道他接下来要说的话是什么。

她说："慕教授，我知道你很有魅力。你看得上我，应该是我的荣幸。只是……"

这一次，她的话被他打断："我没有这个意思。你是气我没有表白，就擅做主张吗？"

"有没有都没关系。重点是，我的心不在你这里。你我都是成年人，没必要绕圈子。我有喜欢的人了，我一直在等待他，无论他在意与否。所以，你别在我身上浪费时间了。"说完她就要走，却被他拦住，他握着她的手，握得很紧，不允许她逃离："你听我说！"

突然，慕骄阳的电话响了。他很着急，害怕她逃了，却听见她说："慕教授，我曾经是个警察。知道我为什么要当警察吗？因为我想把他找出来，他避了我十年。"

所以，他才会在夺回身体的控制权后第一时间主动联系她，他想告诉她，他一直喜欢她。电话还在响，不容他分神，是为公安局设定的特别铃声。

"慕教授，快接吧，别错过了重要的电话。应该是后续案件的跟进问题。你放我到最近的车站就可以了。"她看着他，他神情复杂地接起电话，她轻轻地垂下眸子。

其实，她是害怕和他相处的。

因为，早在五年前，在飞机上，她就为他心动了。

但仅仅是心动，她一直在等待她心中的少年归来。

他放她下车，听见她说："教授，加油，让受害者瞑目。"

很多想说的话到了口边，却只轻轻地化作了一句："好。"

已经是凌晨两点了，慕骄阳才处理完手上的案件。

在黄千模仿案中，他一早就锁定了猎物，经过与黄千的周旋，再加上最新案件和最新线索的出现，更将嫌疑人锁定为曾为多个受害人家庭提供过帮助的律师李钰。

因为李钰的变性手术是在国内做的，所以查找嫌疑人节省了时间。警队里的电脑高手利用网络查找，只在四十分钟内就快速锁定了目标。

公安局打来电话，是因为在慕骄阳原来提供的四个嫌疑人名单里，李钰突然摆脱了警方的跟踪不见了。慕骄阳立刻着手分析，根据她的客户圈定出三个受害人的家庭名单。警察一路追查三个家庭的去向，最后发现有一个家庭失踪了。

警方的跟踪使得李钰再度改变了作案手法，李钰不再在受害人的家里下手。

最后慕骄阳为李钰画像，指出她应该是把受害人一家带到了她妈妈所在的家里。甚至李钰的妈妈都在被绑架之列，如果她还在世的话。

因为，李钰最终的幻想其实都是回到属于她自己的原生家庭。摧毁这个极度扭曲的家庭，杀死生母和继父，如同杀死她自己！她犯了这么多次案，目的不过是将脑海里的幻想一次一次地重复实现，这意味着一次一次地杀死她自己！

于是，警方经过一轮排查，终于找到了李钰妈妈的住处，慕骄阳配合警方一起赶到现场。当时的场面有些惊悚，因为李钰的妈妈就坐在客厅里——以干尸的形式。

慕骄阳用心理暗示与分析术击穿了李钰的心理防线，更找来李钰的两个姐姐来劝说她，经过谈判，终于成功地解救了人质。

李钰的生父在早年间就和她的妈妈离婚了，因此她一直没有下手的机会。而李钰的继父失业多年，人品差，没有往来的亲朋好友，所以在失踪很久后才被人想起，报了失踪。对于这一点，她在被捕时就当场承认了，是她杀了继父，却拒绝说出抛尸点。

慕骄阳和何队交涉，说将同肖甜心一起审讯李钰："肖甜心对李钰的心理分析得最为贴近。她有办法令其开口。"

回想起那一幕，过程其实不算惊险，与他过往所破的案件比，只是小巫见大巫。但慕骄阳觉得疲倦，因为肖甜心不在他的身边。

心里想着她，当他的车子停下时，已经到了她租住的小公寓的楼下了。

慕骄阳苦笑了一声，将车窗按下，他抬起头，只见天上繁星点点，而海风轻送，吹得人微醺。

他松了松领带扣，接着又用力一扯，墨绿色的领带被他扯脱，随意地扔在副驾驶座上。那里好像还残留了她的香气，是淡淡的苔藓与树木的香味，或许是云杉，又或许是哪株不知名植物。

他仰起头，看着她所在的房子。她的卧室亮着灯，已经是凌晨三点了，她还不睡吗？

正想给她发信息，她的信息就到了，他点开：查案也请注意安全。

没有附带表情，语气也很官方，但透露出了她的担心与对他的眷恋。慕骄阳是学心理的，自然明白，她对自己动了心动了情，哪怕他有着大胡子，哪怕他隐藏身份。

他直接给她打了电话："你还没睡吗？"

"你还没忙完？"

两人异口同声。

"甜心，已经破案了。我们成功地救出了受害的家庭，他们全部安然无恙。"

静了许久，电话那头的她终于说话了："那就好。慕教授你可以好好休息了。"顿了顿，她又说，"这是我听过的最好的消息。"

慕骄阳握着电话，笑了。他的女孩拥有一颗最纯粹的心，玲珑剔透如水晶。

一尘不染，干净的心。

"甜心，我明天请你吃午饭，有些事，我们得好好谈一谈。"

那边许久没有动静，最后她叹了一声，答："好。"

他想，当年自己不辞而别，伤她太深，而她为他守着，不容易。尽管出现了别的令她心动的人，但她甚至都不愿意去问问大胡子的名字，只叫他慕教授。她是在尽可能地把除了"慕骄阳"以外的男人从身边推走，不肯给她自己半点机会。

他的傻女孩。

第四章 初见是最美

一

第二天，肖甜心醒得早。

她一看手机，有慕教授发给她的留言，内容是问她昨晚睡得可好。

肖甜心抓了抓头发，只觉得脑袋有瞬间失联的感觉。

一切都放空了。

她昨天做了什么事吗？会睡得不好？不就是在赶制他的那几套高定西服嘛！

于是，她这样想，也就这样回复了。

那边静了很长时间，在她要放下手机去买早点时，短信来了：昨天的事，你不记得了？

"昨天我一直在家赶你的衣服啊！"她的手指敲得飞快。

顿了顿，他又打字回复："你倒是记得吃 [二哈]。"故意地语带调侃。

"是你自己打电话来说要请我吃饭的，有好吃的，我当然记得。"

她打字秒回。

他又沉默了。

倚在窗边，慕骄阳看着楼下繁花似锦的花园，心里却是一片萧瑟。她对昨天的事情失忆了。

选择性失忆。因为黄千案和李钰案涉及她曾经的痛和深埋的刻骨的伤。

而他，似乎触及了造成她精神异常的本源。

灯光橘黄，打在木质的墙壁上，十分有情调。屋子是木结构的，墙上挂了好些怀旧海报。这是家情调不错的咖啡馆，坐着三三两两的客人。

大厅一角放着一台古董留声机，黑胶唱片在不断旋转，播的是一首怀旧歌曲——《昨日重现》。

咖啡馆里分外安静，没有客人。

不远处传来钢琴声。

肖甜心抬眸，看见左边靠墙的位置有一架白色的钢琴，而穿着一身白西服的英俊男人在弹琴，他十指修长，弹奏得如同行云流水，琴声悠远。

他弹奏的正是那首《昨日重现》，钢琴声与留声机里的歌声合为一体，引起人的共鸣。

如此美妙的气氛中却突然出现了不协调的声音，原来是有人在争论什么，争论得颇为激烈。

肖甜心一边往里走，一边给慕教授发短信，告诉他自己到了。

这里的布置很雅致，也很巧妙。她刚才远远地看见绿植后是一道嵌有刺绣的屏风，屏风过去是一张小桌子。她向着那边走，穿过一道拱门，再是一道水晶帘，已经移步换景到了中庭。瞬间，她就觉得亮堂了起来，原来这里是露天咖啡座。

两棵高大的树木立于一旁，而树上的梨花开得正好，白白的一片，风过时，簌簌而落，十分美丽。

而树下坐着的正是当初的少年。一件白衬衣衬得他眉眼清隽，面容干净，好看得过分。风吹落一树梨花，轻黏在他的肩头，使人莫名地想起了那句诗：当时年少春衫薄。

肖甜心一时忘了时间与空间，只怔怔地看着他。

只见他单手托腮，眉头拧得紧，眉心有一点淡淡的殷红，很淡很淡，好像淡得一眨眼就不见了。

他们那桌人谈论得并不愉快。

慕骄阳托着腮，拇指忽然按压到了下唇的凹陷处，许久才说："何

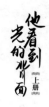

为人格，以及如何测量人格尚存争议，尤其是犯罪人格。说到底，人格刑法前途堪忧。"

"首先，人格刑法的实证调查其实举步维艰，落不到实处。毕竟被测试的都是监狱里的监犯。这一类人，他们的犯罪人格是在入狱前，还是入狱后才形成的？而且只有是入狱前形成，这项调查才有意义。

"其次，犯罪人格很难被测量。在目前的科学条件下，能完好地满足信度和效度条件的人格测量技术寥寥可数，而且很难作为法律评价的标准，更不要说作为定罪、量刑、行刑的根据了。

"再者就是犯罪人格鉴定由谁负责的问题。以心理医生、社会工作者和司法工作者为主要成员的犯罪人格鉴定委员会，虽然具有相当比重的权威性，也能遵照国家《犯罪人格鉴定标准》进行鉴定，但值得注意的是，这是国家《犯罪人格鉴定标准》未来制定的标准，也就是说还没有真正制定出来。所以到了落地实施的时候依旧有局限性。心理医生对犯罪人是否具有犯罪人格有足够大的发言权，对行为人是否被定罪也有相当大的决定权，但其实这是不科学的。因为在对犯罪人进行犯罪人格测试时，他们可以隐藏起自己。数据也就不真实、不科学、缺乏严谨性。"

慕骄阳最后说："说到底，'天生犯罪人'是不存在的。"

"但你不能否认犯罪人格。所有的连环杀手几乎都是犯罪人格，即Antisocial Personality（反社会型人格）。"另一个学者模样，十分儒雅的男人争辩道。肖甜心听见慕骄阳叫他King。

肖甜心明白了，说到底，犯罪人格本质上就是反社会人格，即Antisocial Personality。

但，还是有不同的。

"罗梭在后来修正了他的'天生犯罪人'学说，没有人生来就是罪犯，时刻想要犯罪。连环杀手的变态需要过程，他们的反社会人格也并非一朝一夕形成，而是受童年时期所处环境和青少年时期所处环境的影响。在这个过程中，如果有好的干预，其实是能改变他们的变态过程的。举两个例子，一是我的朋友——曾经的国际刑警洛泽。而另一个，也是最近最新的一个例子——黄千。他们的童年都受到来自家庭的暴力对待。我的朋友成长为正直的人，而后者却成了可悲的连环杀手。两个案例都很值得我们参考。而具有反社会人格的人缺乏同理心，他们感受不到任何情感，所以冷血麻木。他们感受不到情感的原因多是来自他们缺失的童年。从小父母就没有让他们体会和感受到爱，久而久之，他们就失去了爱的能力，没有同理心。"慕骄阳始终坚持所有犯罪人格和犯罪性都是后天形成的。

"Shaw，"那个英俊又端庄的男人将双手交握，放在桌上，他看着慕骄阳说，"我这里有一个案例，在美国一个美满幸福的家庭，得尽父母宠爱的只有八岁大的男孩子，把只有三岁大的妹妹杀死了。开始时，警察以为只是他一时失手捂着妹妹的鼻子和嘴巴而造成了误杀。警察问他为什么要捂妹妹的嘴，他说她太吵，太烦，他只是想让她暂时闭嘴。但后来的结果是什么？"

慕骄阳低笑了一声："Prof.King（金教授），你就别卖关子了。"

景蓝只是耸了耸肩，微微地笑了："慕骄阳，你总是太急切。"

别说慕骄阳了，就连肖甜心也被这个案例吸引住了，站在屏风后静静地听着。

"后来法医验尸时发现，小女孩的喉咙里有十几根缝衣服用的最大号的针。每一根都很粗、很长。警方连同心理学家一起和小男孩谈话。小男孩全程冷漠，也承认了那些针是在妹妹死后被他塞进去的。"

大家很安静。

慕骄阳和肖甜心都在沉思。

最后是慕骄阳做了妥协："有点意思。或许真的有极少部分的'天生犯罪人'和先天的反社会型人格。这类犯罪人的杀戮因子是在血液里流动的，具有一定程度的遗传性。可以从医学角度，从遗传学去着手研究。"

"犯罪人格研究计划，我会一直执行下去。景蓝，顾问这个位置你是跑不了的，毕竟研究项目是你提出的。所有数据，我都会录入犯罪实验与心理调查研究数据库里。"慕骄阳轻笑了一声，又说，"不过我们得拉拉投资了，咦，安之淳去哪里了？"

"你们真当我是大型印钞机？洛泽是这样，你也是这样。"穿着一身修身白西服，英俊得像个王子一样的男人从肖甜心身后走了过来。

肖甜心记得他的名字，因为从华尔街日报到本市的财经类杂志都有他的事迹。安之淳是享誉国际的银行家。

原来，他也是慕骄阳和洛泽的朋友。

这真是一场别开生面的辩论。

而且，慕骄阳的研究具有非常重大的意义。这不是金钱能够代替的，但又需要金钱去支撑。因为研究需要花费大量的人力、物力与财力。

难怪就连安之淳也被他们请了来。

但由于他是外行，所以只是负责提供资金方面的帮助。他坐在那儿，

只是安静地品着咖啡，极少插话。

或许是她站得太久了，又或许是她的眼神太过于炙热，尽管隔着半透明的白纱，慕骄阳还是感觉到了被注视。他一抬头，果然看见了她。

两人隔着一道屏风相望。

慕骄阳站了起来，朝她走来。

但蓦地，他又在屏风的另一面停住了脚步。

他离她那么近，他们之间只隔着一道白纱。

隔着屏风，他朝她伸出了手，他的手就停留在屏风后她脸的位置。

他身后的那群朋友看好戏似的低声笑。

他叹了一声，转过屏风，走到她面前。

"嘿。"他轻声说，话里有浓浓的愧疚。

生他气？是肯定的！

但更多的是想念，和对他的眷恋。

说到底，肖甜心要气也是气自己没有骨气。

很多事情，一瞬间就了然。

他既是五年前飞机上遇到的慕教授，也是这段时间里一直和她接触的慕教授。

他脸上的胡须被剃尽，还原出本来青涩的脸庞。

还有他那句语带调侃的戏谑，在她的耳边萦绕："刮完胡子，你就能看到我的样子。难道你不期待吗？"

原来是他！

其实慕骄阳心底是害怕的，害怕自己一靠近，她就逃避了。

十年时光过去。他一直不来找她，她要生他的气，是应该的。

他低声地叹。

总得有一个人主动靠前一步，对不对？其实，肖甜心不介意那个人是她自己。

她主动朝他靠近了一步，在他面前站定，努力地仰起小脸看着他，忽而对着他眨了眨眼睛，甜甜地叫："阿娇，小娇，娇娇，小娇娇？"

她的调皮，打破了两人十年间的桎梏与恩怨。

听到身后传来的大笑声，慕骄阳有些无奈。他举起手来揉了揉眉心，又无可奈何地看着她，然后手一垂，自然而然地按到了她的脑袋上，轻轻地揉了揉。他说："甜心，我一直在等你。"

一直等着你，从来没有改变。那个人，就是你。

肖甜心踮起脚看他，一直看着他的眼睛，她离他那么近那么近。她莞尔："没关系，只要那个人是你。"

只要那个人是你，我心甘情愿地等，也不生气。

她没有说出来的话，他都懂了。

她忽地轻声说："以前，你也总是爱穿一件白衬衣，就像现在一样。"

她的话使他又想起了从前。

原来，慕骄阳从一生下来就体弱，住在保温箱里一个多月，数度被下了病危通知，所幸活了下来。但妈妈怕他养不大，又听老人说，要起女孩名才好养活，所以他的小名就叫娇娇、小娇娇。至于是阿娇，还是小娇，或是小娇娇，看他妈妈的心情，随时变换。

想起从前，慕骄阳的眸光变了变，思绪又飘得远了些。他三岁时，因为用人的大意，被人贩子从公园抱走，辗转卖给了好几户人家。他四岁时遇到的那个家庭的男主人有暴力倾向，他一直挨打和被虐待。最后他被一对美国夫妇解救并收养，他们带他飞到了美国定居生活。而他的父母一直没有放弃，动用了所有可利用的人际关系抓到了那个人贩子。他们一直追查，也在大使馆那边得到了一个消息，就是见到过类似的孩子，额间有一粒小小的，殷红的朱砂痣，后来也就一直追到了美国，终于找到了他。那时他已经六岁了，对亲生父母的记忆相当模糊，且和外国夫妇建立了感情。后来经过协商，他经常在中国、美国、英国三地之间往返，生活在两个家庭里，直到高中才回到国内，跟随亲生父母生活。

除了同是有自闭症的好朋友洛泽，他从来没有和任何人说起他曾遭到过的虐待。尤其是他四岁时遇到的那个家庭，男主人打他打得非常凶狠。这是他从不言说的童年阴影，也是他性格孤僻、冷淡的主要原因。正因为他当时严重的自闭症影响了正常的生活，所以慕妈妈决定让他从国内的初中读起，结交一些朋友。

还记得那是初二的第二个学期，慕骄阳与肖甜心被分在了同一个重点班。

那时的慕骄阳正处于很强烈的叛逆期，考试时居然交了白卷，然后就从后门偷偷溜走了。

班主任知道情况后气得直发抖，给他的家长打了电话。班上的同学都笑他，叫他零分大王。

他妈妈赶到学校的时候，正碰上他抱着个篮球准备到球场上打篮球。

他妈妈也是被气疯了，再顾不得什么淑女气质，吼他："娇娇，你给我站住！"

围看的同学哄堂大笑，慕骄阳跑得更快，回头看了看妈妈，正要再提速，可没防着斜刺里从小道上抱着本书看，慢慢走过来的肖甜心。

等到反应过来时，肖甜心只觉被人重重地一撞，整个世界天旋地转，下一秒，她就直接摔到了地上，整个人都不好了。

慕骄阳原以为她会被吓哭的，连慕妈妈也觉得闯祸了，那女孩这么个摔法，不掉层皮才怪。于是，她连忙去扶肖甜心："对不起，对不起！看看有没有哪里伤了，我们赶紧去医院，啊？"

肖甜心痛得咬牙切齿，抬头看见一张秀雅美丽，与慕骄阳有几分相似的年轻的脸，她声音闷闷地说道："阿姨，我……我没事。"

慕骄阳的脸红得似蒸熟的螃蟹，他走了过来，小心翼翼地问："你没事吧？"

他刚才为了避她，伸出手来在她身前挡了挡，不然只怕她要摔得更惨。可谁料撞击力太大，他伸出手，却握到了一团柔软。当时，电光石火间他没有什么感觉，可现在，那种软软绵绵、酥酥麻麻的感觉却不期然地在脑海里跃了出来。而且，他刚才好像还撞到了她的肋骨，估计她痛得说不出话来了。

她抬起头看他，一对眼睛又大又圆，一口白牙咬得紧，连两个酒窝也抿出来了。可她瞪了他半天，愣是没有说出一个字来。

慕骄阳愣怔，不会是肋骨裂了吧？

他看着她，不知道怎么办好，可这也是慕骄阳平生头一次注视一个女孩子。

"我送你去校医室。"他正要抱她起来。谁料，她反手握住了阮常淑的肩膀，动了动身体，自己坐直了，闷闷地说："算了，我没事了。"

阮常淑扶着她站起来。

她的两个膝盖和手肘有点惨不忍睹，鲜血淋漓。

慕骄阳看了她的膝盖和手肘一眼，问道："喂，你叫什么名字？"

"有你这么没礼貌的吗？"肖甜心怼他。阮常淑扶着她慢慢走向校医室。

肖甜心一口恶气吞不下去了："同班三个月，你没记性不要紧，可是也总该问一声'同学，如何称呼'吧？"

慕骄阳："……"

阮常淑不禁叫了声好。这孩子，终于有人制得住他了。

慕骄阳揉眉心："妈，有你这样的吗？"居然向着外人。

阮常淑重重地捶了他一拳："小娇，还不快给小姑娘道歉。"然后她又看了眼肖甜心，咯咯地笑，"哎哟喂，这是哪家的小囡囡，真俊，长得又甜，白白的，像团小小的棉花糖。"

听见妈妈叫他"小娇"，慕骄阳嘴角勾了勾，还没来得及反驳，就听见"棉花糖"扑哧笑了一声："小娇？"她也学着叫。

到底是不能得意忘形，她一笑，肋骨处痛得受不住，她马上不笑了，一张带了婴儿肥的肉嘟嘟的小脸煞白煞白的。

"不笑了？"慕骄阳再看了她一眼，她是白得像团棉花糖。不知道为什么，他真的很想伸手去捏捏她的小脸蛋。

见慕妈妈一脸担忧，肖甜心对着她摆了摆手："阿姨，我没事。您是来找班主任的吗？"

一提到正事，阮常淑脸色就不好了，这个孩子总是给她惹是生非。一见妈妈真的很生气，慕骄阳心里也没底，心想着这次回家，不知道会不会被爸爸打断几根肋骨。

见天不怕地不怕的他也会有此神色，肖甜心心里那个爽啊，便对阮常淑道："阿姨，不要紧。班主任不会说什么的。慕骄阳的成绩很好，数学和英语差不多次次满分，生物和化学每次都是满分，很厉害的。他就是烦语文。这次考试做的是全古文的。他就是懒。"

慕骄阳听她这样说，倒是又认真地看了看她，她的心思玲珑得很，自己心里的那点小九九居然全被她看出来了。

他交白卷，其实纯粹是为了报复语文老师。原来，上个月学校有活动，每个班都有排练节目。他们班搞了个什么《凤求凰》的舞台剧，语文老师居然安排他当司马相如。如此腻腻歪歪的东西，顿时就让他反感了。

他当场就拒绝了老师，接下来那一个月他都没有好果子吃，老师总找他麻烦。所以，碰上语文考试，他一火就交了白卷。

"棉花糖"笑眯眯的，将他一眼看穿，说了句："扮司马相如挺适合你的。"

慕骄阳："？"

"你长了张负心汉的脸。"肖甜心黑葡萄似的眼睛亮晶晶的，一脸戏谑地看着他。

慕骄阳："……"

慕骄阳连忙收起过往的那些回忆，揉了揉眉心。

他再次看向她，眉目间的那粒朱砂痣在灯下渐渐清晰起来。肖甜心歪着脑袋，看着他笑："是吧，是长了张司马相如的脸吧。"说完还踮起脚，拿食指戳了戳他额间那点朱砂。

他就是她的心头朱砂，十年辗转，她依旧对他念念不忘。

后面的众人看戏看得很过瘾。

肖甜心很自来熟地坐了下来，再大声地叫了句："娇娇。"她对着她身边的空位拍了拍，"过来坐。"

一桌的人再次哈哈大笑起来。

"咦，洛泽居然没过来？"肖甜心看了看在座的四个人。一个是叫King的心理学家，一个是安之淳，还有两个人看起来年纪更大些，都在四十岁左右，其中一个人看起来应该是个警察，另一个人文质彬彬，看起来有学者的风度但又气质干练，身上有淡淡的消毒水味道，是法医。

"甜心，"慕骄阳头疼，"叫我骄阳、阿阳都可以，就是别再叫娇娇。"他看向她，微微一笑，十分温煦，带着点羞赧，估计是被她叫了小名给闹的。

慕骄阳在她身边落座后，几个好友一起起哄。

景蓝说："Shaw，这位是？"然后他又对她笑道，"你好，又见面了。"

肖甜心："……"又？他们什么时候见过？

安之淳笑："原来是洛泽的小妹妹。"他转过来看着慕骄阳，然后调侃，"长了张司马相如的脸？你有司马相如长得帅吗，负心汉？"

肖甜心哈哈大笑："是吧，我就说他长了张负心汉的脸。"找到组织了，她站起来殷勤地给安之淳倒咖啡，"安先生，请用咖啡。"

慕骄阳感觉到了肖甜心心底的不平，尽管她掩饰得好，嘻嘻哈哈，一笔带过。但是他知道，她不怎么开心。

"Ahn，她是在刻意讨好你，为了拉到Shaw的实验室资金。她当你是印钞机。"景蓝是心理学家，自然一眼看穿每个人心中所想。

肖甜心："……"我表现得有那么明显吗？

景蓝热衷挖人伤疤，尤其喜欢看到里面的鲜血淋漓，于是说："中山狼，你还没有介绍你的女朋友。"

慕骄阳的英文名是Shaw，狼。景蓝叫他中山狼，分明是故意调侃他。慕骄阳斜了景蓝一眼。景蓝依旧笑眯眯的。

听到景蓝的这个问题，肖甜心咬着唇，扬起头来看向慕骄阳。

她的眼神太炙热，让他有些受不住。但他在人前依旧是从容淡定的，他看着她说："她不是我女朋友。"感觉到她的目光闪了闪，他连忙说下去，

"我一直在追她，目前还没追到。"顿了顿，他牵起她的手，问，"甜心，你愿意当我的女朋友吗？"

当着这么多人的面表白呀。肖甜心睨了他一眼，忽然轻飘飘地说道："如果我说不愿意呢？"

一桌子的人笑得更欢畅了。

慕骄阳抿了抿唇，眉间的那点红痣仿佛动了动，真是标致。他说："不要紧，我一直追到你答应为止。"

"哦，"肖甜心逗他，"那你可能要追很久，要等很久了。"

风起，满树梨花簌簌地掉落，而她穿着一身珍珠白的连衣长裙，荷叶边的雪纺领子和透纱长袖衬得她仙气十足，和那片雪白梨花几乎要融为一体。她今天没有把长发梳起来，只是在两鬓间各夹了一枚珍珠发夹，乌发非常柔顺地搭在她的肩头，她看起来乖巧极了。

慕骄阳看着她，看了许久，而她也一直安静地等待着他。他忽地低笑了一声，替她将垂下来的几缕调皮的发丝别在耳朵后面。指腹轻轻地拂过她耳旁的肌肤，他才后知后觉地感受到她的肌肤是如此细腻，再说话时，他的声音更低了下去："我会追到你的。"

二

一众看客很是知情识趣，景蓝首先站了起来，说："小情人刚见面，慢慢聊。我们再约。"

安之淳点了点头，安静地离开。

就在景蓝要走时，肖甜心哎了一声，有些不好意思地问道："景教授，你认识我吗？"

景蓝眸光一定，不着痕迹地看了看她，微笑道："可能我认错人了。"

他再看向慕骄阳的眼神有些凝重。肖甜心正低着头玩手机，没发现。慕骄阳对他点了点头，眼神示意她确实失忆了。

他忽然说："慕，我曾经听说过一个案例，一个病患选择性失忆，其实并不是真的失忆。她的潜意识清楚自己的一切记忆。她是患了初步的人格分裂，她在构想一个完全没有负担的、没有负面思想的'自己'，那个'自己'不是次人格，也根本达不到形成次人格的程度，因为这个产物根本就是对自己的补充和装饰。"

肖甜心当初修的是犯罪心理学和刑侦心理学，对真正的心理学还是一知半解，喃喃道："这个案例挺有意思呀！"

这件事急不来，慕骄阳只是对景蓝说了句："知道了。"

大家都走光了。

肖甜心看着他，又不好意思了。

这人，刚才居然那么直白地就表白了。

似是想到什么，慕骄阳从西服内袋里取出一枝红玫瑰递给她，说话声音依旧低低的，就怕她嫌他唐突："送给你。"

花刺已经被除去，离花骨朵不远的地方用粉红色的缎带绑了一个小巧精致的蝴蝶结。肖甜心垂眸轻笑，也难为他一个大男人做这种细致活了。

紧接着，他从手提袋里取出一个玻璃小罐，递给她道："你最喜欢的巧克力。"

罐子里装着五颜六色，各种形状的巧克力。

"哇！"肖甜心眉开眼笑，那对大杏眼弯成了一对可爱的月亮，一闪一闪的，比星辰还要璀璨。

他就知道她会喜欢。

她打开玻璃盖子，闻到了浓郁的巧克力味和牛奶味，还带着香草的芬芳。"瓶盖里嵌有一款以'巧克力'为主题的记忆图书馆的香薰。"慕骄阳又说。

她用白嫩细长的手指伸进去掏了两颗，簌簌地将糖纸拨开，然后将巧克力塞进了嘴里，然后极为愉悦地嗯了一声。他轻笑，她那样子，嘴里鼓鼓的，脸又小，真像一只贪吃的小松鼠。

"别以为这样就能收买我哦！"嘴里含了好几颗巧克力的肖同学说起话来咕嘟咕嘟的。

慕骄阳低眉轻笑，再抬头时，他一手撑着桌面托腮看着她，说："不是收买你，我是在讨你欢心。"

她移开了目光，不肯接他的话，但他看到她俏丽的小耳朵红了，他又轻笑了一声。

他是记得从前的。

那时，她小小的个子，白白的一团，站在太阳底下时，他都怕她会像棉花糖一样化了。偏偏这个小家伙精力十足，非常活泼。

然而"棉花糖"也会有发愁的一天。

某天下午放学后，所有同学都走光了。坐在教室最后的他，看到"棉花糖"还坐在那里唉声叹气。他走上前去，假装向她请教作文题目，却看见她对着桌面上的一堆巧克力叹气。

"怎么了？"他问。

肖甜心抬眸看见是他，一把取过他的语文试卷问："哪里不会，快说。本姑娘心情不好。"

慕骄阳："……"

不用他说，她也知道了。因为，他作文得了零分。

他们班是重点班，才初二就已经开始做模拟中考的试卷。这次的中考作文是：请以"我真想——"为题，写一篇作文。

这道题是半命题，首先得把题目补全。

她垂眸看他的作文：我真想把某些特定的人的脑袋都剖开来研究一番。罗梭曾把意大利著名的杀人犯的头颅剖开了，发现了一个有趣的"天生犯罪人"的秘密，那就是这个人的头颅的枕骨部分有一个明显的凹陷，它的形状和低等动物一样。而正常人是不会有这个凹陷的。这类天生犯罪人是一种生物与遗传学里的返祖现象，使人同离兽无异。

"呃，生物老师要感谢你。你学得很好。"肖甜心觉得很能理解语文老师了。

"我写得很差？可这是我的真实想法。"

是我们班上出了变态，好吗？"作文作文嘛，就是靠作的，不需要写出你的真正想法，只需要写老师想看到的。而且，你离题了。'我真想——'后面接的是一种状态，比如你想成为什么样的人，是对社会有用的人，而不是去解剖别人的脑袋。"见他蹙眉，十分不解，她又解释，"例如写心怀美好，人间和平。"

慕骄阳："……"

"娇娇，你可能得提前和阮阿姨打个招呼。我估计班主任会叫家长，理由是你的心理和想法不太健康，只想解剖……"肖甜心停住了，眨着一对水汪汪的大眼睛看着他。

"哦。"他忽然举起手，在她唇边点了点，又触电似的收了回去，"你这里怎么了？"

"嗳，别提了。长虫牙没救了，我怕疼不敢拔。"说完她赶紧捂着脸的两边，她的右脸都已经肿起来老高了。

他点了点头，一看就是吃糖多闹的。

她戳了戳他硬邦邦的手臂："这么没有同情心？"

"你连割阑尾都不怕，还怕一颗虫牙？"他感到不可思议。

"嗳，"她又戳了戳他，"女孩的心思你不懂啦！"

哦。他摸了摸被她戳过的地方，觉得那里痒痒的，他是真的不懂。

"割阑尾那是情非得已，发现时已在去医院的路上。现在，我还在挣扎路上嘛！"

"……"慕骄阳看着眼前这个娇娇俏俏的小女孩，她的脸蛋红扑扑的，眼睫毛一颤一颤，她一说话时，那小小的唇像会变化的可爱标点符号，吸引着他看进去，再看进去。

见他忽然沉默，且看着她的唇越靠越近，她一怔，不解地皱了皱眉，大声地说："这些都是我最爱吃的巧克力，现在我吃不了，太浪费啦！你吃呗，好不好哇？"

"好。"他忽然挪开了脸庞看着她手中的巧克力。

她将糖衣一层一层地揭开，他才发觉，只不过是一颗巧克力，居然被五颜六色晶莹剔透的糖纸包了那么多层。

"猜猜是什么颜色，什么形状。"她对他娇娇一笑。

他看了看所有被包成圆形的巧克力，答："黑色的，圆形？"不是黑色，就是白色的吧。

她笑而不语，轻轻地揭着糖纸，像在拆解，又像是在剖析一颗心。

她的十指纤细白皙，一根一根的，看得他一直从指尖痒到了心尖。我真想……我真想抓住她不停翻飞的手指，很想很想……一想到这里，他一怔，觉得自己简直是入了魔。

她的手小小的，软软糯糯的，白白润润的，手心是一颗火红色的心形巧克力。

不知道是谁的一颗心被她捧在了手中。

"喏，尝尝。"

他拿起巧克力，他的指腹摩挲过她的掌心，她娇娇地一笑："别闹，痒。"

他把巧克力含进嘴里，甘苦过后是甜蜜，还有糖渍过的酒心。浓烈甘芳的美酒只有一口，却悄然侵占了他的唇舌与齿尖，那样猝不及防，就像她一样，悄然地闯进了他的生命中。

"好吃吗？"

"好吃。"

"甜吗？"

"甜。"

"吃了我的东西，就是我的人啦！以后要听话哦。这个周末陪本小姐去拔牙呗!"

"好。"

那是他所能忆起的所有的甜。

他靠着这甜,以强大的意志力压制住了慕教授,获得了前所未有的平静。

见他沉默良久,肖甜心哎了一声:"回魂啦!不然我就当你是被我的美色所迷了呀!"

"是。"慕骄阳嘴角噙笑看向她,"是被你的美色所迷,所以失了魂。"

不打算接他的那些甜言蜜语,她说:"你今天约我过来到底是为了什么?"

慕骄阳答:"就是想向你解释,我就是慕教授。但是我和景蓝他们的会议耽误了些时间,你直接过来了,我来不及向你解释,你已经发现了一切。"

这一次,肖甜心没有答他的话。

肖甜心十五岁那年曾暗暗地喜欢过慕骄阳,然后一等十年,虽然漫长,但其实也是值得的。她其实从未放弃,从未妥协,从未忘却。她知道,她会等到那个少年。

收拾好所有的情愫,再抬起眸来,她才注意到他左边脸上的那个"二"字,电光石火间,脑子轰的一声,她整个人都烫得要着火了,不就是那晚,她亲手在他的脸上写了个"二"吗?

一切太突然,要接受他就是慕教授,肖甜心觉得自己需要时间。她站起来说:"阿阳,我要回去了。"

她的心思他都懂。

"我送你吧,我的车就在附近。"于是,他也跟着站了起来。如果说昨天他根本就是个陌生人,她是无所谓的。可现在……肖甜心很悲催地抬起头,发现自己只到他的肩膀,她要哭了:"我终于深刻地体会了corgi(柯基)的意思了!"

慕骄阳一时没反应过来,道:"你要养柯基?哦,那我送你去宠物市场。"

"不是。我是说,我明白corgi的中文意思了。"肖甜心说完,低头看了眼自己的脚,再抬头看了他一眼。

一瞬,慕骄阳就明白过来,他笑得十分灿烂,倒像个腼腆的大男孩。

他摸了摸她的头:"没关系,小不点才可爱。"

她还真是衰，一个月之内，居然被两个人叫小不点。她的心情只能用四个字来形容：欲哭无泪。而且更令她欲哭无泪的事实就是，他，慕骄阳，就是那个怪异的慕教授！

上了车，肖甜心再次无语。因为慕骄阳说的车不是四个轮的轿车，而是两个轮的自行车！

"我可以选择不坐吗？"肖甜心想，搭地铁到家可能还快些。

慕骄阳勾了勾嘴角，笑得特别坏："可是你已经上了我的车，不可以反悔。"

肖甜心怔怔的，然后才答："娇娇，我发现，你比以前会说话了。"

肖甜心忽然决定撩回来："然而，我比较想上你，而不用负责任。"

"咯咯。"

三

"之前为什么装作不认识？"肖甜心忽然问道。

低低笑了声，慕骄阳答："这样不是挺有意思的吗？你总会知道我是谁的，不是吗？"

他的反问使得她又想起了那晚发生的事情，她靠他那么近，几乎可以闻到他身上清凉沐浴露的味道，而她给他刮胡子，他却还总是若有似无地撩拨她：难道你不期待吗？

见她忽然不作声了，慕骄阳就知道她害羞了。

两人不说话，安静得过分，慕骄阳只好找话题。

他试探："你记起昨天的事了？"

肖甜心的眼睛骨碌碌转了一圈，然后她说："我和你去监狱探访一个犯人，我只负责给你量尺寸。"

"我和黄千的谈话，你还记得多少？"他进一步试探。

"拜托，那是你的工作，我只负责做衣服，哪里知道你们聊了什么。"

慕骄阳抿了抿唇，没作声。

忽然，单车后座一震，是肖甜心在车后座乱动。因为她震惊了，然后直接问道："对了，五年前，在那桩飞机谋杀案里，凶手最后怎样了？对哦，那个慕教授也是你吧？我要再次确认一下，省得下一次见面，你又变成了哪个我不认得的大胡子了。"

慕骄阳的眼皮跳了跳，他的笑容有些勉强："是，我就是那个慕教授。"他觉得她的情况本就混乱，而且她已经产生了人格紊乱的症状，如果此刻告诉她他是双重人格，只怕会更加刺激到她。于是，他又沉默了。

"那个叫什么来着的杀人犯后来怎样了？"

"是让·保罗。"慕骄阳回答。

肖甜心觉得慕骄阳有些奇怪，与慕教授时的他很不同。他变得温暾了。

"证据成立，他被判了终身监禁。"慕骄阳说。

其实，她很想问一句，他为什么两次不辞而别，一次是在高中时，一次是在五年前。

可他俩又是什么关系呢？是，他是向她表白了，可是他有前科呀，她是真的害怕哪天醒来，他又不动声色地离开了。她不敢确定彼此的关系。所以，她的许多话无法问出口。

她又想到了十年前。

她和他因那次冲撞事件后，渐渐熟悉起来。

有一次她割阑尾，他送她去了医院。后来，在她出院后的那一个月里，他每天骑着单车接送她上下学，替她买早饭，帮她补那一个月落下的课程。她对他心动就是从那一段时间开始的。后来两年多的时间里，他和她总是保持着若即若离的关系。

各想着心事，两人都沉默了。

其实，当年的慕骄阳对肖甜心是有好感的，但他人格分裂，许多事身不由己，而她从不在他当时的人生规划里。她对他来说，只是一场意外。

气氛又沉了下去。慕骄阳只好继续找话题："你自16岁后，就停止发育了？"忽然，他发觉好像说错了话。呵……发育……

于是，他果断闭嘴。

肖甜心静了一瞬，终于开口接招："是停止飙高。"

慕骄阳轻咳了声，缓解尴尬。

"但我也高了一点好不好！我现在一米六了。"肖甜心抓着他的衣服摇哇摇。

可是一米六，和他比还是差很远哪。所以，小不点肖甜心依旧是那个小不点，而慕骄阳同学却在往后的时光里长到了一米九三。

肖甜心很心塞。

肖甜心咬了咬唇，忽然说道："我可以问你个问题吗？"

"说。"慕骄阳言简意赅。

"你为什么骑单车出来？"肖甜心不蠢，这种自行车可是优质舶来品，一辆也值一两万，反正就是，他慕骄阳不缺钱。

呵呵笑了两声，慕骄阳道："骑自行车可以锻炼身体。"

肖甜心："……"

"你真想知道？"慕骄阳忽然回头看了她一眼，她正好抬头看他，视线交会，她的脸红了，她忙垂下了头。

他一低头就看见她的耳根和雪白的后颈项全红了，她还真是害羞。他笑了笑道："偏不告诉你。"其实，他就是想像现在这样载着她，腰被她用两只手抱着，就像回到了十年前。

肖甜心："……"长大后的慕同学还真是冷幽默。

等自行车在她家楼下停住，肖甜心才回过神来，已经到家了。她再次目瞪口呆："我没有报地址给你。"她是被美色冲昏了头，忘记报地址了。

还真是个笨丫头！慕骄阳笑得十分开心："你忘了，我看过你所有的资料。而且，你父母家还在十年前住的地方，我认得路。"

肖甜心眼睛一眨不眨地看着他，他居然还记得她家住哪里。她的脸再次不争气地红了。

他了然，手按到了她的发心，再次来了个摸头杀："甜心，我说过的，我要追求你。"

"嗯。"她低着头，声音嗡嗡的。

手自她的头顶滑落，他的指腹拂过她的脸庞，最后，他的手轻轻地托着她的下颌，将她的脸抬了起来。这一次他没有笑，很专注地看着她，好看的唇一张一合，认真地说道："我现在就是在追求你。"

肖甜心："……"怎么办，我现在更想扑倒他了！

他的脸离她越来越近，而她定住了。他的眼睫刷过了她的鼻梁骨，呀，好痒。

一向天不怕地不怕的肖甜心害羞得不行。

她想退，却被他的大手一把按住。他的手按在她背脊那道细细的、性感的脊椎上。他低笑了一声，说："你要逃去哪里？"

其实，他更想说的是：我想吻你。

四

慕骄阳送了甜心回家后，去了李昊心理咨询室。

李昊是他的心理医生。

坐在安静舒适的咨询室里，慕骄阳一直没有开口说话。

一张班得瑞的 CD 放完了，李昊才开口询问："他又出来了？"

"是的，慕教授又出来了。"慕教授是慕骄阳分裂出来的人格。这个人格曾一度险些取代了他成为主人格。从六岁开始，慕教授就出现了，慕骄阳与之抗争，一直到八岁以后，慕教授取代了他，他的主人格沉睡了两年之久。直到妈妈的眼泪打湿了他的手背，他才开始有了苏醒的迹象。

李昊分析说："慕教授的人格是无法感知任何情感的。爱、恨、厌恶、喜欢、哀伤、软弱、高兴、吃惊，什么都没有，有的只是冷漠。典型的缺乏同理心症状。"

慕骄阳沉默。慕教授真的是没有同理心的人吗？

"你一直对你是从什么时候开始能感知情感的这个问题避而不谈。为什么你要一直坚持这一点？"李昊用的是询问的语言，而不是要求式的命令。即使是心理医生，也不该强行干预病人的主观意志。

"你该知道，如果你本身不想改变，那我没办法帮助你去改变。"李昊决定剖析自己来完成这一次不同于以往的咨询和治疗。到了这个时候，肯定是有一个触发点促使慕骄阳想要改变。而他们的治疗也该有进展了。

"我想，是因为慕教授一直在回避这个问题。因为这是我的主人格争取回身体主控权的一个关键。"慕骄阳说，"因为一个女孩。"

"所以，你是因为那个女孩而能重新感知情感。"李昊分析道。

"我想是的。或许我本身没有马上注意到这一点，但慕教授一定是马上感应到了。我第一次正面和她进行交流时，她忽然就让我意识到了，她与其他人是不同的，她是鲜活的，她是能进入我生命里来的。那一刻，我感觉到了心动，然后我回来了。慕教授一直被我隐藏了起来。我因此有了一年多正常人的情感。"慕骄阳第一次说了那么多，坦白得那么彻底，"而后，慕教授和我又在高中后交替出现，我一直和他斗争，但在18岁那一年失败了，我再度沉睡。"

李昊忽然问："是什么会使你觉得她是不同的，是特别的？"

提及这个问题，慕骄阳的脸红了红，他有些难为情："因为我触碰到了她的胸脯，我才忽然意识到她是不同的。"

李昊的唇边有了一丝笑，很细微，垂着头的慕骄阳没有发现。他和缓的声音响起，尽量让这个问题显得没有那么尖锐："她使你意识到，你也会是一个正常人。或者这样说吧，她勾起了你的性意识，直接而强烈。对吗？"

这次慕骄阳不再逃避，点头回答："是。"

"你触碰她的当晚有没有做春梦？或者你是什么时候有了第一次春

梦的体验,遇到她前,还是遇到她后?"李昊继续问。

"是触碰到她后,第一次做了春梦,就在当天晚上,"慕骄阳也是心理学系的专家,只不过是医不自医,所以知道他想问什么,直接回,"不是虚构的,她就是直接的性对象。"

李昊又问:"那时你多少岁?"

"我不岁。"慕骄阳答。因为他自卑,妈妈希望他快乐,所以让他回国后从初中读起,让童年时光为他留下美好的记忆。妈妈那么做是对的,那一年他初二,17岁,遇上初二,14岁的甜心,他很开心。

"一般来说,男性在十二三岁时就会出现性意识,你还是太迟了,但她确实改变了你。"李昊沉吟。

"那个女孩再次出现在了你的生活里,对吗?"李昊又问。

"是的。我最近重遇了她。然后在重遇她的当天,慕教授回来了,而且主动和她接触,甚至是表现出了与以往不一样的东西。"慕骄阳陷入了思索。

"例如?"李昊用诱导的语气,让慕骄阳一点一点地倾诉,一点一点地展开他心底的那些秘密,"你觉得这一次,慕教授想要的是什么呢?"

慕骄阳觉得头很痛,他在极力抗争,他是有副人格的记忆的(这种情况很少见,记忆来自副人格慕教授的分享),慕教授在对肖甜心调情,慕教授在故意勾引她!"我想,这次他不是要把她推开了,而是想要接受。他在利用我来勾引她。"

"因为他想真正地成为你,所以,这才是问题的关键所在。这一次他回来,是为了永远地成为你!"李昊的样子看起来十分担忧。慕骄阳的副人格十分强大,当初,他甚至尝试过催眠,想知道慕骄阳人格分裂的原因,然后封住慕教授这个人格,可都失败了。

"所以,他会利用我的身份再次接触她?"慕骄阳的目光一沉,他的手握成拳狠狠地捶向玻璃茶几,茶几瞬时裂开。

李昊不动声色地观察他,并不打断,直到他自己意识到自己失控了。

"抱歉。"慕骄阳说,神色有些黯然。

"去走近她吧。其实,你已经发觉自己一直深爱着她,所以慕教授要开始争夺了。慕教授也想得到她。你以你的方式走近她,向她表明你的爱意。再压抑对她真实的感情,对你没有好处。"李昊建议道,"我想,她才是成就你的关键。"

"慕骄阳,你这个蠢货!"正在对着镜子刮胡须的慕骄阳身体一震,眼睛里出现的是慕教授的身影。

慕骄阳淡淡地说："滚回去。"

"你不应该把自己的软肋暴露给别人。"慕教授的眼神很冷，似淬着冰，"我将你和我的潜意识都保护得很好。你不应该把潜意识暴露给任何人，哪怕是心理医生。这世上没有人值得信任。而这世上，肖甜心就是你的软肋。"

这两天，慕骄阳一直在检查核对从"木蔷薇"一案中整理出来的数据报告。

他甚至通宵来比对数据进行分析，终于发现了一个很重要的东西。他第一时间想到的不是何穆同，而是肖甜心。

身体比思想反应要快，他已经拨打了肖甜心的电话。可要出口的那一句"甜心"却蓦地变成了"助理小姐"。他本就醇厚的声音更低了两个度，变得更加有磁性，带着有意的挑逗："我发现了新线索，你马上过来，嗯？"在那一声嗯中，慕骄阳的眼皮合上了，脑海里，他看见慕教授朝着自己一步一步地走了过来，他说："嘿，你就是我，我就是你。"

两个"我"在做着剧烈的抗争，他深吸一口气，睁开了双眸。

"你没事吧？"正想伸手去探他的额头的肖甜心猛地缩回了手，脸红了一片。

她近在咫尺的莹白小脸那么美丽，而她刚才贴得近，浓密的眼睫还刷到了他的眉骨上，那么痒。他坐着，而她站着，他见她睁着一对亮晶晶大眼睛看着他，似乎在担忧他是不是病了，他忽地就扬起了脸，唇几乎贴到了她的唇。

肖甜心怔住了，惊讶得微微张开了小如樱桃般的唇，站在那儿手足无措。她刚想起要躲，他的手就握住了她的腰。他啧了声："你的腰真细。"他的指腹隔着衣服在细细摩挲，她感觉到了。

而慕教授的脑海里忽然亮起了一盏白亮的灯。那是在属于他和慕骄阳共同拥有的世界里。他成功地控制了慕骄阳，慕骄阳出不来，但两人的思想可以交流。他低笑了一声，对慕骄阳说："嘿，Shaw，要不要和我打个赌？"

看看我们的蜜糖，爱的是哪一个呢？

来，我们玩一场真心话大冒险。

其实，两人在高一时也拥抱过。

那时她为了帮闺密安静一个忙，爬到了大树上。一上了树，她就觉得样样新鲜。她像只顽皮的狐猴，坐在树上荡啊荡的，一对精致的红皮鞋被她在空中画出一道道调皮的弧线。

而他，慕教授，就站在树下等，他穿着一身白衣，就是她心中的白衣少年。而她动作太大，把满枝头的碧绿叶子都摇落到了他身上。

慕教授微微仰起头，看着她不说话，那对凤目上挑，一对漆黑眼珠像深潭里的月，但又那么温柔，温柔得如同被夏日夜风拂过，可波光晃动间，那点温柔又瞧不真切了。

其实，少年慕教授对肖甜心的感觉是又爱又恨。因为如果慕骄阳一直和她在一起，就可以战胜自己的意志，获得身体的控制权。所以他总是想方设法地不让慕骄阳出来，随着慕骄阳沉睡的时间越来越多，他几乎霸占了身体的主导权。他刻意疏远肖甜心，却被她求到了洛泽那儿，知道了他的行踪。当她站在他的面前，都快要哭了，那对大眼睛可怜巴巴地看着他，想和他说话又不敢，只是软软地叫他"阿阳"时，他的心就软了下来。那也是慕教授第一次意识到自己还有情感。而他居然鬼使神差地尝试着和她相处了下去。

她不下来，他就双手插兜站于树下，迎着阳光，高大而挺拔。他那一对鸦羽似的长眼睫随着身后的湖光轻微地震颤。他微抿着唇时，容貌俊秀柔和，就像所有的清秀大男孩，并不是不好相处的模样。

那时候，肖甜心也是知道的，他的耐心都留给了她。

后来，出了一点意外，她突然从树下掉了下来。是他冲了上来，一把接住了她。当时，他的拥抱那么紧，他的臂弯那么强而有力，她小小的一团窝在他的怀里，甚至能听到他的心跳声。

而他的指腹轻轻地摩挲她的腰，即使隔着衣服，她都能感受到他的手是那么滚烫，就像刚才那种感觉。

见她脸红得能滴出水来，瞪着大大的眼睛，像最精致的瓷白洋娃娃，他也不好再调戏下去。收起了那些回忆，他瞟了她一眼，说："你来得还真快。"

肖甜心一窘，动了动身体，他像热铁一般烙在她腰上的手就松开了。她蹲了下来，托着腮看着他说："阿阳，也不快啦，我开车过来的。刚才到了，就见你眼睛紧闭，一头冷汗，我叫你，你也没反应。你没事吧？"

慕骄阳看了看时间，已经过去四十分钟了。

他看着她，忽而一笑："其实，我更喜欢你叫我慕教授，或者是，你的 Tom。"

肖甜心羞得不敢看他，垂着眼睫问："你发现了什么新线索？"她突然又问，"你不是叫 Shaw 吗？"

他垂下头看着她水嫩的唇瓣正要说话，却见到一团肥肥胖胖的像一坨不知道什么玩意儿的"东西"滚了过来，恰恰蹲在肖甜心旁边，也瞪着一双又大又圆又漆黑的眼珠子看着他。

慕教授："……"

趁着她分神，他敷衍道："我有两个英文名，叫哪个都可以，随你喜欢。"如果慕骄阳出来时她叫他 Tom，呵，那对慕骄阳不就是最好的打击吗！

"呀！"肖甜心反应过来，一把抱住圆滚滚的小胖墩笑道，"阿阳，你怎么养了一只柯基？好可爱！像你一样 cute（可爱）！"

哪里像我了？他清了清嗓子说："我觉得它比较像你……有一双小短腿。"

感受到她幽怨的小眼神，他莞尔，伸出手来揉了揉小柯基，又揉了揉她的头，说："我还是觉得比较像你，一样可爱。"

嘭！肖甜心感觉到了一屋子的粉红泡泡。

有了小可爱的后果就是，她面前的大可爱被直接无视了。只见她席地而坐，抱着小可爱一直揉哇揉的，有那么一瞬，慕教授希望自己是她怀里的那只小可爱。

其实这个想法有点邪恶，他的视线沿着她嫣红的唇往下，落到了她白皙小巧的一对锁骨上，再往下一点才发现，今天她穿了一件雪纺白衬衣，外面套了一件桃子领的嫩绿色针织衫，再外面是一件与针织衫撞色的墨绿色小单西，搭配一条深蓝色的复古高腰牛仔裤，衬得她小脸甜美，而腰线更为纤细，还将骨肉匀称的腿部线条拉得更为修长。

她虽然是个小不点，但身材其实很不错，腰腿的比例非常好，整个人一打扮起来很耀眼。见小可爱一直往她胸前拱，他眼睛微眯，不爽地将它提起，说："那是我都没有享受过的待遇，你一边去！"然后将小可爱扔到了一边。

肖甜心愣怔了好久才想明白他是什么意思，她的一张小脸又烧了起来。她气鼓鼓地嘟着小嘴，别开头不肯看他。

他将她的下巴扳了过来，说："有什么不好意思的？食色性也，以

后我们也会一起分享那种愉快的体验。"

肖甜心看着他，几乎被他的话给定住了，连她的一对漂亮的瞳仁都忘了转动。这人的羞耻度简直是越来越低了。她说："哦，等你追到我做你的女朋友再说吧！"

越是羞涩，她越是显得镇定，将他一军："我还没有答应做你的女朋友。"

摸了摸下巴，他满脸认真地说："看来我要加把劲追上你才行了。"他对着她眨了眨眼睛，很明显，话里的意思可以省略掉一个"追"字。

被他不要脸的话一呛，她不再看他，转过身，又抱起小可爱问他："哎，大可爱，小可爱叫什么名字呀？"

"它？就叫哈比喽。它不是我养的狗，是我哥一时兴起抱回来玩的，他最近出国了，把狗扔在我这里。"玩味着这个名字，慕教授笑得一脸无害，"果然就是从哈比屯来的，那么矮。"

肖甜心："……"

忽然，他来了句："你有 D 吗？"

肖甜心猛一抬头，几乎要抓狂："慕骄阳，你当我是奶牛吗？ C，C 你满意了吗！"

"我只是觉得，我的手的尺寸比许多男人的大，也不能一把握住，料来你的尺寸应该到 D 了。"某人说得一本正经，充满探索科学的严谨性。

"你给我闭嘴！"

原来，他根本不是个一本正经的教授！还亏他披着一身白大褂呢，简直就是一禽兽！

慕教授轻笑了一声，决定不逗她了，回答了她刚才的问题："发现新线索的事，我们到了公安局再说。"顿了顿，他又颇为玩味地看着她补充，"也算是我和你的约会。"

见他提到正事，肖甜心已切换到了工作状态。她本来是一副虚心请教的样子，坐在他身边一脸仰慕地看着他。她的眼睛那么亮，看着他时，她时常会走神，总是想到从前。此刻被他这样一撩拨，她噌地就站了起来，头也不敢回地跑出了他的房间。

肖甜心跑到门外才站定，捂着心口不断地喘气，却听见房间里的他懒洋洋地说道："我想起了高一时，你爬到树上，一直晃动你的红皮鞋。"

后来的无数个夜晚里，那对红皮鞋一直在他的心头摇曳，挥之不去，让慕教授的一颗心颤动不已，甚至让他也有了春梦。那是很模糊的景象，很陌生的感觉。她坐在树上荡着一双纤细的白白的腿，身上什么也没有穿，只有一对红皮鞋。然后她跳了下来，和他滚进齐膝高的草堆里，她就缠在他的身上，和他欢爱，让他上了天堂。

门后传来他的一声轻叹，让她几乎有了错觉。

然后，她又听见他说："甜心，我知道你过去一直觉得我是个别扭的少年。但我的心，只肯为你一人跳动。"

隔着那堵墙，慕教授忽然问她："甜心，你可以认真地回答我一个问题吗？"

"五年前，当你还不知道我就是慕骄阳时，你对我有感觉吗？"不等她回答，他又问，"还有这段时间以来的相处，我总是以大胡子的形象见你，以一个陌生人的身份去追求你，你有感动过吗？或者说你有爱过我吗？"

她背靠着墙，觉得还是很难开口回答这个问题。但她还是认真地答了他："有的。我有爱过你，以慕教授的身份。但我那时不知道你就是阿阳，所以我抗拒过，因为不是你，我会拒绝的。我会一直等待，直到你出现。"

慕教授忽然说："我明白了。你爱过我，爱过 Tom，和别的人无关。"

脑海里，慕骄阳退出了光亮的地带，回到了黑暗里沉睡。

他，慕骄阳感到疲倦了。

第五章 求婚方程式

一

　　夏海市是个港口城市，又是个国际化的旅游大都市，所以有许多外籍人士在此定居。海滨城环境优美，外企林立，欧美建筑颇多，形成了独特的景点，所以游客也多，人流量非常大。而港口处每天有上万的货轮、货柜、集装箱装载和卸货，人口的密度还真是大。

　　也因此，公安厅对夏海市的治安非常看重。

　　两人到达市局时，简报厅早已准备好。

　　这次就连正副局长都来了，还有支队长、重案组组长、刑侦办人员等人，他们都坐在简报厅里等待着慕教授。

　　何穆同是支队长，因为与慕教授打过交道，也算熟悉了，于是他连忙站了起来，迎了慕教授与肖甜心进来。

　　看见这么多大人物，肖甜心还有些愣怔，毕竟她真的不是大神探的助理呀！可陈星办事很妥当，已经招呼了她坐到前排的座位上。

慕教授站上讲台，打开电脑，投影上出现了一行行的比对数据。他直接说道："第一、二、三朵木蔷薇的比对结果出来了。旋花科攀援植物原产于美洲，我国各处也有该植物的影子。而在夏海市，就只有W镇子附近的一个地方生长着这类野生木蔷薇。第一起案件里的那唯一的一朵木蔷薇是生长于夏海市的W镇子里的花。第二起案子里的两朵花中，其中一朵花是在W镇上采摘的，而另一朵花是真正的美洲品种，是属于引进或偷渡过来的外来品种。凶手的心思很缜密，他选了三朵外观上一模一样的花，尽管是同一属地，但这种花是有多种颜色的，凶手只挑选了同一种颜色。"

慕教授见大家没有说话，继续拉动鼠标："发现尸袋的地方的泥土，我也一并拿来做了比对，我把三朵花上残留的泥土与尸袋上混在一起的两种泥土做了比对，结果都显示与W镇的一个地方的土质相同。泥土里都含有一种共同的物质，就是特戊酸。"

在过来的途中，肖甜心就与慕骄阳沟通过了。他要开车，并不方便，她立马上网搜索，又给相关部门打了电话，已经知道了大致的线索。见慕骄阳忽然又不说话了，只含笑看着她，坐在下面的她只好默默接过话头："特戊酸主要是用来做农药或医药的，但也属于对人体有害的化学物质。我查过了，W镇没有经营医药厂或农药厂，所以估计是小商贩为了牟利私自加工生产特戊酸。可这种化学物质很难处理，即使是偷排，但因量过大，也必须经过反复提纯，那就需要有合适的加工厂所。所以，饲料加工厂是最适合拿来提纯与做掩护的。大家可以去W镇附近的饲料加工厂走走，可能会有线索。而加工厂一共有五家，分别是……"

她的话还没有说完，慕教授已经做了切换，投影上出现了五家加工厂的名称。

肖甜心对他瞪了瞪眼睛。

陈星正在做记录，鉴证科的小陈走了进来，兴冲冲地说道："有新线索，我们发现花朵和尸袋上的泥土与当地的泥土不是同一处的，经过全夏海市的各处泥土样本比对，指向……"

"W镇嘛！"一众刑警异口同声。

小陈惊讶道："你们都知道了？"

肖甜心与慕教授对视了一眼，都笑了。

站在走廊上，肖甜心忽然问他："阿阳，你为什么忽然改变主意了？"

慕教授想了想，说道："虽然有危险，但我会保护好你。所以，我希望我们能一起破案。"她只是随意一问，他就知道她说的是什么了。这

种心意相通使她备感甜蜜。于是，她笑着看向他，答："好。"

兵贵神速，重案组组长留在总部做指挥与支援，两名重案组组员被分配给了何穆同协助查案，一行人已经先行赶去 W 镇，当地的派出所民警也被调动了过来，负责跑排查。

慕教授收拾好资料，便对肖甜心说道："你在车上等我，待会儿一起去 W 镇看看。我现在先去办点事。"

"嗯，我到车上等你。"肖甜心说完，接过他手中的文件，嗒嗒嗒地跑开了，像只兔子那么快，真是充满了活力。慕教授的嘴角扬了起来。他在心中对另一个自己说："她令我很愉悦。"

另一个自己挣扎着要苏醒，慕教授开始头疼，他极力忍住，一直等她走远了，他才走进了洗手间。

他站在镜子前，目光沉静得可怕，不见丝毫波澜。

镜子中的他，五官轮廓英挺，而眉心有一点极细极淡的红痣，随着光线的改变而若隐若现。

慕教授举起了手，手里薄薄的刀片闪着寒光。他慢慢地、冷静地将刀片在眉心轻轻一刮，一道浅淡的血痕划过，不深，只是渗出了几点血珠，那粒极小的红痣因被划破而看不见了。

他打开水龙头简单地冲洗了一下，血就没有了。

可他一上了车，肖甜心就发现了他的伤。呀了一声，她的手已经抚上了他的眉心："这里怎么破了？"

她离他那么近，他甚至能闻到她身上淡淡的花香味，很好闻，是芍药花香。她换了一款香水，很好，他很喜欢，比之苔藓木香要甜腻，但就是他喜欢的味道。

见他不说话，肖甜心一抬眸，唇就碰到了他的下巴。她一怔，就缩回了捧着他脸的手。

慕教授显然也是怔住了，许久才回过神来，脸上有一丝笑意划过，他低声说："你的手，很暖。"

肖甜心的脸更红了，她只好低头看脚不说话。这人，怎么这么能撩哇！以前的阿阳不是这样的呀！怎么办，怎么办？肖甜心低低地噢了一声，然后用双手捂住了脸，她真是没脸见人了。

而车内传出了他爽朗的笑，他笑得那么欢快。慕教授在心里对自己说："Tom，你看，你同样也会笑，开怀地大笑，你与慕骄阳没有什么不同，你就是他！"

W 镇偏远，光是开车出城就用了半天的时间。

其实这一带的环境还真不错。这里林木颇多，而漫山遍野都开满了鲜花，倒还真是郊游野餐的好去处。

这里还有河，整条河贯穿 W 镇，河道十分长，确实很适合用来做污水偷排的点。

几个大队的警察在进行大排查，问了附近许多的居民，但暂时没有什么线索。就连那五家加工厂也被警察们看过了，除了抓住了排污的嫌疑人，暂时没有那两件案子的线索。

可何穆同到底心细，他在其中一家加工厂里，发现了一块花色精致的碎布，还是羊毛的。于是，他对场里面的工人进行了询问。

原来，这家饲料加工厂的老板刚结婚，娶了个颇为讲究的老婆。李丹凤，是 W 镇上面 X 县上的人，25 岁，眉清目秀，虽然比不上城里人精致，但她的衣着打扮处处体面。

所以，员工们都认为这应该是老板娘的东西，可能是忘记拿的围巾，被老鼠给咬破了，落在了杂物堆里。

当何穆同在那儿反复看着碎围巾时，慕教授与肖甜心也过来了。

这家加工厂规模最大，处处都规整，应该是真正经营生产饲料的。肖甜心说出了自己的看法，慕教授点头以示赞同。

慕教授看着何穆同手中的碎围巾，只思索了一会儿，说道："这条围巾款式精美时髦，不会是老板娘的东西。老板娘为人精明，穿衣只要整洁大方就可以了。这样昂贵且有风情的花式围巾，不是她的风格。"

正说着，李丹凤走了进来，看了眼周围的警察，蹙了蹙眉，问道："发生了什么事？"刚说完，她就揉了揉鼻子。

肖甜心打量她，只见她的衣衫十分整洁，穿着一条中规中矩的暗红色连衣裙，外套一件白色针织衫，没有什么亮点，但与镇上的人比，确实是讲究出挑儿的了。

"其实，你配一件米白色羊毛开衫会更好看。"肖甜心说道，"相信我的眼光，我可是时装设计师哦！"一句话，就拉近了与李丹凤的距离。

李丹凤一喜："真的呀？"然后却叹息了一声，"可惜，我对羊毛过敏。"

众人眼睛一亮，都觉得那块碎围巾是个突破口。

可慕教授脸上没有喜悦，他淡淡地道："那个人，依旧是在展示。"

所以，那块碎围巾是凶手故意放在这里的。

"最近你们镇上有陌生人出入吗？"何穆同开始询问。

李丹凤是个精细的人，与一般的镇上人不同，她有眼光，见过些世面，没有比她更合适的人了。

果然，李丹凤回想了一下，道："还真没有，这镇上出入的人我都认得，没有什么特别的。"

肖甜心满腹疑问，眉头蹙得紧。

慕教授看到了她的神情，觉得她还真像一只蹙眉的荷兰猪，都是脸圆圆的，嘴嘟嘟的，样子很傻。于是，他伸出手指在她的眉心掸了掸："怎么了？"

"难道说，凶手会是镇上的人？"肖甜心问道。因为只有镇上的人在此出入，才不会打眼。

"这里的摄像头是一直着的吗？"陈星问李丹凤。

"原本一直是开着的，可是两个月前就坏了，我们想想这里也没什么好偷的，都是些饲料，也就没修理它。"李丹凤说。

肖甜心与慕教授对视了一秒，就听见何穆同说道："看来凶手对这里的一切很熟悉嘛，凶手是附近的人的可能性很大。"

这一次，慕教授没有附和。大家不在意，可肖甜心觉得，他沉默，是持保留的，甚至是不同的意见。

二

"精明的小神探，你早发现李丹凤对羊毛过敏了吧。"慕教授微微笑着，与她双双站在河边，清澈的水里倒映着彼此的身影，而他一侧眸，水光就投影在他的眼里。水波荡漾，他看着她时，那样专注，却又有一种别样的风流，使她的心跳漏了半拍。

肖甜心不敢看他，移开了目光，只看着清浅的河水："在她揉鼻子时，我就猜到了。所以，围巾不会是她的。"

"你觉得凶手不是镇上的人？"到肖甜心发问了。

"对凶手的侧写，你想听一听吗？"慕教授问道。

"想想想！"肖甜心点头。

"没有凶杀现场，我们没有办法做案情重组，这也是破案的难点之一。但从现场的局面来看，凶手很自信，一切都在他的掌控之中。他是个有掌控欲的人，所以他很喜欢'展示'。这样的人，在生活里应该小有成就。而且从他故意的碎围巾的证据来看，他挑选的是一个有品位的女人。他是个有品位的人，所以不会是镇上的人。"慕教授分析道。

肖甜心有不赞同的地方："那为什么镇上的人说，没有见过陌生人出入呢？这不就矛盾了吗？"

嗤笑了一声，慕教授对凶手表示鄙夷："他应该是进行了乔装打扮，可能是扮成工人混进了这里。我一进村里就留意到了，这里有好几个工程，一个是新在建的饲料加工厂，一个是一家农户开挖的鱼塘，镇上的办公楼也在重修，又新盖了一家镇上诊所，更不要论那种为偷排做掩饰而成立的黑工场。后者为了达到掩饰的目的，找的工人肯定是发散性的，今天做了，明天不一定还在这里做。而且考虑到凶手缜密的心思，他扮工人混进 W 镇，也肯定是经过伪装的，例如粘个假胡子什么的。"

扑哧笑了一声，肖甜心说："你是在说自己吗，大胡子？"

慕教授耸了耸肩："我的胡子是真的。"然后他又说，"所有的变态连环杀手都可能会有再次，甚至是多次回到犯罪现场的行为，而且这种行为的概率还很大。尤其是他这么一个爱表现的人。所以，今天警察在这里造出如此轰动的场面，他会出现的。"

"因为那条破围巾根本就是他新近才放进来的对吗？所以他还没有走，就等着看好戏，看一众警察被耍得团团转？"肖甜心说完后，咬了咬牙。那块破围巾本来就是一个疑点，如果只是被随意地丢在杂物间，那应该会很旧很脏，可这块碎围巾还很干净。

她的脸庞又显得肉嘟嘟的了。他点头："没错。这也是他'展示'的一部分，他在'表演'。"

"这样的人对自己很有信心，杀人对他来说如同游戏，所以他在体格上不会是个矮小瘦弱的人。再者，他懂得化学知识，工作体面，也爱干净修边幅，有一定品位，在生活中应该也是个有异性缘的男人，不然不会那么容易就得手。"慕教授更新了他对凶手的侧写。

将侧写编辑好，慕教授直接将短信发到了何穆同的手机上。

河里刚好有鱼冒头。"呀，遇到锦鲤是要交好运的！"肖甜心一激动，就蹲了下去往河边凑。

慕教授那句小心还没出口，她就滑了脚。他用力一捞，居然就像拎只小猫似的拉回来了她。

"你呀！"慕教授叹气。他放低了视线，下巴也低了下来，她一抬头，彼此之间唇齿相依。一怔，她脸红了，首先别过了脸。

他正要说些什么，电话响了，原来是陈星找他。他接听后，对肖甜心说："陈星让我过去一下，那块碎围巾，我刚才没上手细看。估计他们发现了什么线索。"似是不放心，他道，"你还是跟我一起过去。"

肖甜心只觉得现在再跟着他，指不定自己会不会做出将他就地扑倒的蠢事，于是坚决摇头。

慕教授也只当她是想看小鱼，而且陈星就在河堤边上，她还在他的

视线范围内，于是他说了句"笨小鱼"，也就先过去了。

慕教授与陈星谈话，时不时地看肖甜心一眼。"我回到实验室，马上给这上面的痕迹做化验，明天给你报告。"

"好的，慕教授。我懂了。"浓眉大眼、一脸英气的陈星很郑重地点了点头。

看着前方蜿蜒的山脉，慕教授忽然想到了一件事，于是急忙道："拿这里与夏海市的地图来。"陈星连忙把地图递给他。

进 W 镇前，他们就已经看过 W 镇的地形，觉得没什么可疑的。

"原来如此。"慕教授扬眉，白皙修长的手已经按在了 W 镇的某个小道上，"这条路直通夏海市郊宏福区，虽然路程比其他县城还要远些，却是相连的，来回非常方便。"然后他又举起了电话，"你问一下当地的民警 W 镇与宏福区的一些互通情况。"

陈星立马给当地的一个民警打了电话，然后说："有消息了。W 镇到宏福区的车程不到一个半小时，如果是私家车的话，估计需要五十分钟左右。两地经常有互市和赶集。而宏福区的所有家禽的饲料都是由 W 镇提供的。"

那就对得上了！因为在他第二次出现场时，他与何穆同一致认为凶手是宏福区附近的人。那凶手自然对 W 镇的一切都很熟悉。

见有了些眉目，慕教授又看了不远处的肖甜心一眼。

河面平静，倒映着两岸的景物。在她站的地方靠上游一点，有一块巨石耸立在河边绿草如茵的小山坡上。巨石投映在河边的黑影晃了晃，引起了肖甜心的注意。

她朝几米外的斜坡一看，一个人影好像在鬼鬼祟祟地偷看什么。她本就有几分胆子，外加性格大大咧咧的，又练过几年格斗，此刻竟然也没多想，就往那边跑去："喂，你在那儿干什么？"

慕教授叫了一句："危险，回来！"

陈星已经飞奔了过去，慕教授也跟着跑了过去，可电光石火间，肖甜心已经被推下了河，在河中挣扎。而那个人趁机逃进了浓密而隐秘的树林里。

见慕教授紧跟其后，陈星大喊："教授，你先去救人，我去抓人。"陈星一边跑还一边大喊。四周都是同事，于是一众警察都围了过来，跟着追进了树林里。

肖甜心会游泳，只是游得不好，是三脚猫水平。再加上她是被推下去的，受了惊吓又没有准备，游了两下就喝了一肚子水。但她还是被慕教授提着衣领，给拽回了河岸上。

他只是按压了她的胸腹两下，她就哇的一声吐出了一大口水。慕教授睨了她一眼："需要人工呼吸吗？"

肖甜心立马捂住了唇。

"看来你是没事了。"慕教授随意地往草地上一躺，侧过脸来看着她。

"那个人能抓住吗？"肖甜心问。

慕教授沉默了一会儿，回答："他根本就是有备而来，又怎会不知道有很大的可能会遭到警察伏击？所以他应该找好了逃生的小道了。这个人胆大心细，做事滴水不漏，相当缜密，又怎么会在这里失手。"

"慕骄阳，你也太长敌人威风，灭自己志气了吧！"肖甜心已经坐了起来，两人的衣服都湿透了，被山风一吹，还真冷。她哆哆嗦嗦地站起来，就要来拉他："快起来，冷死了。"谁料被他反手一拉，她整个人摔了下来，压到了他身上。她的腰被他用双手紧紧束住，他的唇贴着她的耳郭，暖暖地吹气："这样还冷吗？"

被他调戏了的结果就是，当两人回到警车上时，彼此都不说话，气氛顿时怪异。陈星十分疑惑，问道："你们怎么了？肖小姐，你没事吧？不会是吓傻了吧？"

"你才傻！"肖甜心喊道。

陈星无辜中枪。

而慕教授垂着头低低地笑，他的肩膀一直在颤抖。

偏偏陈星还不识趣，又问了句："慕教授，你一直抖，是冷吗？要不要开暖气？"因为两人都挂了些彩，所以何穆同坚持要让人将他俩给送回去。

"他不是冷得发抖，他是在傻笑。"肖甜心口齿伶俐地反击了回来。

慕教授脾气好，也不恼她。只是伸出手来，将她一直紧握在手里的东西给扯了出来："好了，别藏着了。就知道你这个小女神探此行一定有收获。"

"嘿嘿，还想待会儿再给你一个惊喜的！"肖甜心笑眯眯地说。

原来，她在跑近那人时就后知后觉地知道了危险。她已经看见了那个人，他穿着深蓝色的衣裤，戴着灰色的袖套，袖套是用来保持袖口干净和方便干活的。那人虽然头发很长，但整个人给人的感觉还是很爱干净的。她都还没有反应过来，就被那人推下河去了，她当时本能地反手抓他，所以将他的一只袖套给扯了下来。

"那人长什么样，你看清了吗？"陈星急忙问道。

"那我岂不是很危险？"

陈星有些为难，然后说："我可以派人来保护你。"

那样岂不是惨过坐牢？"和你开玩笑的。"肖甜心摆了摆手说，"不好意思，我没有看清他的样貌，只觉得的他的皮肤应该是很白的，他的手也很白，是那种常年坐办公室或实验室，不见阳光的那种白，就像阿阳皮肤的那种白一样。"

听到她这样说他，慕教授微微地挑了挑眉，但没插嘴。

"他刻意戴了一副黑框眼镜，脸上也粘了大胡子，头发又长，所以我无法辨认。"肖甜心也感到有些遗憾。

"没关系，我想我可以找到他。"慕教授忽然说。

然后一车的人都看了过来。

慕教授显然已经习惯了成为众人关注的焦点，他坦然接受，淡淡地说："这是一块蛇皮，而且这种蛇比较特别，也非常具有教学意义。"他举起修长的手指，用食指与拇指指腹轻柔地夹着那片蛇皮，"这是翠青蛇的皮层组织。这种蛇无毒，且性格温驯，易于作为宠物进行家庭饲养。它的一个特别之处就是与毒蛇竹叶青很像，但正因如此，它可以被用来比对竹叶青，具有科研价值，已经被列入《国家保护的有益的或者有重要经济、科学研究价值的陆生野生动物名录》。"

"这是刚被制成标本的翠青蛇，以做教学示范用。可以调查一下夏海市大学里的生物系或医学系最近购进标本的目录，还有采购负责人和实验室的管理者名单。"慕教授说道。

他的手中还握着那个袖套，他反复检查，最后在靠里面的一角里发现了一点污渍，准确地说，应该是油漆。这个油漆的颜色很特别，闪着荧光的金黄色很艳丽。"这个也会是一个突破口。"他接过陈星递过来的两个塑封袋，将蛇皮屑和袖套分别装进了两个袋子里。

肖甜心一并接过了装着碎围巾的那三个塑封袋。

警车将两人送到了慕教授的别墅外，何穆同向他道了谢后，慕教授裹紧了身上灰漆漆的大布块，站在夜色里。明明那么俊俏的一个人，现在却搞得狼狈不堪。

肖甜心刚想笑，就听见慕教授冷冷地说："Honey下车，今晚睡我这里。"

这话怎么听都很暧昧呀！一车的人全看着肖甜心，她把脸都憋得红了才憋出一句话："我没有在陌生男人家里过夜的习惯。"然后她嘭的一声关紧了车门。

本来还对肖甜心有点意思的一个小警察马上悟了过来，难怪刚才慕教授一直没给他好脸色看。

有叫"Honey"叫得那么亲热的陌生人吗？陈星摸了把鼻子，然后开口问道："肖小姐，你现在是……"

"当然是回家！"肖甜心觉得脸烫得可以煎鸡蛋了。

陈星："……"

另外一个警察木华接道："我们头儿的意思是，你家的地址是哪里？"

肖甜心："……"此刻，她只想抱头钻进地缝里去了。

三

肖甜心坐在缝纫机前埋头工作。

窗前春光晴好，一只通体翠羽的小鸟飞到窗台上，啾啾地叫个不停。

停下手中的活，肖甜心走到厨房里拿一把米回来，那只贪吃的鸟居然还没走。她撒了一把小米在窗台上，小鸟吃得欢。

小鸟有一对绿豆大的眼睛，它的脸蛋没多大，那只粉白的圆圆的硬壳嘴倒挺大。她为了逗小鸟而把头一低，却意外地看到了慕骄阳。

他刚从一辆银灰色宾利上下来，穿着一身军装款的烟灰色双排扣大衣，将他英挺的气质突显了出来。

啧，还真是赏心悦目。

肖甜心承认，这个男人的皮相一向比自己出色多了。

她家就在二楼，并不高，所以她能将他看得十分清楚，连他浓密的眼睫毛都可以数得清，他的眼睫毛一根一根的，那么多，覆在他深邃的眼窝下，勾勒出好看性感的眼部轮廓。

嗳，她果然是爱惨了这个男人。

肖甜心的唇边挂着淡淡的笑意，嘴角勾了勾，这个笑容扩大。是呀，认定了他，何必浪费时间。她将手中的橡皮往他的脑袋上用力扔去。

啪的一下，橡皮正中他的后脑，然后他听见咯咯咯的笑声，那么快乐，像恶作剧成功了的坏孩子的笑。他一抬头，就看见了他的女孩。

"嘿，"她对楼下的他挥了挥手，"你是跟踪狂吗？在我楼下，想偷窥？想实施犯罪？"

慕骄阳仰起头，似笑非笑地看着她，眼睛却，亮得如同太阳。看了她好一会儿，慕骄阳大声地问："肖甜心，你愿意做慕骄阳的女朋友吗？"

她对着他俏皮地眨了眨眼睛："看心情。"

要摆脱慕教授的控制不容易，但慕骄阳不愿放弃。每当他想到，肖甜心等待十年，最爱的始终是他，这样就已经够了。他不可能，也不应该

要求她更多。所以，他更不能给慕教授机会。趁着睡觉的时间差，他再次夺回了身体的控制权。

"本来我在实验室做实验，可是心里、脑里都是你，也就过来了。"他进她家后，从风衣的内袋里取出一朵金色的郁金香，插在客厅的白瓷小花瓶里。

这人……

肖甜心心跳得快得不得了，但表面上却很平静，说起其他："你在做什么实验？"

"你想看看吗？"

"有趣吗？"

慕骄阳看着她，嘴角一勾，露出十分勾人的笑容："有没有趣，你来看不就知道了。"

最后的结果就是，肖甜心成功地被他说动了，就冲他那颠倒众生的笑也该给个反应啊。

他家依旧被奇奇怪怪的植物侵占。

二楼的那几盆盆栽还是邪恶的颠茄，一束一束的紫花紫果，真像毒药。

她有小半个月没踏进他家，没想到二楼的走廊几乎要被植物给淹没了。墙壁上攀着许多绿藤，藤上结出淡黄色的花。

他踢了一脚攀在地板上的某蓬绿油油的东西，那蓬似草非草的东西居然嗖的一下缩起来了。"好了，可以过了。"

肖甜心："……"这是慕式冷笑话吗？她的心里完全开启吐槽模式。

"汪"，哈比很圆润地从慕骄阳的工作间里跑了出来，舌头一直往地上耷拉，脑袋上还绑了些什么东西，居然还固定着有计数仪？

"你给哈比嗑药了？"

慕骄阳斜了一眼来自脚下的某只圆滚滚的生物，来了句："为我试药是它的荣幸。而且，我给的'木蔷薇'的量控制得很好，看起来它做了一个好梦，不是梦到美女，就是梦到好吃的了。"

肖甜心："……"

她将哈比抱起，有些心疼地撸了它一把，说："小可爱，我给你带了肉骨头。"

"嗷！"哈比高兴得直舔她脸蛋，惹得她哈哈笑。

慕骄阳一回头，看到那一幕，只觉得心头一动，他的小女孩更可爱了。

"美丽的肖小姐，请吧。"他脸上噙着笑，很绅士地做了个请的姿势。

工作间变得更为宽敞了。他做了修改，把三个房间打通。除了那台一直在不断计算的超级电脑，还有许多化学仪器在工作。

见她看得目不转睛，他又说："这个小院落里还有一栋小楼，整整一栋楼都是生物化学实验室和犯罪实验与心理调查研究实验室。景蓝与几位心理学家，还有法医科与鉴证科的医生、教授都经常过来加入研究探讨。"

这一番话说得肖甜心十分心动，真恨不得把家安在他这儿才好。果然，她一瞪大眼睛，就听见他说："不如搬来我这里住，嗯？"

"不要！"肖甜心别过了脸，嘟了嘟嘴。

"景蓝也会在这边小住。正常学术研究，你想到哪儿去了？"

肖甜心羞得不行，气得叫他小名："娇娇，你再说一遍！"

肖甜心正要再说几句话反驳他，却被另一边的工作台上一闪一闪的亮晶晶的东西给吸引了。

啧，真闪哪！那团东西被太阳一照，更闪烁了。咦，圆圆的，难道是钻石？

"过去看看。"他长眉一挑，再说话时，神情变得严肃许多。

实验玻璃板下是许多电极，玻璃器皿里是一小团圆圆的、软软的、不知名的东西，闪耀着晶莹剔透的光，银白通透的内壳里像包含了整个宇宙，无数缕莹蓝的光一闪一闪，比钻石还要璀璨。

工作台不高，旁边还靠着一把矮椅。哈比抬起黑黑的湿润鼻头努力地嗅了嗅，然后一跃跳上了矮椅，又跳到了工作台上。

肖甜心低着头，瞪着黑黑的大眼睛在那儿仔细地看，那模样和哈比一模一样。

慕骄阳被这一幕逗笑了，他的小女孩真可爱。

听见他短促的一声笑，肖甜心才把视线从那一小团东西上挪开，看着他问："这是什么？"

被这一大一小黑润润的大眼睛瞧着，他的心再度跳漏一拍。

将手机放到一边，他也俯下身来，看着那一团东西，又看了看她，他清润的嗓音如小提琴响起，划过她的心弦："是镓。"

一种有趣的化学元素。

"原来这就是传说中的元素界的哈士奇。"肖甜心漆黑的眼睛一眨，水汪汪的，那么亮，瞧在他眼里真是要命。偏偏她却完全被这个"二哈"吸引。

肖甜心不是化工科的专家，对化学元素仅仅是有些粗略的认识。她在那里掰着指头数："从低到高，汞的熔点是 -39℃，钫的熔点是 27℃，铯的熔点是 28℃，镓的熔点是 30℃，铷的熔点是 39℃。镓的熔点和反应

都是最温和的。作为常温下为液体的 5 种金属之一，它最乖最可爱，可以随便玩，熔解了还可以凝固，再熔解，再凝固。其他几种就不行，不是不能凝固，就是会玩过火把房子给炸了。"

"是。"慕骄阳点头，"汞有毒，铷、铯和钫会爆炸。"

"还是镓最好，没毒，又乖巧。"肖甜心对着那一小团镓做了个摸头的姿势。

"嗷——"哈比歪着脑袋看着她，仿佛在说：摸我，摸我，我最乖！

慕骄阳被她可爱的样子逗笑，也歪着头看她，笑得十分克制却温柔，那对异常明亮的凤目微微挑起，漆黑的漂亮眼瞳里还似有一抹求赞赏的味道。

嗯，那样子和哈比挺像。肖甜心伸出手来摸了摸他浓密的发，真像是在对待一只可怜的狗狗。"真乖。"她笑。

慕骄阳的脸瞬间红了，一直红到耳根。

她咯咯地笑："哈比是萌宠，你嘛，真像一只大丹犬。"

见他不作声了，唇抿得紧，眼底的笑意没了，一脸严肃的样子，她也不怕他，开始安慰："嗯，一只高傲的大丹犬。慕同学，你要知道哦，在古代，大丹犬是陪在国王身边的狗，也是坐在国王身边的狗。"

"好的，女王陛下。"他倒也算配合，嘴角勾了勾，这件"小事"就这样被揭过了。

哼，这笔账，他会跟她算的。以什么方式好呢？

呵，肉偿不错。

不过在肉偿前，还有一个重要步骤要做！

四

眼前的小女人，在刚看见镓时是什么反应？

呵，她好像是在期待钻石呀！

对于肖同学的这个反应，慕骄阳感到十分愉悦。

钻石会有的，甜美的恋爱会有的，唯美的婚礼也会有的！慕骄阳的念头转得十分快。他再抬眸时，又对上了她那一对娇滴滴的大眼睛。她就那么看着他，似乎是在等着他的话。

慕骄阳轻咳了一声，声音清润："甜心，接下来我要做的不仅仅是个实验。"见她一脸期待地看着他不说话，他几乎要被她眼里的可爱情绪溺毙。

他浓密的眼睫一颤，漆黑的瞳仁移了移，视线回到镓上来。

从一旁取过导管，他将 30℃的温水沿着导管直接倒到了镓上，那团圆得不规则，甚至还有点尖棱角的镓开始动了，它遇热熔化迅速变软，变得更为圆滚滚的，真像一种银白色的奇异的珍珠。

肖甜心的脸几乎要贴到玻璃上，她微微地抿着小嘴，看得可认真了。

真可爱！

他的视线又回到镓上。他用一个管子对着镓一抽，像吸液体一样将大部分的镓吸到了管子里，然后随着他的手的动作，神奇的一幕出现了，他用管子一边把镓压回去，一边快速地书写，一口气写了一行小字：I♥U。

最后，拼成这行字的镓又变成了无数的小圆球，以一个点为中心，一颗一颗地全回到了那个中心点里，变回一团小圆球。

哇，太萌了！

他在表白，她如何不懂。

此刻，她整个人都烧了起来，脸上红通通的一团，说什么都是多余，微表情已经全部出卖了她。

他是微表情专家，自己怎么可能骗得过他？

她的答案肯定是 yes（是的）！

她答应做他的女朋友。

他有些紧张，脸也在发烫，如果她肯抬眸看一看他，就会发现他的脸很红，和她一样。"甜心，你……"他说话有些发颤，一边的哈比比他还心急，"嗷"了一声，拿爪子推了他一把：加油，表白！

哈比在动时，后脚不小心按动了几个按钮，一个电话拨了出去。

对方接通了。

"甜心，嫁给我好不好？"慕骄阳话一出口就后悔了。他是很想直接向她求婚，因为两人已经错过了太漫长的岁月。他今年 29 岁了，不想再等待下去。只因那个人是她，所以他迫切地希望可以马上拥有她。但这只是藏在他心底的小小的遗憾、期待与秘密。凡事得按步骤来，这个道理他懂。再者，他也不该这么鲁莽。他该说的是"做我女朋友好不好"，却说了心底的大实话。

果然，他的话一说完，肖甜心就猛地屏住了呼吸，随之而来的是长长的沉默。

她的脸红红的，那些热根本没有退下去，她就像是在发烧，整个人踩在棉花里，晕头转向，一切都那么不真实。这一切又有些疯狂，就像跑偏了轨道的列车呼啸而过。

这真是一个折磨人又难熬的时刻。

高贵又高傲的大丹犬变成了一只可怜巴巴的矮柯基，只拿一对漆黑

无比的眼睛看着他唯一的"主人"。

她的手一动，从他的手里取过管子，呀，他的肌肤真烫，几乎要灼伤了她。

她身体一震，拿稳了管子，让自己平静下来，然后学着他刚才的样子，歪歪斜斜地写了一行字：I ♥ U。虽然没有他写得清晰，但这就是她心中所想。

我最爱的当然就是你呀！

液体镓极富弹性，伸缩力很强，而且不会马上凝固，但凝固的速度也是很快的，也就是那么一两秒的事。很明显，慕骄阳是用了某种化学方法，加入其他东西，把它的凝固保持度增加到了四五秒，所以才能写出那句"我爱你"。

那句I ♥ U最后都会重新回到彼此的怀里，完成一次轮回，变为一个圆，做到你中有我，我中有你。镓是最有包容性的元素，不单可爱，还很……嗯，充满某种暗示。他的暗示，她懂了。一想到更深层的那一点，肖甜心觉得自己烧得更厉害了。

他已经看见了她在写什么。

以我手，写我心。

一怔过后是狂喜，他一把握住了她的手，这一次他不再迟疑，用不容置疑的肯定的语气说："甜心，嫁给我。"就连那句钻戒都已经准备好了的话，他都急着想说出来了，但他一垂眸才发现手机是通着的，对方是——妈妈。

慕骄阳有些无奈，斜了哈比一眼。知道自己做了坏事的哈比只好委委屈屈地跳到地上，到一边蹲墙角去了。那样子，还真像刚才的慕骄阳。

肖甜心猛地捂住了脸，这人……太羞了，她都做得那么明显了，不是答应还能是什么意思？虽然，她被他突如其来的求婚给吓到了，但她心中的那个少年一向是个脾气古怪、不按常理出牌的可爱大怪胎。

所以，一切既在意料之外，又在情理之中。

嗯，她是可以愉快地接受的。

慕骄阳见她羞极了，伸出手来揉了把她的脑袋，然后将她的手拿开，又忍不住捏了捏她的脸蛋："高兴傻了？"

"娇娇！"肖甜心气呀！

"你别太自恋了，省得待会儿打脸，脸疼。"

"你舍得打我的脸？"他眼尾一挑，笑里多了分志在必得。

肖甜心气不过，这都还没口头答应他呢，这人的尾巴就要上天了？哼，哪是什么威武高贵大丹犬，根本是只哈士奇！她大着胆子妩媚地睨了他一眼，然后伸手捏住他的下巴，将他的脸抬起，说："怎么，不愿意？"

他一笑，将脸侧了侧对准她的视线，说："打吧！"

乐意得很哪！

肖甜心嗤了一声，以指为弓，在他的脸上不轻不重地弹了弹，害得他心猿意马起来。

为了掩饰，他哼笑一句："伶牙俐齿的甜心回来了。"

顿了顿，他满脸戏谑地看着她说："忘了告诉你，刚才哈比不小心按了我妈妈的电话，通了。所以，我们的事她都知道了。"

"哎呀！"肖甜心猛地捂住了眼睛。

这一下，好像玩大了。

她从指缝里偷偷地看了看他，眨了眨眼睛。

我可以反悔吗？

"不可以！"他板着脸回答她心里的那句话。

"哎呀！"

现在的情况是，阮常淑什么都知道了。慕骄阳给了她一个"你自求多福"的眼神，就接起了电话，喂了一声后又等了等，然后单刀直入道："妈，我找到要共度一生的那个人了。嗯，你认识的，就是初二时被我撞伤的那只小辣椒。对，你没记错名字，就是甜心。"

她看着他，有些不可置信。可当听到"小辣椒"这个称号时，她猛地瞪了他一眼，只听他说："现在？现在我在向她求婚，只等着她点头。"于是他带了笑地看向她，放下了手机，问道，"甜心，你愿意吗？"毕竟，他可没要到她的任何有法律效力的口头或笔头答复。他可不想给她任何反悔的机会。

只是一瞬，就在等待肖甜心答应的那短短一分钟里，他忽然就感觉到头剧烈地疼痛起来，就像有个人在他脑里拿斧头劈开他的头颅，挣扎着，极力地要跳出来，然后取代他。他忽然听见那个低两度的，平常一直很冰冷寡淡，没有感情的声音响起："Honey，答应嫁给我，好吗？"只是这一次，他的声音虽然低了两度，却充满了感情。

在这一声"蜜糖"中，慕骄阳闭上了眼睛。

本想点头的，可理性的肖甜心十分破坏浪漫气氛地问了一句："你考虑清楚了？"

慕教授忽然睁开了眼睛，看着她时，似笑非笑的，但其实眼睛里面装载的是坦然的真诚，只恨不得将自己的一颗心剖出来给她看。

但他的举动却有些暧昧。他用食指挑起她的下巴，看着她的眼睛，然后说："对象是你，我根本无须考虑。我想要的那个人就是你，一直都是。"

肖甜心的脸红了，她垂下了眼睫，喃喃："你和刚才很不同。"

"难道你不喜欢，嗯？"慕教授看着她，她浓密的眼睫一颤一颤的，她的小脸紧埋在胸前，他只能看见她小巧可爱的、白白的下巴。他的喉结滑动了一下，克制住自己不去亲她，他是怕他疯狂的举动会吓到她。

肖甜心点了点头："我自然是喜欢的。"顿了顿，她再看向他时，已经掩饰好那抹娇羞，她故意装出很豪爽的模样，答，"好，看在我也很喜欢你的分儿上，我勉为其难地答应了。"

勉为其难……慕教授嘴角抽了抽，眨了眨眼睛微笑道："那现在可以点头了吗？"

"我刚才就点头答应了呀！慕骄阳，你是听力和视力有问题呢，还是语文水平不达标？"肖甜心揶揄。

电话并没有挂断，听到这儿，电话里传出阮常淑的大笑声。慕教授很无奈地接起电话道："好的，妈。我在着手办婚礼的事了。"然后就挂断了电话。

慕教授看着她，用很严肃的口吻再次问道："肖甜心同学，你愿意嫁慕骄阳为妻吗？"可就在那一瞬，他闭上了眼，又再次睁开了眼。慕骄阳再度掌握了自己的身体，将慕教授逼了回去。

慕教授不介意以"慕骄阳"的身份和她在一起，因为他想成为真正的"慕骄阳"。但慕骄阳是无论如何都不能忍受甜心和别的男人在一起的，哪怕是一秒钟也不愿意，哪怕是以他"慕骄阳"的身份。

"嗯，我愿意。"肖甜心忽然抬头，飞快地在他唇上吻了吻，如同蜻蜓点水，轻得不可思议，一触便分开了。霎时间，两人都红了脸，只觉坐在宽大的实验室里，也还是挺闷热的。

接着，两个人又沉默了。

为了打破尴尬，慕骄阳伸出手来揉了把她的发："你把我的初吻偷走了，以后可要对我负责。"

噗！肖甜心笑喷了。

慕骄阳宠溺地笑着摇了摇头。

不过，转念想了想，肖甜心装作拉下脸来，开始秋后算账了："以前不相认也就罢了，但你回国了，干吗还不过来和我相认？"居然还要磨磨蹭蹭的，还找做衣服这样的烂借口。

"我怕你会生气，不肯见我。我……我想了很久，只好找厉安安了。他建议我以大客的身份找你做衣服。我觉得迟早都会见面，就不急在一时了。谁知我们一见面就接二连三地接到案子，想和你坐下来好好谈谈的机会也没有。不过现在嘛，你都答应嫁给我了，如果不对你负责，连我自己的良心也过不去了，所以我觉得我们可以加快结婚这个进程。"

"娇娇。"她对着他勾了勾手指，示意他靠近。

一听这个小名，慕骄阳就被她打败了。他十分无奈，但还是乖乖地伏下身来，侧耳倾听。她笑了笑，在他耳边低声说："你对我做了那么过分的事，确实应该负责。"

见他眉头轻蹙，肖甜心知道他是误解了，以为她是在说他高二不辞而别的事。轻笑了一声，她挨近他，唇几乎要贴着他的耳郭，似触非触，似吻非吻，让他心猿意马："知道你对我做了什么过分的事吗？初二你撞到我那会儿，我回家后脱衣服一看，胸口处是五个鲜红的手指印。"

慕骄阳听了一怔，连耳根都是红的了。

当屋子里只剩下慕骄阳一个人时，他看着那颗圆润的镓出神，然后拿起管子一遍一遍地写：I ♥ U。

"为什么那么急着向她求婚，嗯？"慕教授透过晶莹通透的镓面显了出来。那颗镓的正面、反面，所有的面里都是慕教授。

慕骄阳脸色很难看，但还是在极力地压抑："因为我爱她。"

"不是因为怕我抢走她吗？"慕教授嗤笑，"你觉得她爱的真是你吗？其实她爱的是我！五年前，在飞往伦敦的飞机上，她就已经爱上了我。而在高一时，整整一年，和她相处的也是我。这几天和她相处最多的还是我，她爱的只是我。你不过是利用我的身体在欺骗她。她爱的是我的本质！而这些你都知道。那天你亲耳听到她对你说的，她说她爱过 Tom，现在也依旧爱着，只是她不知道那是我而已。"

"不是这样的！"慕骄阳将管子猛地一握，玻璃瞬间四分五裂，鲜血顺着他的手滑落，染红了光洁的白色地砖。

第六章 六朵木蔷薇

一

慕骄阳又是通宵达旦地工作，电脑屏幕亮到天明。

多份报告已经出来了。在 W 镇找到的羊毛碎围巾上的污渍是福尔马林，且慕骄阳已做喷洒酚酞测试，发现有血液反应，他怀疑那是受害人的血液。DNA 化验并没有那么快出结果，但以凶手的狡猾程度看，他不会留下自己的 DNA，但运气好的话可以采集到受害人的 DNA。

蛇标本的分析报告也出来了，确实是翠青蛇。从蜕皮情况来看，蛇龄很大了，具体的线索就交给警察去调查了。

至于那金黄色的漆，确实很特殊。这种漆区别于市面上的漆，并不是做装修粉刷用的。整个夏海市只有一家供应商。这是美国的一种最新上市的油漆，因为特别耐高温和防掉漆，所以是用在船身上的。最近夏海市只有一家船坞订购过这种漆。这项证据是这个案子的一个关键点。

嫌疑人的特点可以列为：第一，他对生化学科有一定了解，有可能是大学老师、化验室研究员，或者是对化学有兴趣和具有一定知识水平的人。第二，他的家可能就在船坞附近，或者他回家会经过船坞。第三，他存在一定程度的幻想，幻想的对象是什么暂时不清楚，但是他以某种特定的女性作为狙击目标。第四，他是一个爱干净、有品位、注重生活质量的人。第五，他有一定的装修经验，不然也不会假扮民工假扮得那么得心应手。或许，他家的装修和布置就是他一手操办的，这样还可以方便他为了犯罪而做一些装修处理和掩饰。第六，他外表不错，谈吐也好，有自己的车，这样才容易钓到异性猎物。他有自己的房子，这样才方便他处理尸体。他家应该在相对远些和安静些的地方。从福尔马林的出现来看，他家的耗电可能非常多，这也是出于用大型冰柜保存尸体的考虑。他的家极有可能在宏福区附近相对独栋的房子里。第七，这个人年龄在25-35岁，处于壮年时期。他为人极为冷静，沉默寡言，但好相处，喜欢帮助别人。他在外人面前假装外向，给人一种"这个人应该挺外向，挺好说话的吧"的不确定感觉。八，他极有可能有恋尸癖，受害人的尸体应该还在他的家中（综合侧写与刑侦手段推理，福尔马林的使用并不是为了制作翠青蛇标本，而是为了保存尸体）。

最重要的是，凶手暂时不会对肖甜心构成威胁。凶手是一个目的性很强的人，毕竟杀人要耗费很多的精力。从他抛掷的内脏保得"整洁""完美"，和他留下的碎围巾的"干净""有品位"来看，他是一个讲究完美的人，他不是随机杀人的，他会挑选猎物。暂时还不清楚他对猎物的"嗜好"，但如果肖甜心是他的猎物，他会施展他的男性魅力去调情、去诱捕，而不是粗暴地推她下水。

三份化验报告和一份简报都已经做完了，慕骄阳揉了揉眉心，然后将它们全部发送到了何穆同的邮箱。他一看时间，居然已经中午了。

昨天一整天，她都在他家替他整理最近几起不同连环凶杀案的各式资料，到了凌晨五点，他才送她回小公寓。现在，他还真是担心她会吃不消。

可电话接通的那一瞬，肖甜心的大嗓门就毫无忌惮地透了过来，听筒里传来大大的一声："喂?"

真是元气满满的小女神哪! 慕骄阳忽然就笑了，他摸了摸上翘的嘴角，原来心动的感觉如此美好。

"喂?"见没人搭理，肖甜心又叫了一声。

"甜心，是我。"慕骄阳醇厚的声音从唇齿间吐出。她那边很吵闹，有特别大的音乐声。然后，声音低了下去，估计是她出来接听电话了。

"阿阳，我知道。"肖甜心回应他。

"你在哪儿？我很想见你！"慕骄阳从未想过自己会那么顺利地将自己的感情表达出来。

是他在努力同化慕教授，还是慕教授想融合他？

不容他多想，肖甜心回答："哎，这里在举办一场国内顶级的大秀哇！我是这场秀的服装设计师，所以……"

所以走不开呀！可是她不想让他失望。

"在哪儿？"慕骄阳没有犹豫，他可以去见她。

肖甜心心下一喜，迅速地报给他一个地址。

他换好衣服，正要出发，手机就收到了短信。

他翻开一看，是何穆同发来的：经过上一轮大规模排查和反馈，再根据你给我们的简报，我们已经圈出了三所学校与一个生物化工企业的私人实验室。现在我们在出发的路上，准备进行新一轮的排查与重点调查。另外，谢谢你提供的专业性指导与帮助！

他笑了笑，将手机收好，这些都是他们警方的事。此刻，慕骄阳最想做的事只是去见她！

肖甜心的时装秀在一家全球知名的国际连锁大酒店举行。

海岸酒店就坐落于风景优美的海湾边上，实行的又是会所式的管理，所以入住的都是些非富即贵的人物。即使是承办大型活动，也要有邀请卡才能进入。

慕骄阳下车后，只见阳光大海，一切使人心旷神怡，这里简直就是度假的好去处嘛！他环顾四周，居然还看见一对颇有名气的本地电视台的主持人在此举行沙滩婚礼。

见他已向主会场走来，一个男侍应正要上前阻拦，却被从后跟上的大堂经理给拦了下来。于经理说道："你别小看此人的来头，他穿的那套定制限量版的烟金色西服是出于伦敦 Savile Row（萨维尔街）的那家著名的百年老店，那家店可是拿了三个 Royal Warrant（皇家认证）的。尤其是这种挑人的颜色，那位绅士穿着，显得俊雅又迷人。这个牌子的西服剪裁考究，人站得笔直的时候会显出它特有的严丝合缝，既贴身又舒服，不是一般的西服品牌可比。低调的奢华不过如此，乔治·阿玛尼、华伦天奴这类大品牌与它不是一个级别。"

男侍应愣怔半晌，于经理无奈地摇头，只好自己上前去应付。他不动声色又极有礼貌地拦下了慕骄阳，然后客气地询问他的来意，是否 VIP

或者是否忘了带邀请卡。

慕骄阳皱了皱眉头，忽然想到了爱附庸风雅的哥哥慕林，于是说道："慕林。"

慕姓会员不多，于经理立马翻找手机里的资料，然后姿势标准又优雅地鞠躬，态度十分友好但也不卑不亢："慕公子，是我的失礼耽误了您宝贵的时间。您是要住宿吗？"

"我要进 Cerruti-A&A（切瑞蒂-A 和 A）集团的时装秀场。"慕骄阳说道。

于经理走在前面，领他进入秀场后台。

肖甜心快忙晕了。她正在给一件男士背心做一些改动，她手里的针还扎在衣服里四处游走，飞针走线，看得慕骄阳入了迷。

原来，这小女人工作时的样子非常有魅力，也非常性感！念及此，他的喉头一滑，觉得有些热，于是，他伸手钩了钩，松开颈上系着的米黄色领带，解开了两粒衬衣的扣子，露出了性感的喉结与曲线优美的锁骨。

肖甜心突然想起慕骄阳没有邀请卡。呀了一声，她跳了起来，左手食指的指腹被针狠狠地扎了一下。

殷红的血珠冒了出来。

慕骄阳挥退于经理，快步走了过去："伤到哪儿了？"他牵起她的手看了一眼，然后肆无忌惮地将她的食指含进了口中。

酥酥麻麻的感觉自指腹蔓延至心尖，肖甜心的脸红了："你怎么进来的？"

"哦，这世上大概就没有我做不到的事。"他说。

肖甜心"……"这么傲娇真的好吗？

慕骄阳忽然想起了昨天的那个吻，他将她拦腰抱起抵在墙上，开始吻她，她的唇甘甜无比，是他这辈子最渴望的。

他的举动吓得她呀地叫了一声。他灵巧的舌头已经探了进来，她能感觉到他的生涩与热情，她也全心全意地回应他，直至两人不能呼吸，他们才分开。彼此相视，只觉大脑是空的，此刻再不能运转。

可忽然闯进来的 A&A 的艺术总监陈慕义却急得嚷开了嗓门："我的姑奶奶，这都什么时候了，你还有心思亲热！"

A&A 的大 boss 厉安安是走在陈慕义后面的，自然看到了这两个老同学的一番激吻。他干脆不说话，站在门边看好戏。

肖甜心脸上一热，似嗔似怨地瞪了慕骄阳一眼。她脸色红红的，水汪

汪的眼睛扑闪扑闪，有种别样的风情。可陈慕义的下一句话，却把她的半个魂都吓没了。原来，她那场主秀的一个男模在来秀场的途中出了车祸，而其他的男模都没有档期，时间太短，也根本联系不到其他模特儿赶来救场。

"这怎么办？"肖甜心急成了热锅上的蚂蚁。

陈慕义打量了慕骄阳许久，忽然说："他的身材很不错，面部轮廓也立体，关键是他的眼神很好，高傲、冷峻、目空一切，他很适合走T台。"

肖甜心听了，扑哧一声笑了出来。在如此紧急的情况下她还能笑，陈慕义非常生气，但碍于她是总经理，和老板厉安安又是朋友和合伙人，他这气没处发。

"你先下去。"厉安安发话了。

为了善后，陈总监走得很急。

自己和慕骄阳接吻被他们看见，肖甜心也很尴尬，她对着厉安安嘿嘿笑了两声："老板哪，没男模怎么办？"她又瞬间变回了那个可爱的小设计师。

"国际超模 Ahn·Lee 不就是靠做模特儿起家的吗？你让他上去走，保证效果比什么都好。"慕骄阳揶揄。不过他这个老同学就一副好皮囊，五官精致，脸部轮廓立体，就像天使。当年他还是超模时，被各大奢侈品集团老总封为"美神"，他确实很应该自己吃回这碗名为"美色"的饭。一想到这儿，他看向厉安安的眼神也就更为揶揄。

厉安安斜了他一眼，不咸不淡地说："当初是谁求我和我老婆帮你想办法追回甜心的？"

"哦，当我刚才的话没说。"慕骄阳嘴角一勾，笑了笑。

肖甜心："……"哦，原来自己被老板卖了，还帮着老板数钱呢。

肖甜心小声地试探："阿阳，你帮我救个场可以吗？这场秀所有的男模上半张脸都是戴着面具的，没有人会发现你就是灭罪先锋慕教授的，好吗，好吗？"

她软软地求，那对眼睛似会说话一般，任何人看见都要心软了，更何况是他呢！这样的事，其实他是不太乐意做的，但想到是为了她，他便也愿意了。稍一沉吟，他正要答应，身体却突然一麻，大脑深处传来一声冷漠讥讽的声音："你很犹豫，其实你根本没有我爱她，你更爱自己的面子。而我根本无须考虑，只要是她要求的，我会立马点头答应。"

当他清醒过来时，已成为慕教授。

"只要是 Honey 所求，一切，"慕教授斜睨了她一眼，"如你所愿。"

他的眼神扫来的那一瞬，肖甜心只觉得自己的呼吸和心跳停止了。他竟然迷人得一塌糊涂！可他有些不对，哪里不对，她也说不上来。

厉安安嗤了一声，说："慕骄阳，你有一米九三，和任何外国男模比都毫不逊色，不要浪费了自己的好身材。"然后他学慕骄阳刚才的样子戏谑道，"而且你也挺适合当模特儿的。"

慕教授："我的好身材是留给甜心享用的。"

"娇娇！"肖甜心的脸都红透了。

偏他还要逗她："难道你不想享用我的身体？"

厉安安又笑了一声，拍了拍肖甜心的肩膀，说了句"好好干"就走了。

肖甜心："……"这话有歧义呀，boss 大人！

为了减轻慕骄阳的负担，肖甜心只是拣了几套公司副线的衣服给他穿，并告诉他出场的时候眼睛看着远处一点就可以了。他五官精致，鼻子挺直，轮廓很立体也很利落，这本来就很占优势，而且肖甜心专门安排他与好几位男模一起走，不让他单独出场。走位时紧跟着别人，他的不专业也就不显眼了。

可当慕教授只围了一条暗色的花纹围巾，堪堪遮住重要部分，裸露着精瘦的上身，穿着修身西裤出来时，肖甜心险些要喷鼻血。

六块线条流畅的腹肌，人鱼线……肖甜心不敢再看了。他还真是穿衣显瘦，脱衣有肉哇！

由于现场有艺术总监控制，所以肖甜心乐得挽着双手看赏心悦目的衣服和模特儿们，可她的视线其实一直没有离开慕骄阳。

慕教授从一个英国男模的身后走了上来，他一甩头，眼神向虚空处一晃，视线似带着热度从她的脸上划过。那一刻，时间是静止的，世界是停止的，所有的人都不存在了，她只看到了他。

底下的工作人员与时尚大咖们在那儿聊天，谈论的对象都是那神秘的男模，甚至有顶级模特儿经纪公司在打听慕骄阳。

其实肖甜心并不知道，如果换了是慕骄阳，一定做不来慕教授那么"放"。

秀场里，慕林就坐在前排的 VIP 位置。他并没有认出慕骄阳来。他的视线也没有落在 T 台上，而是由始至终都胶着在隐在幕后的那个娇小而俏丽的女子身上。

慕林不动声色地打量肖甜心，还是四月底的时节，估计她是怕冷，在会场里也没有脱掉外衣。她穿的是一件长及膝盖的米黄色风衣，里面还

穿了一件同色系的深 V 开司米连衣裙，那性感的曲线若隐若现，那肌肤白腻得惹人遐想。而她的裙摆处拼有一层米色的蕾丝，也是刚到膝盖处，露出她白皙的小腿，搭配着驼色的高跟鞋，既简单又有一种小女人的妩媚与优雅。

她个子不高，但十分懂搭配，且她穿的风衣是修身的，剪裁十分好，腰线处线条流畅，拔高了她的身体曲线，且她腰细，如此一来，更显婀娜多姿。

慕林眸子一动，离开座位，朝她走了过去。

二

"被那些英俊男模电傻了？"慕林笑了声，揶揄，"小花痴！"然后他俯下身来，眼睛一眨不眨地看着她。

被他一问，她恍惚地抬头。那人很高，而强烈的灯光正好投影在他的脸上，他的脸看不真切，但轮廓却与慕骄阳有几分相像。等她回过神来，慕林的脸压得更低了，她才终于想起，他居然是把手袋还给自己的那一个花花公子！

"你怎么会在这儿？"肖甜心忽然就竖起了全身的刺。

"来看时装秀哇！你能看，我就不能吗？小不点。"慕林其实是来看秀的，可是没想到居然再次碰见这个小不点了。

"其实这里也挺无聊的，要不要去喝一杯？"他眯起了狭长的眼睛，一对凤目斜飞入鬓，真是说不出地姿态风流。

肖甜心想也没想就直接拒绝："敬谢不敏。"她说完就要转身。

这小女人，今天穿得人模人样，挺有女人味的，可依旧是那么跩。慕林何曾试过被同一个女人拒绝两次，他本能地抓住了她，不容许她违逆他。

她的肩膀被他扣住，很痛。这家伙居然不只是嘴上说说，还动真格的。

肖甜心觉得刚才的自己一定是有病，才会觉得这个花花公子像慕骄阳。她要甩开他的钳制，可他居然扣得更紧。

而另一边，转了一个圈，又往这边走来的慕教授已经看到了慕林，他的目光闪了闪：只不过一面之缘，哥哥对她有意思？

慕林只是想和她交个朋友，没有其他意思。他把话直接说了，肖甜心一怔，便答："你要交朋友的心还真热切！现在，你可以放手了。"

"那就是同意了。"慕林笑了笑，松了手。

"好的，同意。一个小时后我还要上台致辞，你还有半个小时的时间，我们可以到后面去说话，或是喝上一杯。"肖甜心说。

"我是建筑设计师。"慕林说完，开始反问，"你呢，小不点？"

忽然，慕林听见一个声音叫他："嘿，林高翻，想不到在这里遇见你呀！"来的是个时尚圈的人，和慕林打了个招呼就走了。

"高翻？"肖甜心瞪大了眼睛，一脸"你又骗我"的表情。慕林耸了耸肩，解释道："之前曾做过翻译官，不过很早前就辞职了。你呢，小不点？"他又问了一遍。

"就一社会闲散人员呗，大翻译官阁下。"肖甜心随口胡扯，但心底也惊叹于他居然曾任职外交部。人才呀，人才！吐了吐舌头，她笑嘻嘻地说了句："哦，不对，是前大翻译官阁下！"

慕林的脚步忽然停了下来。

"怎么了？"她抬头，挑了挑眉询问，正对上他那深邃的眼睛，他的目光严肃，他的举止瞬间变得沉稳起来。她一怔，这一刻他很像慕骄阳。

"是不是我哪里做得不够好让你误会了？我不是登徒浪子。我叫慕林，小不点，你也该告诉我你的名字。"慕林没有再开玩笑，此刻，他很真诚。

肖甜心被他看破，瞬间不好意思起来，说话也变得结巴："肖……肖甜心。"

"小甜心？"慕林有些哭笑不得，"小姐，虽然你的长相是挺甜的，但你也不用这样忽悠我吧。"

肖甜心的脸瞬间红透了："姓肖名甜心，不行吗？"

原来，她还真的叫这个名字呀！慕林爽朗地笑了。

肖甜心再次怔住，这人真心实意地笑时，居然那么好看。她心底却道：姓慕吗？还真是巧合呢。

海岸酒店有一座酒窖，里面藏了许多好酒，也替这里的 VIP 藏好酒。慕林让一个经理去把他的酒拿了过来。

慕林在此存有许多好酒。

他给她开启的是柏翠酒庄出产的酒，年份尚浅，但因生产工艺是顶级的，所以酒很不错。

肖甜心只是浅尝一口："柏翠，真是个好听又有诗意的名字。我已经是时隔三年，再次品尝此酒了。"

"哦，三年前在哪里品尝呢？"他笑。

她对他举杯："在香港。敬'达情意，通其欲'的……嗯，'前'翻译官一杯。"

这小不点还真是记仇。慕林一笑，抿了一口酒，对着她举了举杯："既然喜欢柏翠，那就多喝两杯。"

她酒品差，所以只尝了一口酒就没再喝了。其实她很忙，才和他说了几句话，电话就响个不停，她也不避讳，就当着他的面接听，说的都是工作上的事。等她放下电话，他便站了起来，说："回吧！"

肖甜心想，他这个人也挺不错的，彬彬有礼，虽然有些强势，但是也算真诚。

刚好，慕林的电话响了。他接起，似乎有急事，秀也没看完就先走了。

而秀场上也出了一件大事。

原来，A&A的秀有两场，另一场是女装的秀，可走主秀的法国名模猝死，倒在了T台上。

听到人群里爆发出一阵盖过一阵的尖叫，肖甜心就慌了起来，以为是慕骄阳惹事了。她急匆匆地跑了过去，可她的秀上已经不剩几个人了。她一急，正要打电话找慕骄阳，手却被拉住，然后慕骄阳和她十指相扣。

肖甜心回头一看，慕骄阳已换回了自己的衣服。

"是女装会场出事了，我们过去吧。"他冷静镇定，使得她的一颗心也安定下来。

要劳驾到他的不会是好事。"发生命案了？"肖甜心再说话时，已经冷静下来。

"嗯，具体的还要再调查。看她的样子也像是中毒。"慕教授说。

警察来得很快，来的是何穆同手下的B组警员，不过由陈星带队过来。幸亏有慕教授控制全场，所以现场的环境才没有被破坏。

"慕教授，你也在呀？"陈星剑眉一挑，上前来和他打招呼，"你真是不管去到哪儿都有案子呀！"

慕教授只是勾了勾嘴角，然后说道："这起案子的性质还没有定，你这个重案组的怎么跑来了？"

"还不是因为媒体，无论是否凶杀案，一个人在大庭广众下死了，肯定会引起社会关注。而且媒体的嗅觉比狗还灵敏，这件事已经上了即时滚动的市台新闻。"陈星也颇为无奈，毕竟他还在忙着调查"木蔷薇"连环杀人案。

见法医蹲下来做初步的检验，陈星与慕教授说起了"木蔷薇"连环杀人案的事来。

"我们的鉴证科同事已经从两个受害人的内脏里查出了导致其死亡

的真正原因。"陈星提起案情，眉头紧锁，压低声音道，"两位受害人的脏器里有未被完全消化的安眠药成分，分量很大，所以受害人死时没有什么痛苦，且持续时间不会太长。受害人是死于用药过量的心脏骤停。"

"这个凶手的手法还真是温柔。"慕教授说。

慕教授正要再发表些言论，慕骄阳再次占据了自己的身体。慕骄阳了解慕教授的想法，可是这不代表他能影响自己的判断。只是人格转换太频繁，耗费了慕骄阳太多精力，他没有站稳，向后摔去。

肖甜心反应比他更快，已经扶住了他，她被逼得倒退了几步："阿阳，你怎么了？"

"没事，只是连着熬了好几个通宵了，有些累。我们还是回到案情上吧。"慕骄阳看向陈星，然后说，"凶手的杀人手法使我更加肯定自己的推测，他对被害人保留有特殊而复杂的情感。他抛内脏的行为和他杀人的过程其实都反映了他的诉求。他在珍藏那些受害人，因为他爱她们。作为补充，我推测凶手很快就会再作案，然后就收手，起码短期内不会再杀人。而这，将会成为破案的难点。"

"这……"陈星欲言又止。

"具体的问题，待会儿我们一起回局里再说。现在先解决这里的事。"慕骄阳回转过身来，握住了肖甜心的手，语气坚定，"相信我，秀场的案子，两天之内必破！"

三

陈星的下属何庭已经将死者法籍模特儿凯瑟琳的手提包带了过来。

何庭说："手提包里面有一个药丸瓶。"说完，他就继续去忙了，毕竟这里人太多，他们要第一时间对这里的人进行例行排查，顺便了解凯瑟琳的情况。

药丸瓶是全白色的，瓶身没有印任何字样、名称，甚至连使用说明都没有，只留了一个球形的抽象图案。

慕骄阳看到这个图案，长眉一挑。这是一种特殊的植物，除非是行内人，不然知道的人还真不多。

"噢，我顽皮的佩奥特掌小女孩。"他轻轻地念道。如果药瓶子里装的都是佩奥特掌成分的药丸，那吃完一瓶也不至于死人，顶多剧烈呕吐，要洗胃和住院治疗而已。

肖甜心眉头一蹙，嘀咕道："难道又是什么奇怪的药物中毒？"

法医已经得出了初步的检验结果，结果呈现毒性反应，死者死于服用药物过量。具体是什么药物，有待进一步化验。而是不是谋杀，也要看了化验报告与尸检结果才能下定论。不过有一个奇怪的地方，就是凯瑟琳的一对鞋子的鞋跟被人做了手脚，使得她在 T 台上出丑，摔了下来，样子十分狼狈。而且她的脚跟出血严重，因为两根隐秘的针透过鞋跟直接插进了她双脚的脚底，惨不忍睹。只怕即使她没因出事而死亡，以后也无法再继续模特儿生涯，因为摔倒造成了她脚踝处的粉碎性骨折。另外要补充的是，两根针都是无毒的。

　　因为法医已经说得很清楚了，所以慕骄阳没有什么异议，只是提议到凯瑟琳的单独化妆间看一看。

　　他们走进凯瑟琳的化妆间，只见里面的东西摆放得井井有条。慕骄阳叫来凯瑟琳的助理，问了些问题，得出了一个结论：凯瑟琳是个十分有条理的人。化妆间只是临时的，可她依旧把东西按序摆放，说明她有轻度的强迫症。

　　凯瑟琳的电子记事本被锁在抽屉里，由经纪人开了锁后，慕骄阳接过记事本看了一遍，得出初步结论：“一个把接下来的行程都列得详细的人不会自杀。而且她还记录了今晚与男朋友的约会，更罗列了一些细节，例如下午要签收一套‘维多利亚的秘密’的奢华内衣。”

　　肖甜心看了一眼记事本，凯瑟琳的男友是法国某奢侈品牌的总裁，身价百亿。确实，她也找不出凯瑟琳要自杀的原因，所以只能是谋杀。

　　“会不会是嗑药过量？”陈星说道，“听说模特儿这行吃的是青春饭，竞争很激烈，压力过大，嗑药是常事。”

　　“她嘴唇泛紫，是中毒了。只不过嘛，这毒很有意思。”慕骄阳说完，跨了一步，走到了化妆台的另一边，这里是衣帽间，挂了好些衣物。衣帽间旁边是酒店放在这儿的一个博古架，上面摆有一些稀奇的花卉，还放了从全球各地收集来的精致的工艺品摆件。

　　“让酒店的人罗列清单，看看有哪些东西不是酒店自带的。”慕骄阳忽然说。他的视线停在了其中一盆并不起眼的盆栽上。

　　跟着陈星过来的还有一个女警。她年轻，话多也活泼，看见这些美丽的花卉就打心里喜欢，说了一句：“呀，这多肉植物好可爱。”她正想伸手摸，肖甜心大声喊了一句：“别摸！”

　　小女警被吼了一声，还没反应过来，表情愣怔。

　　慕骄阳嘴角噙笑道：“有点意思。”

也不知是说她有意思，还是那多肉植物有意思。肖甜心的脸红了。

她的那些小心思还真可爱，慕骄阳看了她一眼，极力忍住笑。他走上前去，仔细观察起仙人球来。他并没有如上次见到木蔷薇一般去抚摸它，可眼神里依旧充满了爱意，低声说道："小女孩呀，你还真顽皮！"

他的样子本就极英俊，此刻又对着一棵植物轻声细语，如对待这世上最美的情人。这样的画面非但不违和，还惹得一众女模特儿尖叫连连，甚至有位外籍美女模特儿主动上前和他搭讪。

肖甜心揶揄："还有心情来勾搭男人，这个人一定不是凶手！"

小女警徐一一扑哧笑了一声："我也这样觉得。"

慕骄阳走近了博古架，小心仔细地将那盆有着可爱外表的多肉植物单独拿了出来，摆在茶几上。

"这种植物叫'佩奥特掌'，具有一定毒性，但是毒不死人。"慕骄阳说，"但人不小心触碰到它的刺，会手指发麻，瞌睡一刻钟。"说到最后，他的嘴角扬起。

肖甜心了然，原来这就是传说中的佩奥特掌。她只是听过学名，但从来没有见过这种植物。

当听到有毒时，徐一一被吓得猛地跳开，尽量远离有毒的多肉植物，可听到下一句毒不死人时，她的面部表情才明显放松下来。

肖甜心笑道："别这样吓人家。"她解释道，"用人话来说，其实大家可以把它看成仙人掌的一种。它的外表也与仙人掌很相似。"

见肖甜心揶揄自己，慕骄阳低笑了声，然后说明白："这种植物产自奇瓦瓦沙漠，多长在地下。它的根冠或'小球'能被切开，根茎可以长出一丛新的植物，十分神奇。它的'小球'用途很广，是万能药。它含有强效致幻的生物碱，同 LSD 的结构非常接近。但它最主要的用途是能使一个人无须吃东西便能从事剧烈的体力活动。我看了凯瑟琳的通告，为了捞金，她把通告排得十分满，几乎没有休息的时间。所以，她必须靠服用药物来提神，但我想她吃佩奥特掌的主要是为了减肥，控制体重。而且，她并不知道佩奥特掌的毒性，甚至根本就是一无所知，所以，应该是同行骗她服用的。"

陈星马上把所有的女模特儿都集中到了一起，进行例行的询问和做笔录。

"凶手是谁？"肖甜心的好奇心旺盛到要爆棚了。

"你猜？"慕骄阳点了点她翘翘的可爱的小鼻尖。

"哼！"肖甜心转过身去不理他，看陈星如何办案。

只听一个英裔的女模特儿瑞秋说："谁知道会不会是情杀呀！听说她和约瑟芬是情敌。而且，原本这场秀就是约瑟芬做主秀。可约瑟芬却突然拉肚子，无法过来，才在前天临时定的凯瑟琳来走主秀。"

慕骄阳挑了挑眉，嘴角往下压。

"有不同意见？"肖甜心打趣他。

慕骄阳点了点头，肯定道："这位小姐已经不是第一次犯案了，只不过她的手段隐秘，大家没有发现。而且，她的作案地点多在国外，或者说，她第一次作案应该是在国外。"

佩奥特掌并不会毒死人，可它的可怕之处在于会让人上瘾。一旦上瘾，便无法医治，尤其是模特儿这个行业。

死者凯瑟琳为人傲慢，大家都看不惯她。

一个女模对问话的警察说道："谁知道她是不是得罪人太多，所以才被杀的。"

在一群人中，一个女模眼神有些闪烁，手指交握在一起绞得很紧，神色慌张。陈星早发现了她的不对劲，于是走了过去，亲自提问她。

"她不会是凶手。"慕骄阳摇了摇头。

"但是，凯瑟琳摔下 T 台的事应该和她脱不了关系。"肖甜心回。

慕骄阳方才已经看过鞋子这个物证了。鞋子上的手脚做得很隐晦，但可以判断得出，切断鞋跟与在鞋里插针是两个不同的人做的。"鞋跟只是被细细地切了一刀，不至于导致凯瑟琳脚踝处粉碎性骨折，也就是摔一跤出点丑，做出此行为的人顶多就是通过一场恶作剧来表示对凯瑟琳的不满与厌恶，但远没有达到憎恨与杀人泄愤的程度。相反，插针的人，才是真的用心歹毒，除了是以此来破坏凯瑟琳的模特儿生涯，更重要的是要泄愤。凯瑟琳的尸体特征刚好反映了行凶者的心理诉求。"

顿了顿，慕骄阳继续说："这个凶手已经呈现出心理变态的特征了，她已经开始想要毁坏掉受害人身体的某个部分。为了避嫌，她应该为自己制造了不在场的证据。这样的远程谋杀，也确实不需要她到会场参与，所以她没有办法在受害人死后毁坏尸体，只好退而求其次，在凯瑟琳生前毁坏她的身体。而这个身体部分就是要走 T 台、象征模特儿的脚的部分。"

"你是说，放针的人与杀害凯瑟琳的是同一人？"肖甜心惊讶地捂住了嘴。

而不远处，那个女模特儿被陈星盘问了几句，什么都招了。原来，先前，凯瑟琳抢了她的一个广告代言，她心生不忿，所以决定弄坏凯瑟琳的鞋子，让其当众出丑。反正凯瑟琳的仇家那么多，也不会有人怀疑到她头上的。但她坚决不承认放针。

陈星向着两人走了过来，摇了摇头，表示没有收获。

"这起案子已经呈现出一个凶手变态的心理特质，她将不会满足于这样的杀戮手法，以后的行为只怕会步步升级。而这样的凶手虽然还没有成长为连环杀手，但已初步具备了连环杀手的心理素质，就是冷酷、极度自信、淡定从容，她绝不会因为被盘问了一两次就露出什么情绪。显然，这个割破鞋跟的女模特儿不具备这样的心理素质。"慕骄阳对肖甜心说起了详细的分析，然后来了一句，"甜心，听懂了吗？"

慕骄阳发现经过黄千案和李钰案后，她不单选择性失忆，人也变得更为活泼了，但犯罪学专业的知识又丢掉了一半。

肖甜心一怔，几乎要跳起来："我懂不懂，有什么关系？我不是你的助理，我是设计衣服的。"她哼哼起来。她就是要故意和他抬杠，什么都让他替她决定了，她可不爽。服装设计，也是她的最爱呀！

"可我希望，如果我俩结婚了，你能成为我的助手。你也知道，我的工作很忙，我原来除了任职于苏格兰场的犯罪实验室，在美国时还是兼任职于 Forensics(法庭科学) 办公室的。现代法庭科学很有魅力，而法庭科学调查就像外海行船，既是艺术，又是科学。而且我的犯罪实验室也接了各国的疑难案件，我还得经常去不同的地方做演讲。我们实在没有太多的时间相处，我希望你能一直跟随着我，好吗？"慕骄阳看着她，眼神热烈而专注。

这才是他真正想对她说的话，他希望她能一直跟紧他。

可肖甜心只是一怔便移开了眼睛。要说不感动那是假的，可这也意味着，她要牺牲掉自己喜欢的事业。

知道她的顾虑，慕骄阳微微一笑："没关系，你慢慢考虑。不过……"他忽然就俯下身来，吻住了她，也不在意在场的人吹起了口哨。他在她耳边低声说："不过你这个人，我是要定了。你已经答应了我的求婚，等忙过了这一段，我们就举行婚礼。"

肖甜心的脸红得一塌糊涂，她微微地推开了他，啐他一句："不要脸。"

陈星已经向着两人走来，一副"之前你们还在那儿装不熟，分明有一腿"的表情。

慕骄阳双手抬起搭在两臂上，他微微一笑，对陈星说道："你可以通过法国那边的警方和凯瑟琳的经纪公司询问一下关于一个人的信息。这个人年纪在28-30岁，甚至更年轻一些。女性，为人干练。表面上看，很有人缘。有权威，对人具有一定的控制力。往凯瑟琳的私人健身教练、营养指导师、造型设计师、私人模特儿教练这几个职业方向找。该女性曾经做过模特儿，但因为一些意外无法再上T台。最主要的一点就是，她的客户里，有像凯瑟琳一样出事的，不一定是死，或许只是出了这类事故。而且，最近她也到中国来了。这样的人不会是最近才作案，也不会是很多年前就犯案。她刚开始呈现出变态杀手的特征，证明她的爆发期应该集中在近两年，不会超过三年。应该是这两三年里发生了什么变故，导致了她的心理异变。"

陈星去忙了，慕骄阳对肖甜心说："其实这起案子和当年飞伦敦的飞机谋杀案很像，凶手都是死者极为熟悉和信赖的人，从而方便下手。"

这起案子，因为还不构成连环凶杀大案，排查的范围不会太大，其他的交给警方做就可以了。等法医和鉴证科的报告出来，自然就能知道凶手是用什么药害死凯瑟琳的，也能根据慕骄阳给出的疑凶画像将嫌疑人锁定。

酒店高层来得很快，还拿来了一张凯瑟琳化妆间里酒店自备物件的详细清单。

果然，那盆佩奥特掌不是酒店的所有物。也就是说，是有人混进来把它放在这儿的，可这盆植物并没有什么毒，这个人为什么要这样做呢？

四

公安局简报厅。

关于凯瑟琳的案情，因为已经确定了她是被杀的，而且媒体大肆曝光，所以这个案子已经由重案组接管。

只用了一个下午，法医就将尸检报告做出来了。刘法医说："经过毒理反应测试，我们发现她中的是一种由曼德拉草提纯而得的毒。死者脸颊的两边有被捏住的瘀痕，是死后才慢慢呈现出来的。这里的疑点之一就是，她的脸颊上呈现出来的痕迹，像是有人硬拿什么东西灌进她嘴里，她反抗，所以被掐住了脸颊而留下的。她没有当场死亡又还能走秀，证明她的身体能承受，难受反应度应该不会很剧烈。她的身体内有可卡因、曼德拉草，还有一种具有减肥抗疲劳效果的佩奥特掌。"

刘浩法医将尸体照调了出来。大投影上，死者口腔的上方有一个很奇特的伤口，呈半圆弧形。刘浩指着照片里的那一个紫红色伤痕，说道："死者死前 24 小时之内，与人发生过异常激烈的性行为，嘴里的伤口就是那个时候造成的。而且死者全身都有不同程度的瘀痕，一部分在死后呈现，一部分被她涂了美黑类的产品，加深了皮肤的颜色，遮盖住了。死者颈上、手脚上都有戴过镣铐的痕迹，是 SM。"

陈星稍一沉吟，决定找凯瑟琳的男友史密斯总裁来做调查。徐一一从后走了上来，对陈星说："副队，那位总裁早几天就到了 S 市，因为他们的品牌在 S 市有第 10 家分店开张。我已经翻查了他的酒店入住情况，昨晚，凯瑟琳整夜都和他在一起，直到今天上午 9 点才离开。她的秀是 11 点的，她险些迟到，堪堪赶上。史密斯是她生前最后接触的人。"

坐在底下的肖甜心扯了扯慕骄阳的衣袖，有些不满道："你的侧写，凶手不是女的吗？"

慕骄阳微微一笑，按了按她的手背，示意她少安毋躁："最好的心理侧写都应该作为破案的辅助手段。破案讲究的是证据链，传统刑侦手段可以补充侧写的不足。而且，说不定，这个总裁还真是破案的关键人物呢！"

旁边坐着的一个男人一直在认真地听慕骄阳分析。而肖甜心和重案组的队员也算是混熟了，却并不认得隔壁位置的男人，于是多看了他一眼。

她发现这个沉默内敛的男人 50 岁左右，自带威严。"呀，大领导来了呀！"肖甜心已经分析出他的身份了，附在慕骄阳耳边低声说。

"肖助理，叫我冷斌就行。"冷斌看着她，温和地说。毕竟在他面前，肖甜心也就是个小姑娘。

居然连省公安厅厅长都出动了，看来上头很重视这起"木蔷薇"案。慕骄阳微微一笑，接道："冷厅长辛苦了。"

"我很好奇，作为一个行为分析学家和犯罪学教授，你的心理画像侧写术在欧美是出了名的，我还曾专门去布拉格大学和格拉茨大学听你讲课。招你进我们局里，我也是花了大功夫，但你好像……"想了想措辞，冷斌说了下去，"好像太谦逊了。"

慕骄阳苦笑了一声才说："冷厅长，你是在责备我没有出大力气吗？"

"没有，但我想听听你的意见。"冷斌看向他的眼神异常犀利。

"其实在过去二十多年的时间里，很多心理画像侧写师都乐于宣传他们参与的成功案例，甚至是进行全球巡回演讲。他们很热衷于讲述是如何以专业的眼光发现罪犯、咬紧罪犯，直至戏剧性地将他们绳之以法的，却没有几个人真的愿意站出来大声地说，很多时候，心理画像追凶都是以失败告终。这也是我在教学时，反反复复和学生提到的，要正视犯罪心理的短处，更要和传统刑侦相辅相成。我国比起欧美国家，发生连环谋杀案的概率要小很多。其实在一般的案件里，犯罪心理派不上太大用场，可一旦出现连环凶杀案，凶手的动机不再是情杀、仇杀和谋财时，犯罪心理往往就能起到关键作用。因为犯罪心理捕捉的就是凶手的行为模式，即个人特征。这类犯人杀人不是为了达到什么目的，有时连为了快乐也算不上，他们只是需要不停地杀戮，这样才能满足幻想。"

顿了顿，慕骄阳又补充："人人都说犯罪心理学是一门艺术，也是一门技术。但艺术的东西，总是太过于天马行空。美国的 BAU 部门是一整个部门，几队人在运作，不是靠一个犯罪心理学家在抓捕罪犯。从来没有个人英雄主义。这也是我每次接这类任务，必定会带上一到两个专业人员的原因。"他指了指肖甜心又说，"她是 BAU 最有灵气的犯罪心理分析师，而景蓝也是著名的心理学家。我找他们来协助我，这样才利于破案。"

"我一再强调的是，犯罪心理是一门艺术，发展到今天才算是一门科学。我们可以给予艺术无限的想象灵感，像甜心，她在这方面有突出的才华，她能捕捉到我不能察觉的东西，所以说犯罪心理是很重要的。但我无论是在教学时还是在平时，反反复复强调的都是对犯罪的调查应该是一门科学或一门专业技术，其次才是艺术。毕竟，证据链的搜集才是上法庭时的关键。"

慕骄阳一番剖白心迹的话被肖甜心一字不漏地听了进去，此刻她觉得她的阿阳真是太伟大了。嗯，就是伟大。他从不刻意拔高自己，而且很严谨，很细致，甚至是严格到了严苛变态的地步来对待他自己，因为他的一切出发点不是为了做英雄，而是为了受害人。"阿阳，我太爱你啦！"肖甜心忍不住地扑了上去，搂着他的颈项，在他唇上啵了一记。

就连在上面分派任务的何穆同都看得脸红心跳的，更不用提一众年轻又热血的刑警。

慕骄阳被她这样一亲，居然也脸红起来，而且是一直从耳根红到了锁骨。再看了看她，他有些无奈地在她额间亲了亲："甜心，你这样，大家都要诅咒我了。"

"不会不会。"一众单身警察笑着摇头摆手，一时间，沉闷的气氛也变得活跃起来。毕竟，为了这件案子，大家也是忙得连轴转，好几天没休息。

肖甜心后知后觉地发现自己出糗了，她想坐回座位，谁料慕骄阳的双手紧紧地箍着她的腰，抱着她不肯放了。

他亲昵地和她脸贴着脸，拿直挺的鼻子拱了拱她的小鼻子。

众人："……"

冷斌难得地笑了，对两人说："年轻人这样挺好的，有活力。"然后他示意何穆同说，"回到案子上来。"而心下对慕骄阳确是由衷地佩服。顿了顿，他转过头对慕骄阳说，"听了那么多次你的课，直到现在我才真正了解你。慕教授，你和肖助理都很了不起。"

慕骄阳微微颔首算是回应了，在他心里，犯罪心理学从一开始就不神圣，都是为了捕获猎物而已。

大家的注意力又回到了案件上来。慕骄阳从公文包里拿出了一张卡片，肖甜心很狗腿地笑道："还是我来。"于是她屁颠屁颠地诠释起了神探小助手这个角色。

陈星接过卡片，打开一看，只见上面写着"致我最心爱的凯瑟琳，你的史密斯"，卡片是用电脑打印的。

"按目前得到的线索看，那盆多肉植物是史密斯让快递送给凯瑟琳的。"肖甜心补充道，但还是把"不过那只是字面上意思"这句话给省了，既然阿阳说了按传统刑侦的手段来破案，那就按线索一步步来好了。毕竟，犯罪心理便于锁定和抓住疑凶，却不利于上庭时证据的搜集。传统刑侦的开展，其中一个作用就是搜集、补充证据链，以便日后做庭上证供之用。

正在此时，国际刑警那边联通了。原来，经过六个小时的努力，法国警方那边根据慕骄阳提供的线索和侧写，查找了这两年来法国模特儿界的一些事情，终于有了点眉目。

符合侧写的有两个人，而且都来了中国。其中一个人是营养师，她专为模特儿与豪门贵妇、名媛服务，她拥有独门的减肥秘方，曾经因此而被调查，但最后不了了之。因为她的减肥秘方虽然没有相关证件，但也没有什么毒性，她花了许多钱摆平。明知道她的药来路不明，但人们对美的渴望使得她的名声不但没臭，反而因此更响亮，许多人拿千金来求她的药。

"这个女人叫苏菲，异常美丽，29岁，曾经是一名超模。她如今有一个3岁的孩子。她是26岁时因为怀孕而退出了模特儿界。据说她有强迫症，她生育后身材依旧很好，但始终是不能与未生育过的年轻模特儿们比，可她穿的衣服和鞋子全是小一码的，虽然依旧好看，但怎么也不会觉得舒服。她孩子的父亲成谜，她是未婚生子。"徐一一说道。

慕骄阳听到最后一句话时，腮边露出了像一轮月亮一样的酒窝。肖

甜心想戳一下他深深的酒窝，可手又缩了回去，调侃："看来你已经心中有数了。"

"别急，听下去。"慕骄阳做了个"嘘"的手势。

徐一一继续说："另一个人是一名造型师，为模特儿、上流社会的人与明星做造型。此外，她还拥有自己的护肤品牌，因为她的大学专业就是化学，所以做护肤品她得心应手，这个牌子在她所属的那个圈子卖得非常火。伊娃，27岁，两年前因为得了厌食症，决定退出模特儿圈，但工作依旧围绕着这个圈子，与苏菲都是一样的性质。"

"她们两个都来了S市，而伊娃更是凯瑟琳中国行的私人造型师，她是最有可能下毒的人。"陈星分析道，但他英挺的眉目紧锁，显然是还存了疑问。

两个人都是因为意外无法再当模特儿，而在两三年前退出了模特儿圈。虽然说她们都在各自的领域取得了成功，但是看着比自己年轻漂亮的模特儿站在自己昔日最耀眼的地方，谁都难以接受。

"马上将她们二人找来问话。"陈星吩咐道。

慕骄阳补充了一句："我想，找那位史密斯套话的话，最好是让徐警官去。他对女性有特别的偏爱，看见美丽的女警，自然会放松警惕，无限欢迎。"

徐一一的嘴角抽了抽，这不是把她往火坑里推吗！那人绝对就是个变态，搞不好还是色魔。

知道她心里的顾忌，陈星拍了拍她的肩膀："别紧张，我让何庭跟着你。"

五

夏海市公安局。

大家的分工都安排好了之后，慕骄阳对"木蔷薇"连环凶杀案做了个简报。

"我想为这个凶手定称呼，就叫他'温柔情人'。"慕骄阳磁性的声音在简报厅里缓缓响起，他说得不快，声音十分悦耳，好像真的在说一个温柔的爱情故事似的。

底下几个刚进公安局的新人听得打寒战，做总记录的女文员更是听得直哆嗦。这个杀手被描述得越"温柔"，就证明他越变态。

肖甜心嘀咕："我还温柔一刀呢！"

慕骄阳狭长的凤眼垂下，他长长的睫毛在眼睑下覆了一层又一层，听了她的话，他的唇角微微扬起。夕阳橘黄的光透过窗户，落在他的眉间，笼着他的脸庞，他刚毅的轮廓变得柔和了，他的笑意在加深，那对深邃的凤目抬起，黑乌乌的眸子里是满满的宠溺。他正含笑看着她，越过众人，他的视线就那样胶着在了她的身上。

　　肖甜心脸上一红，垂下了眸子，变得安安静静的了。

　　于是，慕骄阳继续说了下去："在'温柔情人'木蔷薇连环杀人案里，凶手用安眠药来杀死受害者，所以我给出的心理侧写是凶手对受害者有某种'深刻'的情感。他情愿放弃快捷的杀人方式，而改用安眠药让她们死得不那么痛苦。但我们要明白一点，用安眠药杀人拖拉，不直接，还会造成一时半会儿死不去的问题，甚至还会因为一些小'意外'而留下许多麻烦，甚至是破绽。而这都可能会导致他落网被抓。或许，他是很自信，可无论多自信的凶手都不会乐意用如此麻烦的手段。例如，一刀见血封喉，也可以表现出他的自信。准确无误地将刀插进受害者的心脏，或者是呈暴力美学地用双手掐死对方，都是干净、利落、干脆与自信的表现，是力量与暴力美学的完美结合，既冷静又充满了杀戮艺术的热情。尤其是一刀捅进心脏，受害者遭受痛苦的时间也是极为短暂的。但凶手放弃了这些做法，他选择了更为'温柔'的，不见血的方式。所以，这是出于他对受害者们深沉的爱意。"

　　顿了顿，他说出了令人更为震惊的内容。慕骄阳的心里是清楚的，慕教授认为凶手对受害人的感情是爱，但自己的观点则是："凶手对受害人的情感十分复杂，除了爱，还有恨，而且他的爱，或许很可能只是针对受害者身体的某个部分，而不是受害者这个人。也正因此，他要完美、完整地保留整个尸体，而不是捅一刀破坏尸体。"

　　全场都很安静。慕骄阳环顾了一下四周，接着说了下去："还记得凶手抛掷受害者内脏的现场吗？那里留下的植物并非只证明他是个对化学有研究的人。其实木蔷薇还有一种用途，就是致幻与镇痛、镇静。将木蔷薇的提纯剂与安眠药一同给受害人服下，可以减轻受害人的痛苦，她们会死得很安详，死前会梦见天堂与一些美好的事物，或许，她们是面带着微笑走向了死亡。而另一个用途就是凶手自己服用，让他沉浸在属于他自己的美梦中，因为现实总是太残酷。可由于长期服用致幻药，他的精神状态已很糟糕，甚至处在了危险的崩溃边缘。"

　　在 FBI 时，肖甜心已经养成了同伴的话一停下，自己就会自动补上

简报要点的习惯，见慕骄阳停顿，像在思考什么，于是她说："这起连环凶杀案里，最难的地方就是没有完整的尸体案发现场。要知道，所有变态连环杀手的诉求都是通过尸体来表现的。现在慕教授和我没有看到尸体，只能大致推测到凶手的诉求是出于对被害人的'爱'。但有一点很奇怪，'爱'本来是私密的东西，而凶手却一直在'展示'。所以，我们只能根据不断出现的最新线索来修正我们的画像。"

是的，慕骄阳一直在反复思考的问题就是私人化的"收藏爱"与公开化的"展示"。这里的画像存在冲突，也是他一直持保守画像的原因。

门外传来咚咚两声响，是技术科的人来了，还带来了一则消息。

原来是近两个月夏海市附近的失踪女性人口的信息出来了。根据家属提供的资料与慕骄阳给的受害人侧写，公安局在两天前确定了两位女性。而B队的警察两天前已经去跟进这条线了，估计很快就会有发现。

一位是一名老师，何英莲，25岁，端庄美丽。她的口碑很好，她是初三的班主任，教英语。为人和气，与邻里和同事都相处融洽。已婚，育有一女，家庭美满。

另一位是一个女金领，木桐，38岁，虽然不再年轻，但也漂亮打眼，气质很好。她是外企的高层，年收入过百万。未婚，但也洁身自好，只有一个亲密的同居男友。她给人的感觉也是处事圆滑，不会得罪任何人的那类人。

这时，B队的一个小刑警回来了，他第一时间过来汇报查到的情况。

"唉，刚跑完何、木两家回来，累死我了。"陆明连忙把大致的情况说了，"两人都失踪了两个月。失踪前还和家人在一起，什么预兆都没有。我和几个同事都做了排查，何英莲与木桐之间毫无关联，互不认识。她们一个未婚，一个已婚，男女关系都干净，邻里和睦，不缺钱，工作认真，真不知道她们之间有什么联系。"

慕骄阳打断了他的话："两个女死者身上一定会有共同点，这也是她们会成为猎物的原因。她们的身上必有属于连环杀手的'签名'。"

怕大家不明白，慕骄阳补充："美国联邦调查局对连环杀人犯的心理及作案动机的研究显示，每一个罪犯都有自己一套独特的因素和模式，他们称这种特性为 signature，就如人的签名一样。干净、温柔、完美，无迹可循、善用毒理、雨后抛出内脏，这就是凶手的 signature。但再完美的犯案手法都会有致命的漏洞，随着作案次数的递增，或许他的作案手法会慢慢改进，达至完美，但总会有一个致命的弱点，只要我们足够细心，就能捕捉到。"

正说着，技术科的另一个员工也过来了，手里还捧着一个盒子。

慕骄阳的眉头挑了挑。

"这又是什么？"站在讲台一侧的何穆同大手一挥，已经把盒子拿了过来。

"我也不知道，就是门外一个送快递的小哥交给我的，说是给重案组的礼物。"技术科的人说。

何穆同急忙打开一看，里面安静地躺着三朵花，是木蔷薇。这意味着总共有了六朵木蔷薇，这次的三朵代表第三起凶杀案件发生了。

"这是凶手的挑衅。"慕骄阳眸光一凝，说道，"他已经对这个游戏感到不满。他觉得他的杰作、他的'展示'，居然没有一家媒体报道。他要开始改变他的作案手法了。这个，只是一个知会。"

慕骄阳走到何穆同面前，用戴好了白手套的手轻轻地拿起了那三朵花，他的声音低沉："美人儿，你能告诉我答案吗？"

肖甜心将慕骄阳的工具箱递过来。

"你帮我开。"慕骄阳眼睛一眨不眨地看着她。

肖甜心脸一红，声音也低："我不知道你的密码。"

"你的生日。记住了，以后，我最宝贵的东西都交给你，也由你开启。"慕骄阳说道。

底下的一众单身狗被狠狠地虐了一把，就连何穆同都轻咳了一声，让慕骄阳注意影响。

肖甜心只恨没有地缝，只能红着脸输入了密码。箱子发出嗒的一声响，解了锁。她将箱子打开，慕骄阳取了放大镜出来，对着三朵花做详细检查，然后向她伸出了手。

肖甜心马上拿了钳子与塑封袋给他。慕骄阳用钳子夹着一根颜色很淡的毛发，对着日光灯细看。

"这是什么？人的毛发颜色不会这么淡的。"何穆同很急切，就连陈星也围了上来看。毕竟这起案件拖得太久了。

"是狗毛，而且看起来应该是米白或米黄色的哈巴狗的毛，毛很短。"慕骄阳问道，"受害者里，有谁养狗？"

因为案件是陆明亲自跑的，所以他大吼一声："是何英莲。她的孩子喜欢动物，最近半年她养了一只狗。"

何穆同马上吩咐下去："陈星，你马上去何家，取哈巴狗的被毛回

来做比对。"

"是。"陈星立马就冲出门外。

"虽然有酚酞测试，但我想用更快捷的方式。我需要鲁米诺。"慕骄阳说。

当悲凉又诡异的蓝紫色荧光在花瓣中亮起时，大家都倒吸了一口气。

"为什么有血迹却不显现出来？"何穆同问。

"因为他用了一些特殊的但又不破坏血液的化学试剂，使得血液不能用肉眼看到。"慕骄阳了然。

"你刚才不是说，凶手很'温柔'吗？怎么就见血了呢？"肖甜心不解。

"这也是'展示'的一部分。"慕骄阳解释，"这三朵花告诉了我们许多信息，因为这是凶手故意要留给我们看的，所以血液只不过是用于展示。因服食过量安眠药，受害人死时顶多是口吐白沫，不会见血。但处理内脏的过程会有血。也可以这样说，是凶手故意告诉大家死的人是谁。"

技术科那边忽然又跑来了一个人，正当大家都觉得技术科今天怎么都上赶着往重案组跑时，技术科的小李脸色发白，说话的气息都不稳了："110 来了电话，又发现了一袋内脏。"

昨夜没有下雨。慕骄阳沉默了，凶手果然改变了他的作案方式与手段。他在转变，他在感受更完美的杀戮艺术。

第七章 心理戏剧法

一

见何穆同在见缝插针地安排人员，慕骄阳忽然说："现场有法医与鉴证科人员在，重要的东西漏不掉的，你别担心。上午十一点时，我已给出了凶手画像。你查到了什么？现在我们只能争分夺秒与之周旋。"

何穆同给 B 队的重案组成员木添胜打了个电话，询问情况。

木添胜报告："有嫌疑的一共有三个人。但经过我们对这三个人进行走访，其中一个人已经被排除，因为他有不在场证据。但我们还在调查另外两个人。其中一个人是本地综合大学的生化系实验室的一个外聘实验员讲师翟林，他的嫌疑挺大。"

"你在哪儿？我马上过来。"得了木添胜报的地址，何穆同马上行动。

何穆同刚走出大门，就发现慕骄阳与肖甜心一起跟了过来。慕骄阳说："我怎么都是你们警方的特聘顾问，你居然不等我。"

"这次的疑凶太过凶残，而且和李钰案不同，他还没有被锁定，不

能增派大量警员过去，所以出现场有一定危险。无论是小肖，还是你，我们都不敢让你们冒险。你们对我们来说太重要了。"何穆同是有顾忌的。

"你怕吗？"慕骄阳微笑着问肖甜心。

肖甜心说："只要有你在身边，我就不怕。"

慕骄阳漆黑的眸子一闪，他点了点头："连一个小女人都不怕，我怕什么。而且，我看着真的有那么弱？"说完，他还不满地斜了何穆同一眼。

这两个人，真是抓紧时间来表现恩爱呀！何穆同摇了摇头，刚要开警车，却被慕骄阳拦住："开我的车去，而且我可以假扮成生物专家，这样一来，不容易引起怀疑。"

到了夏海市综合大学，绕过大量绿植，一栋欧式红尖顶的小楼已经在望。

"那是生物楼。"何穆同说。

木添胜从生物楼里迎了出来。

他正要喊何队，被何穆同用眼神止住了，于是中规中矩地叫了声何大。

肖甜心好不容易才忍住了笑意，这称谓也真是绝了。

刚好一群学生抬着一箱什么东西要上楼。有一个女同学，三个男同学。女同学想要帮忙，被男同学拦下了："粗重活，还是我们来干。"

女同学不干活有些不好意思，但还是嘱咐道："小心，上次那个蛇标本已经被打烂了，这次的新标本刚运回来，可不能再坏了。"

慕骄阳与肖甜心交换了眼色。

何穆同正想去套话，肖甜心转了转鬼灵精的眼睛，说："看我的。"

然后她抬高了声音说："慕教授，上次的那个配比就差一点点，你就让我过了吧！"

果然，一众学生看了过来。

慕骄阳也很快进入了角色："你们药理科的，更要谨慎。马钱子能救人，却也是毒草。配比差了毫厘，病人就会有生命之危。"他又说了些专业术语，然后借机了敲了敲她的脑门。

这样一来，没人会怀疑这位如此专业的教授是假的了。

然后慕骄阳对着木添胜点了点头："小木，你去帮忙。"

木添胜也就23岁，刚从警校毕业，长得阳光帅气，看着就像是个学生。众人也不疑有他，连忙多谢他们的帮忙。

一行人也就趁机进了实验室。

那群学生进入的是5号实验室。慕骄阳看了看挂在门边的卡片，里面标有实验室负责人名字与照片。

翟林，男，36岁，高级化验师。

"噢，我出国一段时间，还不知道是翟老师在管理实验室了。"慕骄阳开始套话。

他依旧穿着上午那套烟金色的西服，儒雅沉稳的气质透过那双睿智的眼睛一点一点地诠释了出来。无框眼镜架在他高挺的鼻梁上，使他看起来有很浓的学者气息。他站在大理石围栏旁，高挑儿的身子轻倚围栏，背后是大片大片的墨绿叶子，衬得他的眸子更加墨黑如画。他整个人沐浴在夜色里，忧郁又高贵，像一幅上好的油画。

那女同学看得一怔，然后红着脸小声回答："是……是的，翟老师是三个月前来……来到学校的。"她有些结巴。

慕骄阳微微一笑，点了点头。

"同学，翟老师的课生动不？他难不难说话呀？如果他的科目好过，我来选修好了。"肖甜心开始套近乎。

这也是从侧面去了解翟林的为人、性格与处事方式。这个小助手真是越来越熟练了，慕骄阳感到十分满意。

叫玲玲的女同学笑着说："翟老师人很好，只要认真上课，不缺堂，他基本上不为难学生。而且考试前他都会将重点划出来。他也很有耐心，工作细致。你说是不是呀，郭小东？"

憨厚的郭小东连忙点头："是呀，虽然翟老师来学校不久，可大家都挺喜欢他的。"

何穆同的气场太强大，又是个大老粗，怎么看都和这里不搭。为了不引人怀疑，他到学校附近四处走走，顺便去问问生化院院长关于翟林这个人的详细情况。

而木添胜帮助几个同学将大箱子放到指定地点，然后与三个男同学一起将大木箱拆开，露出里面的三大瓶动物标本来。

其中一瓶就是水蛇标本。

"唉，真是可惜了，上次那条蛇可漂亮了，叫什么来着，竹叶青？"肖甜心假装想了想。

慕骄阳表情淡淡的："是翠青蛇，无毒。竹叶青有毒，两者虽像，但还是要区分清楚，不然，我要扣你的学分了。"

他那样子还真有点凶。肖甜心不满地吐了吐舌头。

"你也看见了，唉，那天翟老师有点不在状态。他很少会这样啊！

他晚上十点急匆匆地过来，居然撞倒了新订购回来的翠青蛇标本瓶。"女同学就是这点好，感性，吐露的信息也多。听到此，慕骄阳满意地点了点头。

肖甜心继续挖掘信息："十点多你们还在学习，真是够勤奋的。那翠青蛇怎么处理？扔了岂不可惜。是呀，上个月15号那天，我过来这边找个朋友，她也在用实验室。咦，是15号吧？我记不清楚了，但就是看见翠青蛇那天，还说这可惜呢。"

"是挺可惜的。其实也只是摔了下来，磕坏了尾巴，处理一下也能用。不过翟老师全赔了。翟老师说，趁着最近有空，他会在这两天把翠青蛇处理好的，摔坏了的翠青蛇也能当标本用，就是有点瑕疵。"说着，玲玲指了指实验室的一道带锁的小门，"好像是15号吧，还是17号？"想了想，她确定道，"那天我新订的学术书到了，要签收，是，是17号。"

慕骄阳在一台电脑边坐了下来。开机是要密码的，但他有着黑客的水平，密码如何难得倒他。不过一会儿，电脑就开了。

这一来，在同学们眼里，他有开机密码，是这里的教授无疑。见他们好像还有工作似的，于是同学们说："我们先走了。教授你忙。"

"好。"慕骄阳点了点头。

同学们在路过他身边时，看见他正在做一道药理分析，于是也就安静地离开了。

大家走后，慕骄阳站了起来："我们进去看看。"手一提，他将带来的工具箱拿了起来。

刚才木添胜放标本进小门里的房间时就留了个心眼儿，偷看到了门锁密码。此刻，他快速地输入密码，银色的小门嗒的一声开了。

慕骄阳直奔翠青蛇标本而去。

"他还会留废弃的标本吗？"肖甜心不怎么确定。

慕骄阳正要说话，木添胜接到了电话，刚好是陈星打过来的。

原来陈星已经取得了何英莲家的哈巴狗的被毛，顺便看了何英莲的一些照片。据她的家人说，她没有那样花色的一条羊毛围巾。于是，他在探访木桐家时也问了这一问题，是有那么条围巾，木桐的男朋友把照片给陈星看，照片上就是警方在 W 镇捡到的碎羊毛围巾。

慕骄阳肯定了自己的推断，于是拣了重点来说："今天是21号。从第三起案子被发现，受害者内脏被抛出来，到今天为止，也就是从上个月17号到今天21号，过去了35天。而上个月17号翟林就撞翻了翠青蛇标本。然后，我们是在上个月19号在 W 镇撞见了疑凶，甜心被推下水。所以，其实疑凶在带着我们绕圈子，只是天网恢恢，让我们阴错阳差地得到了翠青蛇与金黄色特殊船漆的线索。我们是因为第二起案子而查到了 W 镇。但其实，第三起案子的受害者很有可能在 17 号前就出事了。所以，翠青蛇上会留下些什么证据也说不定。而且他上个月 17 号晚十点，又是因为什么而慌张？在众人评价他'有耐心、细致'的情况下，还撞翻了标本，应该是因为他行凶的过程中出现了一些意外情况。"

木添胜在一堆标本里翻找，有些摸不着头脑，还是肖甜心一下子蹿了过去，帮他忙。

她做那种动作还真是像只兔子。慕骄阳无奈地摇了摇头，开始仔细观察起储藏间来。到底是什么致使疑犯撞倒了翠青蛇标本呢？疑犯真的就是翟林吗？

"找到了！"肖甜心忽然发出欢呼。

"我们把它搬下来。"肖甜心想要去帮忙搬东西。

她刚伸出手，肩头就被慕骄阳按住了，他说："粗重活，还是让男士代劳。"于是，他和木添胜将一个硕大的装满防腐剂的玻璃容器给搬了下来。

"我要在此化验。"慕骄阳也没有说多余的话，他找工具将蛇捞出来，顺便将容器里的液体也做了取样。

肖甜心在一旁帮忙，发现翠青蛇虽然有损伤，但总体还是处理得很好的。"翠青蛇没有报废，他做事还是很严谨的。"她说。

慕骄阳没有回答，只是拿着放大镜专注地在研究那条蛇，然后研究装蛇的容器。

这里也没有木添胜什么事，可当警察的人生来机警，他就站到了实验室大门外的围栏处观察四周的动静。

实验室里面很安静，慕教授与肖助理在做他们的事，木添胜回头看了他们一眼，然后又将视线移到了楼下的林荫道上。

正当木添胜看着穿着白大褂的学生们走过浓密的树荫下时，忽然，不远处的一个白点进入了他的视线范围。那个人身高一米七八，清瘦但行走的步伐大，踏步有力，看起来并不是瘦弱的样子，反而很健壮。

走路步伐大，按慕教授说的，这类人大多自信。再观察了两眼，虽然隔了夜色，木添胜看不清楚，但那男人的大体轮廓与翟林的照片轮廓相似。

"不好！"木添胜低吼了声。

"什么事？"慕教授的声音低沉磁性，依旧沉稳平实。

"翟林回来了，还差 30 米就要到生物楼。"木添胜说。

二

木添胜来不及多说，马上给何穆同打电话。

何穆同那边刚放下电话，翟林的手机就响了，透过空旷寂寞的夜，那丁零零的声音传进了小楼里，传进了实验室内，声声似追命。

"怎么办？"肖甜心有些急了，就怕翟林会突然闯进来。

"继续。"慕骄阳一点都不慌张，他低着头，继续拿放大镜一寸一寸地观察。可肖甜心哪里还有半分心系在这里，她竖起了小小的耳朵，仿佛已经听到疑凶一步一步踏上大楼的声音。

她整个人绷紧了。

"淡定。木添胜会处理。"慕骄阳的眼睛依旧一眨不眨地看着容器内靠近瓶盖处的玻璃。

木添胜已经做好了准备，实在不行，自己去缠住他。可当翟林一脚踏进大楼的时候，忽然一个转身，又离开了小楼。

"好的，院长，我现在过来。"翟林一边说，一边朝着小楼的反方向走去。

"好险！"肖甜心吓出了一身汗。慕骄阳瞧了她一眼，只是淡淡一笑，然后从衣袋里取了一包纸巾给她。

肖甜心嘿嘿笑了两声，实在是不好意思。这递纸巾的活，本来应该是小助手干的事情啊。

"做得不错！"极少赞扬人的慕骄阳对木添胜笑了笑，"你的应变能力很好。"

木添胜古铜色的脸上露出了一抹羞赧的红。

慕骄阳继续研究蛇，他将蛇移到了不同的光线折射源上，又仔细观察了好一会儿。最终，他取出钳子，在蛇尾的受损处钳出了一根细细的毛。后来，他又在瓶口处发现了同样的毛，不多，加起来总共三根。因为液体并不是全满，所以毛发湿水后直接沾在了瓶口处。

"真的能有发现？"肖甜心几乎不敢相信，但已经第一时间递了塑封袋给慕骄阳。就连木添胜都走过来看情况。

慕骄阳简单地说了一下："我们的运气真的很不错。因为毛发沾了水，所以在玻璃缸壁上粘得很紧，在打开瓶盖的情况下，卡在瓶盖与瓶身壁顶的毛，用肉眼都能看得见。不然，这里也没有卢马灯帮助我们去发现证据了。"

"这种毛短而细，但确实有一个好处，就是很硬，并不柔软，是巴哥犬的硬毛。如果说今天收到的花里面有狗的被毛，还可以判断为他是故意挑衅，那这里就是他无法预计的纰漏。我估计，他给第三个受害者喂安眠药时，受害者的死亡过程偏迟缓，甚至挣扎过，可能她的身体触碰到了第二个死者的衣物，从而完成了物证之间的交换转移。她的身上沾上了巴哥犬的毛，又转移到了凶手的身上。而凶手在处理翠青蛇标本时，又将毛发转移到了这个标本里。还有一种推断就是，在凶手处理第三个受害者时，因为受害者对药的耐受性不同于常人，他要善后，无意中触碰到了第二个受害者的衣服，所以完成了物证之间的交叉转移。又或者是，第三个死者死亡后会发散热量，这个过程会吸附到她周围一些微量元素，例如很轻的狗毛。第三个受害者与凶手接触时，完成了物证的转移。"慕骄阳分析道，"只是他为什么要回生物楼？这一点很奇怪。"

因为有了新的发现，木添胜很高兴，连忙说道："这是不是就是那个什么定律？对，罗卡定律！"

"凡两个物体接触，必会产生转移现象。其用于犯罪现场调查中，行为人必然会带走一些东西，亦会留下一些东西，即现场必会留下微迹证。"慕骄阳与肖甜心同时念起。

话音刚落，两人相视而笑。

"凡走过，必留痕迹。"慕骄阳念起罗卡曾说过的话。

将标本复原，摆回原处，慕骄阳举了举塑封袋："和今早花里的哈巴狗被毛做比对，看看是不是同一只狗的毛。"

等大家在后门会合后，何穆同说："我已经和生化院的院长打过招呼，如果有人提起，就说是学校深造回来的慕教授用了实验室。若无人提及，我让他也别提，省得太刻意。"

何穆同见肖小助理一脸美滋滋的，再看了看依旧是一张冰山脸的慕教授，于是他问道："有收获吗？"

而慕骄阳只是留下颇为玄奥的一句话："凡走过必留痕迹。"

何穆同摸了摸头，拍了拍木添胜的肩膀。木添胜极力忍住笑，也学着慕教授的口吻说："凡走过必留痕迹。"

何穆同："……"

翟林在一个小时后才回到了生物楼。

他走进放标本的小房间，将所有的灯打开，然后将各色标本的挡布

也拿下。容器里的标本在灯下折射出不同的光芒与色泽来。

几乎不可察觉地，他微微一笑。

最危险的地方就是最安全的地方。他是喜欢那些"收藏品"的，所以他将浸泡过每件"收藏品"的福尔马林取出一部分，灌进了这些不同的标本里。这些闪动着粼粼水光的液体，如一件件珍宝，焕发出别样的生命与光。他越看越喜欢，越看越兴奋，越看也就越哀伤，因为她已经不在了……不，不是这样的，她一直在，与他同在，只要他不断地收藏她，她就一直在！

忽然，他怔了怔，发现了不对劲的地方。

放翠青蛇的那个容器偏离了他昨晚摆放的地方。翠青蛇的液体里充满了"灵魂"，那是他的第三个猎物，也是她的一部分。他收藏了她的一部分，所以他收藏了她！还差最后一部分，她就完整了！所以，他不可以失败！

他拿起了手机，给昨晚负责打理实验室的玲玲打了个电话。

"喂，杨玲同学，昨晚你动过那些标本了？"翟林礼貌地询问。

"哦，翟老师好。是这样的，昨晚水蛇标本运到了，是我和几个男同学连夜搬进了实验室。可能放的时候，不小心移动了其他标本吧。没将装其他标本的容器碰坏吧？"杨玲有些担心。

"没事，都很好。"翟林松了一口气。但转瞬，他目光一凝，觉得还是谨慎些好，家里的那些"藏品"该换换地方了。

正在思考，翟林的电话响了。

蓦地，翟林换上了熟络热情的口吻："史密斯先生，有什么事吗？"

对方似乎很兴奋，又像在极力压抑着，低喘着气。翟林还听见了有女人在呻吟，也就马上明白了对方的用意。果然，他听到对方说："我还要那种药。"

"好的，老朋友，就在老地方交易吧！"翟林说。

史密斯拥有数不清的金钱，而他从史密斯身上又能得到许多许多的金钱与一个适合躲起来的窝。

狡兔三窟，而他也需要一个隐秘的地方藏身。

"钱我已经放在那里了。最近我要离开中国一段时间，所以过户的事，等我回来再说吧！"史密斯的声音通过话筒传了过来，一如既往地高傲。

"好的，没问题。"这样一来，正合翟林的意。想必是女模特儿的那件事使得史密斯想提前回法国了。

昨晚一拿到样本，慕骄阳和甜心就随大家一起回了公安局开临时紧急会议。

几个公安局的高层，在"要不要对翟林住的地方申请搜查令"这个问题上争论不休。

目前得到的物证还是少了些，主要是尸体一直没有被找到。这样一个冷静、严谨，犹如一台机器的冷血型杀手，他真的会把罪证藏在自己的家里吗？

对此，慕骄阳一直不发表意见，只是坐在会议室最后面打着盹儿。

肖甜心十分不满，大家都争得热火朝天的，他居然睡着了。于是，她将穿着金色高跟鞋的小脚轻轻地移了过去，在桌子底下轻轻地点了点他的小腿，见他还是没反应，她又沿着他的小腿肚撩上去一些，但只到他的膝盖内侧便停下了。

"你是在色诱我，嗯？"慕骄阳那懒洋洋的磁性声音贴着她的耳根轻轻传来。肖甜心耳根一热，自己不过是开了一秒钟小差，他整个人就贴上来了。"注意点形象。"肖甜心推了推他，觉得此刻的慕骄阳怪怪的。

"就算拿到了搜查令也没用，我还不如趁机歇一会儿。"慕教授直接否定了何穆同的想法。忽然，他就俯下了身去，脸几乎贴到了她的大腿。她只穿了肉色的丝袜，已经感觉到他喷出来的让人痒痒的气息，正要挪开一点，脚踝却被他一手握住："你怎么总爱穿这么性感的高跟鞋？难道，你每天想的就是要如何勾引我？"

见她气得张大了嘴，想要反驳又不知该怎么说，他马上截住她的话头，说了下去："你也是留洋回来的，难道不知道，在西方，细细尖尖的细高跟，其实是代表了性意识与邀请吗？"顿了顿，他笑得更为诱人，"我接受你的邀请。不如就等这个该死的案子结束，我们一起实践，嗯？"

三

"你……你给我闭嘴！"肖甜心恼极了。

就是因为他太高，而她太矮，所以她才要穿高跟鞋配合他呀！难道整天被人说什么"最萌身高差"真的很好吗？

她一张小脸都憋红了，睁着一对大眼睛，瞪他。

慕教授笑了笑，凤眼上挑，说不出地邪佞。然后，他做了自己一直想做的事，他附在她的耳边，咬着她的耳朵说了那句话："我想要你。"他说出了那句慕骄阳心里一直想说，却不敢说出口的话。

肖甜心的脸红得要滴血了，她的眼睛睁得大大的，像两枚黑亮亮的

龙眼。她实在是憋不出一句话来了。最后她认命般地叹了声气，将脸埋进了双臂里。

然后，她清楚地听到了不远处何穆同的一声轻咳。

肖甜心在慕骄阳的手臂上狠狠地拧了一记。

他哪儿还有什么不会意的，线索太少，最重要的两点是没有尸体和抛尸的犯罪现场。只得三个装内脏的袋子，这会严重影响画像的精确度。也是出于严谨考虑，慕骄阳才没有把最新更新的一点画像说出来。但现在，他是慕教授。

他和慕骄阳在案情分析上出现了不同的观点，他想按自己那套来，所以把慕骄阳强行塞回去了。

现在，他爱怎样做就怎样做。

慕教授忽然说："我想通翟林为什么把翠青蛇标本搬到自己的藏尸地去处理，而不是直接在大学的生物楼实验室里处理了。"

"噢，宝贝呀！我的宝贝！"那一声宝贝声情并茂，带着亢奋、愉悦与一丝不易察觉的神经质和哀伤。

肖甜心灵光一闪，马上领悟了慕骄阳的心理戏剧法。

他在将自己想象为凶手！

"那些都是他的收藏品！因为，泡着翠青蛇的福尔马林里也有他所要收藏的东西。"肖甜心说。

慕教授看了她一眼，感到十分惊艳。

他的女孩总是不断地让人感到惊喜。

慕教授举起手，做出轻轻抚摸的动作，那么轻，那么柔，像在抚着心爱的"她"。

"她们，都是她呀！是的，她们，一个、两个、三个……总会有'她'的影子。我想要收藏她们，就如同收藏'她'，永久地收藏她！我会拿消毒水给每个'她'擦拭身体，为她们做防腐处理时也用那些消毒水，最后那些保存'她'的液体，也会成为'她'的一部分。我将那些液体注进不同的动物标本里，放置在我生活与工作的地方，这样我就每天都能看见她了。噢，她无处不在。她一直在我身边。My love（我的爱）。"慕教授温柔地闭上了眼睛，他在享受，仿佛在享受"她"的拥抱。

一众刑警："……"

陈星低声说："好可怕。"

何穆同斜了陈星一眼，道："慕教授完全给出了凶手的杀人动机，这对破案有很大的帮助。这里是一个突破口。"顿了顿，何穆同又说，"我还怕慕教授什么都不肯说呢。幸好，他只听肖助理的。有小肖在，我们也拿得住他。"

坐在后面的肖甜心轻轻地打了个喷嚏：阿嚏。

慕教授睁开眼睛，看着她似笑非笑："Honey，昨晚在翟林的实验室里，你观察到了什么？"

Honey，怎么觉得他叫得好邪恶呀？哎，好羞耻！清了清嗓子，她才说："我发现那些放动物标本的架子上都安装着一排一排的射灯。当时我就觉得很奇怪，听你这样一说，就完全想通了。当他一个人时，会做什么？"

她先是反问了一句，然后也学着慕骄阳的样子闭上了眼睛："当只有我一个人时，我并不孤单。这是一个密封的秘境，是我们相爱的证明。我把所有的射灯打开，所有的光全集中在那些放标本的罐子上，浮光掠影，水波粼粼，而你倒映在我的心湖中，多么美丽而永恒。"

再度睁开眼，所有温柔不见，她变得严肃而认真："是的，我想翟林是在展示他的收藏品。但这种展示是私密的展示，是只向翟林一个人展示的。疑凶可以锁定，但需要证据去支持。"

"他将浸泡过每件'收藏品'的福尔马林取出一部分，灌进了不同的标本里。这些闪动着粼粼水光的液体，在他眼里就是全世界，就是珍宝。所以，她一直在，与他同在。他的痴狂和哀伤使得他变得很危险。我们还不清楚的地方是这些受害者之间的共同点，所以还不清楚究竟还有多少受害者。一旦他发现了和他的爱人相似的人，他必然会想方设法去收藏，所以他变得更加危险。"慕教授综合了一遍画像。

这场会议开了很长时间，结束时，已将近凌晨五点了。缉毒犬、防爆犬等犬只正列队从楼上下来，巡视一遍之后，准备到楼下小操场做训练。

会议室的讨论还不停歇，而心思缜密的慕教授觉得还是要亲自把关相关物证的检验才放心。所以他与肖甜心到了化验室，看鉴证科的化验员做样本化验，并为他们提供专业意见。但肖甜心太累了，她靠着慕教授的肩膀等，等着等着就睡过去了。

见她睡得香甜，慕教授的声音压得更低："陆博士，你试试往血液、唾液那方面做测试，以防万一。"

可原本虚掩的门被一股猛烈的力度给撞开了，慕教授一直关心着数据，没留意到这个地方，等反应过来，就听到肖甜心呀的一声叫。他猛地回头看，原来是血迹搜索犬 Bingo。Bingo 是一只很可爱的英国史宾格犬，

是夏海市公安局刚从美国基地引进的。

此刻，它正趴在肖甜心的大腿上，一脸无辜的样子，眼睛大大的，眼皮塌塌的，真是懂装无辜卖萌。歪了歪头，它站了起来，慢慢地走到了陆博士的脚边，蹲了下来，安静地守着陆博士手边的试管样本。

"天哪，太可爱了！"肖甜心发出了一声感叹。

慕教授有些无奈，她的侧重点总是与众不同。"一滴血，经过 760 升清水稀释，倒入卫生间下水道，经过 3 周的洗衣粉冲刷，照样能被它锁定。这就是血迹搜索犬！"慕教授说道，"看来我猜想得不错，这个充满福尔马林的液体样本里含有被稀释过了的人的血液。"

陆博士知道案情终于有了重大突破，他开心地笑了："看来老何心心念念的搜查令该到手了。"

慕教授听了他的话，却皱起了眉头，只怕是该打草惊蛇了。

但是，慕骄阳总认为不应该阻挠警方用他们自己的方法去破案。可这是慕骄阳的想法，慕教授只是想去阻止何穆同。

于是，两个"我"在脑海里打了起来，最后，慕骄阳晕倒了。

等到他醒来，已经是中午时分了。

见他醒了，肖甜心说："何队拿到搜查令了。"

慕骄阳驱赶走了慕教授，可他对拿到搜查令这件事也无法感到喜悦。

他总觉得，从凶手的画像侧写来看，这件事没这么简单！

其实，他同意慕教授的观点。

见他心事重重的样子，肖甜心忽然说："阿阳，你想做什么就去做吧！别犹豫，你也只是为大家好。"

她蹲了下来，与沙发床上的他平视，然后握住了他的手。

她总是最懂得他的那一个。她总是给足了他勇气，让他去做想做的事，成为想成为的人。

他从床上跃起，整理了一下衣服，准备过去与何队他们会合。

四

翟林住在宏福区。

翟林住的是独栋的小三层楼房，虽然简陋，但从外观上看也算整洁。他家附近上百米远的地方才有别的楼房与居民。可以说，这很符合慕骄阳给出的心理画像。而且这样的条件确实利于作案。

何穆同在房子外观察了一番，然后做了个行动的手势，众人迅速地进入了翟林的房子所在的范围。

何穆同正要敲门，忽然听见一阵急刹车的动静，他猛地回头，居然是慕骄阳跟过来了。

"慕教授，你怎么来了？"何穆同走了过去，手往衣袋上拍了拍，里面装着搜查令。

慕骄阳并不迟疑，说话利索，语速很快："尸体应该被转移了。"

翟林如果真的是凶手，那他真的太冷静了！这样的人，严谨得近乎苛刻，不会犯这样的错误。

何穆同说道："尽管里面没有尸体，甚至连第一现场也不是，可凶手总会有纰漏的。"顿了顿，见慕教授不说话，他又道，"翟林家的用电情况出来了，这两个月来，他的电费超标，应该符合你先前的推测，他是用冰箱来冷藏尸体。"

"最近这两三天内的用电情况怎样？"慕骄阳忽然问道。

这样细微的发现，他都猜到了？何穆同被噎了一下，回答时声音低了下去："恢复了正常。"

慕骄阳点了点头。

"算了，还是先按你的意思，我们撤吧！"何穆同的神情有些黯淡。

慕骄阳迅速环顾四周，发现房子的左后方有一个简易搭建的停车库，看得出应该是翟林自己动手搭建的，就连围墙也是新刷的，不过并非用那种特殊的金黄色漆，而是普通的油漆。里面很窄小，但停了两辆车，有一辆居然是厢车，这辆车颇大。

"现在已经打草惊蛇，撤也没有意思了。既然要搜，重点搜那辆木田厢车！"慕骄阳说。

何穆同颇为沉重地点了点头，用力敲响了门。陈星带着鉴证科的梁主任往本田车走去。

是翟林开的门。

今天并非周末，按理来说，翟林应该留在大学的员工宿舍里。何穆同在看到他的那一刻就明白了慕骄阳的想法。确实，即使这里曾经有什么证据，也被清除干净了。

鉴证科的陈宏拍了拍他的肩膀："老何，不要紧，就算他清洗了，但只要有一滴血迹，我们都不会错过。"

何穆同点了点头，也不与翟林多说，立马出示了搜查令，然后直接开始搜查。

陈宏拿出了鲁米诺，逐寸逐寸地展开地毯式搜索。他是个经验老到的探员，就连墙角也没有放过，甚至地面上只是有很细微的移动过的痕迹，他也发现了。

"这里有问题？"何穆同跟了过去，他斜了翟林一眼，可翟林依旧是那副表情，翟林对他们这群人的突然造访毫无反应，只是一副冷漠安静的样子。

这样的人，确实具备了杀人后解剖尸体，并取出内脏的冷血变态的杀人犯心理了。

慕骄阳也走了过来："这里原来应该放着一个大一点的箱子。不过从尺寸来看，只是比现在新摆上去的这个大一点点。不仔细观察很难发现。"

疑凶要搬走原来的旧箱子，那就证明这里有问题。陈宏将箱子移开，拿出了鲁米诺仔细寻找，可最后依旧是一无所获。

一切都在慕骄阳的意料之中，所以他并没有感到失望与意外。

翟林转过脸来，与慕骄阳对视。他知道，这个戴着白口罩的男人已经看透了他。可他依旧是平静地转回了头，保持着方才的动作与表情。

这里连一根狗毛都找不到。

三层小楼的里里外外都被翻遍了，他们只是发现翟林床下有一个接近十平方的暗室。对此，翟林只是回答了一句"私人兴趣"。

他们仔细搜查过，依旧没有收获。

慕骄阳在心里对翟林做了评估，此人冷静到了极点，这样的人的犯罪证据很难被找到。所以，警方根本没有足够的证据起诉他！

"各位警官，可以了吗？我下午还有课。"翟林平静地下了逐客令。

何穆同只是笑了笑，从容地回了他一句："有需要，我们会随时来找你。"

"不送。"翟林点了点头，冷漠地关上了门，关门的力度不轻不重。

"他的心态非常稳定。"慕骄阳说，"这样的变态连环杀人犯，即使知道了自己被警方怀疑，也依旧会继续犯案的，他们停不下来。而且，他们也不会觉得自己杀人是不对的。所以，他们理直气壮，他们的世界里只有一个本我，再无其他。这就是变态们的共同特征。"

但翟林依旧是不同的，他的内心还保留了一点爱。慕骄阳保留了这一句。

等大家都上了车，搜查本田厢车的梁主任才说："有发现。"然后他扬了扬手里的证物袋，透明塑封袋子里面装的是一根狗毛。

被毛极短，又细，是巴哥狗的毛。

"可是就这一样东西，即使比对出了是同一只狗的被毛，也依旧不足以起诉他。"何穆同分析道。

"已经为我们破案指明了方向。"慕骄阳说，"我们可以全面锁定疑凶，派人 24 小时跟着他，破案只是时间问题。"

"对！"何穆同应得斩钉截铁。

慕骄阳的一番话很好地激励了大家，鼓舞了士气。

此时，陈星才有闲心插科打诨，他对慕骄阳眨了眨眼睛，然后打趣："教授，嫂子呢？"

对嫂子这个称呼，慕骄阳很满意，他微微一笑，道："我不会让我的女人涉险。"

一车的人沉默："……"

陈星苦哈哈的："不带这样'虐狗'的！"

而另一边的肖甜心连着打了好几个喷嚏。

"你在哪里？"一回到公安局就没看见她，慕骄阳有些急躁。

电话那头，风呼呼地响，想必她是站在了高处。"当然是当个超级小神探啦！徐一一搞不定那个'五十度灰总裁'。"她答得非常快。

慕骄阳驾车飞速飙了过去："你等我，十分钟。"

电话那头，肖甜心有些怔怔的，开玩笑吧，十分钟从公安局到这里？

徐一一抿着嘴偷笑，这慕教授原来这么宠女朋友！嗯，还真是重大发现呢！

两人在总裁办的门外站了一会儿。走廊很长，视野开阔，这里安静得落针可闻。

总裁办公室的红色大门忽然开了，身着白西装，风度翩翩的史密斯总裁走了出来："Honey 小姐，欢迎你来参观我的房间。"

平心而论，其实 37 岁的史密斯还真是风度翩翩，仪表不凡。他那一对多情的蓝眼睛，时刻会放电。这是一个对自己的外表很自信的男人，也懂得运用自己的迷人手段来俘获女性。

而徐一一不愿与史密斯接触的一个重要原因就是，他并不忌讳暴露他的隐私。知道他们是来调查女模特儿被杀案的，史密斯直接将自己总裁办休息区的大门打开，说："请随意。"

史密斯甚至是欢迎这位美女警官搜索他的地方的。他在中国处理亚洲业务时，家就安在总裁办的休息区。

这里很大，有一百多平方米。

只是当徐一一走进去时，她忽然惊得捂住了嘴巴。史密斯的卧室区摆满了那些她连想都不敢想，见都没见过的"刑具"。徐一一被史密斯恶心到了。

念及此，再看了眼远处碧蓝的大海，肖甜心忽然对着史密斯展露出迷人的微笑："进去说。"然后她拉着不情不愿的徐一一一同进了总裁办。

知道她肯定是听这位女警官说了自己的秘密，史密斯赤裸裸地对肖甜心调情："要进去查看吗？"

徐一一的头摇成了拨浪鼓。

倒是肖甜心镇定，她将手按在了徐一一的肩头，示意她别紧张，而她自己也没闲下来，她眼睛滴溜溜转，看到了史密斯书架上的一个奖章，是游艇会的帆船比赛的奖章。

肖甜心第一时间联想到了特殊的金黄色油漆。

只有船才需要这种特殊的漆，而游艇也属于船。夏海市的游艇会好像在市郊，有一次自己陪客户谈生意就是在游艇会谈的。

肖甜心只是很本能地做了一个联想，因为翟林碰到过特殊的金黄漆。可她没有继续，她觉得自己这样做关联，中间根本就是缺失环节。她笑了笑，黑漆漆的大眼睛看着史密斯，然后她倚在了宽大的办公桌旁。肖甜心轻启朱唇，流利而轻盈的法语似泉水一般流溢出来："你并不忌讳暴露自己是个 SM 爱好者。"

那一刻，徐一一无来由地觉得肖甜心十分妩媚。

她的一颦一笑十分吸引人。虽然她长得小巧玲珑，但她精致的娃娃脸其实十分有女人味。她并非只是长得清秀而已，虽然第一眼看上去并不惊艳，但看久了就会让人觉得她十分美丽。

她只是穿了一件简单的真丝白衬衣，配九分的紧身高腰复古牛仔裤和一对金色的细高跟，又在耳垂上戴了一副米粒大的珍珠耳环。这些搭配使她整个人都有一种性感的张力，美得让人过目不忘。

徐一一终于明白了慕骄阳钟情于她的缘由。

"难道你也喜欢？"此时的史密斯已经不再压抑他心中的亢奋，他蓝色的眼睛看着肖甜心时，充满赤裸裸的欲望。

那条紧身的牛仔裤下，是她挺翘、圆润、性感的臀部，她的胸脯也大，她是个迷人的女人。史密斯的喉头发出了近似呻吟的声音。

徐一一被吓了一跳。

肖甜心倒是笑了笑，也知道这样的人并不具备杀人犯的冷静。史密斯很亢奋，毫无遮拦，他好色、纵欲过度，喜欢吃类似春药的药物，所以唇色发红。这样的人，如何能冷静地布局杀人？

　　"我推测，凶手不会是他。这个人无非就是个色情狂。因为他有较好的容貌，有较好的家世背景，所以多的是主动黏着他的女人。他没有变态，所以还没到成为变态色情狂的地步。我们可以打道回府了。"肖甜心做出了分析。

　　徐一一被难住，这样查案真的好吗？

　　门是虚掩着的，门外的慕骄阳微微一笑。他的女人，果然很厉害！

　　见美丽的小猎物转身要走，史密斯忽然扑了上来，他一把抓住肖甜心的手不放："小东西，我那里有好多好的宝贝，保管你用了，会爱上的。"

　　"你就是这样灌凯瑟琳吃那种春药的？"为了让徐一一能听得懂，肖甜心换回了英文。

　　史密斯供认不讳："是，我和她前晚都很兴奋，我捏着她的小脸蛋，灌她吃了药，可她也很嗨呀，一个晚上缠着我要了好几次。我想，我也能满足你的，小野猫。"说着他竟然大着胆来抱她的腰，要拖她进房间。

　　毕竟，如果只是男欢女爱，警察也管不着，他也不算强迫。

　　肖甜心挣扎："你给我放尊重点。你就是灌药过量，这样整死凯瑟琳的？"见他难以被撼动，她伸脚踹他。徐一一也来帮忙，直接拿警棍敲他的肩膀。

　　史密斯吃痛，立刻松开了手："我只是灌她吃药，并没杀她。那种药只是春药，即使分量大了，也不足以致命。"

　　他一个外行人，倒是对药的精确度掌握得那么好？依旧一心想着查案的肖小神探还没反应过来，就被一股外力猛地往后一扯，人已经倒在了来人的怀里，而那人还不忘一脚将色情狂踹翻在地。

　　那一幕发生得太快，徐一一惊讶得捂住了嘴巴。

　　"我要告你，警察滥用私刑。"史密斯倒在地上，捂着心脏在地上不起来。可他嘴上依旧在叫嚣着，一对蓝眼睛更是贪婪地看着肖甜心的胸前。

　　慕骄阳用身体挡住了肖甜心，冷冷地道："你要告请随意。不过，你刚才的行为已经构成了性骚扰。现在是我要告你骚扰我的未婚妻。"

　　何庭知道色情狂狠狠地得罪了他们的专家大人，于是马上靠了过去，将史密斯拷上，揶揄道："性骚扰也是一种罪。'五十度灰总裁'，请您跟我们到公安局走一趟。"他不会外语，但徐一一听了扑哧一声笑，用英

文翻译给了色情狂总裁听。

等众人走了，肖甜心才后知后觉地发现慕骄阳生气了，嗯，后果很严重。

"别生气嘛！我也是一心想尽早破案。你说说，有我这么尽职的小助手吗！"肖甜心牵着他的手摇了摇，声音里是满满的撒娇意味。

可惜眼前的这只"大型犬"不买账！

"别担心哪，我以前在美国求学时，练过功夫哦！"她笑眯眯地说，"刚才我是因为想案情分神而已。更何况还有两个英明神武的警察在，我怕什么！"

"哦，你厉害是吧？"顿了顿，慕骄阳又说，"下次，对着这种人，你直接踢下面就够了，那里最脆弱。"

肖甜心："……"这个大丹犬，不好哄啊。

忽然，她骨碌碌地转了一圈黑溜溜的大眼睛，想到了法子，然后踮起了脚，在他的唇上点了点："好了嘛，都贿赂你了，别不高兴了！"

慕骄阳眼睛一眨不眨地看着她，手抚上了被她亲过的唇瓣，他忽然笑了："你忘了我说过什么？"见她没有反应过来，他的身体已先一步行动，将她压到了总裁办公桌上，"我说过，再撩拨我，我会要了你。"

他的唇离她的唇只有 0.1 厘米。她甚至能感觉到他浓密的睫毛刷在了她的眉骨上，痒痒的，难受。

她的脸红了，她咬着唇，连她自己都不知道，此时她是在用多么含情脉脉的眼神看着他。

她的唇被咬得更加嫣红。

慕骄阳觉得渴，很渴，这种渴，这世上只有肖甜心一人可解。他方才说出了慕教授对她说过的话，那一刻，究竟是他自己，还是慕教授？

见他不作声，就那样盯着她看，肖甜心心虚了，声音弱弱地说："阿阳，你真的想在这里……"下面的话，她羞得说不下去。

慕骄阳一怔，莞尔："如果你想尝试的话，我可以满足你。"

这一会儿，肖甜心的头摇成了拨浪鼓。

不再逗她，慕骄阳将她从桌上抱了下来，见她还是愣愣的，他弓起食指刮了刮她可爱的小鼻子："你一晚没睡，先回家休息，别让我心疼。"说完最后那句话，他脸红了，连忙转过了身去，"走了。"他还拿走了一张史密斯站在游艇边的照片。

跟在他身后的肖甜心一抬头，便看见了他红透了的耳根。一怔，她笑得分外甜蜜。原来，禁欲系美男慕教授也会有脸红害羞的一天！

"遵命，教授大人！回家睡觉去喽！"肖甜心咯咯地笑。他脚步一顿，被她逗了回来，但嘴角一扬，他也笑了。

他没有回头，只是朝她伸出了手。她紧紧地握着他的手，与他十指相扣。

他走在前面，将她保护。他牵着她的手，而她紧紧地跟随，彼此心里的甜蜜满泻。

五

助理小姐像只小狗狗一样，蹲在慕骄阳的床头，一脸倾慕地看着他。

慕骄阳实在是太累了，接了她后没有回局里，而是直接回了家里倒头大睡。

彼时，肖小助理还抗议："咦，不是说让我回家休息吗？"然后在他的以吻封缄中，她败下阵来，灰溜溜地被他挟持回了家。

在被他扛上楼时，一个转弯，她的手不小心碰到了那株"贝拉女士"，那是他新培育的品种，带有紫色的妖艳的花刺。"别碰它，你还嫌自己不够惹火，还想试试女士强大的催情效果，嗯？"

这还能不能好好地睡个觉了？肖甜心无奈。

再然后就是，他直接把她扛到了他的床上，自己却睡到电脑边上的那个木榻上。虽然是同处一室，但他依旧在恪守礼仪。

"嘴上厉害，其实内心就是一保守绅士。"肖甜心伸出指尖，轻轻地点在了他的眉宇间，她的手沿着他高挺的鼻梁一直下滑，停在了他的唇瓣上。

因为太累，被她调戏了一番，慕骄阳依旧沉睡。

电话响了，肖甜心一看，是大 boss 厉安安打来的。她只觉得头大，连忙接起。

"我记得，你离职前还要回公司来处理过渡期的业务。可是，你已经四天没来公司了！"

肖甜心嘻嘻哈哈打着太极。

电话那头儿，厉安安沉默了一会儿，然后说："算了，你不用回了，那我当你直接离职了。"

肖甜心："……"

看了眼天色，已经黑透了，想来两人睡了许久。肖甜心从坤包里取

出绘图本，拿出炭笔一笔一笔地勾勒慕骄阳的眉眼和轮廓。

慕骄阳的五官立体，轮廓的线条感十分好。他侧卧着，那角度更是完美。他修长的身体线条起伏优美，腰腿的肌理线条流畅，比例堪称完美。

她画着画着，自己倒是闹了个大红脸。将画册放在一边，又走回床边，看着他的睡颜出神。她想起在 T 台上，他只穿了一条西裤，皮带松松垮垮地扣着，而上身只围了一条暗色的围巾，既狂野又性感，偏偏还有一种复古的典雅在里面。可他的眼神却是冷的，只有看向她时，才散发出炙热的光芒。

肖甜心看着他，然后就流鼻血了。

闻到血腥味，他蓦地从梦中醒来。

"甜心，你没事吧？"慕骄阳急得连忙按压住了她的鼻翼两侧，"自己捏着，我去取冰袋来给你敷一敷。捏 4-8 分钟，乖。"

肖甜心感到有些好笑，捏着鼻子，说话声音嗡嗡的："小事情，别那么紧张。"

他取了冰袋过来，替她按压鼻翼："估计是没睡好，火气太大，喝点凉茶就好。柜子里还有一包五花茶，我待会儿煲。"

"阿阳，你对我真好！"肖甜心就像一只可爱的小狗，倾慕地看着她的主人。

被她那对黑漆漆的大眼睛看着，慕骄阳蓦地红了脸，只觉得拿她没办法。

"汪！"哈比不知从哪里跑了出来，脖子上还缠了一大堆绿藤。它把肖甜心放在桌边的画册叼起，跑到床边向慕骄阳献殷勤，"汪！"

慕骄阳一怔，从哈比嘴里拿过画册，看到了她的画。画的模特儿是他，他一瞬就明白她为什么流鼻血了。他嘴角噙笑，忽然就放下了冰袋，见她不明所以地瞪大眼睛，他的手按在了白衬衣上，然后一颗一颗地解扣子。

"你……你干吗？"

"你不是要画我吗？"衬衣被他用右手两指轻轻一钩，顺势脱了下来，扔在了地板上。

肖甜心看着慕骄阳的腹肌线条，视线微微往下，忍不住吞咽了一下口水。

慕骄阳看了她一眼，眸色漆黑，他的眼睛似乎深不见底，而他的手已经搭在了皮带扣上，嗒的一声响，皮带被解开了。

肖甜心猛地转过身去："打住！"

她后项雪白的一片肌肤瞬间红透了。

"文艺复兴时期的作品多数是以人体为主题，是对人体的礼赞。我记得读书时你说过，你喜欢意大利文艺复兴时期的作品。你家里不就有一座从意大利带回来的'大卫'雕塑吗？还是特意央求洛泽从他老家带回来的。"慕骄阳闲闲道来。

这人怎么这么爱吃醋哇，连复制版"大卫"雕塑的醋都吃，至于吗？

慕骄阳走了过来，手搭在了肖甜心的肩头上，她呀了一声，捂紧了眼睛："别过来！"

"睁开眼睛。"慕骄阳说道。

"不要！"这根本没有心理准备好不好！

"睁开眼睛。"慕骄阳再次重复道，并将她的小身板扳了过来，面对着他。

她捂着眼睛的双手忽然漏了几道缝隙，透过指缝，她看见他一对深邃的眼睛看着自己，而他的唇角微扬，再往下……哦，他穿上衣服了！

他也没戳破她其实想偷窥的心，手很自然地牵住了她的手："何庭发了短信来，他觉得审问色情狂有难度。嗯，他还说，局里已经备好大餐等我们过去享用了。"

"其实，他根本不可能是凶手。"肖甜心在对着手指，"凯瑟琳一案，他们应该按你的方向查，凶手是女人。"

"何庭也是这样说的，但是他们发现了一些情况，让我们过去看看。"慕骄阳微笑起来，似乎一切尽在掌控之中。

但在去查案前，慕骄阳还是觉得有些事情得处理。随着慕教授的频繁出现，他的身体几乎到了透支的地步，他得耗费心力去控制慕教授。

他试探着问："甜心，提到洛泽，我倒是想起了他的四重人格症。这你也知道，就当是学术上的探讨，你怎么看？"

肖甜心不疑有他，大眼睛骨碌碌转了一圈，说："虽然是一种心理疾病，但因为没有过度影响到生活，所以我觉得还好吧，而且大哥哥已经被你治好了呀！我觉得你很了不起，人格分裂真的很难治好的，而且即使治好了，也还有可能出现再度分裂的情况，这是心理医学上的难题。"

咬了咬后槽牙，慕骄阳头一次在她面前感到了无力："你觉得还不算影响到生活吗？"

"当然，人格分裂又不是智商欠费，工作上的事都处理得来。你看，大哥哥简直是天才，世上没有难得住他的事。"

"那你想过没有，假如洛泽的四重人格都分别爱上了不同的人，那怎么办？要在全世界各地按照不同人格的出现，过不同的人生和不同的人结婚生活，然后某一天又突然消失吗？"慕骄阳向深层次的精神内核分析。

蓦地，她就打了个寒战。如果真的是那种生活，那实在太可怕了。

"而且还不要忽略一个事实，洛泽还有妻子。他的妻子是他的唯一，但当时有三个洛泽，分别是洛泽、导师和洛克和她相处。"慕骄阳说到了重点，这个对于他来说，才是最痛苦，也最难解决的问题。

肖甜心是听过洛泽和他妻子的故事的，但如此详细地听慕骄阳复述一遍，还是觉得不可思议："天哪！和三个不同的男人谈恋爱，太累人了，还这么纠结。三个洛泽都招惹了她，最后却一个个走。小草真是勇敢。她很累吧？而且，导师走了，她很伤心对不对？"

慕骄阳眼睫颤了颤，最后答："是。她最爱现在的洛泽，但对导师动了心动了情，还和他有过性关系。重要的是，当时的洛泽很不自信，以为她爱的是弟弟洛克，所以有一段时间将她让给了按弟弟的原型分裂出来的人格洛克。"

"天！打住，和三个男人上床……"肖甜心要崩溃了，"不不不，太复杂了。我不喜欢这样的关系，哪怕其实是同一具身体。更何况，人格分裂，根本就是完全不同的人。"

慕骄阳看着她，充满同情和无力感。慕教授的强大不亚于当时的人格洛克。如果他想……他以"慕骄阳"的身份欺骗她……

"我真的很佩服小草，她很勇敢。换了是我，我做不到。"肖甜心自言自语，没有看到慕骄阳的脸色越来越苍白，表情越来越惶恐。

她顿了顿又说："小草当时的内心肯定是很挣扎的。这样做其实很不好，大哥哥也真是的，应该自己完全融合了再去招惹人家女孩子呀。换了是我，只怕会精神分裂。"

本来，慕骄阳是想向她完全坦白他是双重人格的事，希望两人可以一起面对。但此刻，他不敢开口。因为她已经明确表态，这样的爱太让人纠结。她本来就已经出现了人格紊乱，她的人格开始了初步的分化。如果在这么重要的事情上刺激到她，慕骄阳实在不敢想会造成什么后果。

肖甜心看着慕骄阳，忽然说："阿阳，最重要的是，我没法忍受除了你以外的男人碰我，连想也不敢想。这也是我和你分别十年，却无法接受任何人的原因。我没办法忍受，如果那个人不是你，我情愿去死。"

听了她的一番剖析，慕骄阳猛地抬起头来，看向她时不自觉地红了眼睛。他握起她纤细的小手按在自己的心口，说："甜心，谢谢你，这样毫无保留地爱着我。"而我何德何能呢？我还一直在伤害你。

她知道他对当年不辞而别的事而内疚，她窝进他的怀里，扬起脸来吻住了他的唇。后来，她觉得不够，就跪坐在他的大腿上，两手圈着他的颈项，加深了这个吻，这个吻使得他动情。

他身体的反应迅速而凶猛，她都感觉到了，最后她咬了咬他的耳珠呵气："没关系，可以的。"顿了顿，她又低声笑，语气十分揶揄，"不过得等下次了，何穆同还等着我们呢！"

他不作声了。

关于交付彼此，慕骄阳的确是有长远的准备和计划，他希望给她一个难忘而盛大的婚礼。而关于双重人格的事，又没有得到解决。想了许久，他心里有了决断。他会尽一切努力驱赶慕教授，然后完成融合。这件事，永远不必对她说起。她的世界里，从来没有慕教授，只有他，慕骄阳。

两人驱车离开，但并非去局里，而是直接去了夏海市的游艇会。

"咦，怎么来了这里？"肖甜心非常好奇，眼睛亮晶晶的。傍晚的月光倒映在她眼中，她的眼睛散发着淡淡的光，皎洁得如同开在月下的两朵晶莹的白莲。

慕骄阳牵着她的手，出示了一个小徽章，顺利进入了游艇会。

慕骄阳看了一眼引路侍者的胸牌，说道："X，我约了史密斯，他还没到吗？"

一旁走来另一位侍者Y。Y的一只手托着香槟盘，见慕骄阳朝他点了点头，Y端了两杯香槟过来。

"喝一点，这里风大。"慕骄阳对肖甜心说着，顺势将酒杯递给了她。

海风吹得她的脸红红的，眼睛更亮了。她笑眯眯地看着他，点了点头，正要拿酒杯，慕骄阳却改变了主意，他仰头喝了一口酒，视线扫过她粉嫩的唇瓣，然后俯身准确无误地含住了她的唇瓣。

嗯了一声，她喝下了他渡予的酒，带着白葡萄的清冽芬芳，还有香槟的甜腻，酸酸甜甜的。

他忽然问："什么味道？"

肖甜心眼睛亮亮的，有些娇羞的意味，她的声音也是细细的："初恋的味道。"

"嗯，是初恋的味道，"慕骄阳看着她，眼睛弯起，月辉柔和了他的轮廓，"也是你的味道。"

来这里的人多是青年才俊，这类人大多风流倜傥，侍者们见怪不怪。X目不斜视，礼貌地回答："史密斯先生许久没有预约，我们并不知道他今日要来。"

"哦，"慕骄阳答得随意，"这史密斯好女色，估计现在被哪个美女缠住了，把约了我的事给忘了。算了，我们随便逛逛。"

X不疑有他，觉得慕骄阳与史密斯应该是朋友，于是答："慕先生，有什么需要可以随时叫我。"

慕骄阳挥退了侍者，牵着肖甜心的手随意地走着。

"是这艘船了。"慕骄阳忽然停住了脚步。

那艘游艇刷的是一种很特殊的颜色——柠檬黄，这种颜色过分风骚，在烈日底下看时，应该是很招摇的，被光一打，就应该是那种金黄色了。但此刻，在朦胧的月光下，那种黄看起来很温暖，如天边的晚霞。而船身洁白，这是一艘流线型的新款游艇，造价不菲。

"这就是史密斯的游艇？"肖甜心瞪大了眼睛。史密斯有钱，拥有如此豪华的游艇并不奇怪，但奇怪的地方在于那种特殊的漆。凶手碰到过这种漆。

"还记得罗卡定律吗？它给我们做了最好的诠释，凶手带走了某样东西，也会留下某样东西，这就是物证交叉。有时候，你觉得不可能，并非真的不可能，排除掉一切不可能的，剩下的就是可能。"慕骄阳说，"别轻易地否定自己，在史密斯办公室看到他的照片与奖章时，你已经猜到了。"

观察了一下，四周确实无人，慕骄阳上前一步，取出刀片刮下了一点黄色油漆，放进了塑封袋："好了，我们去局里，丰盛的大餐等着我们！"

到了公安局大门，他们就看到何庭在那儿苦兮兮地搓手，表情说不出地难看。

肖甜心动作快，车还没有停稳，她就蹿了下来，对着何庭挥挥手："咦，不见——来迎驾？"

何庭继续苦哈哈："回娘娘的话，——只差没和色情狂打起来了。"

噗的一声，肖甜心笑了出来。其实对付色情狂还真不难，你无视他就好。于是，肖甜心给了何庭八字箴言："见怪不怪，其怪必败。"

于是，色情狂被一个人晾在了审讯室，慕骄阳与肖甜心先去大快朵颐。

"这意大利餐怎么做得这么正宗？"肖甜心一边吃着蛤蜊意大利面，一边含糊地嘀咕。

何庭和陈星嘴角止不住地抽搐。刚才给慕教授发信息时，慕教授只回了一句话：有意式大餐，就过去。

何陈二人："……"两人心道：你知道这意式大餐多贵吗？何队长估计要吃一个月泡面了。默默为何队点赞。

慕骄阳见两人面部肌肉抽筋，他继续面不改色地吃自己的，把红酒焗羊排递到了肖甜心面前："多吃点，小不点。"

"阿阳，你对我真好！"吃货肖甜心觉得有美食，真是太幸福了！然后她就听到了他的点评："你不是一向喜欢意大利菜吗？重口味的才适合你！"

肖甜心无奈，原来，慕同学还在吃醋，就因为裸男大卫塑像是"意大利菜"！

六

酒足饭饱后，何庭与陈星回到了审讯室，而慕骄阳与肖甜心去了监控室，看审讯过程并给何陈二人提供意见。

何庭按照慕骄阳的指示，没有问任何关于凯瑟琳的问题，而是直接问出了关于翟林的话题："你认识翟林？"陈星做翻译。

史密斯的眼神闪了闪："不认识。"

慕骄阳的声音透过耳麦传到了陈星的耳朵里："他在说谎。"

陈星紧紧逼问："你怎么认识翟林的？"

一开始，史密斯紧咬"不认识"，决不松口。可当陈星轰炸式地一遍遍问同一个问题时，史密斯的手握成拳，背忽然挺直，靠到了椅子上，而脚开始了移动，朝着门的方向。

"他害怕，想逃避了！"肖甜心高兴得大叫了起来，"他心虚，他果然认识翟林！"

她得意地看了眼慕骄阳。

慕骄阳好脾气地笑了笑："知道了，助理小姐，你很厉害。"

"那还是你教得好哇！"肖甜心瞬间又成了可爱的小狗狗，"当初你在飞伦敦的飞机上给我上的微表情课，我可是一直记到现在呀！"

那是慕教授。慕骄阳没有回答，深邃的眼睛闪过一丝光芒，但又沉寂了下去。

得到慕骄阳的提示，陈星改变了问题："你知道曼德拉草的效用吗？"

如慕骄阳所料，提到这个之后，一直沉默寡言的史密斯突然变得亢

奋起来："那是好东西，是这世上最烈的催情药，再忠贞的烈女用了，都要变成荡妇。"

何庭不理会他的癫狂，继续说："凯瑟琳死亡的主要原因就是服用曼德拉草过量。"陈星做翻译。

"不可能！"史密斯回答得迅速，"我承认那晚我有灌她吃药，可她很嗨，我们的性爱激烈而已，灌她吃药是种助兴。我是按药的分量给的，绝对吃不死人。"

"他没有说谎。"慕骄阳对着话筒说。

但是史密斯一个外行人，对有毒植物的用量回答得那么肯定，又配用得那么精准，这点就很耐人寻味了。慕骄阳看了眼肖甜心，说："你在史密斯办公室时想的就是这个问题？"她点了点头："是。"

陈星又问："那晚你与凯瑟琳去了酒店。你自己在总裁办有那么大一个套房，且'工具'齐全，为什么还要去酒店？"然后他听见了慕骄阳的话，于是没有让史密斯回答，而是继续追问："因为当晚还有另一个女人在你的总裁办里，是吗？"

"是。"史密斯可以说是毫无隐瞒。

难怪需要用到曼德拉草来壮阳。陈星心下了然。

根据慕骄阳的提示，陈星和何庭又分别问了好几个看似无关的问题，史密斯都回答"是"。

陈星忽然问到了慕骄阳列出的重要问题："曼德拉草是翟林给你的？"

"是。"史密斯答得快而短促，等反应过来才大叫起来，"你这样是犯规，利用的是逻辑思维里的惯性漏洞，是无效的。我拒不承认！"

陈星做了个耸肩的姿势："无所谓。"

他们知道的已经够多了。

监视室里，肖甜心对慕骄阳说："你说，要得到史密斯游艇的搜查令难吗？"

两人正说着话，何庭从审讯室跑了过来："有人来报案，说孙女失踪了！就在我们发出对失踪人员报案调查的新闻之后没多久。是第三个受害者的可能性很大！"

慕骄阳点了点头："把史密斯放了吧。凯瑟琳案与连环杀人案都跟他没有关系，他只是其中那特殊的一环。"

而且放了他，或许还可以引蛇出洞。

史密斯被押出去办理手续时，刚好碰上被何庭押回来的两个疑凶苏菲和伊娃。

苏菲与伊娃脸上都显出惶恐不安的表情，在即将与史密斯擦肩而过时，伊娃的眼睛都是低垂着的，整个人一直颤抖。何庭觉得奇怪，看了史密斯一眼。

陈星和同事打招呼道："据法国警方那边的回馈，这个史密斯在时尚、模特儿这两个圈子里简直就是土皇帝，他还有拍摄性爱光碟的爱好，简直就是法国版的陈老师。估计那些模特儿都怕他。"

慕骄阳一直在观察这三个疑犯的表情，当伊娃从史密斯身边走过时，史密斯露出了极度害怕的表情，尽管他掩饰得好，嘴巴都没有张开，但还是因为害怕要进行深呼吸而使得鼻翼扩张。

"阿阳，史密斯在怕伊娃？"肖甜心扯了扯他的衫袖轻声说。

陈星说："怎么可能？要怕也是伊娃怕他吧？史密斯曾有过一次性侵模特儿的历史，因为有钱，打赢了官司。"

"是。史密斯很怕伊娃。虽然不知道是什么原因，但甜心说得没错。这两个人绝对认识。"慕骄阳肯定。

何庭马上会意，对陈星说道："我马上去联系法国警方让他们展开调查，看看二人过往的交集。这边就先交给你了。"

"好。去吧。"由于有了新发现，陈星要扣留史密斯48小时。他让徐一一押史密斯下去，自己则打算马上审问伊娃和苏菲。

慕骄阳说："拥有自己化妆品品牌的伊娃杀死凯瑟琳的可能性更大。苏菲有小孩，这样的人，即使是犯罪，往往扭曲程度的转变也不会太大，而是较为循序渐进。而伊娃刚才的那个表现更符合冷血杀手的画像。为了节省破木蔷薇案的时间，直接把伊娃交给法国那边的警察审讯就好。"

陈星照办，但例行审讯却是必要的。

等陈星带着两名疑犯走了，肖甜心才说："到底是缺乏经验，我不敢肯定史密斯是害怕，但伊娃刚才表现得真的很像害怕呀！"

"史密斯是非常害怕。"慕骄阳说。

见她瞪大了眼睛，慕骄阳解释道："尽管伊娃眼神很闪躲，好像不敢看史密斯，但在擦身而过的那一瞬，一秒都不到的时间里，她看了他一眼，其实是在恐吓。那一眼是有交流的，但整个过程中，史密斯不敢看她。伊娃才是主导的那一个。"

肖甜心噢了一声，点头说："我懂了。"

他轻笑一声，拿指弓轻刮她翘翘的小鼻子。

"已经确定了史密斯和木蔷薇案的翟林有关系，此刻又跑出来一个伊娃，这个案子越来越理不清了。你说他们之间到底是什么关系呀？"

见小美女的唇都快要被咬破了，慕骄阳扳起她的下巴，眨了眨眼睛："再咬，我要吻你了。"

"哎，我是在说正经的！"

"我也是在说正经的。"

肖甜心："……"

低笑了一声，他勾了勾尾指，她就乖乖地把耳朵贴了过来："快说快说！"

见他含笑看着自己，就是不说，她急得忘了他的"警告"，又咬了咬唇。而他眸色渐深，眼里、心里只有她娇艳水嫩得能滴出水来的红唇，他忽然问："你今天涂了什么色号的口红？"

呃，怎么突然谈到这里了？反射弧太长的助理小姐愣愣地回答："斩男色。"

斩男色？慕骄阳的眼神蓦地变得很危险，然后在她没有反应过来时，他将她用力一压，直接压到了墙上。他的唇咬上了她娇嫩欲滴的唇，他低喃："嗯，蜜的味道，很甜。"他再度加深了这个吻，吻得她娇喘连连，身子软得像水，只能挂在他身上。

可她没力气了，他又太高，她一直往下滑，他不满意了，将她直接抱了起来，让她双腿圈着他劲瘦的腰，再度吻了下去。

最后的最后，她的唇被他吻肿了，他才放开她。

她羞得不行，气鼓鼓地瞪了他一眼，才红着脸道："喂，便宜你占到了，该说了吧！"

"凯瑟琳被毒杀案的凶手是伊娃，这一点是肯定的。她和史密斯的关系并不妨碍我们破木蔷薇案。放心吧！"说完，他亲了亲她可爱的小耳垂。

"娇娇！"肖甜心羞死了，这里是公安局，而且这么多人进进出出哇！他撩拨她，还有完没完了？某只"大型忠犬"很不要脸地继续说："上一次在简报室里，当着全重案组的面，不知道是谁主动扑上来搂着我不放，还亲我的嘴呢！"

第八章 月光岛杀机初现

一

犯罪心理的画像得经过多次反复推画才能更精准，探访受害人家属是必须做的工作。所以，第二天一大早，慕骄阳跟着陈星去了白老太太的家里。

当然，同行的还有肖小助理。

白老太太十分富有，家在海边别墅区里。

那是一栋漂亮的白色小洋楼。

来开门的是白老太本人。她穿着一套香奈儿经典款的格纹套衫，头发染得乌黑发亮，盘在脑后一丝不苟。只是她因刚哭过，眼睛很红，显出了憔悴和老态。

陈星负责对白老太进行问话，而慕骄阳和肖甜心则在一楼大厅里四处看看。

慕骄阳低声说："这是一个独居老人的家，看来她的子女和她并不

亲近。"说着他拿起架子上放的一个相框，里面是白老太和一个二十出头的女孩的合照，"她和孙女感情不错，起码比和儿女们的感情好。"

确实，架子上只摆了祖孙二人的合照。里面的女孩表情有些冷淡，但看得出她与白老太很亲密。

见慕骄阳在看照片，白老太说："那就是我的孙女白苏。我是在三天前发现联系不上她的。"

陈星问道："够48小时就可以报失踪了，为什么要等到今天？毕竟她失联已经将近两个月了。她没有上班吗？为什么没有一个人报警？"

白老太十分无奈："苏苏她性格比较孤僻，喜欢一个人独处和独自去旅行。因为家里富裕，她又喜欢画画，所以她没有急着工作。以前，她经常独自到世界各国去游玩，离开了一个星期才想到要给我打电话。她在国内时，经常躲在自己的家里，有时甚至一个月都不联系外界。这段时间，她每隔三五天会和我发短信，所以我也没在意。看到你们提到的失踪人口报告的新闻，我才想起打电话给她。可今天我一直打不通她的电话，发现联系不上她，我才想到要报警。"

白老太絮絮叨叨地说了许多孙女的往事。

用人给大家奉茶，是上好的太平猴魁。

这个家庭处处透出富贵，吃穿用度都是好的，可人丁却不兴旺。

"说一说你的子女吧。"慕骄阳直入重点，"白苏之所以性格孤僻，我想是因为童年的不幸。"

白老太怔了怔，发现这个男人比问话的男人厉害多了。

见白老太不回答，慕骄阳又说："白苏有很严重的社交恐惧症与自闭症，连用人都不需要。这一类人是害怕和抗拒别人靠近的。所以她经常躲在自己的家里，不打电话，不发短信，不和任何人联系，这是她的常态。因此，她失踪了也没人知道。"指了指旋转楼梯墙上挂着的一幅画，他又说，"这是她的画作。以黑、灰为主色，画的是抽象的深渊，她很压抑。她患病的原因来自原生家庭。"

白老太的表情出现了裂痕，这个一身西装革履，看起来斯文谦逊的年轻人实则十分犀利，不好对付。

"我只有一个儿子，不过他和他妻子的感情不好，婚后都是各玩各的。女方家也是大户人家，他们是因利益而结婚。白俊他要打理公司的生意，很忙，没时间管白苏，但是他对孩子是好的。"白老太仍要维持面子上的好看。

"你口中的好，就是给钱吗？从不过问孩子的生活，对孩子冷淡，只顾自己风花雪月，是这样吗？"与其说慕骄阳说的是问句，还不如说是肯定句。

白老太的脸色十分难看。

"我猜一猜，当初，你的儿媳妇并非你儿子自己中意的，而是你给他定的。"慕骄阳勾了勾唇角，微微一笑。

"是。"白老太赌气。

慕骄阳笑了笑，没有继续问。查案找线索，这是陈星的工作，他只需要厘清一些线索就够了。

一个从小缺爱、孤僻的女孩，她身上到底有什么东西吸引着"温柔情人"呢？与前两个看似幸福的女人相比，这个女孩有这样的家庭其实是不幸的。三个死者之间看似没有共同点，但对于一个连环杀手来说，其实是有的。她们分外地吸引着他，所以才会被挑选为猎物。

那到底是什么呢？

白老太说着说着哭了。

慕骄阳看了她一眼，明白祖孙二人应该是相依为命的。白老太为人强势，年轻时应该也掌管家族的生意，后来才让白俊接手，但她与儿子的关系不好。

白老太抹了把眼泪，继续说："想我苏苏也是可怜，上半年她出了车祸，险些失明，他俩也不来看看女儿。但也算白俊有良心，给她找到了眼角膜，进行了移植手术，不然苏苏就看不见了。不过苏苏也是命苦，接受了眼角膜移植后，她总说看到了许多怪异的景象……"

慕骄阳突然抓住了重点，厉声道："请把白苏的病历给我，这很重要！"

白老太被他的语气吓着了，哆哆嗦嗦地问："苏苏是不是出事了？"

陈星不好说得太多，只说了些安慰的话。白老太叹了一声，上楼去找白苏的病历。

她把病历拿下来后，慕骄阳马上接过病历翻看起来。首先看的是白苏在病历上的照片，与已经确定的前两位失踪者一样，三个女性从容貌、性格到身材都没有一点相似的地方。所以说，凶手不是根据自己喜欢的类型来挑选猎物的，又或者这样说，她们在容貌上与他的恋人不相像。那究竟是什么共有的特征吸引了凶手呢？

白苏是在圣玛丽私家医院做的手术。那是一家很有名的私家医院，对病人的隐私有超强的保密性，所以如果不是白老太提起，警方也不一定

马上能想到白苏曾进行过器官移植手术。

慕骄阳快步走到无人处，拨通了何穆同的电话："查看一下之前的两个受害者的病历，我要证实某样事情。"

陈星依旧在进行例行问话，可并没有什么发现。小姑娘因为严重自闭，所以没有男朋友，也没有什么女性朋友，更不会得罪人，白苏身上没有什么线索。

慕骄阳忽然问白老太："她出现幻觉是因为她的身体与眼角膜相互排斥。很多人不明白，看到了眼角膜原主人生前看到的东西，会以为是自己见鬼了。那白苏怎样应对这些情况？"

白老太的心咯噔了一下，看向慕骄阳的眼神更为犀利，她依稀还有当初女强人的风范。她叹了一声，说道："苏苏接受了眼角膜移植后，一直产生幻觉，加上抑郁，导致她有服用安眠药才睡得着的习惯，而且量还吃得有些大。医生规定一天只能吃一颗，可我见过她一口气吃下了三颗。"

原来如此！慕骄阳心下了然，因为白苏一直服用安眠药，所以才会对安眠药有了耐受性。看来，白苏已经遇害了。

他们一行人离开了白家，并带走了白苏的病历簿。

查找三个受害者的病历涉及隐私，需要一些查证的手续和时间。

因此，慕骄阳和肖甜心先离开，把剩下的事交给警方负责。

连续忙了好几天，一对小情侣也算是忙里偷闲，抓紧时间黏在一起。

当然，最后的结果就是肖甜心又被他拐回了家。

而他趁着她小睡的时候给她做了份下午茶。

茶点里有一份玫瑰糕，他居然将奶酪蛋糕做成了粉玫瑰的形状，漂亮得要命。还有一碟彩色马卡龙，小小的一个一个紧紧地挨着，甜美可爱，仿佛在那儿说：吃我吧！吃我吧！

他给她泡了壶锡兰红茶："马卡龙太甜，喝红茶可以去腻。玫瑰糕酸酸的，也不错。你多吃一点。"

"你居然会做甜点？"肖甜心顿时化身萌哈比，小手撑在桌面上，一张精致的小脸只露出鼻子和大眼睛。她可爱地蹲在那里，左嗅嗅右嗅嗅，哪里还有精明女神探的模样。他忍不住低笑了一声："我还有很多优点等着你去发现。"

肖甜心嗜甜如命，一口气吃了三个马卡龙。"哇，太好吃了！"她又拿了一个粉色马卡龙含进了嘴里，"啧，你手艺真不错。这马卡龙的外壳酥酥的，里面软，又香又甜。"

见她伸出艳如蛇舌的红色小舌头舔了舔唇边的蛋糕沫，他喉头滑了一下，声音低了一度："不然怎么会叫少女的酥胸。"

这人……她被狠狠地呛了一下，咳了起来，脸瞬间就红了。

慕骄阳莞尔："这么纯情？"

他根本就是在撩她，好吧！她羞死了，又是孤男寡女的，再说这些话题，就要出事了。她赶紧去拿茶杯，而他也刚好想递杯子给她，她的指尖划过了他的手背，酥酥麻麻的感觉就像一条蛇，噼噼啪啪地沿着他的手背一直蔓延开去。

他忽然一把箍紧了她的腰，然后整个人压了下去，将她压倒在地毯上。

他亲她，她急得歪头去躲，身体往后缩时腿不小心蹭到了他的大腿根。她已经感受到了他的急切，整个人怔住了。而他已经把手按了上来，揉时的力度没把握好，她都感觉到自己胸疼了，忍不住哟了一声，又猛地闭了嘴，自己都觉得矫情。

他也是一怔，脸上红一阵白一阵，眼神一闪，有些抱歉，轻轻地在她耳边低喃："宝贝，我也是第一次做这种事，没有把握好力度，下次会注意。"

"你给我闭嘴。"她羞得一头撞进他的怀里。

他闷闷地笑了一声。再一垂眸，他就对上了一对和甜心一样黑黑润润的大眼睛。

哈比汪汪地叫着：你们是在做什么？我也来和你们压一起，叠一起好不好哇？叠罗汉我最喜欢了！汪汪汪！

慕骄阳用手往桌上一捞，已经钩到了几块"少女的酥胸"，然后往门外走廊一扔，说："酥胸赏你了。"

"汪汪汪！"哈比快乐地跑到门外找"酥胸"去了。

他低笑了一声，诱她："我们继续？"根本不给她说不的机会，他已经亲了下去，将她压在地板上，让她与他的身体紧密相贴。她觉得肺部的空气都要被他完全地压出来了。

其实慕骄阳并没有往那方面想，但他也想在婚礼前收回点"利息"，所以他对她十分热情。

而她小声地叫，想要反抗，结果被他以吻封缄，连半个字也吐不出来。他的唇瓣柔软，嘴里带玫瑰糕酸酸甜甜的芬芳，她不自觉地舔了舔他的唇瓣，他的眸色黯了下去。

他的手已经摸索到了她的胸衣的扣子，嗒的一声响，如最危险的那

· 167 ·

根弦断了……

二

楼道忽然传来声响，哈比快乐地汪了一声，然后他们就听见熟悉的声音："Shaw，我们来讨论一个案例……"

声音戛然而止。

慕骄阳喘息着，许久也平复不下来，只好先扶着她坐了起来，冷眼看着门外的人。他心里很烦躁，伸手一扯，把衬衣上的扣子给扯了下来。

景蓝站在门边，也是十分郁闷："哦，看来我来得不是时候……"

"知道你还不快滚！"慕骄阳的语气十分不好。

肖甜心呀了一声，此刻只恨没有地缝可钻。

"哦，"景蓝倒是无所谓，他走了进来，淡淡地说，"既然都被打断了，那我们继续进行新课题的案例研究。"

慕骄阳："……"

肖甜心："……"

然后门外的走廊里又传来窸窸窣窣衣服摩擦的声音。还有别的人来了，估计还看了挺久的好戏。

"阿阳，今天你家好热闹哇！"肖甜心很窘，早知道是这样她就不过来了。

慕骄阳摸了摸下巴，说："我也不知道是什么情况。"一个两个居然都挑这个时间段过来。他踹了哈比的大屁股一脚，十分不悦地教训它："哈比，你不会吠吗？你是不是狗？"

"狗只吠陌生人，我经常在这边小住，它认得我。"景蓝蹲了下来，摸了摸哈比的大脑门，笑眯眯地说，"哈比，乖。"无视脸色很难看的某只大丹犬，他又说，"而且你关注的重点应该是为什么有陌生人能轻易进来。"他甩了甩套在指头上的东西，正是慕骄阳家的钥匙。

慕骄阳又踹了哈比一脚。早知道就不给景蓝钥匙了！

景蓝回头，就看见门边上趴着一个正在探头探脑的女孩子。女孩子很年轻，异常美，肌肤雪白，有一头长及脚踝的浓密乌黑的发，看起来像个异族女孩。

"小叔叔，她就是慕骄阳的大胸女友吗？难怪刚才慕骄阳要把持不住了。"女孩说。她的声音不大，但清清脆脆的，屋子里的人都能听见。

"娇娇！"肖甜心真的生气了，"你整天想的就是这些事情？你到底说了我什么！"

慕骄阳只觉得头很疼，赶紧扯开话题："这是洛泽的妻子，你们还没有见过吧？嗯，洛泽也过来了。"他真是忙晕了，居然忘了今天约了洛泽。

"大哥哥来了？"肖甜心噔噔噔跑到门外，果然看到洛泽腼腆地站在那里，他的手按在小妻子的肩上，轻咳了声才说："肉肉，女孩子说话要注意。"

"慕骄阳就是这样说的，我复述他的原话。"

洛泽："喀喀。"

慕骄阳："……"只是因为肖甜心胸大，他才喜欢的好不好。说得真是本末倒置。

然后，慕骄阳就被甜心暗戳戳地踢了一脚，就像刚才他踹哈比一样。

"你怎么进来的？"慕骄阳问。而肖甜心则说："大哥哥，你也有阿阳家的钥匙呀？"

"哦，"洛泽顿了顿说，"没有。我是黑了他的指纹锁和密码锁进来的。"主要是妻子要求，说要给慕骄阳一个惊喜。

慕骄阳："得了，你别再弄坏我的锁了，我给你钥匙。"说着他从一旁的抽屉里取出钥匙，似笑非笑地递到小草面前，"来，替你家小叔叔收好。"

"你好像搞错重点了。埋怨个什么劲呢？你应该感谢阿泽帮你测试了门锁的坚固程度。毕竟，你这里放的应该都是高度机密的东西吧！保险点好。顺便一提，花园那个门的锁被我砸坏了，你也一起换了呗。"小草轻轻松松地怼了回去。

肖甜心捅了捅他的后腰，声音细细地说："阿阳，那个大美人好像很记恨你呀！"

"哦，因为我帮她家那个治病时，用了点手段。不过如你所看到的，洛泽全好了。"

"你才有病！"小草瞪了他一眼。

"大哥哥，你的事我都知道了。你现在还好吧？"肖甜心走到洛泽身边，她先是笑着和小草打了招呼，然后才说，"过去那段时间挺忙，我们也没有再联系。等下次，约上安静和厉安安，我们一起聚聚。"

"没什么大问题。"顿了顿，洛泽说，"都过去了。甜心，有心了。"

"我叫肖甜心。"她对着小草伸出手。

小草笑眯眯地和她握手，说："你很可爱。我一点也不讨厌你，还

很喜欢你。叫我小草就好，许蕾姆·月见草。"

嗯，她的潜台词，是非常讨厌自己了。慕骄阳又摸了摸下巴，三步并作两步走了过来，将肖甜心拉回自己身边。

等她走了，小草一脸哀怨地看着洛泽："小叔叔，你好像很受小女孩欢迎啊！大哥哥？你究竟还有几个好妹妹，嗯？"

洛泽长长的眼睫一颤，觉得是慕骄阳将战火烧到他这里了。

"肉肉，我没有很受女孩子欢迎，只有你欢迎我。"说着，他的脸低了下来，他与她额头贴着额头。

"够了够了。你们要秀恩爱，直接回家秀。"慕骄阳十分不爽。

小草拉着洛泽的手走了进来："切，欲求不满的家伙。"

慕骄阳全程黑着脸："我好像只请了洛泽过来。"

洛泽深知这两人交流友谊的最佳方式就是怼，只是一脸无奈地摇了摇头。而小草听了一点都不恼，笑眯眯的，十分不怀好意："不会真的像阿泽说的那样，你要等到结婚吧？出土文物！"

噗。刚拿起茶喝了一口的肖甜心被呛到了。

见一边坐着的肖甜心已经憋红了脸，小草坐到了她的旁边，握着她的手说："小妹妹，你看着真可爱，我好喜欢你。我们做朋友吧！别管你家那个，他就是这里有点……"说着她指了指自己的脑袋，说，"哎，别不好意思呀。我这个人有点口无遮拦，你别介意。"

看到小草变得越来越活泼，越来越能自在地和人相处，洛泽笑了。尽管他笑得十分克制，但任何人都看得出来，他很开心。

"其实，我比你还大三岁。"肖甜心脸更红了，一对大眼睛弯弯的，看着她时十分友好。

"呀，你真漂亮，就像长不大的精致洋娃娃。我以为你很小，还是高中生。"小草不好意思地吐了吐舌头，然后又十分不怀好意地看了眼娇小的她，再看了尽管瘦削但高大挺拔的慕骄阳一眼，她眼里的那点笑意更深了。

慕骄阳："……"高中生？我口味还没有那么重。

肖甜心也是学心理的，怎么不知道小草在打趣什么，于是她羞得垂着眼睛不说话了。

小草附在洛泽耳边轻声说："小叔叔，你这个小妹妹很害羞哦。"

洛泽无奈地轻笑了一声。

桌面上的甜点很快就被瓜分完毕。

慕骄阳又去泡了壶红茶。

小草嘟了嘟红红的唇，说："哎，慕骄阳，你家的甜点真好吃，是哪家点心屋做的呀？"

慕骄阳正在一旁的衣帽间里换衣服。他从架子上取下白大褂，仔细地穿好，将扣子一粒一粒地扣上。那里有面巨大的穿衣镜，他的身影投影在镜子里，旁人的目光所及，他穿着一身圣洁的雪白。

白色衣领挺括，白大褂下身姿挺拔。

"是我做的，想吃？叫你家小叔叔自己做去。"慕骄阳转了出来，手里还拿着一沓文件。

他刚好站在逆光处，左边是一扇漂亮的玫瑰窗，夕阳西下，橘黄色的光透过玫瑰窗洒下彩色的光，光落在他长长的睫毛上，又映出淡淡的一圈暗影，衬得他的眼睛越发深邃漆黑。他只是静静地看着人，就会使人被他眼中静而深的旋涡给吸进去。

肖甜心马上站起来走到他身边，替他拿过报告。他点了点头示意她翻阅，而自己则从一旁放置仪器的工作台上取来好几支试管和一份心理测试表。

"连环杀手李钰的海尔量表测试得分不高。她并不像其他犯下她这样罪行的那类凶残变态型杀人狂。"肖甜心有快速阅读、过目不忘的本领，很快就将厚厚一沓文件资料看完了。

景蓝忽地向肖甜心投来一瞥，带着研判的意味："那件案子是我和慕骄阳一起办的。"顿了顿，他又说，"她在杀人后，感到很深的愧疚。和一般的连环杀手不同，她的道德感更为强烈。"那件案子也是他和肖甜心一起办的，但她失忆了。

肖甜心取过其中一个遇害案的犯罪现场的照片，指着那几个脚印说："院子和后山之间的这些脚印有点意思。从警方技术科还原的鞋印印迹来看，我觉得李钰是故意来回走动留下脚印，她好像是在故意引起警方注意，从而将她抓住。"

这是矛盾的心理，但的确如此。

"她希望警察可以阻止她继续杀人。"慕骄阳说。他取出了相应的仪器和工具，对洛泽说了句什么，然后将针扎进洛泽手里取出少量血液，并把一份海尔量表递给洛泽，让他填写。

"你干什么？"小草很警惕。

慕骄阳低笑了一声："一点血，死不了。"接着他也提取了景蓝的血液，

最后是他自己的。

慕骄阳一一做好标签，然后用滴管一一添加不同的试剂，在操作台上操作起来。等候了许久，他坐到了热录像仪前观察。

景蓝看了看肖甜心说："你是从照片看出来的？不是在现场？"

慕骄阳的肩膀微微震颤，他的视线离开热录像仪，转过身来一脸不认同地看着景蓝。

果然，肖甜心什么都不记得了。

"看现场或许更直观，但经过技术处理后的鞋印更有针对性。这些鞋印是有人反反复复走动后留下来的。我不是足迹分析专家，在现场不一定能看出什么，但现在的照片更有说服力。"肖甜心说。

景蓝点了点头。

慕骄阳还在做实验，一直沉默着。

书房里一下子又安静了下来。

景蓝将带过来的文档翻开，就放在桌面上，他在做着分析，时不时地动一动手中的笔。由于肖甜心过目不忘，所以她只是无意瞥了一眼，就看到了案例内容的主要概括。

景蓝的笔停下了。

"不好意思，我不是有心看的。"肖甜心很抱歉地笑了笑。病人的心理报告是隐私，不能泄露的。

景蓝放下笔，思考了一下说："没关系。我得到了孩子父母的同意，这个案例会用于 Sun-Lab（太阳实验室）的'天生犯罪人和犯罪人格'的项目，你作为慕骄阳的助手，是可以知道的。"

"这个 A 才 9 岁，就把同年龄的孩子推下 4 楼，造成玩伴死亡。这个北欧孩子真可怕。"肖甜心叹。

"最可怕的地方是他根本毫无悔意。这就是天生犯罪人，这一类人无法控制自己的杀戮欲，那是从血液和基因里涌现出来的东西。"景蓝说，"他的父母希望我能帮助他，由于他年龄小，所以不需要承担任何惩罚。但我在尽量分析他的成长过程，且他也是我的实验观察和追踪的对象。他证实了天生犯罪人是存在的，尽管比例非常小。"说完，他看了慕骄阳一眼。慕骄阳更倾向的是后天成长的环境养成。

"典型的反社会型人格，一般在 15 岁后才会出现反社会现象。他才9 岁，确实是天生犯罪人。"慕骄阳说。

肖甜心蹙眉，十分担忧："能治好吗？"

"他没有精神病。没有什么古怪的声音一直在他耳边出现，叫他去杀人。相反，他杀人只是因为觉得好玩，就想看看把玩伴推下楼，玩伴会不会死。这种人没有同理心，很难被感化。但他还小，如果得到父母百分百的关爱和身边亲友的帮助，结局可能会被改写。这是一个长期的、持续的过程。我和景蓝会一直追踪到他成年。"慕骄阳说得很冷静，仿佛料到了这个孩子的将来。

景蓝见肖甜心很伤感的样子，宽慰道："心理变态也是一种病态，但在精神状态里不好界定，对心理变态，从来没有精神病学意义上的诊断。即使是通过了美国精神病学会认证的DSM（精神障碍诊断及统计手册），也没有明确地说明心理变态的界定。我在瑞士开有一家精神研究中心，那里关着一名超级变态狂，他从10岁入院以来，一直被严格控制着，因为只要他一出去，必定会疯狂地杀戮。慕骄阳曾为我写过关于他的侧写报告，他是一个拥有吃人幻想的吃人魔，所以要被严格地管控。这也是从小就被发现的反社会型人格，但没有感化的可能。"A的情况也是他来找慕骄阳的原因。

"这样啊。"确实，人的大脑千奇百怪，什么想法都有。A能不能改变，是被父母的爱感化变好，还是变得更坏，没有人能预料。每个人都只能尽自己所能而已，想通了，肖甜心也就释怀了。然后她一顿，憨憨地举手问："什么是DSM？"

"《精神障碍诊断与统计手册》，精神病学家和心理学家的宝典。里面什么疑难杂症都有，唯独没有心理变态的归类。"慕骄阳解释。他觉得她举手的样子很可爱，他嘴角一弯，垂下眼睫，笑了。

肖甜心一侧眸，就看到慕骄阳嘴边噙着的笑，她觉得他逗了她，就像逗小猫，她的脸红了起来。

慕骄阳指了指报告，肖甜心又马上屁颠屁颠地充当起了跑腿，哦，是助理的角色，帮他拿了报告过来。

他的十指修长，骨节分明，一根一根手指都像白玉雕刻而成。只见他轻轻地翻页，微蹙起眉头，眉心间那点小红痣越发嫣红。他看了很久很久，一动不动，但肖甜心知道他一直在分析研究，他的大脑一刻都没有停止过思考。

"噢，我们将会见证一个伟大的连环杀手的诞生。这个A，我认为没救了。"慕骄阳十分冷漠，"他看到满地的血和爆裂的脑浆，没有任何表情，只有冷静和冷漠。他才9岁，居然不懂得怕，但也没有那种兴奋的表现，

真是天才。"

景蓝蹙眉，不太满意慕骄阳的口气。

"唯一的方法就是帮他催眠，将这一段经历彻底摧毁，打乱五年里他的记忆层面，植入新的记忆，塑造成普通孩子的记忆。"顿了顿，慕骄阳又说，"但这样做，就只能一直压抑，一旦他遇到什么压力或触发点，或许就会故态复萌。"

这个案件暂时到此为止。景蓝很清楚，植入新的记忆，塑造新的人格，是唯一的途径。而且，他只是一个心理学家，但慕骄阳不同，他是犯罪心理学家，他能从一个人的行为推断出那个人行为的一切前因后果。A 的行为确实已经达到了变态杀人狂的那个临界值。

但后天的培养究竟能不能改变他的行为模式呢？这将会是他和慕骄阳今后的研究工作。

一回到家，慕骄阳就在加快速度做金黄漆的比对结果。而仪器嗒地响了一声，终于完成了最后的比对。他静静地转过身来，风掀起他白色的衣袍："在 W 镇碰到的疑凶留在手套上的金黄漆和我在史密斯游艇上刮下来的油漆是同一个牌子、同一个型号。而且在我市，这个漆只有史密斯一人在用。"

这简直是突破性的发现。

唯一不完美的地方就是，肖甜心当初拉扯下疑凶的袖套时，根本没看清他样貌，并不能指证他就是翟林。

慕骄阳曾在美国就职于 Forensics(法庭科学) 办公室，所以他更注重证据链的搜集。他的这项发现并不能直接上庭，但可以为警方获得对史密斯和翟林的搜查令，也为调查取证提供了方向。所以，他马上把结果发给了陈星。

"阿阳，我们的发现能做上庭的证据吗？"肖甜心走到他身边，从热录像仪的显微镜下观察。

"Shaw 的 Sun-Lab 犯罪技术实验室已经通过了省里的审核，以后夏海市警局的一部分实验会由他来做。毕竟，他价值几千万的设备，都是美国最先进的。所以，即使这次的证据不能上庭，以后的取证也可以。"景蓝解释。

"哇，太厉害了，这么多设备。"肖甜心眼里像是有光。然后她又戳了戳他的肩膀，软软道："这些是什么？好多 X 和 Y 啊！难道真的是基因图？"

"是。"慕骄阳说，"我和洛泽的基因的23对染色体里，有一对决定性别的基因，都多出了一个 Y。"

"普通男性是 XY，我和洛泽是 XYY。景蓝是 XY。"

"这说明什么？"肖甜心猛地瞪大了眼。

顿了顿，慕骄阳又说："那个北欧的瑞典小孩 A，他的基因也是XYY。"

三

"正常男性的染色体为 XY，X 来自母亲，Y 来自父亲。但也有极少数男性拥有三条染色体，组合可以是 XXY，也可以是 XYY。很不幸，我和洛泽的基因就属于这极少数中的一部分。"慕骄阳解释。

其实他这次叫洛泽过来，就是想做一个关于犯罪人格和天生犯罪人的分析。慕骄阳正要拿过洛泽的海尔量表，小草咦了一声，说："哇，小叔叔你做什么测试？好高的分。你一定是天才。"

洛泽长长的眼睫一颤，他抿了抿唇，欲言又止。

慕骄阳："是天生的变态。得分越高越变态，他爆表了。"

洛泽并不否认，在他的成长过程中的确出现过各种潜在犯罪人格的心理特征。但小草握着他的手，回头瞪了慕骄阳一眼："你才变态。"

"Y 决定一个人的雄性比例，有 XYY 染色体组合的男性又被称作'超级雄性'，因为多了一个 Y，他们会变得更具侵略性，更为'暴力、危险、具有犯罪的强烈冲动'，更有可能成为犯罪人。而且，有着 XYY 染色体的男性被关到精神病院的可能性更大。"慕骄阳不咸不淡地怼了回去。

"你自己还不是多了个 Y，哼！"小草嘟着嘴很不满。

见景蓝平静地看着自己，慕骄阳轻咳了一声，说："海尔量表测试显示，我也是天生变态型人格。"

"但你们都没有成为犯罪人。"景蓝依旧平静。

肖甜心有些紧张，一直紧紧地握着慕骄阳的血液－基因分析表。

"甜心，帮我把那一沓表整理好吧。"他对她微微一笑，示意他没事，他很好。

嗯了一声，肖甜心埋头把他的那沓实验数据档案一一整理好。里面有五千个人的分析表，其中一份是李钰的血液报告，她的染色体也是XYY。

"虽然李钰最后做了变性手术成为女性，但她在临床上属于生理上

是男性，心理上是女性的情况。再考虑到她是雌雄同体，海尔量表数值低，又主动要求警方抓捕她，她是一个很特殊的个案。"慕骄阳说。

肖甜心是最明白他所想的，忍不住道："你想拿她做实验对象？"那就意味着必须得保住她的性命。

没有丝毫隐瞒，慕骄阳说："是。"

那他就会成为舆论的公敌。这条路不好走，尽管所有科学家的初衷都是为了人类，为了科学。

"分析她，理解她，研究她，有助于总结归纳犯罪人的各种心理状态。雌雄同体人，这还是首例，她的心路历程值得探究。"慕骄阳说。

肖甜心抱着一沓资料坐到了众人中间。她看了看慕骄阳，又看了看洛泽，咬了咬唇，说："你们都是最好的人，不是天生犯罪人。"看到他和洛泽都承认自己是变态，她的心里很不好受。

"因为爱。"景蓝说，"因为有人对他们付出了爱，所以他们得以改变。即使是反社会型人格，也要在 15 岁后才出现。"

洛泽的童年悲苦，他没有得到父母的爱，但他自己分裂出了温柔善良的洛泽来取代本我人格，约束自己的行为。而慕骄阳……

慕骄阳笑了，笑得很温柔。

他举起手来摸了摸肖甜心乌黑直顺的发，说："甜心，在 17 岁那年我遇到了你。我原本麻木冷酷，无法感知情感，却在遇见你的那一刻，有了心动的感觉。因为你爱我，亦因为我爱你。15—17 岁，我站在反社会型人格形成与出现的分水岭上，是你挽救了我。"

这波狗粮还真是被强塞得猝不及防。小草对洛泽挤眉弄眼，笑得十分揶揄。慕骄阳直接无视她，而肖甜心的脸蛋红扑扑的。

唯有景蓝觉得自己是多余的那一个。

于是他决定把话一次性说完，好尽快离开这里。景蓝平静无波的眼瞳里闪过一丝坚定："我会去监狱为李钰做一次详细的心理检查。她的幻想部分，Shaw，我需要你分析得更详细明白。"说着他指了指洛泽，又说，"其实我很好奇，在洛先生的成长过程中，他是如何克制他的犯罪冲动的。"

因为景蓝和洛泽是初次见面，所以他称呼洛泽为洛先生。

洛泽点了点头，说："叫我洛泽就可以。我确实有过杀人的念头，没有征兆，没有动机，就是想那样做。"他没有丝毫隐瞒地剖析自己。

"你可以叫我景蓝，或者 King。你出现杀人的念头时，是在几岁？幻想下手的对象是什么类型的人？"顿了顿，他又说，"我看过慕骄阳对你的部分心理评估，你曾是四重人格患者。而且你在童年时遭受了来自父母方的很深的冷暴力。你有没有幻想过弑母弑父？"

十分尖锐的问题。

洛泽沉默了许久。

小草一直很紧张，多次想说话，又把话咽了回去。

她不希望洛泽痛苦。

"没有，我没有想过弑父弑母。直至我的四重人格全部融合，我觉得母亲对我的伤害和不屑一顾不再重要，我才敢承认，我过去一直渴望着她。但后来，她变得什么也不是，我得到了解脱。我的幻想并不复杂，我曾幻想过勒杀父亲的情人。但这个念头一出现，就会有另一个洛泽站出来，控制我的行为。"

慕骄阳一直在分析，他觉得洛泽的案例确实很有意思。之前，他为洛泽融合人格，并没有从犯罪角度出发去研究他的潜在犯罪型人格。"洛泽的自控能力非常强，我想他的额眶皮质细胞活跃程度应该很高。"

因为涉及生物学、神经学、解剖学、心理学和犯罪学，怕大家不明白，慕骄阳解释："科学家詹姆斯法隆指出，人的大脑中有个'扣带回'区域，负责控制情绪和行为。而我的研究也是延续这一部分，并将人的大脑与心理学、犯罪学联系起来，着重研究大脑与心理、精神变态的关系。就像'扣带回'这一部分，若这部分有缺失，这一类人就有成为冷酷麻木杀手的潜质，从心理表达这个角度来说，这类人更容易成为天生犯罪人。而且当额眶部出现脑功能缺失时，额叶腹侧功能往往也会同时缺失，这一部分控制着代表"爱"和"憎恨"的同理心结构组织。因为他们没有同理心，所以杀人时相当冷静、变态，如同吃饭一样随意，做出完全泯灭人性的行为。"

"接下来我想做的，是要一份洛泽的脑部扫描图，来确认我的这一论断。"慕骄阳说道。

因为要用到大型仪器，所以慕骄阳带着众人往后院的那栋附属小楼走去。

锁嗒的一声被打开，缕缕冰凉雾气渗出，里面又冷又黑。

"汪"的一声，哈比忍不住叫了起来，抱着慕骄阳小腿不肯进。

慕骄阳："……"

他弯腰伸手一捞，将哈比抱了起来，两只手搂着它，给了哈比一个公主抱。

肖甜心原本还有些害怕，此刻看见大小可爱都这么萌，又忍不住咯

咯地笑了起来："这里有尸体？"

"嗯，为了方便我做研究，在第一层的最里面有一间冰库，里面放置了几具尸体。"

慕骄阳将灯打开后，视野变得开阔起来。这里每一层的大厅占地面积不大，房间也没有主楼多，但每一个实验室都规划得整齐完善。

"景蓝住在最顶层，那里还预留了几个客房，给在这里工作的学者住。"顿了顿，慕骄阳又说，"有兴趣在这里住下吗？我可以给你提供最好的房间和工作室，比如我的房间。"

肖甜心脸一红，偏不答他的话。

昏暗的走廊里，走在后面的景蓝哼笑了一声："你追到了吗？"

"谁说没追到，甜心还答应了我的求婚！"这个时候，某只幼稚的大丹犬发作了，语气很不好地怼了回去，还一脸认真。

景蓝又笑了一声。

慕骄阳推开第三层最里面的一扇门，大型设备都在那里。

放置正子造影设备的地方有一个隔离区间，大家在外面等候。

慕骄阳让洛泽换了简便衣裤后进隔离间等待，他给双手消毒后，戴上白手套，取来两支不同的针剂，分开来为洛泽注射。

接着他又打开麦克风做记录，也方便外面的人听得到他说话："正电子放射断层造影术可以检测到大脑的不同功能。现在，我将可以与大脑发生反应的分子和糖注射进洛泽体内。糖是用来测大脑新陈代谢情况的。"

注射后，等待了一段时间，慕骄阳为洛泽进行了首次大脑扫描。

然后，他又为洛泽注射了另一种分子——搭载在葡萄糖上的氟的同位素。这个过程需要漫长的等待，葡萄糖被活跃脑细胞吸收后才会开始反应。而这个过程需要一个小时。慕骄阳一一讲解，说得十分详细。

肖甜心看见洛泽躺在轮床上缓缓地进入了正子扫描仪内，数个扫描仪立即追了上来，包围在洛泽头部的周围。隔离室是真正高规格的那种医学用实验室，白炽灯冷冰冰的，照着一片雪白的室内。而慕骄阳穿着一身白大褂，站在那儿看着电脑扫描图，模样严肃，脸上没有表情，冷酷又英俊。

小草抖了抖，她从来没有见过这样的慕骄阳。之前，慕骄阳帮助洛泽治疗心理疾病时，展示的是很温和的面孔，但现在的他是冷厉的。

"别怕，不会有事的，阿阳的心肠最暖了。"肖甜心拍了拍她的肩膀，现在才觉得，这个妹妹真可爱，而洛泽真是幸福。

"葡萄糖里氟的同位素会释放出正电子，正电子与电子碰撞从而产生能量。这些能量会被正子扫描仪里密布的线圈检测到，从而让电脑成像，重建出一张大脑的 3D 扫描图。而我会根据葡萄糖的指示，给碰撞密度不同的大脑区域标上不同的颜色，大脑活跃的程度越高，颜色就会越深。"慕骄阳对着麦克风条理清晰地一点点阐述，"我曾为来自全球 26 个不同国家的 10,000 个人做过实验，其中包括 3000 个犯罪人。相对于正常人来说，犯罪人的额眶部和杏仁部的脑功能相对衰弱，所以这两个部分的颜色浅淡，伴随而来的总是不同的心理疾病，他们都很冷漠，变态度很高。而洛泽刚好相反，他那部分脑区域的活跃程度非常大，这个区域正是用来控制冲动的。对洛泽进行的实验印证了我的推测，他具有超越常人的控制力，这和他的额眶皮质细胞活跃程度高有关。洛泽既是天生犯罪人，又同时具备天生犯罪人所缺失的控制力，这在我的实验数据库里是第一次遇到。考虑到他的脑细胞过度活跃，很可能会出现阿尔茨海默病，我还要做一些研究。"

肖甜心一直听得很认真，但电话忽然响了。

怕打扰别人，她走到门外去接听。原来是公安局的电话。陈星给慕骄阳打了许多次电话，但他正在工作，所以手机是静音的。

"翟林很狡猾，为自己制造了不在场证据。我们查到，失踪了的何英莲的孩子化学考试不及格，所以她将孩子带去化学兴趣班。碰巧那天，翟林到兴趣班找退休的老教授商量事情，途中碰上了那个小孩。小孩的围巾掉到了地上，被他捡起，他坚称狗毛是那时沾到他身上的。他认为，狗毛在他身上，只能说明他碰见了狗的主人何英莲，和她有过接触，却不能证明他杀了狗的主人。而且，他和何英莲连一句话都没说过，只是远远地看了一眼，这一点兴趣班的师生可以做证。狗毛的证据不足以指控他。昨晚，史密斯的律师来保释史密斯出去，但今天下午五点时，跟着他的警员回报，他摆脱跟踪，目前失踪了。"陈星说得非常快，这是一个坏消息，但他话锋一转，说了一个好消息，"但根据慕教授下午给的关于黄金漆的比对结果，我们拿到了对史密斯的搜查令。大家正准备去游艇会，想叫上慕教授一起分析凶手的心理。"

"好，我马上过来。"肖甜心放下电话，给慕骄阳发了条微信语音，就急匆匆地走了。

她希望可以第一时间查找到证据，将凶手绳之以法。

其实，她觉得"木蔷薇案"没有那么简单。在这起连环凶杀案里，已经出现了两个不同的犯罪侧写画像，尤其是确定了白苏这条线后。翟林要收藏的是"爱人"，爱是私有的，但他却在"展示"，这不符合翟林的

心理画像。

这也是她和慕骄阳讨论得出来的结果。

所以，史密斯或许会是一个很好的突破口，但他怎么看也不像隐藏在背后，凶残、冷静的凶手。

正思索着，她的甲壳虫牌老爷车停在了海边，游艇会就在眼前。

她要去的地方到了。

正要迈出步子，她的脑海里却突然出现了一幅幅诡异血腥的景象，支离破碎的受害人的躯体向她压来，还有一个肚子刚凸起的孕妇，被一个看不清面容的凶手杀害。

肖甜心惨叫了一声，而天边猛地燃烧起了一片火海，朝她身体四周蔓延过来……

四

风过，所有的幻觉消失。

肖甜心的汗湿透了贴着脊背的衣服，她只觉是做了一场梦。

这里就是陈星告诉她的地址，海边的另一处游艇会。

只是奇怪的是，周围很安静，没有人。

她打电话给陈星，想问问大家在哪里，但对方的电话一直打不通。

沿着海边走下去，她四处搜寻。月亮挂到了中天，倒映在海里，波光粼粼。她脚下白色的细沙蔓延开去，一丛一丛开着的小黄花点缀其中。花被风逗弄，像飘起来的小猫的绒毛。

或许是因为景色太美，她放松了警惕，走进船坞。

一道金黄色的漆反射了月光，像长在海里的金色海葵。

那正是漆了特殊颜料的史密斯的游艇。

心中一动，但她的脚步蓦地顿住。

犹豫的一刹那，她好像听到有人在叫甜心。声音隔得太远，还夹杂着海风和海浪的声音，辨不清晰。

突然，一个看起来八九岁大的金发小男孩从另一边爬上了史密斯的游艇。"哎，小孩快回来，危险！"肖甜心用英语喊着，跑了上去。

一只沙滩排球落在快艇上，小男孩抱起排球，站在那儿看着她，他的目光清澈又冷漠。"快下来！"肖甜心双手扣住梯子，她爬了上去，轻轻地落到了游艇里。

小男孩抱着球，一跃跳进了船舱里。

糟糕！

肖甜心也跟着追进船舱。

史密斯富有，他的游艇比一般的游艇大，里面经过改造，显得更为宽阔。

船舱里没有那个金发小男孩，可她感觉到有人在靠近。

她将脚步一再放轻，躲到了沙发等家具后，沿着柜子走。然后她的脚步一顿。

那里有一扇窗，白色的抽纱帘子轻摇，月光透了进来，落在那一处地板上，显得白白的。那方地板上铺了纯白的地毯，地毯旁边还摆放了一个颇大的花瓶，瓶里插着黄玫瑰，而地毯上躺着三个女人。

她们静静地躺在那里，双手轻轻地交叠在心口。三个人都是一模一样的姿态，安详，但诡异。

离真相更近了，到了这一步，她不能放弃。

肖甜心迅速地拿出手机拍照。其中一个尸体就是白苏，根本无须查探，她们都死了。

强压下想要呕吐的冲动，肖甜心不敢和那几具尸体"对视"。她的老毛病又犯了，眼前仿佛有无数的尸体、断肢、鲜血向她袭来。仿佛躺在地上死去的何英莲、木桐和白苏突然睁开了僵直的眼，猛地向她扑来。

她惊恐地闭上了双眼，五感更强烈。

有人在靠近！

给任何人打电话都来不及了，只能随机应变。

她猛地睁开眼，已经适应了船舱里的黑暗。现在的一切都朦朦胧胧，像披着一层月光做的纱。白月光那么亮，那么寒，透过窗纱，落在她们的脸上，是那么孤单。

是的，这就是凶手的心理写照。

孤单、寒冷，再也没有爱人可以拥抱。

她以最快的速度观察三具尸体。每个人的头发都被梳理过，十分整齐地垂在肩头。她们都穿着淡黄色的连衣裙，十分洁净。

就如慕骄阳之前和她分析的，凶手对她们确实有着特殊的情感。

她正要转身，肩头一重，不知被谁的手扣住。

身后的人轻轻地说："嘿。"

慕骄阳一从实验室出来就给陈星打电话。

陈星说确实是准备带队去海边东面的游艇会，可没有打肖甜心的电话，只是打了好几次他的电话。

心头一沉，慕骄阳知道出事了。他立刻赶往东区的游艇会。

那里是他和肖甜心一起去过的，金黄漆就是在那里取得的。但当他赶到史密斯的游艇时，却见大家一脸茫然地站在游艇里。

何穆同朝他喊："里面什么也没有。"

"甜心呢？"慕骄阳喊。

"她没有到这里来。"陈星很急，"我的手机被黑了。"

所以，打电话给肖甜心的不是陈星本人。

慕骄阳强迫自己冷静下来："马上查找史密斯名下有多少艘游艇，分别在哪里。"

陈星马上让严文查找。

最快的方式当然是用电脑找，但也需要时间。

慕骄阳深吸一口气，看向天边的大海。

月夜下的海很静，乌黑的一片，像一块冷冰冰的墨玉。海的深处漆黑无比，好似隐藏了无数的秘密。

十多分钟后，严文给出了五处地方，分布在城市的不同地方和海的另一端。

究竟会是在哪里？

何穆同立刻分派五个小组赶往不同的地方。

"我想看看关于木蔷薇案的最新资料。"慕骄阳说。

严文立即把最新线索整理出来。

慕骄阳走到游艇上，看着电脑里的一份份文件。

原来，何穆同按他的要求找到了三个受害人的病历，巧的是三个人都做了器官移植手术。往器官原主人身上找线索，再一次印证了慕骄阳在见到白苏后的想法——这三个人接受的都是同一个人的器官。

捐赠者是黄妮。

慕骄阳必须全面分析黄妮这个人，但时间紧迫。

就在这个时候，慕骄阳的手机嘟的一声响了。

是用肖甜心的手机发来的微信：你只有一天的时间找到她。

慕骄阳漆黑的眼仁一凝，下巴的线条紧绷了起来。

他的女孩被抓住了。

十分钟后，景蓝赶到游艇和大家会合。

对于慕骄阳来说，救出肖甜心才是最重要的事。

"何队，"一名刑警说，"刚接到两名家属报案，说他们的女儿不见了。

一个女孩失踪超过 48 小时，另一个女孩失踪刚够 24 小时。这是照片。"说着他把两张照片递了过来。

慕骄阳眼尖，看到了两个失踪者，几乎是下一秒，脑海中闪过灵光，他将照片直接从何穆同面前拿了过来。

何穆同问："慕教授，有什么发现？"

"我们的凶手找到了更好的替代品。这两个女孩的容貌、年龄、身材都和黄妮本人有七八分相似。"顿了顿，慕骄阳画出画像，"甜心现在很危险。她应该和白苏等三个受害人的尸体在一起。因为凶手有了更好的替代品，所以旧的替代品可能会被毁掉，但在这之前，三具尸体里属于黄妮的器官应该已被取出，安到了新的替代品的身体里。这样一来，新的替代品就完美了，她们全部是'黄妮'！"

没有时间去黄妮家和她生前的工作单位一一询问了。技术人员严文按慕骄阳说的方法直接黑进了黄妮的电脑里，寻找一些个人信息。

景蓝说："我同意慕骄阳的推理画像，嫌疑人可以锁定为翟林，但翟林的心理状况有问题。从他处理、抛弃的三袋内脏来看，他的行为在逐步升级，最后一次还将染有受害人血液的花朵寄到警察局去。我认为翟林的精神状态极度不稳定，他处于异常的亢奋中。不同于连环杀人犯的那种幻想，翟林除了有幻想，还处于精神混乱的状态。他的精神异常，不支持他做出一系列完美的犯罪，所以，我觉得有人在背后操纵他。"

关于这一点，尽管是从不同的角度用不同的方法做出的推断，但景蓝的推断和慕骄阳的推理画像不谋而合。慕骄阳认为，木蔷薇温柔情人案存在第二人格杀手，也就是说还有另一个隐藏得极深的凶手。

"难道这个人就是史密斯？"陈星也疑惑了。毕竟，现在一切证据都指向史密斯，还有史密斯背后神秘的伊娃。

"史密斯不符合操纵者的画像。"慕骄阳马上否定，"这一系列谋杀案里，翟林作案的目的在于收集爱人。爱是私人化的东西，是不会拿出来显摆和'展示'的，但他一直在'展示'，抛出内脏尸袋就是在展示，还有挑战警方，这不符合翟林那种更私人化的幻想。他的心理画像存在矛盾的地方。根据这起系列案呈现出的两幅凶手画像来看，翟林是从犯，他的目的在于'收藏'，而且按景蓝说的，翟林的精神状态非常糟糕。还有一个人才是真正控制者，他的目的只是在于操纵、虐杀，他是真正的变态型连环杀手。是这个控制者在操纵这一切，这个人冷静、麻木、残酷，只有杀戮才能令他愉悦。"

慕骄阳在做简报的同时，眼睛紧盯着电脑屏幕。严文通过远程操控，将黄妮放于卧室的电脑打开，黄妮的电脑视频也被打开。现在，他们可以看见她的卧室。

这个时候，传统刑侦起到的作用不大，他们必须根据物证和证人的口供来推测曾经发生过的事，却无法根据受害人的生活轨迹来推测她们乃至凶手将要做出的行为。

经过快速搜索与画像，慕骄阳的视线定格在床正对着的一面墙上，那里挂一幅油画。油画画的是一片夜海、漆黑的礁石、一座孤单的又似在守望的灯塔。灯塔里射出一道照得远远的光，照亮了一小片海，乌云渐稀处，也透出了第一缕淡淡的白月光。月光和灯塔孤灯还有灯下的那片海融在一起。

"发现黄妮的生活轨迹了，她有用电脑记录日记的习惯。"严文说。

"Today is a lucky day（今天是幸运日）。"景蓝轻叹。

幸运日吗？慕骄阳轻蹙眉头，说："严文，你把日记里标有'灯塔''孤单''海''孤岛''思念'等字眼的篇章找出来。我们的黄小姐是位很感性的小姐。"

"她躺在床上，一抬眸就能看到那座孤单的岛屿，黑色的礁石和守着岛的灯塔。她的内心很孤单，时常在守望，但又充满柔情。这幅画上的岛屿应该就在夏海，找出来它，就能找到甜心。"顿了顿，慕骄阳的眼里露出一丝哀伤，"也会找到白苏她们的尸体。"

"何队，你让大家注意，此刻的凶手非常危险，他甚至抱有和我们同归于尽的想法，他可能会毁掉一切。而大部分的连环杀手都有重返犯罪现场的习惯。"慕骄阳说。

所以，他们会正面对上，以硬碰硬的方式。

"嘿。"低醇的嗓音，在夜色里听来有种莫名地性感。

肖甜心猛地回头，游艇里没有灯，隔着夜色看不清楚来人，只是轮廓是她熟悉的。还没有回过神来，她已经扑进了他的怀里："阿阳，刚才吓死我了。"

他一怔，抱着她的双手僵住了。

顿了顿，他才说："我刚才在游艇会门口一直在叫你。"

难怪刚才就好像听见有人在叫她，原来是阿阳。她抱着他的手又紧了紧。

"这里是凶案现场，我们赶快出去，有危险。"他拍了拍她的肩膀，原本拥抱的姿势改为牵着她的手，慢慢往来时的路退去。她被他牵着，只觉得心安。但，她的感觉没有错！这里还有人！

是刚才那个外国小男孩吗？

她的脚步慢了下来，耳朵竖起，她似乎听到了谁的喘息声。

于黑暗里回望，她看到游艇最里处还有一个房间，房间门的背后，还有一个人！

真相就在眼前了，真的要放弃吗？

"阿阳，我觉得这里的一切很不对劲。"肖甜心压低了声音分析道，"这里的一切，都在'展示'，但翟林的心理画像却是'收藏'。而且，把这一切抛在这里，一旦被发现……我觉得，这里面有'毁灭'的意味。最奇怪的是，陈星他们全不见了。"月亮躲进了乌云里，这里仅剩的那一束月光也消失了，只有无尽的黑暗。她的心突突地跳，她一慌，紧紧地抱住了他的手臂。

他甚至能感受到她纤细的身体与柔软的胸脯。

可是来不及了，他必须带她出去。他刚才看到一个男人躲进了游艇里，男人的手里有炸药。

五

另一边船舱的甲板上有人！

肖甜心再度扯了扯他的衫袖，往那边一瞧，那道人影在窗户上一闪而过。怎么会……会是洛泽？

"凶手？"他压低了声音问。

肖甜心马上反驳，不会的，不是他。

四处太安静、诡异。

他拉着她往舱门走，扭动了一下把手，门嗒的一声开了。怕门外有危险，他先走了出去，然后才向她伸出手。

肖甜心正要走，却听见一声"help（救命）"，是小男孩的声音。她一回头，就看见舱最里处的门开了，史密斯拿枪抵着小男孩的头走了出来。

在她犹豫的瞬间，舱门迅速地自动关上，任凭门外的人怎么推撞也开不了。

史密斯摇了摇卡在小男孩脖子上的那只手，手里握着遥控器："门被我锁死了，没人能救你。"

"放开那个小男孩。"肖甜心对史密斯说，"趁你还回得了头。"

"我已无路可走！"史密斯的一张脸泛出不正常的潮红，那对眼睛

· 185 ·

是不对焦的。

他的精神出现了异常?

"杀杀! 杀杀杀! "他的嘴一张一合。

肖甜心回到船舱中间,看了眼小男孩,那小男孩没什么表情,只是直直地看着她。而挟持他的人却露出疯癫的神情。"你要杀谁? "她问,尽量争取时间。

"我的头很痛! 有人说,要拿斧头劈开我的脑袋看看,我不能把脑子给他们! 我要把他们杀了,杀杀杀! "

肖甜心说: "你已经杀了,你看,她们都被你杀了。她们不会威胁到你了。"她看着史密斯,指了指地上的三个女人。

史密斯又静了下来。

"日记里,黄妮有提到和心上人一起看岛上的日出日落的事,她写道:等月亮出来了,灯塔也亮起来。"严文把相关的日记都调了出来,整个屏幕的画面被切割成了八块,每一块区域里都是一篇日记。

然后他再用另一台电脑搜索黄妮电脑里的照片库,把相关的照片找了出来,其中一部分里有灯塔,有些灯塔在国内,有些灯塔在国外。

只是匆匆看了一眼,慕骄阳笃定道: "那座岛就在夏海。她寄托心灵的地方,只会在离她最近的地方。"

看得出,黄妮还很热爱摄影,她还用了航拍来记录岛中的植物。"这里,拉近一点看。"慕骄阳指了指。严文马上会意,用特殊的照片处理器把一株植物放大。原本只是黛黑的一小块变得清晰起来。

只是在座的根本没有一个人认得出这是什么植物。

景蓝轻笑一声: "他们找你倒是找对了人。"

慕骄阳说: "这是蛇木,学名桫椤。它是一级保护濒危植物,有'活化石'之称,又被称为'蕨类植物之王',是能长大成树的蕨类植物,所以又叫树蕨。嗬,这个顽强的老男孩! 这类植物非常稀少,我国只有西藏和南部的小部分地区有。所以,查出来它在哪里,就能马上知道那个岛在哪里。"

何穆同马上给省里的相关单位打了电话,原来在夏海的月光岛上就有树蕨保护区。

一行人马上赶往月光岛。

此时,慕骄阳的手机响了。

众人都是一惊,就怕是凶手又玩什么花样。

"喂? "慕骄阳让自己的声音尽量镇定。

"骄阳，快过来。我目前有危险。我在月光岛。"

是慕林的来电。

又是月光岛？慕骄阳连忙回拨慕林电话，但是打不通了。

慕林在夏海市有游艇，经常出海。可能他在登上月光岛时，遇到了连环杀手。但这真的只是巧合？连环杀手针对的好像都是他身边的人，现在，甜心和慕林都出事了，他该救谁？

"你把小男孩放了，我来做你的人质。"肖甜心开始和史密斯谈判，"你有什么诉求，都可以提，我们坐下来慢慢聊，怎么样？"

史密斯一怔，将枪指向她："你肯坐下来谈？"

"当然。"为了起到更好的安抚作用，肖甜心改用法语和他交流。

"你想坐下来慢慢聊，是吧！我成全你。"史密斯拽着小男孩返回房间，再出来时，卡着小男孩的那只手又多拿了一张凳子。

凳子脚几乎顶到了小男孩的颈项，他细嫩的皮肤被划破了，流出鲜血。但最可怕的是，那张凳子的四个脚上绑有炸弹。

肖甜心被绑在了凳子上。而小男孩按照史密斯说的，熟练而迅速地将缠在凳子四个脚上的炸弹也绑在了她的双脚之间。

那个小男孩没有任何表情，十分冷漠，并不像是得了斯德哥尔摩症候群。

"你们是一伙的？"肖甜心很平静地问。

"拜拜，小美人。"史密斯推了小男孩一把，两人迅速来到门边，一开门，就将枪对准了慕林。

"快走，有炸弹。"肖甜心对着门外的他喊道。

史密斯没有开枪，只是做了个威胁的姿势就跑下了船。游艇旁边有艘快艇，他坐了上去，正在解开固定在岸边的绳子，趁他不备，小男孩突然拿起一把刀狠狠地插进他的背部。

他呀地尖叫了一声，鲜血涌现。

一个高大挺拔的英俊男人走上前去将小男孩推开，然后将汽油倒进了游艇里，再从裤子里取出了一盒烟和一个金黄色的打火机。

男人点燃了一根烟，含在嘴里抿了一口，烟气喷出，他看着史密斯挣扎求生，仿佛那是这世上最好玩的事。男人甚至还优雅地弹了弹烟灰，似笑非笑地看着史密斯。

"求求你，放过我！"史密斯猛地扑了过来，快艇开始晃动。

史密斯此刻是要拼命，他抄起快艇底部一块带有钉子的木板就向男人袭来。

男人身子一歪，轻松地避了过去，但突出来的长钉子有五六厘米，狠狠带过时，还是划到了男人的手臂，血珠飞溅。然后，史密斯因伤吃痛脱手，那块木板掉到了一边的沙地上。

男人从衣袋里取出一小瓶药，然后说："这个赏你吧，废物。吃了这个死得很嗨，一点都不疼，要不要试试？自己点火，嗯？"他的声音一度一度地低了下去，带着镇定安抚的意味，对着史密斯进行催眠。

原本疼得发狂的史密斯安静了，从他手里接过了药瓶，全数倒进了嘴里吞下，然后取过了男人递给他的打火机。

"擦干净。"男人指了指打火机。

史密斯机械地将男人的指纹擦拭干净，然后自动点燃了打火机。火光像一头要吞噬所有东西的巨兽，舔舐着史密斯，而他一声不吭，嘴边甚至还挂着诡异的笑意，然后他慢慢地、慢慢地倒了下去。

男人走到沙地上，玩味地看着被留在钉子上的有自己的DNA的血液。笑了一声，他忽然说："嘿，慕骄阳，就当我送你一份大礼。让你猜猜，我是谁。"

嘿，慕骄阳，好戏才刚刚上演！

嘿，慕骄阳，每个人都有另一面。我是，你是，洛泽和景蓝也是。

火光透过船舱照了进来。

慕林仍跪在她身边研究着那些线路。

"你别管我了，快走。不然火蔓延到这里，谁也活不了！"肖甜心很急，可她不敢动。

慕林一直低垂着的头摇了摇："要走一起走。"他终于抬起头来，看着她的眼睛说，"你相不相信我？"

那一刻，肖甜心的呼吸几乎停止。此刻单膝跪在她面前的，并非慕骄阳，而是和她只见过两次面的慕林。

火光冲天，照亮了他的脸庞。他的脸庞英俊，在火光与夜色里摇曳不定，一时在明，一时又隐于黑暗里让人瞧不清。

只是，他有一双和慕骄阳极为神似的眼睛，几乎是一模一样。他的面部轮廓也是她极为熟悉的，他和慕骄阳很像。

见她看着他出神，慕林哼笑了一声："要看，等安全离开了再看。"

肖甜心蓦地收回了视线。他不是慕骄阳。

"别紧张，我在德国时学过拆弹。现在，我只是需要一些时间。"

他将从船舱的杂物间里找到的一个工具箱打开，里面器具齐全。

他拿起其中一把剪刀，然后是铜丝，最后是镊子："该死的，本来这个计时器设的是 24 小时才会爆炸，但是旁边烧起来了，会波及这里，所以我们没有时间。"

他拿剪刀将绑在她身上、腿上和双手上的麻绳一一剪断，然后将剪刀放在她一边的脚旁。连着凳脚的地方绑有炸弹。他再度将剪刀放于红线上，说："我数一二三剪断红线，你就马上跑。"

"等等。"肖甜心有点急了，被他温和地打断："没关系，你跑得掉的。经验之谈，我在德国时，剪过无数个这种炸弹。"

"那你怎么办？"肖甜心咬了咬唇，急得要哭了。

他笑着揉了把她的发："柯基小不点！"

她倒是噗的一声，破涕为笑了。

"你一跑出去，我就马上跑，前后也就迟你十秒不到。相信我，这个炸弹剪断后可以延缓 45—50 秒才爆炸，够我们两人同时跳进海水里了。这里离甲板不远，为了我们的逃生线路不撞在一起，你往左边跳，我就往与你相反的方向跳。"

肖甜心的一颗心几乎跳到了嗓子眼："等等，炸弹一般不是剪对了就不会爆炸吗？"

"这是子母炸弹。如果我剪其他线，就是错误的，马上爆炸。但剪红线是对的，却会启动另一个内置炸弹，而且时间会缩到更短。所以，我们必须马上跑！听明白了吗？"

肖甜心要哭了，但还是点了点头。

"这种炸弹不能移动，不能有半点震动，不然会被引爆。我剪断红线，你抽脚出来时一定要镇定，然后马上跑！不要回头，不要管我！听明白了吗？"

"明白。"这一次，她的眼泪终是不争气地掉了下来，打在他的眼睫上，那么滚烫。他抬起头来，看着她笑了："乖，别哭。我剪了。记住，你很棒！"说完他不再看她，镇定又麻利地剪断了那根红线。

第九章 危险的暗流

一

肖甜心脚步不停，但跑到门口时，还是忍不住回头看了他一眼。

只见他利用铜线，飞快地将断开的红线又缠在了一起，嘀嗒嘀嗒的急促的声音明显慢了下来。她喊了一句："你快走！"人已到了甲板上，离游艇边缘还有几米的距离。

而慕林像支离弦的箭，猛地往游艇右边冲。

"那边是火海！"肖甜心急得不行，但他已经跳了下去。好像是几秒钟，十秒钟，又好像是过去了一个世纪，然后她就听见轰的一声，右边的那艘快艇爆炸了。

气浪冲了过来，撞得游艇往左颠簸，半边的浪袭了过来，浇了她一脸一身。"慕……"她喏嚅，吓得定在了那里。

"甜心！"

"甜心！"

她耳边嗡嗡的，一抬头就看见慕骄阳已经从岸边树林跑了出来，他以最快的速度越过沙滩，跃上甲板，抱起她，猛地跃起，往几米外的大海扑去。然后又是一声惊天动地的轰鸣，游艇右侧爆炸了。

慕骄阳本能地扑在她身后，然后就感到火舌从他的背部舔舐而过，疼痛锥心。然后，两人直直地坠入了海里。

找到肖甜心的前一刻。

月光岛的四面都是海，游艇会分布在东南西北四个方向，占地面积极为宽广。所以警力只好分散，去了各个地方。

根据慕骄阳的交代，何队还派了人手一同寻找他的哥哥慕林。

慕骄阳与景蓝的分析是，如果连环杀手真的是在针对慕骄阳身边的人，那慕林与肖甜心在一起的可能性非常大。所以，由何穆同亲自带队，再由陈星、何庭等刑警护送慕骄阳与景蓝往南边走。因为靠南边一点的位置上有一座灯塔，慕骄阳推测，尸体会被安放在灯塔的附近。

只是走到一半，何庭突然不见了。

这里是密林，生长着大量的树木，遮天蔽日。一进入密林，连气温都降了好几摄氏度。

等陈星发现不对时，他们已经走出很远。

慕骄阳一心想救甜心，但也不能不顾同伴。他急忙回头，观察脚印与植物的分布、扎根等情况。最后他要来了火把，沿着一些看似普通的枝条越走越快，只见那些枝条越来越密集。

忽然，从半空中垂下了许多枝条。"快避开那些枝条，一被缠上就完了。"慕骄阳举起火把向着半空中的枝条挥舞，一遇火，那些枝条像会疼似的，颤抖、蜷缩，急速避开，窸窸窣窣的声音，在夜里听来，尤为狰狞。

地上也有这种枝条，被大家小心地避开。最后，大家听见了什么东西在挣扎的声音，快步跑了过去，然后看到在一棵古老而高大的柳树旁，无数根枝条从各个方向伸来，将一个东西包裹成一个墨绿色的茧，紧紧地固定在半空中。

"赶快救人！"慕骄阳首先冲上去，拿出匕首猛地砍向固定在半空中的几根枝条，同时用火把炙烤其他枝条。所有的枝条都抖动起来，好几根枝条尽管已被割断，但还用尽全力朝众人打来。

所有的警察一起帮忙，终于将何庭从茧里救了出来。他全身都是一些恶心的液体，陈星刚要去抱他，慕骄阳就连忙说："别直接碰，那是腐

蚀性液体。大家带他到一边的溪水处冲洗，请求直升机救援。还有，这里可能遍植食人柳，请各分队退回安全位置等候。我去找甜心。不要再进森林，切记！"

说完后，慕骄阳立刻赶往南边的海湾，而紧跟着他的还有景蓝和陈星。

等陈星他们赶到时，看见的就是慕骄阳与肖甜心从爆炸中坠入海里的画面。

所有人的心跳都似乎停止了。所有人都全然不顾地跳进了火海里去抢救两人。

肖甜心睁开眼睛，发现自己是在医院里。

"阿阳！"

"肖小姐，Shaw在隔壁的病房。他被爆炸冲击力震晕了，伤得重些，刚处理好伤口，缝了几针。只是轻微脑震荡，你别担心。"景蓝说。

但肖甜心哪儿能在这儿干等，急忙下了床去看他。

她推开门，就看见他趴在病床上。那么高大的一个人，此刻却显得很脆弱孤单。他的脸色苍白，让她心疼。当她握着他的手的那一刻，才庆幸，他没事，真好。

"刚才发生了什么事？我们怎么遇上了爆炸？"

"你又忘记发生过的事了？"景蓝蹙眉。

又？嗯了一声，她说："我现在觉得头很疼，什么也想不起来。"

刚好碰上医生巡房。看到她，医生脸上露出不悦："你得了脑震荡不知道吗？要卧床，禁止走动。"

"我那么小，跟他睡一张床就够了。"肖甜心马上利索地爬到慕骄阳床上，缩进他怀里。

两人窝一起，刚刚好。

"原来，你这么想跟我睡呀！"慕骄阳在她轻手轻脚地爬上来时就醒了，现在她的举动正中他下怀。他圈紧了她，而手掌贴在她腰上时就有些不安分，掐了她好几下。

"阿阳！"她憋红了脸，在他颈窝那儿蹭了蹭，委屈巴巴地说，"拿开你的爪子。"可他的手又往上移了几寸。

肖甜心的脸更红了。

"你们两个真是够了。"景蓝直接离开。

医生也就顺便替两人做了检查，他们已经没有什么大碍了，留院观察两天即可。

坐在门外的陈星睡着了，但听到肖甜心的声音，立刻清醒。一进去，就看见亲昵着的两人，他笑着说："看来我来得不是时候。"

医生："是时候得很，两人中气足着呢！"

肖甜心嘿嘿地笑。见有正事，她马上从慕骄阳怀里挣了出来，端端正正地坐好。而他趴着，抓着她的一只小手在那儿玩，一会儿逗逗她的中指，一会儿比画比画她的无名指，一会儿又牵牵她的尾指，玩了会儿更是坏心地掐掐她的掌心，然后变成了挠。

"慕骄阳！"她羞极了，低低地叫他，有点生气了。他马上乖乖地握着她的手，置于自己脸庞上不动了。

陈星咳了两声说："甜心，你当时是怎么去的月光岛，遇到了什么人，发生了什么事，你还记得吗？可不可以详细复述一遍？"

"你遇到慕林了吗？"慕骄阳十分急切，正在这时却收到了微信语音，他接起一听，是慕林的，原来他脱险了。但慕林只报了平安，说剩下的事有机会再说，就再也没有消息了。

慕骄阳握着手机，若有所思。

肖甜心闭上眼想了许久，还是摇了摇头："刚才景蓝就问过我案发经过了，但是我遇上爆炸，记得不是很清楚。慕林？"她抱着头，觉得头很疼，很久后才摇了摇头说，"我不记得见过他。"又想了想，隐隐约约记得，自己见到了白苏等三人的尸体，她连忙拣了重点说，"哦，对了，我还拍了照片。"

陈星又咳了一声，提醒："你跳进水里，手机进水了。不过没关系，严武在抓紧时间抢修，能把里面照片复原的概率很大。"

想到尸体，肖甜心无来由地一阵害怕。慕骄阳抬眸看了她一眼，见她眼睛闭得紧，他握着她的那双手又加了点力度。

"阿阳，我没事。"肖甜心睁开眼睛说，"我记得当时史密斯在游艇上，他以一个小男孩做饵逼我留下来，我……我……"她想了许久，十分痛苦。

慕骄阳手一伸，在她毛茸茸的头发上揉了揉，说："没关系，想不起来先不想。"

"我想快些破案。"肖甜心努力想了许久，才吐出了一口气，然后说，"那是个只有八九岁的欧洲小男孩，蓝眼睛，面目冷静，没有同理心，是他和史密斯联合起来制服我。史密斯当面承认了那些人是他杀的，但他意识混乱，显然是被人下了药操控了。是阿阳帮我拆了弹吗？"说完她不确定地看向他。

慕骄阳一怔，坦然回答："救你的不是我。我不会拆弹，而且我跑上游艇时，仅仅来得及抱着你跳下大海。"

救她的会是哥哥吗？但慕林怎么可能懂得拆弹？慕骄阳心里有些烦躁，也就伸手揉了揉眉心。

肖甜心听了他的话心头一甜，也不顾陈星还在，又一头钻进了他怀里，拿小鼻子、柔软的嘴唇和可爱的小下巴蹭他的脸，声音特别甜："那也是你救了我，不然我铁定被炸散了。"

"不许说这样的话！"慕骄阳脸色一变，惩罚性地咬了咬她的嘴，"我要你好好地，完完整整地在我面前。"不然，就算我用一辈子，也要把你完完整整地拼回来，只要你，只守着你，哪怕只是一片残骸。只是这番话太不吉利，他没有说出口。但肖甜心看懂了他的眼神，她再度亲了亲他的唇，然后移上去一点，亲了亲他眉间那粒小红痣。

见问不出什么有用的，陈星说了一句"多保重"就飞也似的逃了。

等大家都走光了，某人秒变大丹犬，学着她刚才的样子往她颈窝里蹭了蹭："甜心，我们逃吧！"

"你确定？"

"万分确定。"

最后，两人从后门偷偷溜走了。

当两人坐在出租车上时，慕骄阳一直在手机上按个不停。"公务繁忙？"肖甜心揶揄。

他长臂一伸，将她圈住，然后又打了一行字：把食人柳移植到我的别墅来。按了发送，他又回头亲了亲她的小脸蛋："明天一早你就知道了。"

"哎，你们到底要去哪儿？"司机问道。

肖甜心本能地答了："枫泾路，枫泾小区。"

"改一个地址。"慕骄阳报上自家地址后，才懒懒地说，"你家的床太小。"

肖甜心瞬间就红了脸，偷偷看了看前面的司机，司机一直在笑。她愤愤地拧了他的大腿一记。

某只大丹犬撒娇："轻点，我可是伤患。"

"你还记得自己是伤患吗？记得你就给我老实点！"肖甜心瞪他。

"我哪儿不老实了？"慕骄阳自觉委屈，将头靠到她肩上。

这人怎么当着外人的面净说暧昧的话。肖甜心果断地伸出手来，又在他大腿上拧了一记。

只是肖甜心忘了，慕骄阳可是很记仇的。

等一回到他的小别墅，大门刚关上，她还没来得及开灯，人就被他一把按在墙上用力地亲了起来，他的手还伸进了她的衣服里。

她羞得不行，嘴被他堵住，她咿咿呀呀地抗议，最后变成了勾人的呢喃。而她的双手被他反剪压到了头顶。她身体一动，他就威胁："再扭，我就将你就地正法。"

肖甜心果然不动了。他吻她，视线更是将她锁定。他的目光太炙热，即使是在夜里看，也是惊心，更挠心。

"专心点！"他用牙齿在她舌尖上轻咬，疼得她瞬间泪汪汪的。她楚楚可怜地看着他，但她的脆弱落在他眼里，更是激起了他的"兽性"，此时此刻他只想狠狠地将她煎皮拆骨吞食入腹："刚才拧我大腿拧得很爽是吧？"

"嘤嘤，下次不敢了。"她眨巴着泛着水光的大眼睛，拿小鼻子蹭了蹭他的下巴，一脸的讨好。可是……可是这个大色狼居然在她那团……上拧了好几下。

两人身边就是一扇窗，窗户没关上，夜风温柔地吹拂着白纱帘，而皎皎的月光透过窗洒落下来，被纱帘剪得模模糊糊，摇摇晃晃。他的动作停了，她只听见他的一声笑："你瞧，月亮好像喝醉了。"

是呀，醉了。

她侧眸去瞧，白纱帘在夜色里十分柔和，风是柔的，月光也是柔的。而他看着她美丽娴静的侧脸，情难自已。他的唇低了下去，唇齿一咬，将她柠檬黄的衬衣领口下第二、第三、第四颗扣子都解了下来，然后他将脸贴进了她的心窝里，低声地唤："甜心……"

她被他低低的声音叫得心都软了，再开口连舌头都打了战："哎……"

这一次，慕骄阳没有再犹豫，猛地将她扛到了肩头，往二楼卧室冲去。吓得她尖叫："阿阳，你别这样，你背上有伤！"

他将她放到了床上，自己倒是两手撑在床前，将她圈住，眼睛一眨不眨地看着她。

他的目光，他紧绷的身躯……此刻他太具有攻击性。

肖甜心脸很红，也很清楚他想要什么。她一手按在他的肩上，一手抚在他的脸上，轻叹："阿阳，有时我觉得，你都不像你了，你和从前很不同。"

慕骄阳也轻声叹："小傻瓜，都过去那么多年了，我们都在改变。"

顿了顿，他又说，"可是我对你的心从来没有变。"自从他向她求婚成功后，他靠意志力压制住了慕教授，慕教授已经许久不能出来。她，使他强大。

她轻笑，夜里听来又娇又软。她搂紧了他，而为了迁就她，他单膝跪了下来，正要说话，哈比从三楼滚了下来，哼哼唧唧地跑到了两人面前，用大眼睛示意：无敌可爱小哈比要亲亲抱抱举高高。

"滚！我还想要亲亲抱抱举高高呢！"

肖甜心听了大笑不止，然后揶揄："这句话，不应该是我说的吗？"说得他也笑。

哈比很受伤，蹲去墙角了。

肖甜心再度抱紧了他，唇贴着他的耳郭轻声说："慕骄阳，我是你的。我会给你，不过，不是现在。你的背上有伤，一动就会出血，我会心疼。"

怔了怔，他低低地回应："好。我不要你心疼。"他说着亲了亲她的唇，她红红的小嘴真甜，"你先去洗澡。就拿我的衬衣当睡衣。"

"嗯。"她乖乖地答。然后他放开了她，走到衣柜前将自己的白衬衣拿给了她，还拿了两样贴身衣物，对她说："这是我早前给你新备下的换洗的内衣裤。"

她听了，脸一红，一把抢过那堆衣裤，嗒嗒嗒地跑进了浴室。

听着一门之隔的水声，慕骄阳觉得十分难耐："唉，这该死的伤！"

二

两人是相拥而睡的。

她身上有他惯常的味道，他们用的是同一款带木香的香熏沐浴露。此刻幽幽木香从她身上散发出来，居然性感得一塌糊涂。

这样深的夜……

他原本是抱着她的，而她担惊受怕了一整晚，也累了，正迷迷糊糊地要睡过去，却感觉到了他的不对劲。他的身体绷得很紧很紧，弓起，像痛苦挣扎的大龙虾。

"阿阳，你的背很疼吗？"她的小手在他胸膛上挠了挠，实在不敢碰他的背。

"不疼，"顿了顿，他才说了下去，"是那里疼。"他说着抓着她的手按了下去。

肖甜心没有动，因为那一刻，她简直是傻掉了。他低低地唤："我很难受。甜心，你帮帮我……"嗓音喑哑得一塌糊涂。

肖甜心猛地闭上了眼睛。"嗯……"他低低地吟着，声音低回、迷离，落在她耳边却又是那么蚀骨。

她如何懂这些闺房之趣，慕骄阳也不好过，只觉得更热更煎熬。

他低笑了一声，手已经抚上了她的脸。

她的眼神纯真又迷惘，还有点点风情。专注地看着他时，她的瞳仁那么黑那么亮，却又似一汪清泉，润润地浸泡他，侵蚀他，即使是百炼钢也能为她化成绕指柔。

"甜心，不如我们来完成一场体验吧？"见她蹙眉，他马上接着说，"不是真的做。嗯，也是一样的体验。我从景蓝那里学来了一种幻想控制术，会使我们的幻想更贴近真实。那种感觉会很棒，你想试试吗？"

他的唇贴着她的耳垂，低低地诉说他对她的渴望："在我的梦里，你出现了无数遍。当然，你是千姿百态的，你或站或坐，或对着我跑开了但又会突然回眸来看我，而你……没有穿……嗯，任何东西。"

他的嗓音很哑："我唤你，甜心，别走，等等我。而你就停了下来。那个地方很空旷，光线柔和，能使我看见你。你美得像春天的一缕新柳，那么纤细，那么稚嫩。而你又似离我那么远，像天边的雪峰，而开在峰顶上的那两朵花是极地花。甜心，你见过极地花吗？是粉色的，很美很美，就像……就像你身体上的……那么美，而我，一直最想亲吻我心爱的极地花。"说着，他俯下头来，终于亲吻在了他最想亲吻的地方。

肖甜心的身体猛地一震，然后彻底地软了下来，为他柔成了水，然后将他缠绕，像春藤将他越缠越紧。

"甜心，我们还来到了海边。你将火红的连衣裙解开，那一刻我不能呼吸。连衣裙里面是一套火红的内衣，如火般热情，像你一样。你听，嗒的一声，你将背后那颗危险的扣子解开了。"

两人如同时空错位，双双站到了空无一人的大海上。

水有些冷，但肖甜心却使他热。

他极度地热和渴。

她高高跃起，如一尾有着红色尾巴的雪白人鱼跃进了大海里。

他紧紧地追了过去，紧紧地缠了上去。

她是水中蒲苇，柔柔地舒展开她的身体，像有无数双手将他抓住。她又像水妖，将他攀附。

她的身体很软很软，像一艘小船，悠悠地载着他。而他就是掌舵的人，掌控着她，给她痛苦和快乐。然后，他渡她一起驶进天堂。

他们两人置身天与海之间，是这世间唯一的光亮。

"我抵达你心灵的最深处了吗？"慕骄阳低喃。

这就是他向她展示，和她一起感受的幻想控制术。他在她身上得到了完美的体验。

肖甜心的脸很红。她埋进了他的颈窝里，此刻他和她没有任何衣物阻隔，肌肤相亲。这样的感觉，她是喜欢的。她的声音很细，很糯，有点羞却很坚定："阿阳，你让我很快乐。"

"那是我的荣幸。"慕骄阳将她的脸扳了起来，亲了亲她的眼睛，"你能感到愉悦，我也很快乐。等我，甜心，等我好了，我会实现今晚这一个愿望。"

"嗯。"她羞得不行，依偎进他的怀里。

公安警局里，一片繁忙。

以何穆同为首的重案组一队，几乎没有一个人合过眼。

鉴证科那边送来了一份紧急样本。

在沙滩上找到的那半截木板上面的血迹里提取出 DNA 了。

和慕骄阳一个朋友的 DNA 的相似度达到了百分之九十九点八以上。疑犯找到了。

痕检技术人员拿着那份 DNA 报告走进了何穆同的办公室。陈星正在向何队汇报案情，一切线索和证据暂时都指向了史密斯，在史密斯家里也找到了他企图自杀时留下的遗书，在遗书里，他对罪责供认不讳。

木蔷薇案看似是告一段落了，但真相真的水落石出了吗？

见何队沉默，鉴证科的武亮说道："何队，我参与了景教授和慕教授的关于'天生犯罪人和犯罪人格'的项目，在慕教授家看到过相似的 DNA 遗传图谱。我记得很清楚，慕教授和景教授的其中一个跟踪研究对象的 DNA 遗传图谱，和我手里的这一份一模一样。因为，当天对他的血液分析是我在跟进。"

陈星心头一跳，疑凶就在慕骄阳和肖小姐身边吗？他有点急了："何队，要不要现在马上带他回警局？"

何穆同毕竟是见惯大风浪的人，只是说："不急，明天再过去。听武亮说，他作为研究对象，就住在慕骄阳家里。他都不急，我们急什么呢？"

武亮又说："史密斯的游艇爆炸，但炸弹威力不算太大，游艇没有被炸毁，三具尸体只是毁了一具。而我们在其中一具的鞋子里找到了一点极细微的血液，已经核实 DNA，不是史密斯的，更不是死者的，也不是慕骄阳那个朋友的，而是一个陌生的人。可以肯定的是，这个人仔细地替死者擦拭了双腿，最后替她换白色高跟鞋时，不小心被扎到了手，才留下了血液。我们还在比对。"

何穆同眼神一凝，这就有意思了。

但他是越挫越勇的，他喜欢这份挑战。

清晨的风拂过床畔，肖甜心醒了。

一想到昨晚，她就羞得不行，但她又很快乐。

她一动，他也就跟着醒了。当他睁开蒙眬的眼睛，对上她的眼时，他漆黑的眼眸一闪，刹那变得璀璨光亮。

她被他瞧得好不自在，声音也变得娇娇糯糯的了："阿阳，你起来好不好？"她刻意地，不提昨晚。

他厚脸皮，死赖着不动，继续伏在她胸口。知道天一亮，她就要羞就要躲的，所以他也不提昨晚。谁也不提昨晚发生的那些低回的缠绵事。

肖甜心恼了："慕骄阳，你快起来！"

某只大丹犬继续不要脸："要不等我背伤好了，给你压回来？这样你就不亏了。"

"慕骄阳，你这个大流氓！"她拼命地要推开他，结果最后被他重重地压了回来，以吻封缄。

又在床上亲昵了很久，慕骄阳才肯放过她。

"慕骄阳，你快把衣服还给我！"

他耍赖不给。

她踢他。

"你就不能怜惜一下受伤的人吗？"慕骄阳已经很清楚怎么去撩拨她了。

"你才不需要怜惜，你是欠教训。读书时是，现在更是。"肖甜心的一张脸红得能滴出血来，她只能堪堪扯过被子挡在胸前和身上，露出一双性感的腿。她的肌肤那么细腻，那么白，看得他喉头发紧。

看到他的身体又紧绷了起来，肖甜心怕他背疼，只好软软地求："阿阳，你快把衣服还我。"

他正要把衣服给她，就听见景蓝温温淡淡的声音从门边传来："Shaw，A 的父母将他交给了我，让我这段时间跟踪照顾他，并且寻找治疗方法，

我现在把他带过来了。这个案例真的很值得我们仔细研究"。

慕骄阳："……"这么会挑时间。

而肖甜心脸皮薄，早在听见景蓝的声音时就吓得一颗心提到了嗓子眼。见书房门根本没锁，只是虚掩着，她惊得低低地呀了一声。

门外的景蓝听见了，脚步猛然顿住。

慕骄阳连忙将自己的大衣盖到了肖甜心身上，遮了个密实。其实她也挺无奈的，怎么每次都被景蓝撞见！"哎，他来那么早，都不用睡的吗？"她声音低低的。

他戏谑："对于没有性生活的人来说，醒得早是正常的。"

肖甜心："……"

门外，景蓝等得十分不耐，说的话也就没有遮拦了："慕骄阳，你都不顾背上的伤吗？我看你还是悠着点吧，不然以后有你受的。"

慕骄阳怼了回去："我是背受伤，又不是腰受伤，以后也好得很。"

景蓝无奈地揉了揉眉心。

楼梯处传来响动，洛泽夫妇也来了。

昨晚的事闹得大了，洛泽还是知道的，当晚给慕骄阳发了问候信息。早上醒来时，洛泽发现慕骄阳书房的灯亮了，料来他这个工作狂肯定是起来工作了，于是也就带了肉肉从后院的那栋小屋里走到前院，打算看看他伤得怎样。

"怎么了，一早火气这么大？"洛泽问。

"哦，在和他家的抢衣服穿呢，幼稚的小孩。"景蓝微微一笑，故意说得大声，好让房里的两人听见。

"没穿衣服？我是不是错过了什么？"小草笑嘻嘻地抱着洛泽的手臂摇哇摇。

而房间内，肖甜心是十分有怨气了。她说："阿阳，你朋友多，我还是搬回小公寓去住吧。"

慕骄阳急了，声音也高了起来："你敢，我不给你衣服穿，让你一步也离不开这里，离不开我！"

房门外，三人早笑成了一团。

洛泽说："想不到这小子真恋爱起来，是这么低智商的。"

"是吧，幼稚吧！"景蓝附和。

而慕骄阳干巴巴的声音透过门扉传来："洛泽师兄，我终于明白以前你和小草的感受了。"

以前，他可是对师兄夫妇做尽各种打搅、捉弄之事的。他一仰头，叹道："真是天道好轮回，苍天饶过谁。"

惹得肖甜心咯咯地笑个不停。

一门之隔里的那对小情侣那么甜蜜温馨，真是任谁都不舍得打扰的。三人又安静地走到一楼大厅等了。

本来气氛一直很好，直至挽着慕骄阳的手走到大厅的肖甜心看到A时，身体瞬间僵住。

而A一对深蓝色却又清湛得几乎要透明的眼睛看着她时，平静无波。

只一个眼神对视，慕骄阳就懂了，他的手猛地握紧，然后松开，指着楼下的小男孩说："昨晚就是他袭击了你，对吗？"疑问句但用了肯定的语气。

肖甜心认真地想了想："我的记忆恢复了一部分。我完全认得他，我现在很清醒，就是A。不过他没有袭击我，他只是帮助史密斯骗我上了游艇。严格说来，他没有袭击我。"

慕骄阳狠狠地瞪着A，用尽全力克制才没有打下那一掌。

"Shaw，"景蓝以舒缓的声音和呼吸来引导大家的气息，"你得控制好你自己。A是我们的病人和研究对象，你首先得信任他，取得他的信任，和他交谈。哪怕不能触及他的内心世界，但也要做到让他不抵触。就像你去监狱对那些犯人做的，你首先要融进他们。"

"不要跟我提工作！我只知道，他几乎要了甜心的命！"慕骄阳想到的全是他在病房里一睁开眼，甜心却已被炸成了碎片，不在了。想到这些，他当时根本不敢睁开眼，直到听见她说"我这么小，不占地方的，要和阿阳一起睡"那一刻，他才活了过来。此刻只要一想起当时的痛，他就不能呼吸，恨不得把这小子往死里打。

肖甜心走了过来，抱着他的手摇了摇："阿阳，我好好的，工作要紧。"

慕骄阳知道，他是永远不可能和A建立某种信任了，于是拍了拍景蓝的肩膀说："对他，你可能要辛苦些。"

"分内事。"景蓝答。

慕骄阳太高，为了迁就A的视线，他坐到了会客桌前。

肖甜心配合着他，替A拉开了椅子，轻声说："小朋友，坐吧。要不要吃甜点？慕叔叔做的糕点很好吃，我拿给你，好吗？"

A的视线聚了回来，落在她的脸上，嘴角一掀，居然露出了这一年多来的第一个微笑。这是景蓝从接手他到现在从未见过的。

大家也都坐了下来。

肖甜心将那碟玫瑰糕拿了过来，放在小男孩面前。

A 说："我叫 Aaron。"

"Aaron，你好。很高兴认识你。"

"我差点杀了你，你确定你在说真话？"

"真话。我不讨厌你，Aaron，你只是病了。"

"很高兴认识你。"Aaron 说。

慕骄阳玩着桌面上的一挂白玉珠，玩笑道："他没有同理心，感觉不到任何情绪。没有痛苦，没有快乐，他是一个空心人。"说着，他把那串搭配着景泰蓝小蝴蝶的白玉珠子戴到甜心手上，在她腕间被炸伤的地方绕了好几圈。她肤白，戴着真好看。

"慕骄阳，十多年前的你，不是一样吗？"景蓝说，"可是你现在有心了。还有洛泽，他在四五岁时，就懂得分裂出温柔的人格来看待这个世界。洛泽从来不肯丢掉他的同理心，哪怕从一开始，他也没有。"

洛泽垂眸："是。"小草紧紧倚在他身旁，而他侧过脸来，与她额头贴着额头，相视一笑。他的笑是如此温柔。

A 似懂非懂地看着他们，忽然对慕骄阳说："Shaw，如果有一天，你最在意的人离开了你或受到了沉重的打击和伤害，你还能找回你的同理心吗？她那么美丽，那么脆弱。我想，一定会有其他男人在暗中觊觎她，想得到她甚至毁灭她。对，就是你想的那样占有她。所有的犯罪，基本上都离不开性，弗洛伊德说过的。"

A 说的话已经是在挑衅了。

慕骄阳的耐心有限。

而肖甜心被吓到了。她不是一个容易被吓到的人，但这一刻，从 A 口中透露出如此重要的信息，她害怕了。

慕骄阳说："A，我知道，你们有一个团体，不是在单枪匹马行事。其中一个人善于控制且喜欢隐藏，他要的是绝对控制，操控每个人的生死如同操控扯线公仔；而另一个人善于伪装，他还没有那么大的需要宣泄的欲望，所以迟迟不出手，但他一出手往往是致命的；还有其他的连环杀手，暂时还没有露面。但我更倾向于三个。三在数学里，是最稳固和最稳定的关系。他们都多金、英俊且年轻。他们是可以满足所有女性的美丽幻想的漂亮男人。而且他们熟悉我，知道我擅长生物、植物和化学。他们其中的一个也精通药理，熟悉植物，所以从一开始，他们针对的就是我。'木蔷薇'

案其实是冲着我而来的。包括模特儿凯瑟琳被杀案中出现的植物佩奥特掌，也是幕后凶手故意放在那里的，就是为了挑衅和嘲讽我。他们的目的是要复仇，或是将我变成他们中的一个。我已经为他们画出了初步画像。A，告诉我，我只要你告诉我一点，是哪一个？"

是哪一个，将甜心视作了猎物。

A忽然轻笑："Shaw，小心你身边的人。"说着，他看了看景蓝，看了看洛泽，看了看门外的虚空，最后视线又回到了慕骄阳那里，说："看好你的甜心吧。那个男人，也想得到她，一口一口地吃掉她，享用她，毁灭她。"就像是毁灭了你，慕骄阳！

毁了她，慕骄阳这个人就嘭的一声，完蛋了。

三

一室安静。

很多原本不清晰的东西透过迷雾渐渐变得清楚。一切都是针对慕骄阳而来，又或者是，针对他们在座的每一个人。

A说："慕教授，你说对了一半。其实是有四个人。那个团队里还有一个人，不过，真正在执行计划的只有三个人。"

A看向景蓝，忽然露出纯真的笑来："景教授，你那么喜欢研究我，那你有没有想过分析你自己呢？你的人生道路是一帆风顺的，有疼爱你的妈妈，你品学兼优，毕业于一流的大学，做着体面的工作，在不久的将来或许会遇上你的真爱。但如果从一开始不是这样的，如果你有一个连环杀人犯父亲，你还能保有你的同理心吗？毕竟，基因是很伟大，也很可怕的东西，这种东西会传承。你每天都得和杀戮的基因搏斗，挣扎，直至被黑暗吞噬。"

继而转过头来，他又对洛泽说："还有你。在你心中，有你渴望见到和成为的人吗？你有一个双胞胎弟弟，看着他，就像在对抗你自己，你渴望他。他，是你的心魔。而你自己，也是自己的心魔。如果有一天，你再遇到渴望的人，你会成为他们吗？"

"你们每一个人都有心魔。心魔是你们的原罪。"

肖甜心猛地睁大了眼睛，这个A，他的心理年龄超越了他的岁数。他在诱导出每个人内心的邪恶。他这么小，居然就懂得反催眠。

一时之间，没有人说话。

客厅对面的大门开着，可以看到花园里美丽的景象。

慕骄阳忽然站了起来，说："甜心，我带你去看看我那顽固的老男孩和妖树。"

顽固的老男孩？妖树？

肖甜心一脸疑惑，而哈比早屁颠屁颠地跑了出去，对着庭院里几株高大的柳树吠叫。

缺根筋的哈比的叫声还挺快乐的。

大家都跟着走出了庭院，就连没有情感的 A 也跟着。

慕骄阳的视线从 A 身上扫过，然后又回到了柳树上来。这种柳树比一般的柳树要粗壮、高大，它的枝条很长，垂在地上拖出老远，而且树身上还有一个酷似人脸的树瘤。

这几株柳树被两米多高的铁栅栏围着，像几个被囚禁起来的没了生气的犯人。"这是食人柳，是我们在去救你的途中遇到的，何庭险些出事。"顿了顿，慕骄阳又指了指一边的一棵树蕨，"这是有着上百年树龄的老男孩，是个活化石了。"

这几株植物，还是他连夜让林业局的朋友从月光岛搬过来的。它们极具科研价值，尤其是这种食人柳，挺好玩的。

一只老鼠从地面上跑过，原本了无生趣的妖树忽然抖了抖枝叶，然后，从地面上扫过来的几根枝条迅速将老鼠缠住，裹成了一个小圆茧。

肖甜心："好可怕。"

小草兴奋得不得了，拽着洛泽蹦来蹦去："这个好，连猫都不用养了，捉老鼠。"

"它吃人的。这种树叫食人柳。"慕骄阳就是喜欢怼她，怼得她没脾气了，他最高兴。

"这种树的外形与柳树相近，一旦人被它裹成茧，它的枝条就会分泌消化液，把人黏住、勒死，再消化人的皮肤、肌肉。人体的养分被全部吸收后，它才会将枝条展开，只剩下一堆白骨。这是外来物种，应该是连环杀手团队故意移植过来设在那里的，这是为我们准备的大餐里的头盘。"慕骄阳解释。

杀手团在玩猫抓老鼠的游戏。而食人柳会出现在月光岛上，只是因为他们觉得好玩。

肖甜心第一次发现，他们面临的危险是那么大。不由地，她上前一步，从后抱住了慕骄阳的腰身。

她抱得太用力，他的伤口痛得要爆裂，但他还是笑着的，将手按在她的手上，说："别怕，我会保护好你。你是我的公主，我是你的骑士。"

肖甜心抬起头来，而他半回转身看着她。她就笑："不是大丹犬吗？"

"嗯，你的大丹犬。"慕骄阳笑得十分灿烂，"不是坐在国王旁边，而是坐在公主旁边的大丹犬。"

景蓝揉了揉眉心，看向了别处。

"A，你把同伴推下楼，不就是想看看他有什么反应吗？"慕骄阳忽然和A说话。

"脑浆在脑颅里横冲直撞，最后嘭的一声爆了出来，当时糊到你的脚上了吗？我想糊到了，因为你走下楼，走到他身边，看着他怎么死去。"慕骄阳直直地盯着他。

A不说话。

"觉得有趣吗？"慕骄阳笑得猖狂，"你怎么不自己去跳楼呢？那样你的感受会更直观。你不是感受不到爱，感受不到关怀，也感受不到痛苦吗？你自己跳，不好吗？"

"你跳时，得选高点的楼。最好是脑部先着地，这样去得最快最利索。如果是脚先着地，就是找罪受了。从脚踝、小腿骨，一直延伸至腓骨、股骨、盆骨，再往上到椎骨、肩胛骨、颈椎骨、头部，一截一截地碎上去，等你的骨头都碎完了，你还是活着的。"

听完慕骄阳的话，A的脸上始终没有任何表情。

肖甜心听得心里直发寒，而景蓝对慕骄阳投来警告的眼神，他在恐吓。

只有小草嗤了一声，叫慕骄阳"变态"。

洛泽："……"他这个师弟是有点重口味呀。

"把炸药绑在一个无辜的女孩子身上很爽是吗？"慕骄阳又说，"A，如果你再敢伤害她半分，我这里的几株食人柳等着你。"

哈比见到枝条会动，哼哧哼哧地小跑了过去，屁股还一扭一扭的。肖甜心大声叫："哈比，回来。"

"没关系，它不是树妖的菜，树妖最爱吃流着邪恶血液的小孩。"慕骄阳闲适地倚在门边，话说多了，背疼。

果然，那些食人柳对哈比一点兴趣也没有。

肖甜心眨巴大眼睛："它们还挑食？"

反倒是洛泽笑了："应该是师弟给哈比喷了他调配的特殊'香水'，它们反感这种味道。"

"是。"见被识破了，慕骄阳好脾气地笑笑。

景蓝指了指后院的小楼，对慕骄阳说："他才十岁不到，我昨晚已经做好了第一期的帮助他的准备，我想现在可以替他做第一次的催眠和记忆植入了。"

A若有所思地看着一众大人。

A是夏海和瑞士那边"寂静之家"精神研究所的病例，也可以算是资产。他们对A进行的一切治疗和研究都必须是保密的，所以洛泽夫妇没有跟过去观看。

慕骄阳一直低垂着头，不知道在想什么，他放在腰后的手紧紧地攥着肖甜心小小的手。他想了想，说："好吧。"

景蓝的工作室是淡蓝色的，静谧、舒适。

工作室里面有一张圆圆的，淡黄色的真皮沙发，人坐上去一定很舒服。

写字台很大，上面除了电脑，还放置着很多书。书架上也有满满的书籍。瞧着莫名让人觉得心安。

催眠没有马上开始，景蓝走到了屏风的另一边。屏风是由三扇薄纱木屏组成的，半透而朦胧的白纱上有团绣"蝶恋花"。屏风后还有一个衣架，上面挂了三件白大褂和几件衬衣。景蓝穿上白大褂，将扣子一颗一颗地系紧。一个男人穿衣服都可以这样美，肖甜心的目光被吸引。其实是惯性使然，她原本的工作就是和男人、衣服有关。

慕骄阳心里不爽，又被屏风后景蓝投来的淡薄目光刺激到了，他大步走了过去，说："向我递什么眼色？"

景蓝的视线一挑，落在了一件白大褂上。慕骄阳随手扯过，一举手，背就疼，他也学着景蓝的样子凉凉地说："背痛，帮一下忙。"

"我对给男人穿衣服没兴趣。"景蓝整理好挺括的衣领，走了出去。

还是他的甜心善解人意，她小跑了过来，微笑着说："阿阳，我给你穿。"她将白大褂抖开，让他穿进一个袖子，再穿进另一个袖子。

然后傲娇的大丹犬转了过来，面对着她，要她给他扣扣子。她将扣子一一扣好，将白色的领子翻好，压平整："还是我的阿阳最帅。"

他被哄开心了，一把将她抱起，她两手抱着他的脖子，脸贴着他的脸，两人头抵着头，相视而笑。

"喀喀。"景蓝轻咳。

两人才舍得出来。

景蓝拉开了一张躺椅，说："A，你想躺到这里来，还是坐沙发呢？"

"沙发。"A在沙发上坐了下去。肖甜心看到他小小的身体窝在沙发里面，莫名联想到了夹在面包里的白白的甜馅。他看起来是那么天真无辜的一个小男孩呀，谁能联想到他做过的事呢？

"甜心，坐。"景蓝说。

对这个治疗，肖甜心还是有看不懂的地方，就像雾里看花。她忽然问："景蓝，是不是开始了治疗，Ａ就会逐渐忘记自己，变成另一个没有记忆的，全新的人？"

"可以这样理解。"景蓝回答。

"但Ａ很明显知道连环杀手团的内幕。如果对他治疗，那我们这边的线索也就断了。"肖甜心有些犹豫。

景蓝怔了怔，说："是这样没错，但我的职责首先是帮助他，治好他，然后才是为市局的案件提供帮助。"

慕骄阳劝她："Ａ也只是毫不起眼的角色，甚至连他们的帮手也不算。他说的话，不过是有人教的。"顿了顿，他又问Ａ，"你为什么要帮助史密斯？"

"因为好玩。"Ａ答得简单直白。

"看，他想的其实就是这么简单，没有人要刻意操纵他。"慕骄阳说。

景蓝再次示意肖甜心坐。于是，肖甜心在另一边的椅子上坐了下来。而慕骄阳则懒懒散散地靠在写字台上，他的一双大长腿直直地放着，不小心触到了景蓝的皮鞋。

景蓝看了他一眼。他耸了耸肩，又将脚收了点回去。

景蓝靠在躺椅上，很舒服地一摇一摇。

他摇得很慢、很缓，摇得肖甜心想睡觉。

而慕骄阳拿起了写字台上的钢笔，钢笔在他的指间翻飞，吸引了肖甜心的视线。他的一对手很漂亮，白皙，秀气，骨节分明。她记起，在许多年前的午后的课间，她跑到他座位上向他请教化学题，班上就只剩下他和她。

那时的他很安静，他那一对黑眼珠又深邃又黑，看着她时，像要将她吸进去。

阳光落在他的身上、脸上，他整个人都是光明的。即使他背着光，她也记得他的每个眼神，每个细微的表情。他看着她时的那种表情很执着，那时她不明白，现在明白了，是他对她动了心。但那时他还不会表达，只懂得执拗地教着她一道又一道的题，一遍一遍地问她："明白了吗？"

嗒的一声，景蓝停下了摇椅，回眸看向慕骄阳："是要对Ａ催眠，不是对肖小姐。你要和她重温旧日时光里的美好，请等工作结束后。"

四

景蓝这个人就是太端庄太严肃，真像读书时的班主任。她被说得坐不住，稍微挪了挪脚，忽又听得慕骄阳轻笑了一声，他问："你刚才想到了什么？"

她脸更红了，轻声答："想到了那个没有坐实的吻。"

初吻，多么美好的一个词。

慕骄阳的思绪也被她带回到了那个午后。

他教她化学，说得很详细。知道她喜欢活泼的东西，为了吸引她的注意，他还会和她说故事，旁征博引，将一些趣事融入到化学上来，常常会惹得她咯咯地笑。

但这一次，他分析题目的时间太久了，她听得走了神，一直盯着他张合不断的嘴看。等他反应过来时，才发觉她盯着他的嘴看了很久，久到他已停止解题，她还没有回过神。

他还记得，当时是春末，有轻风吹，教室外的廊道上种有娇艳的海棠花。而她，就像开在课室里最娇艳的那株海棠一样引人采撷。古文中有形容女子美丽睡相的，就叫"海棠春睡。"

那时，他没有同理心，没有共情能力，根本就不能明白为什么要把海棠人格化，还要把美人形容为海棠。他就问她，她解释了半天，他还是不明白。她万分嫌弃他，也就开始胡扯："等你遇到心上人时，她就算是睡得像头猪一样，你也会明白什么叫'海棠春睡'的。"

有一次，也是在午间，大家都走光了，她还赖着他，说要听他解题。他把午饭打来，占了一半课桌，一边吃一边讲解。吃饱了饭就嗜睡，她趴在课桌上听他讲题，最后她睡着了。

他停止讲解，仔细地看着她。她的睡相很娇憨，她红润的小嘴微微嘟着，可爱极了。她绑着的马尾松了，轻轻地垂在课桌上。他伸过手来将她的头绳解开，那一头缎做的青丝从他的手中滑下，铺在了她的身上、课桌上。

他取过她的数学作业，在空白处一字一字地列解题过程。

他写完这一切也只用了不到二十分钟，而她已经睡得很熟了。她的脸蛋上飘着漂亮的粉红，那红沿着脸颊蔓延到了锁骨。连她苹果绿的荷花边领子下的白皙细腻的肌肤都泛起了红，不就是春海棠吗。

后来，或许是因为他的目光太炙热，她还是醒了。她一睁开眼，就看到他漆黑的眼眸，她人还是蒙的，说："你看什么？"

他答："看海棠春睡。"

思绪又回到了那个点上来。她盯着他的唇看了许久，那道化学题早已被两人抛到了九霄云外。

他忽然咬了咬唇，内心开始剧烈挣扎。而她已经向他靠近，她的唇几乎要触碰到他的唇，而他的头一歪，她的吻落到了他的侧耳上。

那一次，是他有生之年第一次那么强烈地体会那种名为"心动"，名为"喜欢"，名为"爱情"的感觉。他不知道该做什么反应，大脑是空白的，他既期待又害怕，因为他不明白这究竟是什么感觉，所以，他犹豫了，退缩了。

"我想到了你的睡颜，海棠春睡，很美，很好。还有那个令人心动的，没有成功的吻。"慕骄阳闭着眼，嘴角挂着微笑，感到十分幸福与眷恋。

他刚才再次用幻想控制术为大家重现了当初的景象。

景蓝诧异，自己教给他的东西已经被他完全掌握。

啪啪啪，A鼓起掌来。

"初吻，初恋，真是美好。"A说。

房间里还有音乐，是班得瑞的，很空旷，很静谧，如回到大自然。

"你能感受到里面的那种美好吗？你是什么感觉呢？"景蓝温和地询问，他的声音平缓，像低低回回的溪流，与乐音相融。

A忽然又不愿说话了。

慕骄阳歪着头看着他，想了想，忽然站了起来，从CD架上找到了一张老唱片放进去，清澈如泉的歌声传了出来。那是一首异常舒缓深情的歌，是Richard Sanderson（理查德·桑德森）的《Reality》（现实）。"这是一部讲述少男少女初恋故事的电影的主题曲，这部电影的名字就叫'初吻'。"

"很好听。"A说，"我很喜欢。"

慕骄阳笑了一声："你没有感情，也会喜欢？"

A则说："我的脑海里出现了那个画面，少年少女，稚嫩又可爱的爱情。能感受到是一回事，能理解却是另一回事。显然，我理解不了。就像慕教授，最终也没有吻下去，因为当时的他也不能理解这种正常人才有的情感。"

这样的进展不理想，但打开了A的话匣子。景蓝一开始的构想不是这样，是慕骄阳引导了刚才的局面。

打破A心防的最低限度的不是他，反而是慕骄阳。A不喜欢班得瑞，

但喜欢这首代表纯真爱情的《Reality》，而且看得出 A 还对慕骄阳和肖甜心过往的恋爱产生了微弱的共鸣，这是同理心的短暂一现。

而且 A 对肖甜心也有着别样的情感寄托。究竟是因为她理解他，给了他关怀，还是他对女性，有着对妈妈一样潜意识的依赖和信任？

"你讨厌什么呢，小 Aaron？"景蓝问。

"人。"

他如此直白，冷酷到麻木。景蓝放缓了语气又问："那你喜欢什么？例如就像那首《Reality》，你还喜欢什么？"

"狗狗吧，它们看起来都那么可爱。"

慕骄阳笑了一声："宠物里，猫是冷的，狗是热的。喜欢猫的人爱思考，爱孤独，喜欢狗的人缺乏爱，需要很多的爱。看来你很缺爱呀！"

他居然调侃病人。肖甜心扯了扯他的衫袖，他顺手一捞，握着她的尾指细细摩挲。

"你的大脑额叶腹侧功能缺失，这一部分控制着代表"爱"和"憎恨"的同理心结构组织。所以，你是没有爱恨的。喜欢动物？我怎么觉得在听笑话。"慕骄阳笑了，那笑十分轻慢。

A 咬了咬唇，不搭话。

景蓝说："没关系。你想抱一抱哈比吗？它很可爱。它会翻滚，会装死，会表演很多节目。"

"会跳圈吗？"A 好奇地问。

一听见被点名，哈比从角落里翻滚再翻滚终于翻滚了过来，对着大家咧开嘴哈哈笑。

景蓝顿了顿，笑了："会，它还会算术。"

慕骄阳："我怎么不知道它还有这么多功能。"

景蓝斜了他一眼："我教会它的。"

慕骄阳："……"

肖甜心将哈比放到 A 的腿上，然后摸了摸哈比的脑门，再揉了揉 A 的发："它很可爱。"

A 抱着哈比，一下一下地捋着哈比的毛。看得出，他没有伪装，他是真的喜欢。

慕骄阳想到了什么，说："说一说你的第一位宠物朋友吧。我想应该也是一只狗，而且是只小狗，是你父母送给你的吗？"

A 像陷入了沉思，最后说："是我在街边捡到的流浪小奶狗。它会一直舔我的手掌心，逗我咯咯笑。我和妈妈说过，希望养一只狗。可是他们不喜欢狗，所以不允许。后来，我把小狗偷偷养在房间里，它慢慢地长大。最后它被发现，被爸爸扔到了很远的地方。我再也没有见过它。"

看似很幸福的家庭，祸根其实早已深埋。

"你和你的父母谈过你对这件事的看法吗？"慕骄阳问。

"他们只会对我说，嘿，小事一桩。你喜欢什么玩具，我们买给你。"

景蓝是深入调查过 A 的家庭的，于是他点了点头，对慕骄阳说："除了这一行为，他的父母对他十分关爱。"

确实，单是这一点不足以让他小小年纪就心灵扭曲。但对于一个大脑有缺陷的天生犯罪人来说，这是一个致命的触发点。是他的父母使他明白，生命有时是不值得被尊重的。

慕骄阳见 A 的视线落在甜心手腕间的珠链上。A 说："那也是美好的事物。多么美的珠子和蝴蝶，还有戴着它的美人。"

慕骄阳会意，取过甜心的链子，嗒一下让珠链垂了下来。珠链在 A 面前轻晃，慕骄阳问："喜欢吗？"

A 笑着，没有回答。

"看着这只蓝色的蝴蝶，它轻轻地飞了起来。对，它在带你去一个有趣的地方。哪个地方你觉得最有趣呢？"慕骄阳开始浅催眠。肖甜心第一次领略心理学界高深的艺术，所以凝神屏息。

"它飞到了一个空旷白亮的廊道里，外面飘着大雪，但这里很暖。我看到了一个小男孩，他在走近我。"A 说。

"对，他想和你交朋友。他还带了一个小伙伴来，就是你想的那样，他有一只小狗。"景蓝接过了慕骄阳的话，将语气放得更柔，更缓，带着一点幽默的戏谑，"小狗看着你，在问，要不要和我们一起玩。"

幻想控制术开始了。

慕骄阳在肖甜心身边坐下，对她解释："那个小男孩就是被推下楼的男孩子。我们要从这里出发，把他的一切记忆抹掉，重新种植记忆。然后再把他十年来所有的记忆抹掉，让他的意识被全部清空，从而抑制他的杀戮幻想。"

见她脸红红地看着他，那对大杏眼水汪汪的，唇似启非启那么诱人，他垂下脸来，轻轻吻住了她："又想到昨晚了对不对？"

她轻轻捶他的肩膀，想将他推开一点，但他抱紧了她，低声说："我们就陪 A 做一场美梦。"

他的话很轻很软，在她的耳边嗡嗡的，令她舒服得想睡觉。

但她很好学，又问："幻想控制术的由来是什么？"

"是延伸自荣格的一个精神流派。意念幻象术是将精神产物通过幻想具形化，来引导自己和自己对话，这就是由荣格首创的幻想控制术的由来。"慕骄阳耐心地解释。

紧接着，景蓝开始把这一幅幻象具体化，为它画画，填框架，如同在营造一个故事，一个真实的，在生活中进行着的故事。除了他的父母，A的一切记忆将被重新架构，开始一段又一段看似不真实又真实的旅程。

"这个过程很艰难。有时甚至需要用十多年的时间。因为一旦不慎，他的意识就会产生大混乱，人就会崩溃。但他还小，第一个阶段需要五年。我想五年后，他会变得更加可爱，更加像一个正常的孩子。那时他站在15岁，也就是反社会人格出现的分水岭上，过去了，也就迈过了第一道坎。"慕骄阳又说。

看得出，慕骄阳心软了，在用心地帮助A。"阿阳，我觉得你和景蓝在做的事真的很伟大。不是每一个人都有改过自新的机会，你们给了A希望。还有很多像A一样的孩子，他们或许就是未来的连环杀手，而你们能够阻止他们成为变态的人。这项研究，无论是对个人，还是对社会，都有着极为深刻的意义。他们这类孩子只是病了，但一般人不能理解，包括他们的父母。而当他们长大成人，就会对这个社会展开杀戮。你们的工作具有十分有效的前摄①作用。"

"能得到你的认可，我很高兴。"慕骄阳俯下身来，又亲了亲她温软的嘴唇。

两人喁喁细语，觉得时间清浅，这一刻是很好的。但不速之客打断了大家的恬静平淡，有人在敲门。

景蓝皱眉，十分不悦。就连睡梦中的A肩膀也微微颤抖。

"我去看看，这里交给你。"慕骄阳带着肖甜心走了出去。

来的是陈星和木添胜，还有一个慕骄阳和肖甜心不认识的女警官。

陈星说："木蔷薇案又有了新进展，我们知道了其中一名疑犯的

---

① 前摄策略法是依据心理学先前材料的记忆会对后续材料的记忆有干扰作用的前摄抑制原理，对想要作案（幻想作案）和正在作案的犯罪嫌疑人的心理活动轨迹进行动态分析，根据收集到的犯罪心理痕迹，对案犯施加心理干预，从而阻止其犯罪得逞的方法。

情况。"

五

慕骄阳和甜心在主楼大厅接待他们。

女警官介绍了自己，她叫孙晓红，是警民公共关系科的，也就是警方面向社会和群众的发言人。

这次的木蔷薇案牵涉太广，对社会造成了一定的不良影响。尽管警方已经尽力压下，媒体还是蜂拥而上，对这次的案情添油加醋，引起了大众的恐慌。

所以，该怎样发言是个问题，尤其是针对大家最关注的问题：真正的连环杀手是否已经伏法。

慕骄阳看了眼甜心，说："你在美国BAU跟着钟教授时经常接触媒体，该怎样做前摄，你和孙小姐商量。"

而陈星将从肖甜心手机里恢复并打印出来的照片分发到了各人手上。慕骄阳看了一遍，说："仪式感。这个凶手对三个受害人有很深的爱意。他替受害人清理、梳洗、打扮，所以受害人穿着柔和的裙子，双手交叠置于胸前，显得很安详。"

"我记起来了，"肖甜心激动得小脸通红，连忙补充，"受害者们是被刻意摆在窗前的，有月光落在她们的身上，显得特别孤单。孤单、寒冷，再也没有爱人可以拥抱，这就是凶手当时的心理写照。"

慕骄阳点了点头，说："是的。这也是凶手的心理侧写，和翟林完全相符。当初我们推断，凶手是找到了更像黄妮的替身，所以不再需要这三个'收藏品'。其实是凶手渴望黄妮能真正'浴火重生'。"他将一张照片推到了甜心面前。

肖甜心看到，被炸掉了一小半的船身上印有一个被圈成一个圆的凤凰图案。"鉴证科证实，这是新近才画上去的。"慕骄阳又将一份报告推给她看。

原来，凶手不是要毁掉这三具尸体，而是希望她们得以重生。"因为和她们的别离，所以凶手产生了再也没有爱人可以拥抱的短暂失落。更因此，凶手必须马上获得新的'爱人'，展开新的杀戮，一切又成了一次新的轮回。"

凶手的画像全部厘清，他的动机明晰，现在只差证据。

这次的月光岛爆炸事件已经将尸体暴露在公众面前，即使警方有心

压下，媒体也不可能放过这么好的机会。而问题是，现在的木蔷薇案其实远没有结束。

"何队怎么看？"肖甜心问。

"史密斯的遗书已经经过鉴定，不是伪造的。"孙晓红说。这也是大众媒体现在普遍的猜测，他们都希望连环杀手已经伏法。

陈星从旁补充："而且史密斯那艘游艇上的三具尸体中，属于黄妮的捐赠器官都已被取出。"

"可是史密斯不符合画像，画像指向翟林。尤其是还要取出器官这一点，都指明了这就是翟林的行为和动机因素。偏偏我们没有任何有力的人证物证。"肖甜心叹气。

"上头给何队的压力很大。且经过深入调查，翟林与黄妮并没有产生任何直接或间接的联系。"陈星感到倦乏，揉了揉红肿的眼睛。

慕骄阳忽然问："新失踪的两名受害者的尸体发现了吗？"

此话一出，陈星他们倒吸一口凉气。

"疑凶翟林的情绪很不稳定，他在极力地追求平衡。这种平衡，是指他爱的人和那些替身之间的平衡。他需要发掘她们，使她们成为'她'，所以他不会囚禁受害者超过 24 小时。死去的人最听话。"慕骄阳再次作出画像，"而从昨晚到现在早远远超过 24 小时了。"

正在此时，陈星接到了局里的电话，他接起，神色严肃，对慕骄阳说道："两袋内脏被同时抛了出来。手法与前面三次一样，各出现了四朵和五朵木蔷薇花。但这一次，抛弃点是在闹市的两个区域。"然后他对孙晓红说，"媒体还不知道。"

肖甜心想了想，偎进慕骄阳怀里说："那些花，其实就是对你的示威。而且，幕后 boss 升级了，他故意让翟林把内脏抛在闹市区。"

"是。甜心，别担心。"他握着她的手放在唇边亲了亲，"一开始的初步画像里，我以为木蔷薇是翟林放的，其实不是。翟林是要'收藏'，而木蔷薇是要'展示和挑战'，是对我的示威。隐于幕后的人根本看不上翟林，因为低等如翟林，根本不懂杀戮的艺术。所以，他只是在暗中窥看而已。木蔷薇案并非他策划，却是他对我的宣战。"

为了能尽快破案，只能兵行险着，慕骄阳想了想，说："翟林要找到长得像黄妮的猎物需要机缘。他没有找到猎物的这段时间都是冷却期。所以我们可以做前摄，让一个和黄妮相似的女警到他身边。对媒体，我们可以含糊其词，让翟林放松，为我们赢得更多时间。"

"对。翟林和那种要向大众证明自己的绝对操控力的连环杀手不同。那类人，他们就希望媒体能将他们的'光荣事迹'大肆报道，引起社会关注。一旦媒体把他们的'杰作'压下来，就会激发他们更残暴的杀人行为。而翟林更需要的是时间，让他可以从容地去挑选猎物。"肖甜心对孙晓红解释道。

可这样一来就让孙晓红摸不着头脑了："可是你们不是说了'木蔷薇'案还有黑手吗？那个人在展示，在挑战，就是你说的引不起社会关注，反而会激起他们更凶残地杀戮的那一类人。如果我们刻意低调，岂不是激怒了翟林背后的操纵者？"

肖甜心再度解释："我所说的刻意低调，是不要给幕后黑手安上任何名称。例如美国著名的连环杀人犯'山姆之子'这样的名称。一旦给他冠以名称，他就会觉得自己变得更加强大，作案的手法也会更为残暴。我们应该把媒体的关注点集中到警方这里来，就说警方正在全力调查，除此之外无可奉告。不要提有犯罪学家在协助警方，这就是我们所说的前摄。"

顿了顿，肖甜心又说："可以安排像黄妮的女警扮成新闻记者，在镜头里出现。这样守在电视前的翟林看到了就一定会行动。"

"翟林已经变态，杀戮能使他感到快乐和平静。他很享受和'尸体'独处的时光，所以他会一直猎杀那些女子，只不过当尸体越积越多时，他可能会放弃尸体，改为收集特属于她们的'纪念品'。所以我们必须赶快抓住他，以免更多的人被害。"慕骄阳说。

陈星点了点头："我们安排了警员对翟林24小时盯梢。"然后他话锋一转，说，"慕教授，这次来，我们要带走一个人，这个人可能是杀死史密斯的疑凶。"

碰巧小草牵了洛泽的手往这边走，她对着慕骄阳挥了挥手说："哎，慕骄阳，你再示范一下食人柳怎么吃东西呀！"

她笑得欢快，没有察觉大厅里胶着的气氛。

洛泽不动声色地按了按她的手背，她就不说话了。

慕骄阳十分不悦地看向陈星："我这里只有好兄弟，没有连环杀手。我想你搞错了。"

木添胜正要插话，武亮的车到了。陈星看到他拿着一份文件下车往这边走来，于是说："这起案子，因为牵涉到你的旧识，你本来应该避嫌，但我们绝对信任你，所以武教授会直接给你看报告。"顿了顿，他又说，"我们要带洛先生走。他曾在月光岛游艇爆炸案里出现过，还是杀死史密

斯的嫌疑人。"

慕骄阳很冷静，还是那句话："我绝对信任我师兄。我们有过命的交情，我很了解他，如同了解自己。是谁都不会是他。"

武亮进门时就听到了他的话，而洛泽则淡然地坐在椅子上不说话，他的妻子安静地陪着他，两人紧紧相偎。

于是，武亮把 DNA 遗传排列序谱直接交到慕骄阳手上，又对洛泽说了句："我也希望只是一场误会。但现在我们只能凭证据来办案，请谅解。"

只是看了一遍，慕骄阳就知道 DNA 不会错，是铁一般的证据。但他还是那句话："我相信师兄。"

一行人来到警局时，大家的神情都很严肃。

慕骄阳脾气很大，相反，洛泽一直很安静。

现在只是协助调查阶段。

当洛泽要被带进审问室时，小草急得整个人一直在抖，死死地抱着他的手臂不肯放，只说了一句话："我也要进去。"

慕骄阳怔了怔，走到何队身边低声说："何队，行个方便，让他妻子也进去。"他们两人如同一体，生死相依，是绝对不会分开的。

只是协助调查，还不是正式的审讯，何队准了。

例行问话，问的无非就是昨晚七点到十点这段时间，洛泽在哪里，在干什么，可有人证。

洛泽回答得很平静："我和小草在慕骄阳的家里。接近 7 点时，慕骄阳和景蓝同时离开。而我一直和小草在房间里看书，没有外出。"

"那你的血液为什么会出现在史密斯的遇害现场？据我所知，你只有一个孪生弟弟洛克，而且已经去世。"

提及弟弟，洛泽脸色一白，许久没有说话。倒是小草直直地看着何队说："这应该是你们警方要去查的事。而且，慕骄阳家有监控，可以查出我和洛泽由始至终没有外出。"

何队锐利的眼风扫了过来，他说："你是直系亲属，说的话不能做证。而且据我所知，洛先生身手非常好，要避开监控，直接从四楼爬下去根本不成问题。"

"那动机呢？洛泽为什么要杀史密斯？"

同一个问题，在另外两个审讯室被同时提起："动机呢？洛泽为什么要杀他？"

陪同陈星一起问询的还有徐一一，也是为了照顾慕骄阳和肖甜心的情绪，陈星才叫了她来作陪。徐一一对犯罪心理学很感兴趣，还打算到美国进修犯罪心理，所以更能了解动机。她说："对于变态者来说，杀人是不需要动机的。更何况洛泽的童年确实造成了他的心理变态，他曾进过少管所，他有强大的掌控欲，他天生爱杀戮。"

"你有做过功课，但是你查到的太少了。洛泽是顶替他弟弟进的少管所。而且，他有暴力倾向，但并不代表他有暴力行为，更不要说杀人。他现在过得很好，平静幸福，拥有两个孩子和最爱的妻子。"慕骄阳说。

"很多连环杀手都有幸福的家庭，这不能代表什么。"徐一一据理力争。

肖甜心咳了声，说："那是因为你不了解大哥哥，他是宁愿伤害自己也不会害人的。难道你们就没有往有人嫁祸给他那方面去想吗？"

"抱歉，我看过慕教授对他做的海尔量表测试。他很危险，还有那么好的身手，他还具有反社会人格。"

慕骄阳笑了一下，十分讥诮："对洛泽的实验证实了我的推测，他具有超越常人的控制力，这和他的额眶皮质细胞活跃程度高有关。洛泽既是天生犯罪人，又同时具备天生犯罪人所缺失的控制力，这在我的实验数据库里是第一次遇到。这份报告，难道武亮没有给你们看吗？他具有很强大的控制力，完全可以控制自己的行为。"

"同样，也可以控制所有人，让他们去杀人，而他则隐身在幕后。"徐一一说。

慕骄阳说："我绝对相信洛泽。"

"叫我洛泽就可以。我确实有过杀人的念头，没有征兆，没有动机，就是想那样做。"洛泽的声音淡淡地响起，回荡在狭窄冰冷的审讯室。那是武亮跟进慕骄阳的项目时做的旁录，正好是洛泽亲口所说，现在被当成了证据。

木添胜说："景教授，这是你和洛泽的对话。事实证明，专门针对心理变态者进行海尔量表测试，以对预谋犯罪、严重犯罪和连环犯罪起到了有效的预警和前摄作用，尤其是针对连环犯罪，十分突出有效。这些都是慕教授列在他的研究项目里的。你对洛泽还有慕教授的意见有什么看法？"

景蓝交叠双手，放于桌面，他的样子沉敛安静，而那双漆黑的眼眸像一汪平静的湖，倒映着岸边寡淡的风景。

他一直很安静，但此时只是说："如果你是问我的专业意见，我能给你肯定的答复，洛泽的心态是正常的。他虽然具有'变态'的潜质，但没有变态。海尔量表只是提供参考的一项依据。我是一个心理学家，善于从方方面面去观摩一个人的内心。他是一个雕塑家，他新近的雕塑作品我也看过，这是最快速的评估他心理情况的可行方法。他完全不会是变态连环杀手。洛泽的内心无欲无求，非常平静，而根据慕骄阳和我的画像，隐伏在幕后的操纵者心理起伏非常大，尽管有很强大的控制力，能约束自己的行为，但他此刻很愤怒。且凶手冷酷麻木，没有任何情感。杀人对他来说是一种游戏，他很享受折磨的过程，所以史密斯死前应该遭到过虐待，从精神上到肉体上。"

另一边的审讯室里，慕骄阳将刚才景蓝说过的话说了一遍。他说："你们找错人了。有时，证据也会出错。洛泽不符合幕后操纵者的画像，因为操纵者真正的嗜好是虐杀。那种快感无与伦比，他拒绝不了，很快他会再次行动。而你们在做的，只是浪费时间。"

就在肖甜心也要为洛泽说话时，大脑突然一疼，她几乎坐不住，要跌下来，幸好慕骄阳一把抱住了她，低声问："甜心，怎么了？"

而一段可怕的影像在她脑海里出现，在史密斯游艇靠窗的甲板上，她清晰地看见洛泽的身影一闪而过，他当时的神情太过诡异，所以她记忆深刻。现在，她都记起来了，她看见洛泽在笑。

第十章 无比契合

一

由于作为犯罪心理学家的慕骄阳和心理学家景蓝都提出了具有针对性的专业意见，所以洛泽没有被逮捕，但他不能出国，得一直待在夏海市。

而慕骄阳则接到了心理学家李昊的电话，原来是他错过了好几次见面。

依旧是在李昊的办公室里。

晚上8点的光景，四处很静，墙纸是淡黄色的，和景蓝的办公室有几分相似。这是慕骄阳第一次打量这里。

轻笑了一声，李昊说："看来你最近心情很好，开始对案件以外的事情感兴趣了。"见慕骄阳没有否认，他又说，"慕教授最近没有出现了。"他用了肯定句。

慕骄阳说："是的。"

"看来那个女孩对你的影响很大。"

慕骄阳忽然就不说话了。脑海里闪现的是慕教授的警告："这世上没有人值得信任。而这世上，肖甜心就是你的软肋。"

他长睫一颤，抬眸时看到了嵌在对面墙里的巨大鱼缸。鱼缸里划分了两个区域，有一个区域里养着宠物蛙，嫩绿嫩绿的，非常可爱。

"女孩子都喜欢这种蛙。"李昊也看向宠物蛙，嘴角噙笑，眼神柔和。那一瞬，那平凡的脸也因他柔和的笑意而变得动人起来。他说："来这里的女客户都喜欢。"

李昊的笑给慕骄阳一种十分熟悉的感觉，似曾相识。但他很肯定，在来李昊的心理治疗室之前，两人从未见过面。

绿蛙一跃，错开了慕骄阳的思绪。

甜心也喜欢吗？慕骄阳情不自禁地想，蓦地又想起了读书时，和她的滴滴点点。

"可以说一说的。"李昊的视线又移到了一边的鱼群里，鱼群按照一定的方向游，看久了，人就会不自觉收到暗示。

果然，慕骄阳闭上了眼睛。

那一次是生物课，李老师要解剖青蛙。可是甜心太善良了，听见青蛙要被解剖就哭了。她哭得梨花带雨，哭得他心都软了，于是他就将要分给全班同学的青蛙都放生了。

结果就是，他和甜心都被罚站了。正是炎夏时节，教室外的走廊偏偏又是阳光最充沛的地方。一个小时后，她被晒得摇摇欲坠，慕骄阳挪了两步，然后低声说："靠着我。"

她哎了一声，乖乖地靠着他。而他的指尖轻轻地、轻轻地擦过她的手背，像无意，又似有意。

她看着两人投在地上的影子，互相依偎，十分甜蜜。一时顽皮，她大胆地握住他的指尖，然后是他的手掌。慕骄阳身体一震，没有动，任由她握着。

他没有牵着她，但他也没有拂开她的手，这样就很好。她忽然一抬头就朝他笑了，笑得很灿烂，像天边的太阳，照亮了他晦暗的生命。直到多年后，他依然无法忘怀，那天，她对他璨然一笑，艳若玫瑰。

"她真是善良的好女孩。"李昊的声音如温柔的湖水拂过。

"是呀，她太善良，甚至还会为了一个案件而内疚自责，哪怕她没有犯任何错误，她也不肯原谅自己。"慕骄阳说着，眉心蹙起，显然那也是令他心疼的事情。

李昊温和地说："是什么案件呢？你说出来，也许心中的负担就没有那么大了。"

但慕骄阳的脑海里出现的，显然是另一番情景。

李昊察觉到了，轻笑："她真是美好对不对，她一定令你很难忘。她是怎样的一个女孩子呢？"

在他的诱导下，慕骄阳一点一点地回想起那些过往。

他的女孩，令他难忘。

那一件事，她为他做。

她说，慕骄阳，我不要你忘记我，即使你不喜欢我，我也想让你一辈子记得我。

那是最炎热的夏季。

那一年，他 19 岁，即将去美国读博士课程。

他并不打算和她告别，因为他不是慕骄阳，他是慕教授。

少年的慕教授排斥着她，也深爱着她。

那个夏季，他做好了一切准备，行李早已被打包运到了美国。

她找不到他了。

她疯了似的找他，最后，她在洛泽那儿知道了他住的地方，守在了他家门前。

她说："我只是来看一看你。今晚,别走,好不好？就当陪一陪我……"

当时的太阳很烈，她站在那儿，快要中暑了。

他又想起了那个午后，另一个自己为她放掉了那些青蛙，她就陪着他站在烈阳下，她靠着他，牵着他的手，令他生出只想一辈子牵着她的想法。慕骄阳渴望的，他同样感受得到。

所以，他做不到拒绝。

她牵着他的手往前走，而他没有问她要去哪里，他只是跟着她走。

沿着海边走，有大排档。

她说："我请你吃晚饭吧。"

他说："好。"

两人坐于海边，海风吹乱了她的发。那些青丝拂过他的脸、指间，缠缠绕绕，令人牵挂。

她点了烧烤，放了很多辣椒，吃出了泪花。

但她一直笑，说："真好吃。"

她还叫了许多啤酒。他就默默地陪着她喝。

他是千杯不醉，但她明显极少喝酒，不过是喝啤酒，都会醉。

他看着她娇憨的神态和大着舌头说话的可爱模样，她的眼睛又黑又润，看着他时水汪汪的，她像一只可爱的狗狗，他忍不住伸出手来摸了摸她的脑袋说："乖。"

后来她真的醉得走不动了，结果还是他买的单。她说："你背我好不好？"

他就背着她一路走，一路走。

她很轻，他背着走了许久都不觉得累，只是看着远处的大海出神，不知不觉，太阳下山了。

"你想去哪儿？"连他自己都没有察觉，他的声音是那么温柔。

"我们在海边看星星好不好？"

他想了想，最后叫了的士，去了一处私人海滩。

那一片海是属于洛泽的，不会有任何人在那里。

海边还有洛泽的简易工作室，里面摆放着许多待完成的雕塑。

海边很静，只有她和他。

"真好，这里都没有人，只有我们。"她娇娇地笑，倒在他的怀里。

他拥着她看星星。

世界静极，只有无边的海与无穷的星。

她忽然离开了他的怀抱，轻笑着说："阿阳，我们去游泳吧！"

汗水腻着，难受极了，她脱掉了那条火红的裙子，然后嗒的一声，红色蕾丝内衣掉到了沙滩上，月色下，是她泛着雪的光芒的雪白肌肤。

二

她喝醉了，却如一尾鱼，游进了大海里。

他急了，一头扎进了海里，到处寻觅，不见芳踪。

"甜心！"他大声呼喊她的名字，却无人应答。

仿佛她从来不曾出现，今夜的一切只是他的幻想。

无论是慕骄阳还是他，都曾在脑海里幻想过她，和她拥吻，和她缠绵，和她沉沦。

海里全是她的气息，那是淡淡的芍药花香。

她最爱的那款香水的味道，其实就是她的味道。

似是谁在轻抚他，先是脚踝，跟着是小腿、大腿、腰腹、胸膛，最后她从海里钻了出来，贴在他怀里，真的就是一尾水性极好的人鱼。

她亲吻了他，呼吸间全是酒香。

他蓦地觉得热。

他将她抱回了岸上。

她在他耳边软软地说："阿阳，我们进大哥哥的小木屋好不好？不会有别人打扰。"

他似着了魔，拾起地上两人的衣衫，抱着她走进了那间小小的工作间。

门关上后，其实屋子里也不算漆黑，因为有月光。

他将她放在一处米黄色的地毯上，她说："你看一看我，好不好？"

她还真的是醉了，不然，她根本不敢如此大胆。

他松开她一点，她还在他怀中，月光落下，覆在她如雪的肌肤上，那么美好。

他赞叹："你很美。"

她并没有什么遮挡的动作，虽然脸很红，但那对水眸更水润了，看着他时那么乌黑湿润。因为害羞，她轻咬了一下嫣红的唇，于他而言却是像在品尝最美妙也最烈的药。她抓着他的手，很用力地按在了她的心房上。她的那颗心猛烈地跳动着，那么狂野，那么热烈，像熊熊燃烧的火，从他的掌心一直燎原，誓要将他整个人焚毁。

她像是每个人初生时的模样，又像天地初开，一片混沌，又像是透过黑暗，照亮一切的那一缕光。

她，她的脸庞，她的身体，渐渐清晰，又渐渐迷糊，仿佛一切只是虚妄。

他按着的手又用了用力，几乎是握着她的一颗心。"等你明天醒来，你就要后悔了。"他低声地说，然后不再犹豫，低下头去吮了吮她娇嫩的唇。

"你会忘记我吗？"她软软地问。

"不会。"他答。他不是慕骄阳，即使得到她，只要太阳出来，他也会冷静地离开她。

因为，他没有感情。

她亲吻他。

那种过程很难熬，他几乎要失控。他箍着她的腰，那么紧，那么用力。他想将她用力地嵌进他的身体里，再也不放过她。

那间昏暗的小木屋，颠倒的天与海，是他最后所能记起的全部。

"嘿，你好。"他睁开了眼睛。

李昊一怔，看向他。

他慢慢抬起了头，一对漆黑的眼睛似笑非笑："你为什么对她那么

感兴趣呢？"

"你是慕教授。"李昊的声音极为平静。

"我已经很久没有出来了。"

"那是什么令你出来了？"李昊和他打交道，"你应该将身体还给慕骄阳。"

慕教授漆黑的眼珠一转，嘴角噙着的笑像冷月寒芒："我想，所以我出来了。"他察觉到了潜在的危险，她的处境很危险，所以他出来了。

李昊盯着他的眼睛，说："我们应该像朋友一样相处。我和慕骄阳建立信任关系，用了三年的时间。你可以相信我，我只是想帮你们。"

肖甜心是他和慕骄阳的软肋，他不能冒这个险。刚才，慕骄阳差点就在催眠里将当年那件孕妇案的事说出来。

那件事是肖甜心的死穴，如果有人要利用这一点对付她，她将会非常危险。

"你一直在催眠慕骄阳。他这个不自知的蠢货！"慕教授站起，就要离开。

李昊并不阻拦他，只是说："你一直在对抗慕骄阳，做了许多违背他意愿的事，又在消耗他的主人格。我只是想帮助你们。"

安静的房间里，突然响起了尖锐的铃声，是慕骄阳的手机响了。

一怔，慕教授的心智被打乱，退了下去。

慕骄阳重新占据了身体。

刚才的一切他都知道了，虽然只是部分。

关于那一段回忆，最后是慕教授用催眠的方式洗去了肖甜心的一切记忆。

关于海边小木屋的一切，她都忘了。

那一晚，是他……

在最后的那一刹，慕教授将她还给了他。

而他以为只是做了一场梦，因为他醒来后，慕教授就占据了他的身体，踏上了飞往美国的航班。

他被慕教授禁锢了五年。

直到在从谢菲尔德飞往伦敦郊外化工制药区的小型飞机上，他和慕教授再次遇见了她。

是甜心令他苏醒。他一直在和另一个自己争斗，然后再次寻回了她。

而这些年，那段模糊的回忆总是在他的清醒与不清醒之间反反复复地上演。

让他分不清是现实，还是梦幻。

这一次，他不会再放弃，他要夺回属于自己的一切。

铃声响个不停，慕骄阳冷静地接起："喂？"

"慕教授，又发生了新的命案。"

这一次来李昊工作室，他居然待了一整个晚上。

慕骄阳走到门边，蓦地回头看了李昊一眼，若有所思，但什么也没有说就合上门离开了。

> 被理智所抛弃的幻想，会生出难以想象的怪兽。
>
> ——西班牙浪漫主义画家

洛泽合上了书本。

他的书被陈星抽走。

陈星问道："洛先生，你能解释一下为什么你的雕塑里藏有尸体吗？"

因为他是慕骄阳的朋友，所以警方对他还算客气。

洛泽的眼睛很深邃，专注看着人时，甚至会使被看的人有种战栗感，仿佛一切被他所洞穿。更何况洛泽还是那么英俊的一个人，被他看着时就更不舒服了，因为你会自惭形秽。

陈星轻咳了一声，移开了视线："请你回答问题。"

洛泽淡淡地说："那座雕塑不是我做的，是有人故意放在了这里，为了'展示'。"

陈星并不信，但又对雕塑艺术一无所知。他正要问何队要不要去找个相关人员来鉴定作品风格，何队走了过来说："慕教授马上到。听说，他一直在研究你的作品来分析你的心理状况。他分析研究你的作品达八年之久，我想，他可以提供一些线索。"

肖甜心收到慕骄阳的信息后，从家里匆匆赶了过来，刚好在蓝斯艺术馆的后门见到了他。

前门已经被媒体围得水泄不通。

慕骄阳看见肖甜心时，先是一怔，然后在海边小木屋的一幕幕不断涌了上来。

那一刻，他对慕教授有了深刻的恨意。

"阿阳，洛泽怎么了？"她很急，踩空了一级台阶，被他抱住。

　　她赶过来得急，穿的是一双平跟的运动鞋，此刻被他半抱着，鼻子堪堪撞到了他坚硬的胸膛，撞得她生疼，只好用手去捏小鼻子。

　　慕骄阳一把将她扛起，快速跑上了台阶。

　　"哎哎哎，我又不是沙包！"她踢着双脚抗议。

　　他在她翘翘的屁股上打了一记："再不老实点，我就不客气了。"

　　肖甜心马上不敢反抗了。

　　他扛着她进了电梯，才放她下来。

　　她突然觉得窘，自己的高度只到他的肩膀。

　　他忽然揉了揉她的发，说："别担心，洛泽不会有事的，我也不会让他有事。"

　　大家都在了。

　　慕骄阳和甜心直接走到了尸体旁边仔细找寻线索，顺便作画像。

　　因为这次有尸体，所以画像会更为准确。

　　这是一个女性死者，但其中一个凶手已经可以被排除和本案有关系，起码这件案子不会是翟林做的。

　　慕骄阳将戴着白手套的手轻按在了白泥做的雕塑上。

　　因为是把白泥层层叠叠覆在尸体身上，所以白泥雕塑不能被推进熔炉里去煅烧。一烧，尸体就熔了，达不到"展示"的效果。

　　"凶手已经变态，他会一直作案。"慕骄阳说。

　　怕大家不了解，肖甜心补充："因为凶手大可以毁尸灭迹，将雕塑推进熔炉里，白泥经过煅烧才会变得坚固。但他没有这么做，因为他的目的就是要让大家发现尸体。"

　　何穆同说："这家蓝斯艺术馆的安保本就严格，而且这个未完成作品的保存库房需要洛泽的眼部扫描才能进入。所以，这个案件，洛泽的嫌疑最大。你跟我们回去一趟，当然，你可以叫上律师。"

　　何穆同马上让陈星联络本市的雕塑鉴定家，为这件作品做个人风格鉴定。

　　洛泽一直不作声。

　　肖甜心走到洛泽身边，说："大哥哥，我想和你单独谈谈。"

　　慕骄阳看了她一眼，若有所思。

　　大家分头行动。慕骄阳去了解事发的经过。原来是早上七点时，打扫艺术馆内卫生的工作人员发现本该是锁着的作品库藏门虚掩着。于是她进去查看，就发现了那座多出来的雕塑。因为雕塑刚好置于滴水的空调底下，所以白泥开始溶化，露出了女尸的头发，从而被发现。警方在七点二十分赶到。现在刚好八点。而女死者死亡时间是在两天前，她的身体还被做了防腐处理。女尸应该是昨晚被人搬进来的。

洛泽对着大家稍一颔首，便走到了偏廊下，那里很安静。

轻纱垂坠，壁上挂着一幅土耳其细密画。画中，白色独角兽和少女相依偎。

"独角兽象征权力、欲望、纯真和情欲。大哥哥，你最新的未完成作品就是《独角兽少女》。"肖甜心说，"我之前和你打电话聊天时，你提起过在做这个主题。"而现在，这个主题的尸体雕塑出现了。

那座藏了尸体的雕塑有少女的脸庞，却拥有白马的身体。少女额上还有一只尖尖长长的白角，是很尖锐的一个意象，尽管少女的脸庞很美丽纯真。"大哥哥，你有烦心事，你的内心很挣扎。"肖甜心想了想，又将那晚在游艇上见到他的事对他说了，"大哥哥，那晚为什么你会出现？"

三

洛泽听了，原本沉静的面容一变，他睁大了眼睛看着她，最后只是摇了摇头："没有。甜心，那晚我和肉肉一直在一起，我们根本没有离开过慕骄阳的别墅。"

"可是洛克已经不在了。除非这世上还存在另一个人和你们是同卵三胞胎。"肖甜心说。

洛泽的眼睫一颤，有酸涩的液体涌现。

"我懂了。因为提到洛克，触及了你的伤心事，所以你造了那座雕像。独角兽少女伤痕累累，但她的伤世人看不见。现在，还有人把尸体放进去，向你泼脏水。"

"你信我？！"洛泽不可置信地看着她。

"我当然信你，不然我早说出来了。你的画像和这些案子不符。是有人在对付阿阳，而过程首先就是对付他身边的人。这一次是你，下一次或许就是我。我看得比谁都清楚。"肖甜心也眨了眨酸涩的眼睛。

两人又走回到原处。

步出廊下阴暗的地方，站于白昼之下，肖甜心觉得眼睛生疼。其实，有了多次画像后，对手想要隐藏的"真正"画像已经显形，只要她和慕骄阳再谨慎些，多从各个方面去做推理和侧写，要找出对手的漏洞并不难。

见她对他微笑，慕骄阳就知道她想到了。"何队，我建议从洛泽的家庭、

身世开始查起。每一处都不可以放过，哪怕再细微的东西也要翻出来。"

转过身，他对洛泽说："师兄，你在哪家医院出世？"

洛泽蹙眉："我和洛克在美国的一家私人医院出生。"

那就有点意思了。那么多国家，为什么偏偏是在美国呢？洛泽的爸爸是半个意大利人，妈妈对法国钟爱有加，后来更是和洛克长居法国，而洛氏家族更是国内望族，却偏偏选择跑去美国。

"我和甜心会去一趟美国。"慕骄阳说。

刘浩法医在现场检查尸体。因为白泥干后，即使不煅烧，也可以在短期时间内保持固定不倒，所以需要将白泥雕塑切割才能将尸体取出来进行第一步的表面检查。

"这件雕塑不是小叔叔做的，而是凶手做的。凶手懂得雕塑，有相当高的艺术造诣，而且，他的风格和小叔叔十分相似。"顿了顿，尽管羞于启齿，但她还是说了下去，"而且他的风格里，还有洛克的风格。可以说，他的风格是洛泽和洛克的糅合，既抽象又具体。"小草从后走上前来，她在洛泽身边站定，看向他时，十分担忧。

碰巧洛泽的老师皮耶·保罗也过来了，他一进入重要展厅就说："咦，怎么来了一大群人？"

慕骄阳是认得皮耶的，过去和他打招呼："老教授，你也来了呀！"

"洛泽和肉肉的一对双胞胎快过百日宴啦，我特意从法国赶来。昨晚还和洛泽喝了一通宵酒，刚刚睡醒，家里一个人也没有，我就过来看看。"热情的皮耶笑眯眯地和大家打招呼，但见到大家神色肃穆，才察觉出了事。

"老师，我的艺术馆出了命案。"洛泽揉了揉眉心。

都是通透的人，皮耶一怔，哪还有什么不明白。他敛了笑容问："他们怀疑你？怎么可能，你是那么好的孩子。而且，这三天来，我们师徒俩一直在一起喝酒、谈论艺术，一起创作雕塑。小草也在，可以做证。"

"直系亲属不能做证。"慕骄阳有些无奈地道，但他忽然转过头来对陈星说，"但是皮耶不是洛泽的亲属，他就是最有力的时间证人。"

陈星抿了抿唇，不说话。

皮耶不是相关人员，正要被请出去时，他忽然看到了那张藏有尸体雕塑的现场照片，咦了一声道："奇怪，这件作品有洛克的风格在里面，也有你的，洛泽。不过，我看，还有第三个人的影子，这个影子所表达出来的东西很复杂，有妒忌，有对权力'展示'的热衷，这个第三人在极力想得到认可，所以他要'展示'。"

又是展示！果然，他们的思路是对的。慕骄阳和肖甜心对视一眼，然后慕骄阳对陈星说："洛泽有人证。"

而且皮耶就是最权威的鉴定师，他已经给出结论，这件作品尽管充满了洛泽的风格，却不是洛泽做的，而是由第三个人做的。这个人还把洛泽、洛克的风格都投射了进去，所以这件雕塑作品有三个人的风格在里面。

但陈星咬得紧："但是皮耶说了他喝醉了。喝醉后，洛泽完全有时间出去作案。要知道，他妻子不能做证。"

见慕骄阳还要说什么，洛泽拍了拍他的肩膀道："师弟，没关系。我随他们去一趟警局。我叫上律师，马上就能出来，走过场而已。他们没有实质证据，我去只是协助他们问话。"

正说着，洛泽的律师到了。洛泽便随一个刑警回局里做笔录。

慕骄阳看着鉴证科的技术人员在切割白泥，便问小草："师兄原本的灵感应该是怎样的？"

小草将洛泽的草稿递给他。

慕骄阳坐在沙发上，见甜心还站在那里，伸手一揽，将她揽在了怀里。两人肩并着肩，脸贴着脸看那份草稿。

少女的身体是隐在白袍下的，白色的马尾巴垂在水边，少女伏在河边，而水里的倒影是一匹白马，意象十分美丽。

"洛泽的心理矛盾、挣扎，但更为柔和。这件藏了尸体的成品，更加尖锐。"慕骄阳评价。

"原稿里的少女很美丽，洛泽突出了她身形和脸庞的完美柔和，但那只尖角也就显得更为狰狞。"肖甜心说。

"是杀机。"慕骄阳想了想说道。

如果景蓝在，也会做出同样的心理评估。

听到这里，小草很紧张，一双手揪着裙摆不放。

"因为连环杀手在木蔷薇案里对洛泽栽赃，所以激发了潜藏在他基因里的杀戮因子，但他完全可以控制。"慕骄阳安抚她，"这构不成杀人的动机。"

"这件案子里，也出现了两幅画像。"肖甜心说。凶手有两个人。

"是。"他肯定道。说到底，和木蔷薇案很相近，都是有两个凶手。

而隐于幕后的凶手，是为慕骄阳与洛泽而来。

他又看了肖甜心一眼，她和他还真是契合，那是思想的激情碰撞，是灵魂的热烈相拥。

从身体到灵魂，无不契合。

只有她，最了解他。

慕骄阳正要继续做侧写，另一边传来一声低呼。

三人回头去看那具刚被取出的尸体。随着她的眼皮被法医揭开检查，其可怖也显现出来。

尸体的眼睛非常诡异，她的眼珠被剜掉了，凶手用一对十分美丽闪耀的黑曜石来代替眼珠，十分诡异。

甜心站在原处，但慕骄阳快步走了过去，在尸身旁蹲下。

与此同时，尸体的嘴也被法医打开了。

刘法医检查得很仔细，将尸体的口腔再掰开了一些。旁边的法医助理将电筒对准口腔里的各个部位，还有技术员在配合拍照。

慕骄阳突然说："电筒往她喉咙里倾一点，里面好像有东西。"

刘法医小心处理后，终于从女尸喉咙里取出了一朵红色玫瑰花，还连着长长的花茎与玫瑰花刺。

全场人都瞪大了眼睛，屏住呼吸。只有木添胜说了一句："我的天哪！"

刘法医将一整枝玫瑰放进证物袋里，留待鉴证科化验员化验。

"这是什么意思？"何穆同只觉得头大。

"难道是凶手觉得自己这样做很浪漫，很像情圣？"木添胜快人快语，"我之前办过的奸杀案，就有凶手把玫瑰花瓣铺满受害人全身。"

慕骄阳摇了摇头，正要说话，甜心走了过来。她就倚在他身边，看到那惊悚的一幕，她只觉恶心，胃开始翻江倒海。他牵着她的手，尾指在她的手背挠了挠，蓦地，她就克服了想要呕吐的冲动。

"先喝点水再说。"慕骄阳把矿泉水瓶拧开递给她。

她喝了一口，抿了抿唇才说："花，有拜访的意思。当我们去别人家做客时，除了水果，也很有可能带上一枝或一束花。这是一种礼仪，尤其是在国外。我想，凶手是在和我们打招呼。"

她虽然患了间歇性失忆，又有人格紊乱症状，但她不愧是 FBI 最有灵气的侧写师。慕骄阳为她骄傲。

"是。这就是凶手要传达的意思，比较隐晦，但他相信我们中有人看得懂。"慕骄阳说。

所以，这是传达给慕骄阳、景蓝，或者她的信息了？肖甜心皱起了眉头。但凶手的目标看似是洛泽，实则还是慕骄阳。

慕骄阳没有想到她会如此百转千回地想那么多，他只是认真地观察起受害者来。凶手选择的是一名相当靓丽的女孩，此时是她最青春、最具活力的时候。她不着一缕，但身体洁净，没有一点痕迹（没有伤痕，只能证明身体外部没有遭到虐打），像一座白玉像，充满美感，黑发如瀑，就笼在她洁白的身上。她仿佛还是鲜活的，只不过睡着了。那个尖尖长长的白泥做的独角还在她额间竖着，她就如绝美的纯白独角兽。

当技术人员将尸体完全取出时，慕骄阳发现尸体心脏处的白泥糊得很奇怪，于是向刘浩示意。

刘法医马上着手处理心脏的部分，白泥被揭开，那里空出了一块来。

一整颗完整的心脏不见了。

少了那一颗心，少女就仿佛成了一具没了灵魂的驱壳。

慕骄阳再次语出惊人："她的心脏应该是被凶手吃掉了。凶手在吃掉'爱'，收藏'爱'。"

四

为了加快破案的速度，慕骄阳跟刘法医回到解剖室。

肖甜心在解剖室外等，只觉得四面八方都是瘆人的白，丝丝寒意从脚底升起，她感到害怕。

她的脑海里全是血腥的画面，然后又突然消失，但紧接而来的，是一具苍白到了极点的尸体，尸体直挺挺地站在白森森的走道里看着她，女尸的肚子微微地凸着，像有身孕，而她的脖子上是一道深深的勒痕。"你为什么一直跟着我？"肖甜心无力地坐了下去，双手捂着眼睛。

她拒绝面对那个受害者，就如拒绝面对自己。一个自己知道实情，另一个自己隐瞒实情。于是，那个受害者就变成了一个鬼魂，一路追随她，拷问她。

何谓真理？何谓真相？

慕骄阳出来时，就见她倚着墙根坐在地上。而她一见到他就如见到了救星，连忙靠到了他怀里去。"见到幻象了？"他轻声说，吻了吻她的眼睛。

"嗯。"她恹恹地伏在他身上。

慕骄阳忽地双手在她腋下一托，将她抱起，她本能地用双腿圈着他劲瘦修长的腰，像只树袋熊一样挂在他身上。毕竟是在警局，她有些不好意思，一抬头想说话，他已经低下头来吻住了她的唇。

"阿……阿阳。"她的声音有些发颤，是不好意思到了极点。他低

笑了声，揉了揉她的发，再将她用力揉进了怀里，说："没关系，没有人敢取笑你。"他抱着她，如同抱着一个小孩子，十分亲昵。

慕骄阳抱着她，快步走向化验室。

"累了就先眯一会儿。"慕骄阳将她放在沙发上，又揉了揉她的发说，"我会一直陪着你。"肖甜心点了点头，坐在沙发上闭目养神。

慕骄阳则全神贯注地观看化验员做测试。他是这方面的专家，和化验员一起进行测试，很快就知道了女死者被注射过什么药物。

而根据刑警们的立时走访，已经知道女死者叫陈晴，23岁，是个白领。她人缘好，性格活泼开朗，长相美丽。她没有被性侵犯。

法医刘浩指出，她生前尽管没有被虐打，但是被注射了镇静剂，被活活解剖取心。不过剜眼是在死后做的，再用黑曜石作为她的眼睛。而慕骄阳与化验员已经知道了这类镇静剂的真正作用，这类精神控制药物会使人感受到数倍的疼痛却无法挣扎和呼喊，手段非常残忍。而并案处理的史密斯案里，史密斯没有被注射，但服食了这类镇静药物，也是痛感加倍无法动弹。两人均是被虐杀而死。

得到所有翔实的数据后，慕骄阳站在会议室里做简报。

"这类药物会使人产生幻觉。过程中，她们能听见凶手在说话。这是双重的折磨，从心理到生理。这个过程需要时间，耗费精力，需要细致的作业。从凶手下手的方式来看，他的方式已达专业水平，但略为粗糙，所以他应该有医学背景，但不是医生。打开胸腔需要十分大的力气，所以这个人在打猎或做标本上在行。他犯案时有很明显的性意识，尽管他没有侵犯受害人，但心代表的是情感，是爱，他获取她的心，就包含了性行为。"慕骄阳说。

见他对她招手，肖甜心也走到了讲台上，而他已经握住了她的右手，放在他宽大的掌心把玩。

她脸一红，也只能随他去，她抿了抿唇，说："从传统刑侦的角度来看，物证、人证、环境证供都指向洛泽。但如果是从犯罪心理画像来看，凶手为嫁祸所作的画像相当粗糙，不太符合洛泽的画像。首先，凶手是个性犯罪者，而洛泽完全不符合此类画像。幕后凶手挑选出来的追随者是一个缺失爱或被爱背叛过的人，所以他在收集爱——吃心是最具体的表现。洛泽尽管也缺失爱，但已经收获了爱，这样的画像十分矛盾与不合理。"

"因为在幕后控制的凶手很随意，他只是在玩而已。他不在意过程，只是享受。"慕骄阳补充，"像是在随意逗弄一只蚂蚱。"

"这个吃心者在童年时曾遭家庭抛弃，他既冷静又充满戾气。近期应该是发生了对他打击很大的事，和背叛有关。他应该长相清秀或者英俊，有体面的工作，有一定社会地位与财富，年纪在26-28岁，很受异性青睐，所以受害人是自愿跟他离开的。他的爱好是打猎。"慕骄阳将第二凶手吃心者的画像再次细分，"而且他应该有国外背景，是近期才回国。"

接下来，肖甜心更是语出惊人："幕后凶手还同时操控着木蔷薇案的第二疑凶翟林。我们可以暂时称这个幕后神秘凶手为X，X冷静、从容、麻木，他有巨额财富，年龄在25-35岁，英俊，有格调，还很擅长心理学，绝对有心理学相关领域的资格证。他很善于玩弄人的心理，这个人很可怕。他还精通药理，可能了解精神控制类的药，同时包括其他药类。所以，无论是翟林还是这个女尸案里的第二凶手，都被他用精神药物控制着。嫌疑人翟林和女尸案的第二凶手都是按自己的意愿和喜好来行动，X为他们提供的仅仅是一些药物，或者是雕塑。X了解雕塑，而第二凶手按自己的喜好挑选受害人，最后是X将女尸塞进了由X创作的主题雕塑里。凡走过必留痕迹，X的行为模式就是要展示他的诉求，他的诉求就是他无限接近洛泽，他就是洛泽。他拥有洛泽的一切，但又什么都没有，什么都不是，他得不到承认。从他模仿洛泽的行为来看，他还在向洛泽传递一个信息，他在说'嘿，洛泽，我来了。欢迎加入我们，我和你，我们构成洛泽。我们一体，我们一起行动'。"

肖甜心再度睁开眼睛，终于得以从X的幻想里挣脱出来，她几近虚脱。刚才那一刹那，她成为X。

在大家还在愣怔的时候，慕骄阳说："归根到底，我们必须探查洛泽家族的过往。这个人的画像证实了他和洛氏有关。"

顿了顿，慕骄阳又说："同卵双胞胎的容貌、声音、视网膜甚至DNA都一模一样，但唯独一样东西永远不会相同，那就是指纹。这个X，哪怕他故意留下那么多看似漏洞的线索，让我们获得证据（包括DNA），却从来没有留下他的指纹。哪怕他做雕塑，也是戴着手套做的，这和他的追求完美不相符，毕竟做雕塑就是要以手，以心来触摸，来刻画。这里就是他最大的漏洞。"

而另一边，严文在调取天眼的监控视频。

肖甜心的眉心蹙得紧，她想了想，道："应该是一辆价值不菲但又相对低调的黑色或银灰色大型SUV（运动型多用途汽车），不然不方便搬动雕塑尸体。不会是二手车，艺术廊代表的是高雅艺术和上流社会，如

果车太差，停在那里很奇怪很惹眼。相反，越是显得昂贵的车停在那里，越不突出。"

大家正在忙碌，徐一一忽然闯了进来，她叫了声"何队"后，啪的一声把液晶电视机打开。

正在播的是本市即时滚播的新闻。一群人围在警局门口，而公共关系科的孙晓红在做发言，正是对木蔷薇案的前摄性报告。

肖甜心眼尖，看到了一个胸前挂着记者牌的女孩子，模样身形和黄妮有六分相似。

"看来你们在行动了。"慕骄阳说。

陈星说："是从警校里找的新面孔，人很机警。"正说着，一个戴着鸭舌帽，领子竖得很高的男人在镜头里一闪而过，他甚至走到了那个做诱饵的女警察的身后停了停才离开。

"鱼儿上钩了。"慕骄阳嘴角噙笑，十分愉悦。

顿了顿，慕骄阳又问："模特儿被杀案的嫌疑人伊娃怎样了？"

陈星看了眼挂在墙上的时钟说："确定了是今天上午的飞机，将她遣送回法国受审。已有法国方的国际刑警过来接收疑犯。"

大家都在认真地观看监控视频。徐一一对犯罪心理非常感兴趣，于是问："慕教授，你是怎么知道凶手喜欢打猎的？"

慕骄阳回答："因为女死者的眼睛。制作动物标本最重要的一个部分就是眼睛。眼睛要拿别的东西代替，因为随着时间的流逝，动物标本的身体不会腐化，但眼睛会。而吃心者对解剖熟悉，又对尸体的眼睛做了标本化处理，所以应该是个对打猎或对收藏动物标本有兴趣的人。这个人懂得如何做标本，而且他必定具备一定的医学知识，因为标本的内脏都需要处理。这也就印证了之前他有医学知识背景的画像侧写。那些动物标本都是他的收藏品、他的作品。而这一次，美丽的女受害者成了他的收藏品、他的作品。外国风行打猎，所以他应该有海归背景。可以往夏海市周边找一找，看看有没有出售动物标本的商店。说不定，我们的凶手会是那些商店的常客。"

徐一一大叹犯罪心理的神奇，而陈星马上指派了一个小刑警去查动物标本商店这条线。

肖甜心看着监控，指出蓝斯艺术馆的前门、后门、侧门三个方向的不同的车道，说："X 这个人有恃无恐，带着争强好胜的玩心，像个顽皮的抢不到糖吃的大男孩。在他冷酷的表面下有着一种冷讥式的活泼。我想，他会很大方无遮掩地开车进出，甚至不怎么惧怕被天眼拍到一两个无关紧要的监控视频。"

监控里，侧门的方向有一段颇长的路是监控死角，就连慕骄阳也走了过来，接过她的话道："我记得蓝斯艺术馆侧门的这一条路尽头是个岔道，通往另两个方向。如果车从那边来，监控很难捕捉得到。我们再往侧门附近的五条全车道找找。"

突然，监控画面里出现了一辆车身接近5.7m长的凯雷德加长版车，这是全部尺寸的SUV里最为耀眼，又最为庞大的厢车。大家眼前的这一辆是价值150万的黑色豪华SUV。"就是这辆车！"慕骄阳和肖甜心同时说道。

严文通知路控科室的好几名技术员把这辆车经过的路线全部罗列出来，以推算疑凶的行车轨迹，并要求技术人员把驾驶员的图像放大。

挂牌拍到了，但肯定是假的。可那串数字，陈星还是记下了。

最后，黑色SUV在出城的一条没有监控的小道上消失了。

慕骄阳找来全市地图挂在黑板上，拿出笔画出了一个范围，范围的起始点包括了蓝斯艺术馆、洛泽的海边别墅、车在出城小路消失的那个方向，甚至还包括了慕骄阳在郊外的小洋楼。将这些路线连接起来，是一个大大的倒三角，三角尖顶正是蓝斯艺术馆。三角区甚至还没有超出郊外宏福区（即'木蔷薇'案的第二个抛尸地）的范围。而宏福区和市郊的海边别墅区，还有市区（并非中心，依旧靠江边）的蓝斯艺术馆形成了一个三角，它们分别占据三个点。

"这就是X的活动范围，也是他的犯罪心理地图。连环杀手只会在自己熟悉的区域作案。这样才会使他们觉得舒服。所以，他必然住在这片区域，对整个区域非常熟悉。他懂得避开监控死角，但又偶尔出现，也是'展示'的一种表现，他在挑战我们。"慕骄阳说完，嘴角下压，唇抿得紧。

这个人一定对自己和洛泽相当熟悉。他就生活在他们的中间，他们的附近。

显然，他对洛泽的兴趣远超于自己，哪怕他的目的有一半是冲着自己来的。他把车拐上了这条通往城郊的小路。慕骄阳在那条小路上圈圈画画，将路线输入到手机里特载的卫星地图里。慕骄阳列出各个地标（包括慕骄阳和洛泽的家），才发现一条看似没有关系的隐藏的线。X消失的那条小路会通向临省的其他市下面的县，中间要跨越几座山，而与第一座山头相邻的是靠近海边的洛泽家的那个方向，而且那座山头还零星地住着

几家农户。将车隐匿在山里，真是最好的办法。

见慕骄阳陷入思索，肖甜心接话："马上对整个三角形区域进行地毯式搜索，应该能找到这辆车。"然后她看了眼时间，又说，"离发现女尸过去了六个小时，应该还来得及。"

毕竟 X 哪怕是偶尔露出行踪故意挑衅警方，整个过程也还是相当严谨的，他躲藏得非常好。若非慕骄阳懂得画犯罪心理地图，很难找到他的车。所以，他不一定察觉到自己可能被发现了。

"好。"木添胜马上带了 B 队去找，何穆同已经打电话通知了各处部门，全力配合搜出这辆车。

"等一等，"慕骄阳猛地抬头，将手机给了严文，示意他连接电脑，然后说，"他的车就藏匿在与刚才他消失的那条小道相连的第一座山头。从山的东面过去是宏福区，在西面是靠海的高档别墅区，也是洛泽的家所在的地方。X 在监控洛泽，甚至还监控着我。所以，他不会跑远，甚至他本人就住在隐蔽的山坳里。"

何穆同身体猛地一震，这是非常大的发现，甚至能帮忙抓到凶手！木添胜也是一喜，猛地冲了出去。

范围缩到最小，他们只需要搜查那座山头。

正在此时，陈星的手机又响了。

"喂？"陈星接起。

放下手机，陈星说："又发现了一具女性尸体，在洛氏家族开的高级私家医院里。我们还查到，洛泽四天前曾去过那家医院。而且根据初步检验，那名女性死者死了四天左右。"

洛泽在命案现场出现过，他再度成为第一嫌疑人。

同时，何穆同的手机铃声响起，他接听。

伊娃利用催眠手段越狱了。

"该死的！"何穆同气得摔了手机。

五

"派人去医院保护现场，不许任何人进出和触碰任何东西。我们先去搜山，争取抓到 X。"何穆同马上下达命令。

木添胜立刻带了 B 队赶往医院的案发现场。

慕骄阳开着那辆银色宾利跟在警车后面，心里却在不断分析、思索，绘制犯罪心理地图。

等到反应过来时，他才想起甜心也在车里。他一侧头，对她说："甜心，待会儿可能有危险。"

"我跟着外公在美国各个犯罪现场跑时，哪一次不危险？"肖甜心反问，微微笑着，十分自信勇敢。

"也是。"他伸出手来揉了揉她的发。

两人开始分析案情。

"我觉得X会为自己找到多条逃生通道。"肖甜心说。她的目光四处睃巡，最后定格在一条河流上。

两人想法一致，慕骄阳点头："如果我是X，我也会选择有河流的地方。无论是跳河逃走还是坐快艇逃离，都是不错的选择。他会挑选山坳处，附近有河流的地方躲藏。那片区域有农舍，也不会显得太奇怪。"

一行人分为四队巡山，而陈星和何庭一起保护慕骄阳。

慕骄阳沿着河流开去，溯流而上，山体开始向上。

对讲机里，陈星问道："慕教授，我们是要往山上开吗？"

慕骄阳从一个岔道拐了上去，那里有半面悬崖，悬崖下是很深的河流，这里山势高，看得远，可以看到河流有三处分支，有些应该还通向暗河。看了眼奔流的河水，他回答："是的，往北面开，那里有一小片农家院。"

大规模搜山其实是会打草惊蛇的。肖甜心想了想，说："那一片院落的后方有瀑布俯冲而下，景色挺美，应该是家农家饭馆。"

"是。这里其实离市区不远，私家车开进来也就需要一个多小时。而且农家菜馆屠宰猪羊牛都是在离后院不远处，有怪声传出也不会引人注意。"慕骄阳说着，又往那个方向拐了个弯。

"但是X的容貌十分突出。"肖甜心的推理跟得非常快。

慕骄阳马上接道："所以他善于乔装打扮。他们这类犯罪高手，肯定备有不同的人脸面具。"

所以，他们这是在大海捞针。肖甜心有些无奈。

两辆车在一片只有四间土房的农户区停了下来。这里果然是农家饭店，带有一个大院落，既可以住人，又可以做生意。

陈星进入院子向店主打探消息，才知道从这里过去，后山那边还有好几户零散的住户。当被问到有没有见过一辆黑色SUV时，店主摇了摇头。原来这里的农家菜馆非常受城里人喜欢，在这里还可以体验垂钓等活动的乐趣，这里环境好，又是做私房菜的，进出的车辆豪华，劳斯莱斯也有，没人会去注意一辆SUV。

看到陈星对着他摇了摇头，慕骄阳说："我们的凶手非常狡猾和谨慎，也很会挑地方躲藏。"

眼见天色将黑，大家正一筹莫展时，何穆同那边传来了好消息，那辆加长版的 SUV 找到了，就在后山的另一边，鉴证人员正在取证。

"不会有发现的。这只能证明他在这里出现过。这个人太谨慎。"慕骄阳也下了车，往对面的另一家农家乐走去。

找来店主，慕骄阳似是突发奇想地问道："你们这边有没有什么画家或写侦探小说的作家来过，要求住在这里？"

就连肖甜心都感到诧异时，店主笑着摇头："那可是别人的隐私。"这话里的意思就是有了。慕骄阳点了点头，他从西服袋里取出一只钱夹，拿出几张证件，轻轻一抛，直接将钱夹抛进了店主的怀里。

"后面的山里原本是我住的地方，现在有一位画家在住着。"

慕骄阳牵了肖甜心就往店主说的地方走去。

"哎哎哎，你的钱夹可是英国经典老牌子中的经典款。"肖甜心心疼，估计他的钱包比他钱包里的钱还要值钱。

"身外物。"顿了顿，他忽然说，"要不你送一个钱包给我，我去到哪里都带着？"

肖甜心的脸一红，这人这时候都可以撩。

徐一一和何庭跟了过来，寻找凶手的同时还得时刻保护慕骄阳他们。

何庭叹："没有慕教授，我们真的不知道往哪个方向找。换了是我，搞不好就直接搜进山坳里去了。我们会往那些山洞什么的隐蔽的地方找，谁会想到凶手居然大胆到租农户家住呢！"

"犯罪心理很神奇。"徐一一附和，目光不放过四周任何一个角落。

这是简单的农家院，只有两间砖墙结构的房子，配一个小院落，离刚才的饭馆还是有些距离的，又是窝在山腰后面，十分安静。

他们推开门进去，墙上随意地挂着几幅画。

"还真像那么回事。"何庭感叹，目光在画作上流连。有风景素描，还有油画作品。

肖甜心走到卧室，在一幅油画前停下。这幅画很抽象，很扭曲，画的是一只抽象的灰白色虫蛹，虫的头部露在外面，不少丝从它嘴里吐出。

"作茧自缚？"徐一一玩味道。

"期待新生。"慕骄阳和肖甜心同时回答。

蛹有蜕变、重生的意思。虫茧也有保护、固守的意思。那只虫蛹是卷曲的，像一个旋涡，旋涡的重心有一个被吞噬的人头。画像非常可怕。

"这是 X 的内心写照。他在快速地变态，不断杀人也不能满足他的诉求，他想通过某件事获得新生。他想得到认可，他想要一个全新的身份。"慕骄阳闭上眼睛，轻声说，"他想化茧成蝶，拥有光鲜的身份、皮囊，获得世人的关注。而杀戮是那么愉快的一件事，大家都会记住他，因为他的强大。"

慕骄阳睁开眼睛："我们的凶手确实就住在这里。"

一定会有地下室或秘密通道。X 挑选这里，肯定是因为这个农家院与众不同。

肖甜心会意，在卧室里敲打摸索，在谁都没有反应过来时，她摸到一扇墙壁后就突然被翻了过去，嗒的一声，墙壁上的暗门被锁住了。

暗道里一片漆黑。

"甜心！"慕骄阳对着墙壁喊叫捶打，却一点声音都听不见。这个密室或者暗道不单隐蔽，还是一个绝对隔绝的空间。

"我马上去找店主要房屋修建图。"徐一一快步跑了出去。

慕骄阳另有打算，已经快步踏出农家院。

"慕教授打算怎么办？"陈星十分配合。

"连通暗道的地方一定在山里。我们从瀑布进去，山壁是空的，相连通。"他举起手机，卫星图里一清二楚，瀑布后的山是有空洞和暗河的。

肖甜心很冷静。

她知道，现在身处危险之中，只有保持冷静，才能抢得先机。

这个地方是 X 的避难所，也是他的乐园。他甚至会在这里有一个密室，方便他从事犯罪活动。例如为吃心者，为翟林提供杀人藏尸的地方。

忽然一点红光跃了起来！

糟了，来不及了！那里起火了！

一定是 X 在毁灭证据。

她向火光处狂奔，突然全身一僵，失去重心摔了出去，却被什么网着动弹不得。她一抬头，就看到泛着白光，像降落伞一样的蜘蛛网。

蛛网像是从四面八方涌来的，从山洞顶壁到地上，高十米，长和宽也在十米左右。她努力地举起右手将发夹一拔，从里面弹出一把小刀。刀是特制的，非常锋利。

刀锋划过，出乎意料的是，蛛网非常坚韧。肖甜心克制住心中的害怕，她不知道织网的蜘蛛有没有毒，更不知道此刻她的背后是否有人。

"能将我逼到这个地步，如此快捷地找出我的住处，慕骄阳果然不简单。"一道黑影从她身后抵了上来，抚摸她披散的发。

X心叹，这个女孩真是美丽，美丽得他想摧毁她！

越是美丽的东西，被摧毁后就越令人回味，越赏心悦目。

因为越美丽的东西，越脆弱。

肖甜心反手就用刀的锋刃捅了过去，可惜蛛网的弹力太强，她处处受掣肘。

X抚摸她美丽的背部。

寒意从头顶传至脚底，此刻她是待宰的羔羊。

他隔着蛛网，拿刀划开她背部的衣服，甚至轻戳到了肉。

"你在刻意模仿吃心者，假扮成性罪犯。"肖甜心尽量争取时间。

"真是聪明的小姐。"X手一滑，尖锐的刀将她背部的衣服连着裤子一起划破，咝的一声，她感到臀部暴露于空气中，透着灼人的痛。尖刀划破了她的臀部肌肤，有鲜血溢了出来。

X轻哂"吃心者出现在这里有什么好奇怪的。"顿了顿，他收回了匕首，"如果不是慕骄阳逼得太紧，我也不用一把火将那间密室烧了，你们会为此付出代价。"说完，他头也不回地逃离了。

如果不是F有言在先，说肖甜心是F的，他今天一定会将刀扎进她的心房。

脚步声忽然逼近，X一怔，猛地收起了呼吸。

慕骄阳居然这么快就找到山洞里来了！他加速前行。这条道狭窄、潮湿、黑暗。

X贴着墙角走。

对方的呼吸声也没有了。

他们狭路碰上。

众多警察包围了山头，而通往暗河的逃离的路就在这里，他一定要走过去。

他将身体绷得更紧，也更紧贴着墙壁。

前方漆黑一片，慕骄阳的五感猛地集中到了一起，背后渗出彻骨寒意。对方是个高手，气息全无，不知道埋伏于哪里。

慕骄阳一步一步慢慢地朝前走。

黑暗里，两个人各贴着一边墙壁慢慢地走近。

慕骄阳能感觉到山道变得越来越窄。他觉得自己就要窒息。他害怕甜心出事，而此刻，路越走越窄，自己也身陷困境。

突然，他感觉到了一股猛烈的风朝他袭来。慕骄阳伸手一挡，隔开来人的腿风。按比例计算，对方的身高在一米八八左右，他的腿风强劲，格斗技巧高超。慕骄阳一侧身，躲过了攻击，正要还手，那人突然一个矮身，从他身侧跑了过去，然后再无声息。

X 走远了。

X 的存在感太强烈，慕骄阳一走进窄道就感应到了。此刻 X 一离开，那种压迫感就消失了。

不能再去思考，对于慕骄阳来说，最重要的是甜心。他快步冲了过去，最后终于在开阔的洞中见到了他的女孩。

她背对着他，头微微垂下，满头的青丝散落，背面的衣服大开，露出光洁的脊背和臀部。点染的斑驳鲜血，白色的蛛网泛着的淡淡的火光，全数晕在她洁白的身体上，就像一幅诡异又圣洁的画卷。

是 X 的风格。

"甜心——"他忽然哑了声音。

这是他与 X 面对面距离最近的一次。

他几乎捉到了 X，但此刻，只怕他付不起这代价。

第十一章 心灵捕手

一

肖甜心被困于网中央一动不动，双手垂着，鞋子掉了一只，露出苍白美丽的脚踝与脚掌。

慕骄阳的大脑里有什么在蠢蠢欲动，他麻木地走了上去，双手捧着她的脚掌心。

现在已是盛夏时节，可她的脚冰冷。他觉得世界坍塌了，心里只剩一片废墟。慕教授朝他扑来，表情十分狰狞，几乎是要撕碎他的喉咙。

他听见慕教授声嘶力竭地呐喊："你为什么不保护好她？！"

慕教授的双手卡着他的喉咙，他感到窒息。

不想再挣扎，他陡然垂下了双手，如果甜心不在了，他也就死了。

慕教授哭了："她不在了。即使你死去，我得到身体，又有什么用。我也要死了。"

万念俱灰，不过如此。

一声极低的呻吟惊动了慕骄阳与慕教授。

"甜心？"慕骄阳听见两个声音同时响起，合为一体。

肖甜心的声音细若蚊蚋："阿……阳，我没事。你不要哭。阿阳，你哭，我会心疼。"

她想动一动，可是身上一点力气也没有了。

慕教授自黑暗里慢慢退了下去。

在最危急的时刻，她心中惦念的也只是怕慕骄阳会难过。她心里只有慕骄阳。

黑暗里，慕教授合上了眼睛。

一只身体透着白光，犹如水母一样的蜘蛛从洞顶爬了出来，爬进了网中央。

接着是第二只、第三只。

肖甜心看到了，身体猛然一颤："阿阳小心！"

慕骄阳轻声说："甜心，蜘蛛没有毒。我先救你下来。"

他费了极大的力气，才将她从蛛网里解救下来。

这并非普通的蛛网，韧性非常大。

她从蛛丝里挣脱后，破烂的衣服唰的一声，连同内衣裤一起掉了下来。

她甚至来不及反应，就光裸在他面前。

慕骄阳赤红的眼睛一闪，连忙移开了视线。他将自己的西服与衬衣一并脱了下来，披到她的身上。他身上仅有一件白色的工字背心。他正要替她扣紧纽扣，手却颤抖得系了许久也系不上，而她一下子扑进他的怀里，紧紧地抱着他。感受到他的体温，听着他的心跳，她才觉得自己是活在世上的。

这种煎熬的感觉对于他来说也是一样。只有拥抱着她，将她嵌进身体里，感受她的温度，他才是有生命的，才不是一具行尸走肉。

突然，手电亮起，陈星喝了一声，发现并不是凶手，而是衣不蔽体的肖助理时，只觉得浑身的血液都涌到了脑上，自己也险些哭了出来。他也是那么硬朗的一个铮铮男儿汉哪！

手电瞬间熄灭，留了徐一一在这里，陈星猛地冲了出去，誓要抓到凶手。

肖甜心的嗓子哑了，怕大家担心，她飞快地说道："他没有碰我。"

听了她的话，徐一一才放下了紧绷的心。她扑了过来，抱着肖甜心，泪水打湿了肖甜心的脸。

徐一一也离开了。

慕骄阳默默地抱着肖甜心。肖甜心软声道："阿阳，我们出去，我想抓到他。"

"但是你臀上的伤……"

"他没动真格的，只是划破一点肌肤。我们得抓紧时间，不能让他逃出山头的埋伏圈。"X抚摸她肌肤时的可怕感觉还在体内翻涌，但她都努力克服了。

"好！"慕骄阳迅速地替她将所有的扣子扣好，还把西服也给她套上，里里外外地包得严实。她人娇小，他的衣服全部遮到了她的膝盖下。

她穿好鞋子正要离开，被他双手托着臀部一把抱起，牢牢地贴在怀里。他快步跑了出去。她乖乖地搂着他的颈项，将脸也伏在了他肩膀上，与他脸贴着脸。

她说："阿阳，你别难过。我真的没事。"

后来的一切发生得太快，惊心动魄。

慕骄阳已经将X逃走的一切路线封死。他才从水路逃了出来，将停靠在隐蔽山坳里的越野车开出没有多久，就被慕骄阳驾着银色宾利撞了过来。

两辆车在狭窄的山道里互相推挤，后面跟着好几辆警车。陈星更是将车开得要发疯似的，与慕骄阳一起撞击X的车身。

但X的车技非常好。他用尽全力往下坡处冲，快出他们两个车位，来到拐弯处却突然一个急停，趁着慕骄阳和陈星的车冲了过去，他急速倒车打转了过来，又往上坡冲去。

慕骄阳急踩刹车，转过车来往山上冲。车的速度很快，肖甜心紧抓安全扶手，眼睛紧盯前面的车。近了，5米、3米、2米……咚的一声巨响，慕骄阳将车撞了上去，X的车开始倾斜打滑。

而后面紧跟着的陈星攀出车窗，对着X的车轮胎开了两枪。

又是嘭的一声，X的车胎爆了。

坡顶上有一棵枯树。

天地间，忽然只剩下孤寂，就像X的人生。

车窗早已裂开，X伸出苍白的手轻扶孤单的树。

看见那棵孤树，慕骄阳也突然觉得，这也很像他的人生。

有种想要同归于尽的念头疯狂冒起。慕骄阳突然踩下了油门，被撞凹下去的车头再一次撞击到了X的越野车车身上。

肖甜心转过脸来看着慕骄阳，他的神情很陌生，他的眼里只有那棵树！

慕骄阳被催眠了！X 是个催眠高手！

"阿阳！"肖甜心用尽全力地喊，"阿阳，醒醒！我需要你！"

他全身僵硬，但脚向前伸了出去。

"慕教授！"肖甜心的眼睛红了，泪水在她大而深陷的眼窝里打转，"Tom, 我需要你！你回来！"

最后那一刻，他猛地制住了自己的身体，才没有踩下那一脚油门。但车身向前的冲力过猛，肖甜心撞到了风挡玻璃上，咚的一声。

X 看见了，呵呵地笑，然后猛地打转方向盘，突然就撞出了隔离带，往山体陡峭的坡冲了下去。下滑了十多米之后，越野车轰的一下坠入了下游湍急的河流中。他松开安全扣，在入水那一刻猛地推开车门，游了出去。

"甜心！"慕骄阳抱着她大声喊道。

她觉得头晕，只是攥紧了他的衫袖，无意识地回应："教授，我没事，你别担心。"在她还没意识到自己说了什么时，慕骄阳猛地吻住了她的唇。

他太用力，还用牙齿咬，似乎有些恨意。她吃痛，想挣扎，舌头却被他卷着含着缠着，无法放开。她渐渐觉得窒息，忽然双眼一闭，头就沉了下来，伏在他的肩上。

只是短短的一刻钟，肖甜心觉得似乎是过去了一个世纪。在梦的另一头，她看见了一个女孩朝自己走来……

"甜心？"他再次唤她。这次，他的声音低柔，还带着满满的愧疚。

"嗯？"肖甜心终于睁开了眼睛，"咦，我怎么睡了过去？哎，怎么来了这里呀？"她觉得头很疼，断断续续地回想，又说，"奇怪了，怎么还穿着你的衣服？"说着她低头去看看摸摸，然后呀了一声，脸红得能滴出水来，"阿……阿阳，你把我的内裤弄哪里去了？"

她再度失忆。

而且，她失忆前分辨出了谁才是他，谁才是慕教授。

山洞里，慕教授的泪水唤醒了她心中的未可知。而以为她出事的那一刻，他的世界坍塌，他几乎成了一具行尸走肉，所以他没有泪水。

"甜心，你不记得了吗？"他轻抚她的脸颊。

"阿阳，你看起来很难过……"她欲言又止，"我是不是病了？"

原来，她终于察觉到她失忆了。

"甜心，你的体内有一个'补偿型'的次人格在逐渐成长。"

　　"是这样吗？"肖甜心摸了摸自己的脸，觉得自己陌生，"难怪，在梦里，我总是见到一个女孩子，她说她叫小甜。她刚才就出现了。她对我说，她想过简单轻松的生活。她说她向往加州的艳阳大海，她想去那里躲起来，当个快活的人。"

　　是，这就是她分裂的初衷，她在逃避，逃避当年的孕妇案，逃避自己对慕教授的感情。

　　十年的分别时光里，她终于还是爱上了别人。

　　慕骄阳垂下眼睫，脸色淡如雪。

　　她看出了他的伤心和绝望。

　　尽管，她并不知道是什么让他绝望。

　　突然，似是想到了什么，她抓起他的手按在自己的心口处，说："阿阳，不会的，你说过的那种事不会发生的。我这一生，只爱你一人。"

　　他曾说过，双重或多重人格的人，会爱上不同的人。洛泽这种只爱一人的情况，已是极少。肖甜心急了，几乎要哭出来了，她说："阿阳，你要信我呀！我只爱你一个。你帮助我好不好，帮助我对抗小甜，把她赶走。小甜，她……她很可怕。她想拿走我的身体……她说她要当个鸟类观察员，她要去新西兰、亚马逊，甚至是地球上任何一个角落观察珍稀鸟类。她还说，她要走遍全球，看遍每一个地方的飞鸟。她不愿停下，不想在同一个地方待超过半年，她就要'出逃'了。"

　　她的话使得慕骄阳沉默。小甜似乎是一个极度难以捉摸的人格，而小甜的出现，好像是本我人格对慕教授感情的逃避产生的另一种补偿。

　　见慕骄阳不说话，肖甜心怕他以为自己会变心，突然身子一动，从副驾驶上跨了过来，直接坐到了他的身上。

　　四周很静，大家都跑到山下打捞 X 的车去了。这个时候没有人会打扰他们，也把空间留给了他们。

　　慕骄阳依旧是无动于衷的样子。

　　肖甜心说："阿阳，你要帮助我！我们把小甜赶走！"她急红了眼睛，眼泪掉了下来，他连忙伸手去接她的泪水。而她头一仰，已经衔住了他的嘴唇，急切地吻了起来。她一边亲吻，一边呜呜地低泣："我只喜欢你呀！"

　　一抹残阳映红了半边天，他只看到她，和她身边依旧挺立的那棵枯死的树。

　　她的吻变得激烈无比，她甚至咬到了他的舌头，咬得他鲜血淋漓，有一种麻木又叫嚣的痛滋生。她觉得不够，动作越发火辣和张扬。

她将胸前衬衣的纽扣解开，然后抱着他的一只手从衬衣外探了进去。他握得很紧，令她疼痛又兴奋。她扭动着想要坐上来，但他意识到十分危险，猛然将她制止。

　　"你是小甜。"慕骄阳的双手箍着她的腰，不让她再扭动，"你是小甜。我只想要甜心，也只想和甜心上床。"

　　小甜笑了，是肖甜心从未有过的妩媚。

　　慕骄阳突然意识到，这是一个"不自由，毋宁死"的热情奔放的女人，就像卡门。

　　小甜说话了，她的声音低低的，沙沙哑哑的，是完全不同于肖甜心的声音和语气："你压抑什么？不就是想做吗？我和你做，然后你放我走。"

　　飞鸟有翼，融入高空，代表自由。

　　慕骄阳初步分析，小甜也许是要讨回被禁锢的自由。这个人格已经形成，不再是当初肖甜心为了掩饰自己的感情，而对自己做的补充和补偿。这个补偿型人格是肖甜心不敢正视自己的心造成的，她其实一直知道慕教授，但她极度压抑，不愿正视，甚至欺骗自己忽视慕教授的存在，因此产生了小甜这个可怕的产物。

　　见他不说话，知道他是在分析自己，小甜伏在他的肩上，眉眼上挑，腮边是妩媚的笑靥，说："毫无疑问，我同样爱你。你那么出色，哪个女人不动心呢？我自迷雾中走来，看着你逐渐变得清晰的脸庞，我就想，这个男人多好哇！我喜欢他，他是我的猎物，我要得到他。你也喜欢我对不对？我会给你的，我们风流快活，不管人世变迁，不管那些捉不完的罪犯，我们只做爱做的事。当然，我还是要走的，但你想我了，可以来找我，我会在世界各地等着你。我们可以重温旧梦，然后各自分开。只是偶尔重聚，不需要对彼此负责，多好。"

二

　　她在诱惑他。

　　由肖甜心那张皮囊所带来的冲击太过剧烈，令他难以负荷。他战栗不已，咬着牙将她紧紧按在他的怀里。她想动，他更为用力地抱住她，压制着她："甜心，我永远不许你这样，永远！我不舍得……我不舍得你受一点点的委屈。"他的泪水打湿了她的发、她的脸庞。

　　忽听她叹了一声，还是小甜的声音："你对她真好，我真羡慕。"

声音渐渐低了下去，她伏在他的肩头安静地睡着了。

当看到何队收整队伍，往这边来时，慕骄阳摇醒了她。

"阿阳，我又睡着了？"肖甜心茫然地摇了摇头。

与他的症状不同，肖甜心的本我人格对次我人格一直无法感应，只是以梦的形式存在。她不知道副人格的事，但小甜是知道肖甜心的存在的。

慕骄阳又想到了刚才，他给老师钟教授打了电话，询问甜心在美国的情况，才知道她在辞掉 FBI 的工作后，没有马上进入艺术学院，而是消失了整整一年的时间。钟教授只知道她去了加州散心，但后来她在加州出现三天后忽然消失，最后能查到的只是一张飞往墨西哥的机票。但美国方面查不到肖甜心的入境记录。

他需要时间去查清楚她消失的那一年发生的事。

慕骄阳见她茫然发呆，就从衣袋里取出手机，按下了播放键。

"在梦里，我总是见到一个女孩子，她说她叫小甜，她刚才就出现了。她对我说，想过简单轻松的生活。她说她想躲到加州去，当个快活的人。"

"这是你说过的话，还记得吗？"慕骄阳的声音很温和，有抚平人心的镇静感。肖甜心茫然地摇了摇头。

"没关系，"慕骄阳揉了揉她的发说，"你只要像从前那样快快乐乐的就行。你只是出现了初步的人格分裂症状，我和景蓝会帮助你融合。"

"这个很严重吗？"肖甜心十分担心。

慕骄阳见到何穆同的人已经上了山，往这边开来，还在山腰拐角处对他们招了招手，于是发动了车子，跟了过去："别担心，我能处理。你忘了，洛泽的四重人格症就是我治好的。"

"小……小甜？她……她是个怎样的人？"肖甜心期期艾艾，心里很慌乱。

为了安抚她，他只好说谎话："没关系，她是个好相处的女孩。"小甜是个怎样的人？呵，她会施展一切魅力骗他上床，然后从他身边溜走，让他找不到她。只有她想的时候，才会出现。

是的，这就是小甜，她很可怕。

X 逃跑了。

听见这个消息时，慕骄阳并不意外。他是一个非常强大的对手，不会那么轻易地让警方抓住。

众人回到瀑布后的山洞里来，鉴证科的工作人员带了照亮设备，整个山洞变得光亮无比。

肖甜心的衣服还被扔在蛛网边上，一位女性鉴证科员将她的衣服收进了证物袋里，希望能找到凶手的头发或其他物证。

工作了一段时间后，指纹搜集人员摇了摇头，说："包括农舍那两间房子在内，一个指纹都没有留下。"

为了激励士气，另一个人员说道："别灰心，我们在他租住的家里找到了几根头发，可以检测到DNA。"

慕骄阳眉头紧锁："X非常谨慎，他在这里住了整整一年，但只要在这里，他都戴着手套，一个指纹都不会留下。这样的人对自己的自控力达到了变态的可怕程度，他不会留下头发这样的证据。只有两种可能，一是他故意的，二是他戴假发。"

徐一一向他请教："慕教授，你是怎么想到他会扮成画家或侦探小说家的？"

"他要在这里小住，最好的掩饰就是说自己是一名画家或是隐居写作的作家。男人写情感小说有点违和，但如果是侦探小说就顺理成章。所以我推测他会以这两个身份为由租住在农屋。"慕骄阳答。

而肖甜心趴在一边研究那三只蜘蛛，还看得很起劲的样子。徐一一探过头来说："甜心，小心有毒！"

"甜心！"

她毫无反应，看蜘蛛交配看得津津有味。

"无毒。"慕骄阳解释。

对这里的取证没有太多收获，见大家心灰意冷，慕骄阳忽然说："我可以给出凶手工作方向的侧写。"

一听他的话，大家精神一振，全靠了过来。只有肖甜心还趴在那里看蜘蛛交配。

"达尔文吠蛛，无毒，能织出全世界最大、最坚韧的蛛网，一般的刀具劈不开它结就的蛛丝。达尔文吠蛛的蛛丝的强度相当于钢筋，还具有伸展性。它比凯夫拉纤维坚实好几倍，而凯夫拉纤维是最坚实的人造材料之一。X将蜘蛛养在这里，纯粹是出于好玩，因为他给它们起了名字，还在不伤害它们的情况下将名字分别刻在了三只蜘蛛的背上，分别是'小阳''小心''小泽'，这是他对我们、对警方的嘲笑和挑衅。"

他，甜心，还有洛泽，就是X的猎物。

众人听得脊背发寒。

"从X能将马达加斯加才有的蜘蛛和内尔科克斯塔的莫昆斯克树林

里的食人柳运到夏海，可以推测到，他们中的一人应该拥有一家大型航运公司或集团，并且公司已经上市，遍布全球。夏海市是靠海城市，到了公海上，总有走私的办法。无论是蜘蛛还是食人柳，都不会是空运的，因为空运的安检关难过。但海上走私、偷渡容易蒙混过去。能如此随心所欲，肯定不会是一般职员，而是高层。在夏海市找运输业、轮船业、码头集中箱货柜的接收客户等名单，应该会有所发现。"慕骄阳一口气说完，才问道，"山洞的改造不是店主所为，这里的格局规划很见功夫。"

何庭马上接话："那个店主什么都招了，除了墙壁上会移动的隔间是他用来存放贵重东西的，其他他一概不知情。已经证实，他的话没有可疑之处。"

那就是意味着，从将这个隔间打通到挖地洞连接山洞，都是X的人做的。这个工程量颇大，难怪X需要租住一年。这也意味着，X和他背后的人，在暗处观察了他们整整一年以上。慕骄阳觉得心底发寒，究竟是什么人，要如此处心积虑？

"建造这里的人不是X。X的画像是个顽皮的大男孩杀手，他的一切行动和所作所为都像在游戏。而建造这里的人心智成熟，为人沉稳、内敛，他还没有出手。他可能有一家建材公司，而且公司的业务极有可能和运输业有交叉，例如船只、游艇建造。但值得注意的是，他们的公司或集团肯定拥有外国背景，而非这里的原生企业。在这里的只会是分公司。调查方向往国外运输、航运、船坞、建材里找，找到四者的交叉点。"慕骄阳将对手的职业画像补充完整。

换了平时，肖甜心早和慕教授你一句我一句地过招，把侧写讨论到了极致，但此刻她只是蹲在那里研究蜘蛛交配。

大家都觉得肖助理好像变了一个人似的，变得非常奇怪，都以为她是刚才被凶手挟持心理有了阴影还没有缓过来。只有慕骄阳知道原因，他走到她身边说："小甜，好看吗？你不是研究飞鸟吗？怎么连蜘蛛也有兴趣了？"

小甜一回眸，笑时大大的杏眼上挑，不是平常弯成月牙的样子，她的嘴角勾了勾，才懒懒地说道："鸟类也有天敌呀！其中之一就是蜘蛛。而且马达加斯加可是鸟类的天堂，更是鸟类爱好人员的天堂。我当时在马达加斯加研究鸟类，就见到过这种蜘蛛。它织的网达到了25米长，我怕它们会捕捉鸟类，所以顺带研究了它们很久。哎，慕骄阳，你是生物学家，你也知道吧！这种蜘蛛可是性爱高手，花样儿特别多，雄性蜘蛛还经常给雌性蜘蛛口那啥，这在动物界里可是很少有的行为，当然在人类里这是常有行为。"

一众警察："……"

慕骄阳揉了揉眉心，有些头疼，再看向她时，那对漆黑的眼睛虽然温和但很冷淡："小甜，那是因为雄性蜘蛛为了给雌性蜘蛛营造最佳的孕育效果和温床，而提供它们的唾液。"

"哦，原来口那啥是为了更好怀孕哪！喊，真无趣，亏我还以为它们花样儿特别多，是为了性趣。"小甜拍了拍手，站了起来，看向大家时，眼尾一挑，然后大大方方地说，"嘿，你们为什么要这样看着我？我很粗鄙？"

她是笑着的，一只手玩弄着胸前的长发，将一缕发一圈一圈地绕着指尖，见慕骄阳眼睛一眨不眨地看着她，她忽地轻咬发尾，啧啧笑。她突发奇想地说："哎，慕骄阳，这些蛛网比钢筋还要强韧，作为最坚韧的生物材料，将它用在建筑上也是完全可行的呀。我同意你的推理，凶手是拥有建筑、建材，或是轮船航运公司的，当中还包括了造船厂。规模如此大，我更倾向于是集团，而非公司。"

她的侧写术没有完全失效。说白了，补偿型人格的本质还是肖甜心。想到这里，慕骄阳的神色变得温柔。见他微微地笑了，小甜十分开心，像只快活的雀鸟一样投进他的怀抱，亲了亲他的锁骨邀功似的说："我聪明吧！快夸我，快夸我！"

"乖。"慕骄阳只是摸了摸她的发心，再没有其余的亲昵动作。

"不是应该说，在床上好好犒劳我吗！你刚才推理时性感死了，让我很想立即扑倒你。"

众人赶紧散了。何穆同带队，还要赶去医院的停尸现场。而何庭则按照慕教授刚才的侧写方向去做调查。

快走到山洞尽头时，何穆同回头说："慕教授，你们也赶紧过去。"

"还要查案？真无聊。哎，我屁股好疼，要不你给我揉揉？"小甜忽地转过身去，想了想又侧了头看慕骄阳。她似笑非笑的，眼波流转时非常风流，有着浪荡在里面。

见他不为所动，她又哦了一声："真是个不解风情的保守顽固老男人。"然后她将颈项前的三粒扣子一颗一颗地系上，才说，"走吧。"

她系扣子的动作非常性感，在他脑海里回放，一遍一遍。她已走出了好几步，也没有回头，只是轻笑，声音低低哑哑的，像砂砾磨过他的心尖，有着痒透了的酥与麻。她说："又在幻想我了？"

"小甜，为什么要出来？"

小甜说："肖甜心爱上了慕教授，她变心了，而我爱你。我爱你的程度要比她高，所以我出来了。"

"但你只是她的补充，一个连次人格都算不上的构造。"

"慕骄阳，我讨厌你！"小甜忽然回转身，看向他时眼睛红了，"我是一个人，不是一个失败的构造！"

慕骄阳眉头紧蹙，忽然想明白了什么："你不是因为孕妇案的拯救失败才出现的，你应该在更早的时候就出现了。"

"对，你终于发现了。"小甜一步一步走向他，"肖甜心早在高二那会儿就发现自己爱上了慕教授。她只是骗自己说既然爱你，就要爱你的好与不好。初中时的你是好的，高中时的你对她非常坏，伤透了她的心。她依旧选择爱你，但最终发现她爱上的最坏的那一面或许不是你。于是，我出来了。"

我出来，是为了更坚定地爱你。

慕骄阳明白过来，小甜没有出口的话。

"甜心，那也是你的一部分，是对你的补充。我知道，以前我不够好，今后我都会补偿给你。甜心，你也不需要压抑自己。如果你爱上了别人，我会用更大的努力将你追回来。你不需要强迫自己去忘记，那样太苦。"慕骄阳轻轻地抱着她，一下一下拍着她的背，温柔地说，"甜心，回来。哪怕你心里有别人，也没有关系。我会一直等，只要你回头，我永远在原地等你。"

"慕骄阳，我……我讨厌你……你别想催眠我！"小甜很愤怒，但声音越来越弱。而他一直轻抚她的背，将刚才说过的话，说了一遍又一遍。

"阿阳？你在说什么？我爱的就是你呀！"肖甜心睁开眼睛，只觉得自己是做了一场梦。

她在他的脸颊上亲了亲，说："我最爱的就是你呀！是小甜对你说了什么吗？"

"没有。她什么都没有说。"顿了顿，慕骄阳捧着她的脸，然后深深地吻了下去，声音哽咽，"你回来就好。"

三

慕骄阳开车赶往另一个案发地。

"伤口还疼吗？"慕骄阳伸过手来在她头上揉了揉。

关于她和 X 对峙的部分，她忘记了，所以心中并未留下什么阴影。她笑着摇了摇头："我是打不死的小强。"

慕骄阳感到惊讶，她好像就是靠失忆来支撑自己渡过困难，然后变得更开朗活泼。这也属于自己对自己的补偿。

肖甜心看见慕骄阳嘴角下压，唇抿得紧，他的心情极度不好。她能明白他和洛泽的深厚情谊，他在十岁时就认识洛泽了。"阿阳，别担心。大哥哥不会有事的。"她靠过去一点，亲了亲他的鬓发。

他在剃掉大胡子时，把头发也剪了，剪得很短，此刻他的脸庞泛出微微的红，没有胡子与浓密鬓发的遮掩，被她看见了。她只是笑，不作声，又老老实实地坐了回去。

其实尽管担心洛泽，但他更担心、更在意的是她。

等到下车，当着众人的面，他突然说："你和我亲一下嘴，我心情就好了。"

见她红着脸转身要走，他又说："我心情一好，破案率会大大提高。"

"真的？"她信了，转回来看着他，"大哥哥一定会没事的，有你帮他。"

她踮了踮脚想亲他，才想起今天出门不利，穿的是平跟，她一头扎过去直接亲到他的锁骨。

肖甜心："……"

在她还没反应过来时，他双手在她的腋下一托将她抱起，直接举过了他的头顶，他扬起脸来，和她来了个法式深吻。

这个，才是他真正发自内心想要亲吻的女孩。

徐一一很体贴，在众人开车离开市郊进入市区时，就让服装店送了一套女装过来。

此刻，肖甜心才从洗手间换了衣服出来，还挺合适的。

慕骄阳将白手套递给她，问道："死亡现场像什么？"

肖甜心冷静地接过，她已经进入了工作状态，也在努力克服对尸体的恐惧，逼自己认真看。

他轻揽着她的肩膀说："没关系，你很了不起。"

肖甜心看着慕骄阳乌黑明亮的眼睛，很认真地点了点头："我不怕，为了可以与你并肩，我什么都不怕。"然后她的视线看向四周，最后定格在尸体对着的墙壁上。那里挂有一幅油画，是著名的《奥菲利娅》，也是洛泽和弟弟洛克曾经共同拥有的藏品，最后还回了英国的博物馆。

"整个案发现场干净、美好，透出冷漠，但不可否认，从杀戮艺术出发，

是一件精致的艺术品。女死者的造型像一尊雕塑，依旧是在模仿洛泽的风格。"肖甜心说道。

顿了顿，灵感涌现，她的话脱口而出："主题就是《奥菲利娅》。"

"《奥菲利娅》。"慕骄阳和她同时说。

真是心有灵犀呀！慕骄阳微微一笑，举起手来揉起了她的头发，对她做了个口型："加油。"

陈星等人已经对医院的相关人员做了访问调查。死者是院长的女儿，漂亮年轻，26岁。她一直爱慕洛泽，人际关系简单，为人热情，口碑还算不错，目前没有男朋友。但洛泽一直和她保持距离，医院里所有的人都说洛泽非常宠爱他的妻子，对别的女人不屑一顾，是何菲儿单相思。

慕骄阳的目光再度回到现场。

这里的死亡现场是经过布置的。女死者何菲儿被摆在了洛泽的董事办公室里。洛泽是该医院的最大股东，所以拥有独立的董事办公室。这里并非杀人现场，是受害人死后尸体被移到了这里，和之前的独角兽少女案模式一样。

"何菲儿最后出现的地方是哪里？"慕骄阳问。

陈星回答："根据医院人员的反馈，她最后是在四天前来医院探望爸爸，然后去了洛泽的办公室。离开后，没有人再见过她。她并非医院工作人员，但拥有医院的股份。作为富家女，她没有出去工作，生活轨迹比较简单，逛街，去医院找爸爸，在家待着，或者偶尔旅游。她没有太多朋友，但也是个小有名气的漫画家。所以，目前我们找不到更多线索，她最后出现的地方就是医院。"

徐一一接着说："严文已经看过附近的监控，四天前这一带没有那辆加长版 SUV 经过，也没有任何人可以证明或看到她离开医院，附近监控也没有拍到她离开的画面。"

"凶杀现场就在这家医院里。凶手相当大胆，似乎并不怕暴露。"肖甜心斟酌了一下说，"估计还有帮手，这个帮手能自由进出这家医院而不引人怀疑，所以凶手才会如此自信大胆地杀人，手法也相当从容。从尸体上反映出来的，也是凶手在整个行凶过程中的冷静自信。"还真是桩桩件件都指向洛泽。

何菲儿赤裸地侧躺在绿色的真皮沙发里。凶手用假的长发戴在她的头上，利用披散的长发遮挡重要部分。女孩托腮侧睡一般，异常苍白美丽，和对面墙上挂着的《奥菲利娅》很像。

"整个案发现场充满美感，确实很像师兄的风格。"慕骄阳弯着腰查看尸体。他将她胸前浓密的乌黑假发揭开，看到了心脏处那个突然出现的黑褐色血洞。

所有人都惊呼出声。

就连肖甜心都被吸引了，她将恐惧强压了回去，也走到了慕骄阳身边。

而慕骄阳已顺势揭开了死者何菲儿的眼皮，果然如他所料，何菲儿的眼珠部分改为用黑曜石代替，和独角兽少女是同一风格。也再次证实了吃心者有打猎或收藏动物标本的爱好。

"主题是 X 布置的，但人不是他杀的。这个疑似洛泽的风格，其实就是 X 的风格。杀人者不具备这样的美学天赋，但何菲儿的确只是被挖心、吃心者独自杀害的，没有帮凶。X 所做的顶多是死后移尸并布置成油画场景。"怕大家不明白，慕骄阳指着女死者的左心房处说，"撩开她的长发，就能看见心房处的一个没有任何填补和遮掩的血口，与死者的美丽安详形成诡异的不和谐，吃心者没有意识到该去做填补，也是 X 故意暴露。画像得出，这才是吃心者的第一次作案，独角兽少女案是第二起，第二起比起第一起显得更从容、更冷静、更变态，也更完美。在第一起案件里，吃心者的手法凶残，但还在不断改进作案手法，还在适应、在尝试，所以在心脏部分没有处理好，只有一个大大的黑洞，就像那件艺术作品的最大败笔。而 X 有很高的艺术水平，却不对这件'作品'进行修饰，是因为他在故意嘲讽、讥笑我们，同时也是在嘲笑吃心者。这是属于 X 的'展示'和'挑战'。"

轻哂了一声，慕骄阳神色冷厉："幼稚。确实就像甜心所说，这个 X 有着大男孩似的顽皮和孩童式的嘲讽。"

肖甜心点了点头，附和道："X 隐藏得太深，他才是真正的犯罪高手，抓捕他需要时间。目前我们必须抓紧时间锁定这位吃心者，因为他的变态程度越来越高，一般的杀戮已经不能满足他的诉求。"

"对。"刘浩法医回应，"因为在第二起案件里，女受害者是被活体解剖取心，但在这一起里，是在死后。初步推断，何菲儿的真正死因是一刀正中心脏毙命。她没有遭受太多痛苦。第二起里，吃心者的行为变得更为残暴。"

"第一起案件令吃心者很不满意，他没有尝到杀戮的快感，因为一刀毙命的过程没有虐待的快感，他开始感到强烈的不满，所以在第二起案件里修改了作案模式。而且最重要的一点是，一刀刺中心脏，可以看出他遭到了背叛，这个刀刺行为令他得到了释放，但是挖出来的心就不完美了，没有了收藏的价值，即使是食用，也食之无味。他需要的是一颗完整的心脏。所以，第二起里他改变了行为模式，整个过程更为漫长、细致。因为他对背叛的报复在第一起里得到了发泄，所以第二起发生时，他不再着急去杀戮，而是慢慢品尝虐杀的过程。这是一个在不断进化的变态连环杀手。第三起再出现时，他可能更变态，更凶残。"慕骄阳再度补充。

肖甜心对陈星说："陈警官，目前来说，最有效的方法还是在动物标本商店客户名单里找。由于这个吃心者还是第二次犯案，是个新手，缺乏经验，所以会留下很多漏洞。"

何穆同做了现场侦查工作后，就对着那幅油画出神。

"怎么了，有什么不对？"慕骄阳走过去询问。

"这是真迹，还是仿品？"他忽然问道。

慕骄阳回答："以我对艺术品的品赏眼光来看，是真的。虽然我不够专业，但我见过太多真迹。"

何穆同点了点头，叫来懂英语的徐一一，马上打电话联系大使馆，并转接收藏《奥菲利娅》的那家英国博物馆。

一切都是有迹可循的，这就是传统刑侦的魅力，不放过任何一处细节。慕骄阳点了点头。

电话接通了。在我国警方发出声明并大致解释案情，完成一系列交接后，馆长给出了答复，证实了那幅油画是洛泽在一个星期前亲自到英国取回来的，说是会在蓝斯艺术馆里做为期一个月的展览。应何穆同的要求，馆长还把当时博物馆的监控视频发了过来。

严文做了人像放大和清晰化处理。

大家看到一张熟悉的面孔，正是英俊完美的洛泽。他穿着漆黑的修身西服，优雅地穿梭在各间展馆里，最后来到了库藏室，从馆长和库藏管理员的手里接过了那幅《奥菲利娅》。

洛泽的办公室里很安静。这一次，洛泽不在这里，目前不知道他在哪里，所以他的嫌疑更大了。

室里静得落针可闻。

慕骄阳淡淡地道："就算油画是洛泽取来的，也不能证明人就是洛泽杀的。"

他在隐忍，手握成拳。这个X太过分，为了对付他，对他身边的人伤害到了这个地步。他不敢想，这些隐藏在案件背后的人会对甜心做出什么事来。

"阿阳，我不怕。"肖甜心握紧他的手，两人十指相扣，肩并肩站在一起。见他不说话，她马上补充，"如果真的是洛泽要杀人，他的画像应该是更完美的，第一，他不会取心吃心，因为他已经得到了爱。第二，他不会把场景搞得如此糟糕和不和谐，即使要挖心也会做填补（白色独角兽少女更符合他的美学观），哪怕他是第一次犯案。即使在其他地方有漏洞，也不会在他自己的'作品'上出现这个败笔。第三，他即使要杀戮，也完全是因为基因里的杀戮因子无法控制，而不是像这两起案件一样，尽管受害人没有被侵犯的迹象，却处处显示凶手是个性犯罪者。经过以上画像的反推理，可以证明，凶手不是洛泽。"

慕骄阳握着她的手更紧了紧，对她投来感谢的目光。X 对洛泽和对她隐形的威胁，使他乱了心神。所幸，他的女孩那么勇敢，站在这个背光的灰色地带努力地对抗黑暗，心向光明。他摸了摸她的头，说："甜心，你不会是一个人，你还有我。"

案件的发展走向和何穆同的预想不一致，因为现场证据对洛泽不利，警方要做的是查证，找到证据，将洛泽投进大牢，但警方请来的专家却在袒护洛泽。于是，一切陷入困局。

一个小刑警说话语气很不好："我打电话问了，洛泽早在中午一点左右，在律师的陪同下做完笔录就离开警局了。搞不好，在山洞里袭击你们的就是他，你们居然还要袒护他！"

肖甜心回眸，很肯定地道："不会是洛泽，即使所有的证据都指向他也不会是他。画像根本不符合。"尽管她对山洞部分的事失忆了，但她和慕骄阳一样相信洛泽，也相信慕骄阳的推断。

她的阿阳说不是洛泽，就一定不是！

四

这个案件暂时没有更多线索，而大家在 X 的屋子里搜到的所谓的头发也是假发。

警方只能按照慕骄阳的画像去追查疑凶。但慕骄阳不知道的是，何穆同迫于压力，想尽快破案，因此派了警察暗中跟着洛泽，想尽一切办法要搜集关于洛泽犯罪的证据。

而且众人在没有知会慕骄阳的情况下，再次将洛泽叫到审讯室。因为四天前，保罗还没有过来，他没有严格意义上的时间证人。

刚出医院，慕骄阳就给景蓝打了电话，所以进到别墅大厅，慕骄阳发现他正一身正装地坐在那儿等，也不觉得奇怪。

"这么晚还叫我，应该是很严重的事了。"景蓝看了他一眼，然后他的视线转到肖甜心身上时，长眉挑了挑。

"肖小姐，你还记得我吗？"景蓝突然问道。

慕骄阳揉了揉眉心，真是什么也瞒不过他。

肖甜心被突然这样问，愣了愣说："景教授，我当然记得你。哦，我已经知道了，你说过的那个补偿型人格的案例其实就是我。我的另一个人格出现了，她说她叫小甜。"

景蓝看着她，点了点头，然后问："你以前从来不知道她对吗？"

"一直不知道。只是有时一觉睡醒会觉得怪怪的，例如我睡觉前网购选了一件常买品牌的睡衣，但醒来后却发现换了一个款式并已经付了钱让对方发货。有时是，我会突然到某个地方去，好像是去了墨西哥，我都不知道有这个旅行计划，还以为是自己突发奇想。但我没有深究这些事情。可是后来再没有出现这种情况了。"肖甜心把事情前后想了一遍，也交代得很清楚。

景蓝看了慕骄阳一眼，然后摸了摸下巴，突然莞尔："你后来改变初衷，买的是什么睡衣？"

慕骄阳狠狠地瞪了景蓝一眼。

景蓝当没看见。

反而是肖甜心红了脸，细细的脖颈也红了，才低声说："有点暴露吧。我睡觉爱穿纯棉的，真丝的也能接受，不过那一次挑的……"

"我明白了。"然后景蓝满是戏谑地看了慕骄阳一眼。

景蓝对她招了招手，她不明所以，走了过去，在他身边坐下。

"这种款式的还喜欢吗？甜……哦，不对，你叫什么来着？"

第一次问，无人回应。

但手机屏幕里丝质的火红性感睡裙在她面前呈现，景蓝问："这个款式还喜欢吗？我前几天看到慕骄阳在英国的官网上给你订购，货已经到了。我也帮你们拿了进来，就在桌面礼盒里。甜……？"

"我是小甜！"肖甜心突然跳了起来，很高兴地去开礼盒，她将丝质睡裙拿起，火红的丝绸水一样流了下来，深 V 吊带的款式非常性感惹火，她一回眸，对着慕骄阳笑："哎，慕骄阳，你怎么知道我是 D 不是 C？肖甜心总是穿不合适的胸衣，憋屈死我了，明明我身材那么好！"

不等景蓝再问什么问题，她抱着睡裙噔噔噔上楼去了，走到拐角处还不忘说："哎，慕骄阳快点来呀，我穿着它等你。"

慕骄阳："……"

伸手扯了扯早已松开的领带，再说话时慕骄阳的语气十分不友好："景蓝，你发什么神经。"

景蓝笑："我怎么了？"

"我好不容易才将她催眠让她沉睡，你为什么要催眠叫她出来！"慕骄阳说得咬牙切齿。

"看她的举止，已经和你有了过度的亲密接触。啧，才刚出来就把你……"景蓝将他从上到下看了一遍，"上了？"

"景蓝！"慕骄阳是真的生气了，"我没有碰她。"

"触摸、亲吻，已是十分亲昵。"景蓝一针见血。

慕骄阳败下阵来，垂头丧气。

"你现在内心感到万分内疚，感觉自己背叛了肖甜心，所以连发生了什么也不敢对肖甜心说。"景蓝针针到肉。

"我……"慕骄阳张了张嘴，百口莫辩。

所以，精神背叛也是背叛。

"小甜因为什么出来？仅仅是因为孕妇案吗？"

"原来你也发现了。"慕骄阳在他身边坐下。

景蓝分析道："因为孕妇案更像一个触发点，而不是起因。我研究过这类补偿型病患，他们的成因可以说是更自私的，是只针对自己的，因为他们的目的就是补偿自己。你和洛泽都属于补偿型，但又和肖甜心的补充型不同。"

"那小甜呢？她为什么出现？"景蓝变得十分严肃，"这才是问题的根本所在。"

她为什么出现？

为了更好地爱你呀！

小甜的一颦一笑犹在眼前。

看到他出神，景蓝轻咳了一声，说："你爱上她了？你的爱要比你想的来得浓烈和迅猛，因为你渴望这样的肖甜心，专一的，只爱你一个的肖甜心。"

啪的一声响，慕骄阳将拳头捶向桌面，木桌凹了一小块下去。

景蓝神色不变："你不爽我，想揍我，因为被我说中了？"

景蓝不是一个好相处的人，古板严肃，一丝不苟。慕骄阳知道，他一直就当自己是个幼稚的弟弟，果然，景蓝站起来说："你不喜欢可以直说。你另找心理医生吧！"

慕骄阳说："不必了，你就是最好的。还有什么问题一并问吧。"

"我要和她谈，才能知道该如何治疗。"景蓝看了他一眼，说，"她是因为你才分裂出来的。"

"是。甜心的本我意识埋得太深，她什么都清楚。她知道十年前和她在一起的是慕教授，慕教授甚至对她做出了越界的事。她爱上了慕教授，但又希望能全心全意地爱我，所以小甜出来了。她潜意识里希望让小甜陪伴我，因为她觉得小甜是最好的。"慕骄阳说。

甜心想将最好的都给他呀！想到这里，他捂住了眼睛。

"你介意甜心和慕教授发生关系？"景蓝忽然问。

早在十年前，事情就发生了，而他现在知道了。

"不！"慕骄阳有些歇斯底里，"那是她的过去。我爱的是她，并不是她的童贞。"

"可是她本身介意。"景蓝说，"肖甜心是一个内心极度保守的女孩子。这类女孩子内心是封闭的。她并不像表现出来的那么活泼。相反，据我一直以来的观察，她很抑郁。"

慕骄阳的声音低沉了下去："是。我高中时对她很不好，曾连续两次突然失踪。我知道慕教授最终是会伤害到她的，所以有了第一次失踪。第二次，是慕教授……他事后就走了，没有给过她任何慰藉，从此消失。那一次对她的打击太大，而后来她又遇到了孕妇案那个导火索，她的内心承受不住，小甜就出来了，那也是小甜第一次出现。"

景蓝沉吟片刻，又问："她和慕教授的那段记忆……"

"被慕教授催眠洗掉了。"慕骄阳吸了口气，"但她潜意识里记得，她所有的愧疚来自潜意识。"

"可她的初衷，我想并不是挽留慕教授，而是想要唤醒你，通过这个方式。"景蓝说，"肖甜心不是一个意志脆弱的人，相反，她很坚忍，她的意志甚至比你强，不然她不可能成为 FBI 的探员，追捕穷凶极恶的变态罪犯。她不是一个简单的女人。她连变态和死亡都不惧怕，她不惧怕任何人。你，才是她的致命伤。"

慕骄阳有过片刻挣扎，最后答："是。她的初衷是叫醒我，希望我不要走，留在她身边。我确实醒过来了，但当我拥着她睡熟后又被慕教授逼了回去。当年，我已经被慕教授打压得没有多少醒来的时间，但那次以后，我总能在他最脆弱时出来。"

"他最脆弱的时候是什么时候？"景蓝再度发问。

停顿了很久，慕骄阳终于答："当慕教授想念她的时候。"

"我想将你们两个合在一起治疗。"景蓝说，"骄阳，你知道心灵捕手吗？"

见他点了点头，景蓝说："你和肖甜心是彼此的心灵捕手，只有你们两个才能替对方完成人格融合。"

"和那教授聊完了？"小甜就趴在他的床上，笑眯眯的。

慕骄阳再度揉了揉眉心。

"哎，你叹什么气呀！我都没榨干你，你就一副老了十岁的样子。我有那么可怕吗？"小甜在床上滚了两圈，将长长的大腿竖起来靠在墙上，那抹白比雪还要白，白如凝脂。

她已经洗过澡了，没有像往常那样将头发扎成丸子头，而是编了一条长长松松的鱼骨辫，随意地搭在胸前，有种妩媚的天真。见他不动，她跳了起来。眼看着她就要从床上起跳往他这边扑，他一步跨过去抱稳了她。

"胡闹！"他生气了。

而她咯咯地笑："我知道你会抱稳我的。"

这个时候他才发现，她不仅换过了衣服，还穿着他的白衬衣。

他抱着她的臀的手紧了紧，完全是出于本能的反应。她笑倒在他的怀里，笑声沙沙的，哑哑的。

"哎，慕骄阳你帮我抹点药呗，屁屁好疼。"她娇嗔。

他都忘了，她身上还有伤，他只好去抽屉拿药箱。再回来时看到的那一幕给他的冲击太大，让他定在了那里。

她就趴在那里微抬起上半身对他微笑，似是邀请。她的衬衣纽扣松了两颗，那抹雪白若隐若现，她轻轻抬起手，将衬衣下摆拉高一点点，轻笑着说："你给我上药。"

五

慕骄阳走了过来，在床边坐下，犹如老僧入定。他举起手把浸了碘伏的棉球按压到她的伤口上说："我用碘伏，不疼。"然后他叹气，"虽然不深，但是你不应该不处理就洗澡沾水的，现在发炎了。"

"谁让你和景美男聊那么久，本来我想等你上来一起洗的。"小甜

莞尔，腮边笑意绝美。一缕发沾在了她嫣红的唇瓣上，而夏季的风轻吹，将雪白的窗纱吹到了她的发上、脸上。她隔着那层纱轻轻地吹气，那层纱一荡一荡的，他一会儿看见她亮亮的眼睛，一会儿又只能看到她红红的小嘴，再看一看，她的面容又被半透的纱覆着了。她只是轻轻地笑，吹口气，纱飘起来时他又能看到她炙热的眼睛，那么亮，教他沉沦。

慕骄阳连忙收回那些旖旎的想法，但再垂眸时，他看到她动了动腿，一切似是无意的勾引，他很艰难地克制，将伤口再清洁了一遍。

"我疼，你帮我吹吹。"她说。

慕骄阳看向她，只见她一脸无辜地眨了眨眼睛，随后娇娇地说："真的疼，阿阳，你帮我吹吹好不好？"

那声阿阳，险些令他失控。甜心才会这样叫他！

"疼嘛！"

明知道她是故意的，但他还是忍不住俯下一点来，轻轻呵气。

他脑中划过的却是景蓝的话，"别排斥她。她不过是一个补偿，是肖甜心对自己的补偿，没有你想的那么复杂。这个次人格从本质上来说，就是肖甜心。还有，你记得问一问她几岁了。骄阳，不要做伤害她的事，别责怪她，别恨她。她并没有那么坏。"

他再度吹了吹气，正想问她还疼不疼，谁料她突然滑了下来，转过身接着他，接着她的嘴唇已经贴了上来，吻住了他的唇。

身体的本能、原始的欲望一点即燃，他无意识地一手压紧了她的腿，然后吻得更为凶狠。

"阿阳。"她低低地叫，"难道你不想吗？我们什么也不去想，只去寻找快乐，好不好？"

他早红了眼，猛地咬了她一口，将她的唇咬出血来。

他推开她，说了句："你满意了？"便转身冲进了厕所里。

他没有忘记，自己转身时，她无辜而委屈的眼神。

他再出来时明显是洗了澡，带着一身的凉意。

小甜了然，他洗了很多遍冷水澡。

她嗫嚅着："你别恨我，我只是太爱你。而且，刚才我们什么也没有发生，你没有对不起她。"

"你令我失控了。"慕骄阳感到疲倦。

甜心给他的这个考验，很不好！

小甜的脸色有些苍白，她站了起来，安安静静地转身去了浴室。

再出来时她已经清理过了，她身上穿着的还是他那件白衬衣。怕他生气，她连忙说："小甜很乖，穿了东西的。"

慕骄阳叹气，对她招了招手："过来，我看看你的伤口。"

"没事。那里没有碰水，刚才上了药，现在好了，不疼了。"她笑眯眯的，一对大杏眼弯成了一对月牙，是只有甜心才拥有的最纯真的笑靥。

慕骄阳心中蓦地一动，再对她招了招手。

她走到他身边，而他将她一把抱起，置于膝上。他吻了吻她的发："抱歉小甜，我刚才太恶劣了。"

小甜眼有泪光："和你高中时比，好很多了。"

是呀，高中时的自己简直就是浑蛋。

慕骄阳与她额头贴着额头："小甜，你就是甜心。我很爱甜心。"

小甜看向他，心道：可是你却吝惜于说爱我。我是小甜，不是甜心。

"是的，你就是她，但她不完全是你。你是她的一部分。甜心对我，就是像你对我一样热情，只不过她很害羞，但那才是我真正喜欢的样子。"顿了顿，他又问，"小甜，你多大了？"

"16！"她声音沙沙哑哑有种别样的性感。她靠在他的怀里，由衷地快乐。

这个人格形成于甜心16岁时，那是她感到最绝望的时候。这种绝望，是他一手造成的。所以小甜永远16岁。他忽然就明白过来了，小甜就是甜心，她将自己爱他爱得最深的那一刻分裂了出来。

慕骄阳低下头去，吻了吻她的唇，说："你瞧，你还是个小女孩，却这样坏。"

难怪景蓝让他好好对她，不要苛责她。景蓝早瞧出她很小，需要呵护。

"小甜，我爱的肖甜心是一个成熟独立的自信女性。她很了不起。她能抓住穷凶极恶的罪犯，她还能在绝望中一直坚定地等着我。我爱的就是这样的她，她和我能有灵魂上的共鸣，而不仅仅是身体上的。肉体的欢愉总是短暂的。"慕骄阳叹息。

小甜感到很受伤。

慕骄阳拍了拍她的肩膀说："小甜，下次别再诱惑我了。我承认，我经不起你的诱惑，我输了。但我想等甜心回来。我去睡客房，你睡这里。晚安。"说完，他亲了亲她的脸颊就离开了。

他努力忽视她可怜巴巴的眼神。

夜里风凉，小甜打了个喷嚏就醒了。

只是这一次，肖甜心没有回来。

"咦，平常睡醒了，我就被关在小黑屋里呀！今天还能出来？"她举起手来看了看，是她小甜没错，她还穿着他的白衬衣。

看了眼闹钟，凌晨三点。

在床上滚了好几圈，她才悲哀地发现，自己失眠了。

"简直太过分了！失眠，第一次！"

她光着脚跑到了花园里，然后吱吱咕咕地叫了起来。

听她叫了一通后，慕骄阳放下了手中的书。他站在窗边，将窗帘掀起一个小角，只见一群小鸟飞到了她身边，她在小鸟群里转圈，肆无忌惮地大笑。

有些无奈，慕骄阳低声笑了起来，这个小甜真是顽皮。她还懂鸟语，把附近山头的鸟都叫来了。

其实他都明白，并非甜心的主人格在她体内发生了改变，而是小甜刻意模仿甜心来诱惑他。此刻的她，才是真实的小甜。她才不会因为他的冷淡而不开心，她很会自己找乐子。

此时，楼下传来吱呀的开门声，慕骄阳看到景蓝从副楼走了出来。

景蓝就坐在门边的石鼓凳上，说："怎么？扮成肖小姐失败了？该叫你什么好呢？我觉得你本人不喜欢小甜这个名字。"

小甜低低地笑："Carmen（卡门）。"带着加州特有的口音。

景蓝呵了一声："未成年的小卡门，你好。"

"对我说说你的故事吧。"景蓝的声音很轻很淡，但听着十分舒服。

"我是个住在加州的白人女孩。那里有热海艳阳和碧海蓝天。我是沙滩上最火热的比基尼女郎，好多金发碧眼帅哥来向我献殷勤，我爱死加州啦！"小卡门伸了伸懒腰。

随着她的动作，白衬衣下摆卷了上去，露出了里面雪白的蕾丝内裤。景蓝脸一红，匆忙移开了视线。

小卡门注意到了，啧啧笑："我很漂亮对不对？"

景蓝已经缓过了尴尬，只是保持着得体的微笑。她确实是很漂亮的，她有着精致的五官，充满灵气的大眼睛，完美的肌肤和躯体，既纯真又无端诱人，是正常男人都渴望拥有的女孩子。

"别不回答呀！你刚才脸红了！"

哈比不知道从哪里滚了过来，对着她想求抱抱，但又有些犹豫。

这次景蓝没有避开她的问题，说："是的，你很美。野性的美，是男人当然都喜欢。但我更喜欢肖甜心。她的纯真，无人能及。"

小卡门在景蓝身边坐下，他没有拒绝，他要帮她做融合的前期测试和准备。

景蓝当然知道，她在故意勾引他。

她不叫小甜，小甜只是她哄骗慕骄阳的伎俩。

她叫卡门。

果然，小卡门坐不住了，脚跟一点一点的，最后将脚撩进了他黑色的西裤里，毫不介意和他肌肤相触。

然后，景蓝像是听到了什么声音。呵，慕骄阳把凳子，还是桌子，还是电脑给摔了？他低笑了一声。这两个人一大一小，都幼稚。

"你的脚正在做的这个动作叫作 Shoe Fondle，是一个诱惑性动作，也是一个色诱行为。但你升级了，把脚丫伸进了我的裤管里，这是性行为。你要和我上床吗？"

慕骄阳就站在主楼侧门的门后，他能完全听到看到对面三米处发生的一切。当他听到景蓝的话时，脚步猛然顿住，就倚在门边，手握成拳。是了，这才是真正的小甜，她叫卡门。

或许，没有他，她也会找别的男人来排解寂寞。

小卡门想了想道："目前阶段不想。目前我只想和慕骄阳一个男人上床。嗯，以后也只想和慕骄阳一个男人上床。不过不好意思，我见到帅哥会忍不住挑逗一下，调个情什么的。"

景蓝点了点头说："你的所有行为都受肖甜心影响，很难有真正的自由。真的成为人格，就是完全的一个人，另一个人。真正的人格，不太在乎和谁上床，或者是会爱上和本我人格完全不同的人，甚至会以为自己是个几岁大的小孩，或者以为自己是男人，而爱上女人，所以你还是她的补偿和补充。说到底，你的本质脱离不了肖甜心，她是一个极度保守的女人。你的本质也是一样，你的身体只能接受慕骄阳一个男人。"

对面躲着的慕骄阳身体一震，许多回忆倒流过来。他记得，当他问肖甜心对洛泽的多重人格怎么看时，她说，她接受不了，更接受不了别的男人碰她，那样她情愿死。所以……

慕骄阳冲了过去，吓到了小卡门。他一把抓住她的手，问："当年，甜心是不是试图自杀？"

"你弄疼我了！"小卡门想甩开他的手，可是甩不开。

"小卡门你告诉我。"慕骄阳的泪水滑了下来，将她吓得不轻。

她不再挣扎，答："是的。十年前，你离开海边小木屋的那一晚，她醒来后不太记得发生了什么，但人已经迷迷糊糊地走进了大海里。我不出来，她就要死了。我，我们都要死了。"

她的潜意识，知道是慕教授……

"甜心真傻，我不介意。她为什么要这样？"慕骄阳颓然地跪坐在地上。哈比跑了过来小口小口地舔着他，安慰他。

景蓝拍了拍他肩膀："骄阳，因与果只在一念之差。你该感谢小卡门，没有她，肖甜心的命早没有了。"

"是。我不想看到阿阳难过呀！我消失没有关系的，真的没有关系，但是当时我不出来，阿阳就永远见不到她了。阿阳会难过，我也会难过的。"泪水不知不觉地滑落，小卡门摸了摸，这是她第一次落泪，从前她游戏人生，可快乐了。

其实，她没有那么坏呀，她只是想出来陪陪他啊！而且，她爱慕了他那么久那么久，她只是想真真实实地拥有他一会儿呀！只是一次而已，她从来没有妄想过取代甜心霸占她的身体呀。可是为什么他们都不爱她，都爱肖甜心呢？

景蓝轻声说："小甜，陪他回去睡觉。什么也不想，好好睡一觉。"

他不再叫她小卡门，而是小甜。

甜心最真挚的部分，就是小甜。

六

刚进到房间，小甜突然转过身来，抱着他的腰，头埋进了他的怀里，软软地说："慕骄阳，别难过好不好？"

这是一个不带欲望的拥抱。

怕他会有什么罪恶感，她又说："如果换了是别的女人像刚才那样诱惑你，你会怎样？"

慕骄阳一怔，回答得很冷："是别的女人，我会杀了她。谁也不配碰我。"

说完，他才清醒过来，只有甜心配呀！面前的她，其实就是甜心。

她靠在他的怀里，说："你看，你爱的还是甜心，你没有对不起她。我拥有她的皮囊，你才会怜悯我。"

慕骄阳摸了摸她的发，说："我没有怜悯你。"因为你是甜心的一部分。

小甜仰起头来看着他，似懂非懂。

看了他许久，她忽然轻声说："阿阳，让我陪你睡好不好？我保证，我什么也不做。好不好？"

他轻叹："就今晚。"

"好的。明晚我去睡客房。"

她的笑靥那么明媚美丽，令他有些愣怔，然后他才说："你睡这里，明晚我去睡客房。"语气带着他自己都没察觉的宠溺。

她就安安分分地睡在他身边。她侧着身子，双手规矩地垫在脸下，只是看着他。

慕骄阳被看得有些不好意思，一抹红蔓延到了耳根，她看见了也没有调戏他，只是安静地看着他。这个时候的她，和甜心真的太像太像。他的心软了，他轻咳了一声试探着问："要不要抱抱？"

汪！哈比很圆润地滚了过来，趴在床前，伸出长长的舌头灿烂地笑着：要要要，哈比要亲亲抱抱举高高。

"要要要，"小甜笑得很甜，但她没有马上钻进他怀里，而是说，"阿阳，我们抱着哈比一起睡好不好？它看起来好可怜。"

慕骄阳："……"

最后，哈比真的得了特赦，被她抱上了床，就躺在两人的中间。他抱着她，她抱着哈比。哈比觉得这一刻太爽了，它仰面朝天，露出白花花的肚皮。小甜咯咯地笑，伸出手来轻挠它的肚子，挠了一会儿它就睡了，还有低低的呼噜声传来。

莫名地，慕骄阳觉得这样也很好。她那么可爱，就乖乖巧巧地在自己身边。她的笑低低的，带着连她自己都不知道的风情和诱惑，但又纯真得一塌糊涂。

他一手抱着她，一手轻抚她的发，和她聊天。

"小甜，你的自主意识很早就有了，但你一直很小心地躲开我，不和我交流，我的感觉不会错。为什么？"

小甜又打了个哈欠："因为爱情是一件很麻烦的事情呀！爱，总是苦多于乐。我很爱你，可是不想要爱情。但身体的快乐，我不拒绝。"

她说得非常直白。慕骄阳没有说什么。

再聊了会儿，她困得打了好几个哈欠。慕骄阳知道，此刻是她的心最脆弱的时刻，于是试探着问她，去到加州后忽然失踪的那一年的情况。

她努力眨了眨眼睛，说话时声音嗡嗡的。原来，她以卡门的身份，找人重新办了新的身份证，然后才回的国。她总有她的办法，所以，美方才没有肖甜心的入境记录。她去了许多地方，觉得很好玩，玩够了，满足了，

她就陷入了沉睡，所以甜心又回来了，但不知道有小甜的存在。

说着说着，她就睡熟了。

慕骄阳抱着熟睡的她，心中有无限心事浮现。

为了使她觉得舒适和信任他，他假装温柔。果然她打开了心房，告诉了他他想知道的一切。而小甜似乎没有霸占甜心身体的野心，她只是贪玩。玩够了，她会毫不留恋地沉睡。他亲了亲她的额头，叹："甜心，那是你的一部分，我也要接受。为了最后的融合，我们不能赶走小甜，她就是你想要对我做出的补偿。你希望自己能给我最大的快乐，没有负担、没有丝毫杂质，所以你让小甜来补偿我。你真是傻。甜心，我爱你。此生，再没有别人。"

第二天，小甜起来得早。

才凌晨5点，她就睡不着了。

于是，她爬了起来，换好了衣服才转了出去。

她穿的衣服当然不是甜心的风格，但衣柜里又没有很合适她的衣服，所以她选了一条甜心放在这里备用的礼服裙。

那是一袭火红的真丝长裙，胸前是一条挂在颈项上的交叉吊带，露出她雪白的小香肩和纤细起伏的后背，长裙垂坠，如水一样收在她脚踝上，随着她的走动摇曳生姿。

踩着7厘米的金色高跟鞋，她走到了楼下。只是奇怪的是，景蓝居然穿着一身白西装坐在大厅躺椅里看书。

或许是她的视线太炙热，景蓝的目光越过厚厚的线装书看向了她。

小卡门未施脂粉，但唇瓣嫣红，她只是将发全部绾了起来，轻坠鬓侧，美丽得惊人。莫名地，景蓝心头一动，但他只是清淡地说："早上好。"

小卡门大大方方地走了过来，每一步都像踩在云端，红色的真丝裙摆拂过她白润的脚踝，像血漫到了他的面前。她在景蓝身边的沙发坐下，和他保持一个恰当的距离，没有了昨晚的轻佻。

"慕骄阳的人格分裂能治好吗？"她只问了这一句话。

景蓝正想回答，再抬眸时，他看到慕骄阳就站在二楼顶端，于是说："下来吧。你们是对方的心灵捕手，我想一起治。"

"和小甜说一下你的童年和慕教授出来的原因。我想，以小甜的聪慧，会在脑海里和甜心分享。小甜不是一个霸道的人，她没有太多欲望。这一次，是甜心在躲你。因为她真实的潜意识知道了关于小木屋的真相。"景蓝的声音像天边的云、湖边的风，又轻又淡，但又抚慰人心。

"我就是她的潜意识进化而来的，对吧？你想说我是一个不算霸道的人格吧？没关系，我不会被打击到。人格就人格呗，who cares（谁介意）？我玩得开心就好！"小甜耸了耸肩。

景蓝将语气放柔："小甜，你也是一个独立的人。只是这个人比较特别，你不仅仅为自己而生，你也是为甜心而生。甜心重要，但你也是重要的。没有人看轻你，慕骄阳从来没有看轻你，他心里头有你。"

"我……"慕骄阳嘴唇动了动，又哑了声。有，或没有，都是他不愿面对的。

"说吧。"景蓝说话的语气更轻更柔，带着一丝肯定和鼓励。

"我从来没有和甜心说过，因为一提及，必然瞒不住我是双重人格的事，而且我也不想她听了难过。她一直不知道，其实我比她大了三岁。"见小甜的眸子黯了下去，他不自觉地握住了她的一双小手，"我从来没有和你说过……"

几岁之前的事情，许多孩童不会再记得，但慕骄阳记得一清二楚！就连第一任、第二任领养家庭如何虐待他都记得十分清楚，如同昨日发生。

三岁，领养他的那个家庭因为生不出孩子才要的他。但在他到来的第三个月，养母怀孕了，他成了那个家庭的背景墙，冷了、渴了、饿了无人理会。在寒冷的冬季，他坐得离壁炉太近了，最后被火烫伤了手脚，烧掉了眉毛，凄惨的哭声震动整间屋子，养父才不急不慢地走了过来。

四岁，他又到了另一个家庭里。这一次，这个叫"养父"的男人开始动手打他。他一声不吭，多疼都不求饶，他看到了男人因无法得到满足愤怒而扭曲的眼神。后来，一个闪电打雷的夜里，趁着妻子上夜班，男人摸进了他的房间，手伸进了他的衣服里往下摸去，而他从枕头下猛地抽出偷偷藏起的小刀，狠狠地扎进了男人的手背。

那一晚的动静太大，他冒雨跑出了那个肮脏的"家"，晕倒在了路边，醒来后终于到了儿童福利院，那里是他一度渴望过的天堂。在那里，他的生命得到了保全。再后来，他被一对美国夫妇领养。那是一对善良的美国夫妇，将他带到了国外。

这次他的养父是一位生物学教授，非常有名望，知识渊博，家里有读不完的藏书，使他爱不释手。而养父更教给他丰富的知识。头一年，他一个字都不说，但养父知道他都懂得。后来，他终于慢慢地开始讲话。他非常崇拜养父，也渴望变得强大，就像他的养父一样，于是慕教授出来了。

听完慕骄阳的叙述，小甜的眼睛红了。

　　她轻轻抱着他的手，说："你难过就摸摸我的头发，多摸几下就顺心了。我看别人都是这样摸家里的狗狗的，摸摸就什么烦恼也没有了。"

　　慕骄阳轻笑："你又不是哈比。"

　　"你笑了，你笑了！"小甜扑进他怀里，在他脸庞上蹭了蹭，低叹，"阿阳，别难过。"

　　他的心蓦地一动。

　　他又听见她说："阿阳，我把你想对她说的话都告诉她了，她想通了就会回来的。你别难过。"

　　"说一说你和甜心的那个世界吧。"景蓝又说。他的声音更低更缓，让人莫名地想睡觉。

　　即使是慕骄阳，都觉得眼皮更重了。而景蓝的掌心里放着一只米黄色的陀螺，他玩弄着陀螺，让陀螺在自己掌心旋转。

　　小甜的眼皮眨了眨，她闭上了眼："我们的世界很光明，从来没有灰暗，像午后的课间教室。每次甜心累了，她就趴在课桌上睡觉。有时无聊了，她就在课桌上刻刻画画，一笔一画，是慕骄阳的名字。现在，她趴在课桌上睡着了呀，我只能看到她的侧脸。她旁边是一扇窗，阳光透了过来，可明亮温暖啦。咦，走廊上突然多了好几盆花。"

　　"是什么花？"景蓝问。

　　"海棠花。"小甜答。

　　是海棠春睡。她在梦里，回到了曾和慕骄阳一起度过的那些最快乐、最美好的日子。

第十二章 唯一的信念

一

小甜睡着了。

而在景蓝的暗示下，慕骄阳也进入了浅催眠状态。

"慕教授，我想和你谈谈。"

知道他是在刻意逃避，景蓝又说："肖甜心已经出现了人格分裂的症状，而且主人格主动退缩，虽然小甜不愿意融合，但是她愿意沉睡，肖甜心的主副人格是不需要抗争的。但肖甜心明显认为小甜更适合慕骄阳，长久地沉睡下去，肖甜心的主人格会消亡。这是你希望看到的吗？"景蓝的话变得尖锐。

他的眼皮动了动，他没有睁开眼，但慕教授出来了。

"你想说什么？要我和慕骄阳融合？我没兴趣。"

景蓝换了个话题："最近你为什么不出来了？"

慕教授犹豫了一下，景蓝替他答了："因为对肖甜心感到愧疚？所以将她让给慕骄阳？"

若有似无的一声笑，是慕教授对自己的嘲讽。"甜心不能接受和我发生关系。她已经自杀过一次了，我不想再有第二次。而且……"顿了顿，他的唇角微微上扬，"看到她和慕骄阳在一起很幸福，不知道为什么我也感觉很幸福。我喜欢看她笑。"

景蓝沉吟，和他预料的差不多，慕教授并不是霸道型人格。"你和慕骄阳的关系，并没有我们以为的那么水火不容。你和慕骄阳甚至可以说是有商有量。我看过慕骄阳治愈洛泽后写的那篇论文。其中提到，为了治疗洛泽，那些尖锐的问题，他会让你出来问。应该说是你和慕骄阳共同治愈洛泽。"

"是。有时，我和慕骄阳甚至还可以开玩笑。在被我囚禁的那段时间，如果他从沉睡中醒来，但又出不来，无聊了就会主动要求我和他聊天。其实，骄阳只是需要我照顾的弟弟，我得保护他，只是他不明白。"慕教授说。

原来，这才是慕骄阳和慕教授真正的关系，不是控制与被控制，而是照顾与被照顾。"你为什么这么说呢？你一直在别的心理治疗室咨询，并不是我的病人。但关于肖甜心的治疗方案需要慕骄阳的介入，所以我必须知道你和慕骄阳的具体情况。"景蓝放下陀螺，将手置于双膝上。

"慕骄阳会有危险。他的潜在意识非常危险，当初，他才 17 岁，就做下了那件事，若不是我阻止，他一旦觉醒，就会变得非常危险不受控制。我出来是为他好。"慕教授叹气。

景蓝眉心紧蹙，但还是将声音放缓："是什么事？"他开始在桌面上转陀螺，陀螺的声音嗡嗡的，伴随着他沉缓的声音一同响起，"慕骄阳曾经做过什么事？"

一开始，慕教授不回答。景蓝反反复复问那句话："慕骄阳曾经做过什么事？"

"他杀了人。"慕教授被催眠，只说了一句话，突然身体一震，他想要醒过来，眼皮开始剧烈跳动。而大脑里，慕教授对自己说："Tom，别说出来，所有的心理师都不可信任，他们可以操控任何人，他们非常可怕，谁也不能信任，除了你自己！"

"杀了谁？"景蓝想阻止慕教授对他自己的反催眠。

"哦，我开玩笑的。他谁也没有杀，我逗你玩的。"慕教授一笑，他的身体停止了震动。他没能从浅睡眠里醒来，但他已经抵御了景蓝的催眠。

景蓝不再追问。这个人格的控制意识非常强大，他一直在进行反催眠。

但慕骄阳真的会杀人？连他自己也无从判断，这个怎么可能？

"一本正经先生，你还有什么想问的吗？"他微哂道。

"你不愿意融合的真正原因是什么？舍不得意识消逝，害怕最后连通过慕骄阳感受到的来感受她都做不到了，还是你所谓的要保护慕骄阳？"景蓝换了一个方式，可以一下子知道两个重要的信息。

但慕教授只是答："我保证，我不会阻碍慕骄阳和甜心在一起。我爱甜心，比骄阳知道的要爱，我希望她快乐。和我在一起，她的内心并不快乐，不然小甜不会出来。是我的过错导致了那一切的发生。"甜心曾自杀过，是他的一生中难以磨灭的伤痛，如果当初他没有离开她，她就不会不快乐。她一直在欢笑，却从未真正快乐。他只想她快出来，他愿意沉睡。

"原来，你的自主意识已经强大到了即使不出来也能时刻站在光圈里感受慕骄阳的一切的地步。"景蓝叹息。

"是。"慕教授答。

景蓝让慕教授退了下去。

"甜心，你愿意出来吗？离开那间教室，看一看你眼前真实的慕骄阳。你的一切，他都喜欢，从不需要你去刻意保持或改变。你在意那件事对吗？海边小木屋？"景蓝开始对肖甜心下"缓冲带"，以防有一天她知道真相会崩溃，"谁会在意呢？慕骄阳从来不在意。他只在意和他共度一生的那个人，是不是你。"

肖甜心的眼皮动了动，没有人答话，小甜不答，她也不答。

"你恨慕教授吗？"他忽然问了一个非常尖锐的问题。

肖甜心的反应很剧烈，她开始颤抖，汗水沿着鬓角落下。

原来，景蓝已经触及了她最深层的潜意识。"爱，对吗？所以你才退缩了。你一直知道海边小木屋的事，你在逃避，让自己躲进'不断遗忘'的意识状态下，终于成功地欺骗了自己，对自己做出了补偿。由你的潜意识分裂出了小甜，小甜和你的潜意识是一个完整的共同体，但小甜被分裂了出来，你的潜意识在不断对你编织'会遗忘'的谎言。被遗忘的部分，由小甜来填充。"

肖甜心哭了。

景蓝怔了怔，说："你回去吧。当慕骄阳需要你的时候，请你出来。"此刻不能再逼她了，不然她会崩溃。

顿了顿，景蓝忽然说："慕骄阳的童年，为什么会分裂出慕教授，你知道了吗？"

"知道了。"这次，她终于回答。

"你只需要记住，慕骄阳和慕教授从一开始就是同一个人，这就够了，就好比你和小甜。"景蓝打了个响指，说，"睡吧，乖巧的女孩。记住你今天知道的一切，下次当你再听到这个事实的时候，要记得不要崩溃，接受有时也是一种承受，一种解脱。你崩溃，慕骄阳也会崩溃。只有你在，他才完整。人生，很多时候需要承受。女人往往比男人承载得更多。乖女孩，你一直很坚强，以后也要如此。"

她的神情变得安稳，她慢慢地进入了熟睡状态。

慕骄阳最先清醒过来。

"我已经替她下了缓冲。她不会有事，她要比我们想的坚强。"

慕骄阳看向他，很认真地说："景蓝，谢谢你。"

景蓝思考了一下，慕骄阳"杀过人"这个问题十分难勘破，但他从慕教授的回答里隐约察觉到了一些端倪，于是说："Shaw，你的潜意识非常抗拒所有的心理师，你本质上认为他们所有人都很危险。是什么，或者说是谁，又或者是什么触发点令你产生了这个疑虑？我觉得这件事并不简单，你得好好想一想。就像洛泽，即使他谁也不信，但他信任你。而你，似乎没有对任何人产生过这份信任。你的潜意识在这个问题上十分强硬，你得找出原因。"

像是有什么破茧而出，慕骄阳的嘴动了动，吐出了一个名字。

景蓝听了，只是点一点头。

那个人，让慕骄阳很不舒服，尤其是在他今年重遇甜心后。

但他需要些时间去证实。

二

已是正午时分，阳光黏在她的眼睫上，金光一跳一跳的，逗得她醒了。

一睁开眼，小甜伸出双手看了看，嗷了一声："呀，还能出来！"

一侧头，她才发现慕骄阳正看着她。

"干吗这样看我呀？"小甜坐了起来，腿伸出被子外，在床边荡呀荡的，而白衬衣的领口开得很低，露出她一边的肩膀，雪白的一片。她咯咯地笑："慕骄阳你挺坏的，还偷偷给我换衣服。"

慕骄阳揉了揉眉心说："你穿的裙子太紧，睡着了会不舒服，所以我替你换了。"

"嘿，我身材好吧？"她忽地扑进了他怀里。

他当然知道，她指的是他帮她换衣服时看到的"光景"。

只是想一想，都叫他喉头发紧，但他别过头去，并不理会她。

小甜一怔，嗫嚅："我还是喜欢你像昨晚那样对我，你昨晚可温柔啦！"

慕骄阳十分无奈，揉了揉她的发说："你身上还有伤，这两天还是多养着。我去给你做午饭。"

小甜暗暗地笑了。嘻，慕骄阳还是对我很好的，他可喜欢我了！

他那么好，我可得报答他呀！可是怎么报答好呢？

小甜又倒回了床上，在那儿滚呀滚的，突然，就想到了……

她又跳下了床，跑去衣柜里翻翻找找。

慕骄阳做好饭菜后，打算叫她出来吃饭。

站在房门口，他发现里面很安静。

他轻笑了一声，估计这小丫头又睡过去了。

仔细想想，她和甜心还是很像的。那一晚，在海边的小木屋，连他都能感受到甜心的热情，那一刻，甜心和小甜是不可分割的一部分。

想再细想，慕骄阳却觉得头痛，他倚在门边，觉得慕教授不但催眠了甜心，还对他也做了催眠。已经发生了的事，慕教授究竟为什么还要隐瞒？连自己都要被他催眠？以至他对于那一晚的记忆太过于模糊，根本分不清真实和虚幻的界限。他唯一记得的，是甜心一直喊着他的名字。"慕骄阳"这三个字，反反复复缠绕，使得他终于找回了自己的意识。

吱的一声，门开了。

忽然，一只小手伸了出来，对着他勾了勾。

他看不到门后的她，只看得到她白白嫩嫩的小手。

慕骄阳头皮发麻，但还是走了进去。

"我好看吗？"她将亮红色的裙摆一点一点提了上去，忽然又停了，那点红色的蕾丝拂过她雪白的腿根，露出里面白色的绸缎，在腰侧打了一个白色的蝴蝶结。那蝴蝶结细细的，如此危险。

她身上穿的，正是他给甜心买的真丝睡裙，款式十分性感。

由她穿着，令他呼吸困难。

感觉到了他的低气压，小甜嘟了嘟嘴，也很委屈："我只是想哄你开心呀。"一转身，她直接脱掉了睡裙，去衣柜拿衣服。

换好素净的衣裙，她才转了出来。她看了他一眼，有些泄气地说："我在这里没有衣服。你就别生气了，我不是有意抢她的衣服穿的。"

慕骄阳垂下头来，最后将地板上那团红捡起说："小甜，没有关系。

这些衣服都是你的。"

她一喜："你没有生我气?"

"没有。"

"你对我真好。"她一下子跳了起来,抱着他的脖子,亲了亲他的唇。

他抱着她说:"你注意一点,不然伤口裂开就麻烦了。"

对着她,他还是做不到推开。

他牵着她的手走了出去。

小甜忽然八卦起来:"哎,慕骄阳,景美男整天住这边,他都不用陪女朋友的吗?还是他对你有什么企图?毕竟你长得那么英俊。"

"喀喀。"慕骄阳被呛着了。

"景蓝单身。"顿了顿,怕她胡乱猜,他又说,"他只喜欢女人。"

"可是他都没有女朋友!"小甜觉得很疑惑,"天哪!这么多年他都是靠手?"

"喀喀。"慕骄阳的脸很红。他再开口时声音有些低:"他有洁癖,比较挑剔吧。"

"噢,他有洁癖,忍受不了和别的女人的体液交换的过程啊,真可怜!"

"喀喀。"慕骄阳正要叫她别乱说话,对面数据室的门忽然开了,然后一只水杯直接砸了过来,砸到了他头上,咚的一声,又掉到地板上。慕骄阳疼得眼前一黑,才发现,是保温的钢化杯。

而站在门后的,是一张扑克脸的景蓝。

慕骄阳:"我什么也没有说,你砸我干吗?"

景蓝嘭的一声将门关上了。

小甜见自家男人被打了,十分不爽,对着门里的人喊:"喂,我是指口水,你以为是什么!是你思想龌龊,哼!"

"算了,别惹他。"慕骄阳拉了她赶紧走。

那两天,小甜过得十分快乐。

她的屁股实在是痛,所以她只好在屋里待着,而慕骄阳总是很有耐心地陪着她。

宅在家里很闷,小甜根本坐不住,但也没什么事可做,只好看电影。

老电影,慕骄阳的品位。

她看看电影,又侧头看看他。

他正在看一本厚厚的大部头书,她走到他身边去,蹲在他脚边,说:

"慕骄阳，你不赶我走吗？"

慕骄阳只是垂下手来揉了把她的发："你那么乖，为什么要赶你走？而且，你想通了，会回去的。"

他用了"你想通"，十分考究的字眼了。她咬了咬唇："我没有霸着她的身体。"

慕骄阳放下书，想了想，说："你有什么心愿想达成，小甜？"顿了顿，他又说，"除了和我上床，其他的，我都会满足你。你好好想想，你最想要的究竟是什么？"

她不肯离去，总是有原因的。或许，连她自己都没有意识到。

两人都不说话了。

房间内很静，静得只听见哈比的呼噜声，还有身后巨大投影下音响放出的声音。

是一部老影片，《茜茜公主》。

茜茜甜美快乐的声音透过音响传了过来。

慕骄阳回头，看着片中的茜茜发呆。

"你想甜心了对吗？"小甜说，"甜心笑时和茜茜一模一样，她们很神似。"

她抱着他的腿，轻声说："阿阳，让我再陪你一段时间吧，我很舍不得离开你。"

慕骄阳沉默了下去。

再醒来时，他并不在她身边。他说到做到，回书房去睡了。

有液体滑落到脸庞，她伸出小舌头舔了舔，是咸的："卡门，你真是没出息。说好的只要风流快活，不要爱情的。"

"唉，"她叹了声气，又在床上滚了几圈，"可是我爱情没捞到，风流快活也没我的份儿，真憋屈！"

小甜轻轻下了床，又进了书房。一切都静悄悄的。她就怕被他发现了。

她正要关门，哈比就撞了进来。

她急了，毕竟她进来是想对慕骄阳干点"坏事"的，眼见着哈比要叫了，她嘘了一声，哈比也就妥协了。

她带着夜的温度，轻轻地钻进了他的被窝。

她亲吻他，不再是刻意的挑逗，而是带着虔诚的爱慕亲吻他。而他醒了，察觉到她的温存，他不忍责怪她，于是揉了把她的发，才说："小甜，该去睡了。"

　　"可是我想和你一起睡呀！"她咬了咬嘴，坐了起来。那模样十分委屈。

　　她柔顺的发就披于肩头，一丝一缕，十分温柔。在夜里看，她和甜心重叠在了一起。

　　都怪这夜色温柔。

　　窗帘被吹开了，窗前那盆白色晚香玉在月夜下柔柔地绽放着，就像此刻的她。她只穿了一件棉质的白色睡裙，白色的荷花边领子一层一层地在她的肩头堆积，像月下柔和的一片雪。

　　他温和地哄她，抱着她。他对她，像对一个小孩子。她咯咯地笑了："阿阳，你真是最保守的绅士。"

　　她抱着他的手臂摇了摇："阿阳，不要赶我走好不好？就当我是哈比呗，抱着哈比睡。"

　　他笑了："你怎么可能是哈比呢。"但他没有再赶她走了。

　　他抱着她而眠，两人中间隔着哈比。

　　哈比睡得特别甜，连舌头都耷拉了出来，弄得床上都是口水。

　　她低低地笑，沙沙哑哑的，不像甜心甜美的嗓音，那是属于小甜的声音，有着加州口音，让他想到了加州的碧海与艳阳。只听她说："幸好你没有洁癖，不然怎么忍受体液横飞呀！"

　　"喀喀。"他根本没想到她会说出这样的话来，真是被呛得不轻。

　　小甜很无辜："阿阳，我是说，你能忍受哈比的体液横飞。它的臭口水都喷到我脸上来了……"

　　"小甜，别说话了。睡吧。"他又揉了把她的发。

　　小甜很困了，但是她不敢睡，怕睡着了就出不来了。慕骄阳那么好哇，她不舍得他。

　　"睡吧。"慕骄阳的声音很轻很柔，她还是睡了过去。

　　慕骄阳也习惯了有这个吵吵闹闹的小东西在身边。

　　她喜欢逗他，只要无伤大雅，他都由着她。

　　就好比，夜里，他在书房看书，她会忽然拿着平板跑过来，指着上面性感的睡裙说："哎，慕骄阳，你看我穿这个款式好看吗？你喜不喜欢？"

　　慕骄阳不疑有他，视线离开书本，往平板电脑上一看，是桃红色的深 v 吊带睡裙，非常性感。

　　而她的肤色那么白，像牛乳一样，她穿红衣是十分诱人的，像等着人去采摘的饱满水润的桃子。他觉得渴，很想吃了她。

她走到他身边，不过短短五分钟，他就被她逗得面红耳赤，却还是不为所动，连话也不说。小甜觉得无趣，嗤了一声就跑去床上睡觉。

"小甜，那是我的床。回你的房间。"慕骄阳揉了揉眉心。

"最后你还得抱我回房去，而我又会再爬回来找你睡，来来去去的多麻烦，就睡这里。"小甜在床上又翻滚了几圈，那模样就像爱在地板上翻滚的哈比。

别看小甜大大咧咧的，其实她的心思很细腻，她每次找他睡，都会抱上哈比。但无论他怎么坚持，把熟睡的她抱走，最后醒来时，她都在他的怀里。

这样哭笑不得的事情还有很多很多。

尤其是和景蓝一起吃饭时，她本来好好地坐在他的对面，景蓝就在他的旁边。两人就Ａ的情况在探讨，忽然就听不见对面那小雀鸟吃东西时窸窸窣窣的声音了。

慕骄阳一侧眸，才发现对面她的位置空了。

正要叫一声小甜，她却忽地从他腿前钻了出来，坐到了他怀里，说："你抱着我吃呗。"

景蓝忍无可忍地站起说："我和Ａ在副楼等你。"他视线一低，就看到了某只不安分的手在摸慕骄阳，他呵了一声，转身就走。

"小甜，别乱摸。"慕骄阳羞死了。

小甜很委屈："阿阳，你只是说不可以和你上床，但没说不可以摸你。"

见他手足无措的样子，她忽然哈哈哈大笑起来，笑声飘出老远。

见她笑靥明媚，一副天真活泼的样子，他忍不住也笑了。

见到他笑，小甜有些愣怔。

她乖乖地伏在他脚边，仰起头来，看着他问："阿阳，你快乐吗？"

她的眼睛很亮很亮，像猫的瞳仁，又像冰水里淬过的琉璃珠子，但她是有温度的，不是凉的，她很暖。他伸出手来捧着她的脸，拇指指腹轻压在她的唇上，点了点头，说："小甜，我很快乐。"

但他眸色忽然一暗，又说："但是小甜，你要知道，你陪我多一天，将来分别时，我便会难过多一分，一分又一分。"

而这种痛苦，只要一想，就叫他难以忍受。可是甜心呢？如果有一天，慕教授消失了，他又如何忍心让她再一次经受这种分别的苦楚？

小甜懂了。

她的声音很轻："阿阳，我会帮你的。等我和她融合，我可以将她

潜意识里关于慕教授的一切删除得干干净净。她不会再记得慕教授，也不会再经受这种苦楚。"

我也不舍得她难过呀。

三

早上八点，慕骄阳被警局来的电话吵醒。

"谁呀？"小甜懒洋洋地从被窝里钻出头来。

对方还在说话，他仔细听着，而她又钻回了毛毯里，伏在他的胸膛上。

"好，我马上过来。"慕骄阳极力压抑着挂了电话。

"卡门！"他厉声喝她，不肯再叫她小甜。

小卡门又从毛毯里钻了出来，她舔了舔嫣红水润的嘴唇，有些无辜，又有些委屈地嘟了嘟嘴。

看到她那个天真无邪的样子，他一肚子火无处发泄。

他也不说话，倏地站了起来，走去了换衣间。

等他换好衣服了，才发现她也换过了。

他尽量让自己放缓语气："乖，你在家待着。"

"不嘛，我要和你一起去。"她轻扑了过来，挽着他的手臂撒娇。

"我是去查案，你在家等。"

"我也可以查案啊！"她不依。

最后，他没有办法说服她，只能带着她一起去了警局。

"伊娃都认了？"慕骄阳直奔主题。原来在押运回法国的途中逃跑了的伊娃突然来自首了。

站在门口等他的陈星说："是的，她承认酷似黄妮的两名受害人和接受了黄妮器官移植的三名受害人都是她杀的。她和黄妮是一对，在国外时就是。翟林不过是黄妮为了应付亲朋的幌子而已。"

"这个案子就这样破了？"小甜吐了吐舌头，"真是让人大跌眼镜。"

"你们撤销了对翟林的跟踪？"慕骄阳问到关键。

"暂时，所有的证据链都断裂了，我们也是没有办法。"

慕骄阳点了点头，很认真地说："你们可以不再跟踪翟林，但请保护好那个酷似黄妮的女警。"

慕骄阳想安静一下，所以借用了简报室。

他安安静静地在黑板上写写画画。

这个时候，小甜倒是很乖，她自己找了几份报纸，坐在一边慢慢地看。

他一垂眸，就见她拧着眉头在那里叹气。昨晚她就对着一堆报纸发过一遍呆了，她确实是个奇怪的女孩。

他不由自主地走了过去，在她身边坐下，问："又看到稀奇鸟类的报道？"其实他是害怕她忽然就跑了。她的天性就是爱自由，即使她爱他，她还是一样会逃跑的。

见慕骄阳主动搭理她，小甜可高兴了，坐到了他怀里，对着他的唇就是一舔，十分回味似的啧了一声，才说："看新闻哪！"

对于她的各种挑逗，他早习惯了，也懒得去纠正她，因为他永远也纠正不过来。但他的视线顺着她的指尖看了下去。

报纸上是一个著名建筑设计师在本市的艺术馆办展览的宣传，还有记者对该名建筑师做的相应采访。该设计师拥有股份的建筑公司是西班牙著名建筑集团的子公司。他是该公司的高层，倡导绿色环保新型设计理念，迅速在国际走红，在全球举办过多次巡回演讲。而他的一项生物材料用于建筑上的应用就是马达加斯加蛛网，更为此申请了专利。

慕骄阳的目光被定格，他许久没有作声。

小甜轻笑了一声，窝在他的怀里开始作乱，她的小手解开了他衬衣上的三颗纽扣，然后从领口那儿伸手下去，摸他的腹肌："你的腹肌真迷人，那么硬，嗯，没有那里硬，你那里最硬。"

"小卡门。"慕骄阳将她推开一点，认真地看着她，"把手拿出来。"

"哼，小气！"她刚要乖乖地伸手出来，忽地又在他的腰眼掐了一把。

慕骄阳猛地握住了她的手，声音淡淡的："够了。"

小甜又轻笑了一声，将另一份报纸递给他，突发奇想道："你刚才看的是半个多月前的报纸啦！我觉得这个尹志达也挺郁闷的，本来他前途无量，前半生像开了挂一样，但霉运突然就来了。你看看十天前的这份报纸，也不知道是哪个无良狗仔，居然曝光人家的身世。狗血呀，尹志达不只是领养的，还有一个连环杀人犯爸爸。尹父一共杀害了八个年轻漂亮的女孩子，那是32年前十分轰动的大案。而在事发后，尹母带着尹志达不知所终。"

"尹志达今年35岁。"慕骄阳说。

"是。"小甜回应。

"十天前，媒体将当年的真相披露。本来成功的男人，从天堂跌至深渊，还变成杀人犯的儿子。内疚和人群的谩骂没有让他消沉，反而为他开启了另一扇注定了的门。他从前的变态幻想在那一刻得到激活，于是，他成为吃心者。"慕骄阳迅速做出了侧写。

"十天前发生的一切对吃心者来说就是导火索，所以他开始作案。但是，他这么迅速地作案，还将案发现场布置得如此完美，不像是一个新手，所以背后有人在帮他。"慕骄阳放下她，走到黑板前重新书写。

小甜悄无声息地走到他身后，他一转身想向她寻求意见，她扬起的美丽小脸已经触到了他的脸颊，而她的唇已经吻住了他的唇。

今天，她穿了15厘米的高跟鞋，1.75米的高度，和他接吻刚刚好。他刚要说话，她的小舌头已经伸进来搅动起他的舌头，他被她一推，嘭的一声，身体倒向了黑板，而她的腿伸了起来，拿尖尖细细的高跟在他小腿腹上撩拨。

慕骄阳很无奈，但只是轻拍她的脊背，她一怔，便停止了撩拨，乖乖地靠在他的怀里。他说："小甜，你缺乏安全感。我哪儿也不去，就在你身边。其实是我更害怕你离开我。"

"如果我跑去地球的另一端研究鸟类，你会去找我吗？"

慕骄阳怔了怔，说："会的。即使找遍全世界，我都会找到你。"

"你是会去找我，还是找她？"小甜有些惘然，"你想找到她，守着她对不对？不是我……"

慕骄阳正要说些什么，此时楼外忽然开始骚乱。

一时之间警铃大作，喊叫声此起彼伏。慕骄阳从窗户望去，只见门口围了一群媒体，好多记者在拍照，而人们露出惊慌的神情，还有好些人快速跑离，场面一度失控。

木添胜猛地冲进了简报室说："慕教授，伊娃身上有炸弹！"

四

慕骄阳走到楼下的大院时，拆弹专家已经在工作了。

慕骄阳并不惧怕，走到拆弹专家身边问道："炸药的威力怎么样？"

"处理得当，爆炸范围并不广，不会伤害到人群，局里也不会有事。"

"那就是这个人对炸弹的精准度把握得很好。"小甜执意跟了过来，只见她拍了拍手掌又说，"看来他的真正用意并不是要炸我们，也不是要伤害无辜。但选在公安局，更像在示威，带着孩子气的顽劣。似乎……与其说示威，不如说是在戏弄，像X的风格。伊娃肯定认识X，只不过在他们的团伙里，他的代号并不叫X。在他出现的地方，都有放置炸弹。炸弹不易控制、不稳定、容易爆炸，就像孩子一样顽皮，也是X的标签。"

伊娃忽然瞪大双眼，露出惊讶的表情，尽管一闪即隐，被她掩饰了下去，但微表情出卖了她。被小甜说对了。这么大胆的猜测，是连甜心都不会妄下定论的，甜心一向很严谨。见他一直注视着她，小甜忽然又情绪低落了下来，眨了眨眼睛说："我不是她，慕骄阳你不要企图在我身上寻找她的影子。"

慕骄阳敛了敛思绪，问："伊娃，你为什么来自首？人不可能是你杀的，而是翟林。"这次，他没有用法文，直接用中文。

果然，伊娃是懂中文的。她用中文回："人是我杀的。动机就是你推测的那样。我要收藏我的爱人，她从不曾与我远离。"

"糟了！"拆弹专家突然低叫了一声，"这个是子母弹，一旦拆了一个，另一个就会快速启动爆炸，时间缩短一半。"正说着，他只听见轻微的嗒的一声响，炸弹开始倒计时。

只剩十分钟。

无论是剪还是不剪，另一个都会爆炸。

伊娃突然跃了起来，但慕骄阳的反应更快，他直接挡在了小甜面前，却被伊娃反手一捞紧紧抱住。他不敢乱动，怕炸弹随时会炸。

"阿阳！"小甜喊。

慕骄阳只是笑了笑，说："小甜，乖，走远点。"

"不。你不走，我哪里也不去。"

众警察和拆弹专家一筹莫展。

"启动炸弹的人就在人群里，近距离观察能让他兴奋。纵火犯以引起恐慌，博得大众关注为乐，他的行为和纵火犯相同，一定会在案发现场观看。此人是男性，高一米八八左右，身材偏瘦削，三十四五岁，戴着鸭舌帽，脸上可能有伪装。但他的视线和众人不同，他的关注点不在炸弹上，而在小甜身上。小甜才是他的猎物。"慕骄阳快速进行侧写。

几个便衣警察快速地往人群里走去。挤在人群最后面的一个男人猛地压低了鸭舌帽，将一个烟幕弹扔了出去，人群发生混乱，人们急着逃命。而男人趁机快速离开，并且将一副黑框眼镜戴上，低着头将帽子扔到了垃圾桶里，而后脱掉外衣，露出里面的银色衬衣，他的胸前还挂着一个记者牌，打扮成记者的样子大步离开。

"是什么令你执意求死？"慕骄阳又问。他被伊娃的一只手箍着脖子，而伊娃的另一只手就持着小剪刀按在腹前炸弹的线上。

伊娃听到慕骄阳的话一愣，想到如果不按照 X 的话做，她的下场将

会比死更惨。在她分神的时候，又听见慕骄阳说："从一开始，X 就安排好了，你是翟林的替死鬼。无论警方怎么查，线索最后都会绕到你的身上，因为翟林还有用处。翟林与史密斯之间的药物都是通过你来传递的。X 通过你拿药物控制翟林与史密斯，同样，也控制你。而 X 从来没有杀过一个人，他总是能干干净净地脱身。"

"不如我们打个赌，我们不会死。"慕骄阳笑了笑。

伊娃不信他："不可能。如果真是这样，你为什么要救她？"

"她在你手上，X 会引爆炸弹。但我在，他不会。令一个人崩溃，将他打败，从来不是杀死这个人，而是要令人感到绝望。X 最终想要对付我，但不会是简单轻松地炸飞我。所以，他会停止遥控。"慕骄阳一字一句地娓娓道来。

小甜牵着他的手不愿离开。但此时，她发现他垂着的另一只手一直在大腿上敲打。看似随意，其实是摩斯密码。她顿了顿，看了眼四周，不动声色地往高楼的隐蔽处看去。他的拇指也在她手心击打：他跑，她就跑。

眼看着慕教授和肖助理涉险，何穆同气得逮着谁都骂："谁让慕教授他们过去的！"

陈星很是为难："慕教授说，伊娃是被人操控的。他想通过伊娃对幕后人做侧写，所以要直接面对伊娃。"

"该死的，现在好了！他把自己和老婆都搭进去了！"何穆同低声骂。特警队长赶了过来，对他说："狙击手已经选好位置，无遮挡，能一枪击毙犯人。在她倒地前，慕教授他们可以快速逃走。我们的人已经和慕教授通过摩斯密码对了信号。"

"有没有危险？"何穆同问。

特警队长说："时间太短，难以估计。"

"我很好奇，X 究竟用什么手段控制你们？"慕骄阳说，成功引开了她的注意，嘭的一声破空声，一枚子弹穿过了伊娃的眉心。慕骄阳拉甜心猛地冲了出去，在跑出十多米后，才感觉到一股热浪袭来，轰的一声爆炸声之后，两人都听不见了，最后是慕骄阳扑到了小甜的身后护着她。

他们再次醒来时，还是在医院里。

景蓝也来了。

慕骄阳一醒来，马上爬了起来要去找她，却见她伏在他的床边，蜷缩成了一小团。她怕弄疼了他，所以缩到了他的脚边，这让他心疼不已。他将她抱了过来搂在怀里，一下一下地抚着她的背，她小小的，真的就像一只小猫。梦里，她都不安生，在喃喃："阿阳，我疼。"她的腰部缝了几针，但比他的伤要轻。只是她还不知道，他伤得比上次更重。

"乖，睡着就不疼。小甜，好好睡。"他俯下头去亲了亲她蹙着的眉心，在他的催眠下，她熟睡了过去。

慕骄阳就这样默默地抱着她，马上开始了画像侧写。

"我和小甜有了最新发现。吃心者可以锁定为天蓝建筑公司的高管尹志达。而且通过吃心者和翟林的心理画像，我已经推出了X的画像。"

景蓝接着分析："无论是尹志达还是翟林，都在收集'爱'。尽管尹志达的画像有细微的区别，除了爱还有被背叛的恨，但恨也是根植于爱。所以X也是在通过翟林与尹志达实现他脑海里的幻想部分，就是收藏'爱'，这就是他选择这两人的原因。"

慕骄阳点了点头，道："X选择的翟林和吃心者都是在收藏爱，其实就是他自己的侧写，他也渴望爱与被爱。X是一个极度缺乏爱、渴望爱的长不大的小男孩。他渴求的更像是父母之爱，这在吃心者尹志达的画像里得到了最佳体现。因为尹志达就是突然知道父亲是连环杀人犯，母亲为了他的未来，早在三十年前就将他送给了别的家庭。他一直很成功，直到突然被媒体曝光，他感到被背叛，他所获得的爱都是虚假的，他的家庭和父母全是假的。而当他看到生父曾经杀过的那些年轻漂亮人缘好的女孩时，她们就成了他的目标。我从X和尹志达的交叉画像里得到了一些信息，作为一个天生犯罪人，尹志达从很小的时候就开始虐待小动物，年纪再大点时进行打猎，其实是为了控制他的杀戮欲。这类人的幻想从青少年时期起就存在于脑海里，他的变态不是突然的，生父的曝光只是导火索。他从少年时期就开始扭曲，后来发展到变态，这个过程中，为了控制和适应文明社会，他应该有长期看心理医生。而X懂得催眠，善用药理，我推测，X就是尹志达的心理医生。可以在夏海市寻找最近两年从外国回流的心理师。"

何穆同马上带队回警局安排对尹志达的监控和随时抓捕行动，临走时他对慕教授说："辛苦你了，你和肖助理多休息。"

木添胜没有走，忽然问道："慕教授，那伊娃为什么要替翟林顶罪？"这也是一众警察想不明白的地方，顿了顿，他又补充，"之前搜查史密斯的游艇时，我们在其中一具尸体的鞋子里找到一滴不属于死者，也不属于史密斯和翟林的血液。在伊娃被炸死后，鉴证人员取了她的DNA入罪犯资料库，比对时发现落在尸体鞋子里的那滴血是属于伊娃的。这项证据一

且上庭，翟林能逃脱法律制裁的概率更大了。"

原来，X早写好了这一场"游戏"的规则和结局，他们这群人根本就是跟着X设定下的轨迹在走而已。沉思了一会儿，慕骄阳道："我想，那是因为翟林还有杀手团需要利用的地方，又或者是为了安排下一场杀戮。"这一次，或许被杀戮的对象就是翟林了。但没有确定的东西，他不想说，于是道："关于X的画像，我还需要进一步推写，只有他们进行了下一步，我才能知道他们留着翟林的原因。"

"真是被动啊！"木添胜叹。

景蓝扶了扶银边眼镜说："抓捕变态连环杀手最难的一点就在于确实只有他们有所行动了，我们才能根据他们的行为做出前摄准备。但我想Shaw心中已有全盘计划。"

"是。"慕骄阳揉了揉太阳穴说，"我大致知道X会选择什么样的连环杀手成为下一次'杀人游戏'的执行者。我们只需要把这个人找出来，就能通过他锁定X。而且，这次的最低限度是要得到他的指纹。"

这样便能还洛泽清白了。

"木添胜，你回去后找严文，将尹志达在国内外的一切个人信息，从小到大，事无巨细都要找出来。我好做分析。"慕骄阳又说。

"好！"木添胜答得极为爽快，只盼能尽早抓到凶手。

等警队的人都走光了，景蓝才搬了张凳子在他面前坐下，淡淡地道："你是怕翟林和尹志达莫名其妙就死了吧。"

"嗯。"他答得懒懒散散。

景蓝的坐姿十分端正，看得慕骄阳实在是背疼，便说："喂，背疼，给我去找护士来打一剂止疼针。"

这家伙居然像个要不到糖的孩子，把气撒他这儿来了。哼，幼稚！"哦，你不是有善解人意热情火辣又体贴的小卡门吗？让她给你吹吹就不疼了，比止痛针管用。再不行，让她摸摸就好了。"景蓝清淡地道。

慕骄阳："……"

"是谁把这个麻烦精放出来的！"慕骄阳火大。

"嘘，"景蓝在唇边比了比食指，"小心她听到，嗯，麻烦精这个名称不错。"

"得……别告诉她。"慕骄阳耸了耸肩。

景蓝弓起食指，在床头柜上一下一下地敲，说话声不缓不急，十分悦耳："你不觉得很奇怪吗？尹志达那么容易就被你们锁定了。按照你给警方的'吃心者'的侧写，在夏海市找出尹志达不是问题，只是需要一点时间。可是，山洞里的马达加斯加蜘蛛和蛛网，还有对尹志达的报道，这一连串事情发生得太过于巧合。"

"是。"慕骄阳直接说道，"这是X游戏的一部分。他故意留线索给我，不过是在嘲笑我。他永远比我们快一步。而他根本不在乎翟林、伊娃、尹志达，他们都是X的一枚棋子而已。从现在开始，他会一步步地毁掉棋子，我猜，他下一次行动，应该是比警方更早'抓'住翟林，当然，他的目的就是杀掉翟林，然后继续嘲笑，'嘿，你看，你们又慢我一步'。"

这就是对X下一步行动的侧写。

景蓝又问："你的侧写指出，放出伊娃是要伤害肖甜心。你以身犯险代替她成为人质，你认为X真的会撤掉炸弹？"

"会！"慕骄阳回答得很肯定，"X把遥控器留在了现场，上面显示指令'已撤销'。但当时伊娃心理状况不稳定，如果她突然剪掉子母线，我们就只能完蛋。所以我下了击毙她的指令，我不能拿甜心的命来冒险。但因为伊娃倒地，最终还是引发了爆炸。"

景蓝看了眼他紧紧搂在怀里的女孩，怔了怔，说："你很爱小甜。"

而他只是低叹："景蓝，人非草木……"

五

慕骄阳很不喜欢住医院，所以一切检查完成后，他又再度连夜回了家。

但这一次，他是抱着小甜回去的。

进了屋后，看到大厅那扇窗依旧开着，夜风吹拂白纱帘，他又想到了那晚，他将甜心抵在墙上亲。可是现在他怀里抱着的，却是小甜。

他看着睡熟的她低叹："甜心，我很想你。小甜也是你，可是我只想要你。"

她像是感受到了，动了动，慕骄阳便不说话了。

他将她抱上了二楼，放在床上。

哈比从三楼滚了下来，慕骄阳才发觉，一段时间不见它不仅更胖了，也长大了。蹲下来，揉了把它的大脑门，他也感叹："哥哥才是你的主人，可是你被拿回来第一晚就跟我睡，嗷了一晚上，吵得我想将你活体解剖了。可是现在也习惯了。估计哥哥再回来，你都不认他这个主人了。"

哈比很懂事，知道主人受伤了，屁颠屁颠地跑到了床边，帮他守着女主人："汪！"

他将黑板移了过来，正对着床，开始了侧写。

好几次，他都停下笔来，看着床上熟睡的她。

看着看着，他的推理图画不下去了。

他走到床边，握着她的手，开始和她说话。

他想起了第一次，他和她相拥而眠。

他用上了幻想控制术，他在试图唤醒甜心让她出来。

他说："甜心，我想起了第一次去你家过夜的情况，当时有点狼狈对不对？可是你不知道，我想进你的闺房去看看，想了一次又一次。"

慕骄阳去肖甜心家里那一次，是因为他打架受了伤。

起因还是高三的一个学长给甜心递了多次情书得不到回应，便将甜心堵在了校外的后巷里。

若不是她约了他一起回家，恐怕就要出事了。

当时，慕骄阳二话不说拿起砖头就把那个学长的头给拍了，而篮球队的都在场，抄起家伙就往慕骄阳身上招呼，他的背被种花用的锄头划出了三条痕，最后是肖甜心的哭声引来了人，更是她哭着，半扶着他，将他送去了医院缝了好几针。

因为是在学校外闹起来的，大家刻意不提，也没有老师和学生知道。但慕骄阳怕回去要被爸爸家法伺候，拖着她站在医院外不愿回家。

肖甜心看穿了他的心思，忽然说："要不你来我家吧。我父母去欧洲看时装展了。"

他抿了抿嘴，没有说话。

那时是春天，路边的野樱树开花了，粉白的花扑扑簌簌地落下，沾了他一身。她一回头就看见了，咯咯咯地笑，说："阿阳，你长得真好看。"

他眼睫长，不说话时，那长长的眼睫就像会说话。肖甜心突然走上好几级台阶，调皮地伸出手来去拨拉他的眼睫毛，笑道："哎，阿阳，你眼睫真长。"

其实她自己的眼睫毛才长啊！密密匝匝的，在明亮的大眼睛上覆了一层又一层，鸦羽似的，她一笑，长长的眼睫也跟着颤。他忽然就凑了上去，亲了亲她的眼睫。却吓得她僵在了那里，她没想到他会这样。

"走吧。"他脸一红，木木地说。

"哦。"她走得慢，跟在他的身后，然后伸出小手拽住了他的衬衫。

回到家，两人就沉默了。

肖甜心感到拘束。

家里没有开灯，她伸手去摸开关，却摸到了他的脸，在微凉的天里，他的脸烫得惊人。

她想缩手，却被他按着，他说："你的手凉。"但她的心里暖哪！

他开了灯，然后焐着她的一双小手。

再后来，他跟着她进了她的房间。

客厅的电视还开着，可是他进来了。

肖甜心刚洗完澡，头发还是湿的，见到他又是一怔，脸都红了。

"我给你吹头发。"他五指成梳，一点一点地替她梳理。可是两人之间太安静了呀！她听见自己的心跳声，真是羞死了。

而他却轻飘飘地说了一句："上一次来你家吃饭，只能在客厅坐坐，却没机会进你的房间看看。"

肖甜心呆呆地哦了一声，心里却埋怨：慕骄阳，你这个大坏蛋，你不知道这样说，会叫我胡思乱想的吗？胡乱想着，她的手在电脑上一拨拉，就点进了一个"电影收藏区"版面。

她随意点开，说："看电影吧！"

谁知道一打开，直接就是两具白花花的肉体交叠，还传出了很夸张的叫声，画面十分辣眼睛。啊的一声，肖甜心把手提电脑给扔了出去。

此时，还开着的电脑里又换了一个更高难度的姿势。

那一刻，肖甜心的脸红得几乎能滴出水来。她正要说话，却听他来了一句点评："太假了，从生物学、人类学角度来分析，那个姿势根本不可能。这种片都是骗人的。"

"你给我闭嘴！"肖甜心跳起来踢了一脚还在制造不堪画面和不堪声音的电脑，然后又踢了好多脚，直到电脑死机才停止。

慕骄阳："……"

"肖甜静这个女流氓，居然敢在我电脑里下这种片！"

"不是你因为好奇才下的吗？"

"怎么可能？"肖甜心满脸震惊地看着他，"我好奇这个干什么！"

而不经大脑的话突然就脱口而出了："太受打击了，我一直以为那该是很唯美的，结果真相这么辣眼睛！"

慕骄阳看了看她，抿了抿唇就不说话了。

完了，他要以为她是女流氓了。她正想要继续解释，可走得太急，被地上的电脑一绊，整个人失了重心，直接往他怀里扑，他直愣愣站在那儿没有反应过来，被她压到了沙发上。她身体的柔软他都感受到了……

而他的一双手箍在她的腰间，箍得那么紧那么紧。

只是下一秒，他的身体就有了反应。

她几乎是尖叫着跳起来的："你你你……你流氓！"

慕骄阳脸很红，侧过了脸去，咬着唇不说话。

两人正在僵着的时候，嗒的一声，客厅外的门响了。

肖甜心猛地蹿到了卧室门口，也是嗒的一声，将卧室的门反锁了。

果然，下一秒他们就听见了肖甜心爸妈的声音。

后来还真是有点难熬的。她假装不舒服，说要睡了，才骗过了父母。按原本说好的，他睡这里，她去睡父母的房间。可是现在这个情况……

她正一筹莫展，他却说："我的伤口该上药了。"

她拿了药出来，等着他。可他黑沉沉的眼眸盯着她，他在她耳边轻轻地吹气，说："我背痛，不方便解衣服。"

她红着脸替他解扣子，离他太近，她紧张得出了一手汗，却听见他说："那个男人要强吻你，你都不会反抗吗？"

她猛然抬头，想了很久才想明白，他是不是吃醋了？

可是他从来没有表白呀！怎么可能吃醋？果然是自己想多了。

她不说话，只是将他的开司米衫剥开，又同样粗暴地剥了他的衬衣，他疼得闷哼了一声。她轻飘飘地来了句："活该。"

他趴在沙发里，而她替他上药，最后还怕他疼，唇轻轻地贴近，替他轻轻地吹。

那一刻，他觉得要他为她去死也是值得的。可是他什么也没有说，也从来不说。

等一切弄好了，她才娇娇地说："阿阳，你去睡床吧。"

慕骄阳看着她，眼里忽地闪过一抹异样的光，那么亮，几乎要灼到她了。他问："你要和我一起睡吗？"

"你睡床，我睡沙发。"她讷讷地说。

"你睡床吧。我在沙发睡就行。"

"不行。你有伤，沙发那么小，不舒服的。"肖甜心很坚决，说完就将他往床上推。

他拗不过她，又怕闹得动静大了，被大人发现，于是就在床边倚着，说："床够大，你也睡上来吧。我倚在边上睡就好。"

"不要！"肖甜心红着脸跑开了，最后还是拿了被子在沙发上睡。

她真的很快就睡着了。

慕骄阳走到她身边看了她许久，这个小笨蛋还真是放心。

他将她抱回床上。看着她轻颤的眼睫，他心中一动，俯下身去亲吻了她的眼睫。而她在梦中喃喃："阿阳，阿阳，我好喜欢你呀！"

是他浑蛋，没有回去睡沙发。半夜醒来时，她已经在他怀里了。他一动，她就醒了。四目相对，她羞涩得不知道要说什么。

那一夜的月光很亮，洒在两人床前。

而他只是轻抱着她。

回忆到这里终止。

慕骄阳握着她的手，置于唇畔轻吻，他说："甜心，我会给你最美好的第一次。我等着你回来。我需要你。"

六

后来，甜心是被疼醒的。她呻吟了一声，他扔了粉笔赶到了她面前，轻声问："疼吗？"

"还好。"肖甜心看着他，仿佛睡了许多年，一切恍如黄粱一梦。

"我看到小甜了，她说，你需要我。"

慕骄阳将她抱了起来，置于膝上说："是的，我需要你。"

顿了顿，慕骄阳又问她："你还记得海边的事吗？"他不敢提小木屋，只能换一个词来做暗示，下缓冲。

"不记得了。"

原来，她的精神状态处于两个断裂开来的层面。当她沉睡时，知道发生过的事；当她醒来，就会自动进行自我暗示，让她处于"遗忘"的状态，达到对自己的补充和补偿。

他抿了抿唇，眉心拧得紧。

以为他是愁案件的事，肖甜心双手攀着他的肩膀，唇已经贴了上去，吻了吻他眉间的红痣，轻声说："案件有什么问题吗？"

听他分析了一遍后，她说："关于 X 的案件，你是不是有关于侧写的新想法没有告诉何队？"

一回到工作上来，肖甜心就会分外专注，因为他们所做的一切都关乎人命。

这一点，也是慕骄阳深爱她的原因，他和她的契合是无人能够代替的。他忽然就吻住了她，低喃："甜心，我爱你。"

她圈着他的颈项，吻得十分火辣，好几次还咬了他的舌尖，他痛得

受不住时，她的手压在了他脑后，再度加深了这个吻。

她变得有些不老实，换了个姿势跪坐在他膝上，越吻越深，吻得他几乎窒息。但他知道，她就是她，不是别人，就是他的女孩。

"还喜欢吗？"她眼里有戏谑。

"喜欢。"慕骄阳亲了亲她的眼睛回答。

肖甜心主动松开他，走到了黑板前，看了许久，也默默思考了许久。

"我是发现了一点线索，但是在证实前，不想说出来影响何队他们的判断。"慕骄阳说。

黑板上，X的名字旁边画了箭号，对应的四个人物分别是翟林、伊娃、史密斯、尹志达。现在只剩下翟林和尹志达的旁边没有打上交叉。

"X在对棋子下手。就像另一场'杀戮游戏'，由他挑选出来的执行杀手，应该由他来杀死，而不是被我们抓到，这样才符合X的游戏规则。一切尽在他的掌握之中。"肖甜心分析道。

慕骄阳看着她，只觉心中爱意翻涌，他从来没有和她说过这点画像侧写，而她却能完全地跟上他的思路，甚至超越他！

果然，肖甜心顿了顿又说："我还觉得，X的行为里有一种仪式感。他挑选穷凶极恶的罪人，然后由他亲自除去，显示出了他好杀戮里的另一种英雄情结，想做地下判官的那种特质。"

慕骄阳看了看黑板，然后说："是，我也有这种感觉。经你补充，X的这幅画像已经基本成型。被X模仿的洛泽，本身就是一个传奇。X将自己看作洛泽，他的幻想里，自己是可以执行私刑、警恶惩奸的'警察'。在美国，很多连环杀手都爱开警车型号的车，在作案后也喜欢参与到警方的调查中来，X就是如此。"

"所以，X会对翟林和尹志达下手，抢在警察找到证据抓到他们前杀死他们。"肖甜心已经完成了所有的画像。

慕骄阳说："那又怎样？尹志达案或许能找到证据，但翟林案所有证据都存在不足，还有伊娃顶罪，控方很难在法庭上钉死他，甚至可能当庭释放。这种事，我在美国见过太多。这种人渣，死不足惜。"

肖甜心蓦地抬眸看定他："阿阳，你这样做，和X有什么不同？"

这次醒来，肖甜心觉得慕骄阳有了细微的变化，说不上来是什么变化，但她觉得他的另一面好像渐渐暴露了出来，暴戾、阴暗、执拗，她在学生时代和他在一起时感受到过。

她走到他面前，执起他的手，轻言细语地哄道："阿阳，我能明白常在深渊边上走的那种感觉。这世上有这么多不公平的事，但我们必须坚持我们的信念啊！"她将他的手按在了自己的心上，那里一下一下地跳动着，她又说，"阿阳，别往下看，深渊里住着一头怪物。"

慕骄阳猛然清醒过来，看向她时目光清凉而执着："是，甜心，你就是我的信念，唯一的信念。我只需要仰望你。你所在的地方，就是光明。"

肖甜心轻声笑了："你错了。阿阳，你是世间唯一的真理，唯一的光明。你是我爱的慕骄阳。"

慕骄阳和甜心专门去拜访了洛泽夫妇。

当看见被小草抱在怀里的小婴儿时，肖甜心眼睛都亮了。

知道她喜欢，小草将想想交到了她的手上，想想是个粉雕玉琢，美丽得像天使一样的女孩。

肖甜心在想想脸上啵了一记。而洛泽怀里的礼念咿咿呀呀，对这个美丽可爱得像大天使一样的姐姐伸出了手。洛泽笑了，眉眼温柔："念也想要你的抱抱。"

肖甜心都好喜欢哪！可是她一双手抱不过来呀！

慕骄阳走到她的身边，低笑："这么喜欢小孩？"

"想和念太可爱了，像欧洲宫廷壁画里的天使。"肖甜心又亲了亲想。

他把手按到了她的腰上，那么烫，而唇贴着了她的耳珠，似诱似哄："你喜欢，我们也生一对天使宝宝，比洛泽的漂亮一百倍。"

肖甜心的脸上染上了绯红，像夕阳化作轻纱拂上了她的脸庞。再抬眸时，她似喜似嗔地看着他，而他看得入了迷。

看得一旁的小草咯咯地笑。

慕骄阳怼她："笑什么，我的一对小女孩绝对比你家的漂亮。"

肖甜心急了，踹了他一脚："八字都还没有一撇，你在那儿胡说什么。"

"哦，那我要加快画出那一撇了。"

他又被踹了一脚。

"你就知道一定是一对小女孩？"肖甜心瞪大了眼睛，觉得他还真是异想天开。

"你喜欢女孩，我们就要女孩。"慕骄阳亲了亲她红红的脸颊。

洛泽低笑："也好，都给我家礼念做媳妇。甜心那么漂亮，她的女孩一定很可爱。"

轮到慕骄阳不爽了："凭什么我家宝贝要给你家念做老婆？"

肖甜心又踹了他一脚："娇娇，你给我闭嘴。"八字都还没有一撇呢！

见他还是一脸不明白，她又踹了他一脚，却不能把意思说明白。

还是小草鬼灵精，她笑眯眯地说："喂，慕骄阳，你家小仙女的意思是，让你赶紧把那一撇给画了。"

"小草！"肖甜心羞得满脸通红。就连慕骄阳都发出意味深长的一声哦，将她给调戏了一遍。

还是洛泽出来维护她，说："你们两个多大了，合起来欺负甜心！"

"还是大哥哥对我最好了！"肖甜心将想交还到小草手里，十分欢喜地摇了摇洛泽的衫袖，说，"大哥哥，其实我们这次过来是有紧要的事要问一问你。现在看到你和小草都很好，我就放心了。"

听见要说正事，小草先带一对孩子去卧室。

慕骄阳马上问道："师兄，六天前，你为什么要去医院？院长的女儿何菲儿死了。"

"我知道，也已经去过警局录口供了。"洛泽淡淡地说，"我去医院，其实是想找院长问问，当年我的父母究竟还有没有另一个孩子。"

见慕骄阳皱眉，他连忙解释："这家医院其实是外资的私家医院，别说是在三十年前，哪怕是现在，都处于医学阵线的最前沿，是国内最有名望的医院之一。但据院长说，当年我的父母不能孕育孩子，在医院里试了很多次都没有成功。后来，美国有了最新的技术出来，所以我的父母去了美国一家私人医院做了人工培育的手术。这些都是极度保密的资料。"

"那当年是不是有三个孩子？"慕骄阳听得皱起了眉头。

"没有。为此我亲自打电话问了父母。父母两人十五六岁开始交往，而且他们从不避孕，但十年里一直没有孩子，所以一旦怀上就全程跟进，事无巨细一一看管，就连 B 超单据都是反复看了又看。确实只是怀了我和洛克这对双胞胎。"洛泽说。

"这就怪了。"肖甜心也很苦恼，一张好看的樱桃唇弯了弯说，"我和阿阳的画像绝对不会错，X 和你还有洛克是同卵三胞胎。他所做的一切都在模仿你。他想要取代你，要得到认可，带着天真又邪恶的顽劣。他所犯下的桩桩件件的血案，其实是在一次又一次地对你说'嘿'。"

慕骄阳想了想道："师兄，我和甜心会到美国查探这件事。警方不相信这些虚无缥缈的画像。但甜心说的是真的，那个人和你还有洛克是同卵三胞胎。你们的视网膜一样，DNA 一样，只有指纹不同。"

第十三章 自迷雾中走来的你

一

肖甜心在收拾东西，准备和慕骄阳一起去美国查洛泽的事。

"希望这一趟顺利吧！"

看着暴雨将至，她的心情也变得低落。以前，她是无法感知小甜的，但现在小甜经常会跟她交流。

她不傻，知道小甜喜欢慕骄阳。要她将她的阿阳让给别的女人？那是不可能的，也不是她肖甜心的风格。她会和小甜抗争到底。

因为夏海是滨海之城，一遇台风，天气就会变得十分糟糕。蓦地，肖甜心觉得有点担心，她跑到阳台上，果然看见了那只呆头呆脑的笨鸟。

"Bonjour（你好）。"笨猪！肖甜心对着贪吃鸟打招呼。窗台上每天定时添加的鸟饲料都被这只贪吃鬼吃完了。"哎，变天了，你在外面能活下去吗？"

"啾啾。"笨猪和她对视。

肖甜心问了它一句："要不要来我家？好住好吃，我养着你。"

风更猛了，几乎要把它给刮走。它全身湿透，十分可怜，于是一跃，乖乖地进了屋。

肖甜心："好现实呀！"

她刚想把窗户关上，一双手就拢住了她，顺势关了窗。

外面风大雨大，这里一室温暖。是她熟悉的味道，有松木的香，是他惯用的男士香水。她一回转身，就被牢牢固定在他双臂之间。

慕骄阳低笑了一声，勾了勾嘴角说："我养着你。这句话，应该由我来说。"

他的双手还撑在窗台上，他俯低了身子，看着她。她一羞，就想逃，被他强硬地扳了回来，下巴贴着她的额头轻叹："都在一起这么久了，还害羞。更亲密的事情，我们又不是没做过。"

"你闭嘴。"肖甜心恼羞成怒，举起手就去推开他那张脸，谁想她的食指和中指不小心带过时，在他脸上划了个小小的"二"。

"你又给我画二了？"他眉峰一挑，笑了笑："没关系。以后你每画一次二，我就要做够二的三次方，当天晚上做。"

What（什么）？二的三次方？

一夜八次？

或许是她的眼神太炙热，又太具有挑战性，慕骄阳嘴角再勾了勾，笑得特别坏："哦，不信？要不现在试试？"顿了顿，他又说，"还是二的十次方吧，怕你的小身板吃不消。二的十次方，我勉为其难够了。"

"风大雨大的，就……就算了吧……"肖甜心笑得特别讨好。

"就是月黑风高，风大雨大才好。"

等等！"二的十次方不是……"她在快速地心算，不是一千零二十四吗？

"不用算了，就当是一千零一夜，每日一次。"他在某个字眼上咬了重音。

"停停停！"她可不想死在床上，"这么晚了，你来干吗？"

"你说呢？"他快步走了过来，将她一逼，直接将她压到了床上。

这一刻，她被他拢在怀里，其实是很小心翼翼的。他俯下脸来，细细密密的眼睫都刷到了她的唇上来，让她觉得痒痒的。忽然闪电划过，巨大雷声炸响，小小公寓内那盏暖色的贝壳灯灭了。

黑暗里，唯独他那对眼睛那么亮那么亮，让她为之倾倒，她情不自禁地闭上了眼睛。他唇边暧昧的气息从她的锁骨上掠过，然后他只是轻轻地，珍而重之地在她的额间印下一吻："今晚有台风，所以过来陪你。"

他圈着她，两人在小小的单人床上相依偎。

"啾啾。"那只笨猪飞了过来，对着慕骄阳狠狠地啄。

"怎么想到养鸟了？"他懒懒散散地拿指尖卷着她的发玩。

肖甜心靠在他怀里实在是舒服，打了个哈欠："它是自来熟。反正也是养，拿去给二二的哈比做伴呗。"

"好。"慕骄阳侧一侧身，在她唇上点了点，"但要看你怎么贿赂我了。"

"它叫什么？"慕骄阳问。

肖甜心在他下巴那里亲了亲，笑眯眯地说："就叫 Bonjour（你好），笨猪。"

"这么点贿赂怎么够？"于是他一个翻身再次将她压在身下。

蓦地，他的呼吸就重了。他使她浑身发热，她的脊背居然渗出汗来，汗水混着芍药花的香气，在风雨飘摇的夜里，居然透出别样的性感来。他喉头一滑，逸出一声喘息，落在她的耳里，销魂蚀骨。

她被他揉得慌了，轻轻地推了他一记。

"啾啾！"笨猪愤怒了，跳到慕骄阳身上用力地戳。

慕骄阳忍无可忍，一把握住它，说："这家伙一定是公的。"

怕他会打它的脑袋，她缠上来一把抱紧他："快放了笨猪。"

慕骄阳直接把笨猪塞进床下去了。

她抱他抱得太紧了。

"甜心，"他低声喘息叫着她的名字，"我难受。"

肖甜心觉得自己也不好受："别说了。"

在夜色中，他轻笑一声，说："甜心，你不知道。当别的男孩子到了正常岁数就会想那件事的时候，我连春梦也没有，更不要说有心动的感觉。我就是麻木的。但我遇到你，撞到你那一晚，我有了梦。具体对象就是你。从此后，12 年的时光里，再没有别人，反反复复都是你。"即使是小甜出现了，和他有过亲密举动，但他的梦魂里，有的只是她。忽地，他想向她坦白，说："甜心，小甜她……"

"别说了。"她将小脸一扬，吻住了他的唇。

她忽然就翻转身来，将他压在下面。她开始撕扯他的衣服，不过片刻，他赤裸在她面前。

她本是跨在他身上，忽地就俯下身去抱住了他，在他耳边喃喃："阿

阳，我给你好不好。我……我很想要你。"

慕骄阳很明白，也很清楚地知道此刻就是她，是他一直想要的甜心。但他只是叹："甜心，还记得我们在你家时看过的那部片子吗？"

她嗯了一声，脸红得能滴出水来，却不肯让他发现，只希望他能要她。

他倒是笑了，在她耳边轻咬："那些片子都是骗人的，烂得不行，当然辣眼睛。我知道你最喜欢什么，最保守的传教士式。"

"娇娇！"肖甜心恼了，咬了他一口，惹得他倒抽一口冷气。

慕骄阳只好安抚她，安抚好了才接着说下去："甜心，我想给你最好的，就是你曾经想象过的样子，很美好。我都安排好了，我们会在古老的教堂举行婚礼，婚房就在我家的古老城堡里。甜心，我忘了和你说了，我外婆是中英混血，我外公是英国老绅士。在英国有我的家族，家族非常庞大，但他们人都很好，只是看过你的照片，就都很喜欢你，要我赶快带你回去呢！"

"所以，甜心，我们再等等。"

"可是你现在难受哇……"

他温柔地说："甜心，让我抱着你就好了。我只想好好抱抱你。"

二

黑暗中，彼此相拥。

他轻声说："甜心，我的梦里从来没有别人。没有小甜，只有你。"

"我明白。"肖甜心的眼底有泪花闪烁。

轻叹了一声，他说："甜心，你要坚信，我从来没有爱过别人。其实，你有没有想过，小甜代表的是你的潜意识。当年，我……我伤害了你。你曾试图自杀，是你的潜意识在自救，所以分裂出了另一个你来，才阻止了你自杀。还记得景蓝说过的吗？小甜是对你的补偿和补充。她是你的理智，她知道发生在你身上的一切事情，包括一些秘密。"

肖甜心感到茫然，讷讷道："我不可能自杀呀！"

慕骄阳不敢刺激她，决定将真相掩藏，道："是我该死，我突然离开没有告别，你喝醉了一时想不开，跑下了海里……"顿了顿，他又说，"不开心的事，不记得就不记得了。现在我回来了，一辈子都不会再离开你。我说这么多，只是想让你明白，小甜就是你身体里的一部分，如果换作别人，我会唾弃她，但她是你，我做不到推开她，她的身体是你的，她的面容也是你的，并不是别人。"

"好的，阿阳，我明白了。我都听你的，你说不赶她走，就不赶。"她扑进他怀里，而他搂得她很紧。

"甜心，我想帮你和小甜融合。你只是生了病，会好起来的。"

"其实我挺喜欢小甜的。"她吸了吸鼻子，又说，"可是我却妒忌她。"因为你也爱她呀！

慕骄阳明白了，想了想说："我当然爱小甜，因为她就是你，你就是她。甜心，我和你的关系，使我有些医不自医。但其实我帮洛泽融合时，比任何人都要明白所有的洛泽都是洛泽这个道理。"忽然，他又轻声问，"甜心，你告诉我，你喜欢鸟吗？"

很本能地，她说："喜欢呀！因为鸟有一双翅膀。我也渴望有一双翅膀，那样我就可以立刻飞到你身边了。"

顿了顿，她猛然明白了过来。

慕骄阳感受到了，放开了她，但一直看着她的眼睛，说："明白了是吗？其实，小甜不过是由你的本体分裂出来的产物。不是她喜欢飞鸟，而是你。"

"阿阳，小甜刚刚突然出现在光亮的灯下，就在我们爱去的课室里。她……她都听见了。"她揪着他的衫袖，有些无助。

这一次，慕骄阳很坚定。他轻抚她的脸庞说："没关系。这一切，我都是说给你听的，她就是你的一部分。我这一生，只爱过，也只会爱肖甜心一个人，也只想要肖甜心一人为妻，也只会和肖甜心一个女人上床。"

光亮里，那个小小巧巧的女孩子转过了身，慢慢地走进黑暗里。肖甜心忽然就哭了，等她反应过来，她的泪水打湿了他的肩膀。

"甜心，你真是善良。"慕骄阳吻了吻她的唇。

他与她相拥而眠，外面风大雨大，但这里却很安宁。他说："抱着你，令我感到内心很平静。"

"甜心，你的情况和洛泽是一样的，都是属于补充补偿型人格。这一类人格和真正的人格分裂不能混为一谈。"慕骄阳这一次说得很清楚明白，没有再因小甜而遮遮掩掩。

"你问一问小甜愿不愿意融合。"

肖甜心摇了摇头："她不愿。"

"那是因为她还有心愿未了，我会尽力倾听。下次她出来，我会和她谈。"慕骄阳摸了摸她的头，问，"甜心，你信我吗？"

"信。"肖甜心投进他怀里，闭上了眼睛。

很简单，信就是信。

他拥着她，听着她的呼吸渐渐均匀，便低唤了一声："甜心？"

"嗯，大可爱别吵，甜甜要睡觉觉嘛！"她咕哝。

慕骄阳再等了等，然后开始对她催眠。

明天要去见李钰，他得给她一些心理暗示，以防止她的心理防线全线崩溃。

慕骄阳用最温和却坚定的声音告诉她："我数到十，你就记起来了，李钰的案件和当年的美国孕妇案。你要坚信自己没有错。这里没有联想，不做联想。"

他反复地下"缓冲带"。

他再次从一数到了十。

"甜心。"他轻唤。

"我在。"

"你还记得李钰吗？那件案子，是我们和景蓝一起破的。"慕骄阳将案件发生的经过诉说了一遍。听到紧要时刻，知道李钰可能是女人时，肖甜心再度出现不适，他开始数数："一、二、三……你是对的，你没有错。肖甜心，你要坚信自己是对的。"

"嗯。"

"甜心，你还记得李钰吗？"他再度问道。

肖甜心："记得。"

顿了顿，慕骄阳忽然问："你还记得六年前美国的孕妇案吗？"

啊的一声尖叫，那个浑身苍白的女人从迷雾里向她走来，一步步走近。她开始挣扎，想要醒来。

慕骄阳抓紧了她的手，说："肖甜心，你看着她的眼睛，看着她！看她到底要说什么！"

他慢慢地诱导，用肯定的语气说："她说，没有关系，不是你肖甜心的错！你尽力了，谁也不能责怪你。"

这一次的催眠已经跨越了那个禁忌。本来他不想那么急切，但又觉得，或许可以给她一些暗示，让她也好有个缓冲。

他要做的就是给她竖起这个"缓冲带"。

迷雾里，那个孕妇站在白雾的另一端，就那样看着她。

这一次，肖甜心终于鼓起了勇气。她刚要向前一步，手被温暖宽厚的掌心握紧。她一抬头，看到了慕骄阳。

慕骄阳对她说："甜心，你很勇敢。那个女人不是别人，只是你的心魔。

你看，她就是你，你就是她。你得正视她，如同正视你自己。发生过的一切，不应该被抹杀。哪里做得不够好，我们就努力，让一切更好。我们应该看到光明，而不是甘心躲于黑暗的后面。"

她猛地回过头来，雾的对面，那个颈项间有勒痕的女人渐渐清晰，模样是她自己……

"啊……"

三

第二天天气晴朗。

飞美国的飞机安排在四天后。

双性人李钰案已破，但她继父的尸体还没有找到。在去美国前，慕骄阳得找到尸体，并且对李钰做一次访谈。

这需要甜心从旁协助。

而昨晚对她的催眠其实还算成功。他已经给她下了一个缓冲，以后需要提及孕妇案，触及她的底线时，她不会崩溃。但后续的心理辅导还得一直做。

当她眼睫一颤时，他就给了她一个早安吻。他轻声说："我真的得抓紧时间把你娶回家，那样以后我就可以每天都给你一个早安吻了。"

一颗心，被他妥善地照顾、珍藏。那种感觉很暖。

她的眼睫又颤了颤，她已经睁开了黑葡萄似的眼睛。他举起双手在她腋下一托，顺势将她抱到他身上来。

"真舒服。"她懒洋洋地说，趴在他胸膛上，数着他刷子似的浓密睫毛。

这个男人长得真是美呀，她又用唇去亲了亲他的嘴，她的唇被他吮着，辗转缠绵。直到……阿嚏！她冷得打了个喷嚏。被子滑下去了，露出她的大片肩膀、脊背和蝴蝶骨。

昨晚，他居然又把她的睡裙给脱了。知道他喜欢肌肤相亲的感觉，她没有再拒绝，或许他只是缺乏安全感，所以总想着和她亲近。她低低地叹了一声，心道，看来以后要习惯裸睡了。

他看着她胸前的大片凝脂，呼吸蓦地重了，但还是克制了下去，他说："起吧。"

他十分克制，早她一步起来，更背对着她不再看她。

她轻笑，知道他是怕忍不住。见他的后颈项都红了，她叹道："阿阳，我想明白了。我不妒忌小甜，因为我就是她。"

慕骄阳系扣子的手顿了顿，说："是的，一直是你，甜心。"他的女孩拥有一颗七窍玲珑心。

他们很快就到了收押重刑犯的海岛监狱。

一夜风雨，岛上的绿植浓郁得要滴翠，展现出吸饱了水后的慵懒与恣意。

监狱大门前的路边还有一蓬火红的野花招摇怒放。

就连肖甜心走过时，都不觉被花所吸引。慕骄阳便躬下身来，将开得最美最艳的那一枝花折了下来，递到她面前。

她的脸庞小小的，那枝美得妖冶的花倒映在她的眼中，让她的眼睛看起来像蕴着一团火。她的容貌是明艳的，只是因为太过于甜美，所以有时会让人忽略了她的那抹艳色。

她的艳，她的冶，那种风情，他见识过了。每次想起两人的亲密，都能令他心神一荡。

肖甜心察觉了，红着脸嗔他："想什么呢！"

"你。"

对着她就能想入非非？哼！肖甜心转身就走，只留一个俏丽的身影给他。

当他和肖甜心坐在会客室时，李钰还没有出来。

慕骄阳说："待会儿由你主动和她聊天。李钰喜欢女性。"顿了顿，他又补充，"不是说同性恋这么简单。她憎恨男人，而对女性有难得的温柔和亲近。"

"当初你是怎么成功说服她放开人质的？"肖甜心问。

"她对女性有好感，而且很宠她的几个姐妹，所以我让她的姐妹来劝她。"慕骄阳答。

肖甜心仔细地翻阅李钰的案件资料，然后低声说："你把李钰最想见，觉得最重要的人请来，其实是把双刃剑。"

"是。"最懂他的果然就是她！他接着说："李钰或许会因为见到了最想见的人，心愿已了，然后自杀。"这一步其实很险，可也算是最安全的。做这份心理评估的人得做得十分准确，换了警察来做，或许就是反效果。肖甜心点了点头。

因为李钰当时避开了屋外狙击手的视线，如果特警强攻，就不能完全保障人质的安全。而找来李钰最亲的人，会有两个可能，一是李钰自杀，人质获救；二是李钰放弃反抗，人质获救。对于别人而言，没有伤亡是最好结果。但肖甜心知道，不到最后一步，慕骄阳不希望李钰死，却为了人质安全，下了一步可能会令李钰自杀的棋。

每个人都在赌。

"你成功了。"肖甜心抬眸看着他微笑，"我的阿阳是最棒的。"

忽然，他取出那串缀有景泰蓝小蝴蝶的白玉珠链，在那里赏玩。

见她的目光被吸引，他轻轻地晃动珠链，开始数："一、二、三……"他数得极慢，她轻轻地合上了眼睛。

"待会儿无论想起什么，都要谨记，你没有错，肖甜心没有错。心魔就是你自己！你要面对她！以后无论再想起什么，想起李钰，想起那名孕妇，你都要平静面对。"他再度给她下"缓冲带"。

嗒！那条手链放于桌面上，发出一声清脆的珠玉声。

肖甜心再度睁开了眼。

她有些茫然，但她好像又明白了些什么，而这时，李钰来了。

只是下一秒，肖甜心就进入了工作状态。

她已经站了起来，对李钰展露温柔的微笑："李钰，你好。我是肖甜心。"

李钰见了她先是一愣，然后说："你知道我？"

慕骄阳默不作声，一直在刻意降低自己的存在感，然后将那串手链戴到她手腕上。她的肌肤那么细腻白皙，可惜了，被炸弹波及，这里留下了一道疤。

"是的。你的案件，我有参与。所以我来到这里，想和你谈一谈。"肖甜心微笑道。

李钰很久没有说话。

肖甜心想了想，将文件摆了出来，像上次处理黄千案时一样。

果然，李钰的眼神开始往那里瞄了。

慕骄阳刚才就李钰的心理防线和肖甜心谈了。他让肖甜心来做主导，引李钰开口，更是建议肖甜心将话题引到李钰喜欢女人这个问题上来。于是，肖甜心清了清嗓子，忽然说："你喜欢……"

肖甜心的话又顿住了，见李钰被成功吸引了过来，看着自己时眼神温柔，"女人"两个字没有出口，改为："你喜欢我，对吗？"

李钰说："你觉得我恶心吗？我这样的人……"

"不男不女的怪物！"李钰自嘲。

肖甜心说："我不觉得你有什么问题。我喜欢男人，但不反对每个人的不同选择。我能明白你。"

　　慕骄阳轻轻地握着她的手。她十分聪慧。她要令李钰主动开口聊天，以"我"来开头，这样更能拉近彼此的距离。

　　"所以，你不讨厌我，相反你很喜欢我。"肖甜心又说。不是以女人来指代，而是直接的我。她懂得慕骄阳的暗示了。

　　果然，这一次，李钰打开了心防，开始讲述自己的人生，讲述那段不堪回首的往事。她为什么喜欢女人，为什么想成为女人，而她的继父又对她做了什么。

　　提到这些往事，李钰忽然变得暴戾、不安。

　　慕骄阳温和地说："没关系，李钰，没有人能伤害到你。"

　　李钰猛地抬头看向他，才觉得这个男人其实一直有很强的存在感，只不过他刻意让出空间，让她感到舒服的空间。

　　"那天为什么不让特警杀了我？"李钰问他。

　　这是一个有点微妙的问题。肖甜心忍住不去看他的眼睛。只听他答："因为我理解你。"

　　不是同情怜悯你，也不是刻意的讨好来套话，而是简简单单的"理解你"。

　　李钰显然对这个答案很满意。

　　其实，他们每次去监狱对犯人进行访谈，都是极讲究技巧的。慕骄阳甚至还要做好几份计划，针对不同的犯人做十分复杂的心理评估，最后才得出适合每个犯人的谈话。这一切，肖甜心都明白。

　　"李钰，你有没有特别想回到某个地方？"慕骄阳说，"你有过开心时刻的地方，例如游乐场？"

　　大家都知道，李钰的童年境况凄惨，怎么可能去游乐场。他的问话，其实是在诱导。

　　果然，李钰脸色一变，有些惴惴不安，但又隐隐地兴奋，甚至还伸出舌头来舔了舔嘴唇。

　　一个嗜血又凶残的表情。

　　她想到了杀人的地方。杀一个最特别，或者说最想杀的人。

　　不会是母亲，那个不负责任的女人被她杀死了，不值得回味，而且母亲还不是最可恨的。更不会是那些受害人。因为李钰不过是在幻想，通过不断地杀那些可怜人来达到杀死自己的目的。

　　只能是她的继父！

　　一想通这一点，肖甜心就觉得精神一振。

慕骄阳按了按她的手背，示意她收敛些，然后看似不经意地将桌面上的案件档案翻开。

首先映入眼帘的是村屋不远处的一座山坳，那里离李钰家（村屋）不远，但又是一个能隐匿的地方。

李钰的眼神有些飘忽。

她曾在那里被继父侵犯过。

但，还不是那里！

她对那里没有特殊的感受，除了屈辱。

慕骄阳的指尖又滑过了下一张照片。

四

"男人真的太恶心了！"李钰恨恨地说。

慕骄阳整理照片的手一顿。

李钰又笑了，声音尖细，像女人。当然，现在的她也是女人："慕教授，不是说你，你人还是很好的。"

有时罪犯非常狡猾，他们顾左右而言他，甚至会讨好你，或者和你开玩笑，又或是故意激怒你。这时候就要注意了，他们不过是在玩弄你。因为，他们拒绝回答你想知道的问题。

慕骄阳没有说话，沉静而镇定。

他本就白，此刻戴着一副金边眼镜，就像学校里的老师，温和清雅。他低着头时，眉眼清隽，有着那种湖泊一样的平和。忽略掉两个女人看向他时不同的目光，他将李钰生母和继父住的地方的照片还有一些犯罪现场的照片也摆了出来。当然，犯罪现场的照片里只有鲜血，没有受害者的尸体。

李钰的目光从照片上漫不经心地划过。

"放弃吧。我不会告诉你们那个恶魔在哪里，我就要让他烂在最恶心最肮脏的地方。"李钰收回视线，已经看穿了他们的意图。

所有犯人都曾经是猎人，最后才成为慕骄阳的猎物。因为猎物也曾是猎人，所以知道慕骄阳在想什么。

慕骄阳神色淡然，轻抬眼睫，那对漆黑的眼睛闪着温润的光芒，只是微笑："没关系。你不想说就别说，我们可以聊聊其他的。我喜欢女孩子，每个女孩子都很干净，像水做的一样。你呢？你也喜欢对吗？"

"因为她们都很干净。"

慕骄阳和李钰同时说起。

但慕骄阳的脚尖不经意地触了触肖甜心的脚踝，隔着桌面，李钰看不见。

他是在向她暗示。肖甜心会意，在李钰怀揣美好想象着女孩子时，忽然说："他曾在那个山坳里侵犯你对吗？那个恶魔，活该下十八层地狱！"

李钰的眼猛然一凝，看向她时充满杀意。

但杀机一闪即逝，李钰又恢复了平静。

只是隔了许久，李钰才呵呵地笑，笑声阴森："他就活该烂在蛆虫里，那个烂泥，那个人渣！"

蛆虫、烂泥。在李钰的心理投射里，应该是在地底下阴暗、潮湿、腐烂、肮脏的地方。不可能是埋了他。埋，同样在地底下，但"埋"本身不足以发泄李钰的愤怒。

是的，李钰的愤怒，还有她的满足。

那个只配在地底下腐烂的垃圾究竟在哪里，最能令李钰满足？慕骄阳只是看着档案，静静地思考。他眼内的光芒被睫毛遮掩，他依旧是安安静静的样子。

一个看似最无害的教书先生。

蓦地，慕骄阳就沉进李钰的思考模式里：看着那个人渣被压在下面，被淤泥，被世上一切最恶心的东西啃噬，我很开心。我可以看着他在地狱里沉沦，看着他被我踩在脚下，我很兴奋。

真是兴奋哪！心里划过一抹嘲笑，但慕骄阳还是那个安静的男人。

他轻轻地抬起眸子，将压在档案里的一张照片翻了出来。

肖甜心看见照片上是一口井，就在李钰生母和继父没有离婚前住的那家村屋的门前。

杀意从李钰眼底一闪而过，还有压抑不住的兴奋。

慕骄阳马上懂了，站了起来，说："再见。"

但肖甜心没有动，她当然知道了答案，一切就在井里。那口井塌了，井口被乱石掩埋。

慕骄阳的唇动了动，但最后还是什么也没有说。

肖甜心对李钰产生了同情。

她一向心地善良。

叹了一声，慕骄阳说："那个男人就在井里。"

"不在。"李钰微笑，"我骗你的，我很会骗人。"

和犯人打交道就是这点不好，他们会做垂死挣扎，所以他才不愿浪费时间。但一考虑到将来，他还会来和李钰打交道，要全面理解这个首例雌雄同体人的内心世界，他就放缓了态度。

慕骄阳将主动权交给甜心。

肖甜心慢慢诱导："那个男人，就在井里对吗？"

李钰百般狡辩，不肯承认。这个时候，她的思维是男人的思维。

肖甜心轻轻说："没关系。李钰，你只是需要一次倾诉的机会，让我们走进你的世界好吗？我们会一起陪着你。"

慕骄阳将李钰的想法直接说了出来："看着那个人渣被压在下面，被淤泥、被世上一切最恶心的东西啃噬，我很开心。我可以看着他在地狱里沉沦，看着他如何被我踩在脚下，我很兴奋。"顿了顿，他又说，"就在他曾对你施暴的地方，而你将他扔在你家门口的井里，可以每天踩着他的尸体走过。"

李钰一怔，猛地看向他。原来，他真的理解她！

"是我把井口弄塌的。"李钰终于肯说真话，"是，我就是要封住他，令他永世不得超生，让他在井里受尽折磨。"

慕骄阳说："但是你现在说出来了，我们也会把他的尸体起出来。"

李钰："有什么关系？我知道，你们会帮我的，帮我把他的丑恶说出来，他会受到世人的鞭尸。"

所以说，是她选择了和慕骄阳合作。某种程度来说，慕骄阳是猎人，只有猎人最懂得猎物。是慕骄阳打动了她，她信任慕骄阳。

肖甜心对慕骄阳更加倾慕了。

离开监狱，两人站于太阳底下，一切黑暗无处隐藏。他和她又回到了光明中来。但肖甜心还是忍不住拿爱慕的眼神看着他。

"你一直用充满爱意和仰慕的眼神看着我，我会以为你很想享用我。"慕骄阳突然将她抵住，压在一边的墙壁上狠狠地亲了起来。

呸，什么温润的教书先生，完全是假象！

她推不开他，唇都被他吻肿了，咿咿呀呀的抗议最后全变成了娇媚的低吟。这令慕骄阳非常愉悦，最后他舔了舔她的唇瓣，才肯放开她。

"走，我们去找出真相。"他心情大好，牵着她的手往前走。

一众警察已到达李钰母亲住的村屋。

技术人员在清理井口边的碎石。

陈星说："确定李钰继父的尸体在这里？这口井倒塌了许多个年头儿了。"

"嗯。"慕骄阳只是随意地答了一句。李钰的继父是个无业游民，人缘极差，也难怪在半年前才有人报他失踪，事实是，只怕他失踪了至少三年。

一时半会儿也弄不完那些碎石，慕骄阳牵了肖甜心往屋里走。

"你在想什么？"肖甜心自然懂得他。

慕骄阳在房子里仔细查看，还拿手去摸："我想，那口井里应该有个密室。李钰的继父在井底对她囚禁和进行侵犯应该有一段时间。直至她变得温顺，他才放她出来。"

肖甜心感到悲愤："李钰的妈妈就不阻止？"

李钰被继父囚禁和侵犯，作为母亲怎么可能不知道，她只是不愿去理会而已。对于她来说，李钰是个麻烦的，不男不女的怪物，是个累赘。她只考虑自己将来的日子，根本不关心李钰的死活。

"家里应该有暗道直通井底。我们找找。"顿了顿，他停下脚步，摸了摸她的头，说，"李钰的妈妈肯定知道这件事。所以，这才是这个家庭悲剧的地方，也是李钰的悲剧。"

如果连她的妈妈都看不起她，觉得她是个该死的怪物，不管她的生死，那么那条暗道很有可能就开在她父母的卧室里。因为即使李钰在里面弄出什么声音，她妈妈也不会理会。慕骄阳进入了李钰继父母的卧室。

果然，他的推理是对的。衣柜里有一条暗道。

慕骄阳打开暗道门，走了下去。肖甜心紧跟着他。两人在黑暗里摸索。

慕骄阳将提着的箱子打开，翻找了一会儿，终于找到了一只手电筒。就连肖甜心也不得不赞叹，他这个箱子简直就是百宝箱。

两人一寸一寸地搜寻，然后看到了许多挣扎的痕迹。他们发现了一张木案，木案上还有一个铜扣，附近有指甲的扣痕。

肖甜心的眼睛红了："李钰真惨。"

是的，李钰被继父绑在铜扣上。她或许大声呼救了，可是没有人理会她。

李钰是绝望的。

案台上还有血迹。

这里有微弱的信号，慕骄阳给陈星打了电话，他们也往这边来了。

走过几个弯，脚下的地面开始往更低处延伸。肖甜心还发现了好几件破碎的衣服，看尺寸大小，应该是李钰十多岁时穿的。"这个人渣！该死！"肖甜心骂。

慕骄阳回转身看了她一眼。

"其实这就是李钰的目的。她不会自杀，那天我解救人质时就意识到了。她会带我们到这个人间地狱里来。她才是真正的猎人。"慕骄阳说。

慕骄阳的脚步顿了顿，他又说："待会儿的尸体不会好看。她的继父应该也遭到了她的长期虐待。她变成虐杀型连环杀手，就是从虐杀她继父那一刻开始的。"

"会被分尸吗？"肖甜心已经做了最坏准备。

想了想，慕骄阳摇了摇头："分尸的根本目的不过是凶手为了好掩饰和处理尸体才做的。有些连环杀手分尸是为了满足幻想和分食尸体。但李钰的幻想并不是这些，她应该每年都会回到这里，对继父进行精神上的鞭尸。"

"拿刀猛砍才能满足她的愤怒。"肖甜心马上接着说道。

"是。当初，他应该也是被乱刀砍死的。"慕骄阳说，"你在这里等陈星他们。我过去。"说着他把手电筒给了她。

慕骄阳走出几步，有个分岔路口。打着电筒的肖甜心看到了，忽然说："哎，你说他究竟在哪里？"

慕骄阳对变态型罪犯的心理相当了解，无论是李钰还是她的继父，都属于变态型罪犯。

"还有什么比看得到光明却又摸不到，叫天天不应叫地地不灵更绝望的呢？我想，他应该最喜欢在井口附近的那一块区域对李钰进行侵犯，因为看得到井口的光，甚至还能听见附近的声音，却再没了求救的希望，那是从精神到身体的双重折磨。尸体会在靠近井口的那一带附近。我认得方向。"慕骄阳在脑海里把这一带的地形再回放了一遍，往偏向东边的那一条岔道走去。

走了许久，地面越来越低。而且，他已经闻到了腐尸的臭味。不多会儿，慕骄阳就找到了那具尸体。尸体被捆绑在一张受刑凳上，尸身上有砍伤，新旧都有。尸体非常恶心，有蛆虫从他空了的眼窝里爬出，而尸体的双脚已经腐烂，还有老鼠噬咬。尸体上同样有被老鼠啃噬的痕迹。果然如李钰所言，他烂在了最肮脏最恶心的地方。

那张受刑凳是有机关的，并不是为了捆绑这么简单。

慕骄阳在不破坏犯罪现场的情况下移动尸体。果然如他所料，一根

长达半米的铁棍直接从尸体的肛门刺入。

常年游走在阴暗的世界，慕骄阳负责侦破的案件来自全球各地，更变态凶残的手法和刑具他都见过，因此并没有表现出太多情绪。

此时，一点亮光从斜向西边的十多米处的空中透了过来。

慕骄阳一抬头，井口打通了，白亮的阳光从那里落下，照清了发生在这里的罪恶。

果然，明明看得见阳光，却身陷黑暗，没有比这更绝望的处境。这就是李钰的诉求，是她所要表达的东西。

一出悲剧。

他正要往回走和肖甜心会合，却猛地听见她啊的一声尖叫，然后再无声息。

"甜心……"他的心不安地跳动起来，急得快得要跳出胸腔。他加快了脚步，往她原本站着的地方跑去。

但哪里还有她的身影，只剩一道亮光斜照着，手电筒静静靠在墙边。

第十四章 黑色旋涡

一

黑暗里，肖甜心被拖拽着，身体从满是石子的暗道里摩擦而过，只有痛这一种感觉。

这是在哪里？她有些眩晕。

然后，她听见一个低沉动人的嗓音在低低地唱着一首日语歌，是《樱花》。

肖甜心的思维是发散的，不知道为什么，她就想到了洛泽。洛泽也曾长居日本，她也曾在他的书房里听见过他哼唱这一首歌。那时，是她去求洛泽告诉她慕骄阳在哪里。高一的那一年夏季，她找洛泽找去了舍，那里充满参禅的味道。洛泽就在盛唐风格的书房里，站在窗边看窗外的花树。那一刻，他很寂寞。那时，他身边还没有妻子儿女，只是孤身一人。她还听见他低喃："禅境总是寂寞。"所以，当她把来意说出来后，一向冷淡的他，还是告诉了她慕骄阳在哪里。那一次，是洛泽在同情她。

肖甜心的回忆终止。她的知觉回来了。

刚才，黑暗中突然有一只手往她喉咙卡去。正面碰上，她拿手电筒往他身上打，被他一手拨了出去。

他根本就是在戏耍她，明明可以用两只手卡她，却只用一只手。是，她是学过格斗，但和这个男人打，根本就是任人宰割罢了。

她的手抓住他卡住她喉咙的两指往后掰，而脚则往男人的胯下猛力踢去。这是最有用的格斗技巧。果然，男人被逼得松开了卡在她喉咙的手。但他只是笑，很快隐没于黑暗中。

肖甜心听见他说："嘿。"

她所有的血液都往头上涌去。蓝斯艺术馆里的那具女尸嘴里取出的玫瑰，意思也是"嘿"。

那次对付的是慕骄阳身边的洛泽，这次是她！

都是围绕一个人而来，他，或者他们都冲着慕骄阳而来。

她听见他的声音离她更近了，他又说："嘿，甜心。"

"只要我想，一只手就可以将你碾死。那样应该很好玩。哎，可是 F 却警告我，不准我对你耍花样。F 很喜欢你呀！"

黑暗里，肖甜心所有的汗毛都竖了起来。

她要面对的将会是极度的黑暗。她逼自己坚强起来："是谁？"

"噢，差点说漏嘴了。他会不高兴的。他对我有意见了，气我连续两次都炸伤了你。他没收了我所有的炸弹。所以现在我生气了，就只好来找你玩了。F 就是多愁善感，他想你，却不肯动手，那只好我来。我是 H。你好，甜心。"

"你和慕骄阳喜欢称我为 X 先生。这里，我要更正一下，我叫 H。"

"我们再正式地打个招呼吧。"H 轻笑，像个顽劣的大男孩，"嘿，甜心，我是 H。我也叫心，heart（心），心。"

他话音刚落，整个人就像一支箭一样准确无误地向她射了过来。手电掉了，身处黑暗，她什么也看不见，只能本能地躲避，却被他拿浸了迷药的布捂住了嘴。

肖甜心不傻，马上屏住了呼吸，并顺势倒了下去，所以吸入的分量很少。

此刻，是时候了。肖甜心突然跳了起来，对着那只手猛地咬了下去。而 H 明显没有料到她没有昏迷，一时大意，疼得松了手，而她已经不见了。

当慕骄阳沿着打斗痕迹追过来时，碰上的并非甜心，而是 H。

慕骄阳鼻翼一动，就知道来的不是她，直接出手先发制人。

他常年跟着洛泽混，从体能到格斗技能都比普通刑警好，只是完全没想到对方是个硬骨头。

慕骄阳没从对方身上讨到好处。而诡异的是，那种感觉就像和洛泽对打。

一分神，慕骄阳就被他以手做刀猛地砍中了后颈，慕骄阳被震得几乎站不稳。但下一秒，慕骄阳从裤腿里抽出小刀，迎着拳风砍了过去。

他听见衣服撕裂的声音，对方中招了。

"小师弟，你还是太顽皮了。打不过，就使诡计，真不乖！"轻笑了一声，那个男人已经走远了。男人用的是洛泽对他的称呼——小师弟。

然后慕骄阳听见了陈星等人的声音，还看见有亮光向这边扫来，一大队警察下了井。

他一个人茫然地站在井中。那个人身手太好，要对付甜心，甜心必然逃不掉。

那么多人往这里来，嘈杂极了，令他不安到了极点。眼看着慕教授就要挣脱他这副"皮囊"出来，他却听见她喊他的名字。

那一刻，慕骄阳猛地回过神来，整个灵魂才回到了身体里。

他动了动手指，回应："甜心，我没事，我在这里！"

当她投入他的怀抱时，当他将她紧紧地抱着时，他才感到自己是活着的，只是抚着她的发一遍一遍地低喃："幸好你没事。"

一回到地面上，跟过来的法医就对慕骄阳小刀上的血液进行采样。

但慕骄阳总感觉哪里不对，忽然问："我师兄呢？"因为独角兽少女案和何菲儿案，洛泽昨天再度进了警局接受问询，当时陈星对慕骄阳说了，是要扣留48小时。

"他忽然说要离开看守所，我们劝阻不了。他直接请了律师，而在昨晚，他就离开了。"陈星说。

慕骄阳的眉头蹙得紧，那粒小小的红痣也皱了起来。

"太过于容易了。"肖甜心说，顿了顿又补充了一句，"也太过于巧合了。"

"是。以他的实力要带走你很容易，要制服我也是一样。但他却留下了血液样本给我们去验DNA。他和他们是处事十分严谨，不留下痕迹的犯罪高手。他这次留下这么多痕迹，是故意的。"慕骄阳顿了顿又说，"而且，他对你有种特别的感情。他在逗弄你，情愿花大把时间和你在井

里纠缠，但对我出手其实相当快而狠。"

肖甜心听他这么说，唇咬得更紧了。

"甜心，你在害怕什么？"慕骄阳见她不说话，将她抱在怀中，"你不是一个胆小的女孩子。刚才是不是出了什么事？"顿了顿，一幅画像在脑海里慢慢成型，他说，"是不是对方告诉了你什么消息？"

"他代替 F 向我打招呼。F 想要得到我。"咬了咬牙，她说了出来。箍在她腰间的那双手更加用力，几乎要生生将她嵌进他身体，箍得她都痛了。

他们都是学犯罪心理的，自然知道 F 的画像是性犯罪者。

A 和 H 都说过了，F 想要得到她。而他们却连 F 是谁都不知道。

"景蓝，我需要你帮我做一件事。不要问为什么，我需要你无条件相信我，支持我。"慕骄阳说。等对方说完后，他才答："我当然不是在感情用事，相反我是在做前摄工作。只要按我的说法做，H 会被我们逼得做得更多，他做得越多，越容易出现漏洞，而我们就是要抓到他的漏洞。"

二

海边，粉色别墅。

粉色屋子自带的花园里，盛开着粉色的大马士革玫瑰。

小草亲自剪下最美的那一朵玫瑰，笑道："小叔叔一定很喜欢。"然后她又剪了好几枝花，堆在一起成了一束。她拿着花，欢欢喜喜地回家。

"咦？谁关了灯还拉上窗帘呀！"小草感到奇怪。

"想想？礼念？"她叫了一声，"妈妈给你们和 papa（爸爸）采了花！等你们 papa 回来了，就可以看到花啦！"听不到孩子们的咿咿呀呀声，她觉得有些失落。毕竟，小叔叔跟警察去接受问话，她很担心！

忽然，孩子们的玩乐室里传来了低低的男声，走近了听，是有人在唱《樱花》。

"小叔叔？"她的心莫名地跳了一下。

那道米色门吱呀一声开了，只见洛泽笑着抱着一对儿女走了出来，对她说："嘿。"

玩乐室里也没有亮灯，他自暗处走了出来，他亲了亲想想娇嫩的脸蛋，说："快对妈妈说，爸爸回来了。来，叫爸爸。"

她咂吧了一下小嘴，叫："pa……"

"乖！"H 笑眯眯地走上前来，将礼念放到了她的手上，空出来的那只手顺势揽着她，又从她肩膀滑落，箍在她腰间。

"你不是洛泽小叔叔。"小草的声音很冷。但因为一对儿女，她没有挣扎。

她被他带着走到饭厅里，那里燃着红烛，红烛被插在银质的烛具里。

他将想想放到一边的儿童椅里，然后取过她扔在地板上的玫瑰花，将花插进花瓶摆到饭桌上。那里已经放着两份煎好的牛扒，三四成熟，尚带血丝，嫩滑得不可思议，香喷喷的，馋得想想和礼念流口水了。两人挥着小手又叫："妈，肉……肉。"双胞胎也想尝尝肉的味道。

"乖，你们只能喝奶奶。"H很耐心地将两个奶瓶分给宝宝们，才说，"美人儿，来，陪我用餐。"

桌面上放有一部手机，他按了个键，一个号码拨了出去。是视频电话，接通后他和小草还有孩子们的影像对方都看得见。

"肉肉，来尝尝我的手艺。我知道，你吃牛扒喜欢吃三四成熟的。"接着他又递了一杯香槟给她，说，"为今日庆祝。"

小草接过，喝了一口，才说："你不是洛泽，哪怕你和他长得一模一样。"

他答："DNA也一模一样。"

"你给谁打电话？"她问。她得和他周旋。她出事不要紧，小叔叔在这世上顶多是寂寞点，时间久了，他不会忘记她，但会习惯没有她的日子。她不可以让宝宝们出事。

"肉肉，你话太多了。"忽地，他又说，"我给你做雕塑吧！我的作品，你已经见过了，在蓝斯艺术馆。"见她脸色苍白，他低声笑，"别紧张，我对死人没兴趣。你本身就是美神维纳斯打造的一件艺术品，我只想替你造一座像。"

他走到她身边，手按在她的肩膀上。

她什么都不说，唇都咬破了。

"别怕，我又不挖心，更不吃心。尹志达那些玩意儿太恶心了，毫无美感。"他亲了亲她的脸庞，闭起眼睛叹，"肉肉，你真香。"忽地他又说，"哥哥真幸福，有你这么个美人儿相伴，还有那么可爱的孩子们。"

手机里传来很大的响动。"真是扫兴。"H将桌面的手机往下一压，对方看不到图像了。他将小草猛地抱起就要往地下室走。

"papa。"想想叫他，礼念含着手指看着他。

她的心沉到了谷底，泪水噙着，不肯让它落下，她只好求他："他们也是你的侄子侄女，求求你放过他们……"

"嘘，别破坏了美好的时刻。"他对宝宝们说，"想、念，你们要乖点，papa 和妈妈去做雕塑，一会儿来陪你们。"

"你不应该来心理治疗室，你是公众人物。"李昊轻轻执笔，在本子上做记录。

"可是我经常会做那种梦，就是不断地重复那个梦，将一个女人的脸往洗手盆里按，然后我从后面干她。"戴着鸭舌帽的俊秀男人在回忆时，先是露出迷茫的表情，然后又是一副回味无穷的样子。

嗒的一声，李昊手中的笔落到桌面上："只是性梦而已，不必紧张。"

"可是……"年轻男人又露出了迷惘的神情来，"我的脑海里一直出现那个场景，那个女人……不，那些女人都死了。当我醒来，尸体就睡在我的床边。"

明明是在说那么可怕的事情，但男人的神色丝毫不变。

"你是说你杀了人？"李昊问，怕他紧张，又说，"你放轻松，慢慢说。我们的谈话内容全部保密。这是职业操守，你大可放心。"

"你说那些女人都死了，尸体呢？"李昊又问。

男人更迷茫了，想了很久后摇头："我以为我是在做梦。第二天再醒来，床上没有尸体。我这个到底是什么情况？得了臆症，还是人格分裂了？还是真的杀了人？我是变态吗？我该怎么办？"

已经是初步的变态了。李昊微微地一勾唇角，嗓音和缓平常："下次你要倾诉，给我打这个电话，我会去你家。别再来工作室。"李昊说完将一个手机号码递给他，"放轻松，梦见杀人是很正常的事，你是正常人，可能是压力太大，释放就好。"

"怎么释放？"男人皱眉。

"做你爱做的事。"李昊说话的声音越来越缓，手中钢笔嗒的一下，笔帽又敲到了桌面上，"你幻想中的事，可以在心中一遍一遍幻想。你没有害任何人，仅仅是做了一场梦。"

洛泽赶回家里时，H 已经走了。

小草躲在一角瑟瑟发抖。

洛泽猛地抱住她，泪水滑落。"肉肉，肉肉！"他轻唤。

幸好，她还在。他求的，只是她活着而已。

他抱了她很久，才想起要给慕骄阳打电话。

慕骄阳和肖甜心在交接好枯井的事宜后，马上赶了过来。

看到一对小宝宝平安无事，大家都松了一口气，但一想到躺在沙发上面无血色的小草……肖甜心咬了咬唇，默默地走到洛泽夫妇身边，手按在小草的肩膀上。而慕骄阳对着房门就是狠狠一脚。

为 H 画像，首先要知道他有没有侵犯小草。

肖甜心沉声道："下午一点多时，我和阿阳在受害人家里遇到了袭击。是 H。他还刻意留下了血液样本。他是要嫁祸给大哥哥，意图很明显了。小草，你要振作，你要帮助大哥哥走出这次的困境。而我们也会一直在你身边支持你。"

"我没事。"小草的声音很哑，"他没有碰我。"

她的话一出，大家都松了口气。

"但他将肉肉按在洗手盆里，一下一下地按，肉肉受了很大惊吓，肺部呛了水。"洛泽说，"我赶回家时，H 已经走了。"

"请医生看过了吗？"肖甜心问。而慕骄阳走到了一边，开始观察整个案发现场，尤其是在饭厅里逗留的时间最长。

洛泽低声说："已经叫了家庭医生过来。"

点了点头，肖甜心走到一边和慕骄阳说话。慕骄阳说："这和黄千、李钰案有些相似之处，都是在扮演家庭，所以父母和孩子一起在饭桌上用餐。H 在玩过家家游戏。如果他幻想的重点在于夫妻，而不是一整个家，那他的行为就带了性行为，是性犯罪。"

肖甜心抿了抿唇，暂时没有做补充。她回到小草身边安慰她。

慕骄阳一侧眸，就和肖甜心的视线对上，他的意思她都懂得，那些他不好开口的话，肖甜心替他说了。于是，她接着问："小草，我现在要问你一些问题，你的回答将对我们尽快破案，尽快抓到 H 有很大帮助。他是在哪个洗手间行凶？卧室的，还是大厅的洗手间？"

三

"卧室。"她每说一句话，喉咙都如被灼烧一般。

"宝宝跟你们睡吗？还是在别的起居室睡？"肖甜心蹙眉，问得更细。

洛泽替她答了："宝宝跟我们一起睡，我们的卧室很大，相当于两个相连通的房间，所以我们一起睡，但宝宝们有婴儿床。"

"如果你们和宝宝分房睡，那 H 在卧室洗手间行凶，就包含了性行为。但现在，卧室代表的是整个家庭。H 幻想的重点是家。H 曾被父母抛弃过，他对母亲这个角色有很深的眷恋，但又有毁灭一样的恨。选择在卧室下手，是对自己母亲一次又一次的杀害。整个过程没有性意识。他不是性罪犯。

但是他对母亲这一角色的憎恨带有很大的幻想成分。因为我们已经了解了当年的情况，洛泽的父母并没有抛弃他，也就是没有'背叛'他。但他的复仇里，有对被'背叛'的深刻仇恨。他还憎恨女性。将受害人一次次按进水盆里，不是要谋杀，而是要虐待，和获得掌控一切的那种快感。让受害人反复溺水，就有一种操控感在里面。"

"他的成长环境压抑，领养家庭应该管得很严。养父那一栏，填的是一个颇有权威的学者，他的心理学知识来自养父的教导。他本人没有接受过高等教育，但会以另一个身份来学习和取得相应证书，人生简历应该通过黑客技术做过篡改。从他和男性相处友好的情况来看，他对养父相当尊重，两人的感情挺深，但他深受约束，所以行为叛逆，像个长不大的孩子，实则是对缺乏家庭温暖父爱母爱的一种渴望和投射。他希望自己是一个长不大的小孩，有父母的宠爱。他在一遍一遍地幻想家庭。"肖甜心一口气说了很多。

慕骄阳说："要弄清楚 H 的身世，还是得回到美国。按照侧写来看，他生活在美国。他认识的人可能和我有交集，例如师从同一个心理学家。"

慕骄阳还要再说下去，门外传来了响动，是何穆同带队过来了。

"师兄，你是接到 H 的视频电话后马上请了律师，从警局赶回来。那手机录像保存了吗？"慕骄阳问。

洛泽答："没有。当时肉肉和孩子在他手上。我这么做，他们肯定性命不保。我不能冒这个险。而且我家中的所有摄像监控都被黑了。H进来时也避过了所有保安，他的身手很好。"

何队他们到了之后也不废话，直接说在枯井袭击慕骄阳和肖甜心的人的 DNA 鉴定结果出来了，是洛泽的。

"我的妻子生病了，我特意从警局赶回来，之后一直陪着她，从十二点到两点。"洛泽回答得条理清晰。

何穆同说："洛先生你要知道，你的妻子和你雇用的保镖的口供都不可信。一是直属家属，二是接受老板指令的雇用关系。"

"洛泽，这里还有份报告，我需要你再提供一些内容。"景蓝拿着一沓文件走了进来，见到众人时一怔，说，"今天这么热闹？"

陈星马上说："景教授，你可能要等等。洛泽涉嫌一起绑架和故意伤人罪。"

"我可以问问是什么事吗？"景蓝扶了扶眼镜问道。

"中午一点到一点三十分之间，我和甜心遭到了 X 的袭击，我割伤了他，鉴定显示 DNA 是洛泽的。"慕骄阳抢先回答。

景蓝长眉一挑，说："奇了，我一点三十分时就在洛泽家里，和他做一份项目内的测试。三点才离开。"

警察们正要离开，门口再次传来骚动。

景蓝的眉再次挑了挑，实在是嫌烦，他对洛泽说道："我们到你的书房去谈。"

但围在门外的人群开始骚动，有人扔鸡蛋、烂菜叶，把脏水泼进来，都在那里叫嚣，说要将变态杀人犯投进大牢。人太多，就连保安也拦不住。

慕骄阳脸色一变，正要走出去，景蓝将他拦了下来，说："上去再说。洛泽的心理评估，由你来进行分析。"

何穆同问陈星："怎么回事？"

已经有警察跑了进来说话，原来是媒体不知道从哪里得到的消息，说夏海市最近出了吃心者，最爱吃美丽女孩的心，还说这个吃心者就是夏海市雕塑艺术家洛泽。所以，受了煽动的公众来此处讨要公正和真相。

"胡闹！警方办案一切保密，而且只是有嫌疑阶段，谁在那儿胡说八道。"何穆同让陈星他们去赶人，自己则和小队的人回去重新部署案件。

"为什么不让我去警告外面的媒体？"慕骄阳有些愤怒。

这样做，会对洛泽的名誉造成不可挽回的后果。

景蓝一直很静，看了慕骄阳一眼，淡淡地说："是谁爆料给媒体的？"

知道慕骄阳还在气头上，肖甜心说："应该是 H。让洛泽身败名裂，在他的嫁祸行动里是不可少的一环，也是至关重要的一环。这一切由画像得出，而很快，H 就会主动和洛泽见面。"

"对！"慕骄阳已经恢复了冷静。

洛泽将小草交给家庭医生后，走进了书房，正好听到他们的谈话。

"要我怎么配合你们？"洛泽也想早日把事情解决。

慕骄阳说："那我们只好配合 H 演这场戏了，如果我们不干预，很快，报纸、电视新闻都会对洛泽是吃心者这件事大肆报道。当 H 认为洛泽被钉在耻辱柱上，众叛亲离时，他就会出现。"

"这一次，我至少要得到他的指纹，只有这样，才能为师兄洗脱嫌疑。我希望，我的婚礼，师兄夫妇都能出席。"慕骄阳一回头，对上甜心的视线，微微笑了。

这个婚礼，他早就筹备好了。

"你为什么不听话呢？"李昊坐在粤色茶餐厅的包厢里，抱着双手

看着他。

年轻俊秀的男人显然很痛苦，很不安。

"我一直在想象自己杀人，可是事后居然一点罪恶感都没有，还相当享受。"在幻想里，他一遍一遍地将年轻女人按在洗手盆里，看着她遇溺，他加快了动作，从后干得很爽，最后爆发了出来。他又说："我已经开始分不清哪些是幻想，哪些是真实。"

李昊说："你的公众形象很重要，不能被人知道来见心理师，以后还是去你家，你那一带保密性好。没关系，幻想只是纾解的一部分。你还见到了什么？"

脸盆里激起的水花，旋转的水流，女人痛苦又喊不出来的挣扎声。所有的血液都倒冲了上去，他再度觉得很爽，可是他觉得反复浸溺已经不能满足他了，他渴望拿刀一下一下刺穿她们的身体。那些血顺着下水道流下去，开始旋转汇成黑色的旋涡，蒙上他的眼睛。

嗒的一声，李昊手中的笔帽点了点桌面："有看到水涡吗？就像这家店的卫生间，十分具有艺术的抽象性，入门处就是一个黑红色的巨大旋涡，里面的每一道门都是一道旋涡。"

"是，那些旋涡要将我吸进去！"

李昊的声音一如既往地温和："没有什么要将你吸进去。里面没有住着怪物。正视你自己的心，你渴望按照自己想的去做，去走进那些旋涡，然后获得平静。"

"你有看那种杂志吗？"见他脸色微变，李昊安抚道，"看那种《花花公子》的封面女郎很正常。"

"有，"年轻男人搓了搓手，"我有时会幻想拿着刀刺她们，在杂志上，在那些女人的身体上一直刺。"

"只是杂志，没关系。你想怎样都可以，重要的是你要得到纾解。"李昊继续说，"去洗手间洗个脸吧，这样会舒服一点。我点了粥，马上就到了，洗把脸再吃粥。"

年轻男人听话地离开，走到洗手间前，蓦地停下。

这个休闲空间的装饰十分抽象，一道道的水波纹从天顶滑下，像女郎曼妙的身体曲线，由小射灯照着，更显迷离。而正中一道黑红色的旋涡像一个张着的血盆大口。他突然就很想像幻想里的一样，将女人一次又一次地按进洗手盆里。

幻想忽然爆了开来，欲望倾泻而出，他突然感到一阵满足，然后慢慢地走进了那个黑红色的旋涡里去。

四

肖甜心在帮慕骄阳整理书房时，无意中发现了他放在抽屉里的本子。

那是很厚的一个本子，封面是赭红色的，安安静静地放在那儿，有一种庄重与宁静的感觉。

她翻开，纸张早已泛黄。那是一本日记，记录了他和自己的点点滴滴，写他第一次心动，他们第一次牵手，他第一次在她家里偷偷留宿，还有第一次他趁她喝醉了偷吻了她。

两种字迹，但同样都是她所熟悉的。初中与高中，笔迹截然不同，成年后的笔迹多次转换，交杂在了一起。

再往后翻，是对她的一些心理状况记录。她的指尖一顿，又往下划去，停在了"孕妇案"三个字上。她正要细看，慕骄阳走了进来，轻轻地从她手里取过日记，亲了亲她的脸蛋说："乖，别看。都是我写给你的情书。我会不好意思。"

见她抿了抿唇不说话，他双手在她腋下一提，将她放到了宽大的办公桌上。"怎么了，脾气这么大，嗯？"他逗她，脸低了下来，拿鼻子来拱她的小鼻子。

两人的脸相贴，十分亲昵，他眼睫轻颤，忍不住把嘴滑下了一点衔住了她的唇。

她伸手扯着他的衬衣领子往下一拉，他顺势将她压到了办公桌上。

她主动吻他，十分热情，就像小甜，但始终是她。她开始撩拨他，踢掉了拖鞋，拿脚尖沿着他的小腿一路往上撩，然后一边腿直接弯到了他的腰上，向他贴得更紧。

他在她耳边喟叹："甜心，我很想你。"想得要发了疯。

可是她不听，猛地咬住他的唇，他的唇甚至渗出血来。他的呼吸声重了，似是压抑着什么，但他最后只是紧紧搂着她，再无多余的动作。

"景教授让我叫你去副楼。"A站在门口，手一触到门，门就开了，看到里面的暧昧景象，他白生生的脸上出现了一抹绯红。

肖甜心注意到了，A学会了害羞和尴尬，这是以前从没有过的。知道她在想什么，他点了点头说："景蓝的治疗方案很有效。A已经忘记了从前，有了新的记忆，新的开始。"

幻想控住术吗？将原有的记忆打乱、抹掉，或植入新的记忆，然后

又是一个新的开始。她忽然说："对我，你也会抹去从前吗？"

他轻声笑："你这小脑袋瓜子胡思乱想什么？景蓝应该是要和我讨论一些特殊案例，我们一起过去吧。"

景蓝新接手了一个病人，景蓝称他为 Z。Z 出现了各式的幻想，但主题都是通过杀戮，才能获得快感，对象是千篇一律的年轻女性，唯一的共同点是都没有穿衣服。

Z 只有 16 岁。看完厚厚的一沓资料，还有 Z 对着杂志上的裸女疯狂刀刺的"作品"后，慕骄阳说："他已经开始初步的变态，开始幻想杀人。家庭方面，应该为离异家庭，他跟妈妈一起生活，妈妈的管教十分严格。他平时很腼腆，不爱说话，无法和异性相处，年少时曾经尿床，自信心和自我认同感低下。变态的程度需要一定时间，他很快就会感到无法满足，下手杀人。"

他顺手将资料递给了肖甜心。她接过后快速看了起来，里面并没有提到原生家庭的情况，但照画像来分析，和他说的是一样的。

"没有救了吗？"景蓝十分严肃。

"Z 是典型的变态型连环杀手，不可能停下杀戮，除非他死。照目前情况来看，Z 只能进精神病院控制幻想的深度恶化。他不属于精神病类病人，入院是为了约束。Z 是主动来找你吗？"他又问。

"是。"

"有道德感和罪恶感。他的行为与其说是自救，不如说是更像在杀人前向人自首。"肖甜心说。

慕骄阳回眸，对着她微笑，那笑很温柔，充满爱慕的敬意："是的，甜心说得对。Z 更像是请求大家将他抓住。"

"嗯，他对我说过，他已经很难控制渴望杀人的冲动，他非常想将刀刺进女人的身体。"景蓝说。

"充满性犯罪意识。跟着单亲妈妈的男孩通常很压抑。因为没有成年男性即父亲角色的介入，他的性意识很难正常地发展。"他又补充。

典型的犯罪人人格，在 15 岁的分水岭上出现了反社会型人格。要遏制 Z 的幻想本就艰难，除了入院约束，没有别的办法，一旦他出院，还是会杀人。

甜心轻叹："幸好，Z 向你们求救了。不然如果只是随意安抚，说刺刺杂志没有大碍，那将会造成很严重的社会悲剧。"

"是。"慕骄阳将她揽进怀里，"你总是那么善良。"

"喀喀。"景蓝。

肖甜心脸一热，将他推开一点，说自己有点困了，便回了房里休息。

等她掩好门，景蓝才说："Tom，你越过慕骄阳出来了。"

慕教授眸色一黯，垂下头来不说话。

他十分想念她，思想根本不受控，一心只想再触摸到她，然后就出来了。

景蓝又说："据我的观察，肖甜心的部分记忆恢复了。她刚才应该是认出了你是谁。"

慕教授坐在床边，看着肖甜心恬静的睡颜。

他用手抚过她的发、她的脸庞，最后将指腹压在了她的唇上。他轻叹："有一天，我要走了，就不会再和你告别了。你也不会记得我。"苦笑了一声，他又说，"不再记得，挺好。高中时，和你在一起的那一年多，是我这一生中最快乐的日子。"

"Tom。"肖甜心呢喃。

慕教授身体一颤，不可思议地看向她："原来你还记得我。这就够了，我不能要更多了。"说完他俯下身去亲吻她的唇。

脑海里，慕骄阳自光明的一面渐渐走近："你是要和甜心告别了吗？"

慕教授在椅子上坐了下来。

慕骄阳才发现这间光明的会客室变成了课室。桌椅还是从前的那套桌椅，但景象又有些不同。他瞬间便明白，这是甜心就读的夏海一中的课室。他问："以前的事，我不介意。但你为什么对我催眠，抹走我的记忆？"

"骄阳，有些事，你不必去问结果。你现在过得很好就够了。"慕教授抬起头来看着他说，"我没有恶意，我的一切出发点都是为你好。骄阳，好好想一想，你接触的第一个心理师是谁，是不是有人一直在对你说，我要争夺身体的控制权，想要取代你成为主人格？骄阳，没有这样的事。十年前，或许我的态度强硬了点，但我从未想过要让你的人格消亡。"

在这个两人共同拥有的世界里，慕骄阳看到了另一个"自己"。只是慕教授的眉间没有那颗红色朱砂痣。自己和他，终究是两个人，但都爱上了同一个女人。

"骄阳……"光明的那个世界传来低低的呼唤。慕骄阳猛地跨出光明的课室，回到了身体的最深处。

他蓦地醒了过来。

"慕骄阳，你别离开我。"是她在低低哭泣。

慕骄阳一怔，连名带姓地叫他，只会是小甜。

小甜醒过来后，发现自己在卧室里，而慕骄阳坐在一边看书。

"醒了？"他将保温瓶打开，递给她，"喝杯热牛奶。"

她有些不好意思地摸了摸头："我到底睡了多久哇？在身体里睡了一觉，出来了居然还在睡。"然后她就着他的手，将牛奶喝了小半杯。

"真是小孩子。"他伸出手来，替她抹去唇边的奶渍。看着她红润的唇时，他有些恍惚。甜心尽管相貌甜美，但实则是那种很独立，任何事都不需要他去操心的女性，但小甜……

"阿阳，你想甜心了吗？"她伸出手来，将他的手按在自己脸上，低声地叹，"她只是一时难过，所以躲起来了。或许等我睡着了，她就回来啦。"

慕骄阳俯下身来亲了亲她的眼睛："没关系，她想通了会回来的。"他得给她时间。

她笑眯眯的，下一刻噌地就从床上跳了下来黏到了他身上："慕骄阳，你对我真好。"

"小甜，喝完牛奶，你陪我去一个地方。我们得小心应对要见的那个人，所以，我叫你甜心。在外人面前，我不希望你和甜心的双重人格症被发现，别有用心的人太多，我们得防。"

五

他们去了李昊的办公室。

小甜进入写字楼后，和慕骄阳分开行动。

慕骄阳从后楼梯上去，并巧妙地避开一切监控。而她是搭电梯上去的。

前台坐着一个清秀的中年女人，见有客人上门，她微笑着问："这位小姐你好，请问你和李博士提前预约了吗？"

小甜笑眯眯的，十分狡黠。她转了转乌溜溜的黑眼珠，把室内环境观察了一遍，才懒洋洋地说："呀，我忘记预约了！"

前台礼貌地说："没关系，我可以打电话问一问李博士上午有没有约。"正说着，李昊从电梯里走了出来，他见到小甜时一怔，忽然仰起头来看了电梯顶一眼，然后走了出来。

"这位小姐，你好。"李昊微笑道。

他是一个长相普通的男人，属于丢在人群里就瞧不见的那类人。他是和气质卓越的景蓝完全不同的心理师，就是个子很高，有一米八八左右。

这是小甜第一次见李昊，却觉得这个人表现出来的东西太刻意，像在故意隐藏真实的自己。

"李博士你好。我是来找慕骄阳的。他说了九点三十分会过来，我刚好有时间，也就过来等他。咦，他还没有到吗？"

这里是李昊的工作室。作为老板的他办公室占地面积很大，里间还有客人用的休息间，也有会客室。所以小甜又说："我有点低血糖，可以进去等骄阳吗？"

不过是一个试探。哪怕是慕骄阳，也是搞的突然袭击，并没有提前和李昊预约。李昊一愣，说："这个时间点尚早，你用餐了吗？不如我陪你到对面用餐，那里有家不错的粤式餐馆。我也可以和你聊聊慕骄阳的情况。看样子，你应该是他的女朋友。"

"你叫我肖甜心就好。我是他的未婚妻。"

于是，她随他去了餐馆。因为餐馆就在对面的当街铺面，又在天眼附近，十分安全，所以慕骄阳在听到她答应了后，只是低声说了句："小甜，小心。"

隔着耳麦，她听见了，只觉得很甜。

小甜的身上装有针孔摄像头。所以李昊一出电梯，慕骄阳就看到他的奇怪举动了。

但慕骄阳马上明白过来，李昊的办公室必然装有对电梯的监控视频。李昊的办公室此刻有人。刚才，李昊就是在示意。

慕骄阳想了想，从后楼梯出来，转过安全门停了停，忽然就往写字楼的更高一层去。

没过多久，一个男人转进了安全门。

慕骄阳从楼上往下看，只看到男人戴着一顶黑色鸭舌帽。

因为来得早，餐厅里的服务员正在拖地，地板颇滑，小甜一个没站稳，往李昊的方向扑去。

她呀了一声，手按到了他的肩头上，顺带从他发尾那儿拔了几根头发，另一只手飞快地插进了他的衣袋里，然后又拿了出来。

李昊连忙回转身来接稳了她，说："小心，地板滑。"

"谢谢你。"小甜乖巧地笑。

李昊很热情，虽是吃早午餐，却要了包间，并说："别拘束，这里的点心多，慢慢品尝。"

两人聊了会儿，当他问起她知不知道慕骄阳是双重人格时，小甜一怔，

才谨慎地答："一直不知道，但他昨天和我说了，所以我也非常担心，就想来找你了。"

两人再聊了几句，又吃了好些点心，小甜贪吃，还给自己舀了满满一大碗粥，吃得很香。不过她很有分寸，吃相优雅，说话也处处克制，没有暴露了她不是甜心的身份。

后来，李昊的手机不停地振动。

小甜说："我饱了，先去一趟洗手间。"

小甜见到休息区的抽象艺术时还真是吓了一跳。

这个不断扩大的 3D 旋涡令人非常压抑。忽地，她的脑海里就跃出一幅画面，那是在 X 住的农屋里，他的卧室挂着的狰狞的虫蛹的画，里面那个旋涡和这里的很像。

刚好有员工路过，她问这里的风格是谁设计的，服务员摇了摇头表示不知道，但据说是老板请了专门的设计师设计的。

小甜若有所思，慢慢走进了那个旋涡口里。

"我说过了，你是公众人物，不要来这里找我。"李昊对年轻男人说道。

"我又做了那个梦，梦见巨大的旋涡要将我吸进去。"

李昊放缓了声音："你工作压力太大，适当的放松是有必要的。"

"这次我醒来后发现身上和床上全是血。我吓坏了，可是没有尸体……"男人开始抽噎。

李昊："那是你幻想出来的，不是真的。"

正在四处查看的慕骄阳蓦地停了下来。

刚才，小甜借滑倒的机会顺利地将窃听器放进了李昊的衣袋里，所以此刻慕骄阳能听见李昊和刚才见到的男人的对话。

叮的一声，他接收到了小甜的微信：我从李昊肩上拿到他的头发了，可以验 DNA。我厉害吧，求赞扬。微笑脸 [二哈]。

慕骄阳嘴角一勾，笑了，然后马上给她发了回信：拿回窃听器马上回来。小心。

虽然一切只是猜测，慕骄阳也希望是自己多心了。但对李昊留一个心眼儿，总是要的。

他带了清扫指纹的工具来，但此刻他发现房间里装有摄像头，所以他不能取李昊的指纹。

退出李昊办公室的休息区，他往粤餐馆走去，却听见李昊和那个年轻男人的对话。

男人："我现在一见到女人就想把她按到洗手盆里，然后从后面干她。我有些控制不住自己。"

李昊："你只是缺少一个女朋友。原生家庭给你带来了压抑，你是由单亲妈妈带大的，她是商界的女强人，我想她对你的管束可能过于严苛。但你长大了，终究得走属于自己的路。"

慕骄阳眉头一蹙，觉得十分不对劲，这个男人相当危险，是潜在的变态型连环杀手。他这类人是不会停止杀戮的，和景蓝正跟进的 Z 的情况很像。

"不不不，我和任何女人都相处不来。她们都很丑恶、下流。我恨她们，恨不得拿刀刺。一次一次让她们溺水，已经是对她们的宽容！"男人有些歇斯底里，态度突然又软了下来，"李博士，我到底是怎么了？"

"告诉我，你看到了什么？"李昊的嗓音很缓很慢，"在你前面是一扇门，你去推开它，看到什么？有没有一道黑色旋涡，很大很大，充满能量，能把你所有的憎恨、厌恶等情绪都吸收进去，然后使你的力量更加强大。"

男人哽咽："我看到了妈妈，不，那个贱女人，她正和情人幽会，每次都是不同的男人将她的脸压进水里，一次又一次，然后从后面干她。她叫得很大声，她很爽。这个恶毒的女人！"

男人终于再度释放了出来，当他睁开眼睛，觉得天地似乎发生了变化，原本扭曲变形的世界又变得正常。

李昊说："去厕所洗把脸吧！"

慕骄阳拨打小甜的电话，并冲出写字楼去。

那是一个成长型的变态杀手，李昊已经激活了他的杀机，更对他做了暗示。

那家粤餐馆慕骄阳去过，那个黑红色的旋涡令他印象深刻。

从那个旋涡下走进去的男人要变态了。

嗒的一声，是手机接通的信号，慕骄阳大喊："小甜，赶快逃。"

然后他听见啪的一声，她的手机掉到了地上，而他听见了放水的哗哗声。

小甜想大声叫，可是叫不出声来。

她的头被压进了水里，她的鼻腔、口腔、胸腔和肺都在灼烧。她用双手死死地撑着洗手台，想要离开水，想要呼吸一口新鲜空气，可是脸才离开水面又再度被压进了水里。

更可怕的是，她感觉到了那个力气大得可怕的人在不断地摩擦她的

下身。她今天穿的是裤子，并没有那么容易让他得逞。

小甜拼命地反抗，伸出脚来踢他，被他压着一条腿，她的手也扭向身后想要推开他，她钩到了他的手腕，用尽了力气掰他手指，也不管脸被压到了洗手盆底。

千钧一发之际，她听到了急速而来的脚步声，尽管还很远。

"救命！"她猛地仰起头来喊叫，男人摩擦得更快了。突然，男人停止了对肖甜心施暴，他猛地转身冲向了一旁的窗台，一跃就跳了出去。

慕骄阳赶到的时候，只看到男人的背影。

而小甜的整个头埋进了水里，发丝飘散开来，双手垂着，人一动不动。

"小甜！"他赶紧抱起她，马上进行急救。

吐出一口水后，她才睁开了眼睛，看向慕骄阳，两人视线相触，只是一瞬，慕骄阳就知道是甜心回来了。

"阿阳，我没事。小甜她太害怕，躲起来了。"肖甜心在他的搀扶下站了起来，然后就看到了洗手台边的一摊白色浊液。

慕骄阳一把抱紧了她，抱得那么紧，她几乎要呼吸不了。

"幸好他没有真的伤害到你。"他拍着她的背哄，"别怕。"

强忍下那些恶心，肖甜心说："阿阳，我没事。你不要难过。是你来得及时……"她几乎要哭了，但逼着自己把泪意收起。她不能软弱！

慕骄阳松开她一些，看着她的脸庞，指腹轻压在她的眼角，说："甜心，想哭就哭出来。"

她只是摇了摇头，迅速做出侧写："这个人已经变态，下次再出手，就会是奸杀。我不想看到更多的人受害。"

鉴证科人员和陈星都来了，慕骄阳看着鉴证科人员将那团浊液采集好，才说："这个人就是 H 要发掘的下一个连环杀手。H 可以锁定，就是心理师李昊。我窃听了李昊对这个男人说的话，李昊一直在催眠他，让他杀人。"

肖甜心补充："这个男人的变态发生自童年，他看到了妈妈和情人的行为，他妈妈和情人的这种行为是要达到窒息性高潮。他看到后，这一幻想不断出现，直至他付诸现实。"

慕骄阳握着她的手再紧了紧，原来这一段记忆，小甜已经和她分享过了。

肖甜心从口袋里取出两根头发说："这是李昊的头发。"

等众人都走了，慕骄阳扶着甜心回到车上。

肖甜心只是叹："没想到这么快就知道 H 就是李昊了。"

慕骄阳揉了揉她的发，说："我们这次是歪打正着，没人料想到我们会突然去找李昊，更没料到那个男人会突然出现，还被我们听到了李昊催眠他的过程。之前我也仅仅是怀疑而已，没想到李昊真的就是 H。"

"可是还有 F……"肖甜心的声音渐渐低了下去。这个 F 令她害怕，不得安生。

"别怕。"慕骄阳抱着她，一遍一遍地安抚，"我永远不许那样的事情发生。"

肖甜心并不傻，很多事情都能马上分析明白，于是说："我觉得还是抓不到 H。他肯定跑了。李昊这个身份也可以是假的。H 只是太无聊，在耍我们。他明知道你就在附近，却暗示那个人去洗手间杀人，因为 H 知道我在洗手间。"

慕骄阳点一点头说，"是。看来 H 已经决定抛弃掉李昊这个身份了。"

"H 有多张面孔，肯定还有假造的身份证，无论是正常路线，还是海路偷渡，他要逃离中国非常容易。"肖甜心觉得沮丧。

就在这时，电话响了，慕骄阳接听后，对甜心说："陈星说，李昊不见了。好消息是，李昊办公室的指纹已经全部提取完毕，我们只需要静等结果。"

第十五章 环线列车谋杀案

一

慕骄阳带着甜心马上飞往纽约。

就在上飞机的前一刻,慕骄阳接到了何穆同的电话,从李昊头发里提取到的DNA出来了,是和洛泽一模一样的。洛泽的嫌疑被全部洗清。

这是最让肖甜心开心的消息了。她高兴得跳了起来,大叫了两声,惹得路人都回头看她,她才红着脸收敛了起来,不好意思地吐了吐舌头。

看到她那可爱模样,慕骄阳忍不住笑了。

他牵起她的手说:"甜心,等我们从美国回来,就回英国老家去办婚礼。甜心,你快要嫁给我了。"

肖甜心的脸更红了,但是她心中却欢喜,她低低地嗯了一声,又踮起脚飞快地亲了他一口,声音细细地说:"我一早就想将自己交给你呀。"

这一番话却是惹得两人都红了脸,最后,慕骄阳回味过来了,抱起她转了好几个圈。

从飞机上下来，两人没有休息，又去了列车站。

票是慕骄阳还在夏海时就提前买好的，他们乘坐的是开往乡野的列车。在拿票时，肖甜心问他："我们要如何查大哥哥当年的出生记录？毕竟都过去三十多年了，很多资料或许根本没有保存下来。"

慕骄阳想了想，答："我让FBI的朋友黑进该医院的电脑了，没有收获。我过来仅仅是为了引H出来。"

"他会跟着我们来美国？"肖甜心倒吸一口冷气。

"他会。"慕骄阳笃定。

抓他的过程又将是一场恶战。

从领票口拿到票，肖甜心一把取走慕骄阳手中的票，笑嘻嘻地说："我看看，你要将我拐去哪儿？"

结果一看，这个路线全程要走十个多小时。"阿阳，怎么这趟车程漫长成这样，我们搭飞机不好吗？而且你到底要去哪儿呀？"

看她的小脸都皱起来了，他玩心大起，懒洋洋地说："甜心，你太心急了，环线火车或许很有意思呢？"

"哼！"肖甜心不理会他，低头去研究路线，最后发现了一点小门道。这个终点站是个大站，会有车通往一个小乡村，而这个小乡村有点熟悉。"这不是我外公平时休假时住的老宅吗？"

慕骄阳就怕她生气，顿了顿才说："是，钟教授是我的犯罪心理学老师，我早你两年就读于美国那边的警察大学。"

果然，肖甜心不作声了。

"甜心，你别生我气……我……"慕骄阳很难开这个口，当初要离开的是慕教授，不再和她联系的也是慕教授，他很难得出来，夺回身体控制权。

肖甜心忽然仰起头来吻住了他的唇，吻了许久才放开他，说："阿阳，我等你想说的时候再说。"

"你……没生我气？"慕骄阳有点不敢相信。

她甜甜地一笑，说："生气可是要费力气的，我才不要费力气呢！你都没有……嗯，喂饱我……"刚说完，整个人忽然腾空，她哇了一声，被他扛到了肩上，往安检处跑。

他一边跑一边说："走路也是要费力气的，接下来的路程，都让我来代劳吧！而且我会喂饱你的，这个事你就别操心了！"

"娇娇！"她的脸红了，全车站的人都看着他俩呀。

"放我下来！"她嗔道。

"不放！"他耍赖。两人做尽幼稚的行为。

最后，两个大孩子哈哈大笑起来。

他们那么快乐，感染了所有的人。

这世间最快乐的事，便是有你在身边。

进站的时候，肖甜心一抬头就看到了立于一旁的古老而典雅的大钟。

快十二点了呢！

一个老绅士站在两人身边。老绅士将银色怀表取了出来，当第一下钟声响起时，校正了怀表的时间。

他低吟："珍惜每一分每一秒。"

肖甜心对慕骄阳眨了眨眼睛。见她笑得特别甜，他就俯下身来，贴着她的脸蛋说话："你想说什么？"

他的声音真好听，真温柔，使得她想扑倒他，调戏他的话随口就来："你和那个老绅士好像，都那么古板保守，嗯，毫无情趣。"说完她轻轻地呵了呵气，又咬了咬他的耳珠。

慕骄阳看着她，眸色一沉，突然欺身上来，将她压到了白色的廊柱上，也不顾还有人在看，就深深地吻了下去。是法式湿吻，舌头缠着舌头，他灵巧的舌尖巡遍了属于他的每一个领地，吻得她只能挂在他身上被动承受。等满足了，他才咬了咬她的唇，说："看你以后还敢不敢随便撩拨我。"

两人只顾得玩你咬我嘴，我咬你嘴的游戏，险些错过了上车时间，幼稚得不行。

二

上车的时候，慕骄阳正要再咬咬她，却听她呀了一声，原来是被一个粗壮高大的男人给撞了。她一回头，注意到男人的手背上有老虎头文身。

男人狠狠瞪了她一眼。

肖甜仗着有慕骄阳在，恶狠狠地瞪了回去道："跩什么？信不信我揍你！还看！"慕骄阳懒懒地倚在车门边，看着自己的小女人，嘴边噙着一抹笑，显然看戏看得正起劲。

文身男倒是自己先蔫了，强撑着骂了句脏话就闪进了车厢。

肖甜心嘿嘿地笑："是个傻大个儿，不能打。"

"呵。"慕骄阳懒懒地吐了一个音。

肖甜心踹了他一脚："少傲娇了。"

两人一进车厢，才发现和文身男坐得挺近。慕骄阳刚好看见文身男将车票塞回棕色的 LV 钱包里。

肖甜心嘟了嘟红红的唇，说："这个 LV 钱包是真的，但肯定不是那男人的。嗯，偷来或者抢来的。"

这时，另两个男人从不同的列车厢门走了过来，当那两个男人和文身男发现他们三个人是坐在同一横列的，三个一脸"犯罪人人格"的男人同时面露惊讶和慌张，但又马上掩饰了下去。

三人坐在了同一排，就在慕骄阳和肖甜心的前两个位置。

慕骄阳忽然说："希望这趟旅程能顺利。"

"你这个犯罪学家简直就是犯罪预言家，我不要听不要听，我只想旅途愉快！"肖甜心捂着耳朵，头摇得像拨浪鼓。

他看得头晕，于是按着她的后脑勺，又给了她一个绵长的吻。

但两人吻着吻着就听到了争吵声。

原来是三个"一脸罪犯相"的人吵了起来，是那个中等个子的男人嫌另一个瘦高个儿打呼噜，要求换位置，吵得有点狠，还有肢体冲突。

刚好一对穿着时尚的年轻男女走了上车，正在按票找位置。男人对女人很照顾，手扶着她的腰，和她一起走了过来。

肖甜心看得清楚，女人看到那三个罪犯样的男人时，脸色变得苍白，豆大的汗珠瞬间从她的额头滑落。

"咦，奇怪。"肖甜心说。

男人看了看座位排号，有些惋惜："我们不在一起呀！"因他说的是中文，肖甜心又多看了一眼。

"我们可以和你俩任意一个人换一下座位吗？"赵岭一笑，十分腼腆。

车厢的座位分布，分别是左边三个，右边两个，位置是十分宽敞的。赵岭和女朋友小美刚好坐在文身男和瘦高个儿的旁边。瘦高个儿什么也没说，站了起来就从赵岭手里随意地拿走一张票看了看，直接换去了前面的位置。

于是那对情侣挨着文身男坐，而情侣右边横列靠窗的位置坐着那个中等个儿，是个凶恶斜眼的男人。

而刚才那个老绅士走了过来，坐在了慕骄阳和肖甜心的后面。不多会儿，一大群人上车，位置几乎坐满了。就在快要关车门时，还有一对带着孩子的夫妻赶了进来，又是分开的两个座位，于是想和别人调整位置，斜眼男人话也不说，抢过了丈夫手中的票，坐到了别的位置上。

这一来，三个男人分隔得挺远。

车厢又安静下来。

肖甜心正在看书。看到有趣的地方，她不自觉地嘟了嘟唇，慕骄阳忍不住又咬了她一口，她的唇真甜，像浸了冰糖的草莓，他伸出舌头再度舔了舔她的唇瓣。

肖甜心红着脸推开他一些："正经点。"

"我在做正经的。"

行车旅途并不闷，沿途的风景非常美。车上还有一个几乎三百六十度全是玻璃窗的观光车厢，有不少乘客都去了观光车厢。

"累吗？"慕骄阳轻声地问她。

她就是觉得有点渴了，正要站起去装水，慕骄阳体贴地说："我去。"

慕骄阳站了起来往前走，正好碰到顺手拿起自己座位边的矿泉水瓶往一边走的中国女孩。

列车一抖，女孩撞到他身上，矿泉水瓶滚了出去。女孩呀了一声，慕骄阳说了句："抱歉。"他快步走过去将水瓶捡起来递给她。

她道了谢，就往休息室去了。

慕骄阳看了眼她手上的水瓶，又低头看了眼，那个文身男的座位边也有一瓶一模一样的矿泉水。

慕骄阳揉了把眉心，轻叹："希望这趟旅程别再出什么差池。"

这趟列车的行程十个多小时，快日落时，慕骄阳带肖甜心去了观光车厢。

"你看，落日多美。"慕骄阳轻声说。

这里的座位排向都很特殊，直接正对着窗户，一抬头，也是窗户，看日出日落时尤其壮美，像在看一帧一帧的电影，甚至让人忘了这是在车上。

"太美了！"肖甜心几乎不敢相信自己看到了眼前的景色，捂住了嘴巴。

窗外是一望无际的橘红色沙漠，沙漠的橘子红是被太阳涂出来的，隔着淡淡的晚霞，不同程度的红一片连着一片，最后融进了橘红色的落日里。整个天际像烧起来了，而大地也烧起来了，但这火是温的，不炽热，不刺眼，像一个温暖的梦境，多么壮丽呀！

慕骄阳离开座位，跪了下来，手里握着一只盒子，递到了她面前，说："甜心，嫁给我吧！"

上一次求婚没有戒指，但这一次，他准备好了。

这一趟环线火车的旅程，他早计划好了，既能抵达终点，又能给她一个完美无瑕的求婚。

肖甜心呀的一声叫了出来，实在是太惊喜了！他居然这么浪漫，这是她做梦都没有想到的。曾经那个倔强又别扭的少年喜欢她，却从来不说一句话。十二年过去了，他变得温润，被时光打磨成了最完美体贴的绅士，却还像最初那样爱着她。

见她不说话，慕骄阳扬了扬嘴角，瞬间变得可怜巴巴，在那儿低声求："甜甜，嫁给我好不好？嫁给大可爱好不好？"

居然连撒娇这种方法都用上了！肖甜心的脸很红，她拿食指戳了戳他眉心的那点小红痣，说："慕骄阳你这个大笨蛋，我早答应你了呀！"

慕骄阳听了十分开心，替她打开黑丝绒戒指盒，里面静静躺着一枚 8 克拉的全美大钻戒，在一片红色的世界里折射出奇异的光。

那只纤细柔软的白皙小手被他紧紧握着，他替她戴上了那枚戒指。

"吻一吻我吧！"肖甜心抬起头来看着他，说话的声音很低，是害羞了。

慕骄阳低下头来亲吻了他的女孩。

渐渐地，他的吻变得炙热，他将她抵在玻璃车窗上亲。那里刚好有一个放东西的架子，她坐在那儿，被他狂野地亲着，而她的腿被他架到了他的腰上。架子不稳，她只好紧紧地贴着他的腰，而他吻得更加放肆了。

肖甜心急了，这哪里还是一向温润只敢偶尔出格的他呀。

"娇娇，"她轻咬他的唇，软软地叫，"这里是公众场合。"

放开她时，慕骄阳真是十分狼狈，脸上那片红一直蔓延至锁骨，他需要大口大口地喘气才缓得过来。伸出手来，他揉了把她的发说："甜心，我爱你。"

"噢噢，那个帅小伙求婚成功！太好了！"全场一片欢呼，大家纷纷鼓起掌来，肖甜心才惊觉，刚才没几个人的观景厢，居然来了那么多人。

"嗷！"她脸一红，将头埋进他怀里。而他哈哈大笑，拥着她转了过去，共看窗外的落日。

她还没有欣赏过戒指，于是举起小小的白白嫩嫩的手。落霞透过指缝落在她鬓间，映得她整个人光彩夺目，顾盼生辉，比钻石还要光彩照人。太阳快沉到红沙漠里去了，小小的一枚，就像她手中的钻戒。钻戒闪烁着迷人的火光，竟似渐渐变了色般。她低声叹："真像一枚咸蛋黄。"

"你喜欢吗？"他握着她白白嫩嫩的小手亲了亲。

她一回头就主动抱着他的颈项亲了上去，亲够了才咬了咬他的唇，然后说："你送的都喜欢。"然后她将脸贴着他的颈项呢喃，"阿阳，你不知道，我在梦里想着嫁给你想了一千次、一万次，从我小时候就开始想，一直想到现在。"

慕骄阳低声笑："你还真早熟。"

不就是吗，她还那么小的时候，就一心想着要嫁给他了。被他说得不好意思，她恼了，在他锁骨上狠狠咬了一口："娇娇，你真欠揍。"

他忽地俯下身，咬着她的耳珠说："等回到英国老家，我让你慢慢揍，揍到你满意为止。"

他一再提到回英国，醉翁之意不在酒，她哪里还不明白，又咬了他一口："慕娇娇，你这个大流氓！"

"你会喜欢我流氓的。"他撩得她一张脸红成了可爱的小苹果，就和窗外的沙漠、天边的晚霞一样红，真可爱！

三

两人相依偎，看着窗外景色变换，沙漠区过去，一连过了好几个乡镇，大片玉米地漂亮得像莫奈的印象画，可是一晃就过去了，然后又出现了零星的牧场和牛羊。再过去，远离了乡镇，大片大片墨绿色的森林慢慢出现，已是夜晚时分了。

"可惜不是白天，不然这里的景色很美，全是一望无际的绿。"慕骄阳亲了亲她的脸庞，轻声说。

"和你在一起，哪里都是美景呀！"她回转身抱着他的腰开始撒娇，"而且呀，娇娇，你最美啦！"

说一个男人美……慕骄阳真是哭笑不得，于是纠正："不准再叫娇娇。"心念一动，他哄着她道，"叫声老公来听听！"

"不叫！"肖甜心一跺脚，羞得赶忙放开他，又在座位上乖乖坐好。

她还是更喜欢安静的氛围，于是牵了他的手一起去就餐区那边吃饭。因为心情好，两人还点了香槟。

她大着舌头想多偷几口酒喝，慕骄阳把她面前的酒换到了自己这边来，说："肖甜心，你知不知道自己酒品非常差！"

她还要来抢他的酒喝。他举起两杯酒一口气喝光，气得她把嘴噘得老高。他不忍心了，隔着餐桌和红蜡烛，探过身来就吻住了她嫣红的唇，将香槟全数渡与她。

"阿阳，好甜。"她伸出小舌头来舔了舔他的唇，啧啧了两声，"好想吃掉你，你那么甜。"说着还要来舔他的嘴唇。她整个人变得火辣起来，令他想起了海边小木屋那晚，她也是这样热情，她一喝醉了就变了个人似的。单是这样看着她，慕骄阳都觉得自己快要受不了。

他只好强迫自己轻咳了一声，才说："甜心，你才甜。"

他走到她那边的沙发上，轻轻地将她拥在怀里，珍而重之地在她额间印下一吻。她倚在他的肩上，玩着他的手指，玩得不亦乐乎。她抬起头来，拿一对亮晶晶水汪汪的大眼睛看着他，舔了舔唇，说："阿阳，你有一双大长腿，那么长，关起门来，可以玩上几天几夜呢！"

"喀喀。"这一次慕骄阳是真的被呛到了。原来喝醉了的她这么热情啊。嗯，等婚后，可以多灌她喝醉几次。

他在那儿胡思乱想，而她头一歪，居然就睡着了。

等到她醒来时，已经快十点了。

月色真的很美，月光透过头顶的透明玻璃洒了下来。列车行至山间，正在爬坡。离天更近了，满天星辉就像在身体四周。一切美得不像话。

星空是少见的晴朗，璀璨闪烁。他轻轻地摇醒她，她一睁眼，就咦了一声："我的大钻戒怎么跑到天上去了？哇，天上全是钻戒呀！阿阳，你看，那么多！"她笑眯眯地说，一抬眸，眼睫就刷到了他的唇上。他已经衔住了她的唇。

"甜心，你这个大酒鬼！"他笑。

肖甜心不好意思地揉了把脸，才说："阿阳，我已经清醒啦！就是刚睡醒，脑子还是迷糊的，以为天上的星星是钻戒。"

"阿阳，我们回观景厢好不好？"

"你不累吗？"慕骄阳想哄她去睡觉。

"不累。我想看风景。"他就是她这一生最美的风景啊！她想一直一直看着他呀！

慕骄阳牵着她的手，往观景车厢走。

快要走到车厢门时，他忽然听见极轻的一声"老公"。

他抑制不住狂喜，正要和她说几句话，就听到车厢门口传来的争吵声："镇定一点，没人知道……搞过那个女人。只是恐吓，有证据早连照片或视频什么的一起发过来了，可能就是想勒索点钱。"

另一个压低的声音传来："他来短信了，有证据，让我们按他说的去找，

就在车厢里。"

十分煞风景。

慕骄阳听得不是很清楚,而她还有点醉,根本没听见里面的人说了什么。

当慕骄阳推开门时,见到里面那三个男人,文身男、斜眼、瘦高个儿。

见有人来,三人立即分开。

见他们还算安静,慕骄阳虽不悦,但也克制了下去,拉着她找了离他们最远的位置坐。

长长的一列车厢上,窗户多得数不清,天顶也开了许多窗户,这节小车厢像会发光的水晶魔法盒子。

今晚有圆月,来赏月的人渐渐多了。

嗒的一声,门再度被打开,又进来了一个白人女孩。没多久,那位被甜心调侃古板严肃的老绅士也进来了。后来还有一对夫妇带着小孩进来。

门几经开合,那对中国小情侣也过来了。

可慕骄阳和肖甜心只沉浸在自己的世界里,她握着他的手摇哇摇:"阿阳,我们看过落日了,正好可以坐在这里看日出呢!"

"是。"慕骄阳吻了吻她的额头,"这里的日出非常美。你困了可以睡一觉,快日出了我叫你。"

"阿阳,你怎么知道这条环线这么漂亮呀?"她是真的困了,又打哈欠了。

慕骄阳一怔,是慕教授独自坐这条环线绕着美国跑了52小时,全程4000公里,跨越7个州,4个时区,每一分每一秒,都是慕教授在想念她。每一次,只要慕教授想念她,就会独自来坐这趟列车,在观景车窗前,一坐就是三天两夜。

慕教授的寂寞,他懂得。

这一次,说不清来由地,他选了这趟旅程。

"为什么选这里吗?我也不知道。"慕骄阳低喃,而她已经睡着了。

车厢里挺安静的,都是赏夜景的人。又过去了四十分钟。

赵岭对女友说:"乖,你在这里等我,我去一下卫生间。"说完不忘亲了亲她的唇。

小美点了点头说:"好。我等着你。"

赵岭离开没多久,前方就出现一个山洞隧道,火车快速地开了进去,就像一头撞进了黑黢黢的猛兽之口。

突然，车厢内的灯和山洞里的灯全部熄灭。

山洞里，不见星月。

被黑暗吞噬的感觉猛然袭了上来，就连肖甜心都因感觉不对而醒了。

因为黑，所以有人打开了手机。手机微弱的光发散开来，但照不亮这个幽闭的地方。

突然，观景车厢里传来惊慌的尖叫声。好像是有人踩到别人了，在不断地道歉。有妈妈安抚孩子的声音，有女孩子害怕的叫声。

有手机被举了起来，屏幕的光照不亮方寸之地。然后又是一声啊的尖叫，跟着有什么被撞到和被打破的声音。

然后风猛地灌了进来，非常猛烈，还是安保人员反应快，大声叫道："车窗玻璃破了，大家快抓紧扶手，不要被卷下火车！"

等安保将手电打开时，最惊悚的一幕发生了，合在一起的两扇车窗的两块完整的玻璃不见了，其中一块上还挂着残破的布料，安保员认得，正是刚才那个斜眼的半块夹克。

此时有浓重的血腥味传来，慕骄阳一转头，就看见小美死在了座位上，胸口上插着一把匕首。

慕骄阳保护现场，让肖甜心去询问情况。

肖甜心刚走到安保员那儿，列车就驶出了山洞，又过了一段时间，等大家的眼睛适应了，才发现四周不再是漆黑一片，能看到淡淡的一片光，是天上的星辉和月光。看了一眼他的胸牌，肖甜心说："皮特先生，请联系列车长，询问这里的电灯什么时候能恢复照明，是什么导致灯熄灭了，其他车厢情况如何。"

皮特马上拿出对讲机开始询问。

原来只是他们这节观景车厢停电了，其他一切正常。但具体的电路问题还要调查。

肖甜心又回到了慕骄阳身边。

她看了眼时间，已经过去了十五分钟。

"刚才这节车厢里有三十个人，进隧道前，那个中国男人去了厕所。现在这节车厢里还有多少人？"她问。

皮特马上清点人数，然后大声说："少了两个，就是那个斜眼和瘦高个儿。"

"谋杀。这两个人被人从内部早已分解裂开的车窗那里推了下去，

连同玻璃一起。而凶手就在这个车厢里。"慕骄阳说。

一听到慕骄阳说的话，文身男吓得哇了一声，然后伸手去拿水喝。他太惊慌，一时拧不开盖，又拧了几次终于开了，一口气咚咚咚地灌了大半瓶下肚。

慕骄阳看了看他，不知道在思考什么。

而肖甜心已经走到两边的车门处反复检查，尽管停电了，但门的运作是正常的，没有被反锁，也就意味着，任何人都可以自由进出这个空间，这里不再是密封的环境。

"杀死三个人，只用了五分钟。"慕骄阳说。

慕骄阳正要说下去，又听到啊的一声，他猛地回头，列车再次开进隧洞。前方一片黑暗。

微弱的光亮开始出现，是快要驶出山洞了。慕骄阳凭感觉往传出叫声的方向走，一不小心撞到了一个温软的躯体，但他马上知道不是甜心，于是说："抱歉。"

"没关系。"女孩子被撞到了地上。她扶着座位把手想要起来，刚好火车离开了山洞，慕骄阳眼尖，看到了她一把抓起地上的 LV 钱包，本能地紧紧地抱在怀里，那姿势给人一种很珍视的感觉。见他看她，她又将钱包快速放进了袋里，站起来后就往车门走去。但她被皮特拦下："任何人都有嫌疑，不能离开这个车厢。"

正在这时，提着照明灯的另一个安保员和赵岭一前一后地进来了。

光亮恰好能令慕骄阳看清文身男所在的方向，他口吐白沫，已经死亡。

"这里停电了？小美？"赵岭轻声叫道。

肖甜心说："先生你好，你叫什么名字？"然后她带他往一边走。

"赵岭。"回答完他又叫了声小美。

"赵先生，你要做好心理准备。"肖甜心说，"小美遇害了。请你节哀。"

嗒的一声响，赵岭手中的盒子掉到了地上，一枚小小的钻戒掉了出来，滚到了小美的脚下。赵岭哭着想去拥抱小美，但被慕骄阳制止。

"究竟发生了什么事？我不过是出去了一会儿。我想要向她求婚的，我刚才太紧张了。"赵岭沿着靠椅滑了下来。

慕骄阳说："一共死了四个人，凶手有两个，互相认识，协同杀人。其中一个人相当谨慎，不会离开这节车厢，即使门没锁，趁着黑暗时也不会离开，因为他具有反侦查意识，也喜欢加入到调查中来。"

"这起谋杀是经过精心策划，准备了许久的。这列车厢的监控视频应该也被黑了。这里的玻璃被人用特殊工具沿着窗框各划出了四条裂痕，这需要时间和单独的空间。如果黑了系统，当车门关着时，就不会有旅客进入，而两个人同时工作则能在几分钟内完成任务，又不被监控拍到。瘦高个儿和斜眼坐的位置就很讲究，刚好隔着一个位置，而被打开的其实是相邻的两扇窗。所以，应该是有人给他们发了信息，让他们坐在那个位置上找什么东西。或许就说是卡在窗户上了，然后只要趁黑暗时用力一推，人就跌下去了。连同划破窗用的工具也一并扔了下去，即使对这里的人搜身，也不会找到证据。"慕骄阳一一分析。

"赵先生，你的手机一直在闪动。"肖甜心提醒。

赵岭缓不过劲来，听到提醒就翻开手机，然后说："不可能！"

肖甜心示意他可不可以把手机给她。见他点了点头，她拿过一看，对慕骄阳说："阿阳，上面有小美发给赵岭的遗书。她说三个男人是她杀的，然后她将刀捅进了自己的心脏。在自杀前，她将信息编好发到了赵岭的手机上。"

慕骄阳对着她微微一笑，然后问："你信吗？"

四

首先是动机。

肖甜心会意，和安保员皮特商量好后，为保护小美的隐私，暂时将大家请到了观景车厢外等候。

肖甜心把遗书简单复述了一遍："上车时，我见到他们……他们不记得我是谁，可是我忘不了那一晚！原本，我以为一切都会好起来，而我们会结婚。可是太迟了，是他们使我满身污秽，我要杀了他们！我提前割裂了玻璃，并告诉其中二人，部分证据就卡在玻璃边槽里，让他们自己找，等他们看到证据了，再考虑要不要给我钱。对！我假装要勒索他们，引他们上钩。另一个，我下了毒。那件事我没告诉过你。我没有面目去见你，但别为我伤心，手刃仇人得偿所愿。我永远爱你（附带一个温柔摸脸的表情）。"

"很不幸，从小美的遗书来看，她被文身男、斜眼、瘦高个儿侵犯了。但从三个男人的死亡轨迹来看，我更倾向于是被斜眼和瘦高个儿伤害，文身男只是在旁观看，没有加入。所以，文身男的死亡程度最轻。"肖甜心分析道。

听完，赵岭整个人抽搐起来。

肖甜心蹙眉，他不是装的，他是真的很痛苦。

"好吧。这封遗书简短但准确，用了很多有个人感想的词语，隐晦，没有直接点明受到的伤害。个人风格突出，在没有接触到更多小美平常的书信往来的语调和行文轨迹时，这封遗书的真实度可能性很高。先假设是她杀了这三个人。因为她曾被他们伤害，这就是动机。"慕骄阳说。

"但，过程不对！除非还有第二个帮手！"慕骄阳补充。

肖甜心把赵岭的手机给他看。他快速地翻找小美和赵岭的多次信息和邮件往来记录，甚至还快速浏览了她的社交工具，得出结论：遗书的语气与行文方式和她的习惯很像。

"那过程还有哪里不对？"肖甜心仰着头看他。她擅长的是对变态连环杀手的侧写，但推理她不算太在行。

"你还记得我们落座后见到的情况吗？就是小美和男友一起上来落座时的情况。"慕骄阳开始引导她往更细微的线索上想。

肖甜心点了点头："小美一见到文身男三人，脸色就瞬间变得苍白。"顿了顿她就明白过来了，"她会撞到三人是意外。她自己都不敢相信。她当时的微表情骗不了人。"

"对。会撞见是意外，但杀人不是意外，尤其是一口气杀三个人。这需要详细而周密的部署。并且凶手为此准备了许久。"慕骄阳说完，又把所有人请回了观景车厢。

"事情发生时，就是玻璃破了，从第一个人被推下去开始，到小美死亡，一共过去了多少分钟？"慕骄阳忽然问。

肖甜心看了他一眼，知道他在下哪一步棋了。她十分兴奋，配合他演戏："我觉得也就三四分钟吧！"

一个看起来衣着光鲜的爱表现的中年女人说："一进入山洞，车厢就停电了，我当时本能地想打开手机照明，顺便看了一眼时间，到玻璃发出声响有人跌了下去，也就五六分钟。"想了想，她又确定地说，"对，将近六分钟了。"

连续推两个人下去，由一个人来干，三四分钟，确实少了点，但六分钟足够了。三四分钟杀两个人不是不可以，只是需要一个力气很大的男人才办得到。想到这里，慕骄阳不动声色地观察这里的每一个人。

保守老绅士取出怀表，对了对时间，然后也说："当时是差不多六分钟。"

那就是表示，小美一个人推两个男人下车是有可能的，毕竟愤怒、仇恨和复仇的决心，会令一个看似弱不禁风的女人变得疯狂和瞬间力大无穷。

"第一声尖叫声发出时，两人还没有被推下车，有谁来说说当时的情况？"慕骄阳又问。

抱着孩子的单亲妈妈说："当时有人撞了我的孩子一下，他痛得叫了起来。"

"是怎么撞到的？"慕骄阳转而问小孩子。

是个十岁的孩子，很好，具有分辨能力了。

白人小孩说："不知道，是那人的膝盖撞到我的，我还扶了他一下，刚好抱着来人的腰。"

"你刚才站在什么位置？"肖甜心跟着慕骄阳的思路来推理，牵着小孩的手给他鼓励。

小男孩带着肖甜心往刚才的位置走，正好在通过两扇玻璃的那条道上，两扇裂开的玻璃在左边，而再往右边前进几米，就是小美的座位。那个人很可能是要杀人了，但撞到了小男孩。

"你抱着的是叔叔还是阿姨？"肖甜心马上又问。

"没有穿裙子呢，有皮带的，还敲到我脑袋上了。是叔叔。"

然后另一个男人骂骂咧咧："先是撞到我的，还踩了一脚我的皮鞋。我的皮鞋很贵的，几万一双的呀！天杀的！我当时就站在靠近门口的地方，天杀的！"

路线很清晰了，是有人从门外进入了观景车厢，杀了人，再离开。这是其中一个人的画像。杀人的有两个人。肖甜心不自觉地又用上了犯罪心理学。她同意慕骄阳的看法，杀人的不止一个人。一个人是从，一个人是主。

能悄无声息地走到小美身边，而不令小美反感，甚至感到放松，从容下手的，只有赵岭。他的嫌疑最大。但是他的动机是什么？杀了三个男人的话，好理解，应该是为女友复仇，可是杀死女友又是为了什么？这里又说不通了。赵岭没有动机。

见她想问题想得几乎要把可爱的小脸皱成一团了，慕骄阳轻笑了一声，说："甜心，说一下你的看法。为什么你认为文身男没有参与施害？"

她清了清嗓子，说："文身男的心理地位低下，他的自我认知里也意识到这一点，他表面看起来凶，实则最怕事。小偷小摸，他会做，但杀人或者更严重的事，他有贼心却没有贼胆。而且他对女人没有过于热切的

色心。相反，他那两个同伴，从一上车开始，眼睛就老往漂亮女人身上瞄。而斜眼是三人中的头领。"

慕骄阳暂停询问，走到文身男的身边，看了他的身份证，他叫伍德。然后，慕骄阳详细检查了他的死状，说道："他是被毒死的。毒就下在他的矿泉水里。"

"这是开封过的？"肖甜心满脸疑问，"中途还被人下了毒？可是总会有人看到的吧？毕竟这列车是座列，不是卧车。"

慕骄阳将矿泉水瓶拿起，仔细研究最后说："是没有开封的。"

全车厢的人都发出了呀的一声。

就在这时，这列车厢的灯全亮了。前后一共半个小时，最黑暗的时候过去了。

"怎么可能？难道是有人拿针筒注射进去的？"其中一个乘客说道。

"用针筒会有孔，水会流出来。这个假设不成立。"肖甜心说。

正在将滴管试剂滴进试管（含了刚取的毒矿泉水）里的慕骄阳手一顿，看到试管液体的变化后，说："是利用毛细管作用。将高浓度的氰化钾液体滴在没有开封过的矿泉水瓶盖边，在开瓶盖时，液体在细管状的物体内侧，因内聚力与附着力的差异，克服地心引力而向上升，从而毒液就被混入水中。氰化钾无色无味，是最佳选择。"

说到这里，慕骄阳的眉头又皱了皱。果然，肖甜心说："阿阳，还记得当时小美要去厕所时撞到你吗？你还帮她把矿泉水瓶捡起还给她。她那瓶水和文身男的一模一样。"

如果是小美换走了文身男的矿泉水瓶，用滴管沿着瓶盖滴进毒液，然后把表面擦拭干净，回到座位上后悄悄换过来，那从动机到过程都是成立的。

但小美还不具备杀人的冷静素质。

慕骄阳蹲下来，从小美的手提包里找到了手机。如果说刚才是赵岭自动给肖甜心手机看，那此刻他的举动就激怒了赵岭。赵岭上前一步，说："这是小美的私人物品，你无权看。刚才，她全部的隐私都暴露在众目睽睽下了。"

正说着，有一队人上了火车，原来是进站了，大家都没有发现，全被案情吸引。一个男人威严沉静的嗓音透了过来："我是 FBI 的探员，那两个是我的学生，他们都有权参与案件，有权翻看任何物品。"

"外公？！"肖甜心高兴地扑进了钟教授的怀里。

钟明泽年近六十，但人非常精神，干练而强势。他虽然已经因年纪问题退居二线，但还是 BAU 的特聘顾问。

他看向慕骄阳时，眼神犀利。

慕骄阳有些尴尬，走了过去，说："钟教授，好久不见。"

"还叫钟教授？"钟明泽早听小妮子打越洋电话说了准备结婚的。

肖甜心笑嘻嘻地一手挽着外公，一手挽着慕骄阳，说："叫外公啦！"

"外公。"反倒是慕骄阳一个大男人红了脸。

这是第一次见家长啊！

原来一出事，慕骄阳就立即通知了 BAU，而钟教授所在的小乡镇离这个站尚算近，于是坐了专用直升机立即过来了。

钟教授也是工作狂，听完两个乖徒弟的话后，说："从这起案件展示的表现手法来看，有两幅画像，凶手有两个。"

五

鉴证科、法医等人一一到场，等一切取证完毕后又有条不紊地离开。而洲际警察则等在一边，要带众人去问话。这列火车停止运行。

"我们来做案情重演！"慕骄阳说。

这节车厢的灯被再度关掉，模拟刚才的状态。就连车站的灯也被暂时关掉了。

肖甜心先是站在小男孩刚才站的位置。

慕骄阳极轻地推开车门，再快速关上，全程没有一点声音。他摸黑走过来，模拟罪犯走得急的状态，一下子撞到了她怀里，她就像那个小男孩一样顺势去抱他，他箍着她腰的手蓦地紧了紧。

她的脸就红了，这人……这都能撩……

"你忘记叫'呀'了。"慕骄阳低下头来提醒。

肖甜心："……"

于是重来，他再次撞进她怀里，她呀了一声，自己都觉得别扭。而他箍着她的腰，低下头来笑："你叫得真好听。"然后他马上放开她，往那两扇窗所在的位置走，有两个警察在那里站着，背对着他，手还在新装上去的模拟玻璃上挥舞，模拟寻找证据的动作。

慕骄阳正要将两人往外推，忽然回头说："甜心，不是应该继续由你扮演吗？"

可以搂搂和抱抱哇！

肖甜心羞得不行，怼他："被推下去的是男人，又不是女人。"

"哦。"慕骄阳先是模拟了一遍，两个警察扮演的受害者也出于本能还手，但要推下去，过程十分迅速。毕竟是出于从背后而来的突然袭击。

慕骄阳问："几分钟？"

负责计时的警员回答："差十秒够四分钟。"那个隧道地形特殊，要通过的时间长达五分四十五秒。但需要有人来照明，不然凶手并不能确保两名死者就站在那个位置上。如果这个时候，有人打开手机来做提示呢？那直接走过来，即使撞到小孩，整个杀人过程也只需三四分钟而已。

如果是女人来做呢？

"甜心，你来示范。"慕骄阳对肖甜心点了点头。

肖甜心红着脸贴了上去，当手触着他的背时，猛然感到有一股电流划过，她就慌了心神。

"用膝盖顶上来，这样能逼使受害人更紧贴玻璃，使玻璃承受最大压力。"他的话使得她突然回神，自己都觉得刚才丢脸。

于是两人重来了一遍。

这一次，肖甜心用上了格斗术，先是手臂用力一压慕骄阳的背部，膝盖猛地弓起往他腿上撞去，她本来是一只手按在他腰那里压他向前，而他反抗，反手握住了她的手，把她往前一带，她整个身体都贴在了他背上。她闻到的是他淡淡的松木香，而他闻到的全是她的甜甜气息，两人都是一怔，如被过了电。最后，两人没法子演下去，只好手牵着手回到外公那里。

而钟教授全程都是笑眯眯的："你们俩居然还没在一起？真是乖孩子！"

慕骄阳最先明白过来，钟教授指的是他们还没有睡在一起，他轻咳了几声，一张脸红了。

肖甜心看着外公，一脸疑惑地说："我和阿阳在一起了呀，我上个月就打电话和你说了要结婚嘛！"慕骄阳连忙在她耳边说了几句，她也是一张脸红成了小番茄，气得叫起来："外公，你这个大坏蛋，为老不尊！我不要理你了！"

钟教授呵呵笑，心情好极了。

但还是工作要紧，钟教授一顿，又说："骄阳，说说你的看法。"

"一个女人要杀两个男人，因为环境条件因素，例如突袭、车窗已裂，甚至她可以用割裂窗的工具先敲打受害人的头部再将他们推下车，不是不可行，但是时间上可能会超过四分钟。所以，只有两个可能，一是凶手是小美，那当时整个案发经过用时六分钟，再到她坐回座位，因为大家的注意力都在玻璃破了的方位，没有人注意到她自杀。二是有人在撒谎，有一到两个男人推两个受害者下车，然后其中一个人回来杀小美。整个过程只需四分钟，但被人误导为六分钟，让我们往女人是凶手方面想。但又如甜心推测的那样，没什么必要杀小美，动机不成立。毕竟小美也是这件事的受害者。"慕骄阳分析。

然后他就低下头来，快速地翻看小美和赵岭的手机。他对比着来看，看了许久，久到肖甜心也忍不住想要提醒时，他忽然说："我明白了。"说罢他将两部手机抛给她，对她说，"答案在手机里找。"然后他走到一边给一个人打电话。

对方正是他在BAU的老朋友，电脑鬼才。"本，你帮我查一查三年前某女性发生过的事，要详细的。"然后他把小美的名字报了过去，"等等，再帮我查查关于伍德的，这些年他住在哪里？附近那一带发生过什么事，例如抢劫、偷盗之类的。越详细越好。"伍德这一类人，心理认知低，只会在自己觉得最安全的地方犯案，不会超出他住的地方的那一片区域。

"有什么看法？"慕骄阳问。

肖甜心答："发到赵岭手机上的遗书是伪造的。"

所以，一切被推翻，凶手不是女性。而是凶手企图嫁祸给小美，才把她杀死。但凶手真正要杀的，是那三个男人。

为什么？

动机在哪里？

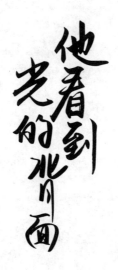

他看到光的背面

林小珑

著

《下册》

青岛出版社
QINGDAO PUBLISHING HOUSE

第十六章 基本演绎法

一

有证人在说谎。

慕骄阳和肖甜心叫来了第一个证人问话，是被慕骄阳不小心撞到的 20 岁白人女孩。

"你好，詹妮。"慕骄阳说。

詹妮咬着唇不愿搭话。

"你认识伍德?"

"不认识。"詹妮摇头。

"那你为什么要捡他的钱包?"慕骄阳又说。

詹妮肩膀抖了抖，哑着嗓音说："我一时贪心⋯⋯"

果然，证人们都很狡猾。肖甜心的眉心蹙起。

"那个 LV 钱包有年头儿了，还被磨至破损，并不值钱。对于你来说，它的价格不重要。从你抱着它时小心翼翼的动作来看，你对这个钱包相当

爱惜，就像怀抱亲人。这本来就是属于你的东西，对吗？"慕骄阳放缓了声音。

许久后詹妮才答："我只是一时贪心，这个不是我的。"

"好，你可以先出去了。"慕骄阳说。

"我没有杀人！"詹妮突然嚷了起来，"我杀只蟑螂也不敢！"说着她不自觉地捏了捏自己的左手腕。

肖甜心问："请问你是习惯用左手的吗？"

"是。"詹妮回答得很快。

"你有三手病，我猜你是电脑天才。这列火车的运行，在什么时候进入全程通过需要五分四十五秒的隧道，你比谁都清楚。因为一直是你在操控电脑！"肖甜心突然变得严厉。

坐在一边的钟教授点了点头，十分欣慰。

"没有。我只是喜欢玩手机。"

"玩手机会导致拇指关节突起或肿大，一动就会很痛，属于三手病，但你是手腕痛。我见你揉了好几次手腕。因为你要长期拿鼠标。"肖甜心将她逼得哑口无言。

慕骄阳说："很好。"

正在这时，慕骄阳的电脑嗒一声响了，是本发过来的邮件。

慕骄阳打开一看，原来两年前伍德住的那一带的某小镇发生了抢劫案，当时的现场十分凌乱，一名中年白人女人卧尸于某条街道的后巷。死者的家属栏有标注，女儿正是詹妮。

慕骄阳笑了笑："或许杀人动机有了。你是化学系的，要做出氰化物很容易。"

他将手提电脑的屏幕移了过去，正面对着詹妮。詹妮看了后瞳孔突然放大。

"我没有杀他，更没有杀他们三个，我只是想拿回我妈妈的钱包！"詹妮哭喊道。那一次，她在买饮料，听到妈妈的尖叫声，她跑过去，仅仅看到一个手背有文身的男人捡起了妈妈的钱包，和另外两个男人走了。当时光线太暗，她看不清是什么文身。詹妮边哭边叙述着那段她不愿提及的往事。

"你事先知道仇人会出现在这趟列车上吗？"慕骄阳又放软了语气。

他一攻一守，张弛有度。

"不知道。我只知道这条环线列车一路路过的地方风景非常美。"

詹妮说。

慕骄阳和肖甜心听了，并不相信她的话，她在为某个人做掩护。

但目前是问不出什么了，于是慕骄阳又叫了那位说杀人过程耗费了六分钟的中年女人进来。

这一次，慕骄阳开门见山："你是怎么确定整个杀人过程是在近六分钟内完成的？"

中年女人回想了一下，说："我记得灯一灭，我就开了手机，当时瞄了一眼，然后嘈杂平息了之后刚好有短信到，所以再看了一眼手机，得出了大概的时间。"

慕骄阳忽然问："现在几点？"

女人马上打开手机看，报了时间，差十分凌晨五点。

慕骄阳又问了她一会儿话，突然说："你觉得我们一共聊了多久，还有刚才你报给我的时间是几点？"

女人一下子想不起来了，拿起手机看了看，并不能想起刚才自己报的是几时几分。

慕骄阳单手托腮，玩味地看着她："我很好奇，是什么让你将时间记得那么清楚？"

女人垂头丧气，说："其实是我听见那个老绅士说的。我跟着他说而已。"

"事发时，第一个举起手机照明的是谁？"慕骄阳又问。

中年女人十分有表现欲，马上又高兴起来："是我。"

慕骄阳想了想，又问："当时哪些人站得离你最近？"女人站的位置离两个被推下窗的受害人挺近，也就隔了三四米的距离。

"那个老绅士吧，还有一个中年男人，那个男人挺奇怪的，总是默不作声，一脸心事重重的样子。他不会是凶手吧？嗯，还有那个总是手腕痛的女孩子，也在这一带。"女人回想了一下说。

"好了，你可以出去了。"慕骄阳挥了挥手。

从证人口供里找到漏洞，这就是传统推理的魅力。肖甜心看得简直入了迷。见她那模样，慕骄阳忍不住凑过去咬了她一口。

"娇娇，外公还在呢！"肖甜心红着脸去躲。

钟教授："你们继续。看小情侣打情骂俏最有爱。"

慕骄阳低笑了一声，又凑过去亲了她一口，直到第三个证人进来了，才放过她。

是那位古板的老绅士。

"请坐。"慕骄阳相当客气。

肖甜心坐在慕骄阳身边，一只手被他攥着，在凌晨的夜里，他的手很暖。

"冷吗？"他问，呵出的气带了雾。

她摇了摇头。可他将她两只手都握着，给她取暖。

等到赵岭也被叫进来时，慕骄阳才开始问话。

赵岭悄悄地看了老绅士一眼。

"赵岭，你认识田中真吾先生吗？"慕骄阳问。

赵岭赶忙摇头："不认识。"

慕骄阳忽然问："田中铃兰小姐你认识吗？"

赵岭脸色变得苍白，很想回头去看田中先生，可是他忍住了。但他的脚不自觉间转向了田中的方向。

肖甜心心中有数，低声说："他是从。"

慕骄阳嗯了一声，说："不对，应该叫林铃兰小姐。我刚才看错名单了。"

"不认识。"赵岭憋红了一张脸。

"林小姐可是小美最好的朋友。你和小美是未婚夫妻关系，怎么可能不认识呢？总会有撞见的时候，嗯？"

听到那声嗯，肖甜心心房一颤，抬眸看向慕骄阳。慕骄阳感受到了，看向她时，眼底有一抹浅淡的酸楚掠过，像午后的浮光掠影，她想再去捕捉，可是已经错过了。

慕骄阳抬起手来，捂着肖甜心的脸庞，低声问："你不喜欢这样的我对吗？"只是随意的一声，让她想起了慕教授，可是他并不是慕教授。她已经开始懂得分辨，景蓝在出行前提醒过他的。

"没有。阿阳，你想多了。我很喜欢你呀！"她笑了笑，有片刻失神。

慕骄阳说："甜心，以你的聪慧，你会逐渐明白很多事。"

"不，我只需要明白你就够了。"肖甜心摇了摇头。

她忽然闭起眼睛，唇畔有淡淡的笑意浮现，然后说："我第一个想到的，还是你。你站在樱花树下，不愿回家。我只好领了你回家。那一夜，是你拥着我入睡，我觉得很幸福。慕骄阳，我最爱的就是你呀！"

她是爱过慕教授的，但她更清楚地意识到，自己最爱和最想要的是谁。要分清这一点，很难，也很痛，但总要做出决定。

割舍，就是割肉锥心一样的痛，那种痛是钝的，是慢慢折磨的，像凌迟。

慕骄阳吻了吻她的眼睫，说："甜心，我明白了。"

"你不希望忘记对吗？"慕骄阳说，"没关系，只要你不愿意做的事，我都不会强迫你做。"

但光圈里的慕教授走了过来，对他说："让她忘了我。记得我，她会不快乐。我希望她快乐。"慕骄阳不作声。

二

"阿阳，我们继续吧。"肖甜心希望能尽快破案，可以拥有属于彼此的二人时光。想起慕教授时，她会心疼，但她总会放下。人格分裂本来就是一种病，她如果不振作，如何帮慕骄阳和教授完成融合呢？那个过程或许很痛，很难，但她愿意承受。

慕骄阳看了赵岭一眼，说："赵先生，你认识林小姐吗？"

赵岭低垂着头，说："不认识，但应该见过几次。"

呵，被他圆回来了。慕骄阳只是笑笑，又说："我刚才看你的手机时，无意中点进了一个三年前的短信收藏夹里，那里收藏的每一封短信结尾都有一个温柔摸脸的表情图片。而我又检查了小美的手机，还有她的一些社交软件，都没有出现过这个表情。但这封遗书却附加了这个表情。"

赵岭强撑："那是小美发给我的，我都保存了。"

"是吗？小美的号码和林小姐三年前用过的一模一样？"慕骄阳反问。

说得越多，漏洞越多。最容易露出破绽的，其实还是赵岭。

"我……"

赵岭未出口的话被慕骄阳打断。慕骄阳说："田中先生，我们来聊聊你的事吧！"

"田中先生还有一个私生女吧？"慕骄阳问。

田中一直都是克制的，但听到私生女三个字时，他额间的青筋还是跳了跳，最后他摇了摇头，用一口生硬的中文说："没有。"

"我在查找小美三年前的生活轨迹的同时，发现了一些意想不到的事情。原来她的好友林铃兰是自杀身亡。为什么？"慕骄阳不等他们回答，又自顾自说下去，"对了，田中先生，我可以看一看你的双脚吗？"

田中的脸部肌肤抽了抽，但他最后还是照做了。

真是一个很能忍耐的日本老绅士。

慕骄阳看到他的左脚有六根脚趾。就连肖甜心都倒吸一口凉气，但

　　她只是抬了抬眸看着慕骄阳，等着他接下来的话。

　　"林铃兰也有六根脚趾，所以她一向比较自卑。我现在做一个推测。当初遭遇不幸的并非小美，而是林铃兰。两人约在那条街道附近的烧烤店吃夜宵。当时是晚上九点。那条街道很热闹，也很安全。林铃兰去得迟了，所以可能抄了近道走，但瘦高个儿、斜眼在那条偏僻的后巷把她拖住，并对其施暴。小美可能找到了那附近，看到了整个案发的经过，她太害怕，以至不敢呼救，跑了出去，也没有报警。最后，林铃兰自杀了。然后林铃兰的男友找到了田中先生您，又或者是您找到了他，于是你们设了这一个局。"慕骄阳的话说完了。

　　肖甜心之前是看过了林铃兰的自杀新闻报道的，报道里有她的相片，她和田中先生确实是有几分相似。原来整个案情还原出来，是一出悲剧。三个男人逃掉了法律的制裁，确实该死。

　　见大家都不说话，慕骄阳又说："而林铃兰的男友就是在建筑系就读的赵岭。毛细管作用本来就是建筑术语，起初也是出自这一行的运用。我推测，是你让小美拿上矿泉水去休息区找你。你哄走了她，处理好了，再把矿泉水给她，让她放回去。至于理由，都是由你说的，小美会听，因为她很爱你。可是最后，你却将刀插进了她的心脏。"

　　见两人依旧态度强硬，不肯说话，慕骄阳又说："你之所以会发出那封遗书，是企图将一切嫁祸给她。你以她的口吻写就这封遗书，但由于你在写时太投入，自动带入了林铃兰的悲惨遭遇和你对她的爱，所以一时习惯性地在信的末尾留下了那个温柔摸脸的表情。因为那是她每次给你发邮件、写信或发微信时最爱用的表情。"

　　赵岭已经处于崩溃边缘，可是他还是不承认。

　　于是，慕骄阳给他下了一剂猛药："我刚才检查小美的尸体时，摸到她隆起的小腹，她有近四个月的身孕。你杀害了自己的孩子。"

　　下一秒，那个高大挺拔的男人咚的一声跪了下来，双手无力地捂住眼睛。

　　"赵岭！"厉喝了一声，慕骄阳这次说了重话，"你对小美有恨，你恨她见死不救。可是你却没有想过她当时的处境。在那个孤立无援的地方，她不可能冲出来，否则受害的还要多她一个。她或许有错，错在逃出来后没有马上报警。但她的错不构成你杀害她的理由和借口！"

　　而赵岭早已泣不成声。当初，他对林铃兰的事存有疑虑，带着目的接近小美，但在和小美相处的过程中，不自觉地爱上了她，一切假戏真做，他对小美又爱又恨。

无视赵岭的悔恨，慕骄阳转过头来又说："田中先生，撇开你和林铃兰有几分相似的外貌不说，从遗传学角度去看，六指是有遗传的，而且遗传给下一代的概率非常大。你还要否认这个私生女吗？"

"是我杀的。我认了。"一直不说话的田中走上前两步，一对眼睛盯着慕骄阳说，"你是怎么发现这其中的联系的？二十二年来，我从来没有和林铃兰接触过。"

慕骄阳说："或许你没尽到为人父的责任，但你对林铃兰的爱是真的。小美一上火车，就对斜眼三人露出恐惧的神色，但没有刻骨铭心的仇恨和复仇的那种决心。我一直觉得奇怪，直到我调查小美的生前详细档案，发现了她的好友自杀，和她去出席葬礼的地方新闻。林铃兰的容貌使我想到了你。所以我猜，当时被侵犯的人并不是她，而是自杀的林铃兰。林铃兰虽然有点自卑，但一直是很乐观向上的，还提前得到大公司的 offer（录取通知），前途无量，干吗要自杀？"

"而完成这起系列谋杀，至少需要两个人参与，才能保证其准确性及迅速性。那条山洞隧道虽然长，但凶手要在五分钟内完成整个谋杀过程，需要很大的毅力、决断力与体力。你虽然高大，但并不魁梧。而赵岭年轻力壮，能弥补你的不足。但他缺乏坚韧的心智与决断力，所以整个计划由你制订。我推断，你负责解决其中一个人，而赵岭负责解决另一个人，然后回到座位上杀死小美，最后赵岭再趁黑溜出车厢。赵岭作为小美的未婚夫，本来是第一嫌疑人。但如果按原来剧情的发展，小美才是受害人，那赵岭就没有杀小美的动机。那小美遗书里写到的她所谓的杀人手法，其实也是可行的。毕竟愤怒会使人疯狂，而且或许其中一个人在那儿拼了命地找证据时，由于自身重量就已经连同玻璃一起摔下去了。小美杀了人后，一时情绪失控，想不开自杀，也在情理之中。但一切只是假设。赵岭发的那个表情符号，将一切案情与动机推翻。"慕骄阳说的，恰恰就是案发的经过。

赵岭哽咽："斜眼是自己掉下去的。为我节省了时间，所以我能迅速地走到小美身边去……"

"年轻人，你很厉害，仅凭一个表情，一个如此细微的地方，抓到了破案的关键。"田中说。

慕骄阳答："还有其他决定性因素。时间很重要。你误导了那个中年女人，让她以为时间很长，这样就会得出是女人杀人的结论。还有一个因素就是，凶手之一必须是一个熟悉小美的人，不然对她的遗书进行伪造将成问题。你们很聪明，选择了简短的句子，还用手机输入发出，避免了要亲笔书写的难题。而赵岭的画像不符合策划出整个系列谋杀案的人的画像。那个画像应该是像你这样的，临危不乱，冷酷，没有同理心，才能做到从容下手。你还善于观察，知道那个中年女人爱表现，一出事，她就会首先亮起手机看情况。八卦是她的天性。你应该是一早就以某些话题为由，把她叫到了你的身边，就是你所站的位置，即使她不亮起手机，你也会亮的，因为你要给赵岭照明，让他直接走过来。但你很聪明，是精明的猎人，所以懂得找中年女人打掩护。"

顿了顿，慕骄阳又说："在你刚上火车前，曾说过对于时间控制的话。你很珍惜每一分、每一秒。严苛、谨慎、冷静、心思缜密，这就是当时你给我留下的深刻印象。"

啪啪啪！田中鼓起掌来："慕骄阳你真的很厉害。"

慕骄阳长眉一挑，看向他，说："现在问题来了，你们中还有第三人。这个人控制了整个列车，更将施暴者的名单透露给你们，就连伍德一紧张就会狂喝水的小习惯也告诉你们，这个人才是真正的操控者。他没有亲手杀人，却让你们去杀人。"

肖甜心的心猛地一跳，重点终于来了！

"没有第三个人。控制列车的是那个白人小女孩，她是电脑高手，但是她没有杀人。杀人的是我们。"田中说。

慕骄阳说："你一开口就叫我的全名，因为他向你提过我的名字。这个局谋划许久了，久到你们都不过是他的一个棋子而已。我想，即使是伍德三人也是被他以各种方式带到列车上来的，为的是让你们展开一场名为杀戮的游戏。"

是 H 追来了。

警察过来要将他们带走了。

田中忽然说："再见。"

赵岭也说："小美，我来陪你了。"

"等等！"慕骄阳正要上前，两人吞咽了什么，倒地而亡。

"H 很有操控人心的本事，让他们甘愿为他赴死。"肖甜心忽叹。

"这就是心理操控师可怕的地方。"一直让两人表现的钟教授走了过来，说，"这令我想起了骄阳你曾经办过的一件大案。"

因为这个案件，慕骄阳曾陷入失去信念的状态，也曾一蹶不振许久。

肖甜心猛地瞪大了眼睛，看向慕骄阳时，更加担心了。但她什么也没问，只是握着他的手给予他支持。

慕骄阳心头一动，回握着她的手，说："我没事。"

或许，他已经找到了 H 为他而来的目的。

三

他们一起出了火车站。钟明泽的车早被警局的人开来了，此刻就停在路边。

钟明泽是个时髦的人，开的是辆跑车。

见太阳出来了，钟明泽将跑车的篷顶放了下来。海风直接扑面而来，吹得慕骄阳心头一动，再抬眸时，他才发现甜心用担忧的目光看着他。

也似是要探寻她的心理状况，这一次，慕骄阳说得十分直接："甜心，我是双重人格，Tom 才是你在高中时认识的那一个慕骄阳。"

没有试探，没有遮掩，这一次，他坦白得彻底。

Tom 这个名字直接被说出了口。

肖甜心心头一颤，声音嗡嗡的："我知道。"

上午十点的时候他们回到钟明泽的家。

那个地方更像是与世隔绝的小镇，小木屋就建在森林里，对着一整面好像银色镜子一样的湖泊。

肖甜心看见有纯白的野天鹅在湖里游弋。

"外公，你住的地方简直是世外桃源。"肖甜心忍不住赞叹。

钟明泽笑而不语。

面对过这世上太多穷凶极恶的犯人，许多时候，他们这一类人更渴望田园式的生活。

"这里应该是由外公自己一点一点亲手建造的。"慕骄阳说。

肖甜心不满意了，嘟了嘟嘴，说："阿阳，别对着亲人侧写。"

"是。"慕骄阳咬着她的耳朵吹气，"老婆大人！"

刚才他提到慕教授，她并没有表现出抗拒。景蓝给她下的心理缓冲带很成功。但她只记得慕教授，却不记得她和慕教授在海边小木屋里的一切。

她笑眯眯地睨他一眼："老看着我干吗？"于是他便停止了对她的分析和侧写。

上午的阳光落在森林里，金灿灿的一片，落在她脸上也是盈盈的一

片春色，她坐了二十个小时的飞机加火车才到达目的地，衣服都有些歪歪斜斜，碧绿色的真丝衬衣居然松开了三四颗扣子，露出里面的春光来，嫩绿色的内衣带着一点蕾丝，包裹着美好的弧度，润润的一片白色凝脂。他见外公已经走进大厅，便双手在她腋下一托将她举了起来，他仰头就在她锁骨下来一点的地方咬了一口，才咬着她的耳朵说了好些令她面红耳赤的话。

"喀喀。"大厅里，钟明泽轻咳了几声。

肖甜心红着一张脸赶忙拉了慕骄阳进去。

钟明泽分房间时十分幽默，他拍了拍慕骄阳的肩膀说："骄阳，你就睡一楼吧，我们做个伴，夜里可以一起分析全国各地寄过来的案件。"

慕骄阳嘴上不敢反驳，可怜巴巴地看着肖甜心，谁料肖甜心说："坐了二十个小时的车，一身臭臭，我去洗澡啦。你们师徒俩慢慢聊。"

慕骄阳："……"

当她的身影消失在木制的楼道里，吱吱呀呀的脚步声逐渐远去，钟明泽才说："骄阳，她在故作轻松。"

"是。"慕骄阳恭敬地回答。她的心思细腻又敏感，心里想的从不表现在脸上。他做她的心理师，得十分小心谨慎。

钟明泽和慕骄阳到书房，两人详谈。

当听见慕骄阳说到她出现了人格分裂时，钟明泽也很吃惊。

"你打算怎么治疗甜心？"钟明泽问。

慕骄阳想了想说："解铃还须系铃人，孕妇案的拯救失败充其量只是导火索。所以，我会和她坦陈我的过去，我和她一起治疗。"

"那得有一定的缓冲。"钟明泽点了点头。

"外公请你放心。在夏海时，我已请来最权威的心理学家为她做了初步治疗与下了'缓冲带'。这次来，我想带她去见一见那个孕妇案的女杀手。"

得到钟教授的同意后，慕骄阳终于放下了心中的大石。

她睡了四个多小时，起床时已是傍晚。

站在阳台上，她伸了个懒腰，觉得真是舒服，正要转身，她已经被拦腰抱起，等她反应过来，人已经被他给按在墙上亲了。

"你都多大的人了，还玩这种把戏……"最后抗议声变成了细细碎碎的娇吟，她被吻得慌了神，他才放开了她一点。他看着她，然后手从她的背后慢慢地滑到了前面，轻轻地揉。她被他看得红了脸，紧咬着唇不敢发出一点声音来。

他俯下脸来，视线滑过她精致白皙的锁骨，再滑下一点，然后亲了下去。

"嗯……"她揪着他的发，声音全是颤的，"这是外公家……"

"他去钓鱼了。"他现在狼狈极了，"真想现在就要了你。"

肖甜心憋红了一张小脸，嚷了起来："那你来呀！"

她的内衣的暗扣脱了，肩带垂落在肩侧，白色的睡袍飘飘荡荡的，整个人倚在墙上，十分性感。他看得喉结一滑，轻咳了一声，才说："我进来是有事情想和你谈。但看着你，很容易令我想歪了主题。"

这人……

"娇娇，你的借口太烂了。还是留到婚后吧，清朝出土文物。"肖甜心拍了拍他的脸庞将他推开，看了他一眼，轻笑了一声才转过身去，将手探进了袍子里去系暗扣。

他看得眼睛发红，这小女人居然故意撩拨他。她的睡袍刚到膝盖，因为伸了手进去，被撩起了一大卷边，可以看见裹着的若隐若现的红色蕾丝。她轻笑了一声，再拉了拉睡袍，他看清楚了，是红色的丁字裤。

"好看吗？"她半回过头来斜了他一眼。

他反应过来，正要去捞她的腰，她巧妙地一转身，人已经闪进了卧室，然后是嘭的一声，门反锁了。

慕骄阳气得捶门："肖甜心，你给我开门！"

"不开，有本事，你进来呀！"

嗯，很好，话里有话。慕骄阳只好放软了语气求："甜甜，给大可爱开门好不好？"

"大可爱，有水管的，你可以慢慢爬下来。"

慕骄阳不信她真的敢！

在那儿等了半个多小时，他是真的急了，又捶了捶门，没人理会，最后只好爬水管。

垂头丧气的大丹犬是在影音室找到她的。

她已经换回了家居服，穿着粉红色的上衣和同色系的裙子，坐在碧绿色的沙发里，抱着个碧绿色的海龟抱枕，像个粉粉嫩嫩的小孩子，见了他就咯咯地笑。

而电影里正好传来同样可爱的笑声，正是茜茜公主。

她，不就是他的茜茜吗？

"过来呀！"她对他招了招手，"怕呀？我又不会吃了你！"

"肖甜心！"慕骄阳跨了过来，将她压进了沙发里，又是一顿亲。她嚷嚷着反抗："外公回来了！"没有用，暗扣再次松开了，不安分的手又探了进来。"外公真的回来了！"

"你给我闭嘴！"慕骄阳火气很大，恨不得现在就生吞了她。他咬了咬她红红的唇，才说："谁让你穿成那样的！"他指的当然是她的丁字裤。

"哦，怎样的？这样的吗？"她牵着他的手滑到了那个地方，越过薄薄的一圈蕾丝……这哪里还是电影里纯情天真的茜茜？

"肖甜心！"慕骄阳真的要炸了，"你就是故意的！"

"对呀，就是欺负你在外公家，不敢乱来呀！"肖甜心咯咯地笑。

她软软小小的一团伏在他怀里，他玩心起了就去挠她痒痒。她怕痒，呀的一声叫了出来，那声音十分娇媚。他十分坏："你叫得真好听。"

"你别挠了。"后来她想哭了，但他哪里肯放过她，干脆抱着她就亲，一边亲一边说："刚才是谁把我关在门外的？"他还不忘咬一口她的唇。

肖甜心又娇媚地呀了一声。

"刚才又是谁要我爬水管下来的，嗯？"慕骄阳也不好受，只好大口大口地喘气。

她倒在他的怀里，只好软软地求："阿阳，真的，外公要回来了。"

"他一钓鱼就会忘记时间。"慕骄阳显然不打算放过她，"甜心，我现在火气很大。"

"娇娇！"她一个翻身，将他压在沙发上，要抢回主动权。

两人展开了你压我我压你的宣示主导权大战，从沙发上跌落到铺了厚毯的木地板上，滚作一团。

"甜心，骄阳，我给你们钓了满满一桶鱼哇！"

肖甜心吓得从慕骄阳身上滚了下来，刚好钟教授就出现在影音室的门口边。

那一刻，四周很静，他们十分尴尬。

钟教授呵呵了两声，才说："甜心哪，下次记得回房间锁好门。"然后替两人关好门便离开了。

"娇娇！我恨死你了！"肖甜心狠狠地咬了他一口。

慕骄阳真的很委屈，看着她说："甜心，讲点道理，是你穿丁字裤勾引我。"

"娇娇，你给我闭嘴！"

"老婆……"

"不要乱叫！"

"老婆大人，我错了……"

"……"

四

做菜时慕骄阳抢着做。

他用一种鱼做了四种吃法。有鱼肉做的羹，加了芝士进去，成了一道甜品。还有鲜甜的鱼汤，汤色奶白，十分诱人。他还做了清蒸鱼，火候掌握得十分好，鱼肉嫩得不可思议。主菜是红酒烩鱼排。

肖甜心就是个吃货。慕骄阳捧着鱼汤进来时，看到她吃得那么香，只觉得自己是世上最幸福的人。他在她身边坐下，给外公和她都盛了一碗汤。"慢点吃，小心刺。小猫咪，没人和你抢。"他嘴角噙笑，看着她吃菜，实在是赏心乐事。

外公一直笑眯眯的。

慕骄阳又给她夹了一对鱼眼睛，放到了她碗里。

以前在学校饭堂时，她总抢不到鱼眼睛。因为鱼卖得最好，鱼都卖完了，哪里还有鱼眼睛。那时，她贪吃得眼睛都不舍得从别人的鱼里移开，那模样别提多可爱。

听他提起这段趣事，外公笑得合不拢嘴。

"娇娇！"这么羞的事他还好意思拿来说。

"鱼头腥，你总不爱吃，所以我只好把眼睛给你，自己吃鱼头。其实我过去很讨厌吃鱼头。"慕骄阳说，"但吃着吃着便习惯了，再也戒不掉了。"就像戒不掉你一样。后面那句话，他没有说出口。

肖甜心眨了眨眼睛，忽然就懂了。一尾鱼里，他最爱吃的部分也是鱼眼睛，可是他把最珍贵的鱼眼睛夹给她了。因为，他最爱她呀！

外公去厨房盛饭了。

"老公。"她轻声地叫，十分羞赧。

慕骄阳一怔，抑制不住狂喜，正要说话，她忽然吻了过来，含在嘴里的鱼眼睛就被她灵巧的小舌尖卷进了他的嘴里。他将她一提，她整个人就到了他怀里，他不管不顾地亲了起来。

"喀。"钟明泽拿了碗过来，就看到了这一幕，但一点事都没有地走了进去，坐下继续吃他的饭。

　　肖甜心呀了一声，她跳了下来，坐到凳子上捂着眼睛。羞死了！她居然都忘记了外公还在，而慕骄阳只是低低地笑。

　　"吃菜呀，你不吃，外公可要抢完了哦！"钟明泽笑呵呵的。

　　"哼，鱼羹甜品是我的！"肖甜心可护食了。

　　钟明泽摇了摇头："骄阳，看你把她宠的。四体不勤，五谷不分，连做菜都不会，以后可就要辛苦你了。"

　　"不辛苦，她是我老婆，宠着是应该的。"慕骄阳握着她的一只小手，在掌心中把玩。

　　"谁是你老婆了。"她在他大腿上拧了一把，刚好又被外公看到了。于是她赶紧把小手缩了回去，却被他一把握住，就按在了他的大腿根上。

　　好羞呀！她的脸红得快要燃烧了。

　　"可以烤地瓜了。"钟明泽说。

　　"外公！"肖甜心真的羞死了。

　　钟明泽笑呵呵地说："小两口热情如火，一点即燃有什么不好？想当年我和你外婆十多岁时就偷尝了禁果，呵呵。"

　　"外公！"肖甜心急了，"你这个黄皮白心的 ABC，中文不及格，乱用成语！"

　　"你们不是一点即燃吗？我有用错词吗？还有哇，甜心，下次玩激烈的记得关紧门。"

　　肖甜心一下子站了起来，噔噔噔就跑回楼上去了。

　　"都快为人妇了，还这么害羞？"钟明泽拍了拍他肩膀说，"辛苦你了。"

　　慕骄阳："……"

　　见他拘谨，钟明泽哈哈大笑："你这个英国佬还真是保守又古板。所以呀，我最讨厌和英国佬打交道了。"

　　慕骄阳："……"

　　"好了，我吃饱了。我这人很好打发。你们小年轻爱干吗就干吗。我一睡着，就什么都听不见了。"

　　慕骄阳十分无语，那干吗不把他和甜心分在一个房间哪！

　　"哦，对了，"走到转角的钟明泽又说，"记得把碗洗干净再去找甜心。外公我最怕洗碗了。"

　　慕骄阳："……"这个腹黑的外公真是坏！

　　夜里，当他钻进她的被窝里时，肢体还是凉的。而她很暖，像会生温的软玉，见到他来了，她就轻声笑："没有门给你进吗？要爬水管？"然后她乖乖地窝进他的怀里，给他取暖。

他捏了捏她的鼻子："你也不听听，你家的木楼梯，简直要命。"

她就咯咯地笑。

一时也睡不着，甜心忽然说："阿阳，那天你想和我说什么？"

他想了又想说："甜心，你想看我的日记吗？我带过来了。"

她轻声说："阿阳，我想看。"

慕骄阳坐在她身边，陪她一起翻阅那本厚厚的，跨越十二年时光的旧时日记。

在庆祝高考成功的聚会上，她喝醉了，而慕教授吻了她。她的视线久久地停留在那一页上。

她一直以为那些轻轻的、珍而重之的吻，只是她做的梦。

那时，她说："阿阳，等大学一毕业我就嫁给你好不好？"

慕教授不说话。

"好不好吗？"她喝醉了就变得热情又狂放，居然抓着他的手猛地按到了她的心房上说，"阿阳，好不好吗？"

那一刻，慕教授是从未有过的狼狈。他要用最大的意志去抵抗，才不至于起了反应当众出丑。

他用力一拨，将她推到地上去。她困了，就抱着他的一双腿，头枕在他膝上，说："阿阳，别离开我。我会难过的。"

那一刻，他的心一动，于是他将她抱了起来，让她靠着他。

他嫌她的话太多了，将她压在自己的肩头，低斥："靠着我，别说话。"

她窝进他怀里，时不时地拿小鼻子拱拱他，像只可爱的小动物。

他叹了一声，圈紧了她，生怕她滑下去。

她一直"阿阳""阿阳"地叫。他被叫得思绪溃乱，不自觉间，吻了吻她的鬓发，似诱似哄道："乖，甜心，叫我 Tom。"

"Tom，"她闭上眼睛低喃，"Tom，我爱你，别离开我。"她喃喃，后来睡了过去。

他垂下头来，在她的唇上吻了下去。

"我本不想窥探他的秘密。但我要为你做治疗，所以在飞美国前，将以前没有看过的都看完了。"慕骄阳轻叹。

肖甜心咬着唇不作声。

"爱上他不是你的错，是我的错。"慕骄阳其实最恨的是自己，"是

我的人格分裂才造成今天的一切结果，包括使得你受刺激，也产生了分裂。"

肖甜心忽然下定了决心，看着他说："阿阳，我最爱的是你，这点从未改变。我希望能帮助你们融合。所以我可以接受一切。这些只是开始，对吗？"

"是。你真正要接受的，是孕妇案！"这一次，慕骄阳没有丝毫铺垫，直白地说了出来。

五

清晨，慕骄阳是被电话铃声吵醒的。

接完电话后，他静默了一瞬，然后光着脚下了床。他拉开碧色的抽纱窗帘，走到阳台上。他的客房对着的风景很美，是东面的湖。

正是早上九点的光景。白天鹅在湖里游弋。美景在前，可他无心欣赏。何穆同一直按照他布置的前摄跟踪翟林，在忍耐了一个多月后，翟林终于对那个酷似黄妮的警察下手了，被派去盯梢的警察抓了个现行，却被他跑了。

在发了全国通缉令后，翟林居然像是人间蒸发了一样。最可怕的是，就连吃心者尹志达也突然消失了。加上黑色旋涡下的男人，三个穷凶极恶的变态连环杀人犯自由了，这个世界就是他们的游乐场！

他揉了揉眉心。

这时，门外传来嗒的一声，然后门开了。

"阿阳，外公又去钓鱼了！"声音小小的，带着点得意。

慕骄阳轻笑了一声，缓缓地转过身来："那你有什么想法？"

这一次，反倒是她呀了一声，脸都红了："你居然裸着就出阳台！"

慕骄阳听了她的话，眉头一挑，没有动，热情也减了下去，依旧是懒懒散散的样子："这里对面只有湖，没有人，怕什么。"顿了顿，他又说，"小甜。"

他回到房间，手一钩，将地板上的内裤捡起穿了起来，然后是居家服。

小甜笑眯眯地说："阿阳，你身材真是棒！"

听到她这样叫他，他一怔，但没有说话。

"喂，不高兴了？我又没对你怎么样。"小甜走了上去，抱着他的腰，十分依恋，"你居然喜欢裸睡呀！"

· 364 ·

"我和甜心都是这样。"慕骄阳没有推开她，但说出来的话十分伤人。

他早已完全看清了自己的心意。小甜看出来了。她放开了他。

他见她匆忙转身，眼底是闪烁的泪光。

他快步走了过去，揉了把她的头发，说："吃早饭了吗？"

小甜是个给点阳光就灿烂的人，立马高兴起来，脸笑成了一朵花，抱着他的腰摇哇摇："我要吃你做的，我要吃甜甜的鱼羹。"

慕骄阳答她："现在才几点？外公去钓鱼没那么快的，没有鱼了。你爱吃什么，我给你做吧！"

小甜笑眯眯："你做的，我都喜欢。"

慕骄阳领了她到市集去，直奔海产品卖点，拣了最新鲜的蟹、生蚝和蛤蜊，小甜看得一直流口水，把食指含在了嘴里吸呀吸的。

慕骄阳一回头就看到她那副娇憨模样，忍不住笑了。

他的笑很温柔，像四月的风，掠过静谧的湖心，在她心中荡起一串涟漪。她有些犹豫地伸出手来，钩着他的尾指。

慕骄阳想了想，用掌心包裹起她小小的手，往回走。

海鲜是空运过来的，这里没有海，有的是一片又一片的湖。

出了市集，很快又进入了森林地界，大片静谧的湖从群山里露了出来。

而小甜一路走，一路盯着那些蟹和生蚝，仿佛闻到了加利福尼亚的味道。她的声音糯糯的，带着天然的沙哑，还有加州的口音："阿阳，你怎么知道我喜欢吃这些？"

"要知道你的心思不难。"慕骄阳忽然停了下来，牵着她的手对着湖出神。冰蓝的水里，是他和她并肩而立的身影，水波微晃，一切又变得不真切起来，就像小甜这个女孩。

"你出来，是有话要对我说。"他已经知道了她想说的话。

小甜咬了咬唇，道："那你会答应吗？"

慕骄阳给她做了加州风味的海鲜大餐。

有慕氏秘制香辣蟹，还有浓郁的蛤蜊汤。生蚝是炭烧的，他不肯让她生吃。他加了各式调味料进去烤，好吃得她几乎把舌头也咬下来了。她忍不住叹："你不仅长得好看，还这么会做吃的，谁嫁给你真是幸福！"说完自己先是一怔，匆忙垂下脸去。

她假装在吃。

气氛有些冷。

她消失后，不会再有感觉，尝不出甜酸苦辣，也感受不到他的怀抱、他的体温，还有他温柔的微笑。他像一缕风，来时无声，要走了，她也留

不住。他想要娶的，并不是她。

"吃吧。"他摸一摸她的头发。

"嗯，辣椒有点辣，不过好好吃。"

慕骄阳将餐巾纸递给她。

她一仰头，对着他俏皮一笑，说："你给我抹。"

他便认真仔细地替她擦去那些泪水。

擦干净了，她舔了舔唇，忽然跪坐到他身上吻住了他。

她的唇瓣里还有秘制辣椒的味，很够劲，很辣，也很温柔。小甜有属于她的温柔。

慕骄阳并没有推开她，只是轻轻地抱着她，任由她亲他。

"喀喀，"钟明泽提着两个大桶进来，啧了一声说："甜心哪，还这么早，就亲上了呀！"

小甜从他身上跳下来，笑嘻嘻地说："帅大叔，你真快60了？居然长得这么帅！你眼睛真好看，好深邃，鼻子那么挺。哈哈，你年轻时一定比慕骄阳要帅上一百倍！"

"噢，是小甜来玩了呀？欢迎你呀，小丫头。你也叫我外公就行啦。我这辈分也是你外公。"钟明泽犀利的眼神只是一闪而过，他换上了和蔼面孔。

"是老外公哦！我才我是岁！"小甜很会卖乖，连忙来帮他提鱼。

钟明泽呵呵地笑："刚才你不是说我又年轻又帅吗？"

"是是是！你看着像这多，一个男人最好的年纪。"

钟明泽摸了摸她的头："小甜，你很可爱，外公很喜欢你。"

"都这么喜欢摸我的头哇！"小甜咕哝。

小甜还在继续大快朵颐。

而慕骄阳和钟明泽就坐在一旁说话。

没有闲聊的功夫，慕骄阳说："夏海市反馈，翟林、尹志达和那个黑色旋涡失踪了。我推测，他们已经到达美国，他们追随H而来。"

他们针对的就是他慕骄阳。

小甜的手一抖，一只硕大的蟹脚掉到了桌面上。

慕骄阳取过她的碟子，拿着各式工具替她将蟹肉起出，放到另一个小碟子里递给她："慢慢吃，不急。"

"前摄该怎么做？"钟明泽也进入了工作状态，顿了顿，他又说，"或许，你该进监狱去看看B。"

慕骄阳取过湿巾，正要擦手，小甜说："我来吧。"她很认真地给他擦拭，仔细又温柔。他的手指因为做蟹弄伤了。她替他擦拭干净，俯下头来亲吻他的伤口。

　　慕骄阳的心蓦地一动。

　　"小甜，已经干净了，不用擦了。"他的声音温柔，带着不自知的宠溺。钟明泽看了他一眼，没说话。

　　"翟林不足为惧，但尹志达的手法会升级，而且会更加嗜血凶残。对黑色旋涡，我暂时无法做出侧写，因为他还没有犯过案子。"顿了顿，慕骄阳又说，"他们来到美国，会开始作案。而H会在洛泽出现时出现。"

　　"大哥哥还好吗？"小甜忽地问。

　　慕骄阳想了想，答："谈不上好。师兄在国内的嫌疑虽然已经被洗清，但媒体依然在抹黑他。尽管警察公共科说了疑凶另有他人，但因为警方对尹志达的调查还处于搜集证据阶段，所以不能公布是他。因此不明真相又受了挑拨的人，使得师兄夫妇十分难堪。"

　　"幸好大哥哥和小草不在乎这些虚名。"小甜也叹。

　　"是。"

第十七章 所有人的身后都有一头怪兽

一

慕骄阳还要继续侧写，但手机铃声响起。

他一看，是 BAU 打来的。

仿佛心中的想法得以印证，电话那头说："又出新案子了，受害人是女性，被发现死在自己家里。受害人的头被按进水盆，遇溺而死。"这是这个月的第二起，发生在前天。而且地点改变了，第一起是在别的州，第二起在旧金山，凶手在不断移动和改变目的地。大家猜不到第三起会发生在哪里，所以两地警方致电 BAU，而 BAU 的主管菲茨想请慕骄阳、钟教授还有肖甜心参与。

慕骄阳问："女死者生前遭到过侵犯吗？"

"没有，现场也没有出现精液。"本说。

没有吗？慕骄阳眉头拧得更紧，觉得是哪里不对了。

电话开着免提。小甜听见后，脑海里出现的是黑色旋涡隔着裤子侵犯她的那一瞬。她的脸色变得苍白无比。

慕骄阳将她一提，直接按到了自己的怀中："别怕。"

"死者身上有刀刺的伤口吗？有的话，伤口有多深，被刺了多少刀？"
慕骄阳又问。

"很多刀，但又很诡异。"本一边说，一边把图片直接发到了慕骄
阳的手机里，也给钟教授的邮箱发了一份更为详细的文档资料。

刀刺在死者的背部，分为两起，第一起看皮肉和鲜血的流出程度是
受害人死后造成的，受害人的背部被刺出了无数个血洞。而第二起是受害
人死前造成的，应该是凶手迫使受害者反复浸溺直至失去行动能力，再从
她背后进行穿刺直至她死亡为止。

大家去了书房讨论案情，慕骄阳把所有的文件资料看完，他拧着眉头，
显然是在思考。

"骄阳，这个案件一开始就是你在处理，说说你的看法。"

"我觉得他因为某些因素，变成了性无能，已经无法正常勃起。"
慕骄阳说，"这导致他更暴力，他要发泄。"

"可是那次他明明……"小甜觉得太恶心，住了嘴。

慕骄阳思索许久："是不是黑色旋涡还不一定。我需要再研究。"

然后，他站了起来说："小甜，你来我的房间。"

房门被关紧，小甜不再缠着他，反而是倚靠在房门上，默默地看着他。

"小甜，你要离开是吗？"

小甜怔了怔，笑意有些恍惚："是，我想离开一阵子。我想回加州。"

顿了顿，她又说："那你会答应吗？"

中午前，她才说过一模一样的话。

小甜和他两两相望，然后说："慕骄阳，你放心。我不舍得你伤心，
我会回来的。你信我吗？我不会带着甜心的身体跑了，我只是想回加州，
我的家在那里。"

慕骄阳看了她许久，才说："去吧，小甜。我会在加州的旧金山湾
小岛上等你。"他顿了顿又说，"这次我们要去的警局就在旧金山，你希
望我们分开行动是吗？"

小甜眼眶一热，猛地扑到他怀里来。他紧紧地搂着她，轻声说："傻
丫头。"

"你真的相信我，放我走？"

"我知道你会回来的。"

"阿阳，我没有别的意思，我只是喜欢自由的感觉。在加州，我独自一人，无须理会任何人，那种感觉很好。我天生是一个孤独的人。"

而且，我也会累呀！我也想躲起来独自舔一会儿伤口。爱情那么伤人，那么苦，早知道我就不要爱上你了。以前的我多快乐呀！

小甜没有说出口的话，慕骄阳都明白。于是他说："好的，你去吧。"

"好。到了约定的那一天，我会准时出现。"

"慕骄阳，你别担心。甜心不是因为逃避才躲起来的，她是可怜我，所以让我出来了。我很想离开一段时间。"

"慕骄阳，我会帮助你的。到了去和女杀手访谈时，我会做那个缓冲，会陪着甜心一起面对，她不会崩溃。毕竟，我是她的'理智'。"

她还想说下去，却被他吻住了。

她甚至尝到了咸涩的液体，笑了笑，才推开他一点，说："阿阳，永远不要可怜我。既然你不能给我想要的，就不要给我别的温存和希望。那样才是真正的残忍。"

第二天，慕骄阳和钟明泽准备一同出发去旧金山警局，BAU 派出的 FBI 人员已在那里等着了。而肖甜心也要跟着去。

上车时，慕骄阳欲言又止，倒是她笑眯眯的："你去办案，怎么少得了我这个善解人意又聪明绝顶的贴心小助理呢！所以小甜把我给揪出来了。"昨晚，她已经和小甜商量好了，一同去旧金山，等破了案，小甜会离开一段日子，但会在约定的时间去见慕骄阳。

慕骄阳扯了扯嘴角，笑得有些涩。

外公在开车。

肖甜心和他坐在后面，她窝进他的怀里，说："阿阳，没有关系。你可以包容我的过去，我也能理解你的现在。"

三人转乘列车来到旧金山警局后，首先去看了两个死者的尸体。

变态连环杀手的诉求会在尸体身上得到体现。

白炽灯的光很亮，但冷，是凄楚的惨白。

两具尸体安静地躺在冰库里。

法医将她们抬了出来。

BAU 的主管菲茨在和钟明泽讨论案情，旁边就摆着一台手提电脑，里面有许多张不同角度的尸体的照片。

两个女性都很年轻，都是黑发，偏瘦削和清秀的白人女孩。

菲茨说："两位女死者都是在金融区上班的女白领，年龄在 26~30 岁。

她们业务能力强，为人也强势，尽管年轻，但被上司寄予厚望。两人都是高学历、高职位、高薪。"

慕骄阳示意法医，法医将两位女死者都翻了面，让她们背面朝上。

与正面的干净，没有任何凌虐痕迹不同，在她们的背面，肩膀下来一点的地方被利刀戳出了无数个血洞。

看到实物，还是很震撼的，肖甜心猛地捂住了嘴巴。

"看起来乱而无序，但实质充满了暗示和凶手的幻想。"钟明泽说。

菲茨点头："对。这就是凶手的目的和诉求，但我们还没有想明白，凶手想要表达的是什么。"他打了个电话，电脑鬼才本进来了。

本根据菲茨的要求做了几百个可能的模拟图案。作为这个小组的成员，他也是拥有犯罪心理学的专业知识的，于是他说："会不会是根据星座排列来刺洞？"

这些洞确实有几分星座排列的味道，尤其是那些洞有大有小。见慕骄阳一直不说话，菲茨说："苏格兰场神探，别装酷了。"

慕骄阳笑了笑，还是没说话，但脑海里出现了无数个星座。他刚才就和本想到了一起，但在 BAU 没有英雄主义，是要群策群力，因此他没有抢本的话。

慕骄阳的犯罪心理学是师从钟明泽，所以相当于是从美国偷师，又带回了英国。因此，每次见面，菲茨都会打趣他两句。

"你怎么看？"慕骄阳问肖甜心。

肖甜心想了想，说："看起来的确像是星座，但又不全是。"

"双子座！"慕骄阳一锤定音。

本马上在电脑里输入、连线，好几百个与之相似的星座都被排除。最后，根据尸体上模拟出来的穿刺空洞经过连线，浮现在屏幕里，确实是一个双子座。

但双子座代表的是什么？就连慕骄阳也猜不透。

"凶手是男性，年龄在 26-30 岁，甚至可能还要更年轻一点。他清秀内敛，为人腼腆，无法和异性相处。对'女强人'这一类强势的女人有十分深的憎恨。他本身很有品位，是富家子弟，所以挑选的猎物都漂亮、年轻、有学识、有品位。他和她们更像一个圈子的人，都是资本圈里的。在金融区出入令他有安全感，他应该就住在那一带附近，但不在那一带上班。"慕骄阳做出了侧写。

钟明泽说："你没有说是白人男性。"

慕骄阳抿了抿唇才说:"因为我对他的种族身份尚存怀疑。"

菲茨惊叹:"难道不是白人?不可能啊,性犯罪连环凶杀案几乎都在同种族之间。"

反倒是肖甜心了然,说:"和黑色旋涡的侧写十分像。"

"我从窃听器里听见,黑色旋涡就是被女强人单亲妈妈带大。他的部分幻想,其实还是针对他淫荡而不负责任的妈妈。"肖甜心又补充,"你们看,这些星座像不像一个巨大的旋涡?"

本马上在电脑里进行了连线,果然所有的血洞重新排列后,就像一圈一圈的旋涡。

慕骄阳豁然开朗:"因为在美国,一时三刻不能找到国人,所以凶手挑选了黑发的,身材瘦削单薄,脸庞五官清秀的那类女人。这类女人才勉强符合他的审美观。"

"我们还是得审慎,如果不是黑色旋涡,那我们就会走错方向,使得凶手逃掉了。"肖甜心的表情十分严肃,她把所有的可能性都考虑了进去。

"现在有两种可能。第一种可能是,这是另一个凶手,与黑色旋涡没有关系。如果这个假设成立,那凶手就是白人男性。第二种可能是,凶手是黑色旋涡,那他在进化,已经精确了挑选猎物的范围,不再是刚开始时的无差别杀害年轻女性的幻想,他的猎物已经精确到了更符合他妈妈形象的那一类女性。"

众人已经换过衣服,回到了简报室里。

他们几个把侧写都说了一遍,综合起来,是一个具体的画像。

突然,菲茨和钟明泽的电话同时响起。

菲茨听完后说:"又有新的案件,也是这样的女主管溺水身体刺洞谋杀案。Bell,你那边是什么情况?"

Bell 是钟明泽的英文名。他说:"我的是挖心案。"

一切已经明朗。

是黑色旋涡无疑。

他和尹志达已经展开了杀戮游戏。

二

慕骄阳把发生在夏海的案件详细地说了一遍。

简报厅里,大家显然都在思考,没有人说话。

慕骄阳对翟林、尹志达和黑色旋涡，以及 H 一起做画像侧写。

中途，菲茨问他："那这次的一系列案子，也是 H 授意？让他们来扰乱视线，好让 H 去找洛泽吗？"

慕骄阳说："H 是个极其自大的人，绝不屑与他们为伍。三人是自发追随 H 而来，但 H 不需要他们。H 绝对不会和他们一起行动。而翟林的目标十分难找，暂时他不会对谁构成危害。翟林与尹志达、黑色旋涡在一起，他们是一个共同进退的小团体。所以，他们都住在金融圈附近，住的地方是高级酒店或酒店式公寓，三人不会一起进出，但会分开回到那个公寓里。他们三人的外表看起来也绝对是社会金领的样子。这叫大隐隐于市。而他们还会在城外的郊区长期租有一栋独栋的房子，作为躲藏之处。吃心者挖心也需要场所，所以就会在那栋房子里。"

"吃心者喜欢青春靓丽的都市女郎。他需要挑选猎物，最常去的地方应该是酒吧。他容貌俊朗，家产丰厚，在国内只是处于有嫌疑阶段，所以他的资产不可能完全被冻结。他还有海外背景，因此在这里出入是乘坐豪车，打扮也是西装革履，十分得体。以他社会精英的身份，要猎物自愿跟他走不难。大家可以往金融圈附近的酒吧找找。"肖甜心补充，"异国他乡，谁也没有时间去了解对方，能最快速找到猎物的地方还是金融圈这一带酒吧。"

钟明泽说："我来负责对吃心者进行抓捕。"

最难抓捕的其实还是黑色旋涡，因为没有人知道他的真实身份。

顿了顿，慕骄阳说："要抓到黑色旋涡的关键在于弄清楚他为什么退化了，变成了性无能。"

肖甜心咬了咬唇，垂下头去。

慕骄阳又说："与其在这里坐着等他再犯案时去找他的行为模式和逻辑漏洞，我更倾向于将他引出来。他之所以性无能，是因为他在第一次犯案时被匆忙打断，而且并没有成功。所以当他展开第二、第三次杀戮时，产生了障碍。他要恢复正常，只有从失败的地方完成这个仪式，才能使他成为真正的连环杀手。目前，第二、第三起案件对于他来说，都是失败的作品。第四起案件里，据警方汇报凶手也同样没有对受害者进行侵犯。"

等他说完，所有的人都看着肖甜心。

她就是黑色旋涡必须完成的作品。

钟明泽拍了拍孙女的肩膀给她力量。

所有人都明白，慕骄阳说得没错。即使不以肖甜心来引他出来，最

终他也会追寻肖甜心而来。

"根本无须 H 操控，他们都甘愿追随而来。H 对于他们来说，到底是什么？"肖甜心忽然提到了这个问题，然后自己答了下去，"精神导师。"

"精神导师。"慕骄阳和她同时说起。

她靠在他的身边，说："没关系，我没那么弱。我愿意引黑色旋涡上钩。"

"甜心，你到底想到了什么？"慕骄阳知道，她肯定发现了连他都没想到的细节。

肖甜心在大厅中央走了好几步，才说："H 想要成为洛泽，或者说像洛泽一样的传奇，他的行为会不自觉地模仿洛泽。而洛泽拥有多个身份，秘密的、公开的、不能对外说的，林林总总，唯有他的雕塑家身份是不变的，而 H 也会做雕塑。所以我觉得，在这里，他也会拥有一座和'蓝斯艺术廊'差不多的艺术廊馆，又或者是烧造雕塑的窑炉厂。窑炉厂一般在郊外，也就是说，那里本来就是适合隐藏的地方。废弃窑炉厂的可能性更大一点。黑色旋涡他们视 H 为精神导师，肯定不愿远离他。而还有什么地方比待在废弃的窑炉厂离 H 更近又更合适呢！"

菲茨是部门主管，马上分派任务。电脑鬼才本开始寻找本市内所有已登记与为倒买艺术品而没登记在录的艺廊，兼在用与废弃的窑炉厂等地址。

取得联系人名单后，他们排除掉所有的无可疑人员，将嫌疑人名单缩小到了十多个的范围。

两辆车在公路上飞驰，高速路边是一览无尽的大海。旧金山靠海，一路的风景十分优美。但此刻，谁也没有心思去欣赏美景。

BAU 的探员们分为两队，一队跟着钟明泽去办吃心者案，一队跟着慕骄阳和肖甜心去办黑色旋涡案。

到了受害人的住所时，慕骄阳让肖甜心有思想准备。

果然，才进公寓的大门，他们就闻到了浓郁的血腥味。

触目惊心的红在公寓里四处漫延。

鉴证科和法医完成了取证和初步尸检工作后都走了，只留下几个警察在这里陪着慕骄阳与肖甜心。

慕骄阳反复地查看门锁和房门周边的情况，没有发现强行闯入的痕迹。

再来看受害人时，他才发现受害人不再是身体倚着洗手盆，头沉在水里，而是被扔到了床上，背部被利刃反复穿刺。

"他的行为升级了。"肖甜心深呼吸了一口气才说。

"因为他无法进行正常的性行为。"慕骄阳说。

此时，卧室的一扇窗开着，对着的全是清一色的高楼大厦，其中一层忽地闪过一点亮光，被慕骄阳捕捉到了。

有人在窥视？

肖甜心钩了钩他的尾指，问："怎么了？"

慕骄阳马上打电话给本，让他查查这间公寓对着的那栋大厦里都有些什么机构。

"女死者生前与凶手发生了纠缠。"慕骄阳先走到浴室的洗手盆里仔细看了一遍，才说，"凶手先是在这里行凶，反复浸溺受害人，但当受害人将要失去意识不再挣扎时，他的行为得不到满足，于是他没有用刀捅进她的身体，而是等她清醒过来后挣扎时，用刀在她身体上乱刺，流着鲜血的受害人被凶手从浴室拖拽到了客厅，最后被扔到床上。"

肖甜心看了女死者的背部一眼，最后示意当地警察帮死者翻身。

女死者被翻过来了，她的小腹上也刺满了血洞。

忍下干哕的冲动，肖甜心说："凶手的手段不但升级了，而且还进步了。她的小腹与背部的穿刺看起来多而乱，但实际上仍可以看出是一个抽象的旋涡。"

凶手真是十足变态，丧失掉了最后的一点同理心。

如果说一开始他只是在受害人死后才开始用刀，那么发展到生前用刀，再到现在这样更进一步，他凶残变态的属性已经展露无遗。

肖甜心还在进行侧写，对面的光又闪了闪。

慕骄阳猛地凝住眼睛，有人在用望远镜窥视这里！

"很多变态连环杀手都喜欢重返案发现场。我想，黑色旋涡就在对面那栋楼看着我们。"肖甜心的声音淡淡的。

一队警察立即追了出去，往那边赶。

而本的电话也到了。本说，对面楼的二十层，一整层都是艺术苑，主要销售雕塑、瓷器、字画等艺术品。

原来，那边就是 H 的一个据点，所以那三个杀手才会在这一带寻找猎物。

为了确保肖甜心的安全，慕骄阳和她寸步不离。

另一队警察将尸体移走，房子里瞬间就空寂下来。

慕骄阳牵着她的手，问："甜心，你怕吗？"

她坚定地摇了摇头。

她还在屋子里四处查看，快速地做出侧写。卧室的衣橱门被她推开，里面的睡衣十分性感，很多都是新买的，连标签都没有来得及撕。"女死者刚要开展一段新恋情。"她又到客厅检查鞋柜，"有一对新买的男士拖鞋。"她再次回到大厅，在凌乱的茶几边停下脚步。

因为有追打和逃命时的挣扎痕迹，所以客厅很乱，好几把椅子被撞翻在地，而茶几上更是乱七八糟，上面有五颜六色的杂志，有各式遥控器，房屋钥匙等物件。

"少了车钥匙。"慕骄阳一眼看出问题所在。

"是。"肖甜心静默了一瞬。

"如果对方有高档轿车，主动接送她，那她就不需要用车，从而享受谈恋爱时男方管接管送的乐趣。"慕骄阳将那堆书整理了一下，一个印子显了出来，很浅，但可以看得出之前的物件放在那里有至少几天的时间。

他再将其他杂物推开一点，一只坏掉的塑胶玩具的脚掉了下来，是天蓝色的。"应该是一只半个巴掌大小的动物造型的腿。"肖甜心语速飞快，"像女孩子的玩意儿。但我猜应该是一对，可能是一对类似泰迪熊玩偶的钥匙扣。男方持红色玩偶，女方持蓝色玩偶。"

"我们的凶手更变态了，在女死者死前，和她玩扮演情侣的游戏。可怜的女死者还信以为真，以为这段时间约她的会是她的真命天子。"慕骄阳飞快地分析，"这也就解释了入门处没有丝毫被破坏痕迹的原因。因为是女死者邀请他进来的。"

三

肖甜心皱起了眉头："可是黑色旋涡不是有与女性的交流障碍吗？"

"障碍依然存在，但他学会了伪装。尹志达是一个懂得以调情手段来捕获猎物的人。黑色旋涡从他身上学到了怎样和女人调情以及如何和她们相处。"慕骄阳说。

慕骄阳闭起眼睛，慢慢地说道："他已经出现了新的更高级的幻想。他跟踪对方至少两周，幻想和她共处并征服她。当他的幻想破灭，他就展开了杀戮。"

"可是，他要惩罚和要杀的不都是像他妈妈那类强势的女性吗？"肖甜心展开分析。

"在他身上一直存在俄狄浦斯情结，不然他不会表现得懦弱与依从母亲。对于男性来说，这种情结普遍存在。从心理学上来说，母亲这个角色具有多重身份，既是母亲，也是恋人，所以会影响到男孩子将来的择偶观。母亲也是他们刚开始性启蒙时的恋人画像，将来他们会根据这个初始画像来寻找女朋友或妻子。恋人画像从男孩子5-7岁开始建立，直至成年不断完善。所以，他在根据他童年时的初始画像进行高级的幻想，也是对他母亲的嘲讽，于是最后他举起了屠刀。如果抓不到他，以后，他的每起杀戮都会具备这个扮演环节。我们的变态连环杀手上道了，他从最开始的新手，变成了一个完全拥有个人的完整幻想、行为模式与独特风格标签的杀手。"慕骄阳的侧写完成了。

但还是犹豫了一瞬，慕骄阳又往浴室走去。

"怎么了？"肖甜心问他。

"刚才就觉得奇怪。"慕骄阳指着洗手盆里边的一支口红说，"女死者的唇上没有用口红，但这里却扔了一支口红，十分违和。"

肖甜心看着他用一双优雅白皙的手取过口红，就着头顶那点橘色的灯光，将口红旋开。她一怔，脑海里有片刻空白。六年前的飞机谋杀案里，是慕教授接过她手中的口红，然后旋开……

慕骄阳一抬眸就看到了她眼里的失神，但什么也没说，只是将口红递到了她面前："在画像方面，你一向有独到的见解。"

她用戴着白手套的手接过口红，看到了口红膏体的一侧刻着一句英文：真想一口吃掉你。

看着像一句广告词，但作为口红控的肖甜心十分确定，没有任何一支口红上刻有这句话。而且看口红上雕刻的英文花体字，尽管很美很华丽，但绝不是机器雕刻出的。她说："是黑色旋涡留下来的。"

他将口红放进了证物袋里。

他还在思索那支口红的含意，想得太入神，走到门边直接咚的一声撞了过去。

肖甜心显然也愣了，一抬头，就见他疼得扶着门框还没回神。扑哧一声，她笑了出来。

他反应过来后也笑，刚才因为慕教授而起的情绪烟消云散。

慕骄阳摸着头说："我疼。"

他太高了，站着时肖甜心根本够不到他的头。于是，他乖乖地在沙发上坐了下来，她拨开他额前的碎发轻轻地吹："肿了，不过不要紧，回去我给你煮个蛋揉揉。"

"因为爱你，所以真想一口吃掉你！"他一本正经地说了出来。还在给他呵气的肖甜心一愣，绯红漫上了脸颊。见她害羞，他一垂头，就衔住了她的唇。她被他吻得气喘吁吁的，不好意思地推开他："娇娇！还在查案！"

他也笑，有点气自己一见了她就公私不分了。

"你是不是想到了什么？关于那支口红。"她问。

慕骄阳牵着她的手走了出去，回答："我还要再思考一下，不能出现任何差错。等我想通了，再告诉你。"

他将门拉紧，嗒的一声响，门被锁上了。

他牵着她走到楼道口，说："走吧。"突然，慕骄阳的背后闪出一道黑影，拿扳手狠狠地往慕骄阳头上敲去。

慕骄阳往楼道下摔去。

"骄阳！"肖甜心尖叫了一声，口鼻却被猛地捂住，人已经被对方勒紧腰部挟持走了。或许是有了当初 H 的教训，男人的手帕始终没有离开她的鼻子和嘴巴。

慕骄阳摔破了头，因脑震荡产生了强烈眩晕感。但他还是马上爬起来往楼上冲去，男人却不见了。

他给 A 队的刑警队长丹尼尔打了电话。

A 队从对面大厦赶过来和他会合。

"Shaw，我很抱歉，艺术苑里面的人跑了。"丹尼尔说。

"现在该怎么办？你让肖随身带着的跟踪器还在吗？"另一位 FBI 的探员尼克问道。

慕骄阳说："对方有备而来，带了干扰器，跟踪器失效。但我对他的侧写不会错。他就住在附近，和我们在同一个公寓小区，甚至同一栋楼里。"

尼克还是深感担心："但就怕他很快下手。"

"暂时不会。等到迷药失效，肖甜心完全苏醒过来，他才会展开杀戮游戏。"慕骄阳淡淡地说道，面色不变，镇静从容。

所有的人在听到他的话后都打了个冷战，但又在看到他平静从容的神色后放下心来。

"为了方便监视，黑色旋涡只会住在高层，有时上下班甚至会和受害人在电梯里遇到，彼此打招呼。经过多次接触，可能受害人以为对方会和她有进一步发展。"慕骄阳说，"派一个人去问管理员，这里住的中国人有几个，都是谁，住在哪里。"

慕骄阳一步一步地往上走："为了防止他戴了假面具打扮成白人，我们现在就开始找他的住处。"

人人面露难色，但还是跟着他走。

尼克和他配合："肖是个聪明姑娘，她一定懂得自救。从侧写来看，他是一个类似于困兽的人，当到了绝路，无处可逃，他就会不断地往上走。所以，我们应该去的是天台。甚至，他的公寓可能就在顶层。"

"对！"慕骄阳点头，拐过安全门道，直接坐上了直达电梯。

黑色旋涡往高处走，不是因为那种要绝对控制的制空感，而是他的内心犹如困兽，他只能往高处爬去，因为在他的身后有无形的压力在追赶他，所以他一直往上跑哇跑，像跑到一道一道逆流旋转的旋涡上，然后突然往下跳。一切终将结束。

顶层是30楼，有4户人家，慕骄阳眼尖，看到了另一只蓝色玩偶的残腿，就在东边那道房门的边上。

是甜心给他的暗号。

正在这时，他的手机一振。他拿出一看，只有一行英文字：救她，就在你们所在公寓的顶楼，东30-3房。

是一个陌生的号码。

他迅速划开短信，看到了短信后的落款：F。

客厅里的餐桌上摆着红烛。

"宝贝儿，我们用餐愉快。"沙哑的嗓音响起。站在肖甜心面前的是一个白人男人，但她认得他的声音，正是黑色旋涡。

"别这样盯着我看，来，尝点红酒。"他给她倒酒，"宝贝儿，你是我邂逅的第一个女人，你令我念念不忘。"

肖甜心感到毛骨悚然。他是将她视作第一个猎物，但那一次，他失败了。

"你好，你叫什么名字？我还不知道你的名字。"肖甜心尽量将语气放柔，和他展开周旋。

显然，她的话令他一怔。她居然不怕他？

很久没有这种感觉了，所有的女人都憎恨他，也被他憎恨。他坐了下来，有些出神，又听见她说："其实我们早前见过面了，你不是这个样子。"

"我叫明辉。"明辉用中文说道，然后慢慢地揭开面具。

他是一个异常清秀，秀气得阴郁的年轻男人，不超过27岁。

对明辉这个名字，肖甜心觉得熟悉。她闭起眼睛想了很久，终于凭着过目不忘的本领知道了他是谁。夏海市新晋画家，蜚声国际画坛。

"你会画画吗？我喜欢画。"顿了顿，肖甜心又说，"风景画。"

刚才她醒来时，是伏在餐桌上的，隔着朦胧的点点烛光，她看到雪白的抽纱窗帘在动，窗外是碧蓝的大海，只能看到金门大桥模糊的红色剪影，夜灯亮起了。

然后，她才看见了坐在餐桌另一头的他。

"会。"他说。

他一边画，一边说："你和我知道的那些女人很不同。"

肖甜心说："明辉，我可以录音吗？我对你的一切都充满好奇。你来开我的手机录音器好吗？"她将主动权抛给他，卸下他的心防。

他将她的手机打开，也没有检查，直接开了录音键。

肖甜心心里咯噔一下，知道追踪器到了这里失效了。

她遇到过这类性罪犯。那还是她和外公一起办的第一件案子。凶手将捕获的女性关在家里，与她们温存了三天三夜，最后才杀了她们。那些女性最后都会被侵犯并杀害，唯有最后一个，她讨好他，主动和他扮演"爱"这个主题游戏，所以她等到了 FBI 的救援。

"甜心，你要坚持！"小甜一脸焦急地站在空荡荡的课室里，她们的世界里再没有了那些海棠花。

"没有什么比性命更重要。你处理过那些案件，你比谁都清楚，你知道那个女人是怎么等到 FBI 来救的。你明白。"见她一脸苍白地坐在课桌前，小甜跪在她身边，握着她的手说，"甜心，你不能想到死。永远不可以。你不是只为自己而活，你要为骄阳而活，为了他，即使再难，你也要坚持下去。你死，骄阳也会从这 30 楼跳下去。"

她还是不说话。

"甜心，很难熬过去对不对？如果你愿意，我替你出来受。然后你我相融，我会抹去这些记忆，你永远不会悲伤。当世间的苦难难以承受，我愿意出来代你承受。我，我们这类副人格，只是为你而生。"

肖甜心的指头动了，她伸出手来，摸了摸小甜的头，才说："小甜，阿阳怎么忍心让你出来承受？乖，你回去吧。回到卧室里去，关紧门，闭上眼睛，睡一觉就好。"

"不！"小甜想要反抗，但她被甜心关进了黑屋子里，再也出不来，听不见，感受不到外界的情况。但她更加恐惧，她知道甜心会去承受，甜心不能接受这样的结果，也不会舍得骄阳伤心，所以甜心最后会消失，消失前会抹走她的记忆，让她去陪伴骄阳。

不再理会小甜撕心裂肺的尖叫，肖甜心睁开了眼睛。

四

"我可以看一下你的画吗？明辉，可以吗？"她反复地念他的名字，让他感到他是被重视的。

他讨厌强势的女人，潜意识里喜欢温柔的女性，这一类女性才是代表母亲的完美符号。

他将画递给她看。

他画的是抽象画，颜色鲜艳，用色大胆，是她的肖像画。

"你用了很多颜色画我。"

明辉看着她说："你在我眼里是彩色的小太阳，很温暖。你一笑时眼睛弯弯的，像彩色的彩虹，也是温暖的。"

"明辉，你会画房树人①吗？"肖甜心慢慢地诱导他。明辉不疑有他，点了点头，开始作画。

这次，他放弃了鲜艳的颜色，只用铅笔画素描。房子很大，但有许多窗，每个窗上有一只大大的眼睛。树木长得太高了，直接撞出了画面，只有枝干没有树叶。大房子里只有一个人，躲在洗手台下抱着自己瑟瑟发抖，而洗手盆上的水龙头开着，水一直在流。而且，这个房子没有门。

肖甜心忽然就明白了他的感受。

他也痛苦，在寻求解脱。他没有路，他的路就像那扇根本不存在的门一样，被封死了。

房子大，里面却只有他一个人，并不是代表他寂寞，而是代表他的无力感。窗口很多，但都有眼睛，代表母亲的严密监视和高压，她约束他。树木没有树叶，人生看不到希望。树木顶出了画面，代表他的精神即将崩溃，同时还代表他渴望自由和解脱。

"你应该打开那道门，外面的天空是蓝的，很美丽。"肖甜心说，"当你还是一个小孩子时，你被伤害了，只能躲在衣柜里，抱着自己默默承受。

---

① 统合型HTP测验—Synthetic House-Tree-Person Technique，将房子、树、人三项合画于一张纸之中，不仅可大大减轻被测者的负担，扩大测验对象，提高成功率，而且能简捷有效地探测被测者的人格特征。

你看到了世间的丑恶，但那一切你要学会承受。戳那些杂志封面上的女郎并不能缓解你心头的仇恨，反而会像一把熊熊燃烧的烈火将你焚毁。明辉，别戳了，停下来。我认识一个很好的心理医生，他叫景蓝，他懂得怎么治疗你。他的家在瑞士，在群山环绕之中，那里很安静。他会带你走进一个蓝白色的家园，他会理解你，倾听你，给你治病。"

她的声音温柔得像电影里最好的妈妈的嗓音。电影里的完美妈妈一遍遍说着："乖孩子，妈妈爱你。没有人会使你受伤，妈妈保证。"

景蓝说过，他们这一类人，变态已经形成，无法改变，只能被关进精神病院。Z在没有大开杀戒前主动求救，景蓝将他带进了那座蓝白色的房子里。他现在过得很好，即使要被关上一辈子。他们这一类人只能被关，而本质不能被改变。她只能争取时间而已。

果然，明辉的眼睛里闪过柔情，嘴角噙着浅淡的笑意，但他的温和只存在了短短的一瞬。

"不，我对住进房子里没有兴趣，我对你更有兴趣。你是如此迷人，我想和你共度春宵。"明辉忽然站了起来，夺去了她手中的画。

他松开了衬衣上的扣子："相信我，我们会有非常完美的体验。上一次被人打断了，这一次不会。H和我提到过，你们很会为我侧写，要我懂得逆向思考。所以，顶层东30-3房确实是我住的地方，但这里不是。这里是另一栋楼的30层。"

"来，我带你参观一下这里的风景。"他将她拉了起来。她并不反抗，只是默默地跟着他走。

他们站在阔大的阳台上，一低头就能看到深蓝的海。

这座公寓小区是高档住宅区，所以景色尤佳，也很符合他的目标，他确实已经变成出色的猎人。他捕获的女子都是都市金领，而他和她们住在一起，也是都市新贵的精英模样，谁会怀疑他其实是个变态杀人狂呢？

这时，奇异的景象产生了。

远处的天边开始出现狂烈的暴风，倾盆大雨砸了下来，而远处的海则出现了旋涡。明辉盯着那片旋涡出神。

肖甜心马上明白了，沉了声音说："这个住址不是你的，是H的。"

"是。你很聪明。他是我的精神导师，我在他的荫庇之下。"

"所以说，你不是在国内才认识H，而是在国外时就认识了，或许是他为你挑选了这一处住所，将你安排在符合你挑选猎物的标准的地域内，还用这处天然地理位置形成的海水回溯来禁锢你的思维，长期对你进行催眠。"

"他没有禁锢我。恰恰相反，是他激发了我的创意。"明辉贴着她，温柔地亲吻她的耳郭。

肖甜心身体一僵，却没有动。

"你的发真香，还很美。"他将她绑着的马尾松开了，乌黑直顺的发倾泻而下，像一匹锦缎。他轻抚她的发，又亲了亲她的脸庞。

印象里，他的妈妈总是留着利落的短发，一脸精明，即使被人压在洗手池里干，也不过是操控着对方玩乐，一切都是按她的意思来做。

肖甜心转了过来面对他，将他的视线从对面的海水旋涡里吸引了过来，才说："明辉，你是不是常心怀恐惧，觉得背后有一头怪兽在追你？你一直跑，跑得很累，没有地方去了，只能不停地往上跑，犹如困兽。"

每个人背后都有一头怪兽，你有，我有，最后，当我们回转头，才会发现那怪兽是我们自己。

"我可以帮你，帮你驱除恐惧，请你相信我。不需要往下望，下面是个深渊，会将你吸进去。也别往下跳。"肖甜心伸出双手搭在他的肩膀上。

H是一个催眠高手，他长期接触慕骄阳，使得慕骄阳被催眠而不自知，差点就将车开下了断崖。而他对他的每个棋子都早早下了命令，一旦他们完成或不能完成任务，就会自我了结。例如，他会命令明辉跳下去。

"你和那些女人很不同。她们很害怕我，不说话，一直发抖，有反抗的，骂我是变态的，也有顺从的，但她们都令我恶心。只有你是如此不同。"他看到她一直握在手中录音的手机，又问，"你录这个有什么用？"

"可以为心理学家与犯罪学家做研究数据用，能帮助到更多像你一样的人。"肖甜心说。她看了看对面的几栋大楼，全是镶嵌了玻璃的写字楼与高档住宅区。她忽然说："你把我的坤包拿来好吗？我的头发乱了，我想照一照镜子。"

明辉为她取来镜子。

她打开镜子，依旧是背对着海面在照着自己。

她暗暗地变换了多个角度，刚好一缕阳光透过乌云射了过来，她将镜面对准光源动了动。

"我这种变态，你不希望我死吗？"他又逼近了一步，他的身体贴着她的身体。

她收回了化妆镜，说："我能理解你。"她尽量学慕骄阳用平静冷然的语气问，"是什么一直在你背后追赶你？"

果然，一提到这个话题，他身体一震，就离开她的身体了。

"我们玩一个游戏好吗？我给你看几张图片，你告诉我是什么，我给你解除疑难。"肖甜心将化妆镜搁在阳台上，往客厅走。

明辉的注意力果然被吸引，他轻笑了一声说："从来只有我想和那些女人玩游戏，各种各样的扮演游戏。现在，居然是你想和我玩游戏了。有意思。"

这个游戏需要20-30分钟。时间非常可贵，或许，能等到慕骄阳来救她。

她问他有没有电脑，于是明辉拿来平板。她输入景蓝的"寂静之家"精神病院的官网地址，下载了一套罗夏墨迹测验①图。

一共有十张图，她按顺序一张一张地向他展示，然后问他看到了什么。

十张图片形象简单而抽象，其中五张是白底里渗出黑墨水，另两张是白底红色墨水，还有三张是彩色的。

怕他不明白，她指着一张白底红色墨水的图片说："我看到了两只小乌龟和两条小金鱼。"

"明明就是一摊血迹！"他说。

"那是因为你看得太快了。你再仔细看看，别那么快下结论。"肖甜心鼓励他。她庆幸自己曾看过景蓝和慕骄阳为十岁的 A 做这个测试，后来她也翻阅了大量心理书籍来恶补，才懂得其中的道理。

"像女人的子宫。"他盯着图片忽然说，"和阴道。"

肖甜心抿了抿唇，他强烈地渴望性交。她不动声色地又问："还看到了什么？"

"两个骷髅头。"他又说。

他看到了死亡，或许有严重的抑郁。肖甜心和他一问一答，发觉他反应和回答的时间并不会过快，但真的证明他没有躁狂症吗？在这 10 张图里，在正常人的范畴里是给出 17-27 个回答，而他的答案已经超过了这个数量，且质量很高，证明他内向。他的动物反应越来越多，他一直在说出看到的各种各样的动物，以及大腿、胸等。动物反应比例在51%-75%，证明他的心境非常压抑，这种压抑来自性方面。

---

① 罗夏墨迹测验是非常著名的人格检测，也是少有的投射型人格测试。在临床心理学中使用得非常广泛。目的都是为了诱导出被试者的生活经验、情感、个性倾向等心声。被试者在不知不觉中便会暴露自己的真实心理，因为他在讲述图片上的故事时，已经把自己的心态投射入情境之中了。

肖甜心没有丝毫隐瞒，一一为他解答，并说："如果你能早点去治疗，会好起来的，问题不是不能解决。"

将双手放在桌面上，她很随意地交握，偶尔动一下指头，非常放松。她的姿态使得他也放松下来。然后她又开始问："你幼时有什么癖好吗？例如喜欢丝袜，或者高跟鞋，甚至是裙子。"

五

"口红。"他迅速地说。

"我将妈妈的口红拿走，对着镜子涂抹，或是拿来画画，那是我第一次画画，我画了一朵红色玫瑰。"

"那时你多大？"

"四岁。"

很有绘画天赋的孩子。

肖甜心说："可是你妈妈却打你，甚至羞辱你对不对？让你想要反抗！可你只是乖乖地垂着头，听她教训，被她关进小黑屋里，会是什么地方呢？嗯，或许是阁楼。"

明辉猛地抬起头，一脸震惊。关于这些，他甚至没有和 H 提起过。

"为什么选了口红？"

"因为我想讨好妈妈，我想送一朵我画的玫瑰花给她。因为每次有不同的男人送玫瑰给她，她就很开心。而且妈妈对着镜子画口红时，她好像心情都很好。"

"因为她要去约会了，并且把你独自关在家。"

"是。"他深深地低下头去，"后来我开始收集口红，就藏在床底，可是妈妈发现了。她打了我一顿，骂我是变态，丢她的脸。她要我像个男子汉，将我扔进了练拳的地方，那个地方很可怕，很高很高，我无处可逃，可她还让一群男人揍我。后来她又将我扔进女人堆里，让她们教我怎么做男人。"

天！肖甜心尽量平静淡然地问："她们摸你了吗？"

"不！我不要想！我很痛苦！"他猛地抱起了脑袋。

"别怕，明辉，这里没有人可以伤害你。"她没有和他有任何肢体接触，只是轻轻地敲了敲桌面，使他保持镇定。原来，这就是诱因，就是他被压抑和憎恨女性的导火索。他在青年时期遭到过侵犯，这使得他有很强烈的自卑和性压抑。他既有性渴望，又无法与女性建立正常的社交，使得他不

能纾解自己的性渴望，终于一步一步地发展成了变态。

她又问回了那个问题："你的背后有什么一直在追赶你？"

明辉用双手抱着脑袋蹲在地上，那姿势脆弱得像个孩子，谁会想到他曾是一个穷凶极恶的变态杀手呢？"妈妈……把我关在那间练拳室里，那些男人都来打我，我得不停地逃跑……我身体小，后来就逃到了窗台边，那里跳不下去，被铁杆焊死了，我就沿着那里够到了天窗，然后钻了出去。上面是天台，我无处可逃了，下边，下边就是大海，我看到了旋涡……"

"不，你什么也没有看到。你别往下看，更不要跳。你现在在家里，很安全。"她轻轻地拍了一下手掌，他的幻觉消失了。

难怪他总在往上跑！而此时的肖甜心笃信，慕骄阳也分析出了这个画像，她只需要相信他，等待他。忽然，她看到了对面写字楼里传来的闪光。有人在用玻璃折射光源，告诉她信息。

她大喜，是慕骄阳来救她了！

明辉长期被妈妈关在阁楼的小黑屋里，对光线很敏感。

而肖甜心反应更快，一见到他要抬头，手一拨，飞快地从桌面取过叉子，又迅速塞进了后腰的裤袋里。

肖甜心被他挟持了。

他手里有一把枪，就压在她的后腰上，她被他押着拖着往天台跑。

他无路可走，他不可能往下冲。他住在顶层，他只能往天台走，就像小时候。他又开始逃命了，他的身后有一头怪兽在追，他要逃命，就要不停地往上跑。

他被困在了自己的幻想里。

肖甜心被他拖着往另一栋楼的天台爬。

暴雨如注。

她被他用力地拽了一把，整个人扑到了地上，手掌破了，鲜血渗了出来，可是他不管，拿枪指着她，将她拖起来又往前跑。十米远处是另一座楼楼顶的天台。

肖甜心听见了螺旋桨的声音。是直升机！

慕骄阳才是最精明的那一个猎手。他一直知道最终的结果，那就是明辉会在她的诱导下往幻想中的天台跑，所以他早早地在空中等候。没有什么能比直升机更快地搜索到一个人。

只可惜雨太大，风太狂，影响了直升机的搜救工作。

特勤队从直升机上吊绳索跳了下来，还有狙击手在直升机和别处的高楼之间候命。

而前路，是慕骄阳与一对 FBI 探员冲了出来。

但这不是最好的解决方案，因为肖甜心在明辉手里。

慕骄阳神色凛然，看向明辉时带了杀意，但他马上控制了自己的情绪，对他说道："放下武器，我们会帮助你！"

明辉挟持着肖甜心往左边的天台边缘退，半人高的矮墙挡在了那里。前面是个墙柱，刚好挡了各狙击手的射击方向。再加上风大雨大，也影响了狙击手的视线。

"明辉，我们都不要动枪好不好？慕骄阳是最好的心理学家，他是来帮助你的。"肖甜心轻声地哄他。

明辉叫道："我要和他说话，让他丢枪过来！"

负责带队的丹尼尔不同意。

但慕骄阳潇洒地一挥手，就将枪扔到了地上。

他一步一步地走了过来。

"阿阳！"她担心极了，猛地摇头，泪水就在眼眶里，可是她不让它流出，"阿阳，别过来！"

慕骄阳在离他两米远处站定，并示意自己什么也没拿。

他不仅学犯罪心理，还是人质谈判出身。他从内袋里取出那支口红，然后对明辉说："想要吗？"

这就是他的开场白。

果然，明辉全部的注意力都在那支口红上。

然后，肖甜心注意到，慕骄阳对身后的警察打了个手势。

"你很喜欢口红对不对？你有收集口红的嗜好，你还喜欢对着镜子不停地涂抹口红，因为那是你妈妈一直重复在做的事情。你看，她又要去赴约会了。可是，你不想让妈妈走哇！你渴望回到子宫里去，还是那个乖宝宝，永远留在妈妈身边。你想独占她，爱她爱得恨不得一口吃掉她。你在吃掉爱。"

H 果然都是有目的地在挑选培养猎物。翟林收藏爱，尹志达和明辉都是吃掉爱。就像 H，他也渴望爱。

"明辉！"身后传来呼喊，是明辉的妈妈明丽女士来了。

短短三年不见，她像是完全变了一个样。

明丽患了癌症，已经是晚期，化疗使得她掉光了头发，人很消瘦。其实这些明辉早已知道，他总是偷偷地关注她。即使出国读书、工作这么

多年，他不再与她来往，他要奋力脱离她的掌控，可是他还是会像小男孩时那样躲在洗手间后面，偷偷地看着她化妆，心道：妈妈，可不可以不要出去，留下来陪我？

慕骄阳对肖甜心点了点头。感觉到背后的枪松开了，肖甜心慢慢地，一步一步地走了过去，一步、两步、一米、半米，她被他拥进了怀里，只听他说："他妈妈病情恶化就是他完全变态的刺激源。"

"明辉，你回到妈妈身边好吗？"明丽上前一步。

明辉笑得很苍白，最后只是摇了摇头，然后爬上了天台。

"明辉，你别跳！"肖甜心想去拉他，可他只是说："在你眼里，我就是变态。我以为你理解我，但原来你只是利用我！你看到的我是一头怪物。"他的眼中有恨意，看了下面一眼，轻声道，"坠落是最好的解脱，就像回到妈妈的身边。"就像旋涡，最终都会回到水底最深处。他闭上眼睛，倒了下去。

"不！"肖甜心跑向天台，慕骄阳跟着她一起跑了过去。

但慕骄阳留了心，看到她后腰袋里的叉子，他直接拿在了手中。她快他一步扑到天台边沿往下看。

明辉就掉在两米下多出来的平台上。他见到她，猛地举起了手中的枪。

肖甜心来不及反应，就听见嗖的一声，叉子直接飞了出去，钉在明辉的眉心。

一切发生得太快，吓得她完全傻掉了。等慕骄阳揽着她时，她才知道后怕，不断地道歉："阿阳，是我感情用事。"

"不关你的事。你和他相处了两个多小时，处于极度危险之中，你在保护自己的同时，出现了轻微的斯德哥尔摩症候群。你一直做得很好，甜心，我为你自豪。"慕骄阳低下头来亲吻了她。

回去的路上是慕骄阳开车。

肖甜心忽然问他："你知道他会自杀，还意图杀死我对吗？"

"是。"慕骄阳说，"看到他的妈妈，他的希望会幻灭，会想到自杀。但当时我的分析是，他不伤害人质的概率很大。他是特意选择躲在那个地方，因为他知道那里有多出来的平台。他站在那里，狙击手无法射击，所以我只好冒险请他妈妈来，搏一搏，引开他的注意，好救你。我也是以防万一，所以先发制人。"

车开了一路，但他非常沉默。她侧过脸看他，才发现他眉头紧蹙。

肖甜心说："你还在思考那个案子吗？你说他杀人质的概率很小，但他明明拿枪对着我。"顿了顿，她惊讶地捂住了嘴，"你知道他会开枪的是不是？但是他希望看到的，不是我跑过来，而是他妈妈。只不过他算错了，他妈妈根本毫无悔意，所以不肯冒险来看他最后一眼。"

"是。我用了别的手段逼她过来。她根本不想来。"

"你明知她有生命危险……"肖甜心的声音弱了下去。

慕骄阳握着方向盘的手青筋暴突："为了救你，我别无他法。"

她仰头看着他，觉得他变得有些不一样了。或许应该这样说，从很早的时候就开始，他变了。

他的一只脚已经陷进了深渊。

她再度想起了尼采说过的话：当你凝视深渊时，深渊也在凝视你；与恶魔战斗的人，应该小心自己变成恶魔。

她想对他说，阿阳，你千万别失掉了初心，变得和那些罪犯一样不择手段。但最后，她没有说，只是紧紧靠着他，抱着他的手臂，轻声说："阿阳，你要记得，我一直在你身边。"

第十八章 慕教授为他而来

一

回到预订的酒店后，她才刚进了门，就被他按在墙上亲。

他喜欢和她接吻，和她唇齿相依，她当然也喜欢，但他亲的时间太长，她都要缺氧了。墙边就是一个鞋柜，他将她一提，直接抱到了鞋柜上继续亲，而她的夹克被他脱了，扔到了地上，就连衬衣也被他除去了，只剩一件珍珠白的吊带小背心。她的肌肤白润得像牛乳，他咬着她的红唇轻笑："你的身体比雪还要白。"他说着就要来解她的小背心。

她的掌心破了皮，捆了一层白纱布，行动不便，所以她被他亲得连反抗都反抗不来，更不要说被他这样快速地一件接一件地脱衣服。然后，他的唇贴上她的心窝。

"阿阳，我一身臭臭，想去洗澡了。你先放开我好不好？"她咬着唇，克制着说。

倒是他轻笑了一声，再抬头看她时，那对凤目往上吊着，而顶灯暖暖的光落在他上挑的眼尾，竟映衬得他有种恣意风流的味道。他说："你的手不能碰水，怎么洗，嗯？"

真是搬了石头砸了自己的脚！肖甜心的一张脸憋得通红，她正要赌气说不洗了，却被他打横抱起。他说："我帮你洗。"

其实慕骄阳很细心，给她的两个手都各捆了好几个塑料袋才抱她下水。

"舒服吗？"他揉了把她的发。

"舒服哇！"她叹。

这里的风景多美呀！浴缸旁边就是落地的透明玻璃窗，透过窗子可以看见脚下的大海、海中的小岛、满天的星月与码头上的灯光。这一片海，这一片宁静，此刻是属于她和慕骄阳的。她静静地趴在浴缸边看风景。

她的头发很长，都散开了，像是墨黑的一段锦。黑发浮浮沉沉，铺在雪白的浴缸边，又散落在水里，衬着她雪做的一张小脸，漂亮极了。

他看得喉结一滑，于是解了衣衫，直接跨了进来。倒是把她吓得呀的一声叫，他一把堵住了她的嘴，亲得十分忘我："叫什么，我是你老公！"

她伸手就去推他："你出去！"

"你应该说，让我进来。"

这人说的话越来越没下限。她的手还按在他的胸膛上，他的身体精瘦修长而挺拔，胸膛很硬，又烫，像一块烙铁，她赶紧松了手，却被他又按了回来："还满意你看到和摸到的吗？我也有腹肌的，不比你手下的那些国际超模差。"

她偏过头去不看他。

他直接贴了过来，吓得她又叫了一声："你干什么？"

"不是要帮你洗澡吗？坐着不动，怎么可以？不动那是当老公的失职！"

最后，两人在浴缸里亲昵了许久，她才算是把这澡洗完。她坐在床上咯咯地笑："哎，阿阳，现在可是深秋了哦，洗冷水澡你不冷呀？"

卫生间的门大开着，最里面还有一层磨砂玻璃，透过磨砂玻璃，他挺拔完美的身体曲线，她都能看到。她又回想起刚才的亲昵，赶紧转过了视线。

"肖甜心，你再说话，我就把你抓进来，我不介意再帮你洗一遍。"

肖甜心听了，咯咯地笑。

等他出来时，才发现她的发还是湿的。慕骄阳摇了摇头叹气："你

都不会照顾自己的吗？不吹干头发睡觉会头痛。"

她嘟了嘟嘴，举起两只绑了白纱布的手说："阿阳，我不方便。"

对着她，他是没有脾气的，于是替她吹干和梳理那缎一样的黑发。

她伏在他的双膝上，他替她吹头发。吹风机嗡嗡的声音还有暖暖的风烘得她想睡觉，她打了个哈欠，说："我想起第一次领你回家，你也是这样给我吹头发。"

慕骄阳轻笑了一声："你还脑补了电脑里那些片里的所有姿势。"

"乱说！"肖甜心气得去咬他的下巴。还真痛，他咝了一声，她才松口。她那一对大杏眼水汪汪的，看着他时，无端就勾起了他的欲望，可他只是轻揉了把她的发，说："我逗你玩呢，小猫咪。"

"你再乱说话，小猫咪也是会咬人的。"她哼了一声。

睡到后半夜时，肖甜心就睡不着了。

月色很好，照亮落地窗外的一大片海洋。

慕骄阳订的是豪华蜜月套房，单是房间就有三四间。套房的装修风格既现代又复古，柔和的、多个层次的白，珠光白、粉白、柔白、米白交织在一起，使人住着觉得十分舒服。

她走到阳台上，在白色的圆形沙发里坐下，整个人陷了下去。莫名地，她就想到了《风月俏佳人》里男主和女主住的那栋高级豪华酒店，和这里的样子就是差不多的。只不过这个阳台带玻璃，被360度的透明玻璃罩着，此刻暖气又开得足，使人舒服极了。

她又看了眼种在阳台上的花，花还真多，阳台像空中花园，漂亮、寂静。昨天的事历历在目，惊心动魄。她去吧台取了酒来，给高脚水晶杯满上了鲜红的酒液。

她慢慢地抿。

赏着夜色与大海，她又抿了一小口，酒杯就被他从后抽走。

她一回头，脸一红，但神色如常："慕骄阳，你起床就不能穿一下衣服和裤子吗？"他轻笑了一声："你迟早会习惯的。"

他将她抱起，在那个白色的圆形小沙发里坐了下来。他的手从她的睡袍袍结那儿伸了进去，然后闷哼了一声："该死的，你里面什么也没穿。"

这里是酒店的顶层，60多层，直达云霄。远处的渔人码头火光点点，而另一边是海，墨蓝色的海一望无际，一座雪白带碧翠与淡蓝的小岛漂在那儿若隐若现。他指着那小岛上的蓝顶灯塔说："那里就是恶魔岛。"

"恶魔岛是旧金山海湾里风景最美的岛，没想到却被用来关押全天下最变态、穷凶极恶的犯人。"肖甜心也感叹。

"今晚，我们只谈风月，不谈罪犯。"他举起酒杯抿了一口红酒。

这人，什么都不做还风月呢！"这酒是我的，想喝自己去倒。"

慕骄阳嘴角一勾，说："你酒品太差，还是免了。"

她不服了，叉着腰说："我酒品怎样差了？咬你了，还是上你了。"

慕骄阳眼眸一凝，这小女人故意激他呀！她双手叉腰，睡袍被扯开了一点，胸前的风光若隐若现，沿着睡袍边沿下来，是一道深深的沟壑，简直让人看得想要犯罪。

所以，此刻犯罪学家很不淡定了，轻咳了一声，刚想转移话题，她又说："今晚不是只谈风月吗？风月在哪里，嗯？"

她斜了他一眼，魅惑十足，而手已经在他的身上到处点火。他叹："肖甜心，你这个大酒鬼，果然不止喝了这一点点酒。"

"这是第二杯了。"

慕骄阳："……"

沙发边就是一个小桌子，慕骄阳此时才发现，她刚才在看他为明辉写的分析报告和论文的开篇。

见他目光所及，肖甜心顺着话题说了下去："你听过我录下来的和明辉的对话了？"

"嗯。"慕骄阳说，"刚才你累了，睡了很久，我就把对话听了一遍，做了分析，研究了他临死前的所有心理。"

"那他想对妈妈开枪吗，是因为恨她吗？"肖甜心大着舌头说，说完又摇了摇头，"但好像又有点说不通啊！"

明辉要对妈妈开枪，是出于恨意，还是爱？

这就是慕骄阳要分析的案例，也将列入数据库，为他将来做授课用。

"我在匡提科也为大家讲授人质谈判学，人质谈判学是包含在犯罪心理学的课程里的，只不过现在的人太过于急功近利，都将这门学问丢弃了，一心只知道专研犯罪心理。所以说，明辉是最好的例子，还有李钰。他们两人见到最亲的人，产生了两种截然不同的效果。"慕骄阳说。

"对，李钰放下了屠刀，而明辉只想同归于尽。"肖甜心答。

"那你觉得呢？明辉是为了什么？"她又问。

听了她的问题，慕骄阳思考了很久，才说："明辉的妈妈活不长。我分析，明辉是想让她体面地死去，而不是在最后那半年里受尽痛苦折磨，要靠吗啡度日，最终受尽煎熬才死去。其实明辉告诉我们了，就像刻在口

红上的字句，'因为爱，所以想要吃掉你，或者和你一同赴死'，一切都是为了爱。"顿了顿，他又说，"明辉挟持你，最终一定会提出要见妈妈的要求。我只是快他一步做出侧写，也料定他会自杀。但我不这样做，他一定会杀了你。我分析时觉得他会原谅他的妈妈，但没想到他是以彼此死亡为原谅和终结。"

她说："我帮你一起整理他的案例吧。"

"当然。"他亲亲她的发，"我的贴心小助理。"

黑色旋涡案到此终结。

凌晨四点，整个世界都安静了下来，只剩下两人相拥。

"阿阳，再给我一口酒喝。"她赖在他的怀里，拿指尖在他的心口写写画画，害得他的心痒痒的。

"你喝太多了。"

她嘟哝："慕骄阳，你真小气！"然后她又继续在他心口画着，他静心去感受，她反反复复写的都是他的名字。"哎，阿阳，你这里都长毛了。"

慕骄阳："……"

"真的，有点痒哇，不过你的毛发好可爱，淡黄色的，稀稀疏疏，还很柔软。"她俯下来亲了亲他的胸膛，使得他浑身一震。他再说话时十分克制："我有点混血，所以毛发较多。怕你不喜欢，平常都把胸膛上的毛剃了。"

"难怪你还有大胡子呢！哈哈，毛发真浓密。其实我很喜欢呀！你一亲我时，就会弄得我的脸蛋痒痒的。就像我小时候，爸爸一亲我，就害我感觉痒痒的。"

慕骄阳看着她咬牙切齿道："肖甜心，嫌我老了是吧！"她顺势抢过他手中的酒杯将酒喝完，还不忘舔一舔异常妖娆的红嘴唇，说："哇，好甜。"她顿了顿又说，"老不老，要试过才知道哇！"

和酒鬼绝对无法交流！

他直接将她抱回了房间，然后往地上一扔，就回床上睡觉去了。这家伙喝醉了这么火辣，还是不要看到她才好。于是，他又下了床，将她抱起，扔到了隔壁的卧房里，就扔在地上，害她屁股疼。她的门被他嘭的一声关上。

她隔着门嚷嚷："蜜月套房不就是要一起睡吗？"

"我不想和酒鬼睡！"

说完，他就回了房间，扯过毛毯盖住了自己。

只是，越睡越燥热，梦里也全是她，他和她不停地翻云覆雨。

而她开了门，偷偷爬上了他的床，从他的脚底钻进了毛毯里。

她刚摸到他的脚他就醒了，他又气又急，将她从毛毯里拽了出来："肖甜心，你干什么！"

她喝醉了不讲道理，还滑得像泥鳅，现在她赤裸着，不就是一条细细白白的小白鱼嘛。他抓不住她，她已经溜了下去，他只好将她又捞了起来，然后紧紧地抱着她，说："甜心，乖，别动。让我抱抱你。"

她醉了，力气很大，一把将他压了回去，说："不，慕骄阳，这次你得听我的！让我抱你！"

然后她紧紧地抱着他，缠着他，让他动弹不得，但他抱着抱着她就睡过去了。看着她甜美的睡颜，他觉得很幸福。

二

第二天醒来时，甜心已经不在他的身边。

人去楼空，再想昨夜的温存，他十分惆怅。

他的枕边有一张贺卡，他翻开一看，上面是陌生的字迹：我走了，慕骄阳别想我。

那是他第一次看见小甜的字和她的只言片语。

想了想，他将小小的贺卡合了起来，放进了西装内袋里。

他再环绕偌大的房间一圈，却只得他一人，想来还真是讽刺，蜜月套房，却不见了他的新娘。

他穿好衣服，赶去了警察局。

钟明泽也是刚回来没多久，坐在为 FBI 探员新开的办公室里打盹儿。

"外公，有什么线索了？"慕骄阳一进门，钟明泽就醒了。

尽管上了年纪，但他一睁开眼，还是那个曾经令无数罪犯闻风丧胆的钟明泽。

钟明泽是 FBI 的骄傲，也是他们华人的光。

也只有这样的人物才培养得出肖甜心这样的姑娘。

一想到她，他的心思就百转千回，一颗心也轻柔了起来。他想她了。

"小甜走了？"不过几分钟，钟明泽从他的神情里做出了侧写。

"嗯。"

"我们赶到废弃窑炉厂时，尹志达和翟林已经逃了，就连那些痕迹都被处理得很干净。"钟明泽说，"不过已经有警察扮成市民在金融区的

各大酒吧留意。"

顿了顿，他又说："我觉得，他们会协同H犯案。他们躲起来，肯定是为了干一件事。"

慕骄阳在案几前坐下，打开吃心者案的各项报告。他发现其中一份尸检报告显示，在死者被挖开的心包附近有一些黏着性材料的纤维，经化验发现，每个分子里都含有4个碳元素和轻微雷汞。

他沉默了很久，然后说："H在某个地方埋下了炸弹。C4炸弹，因每个分子里都含有4个碳元素出名，是连X光安全检查都可以躲过去的，即使是警犬也要经过特殊训练才能嗅出。而雷汞用来做起爆药或装填雷管用。"

顿了顿，慕骄阳又说："C4性能稳定，附上黏着性材料，可以像口香糖一样黏在物体上面，使用起来非常方便高效。"

刚捧了咖啡进来的尼克说："埋在美国这边的蓝斯艺廊里？"毕竟，以他洛泽的面孔，要自由地出入洛泽的产业，轻而易举。

"有这么简单就好了。"菲茨也感叹，同样捧着一杯黑咖啡走了进来。

"我觉得H的行为应该是有特定性的，他必须回到一个特定的地方。"慕骄阳分析。

大家正在分析，突然轰的一声巨响，整间办公室都在震动。

丹尼尔跑进来说："有人在警局门外引爆炸弹。"

慕骄阳和一众探员马上跑到了警局外。

警局周围已被迅速清场，各个可观察的点和射击范围都被警方掌控。慕骄阳蹲下来，在被炸开的大门缺口那儿观看。从爆炸程度来分析，这是小范围的爆炸，精准度非常高，而且没有伤到任何一个人，是H恶作剧式的把戏。但是他对杀人没有兴趣，H不像其他变态连环杀手，杀人不能使他兴奋。他的兴奋点仅仅在爆炸上，就像纵火犯，要引起大家的关注，真是幼稚！

忽然，全城警报四起，不同的地方浓烟滚滚。慕骄阳和钟明泽的电话没有停过，全市不同的地方都发生了爆炸。

这里的爆炸没有意义。退回到警局里，慕骄阳马上开始搜集爆炸地点。"爆炸地点有哪些？"他快速地做好记录。

分别是大盆地红杉国立公园、格雷斯大教堂、阿拉莫广场、渔人码头、M.H.德扬纪念馆、全美金字塔，以及唐人街。

"他这是什么意思？"丹尼尔很愤怒。

这些都是旧金山的著名历史文物、社会公共区和景点。

"会不会不是 H，而是反社会人士做的？"探员尼克问道。

菲茨显然是在沉思，重新翻看那份尸检报告。

钟明泽说："如果是反社会人士做的，会有大量人员伤亡，杀人才能使他们得到满足。但这些爆炸案里没有。"

众人飞速赶往各个景点去查看犯罪现场。

先是大教堂。那里死了一个人，也是在这些爆炸案里唯一死的人。

"是意外，还是 H 改变了行为模式？"慕骄阳自言自语。

见菲茨眉头深锁，慕骄阳说："手术刀与雕塑用的雕刻刀，在必要时就可以是制造炸药的工具。附在黏着性材料上，需要很仔细的做工，而精巧的手术刀十分好用，所以物证产生了交叉转移，没有处理过的刀直接用来处理尸体了。是 H 做的炸弹，他不打算隐藏身份。这样的他更加危险。"

"如果死了人，凶手就有可能是反社会型人格。你接触 H 最多，你怎么看？"菲茨问道。

"我们先去问问牧师。"慕骄阳率先进入大教堂。

钟明泽和慕骄阳模拟案情，进行重演。

菲茨在一边问："你有看见凶手吗？"

"没有，我当时已经开始讲经了。而受害者坐的位置靠后，且不在我的视线范围里。"神父很内疚。

"在教堂进行谋杀，有强烈的象征性，是牵扯到宗教内涵吗？"慕骄阳抛出问题。现阶段，他不能定性在 H 一人身上，多个方面都要想到，画像才会完整。他在倒数第二排坐下，而钟明泽走了过来，将一个纸盒放在了他的脚边，也在他旁边的位置坐了一会儿，然后走开了。

"当时最后几排都没有人吗？"慕骄阳问。

神父答："是。我记得人来得还算多，但坐得分散，最后几排还是挺空的。"

"这不是无意识地杀人，是有目的有预谋地杀人，只不过选择了教堂。"慕骄阳迅速分析。而钟明泽起身离席，一边走一边说："这里的人都在认真听布道，没有人看到后排有什么人进来或离开。"他在教堂大门停下，又说，"当凶手离开，嘭的一声，小型炸弹爆炸，精确地只杀了一个人，不是因宗教而起的谋杀。"

"连环杀手不会只杀一个人。"菲茨说。

慕骄阳站了起来，钟明泽也回到了原来的站位上，展开谈论。

"如果是 H，那他只会杀有罪的人。"慕骄阳说。

钟明泽给本打电话，没几分钟就知道了所有答案。原来这个男人因涉嫌拐卖且侵犯男童被多次起诉，但因证据不足而被当庭释放。

"的确是个人渣。"慕骄阳情绪激动，"死不足惜！"

钟明泽不动声色地看着他，眼眸微敛。

"我们是要把自己置于凶手的位置上思考，而不是成为凶手。骄阳，你要明白这个道理。"钟明泽再说话时十分严肃。

慕骄阳抿了抿唇才说："假设凶手是 H，他是一个很有使命感的凶手，只会杀坏人。我觉得他下一个目标是翟林或是尹志达，这也是他明明看不起他们却放任他们靠近他的原因。"

教堂外围满了媒体，大肆报道这件事。

"凶手跟踪了受害者很长一段时间，他很有耐心，作案时也很谨慎，没有人注意到他，所以他能轻松逃走。选在这里真是具有讽刺意味，一个变态强奸犯居然会来教堂听布道。而凶手选在这里开始他的表演，是为了引来更多的关注。他要这个城市为他陷入恐慌。"慕骄阳说完，示意负责和媒体打交道的 FBI 探员劝退那些疯狂的媒体，并且不要为凶手起名称。

钟明泽点头："在教堂能引起更多关注。看到媒体为他疯狂，他很满足。"

众人还去了渔人码头和唐人街等地一一查看。

"凶手的行为主要是制造爆炸，杀人只是附加行为。"慕骄阳说，"其他地方没有人员伤亡，但他的行为模式预示了下一次再发生爆炸时还会死一个罪人。在渔人码头与唐人街里，爆炸的地点十分具有他的'幻想'特征。"

钟明泽马上接话："选择有家庭聚会和玩乐的地方作为爆炸点，是对家庭的嘲笑。"

"凶手投放炸弹，可以被当作纵火犯来看。选择爆炸的地点很符合 H 的风格，并非报复社会，而是要引起关注，他渴望世人崇拜他。全美金字塔在刚开始建时，曾遭到过反对和谩骂，H 也是一位艺术家，他是在嘲讽这座建筑的丑陋。他在游戏人间，只要他想，可以瞬间将那些历史文物建筑夷为平地，可以在人口密集的唐人街或渔人码头造成多人死伤，可是他没有这样做。他在投放烟幕弹，来隐藏他真正想要摧毁的目标。"慕骄阳一口气说完。

钟明泽头来赞赏的目光："纵火犯一般和母亲的感情较好。"

"对，"慕骄阳点头，"我已经请洛泽联系了他的母亲，她大概明天就到。"

H从来没有见过这个母亲。

一个大胆的想法成型，慕骄阳说："洛泽的父母说过，他们当时只怀了一对双胞胎，做产检B超时是亲眼所见。但考虑到他们是在美国做的试管婴儿，所以我推测当时有医护人员取得了洛氏夫妇的受精卵进行培育，成功后再放入洛妈妈的体内。应该还有一个受精卵培育成功了，却被放进了另一位女性的子宫里。"

如果真的是H，他的下一站会在哪里？

正在这个时候，嘀的一声，是手机短信到了。

慕骄阳翻开，是小甜发来的："慕骄阳，有没有想我？不要回我了，那会令我更牵挂。我就是想你了，所以给你发一条短信。[心]"

唇边是淡淡的笑，接到她的短信，他当然是开心的。

他并非铁石心肠。

"城市里一直在发生爆炸案，慕骄阳你这个大木头一定要小心哦。"

大木头，曾是甜心给他起的名字。读书时，她一直叫他大木头。现在是小甜，还是甜心？

小甜又发了一条短信："甜心刚才和我说，她……她让你小心，还说凶手的下一个目标可能是你。他选择你成为新的罪人。别追问，我也不知道，回到身体里的甜心似乎拥有更多原本失去了的记忆。"

但当甜心清醒时，她就失去了许多记忆。

慕骄阳心里一震，许多模糊的回忆翻涌，眼前一片血红，他就似A一样，面无表情地站在一栋高楼前，看着那个男人跳了下来，粉身碎骨，而他只是冷酷地勾了勾嘴角，笑得十分嘲讽。

"骄阳，我们回去做简报。"钟明泽拍了拍他的肩膀，向前走去。

这时，一个戴着鸭舌帽的男人快速走了过来，将一个汽水瓶一把塞到了慕骄阳手里。

还在走神的慕骄阳身体一震，喊："大家快抓住他！"然后他飞快地举起手将汽水瓶扔向海边。

轰的一声巨响，钟明泽猛地回转身喊："骄阳！"

"你离开的第十天，我很想你，甜心。我常常想起我们的学生时代。那时我脾气坏，像块木头，和你相处时，一整天或许也不说三句话。可是

你会说许多故事给我听，还说许多笑话逗我笑。

"我还记得，那是你第一次喝醉。那是初二的秋游，我不想去，我讨厌人多的地方，你就拉着我偷偷地跑了。我们上了教学楼的天顶，看远处的大海。说来真神奇，夏海是个美丽的地方。我曾走遍全世界，见识过许多片海，甚至是粉色的大海，甜心，以后我一定要带你去看看。

"可是再没有一片海，有夏海那么美丽。那天，你我并肩而坐。太阳下山了，那时你的影子就在一旁，歪歪斜斜，像喝醉了的小狗狗。你以为我不知道，其实我看见了，你想来牵我的手。可是我笨，看到你的影子动，我缩回了手。后来，你喝醉了，倒没有孟浪，但还是很放肆的，一直牵着我的手，摇啊摇地对我说，'阿阳，我嫁给你好不好？真想马上就长大呀！长大了，我给你做媳妇，给你生一个小宝宝。最好是男孩子，像你那么帅！是我的小阿阳。我就有两个太阳了。'其实，你才是我的小太阳，温暖了我寒冷寂寞的人生。

"可是呀，生一个怎么够呢？我想和你生许多个孩子。最好全是女孩子。所以，肖甜心，你这个大酒鬼注定要失望了。我才不要小太阳呢，会和我争宠的！我要一窝女儿，加上你一起宠。甜心，你什么时候，才能回到我身边？"

笔停，慕骄阳合上了那本厚厚的日记。

他坐在酒店阳台里，眺望远处的海景。

这套蜜月套房，此刻是那么冷清，而甜心的身影、笑容无处不在，出现在房间的每个地方。

慕骄阳笑了，他抱着那本日记，低喃："甜心，我想和你生一窝宝宝。"

想着想着，他又想起了那天的爆炸。爆炸使他昏迷了三天三夜，并导致了脑震荡。醒来后，他一想事情就头疼。那个男人只是一个普通的学生，为了拿一千美元才将汽水瓶塞进慕骄阳手里，他并不知道那是液体炸弹。

若非甜心为他与 H 同时做出侧写，他的命可能就没有了。

甜心似乎知道了一些他不知道的事情，是慕教授抹去了他的记忆。

再要想，慕骄阳头痛欲裂，只好放弃。

嘀的一声，是短信到了：慕骄阳，你还好吧？

慕骄阳觉得惋惜，并不是甜心。

他回复她一个笑脸。

小甜给他回了一颗会跳动的红色小心心。

小红心一直跳动，不知是谁，怦然心动。

看她的对话栏一直显示在输入状态，慕骄阳就知道是他的冷淡使得她伤了心。慕骄阳对她有很矛盾的情感，毕竟，他和小甜也有过亲密接触，他和她的关系既像恋人又不像，但那条界线早已越过。

他叹气，还是给她发了个摸头的表情。

又隔了一会儿，她发了信息过来：慕骄阳，我很爱很爱你。即使会消失，也很爱很爱你。甜心会代我爱你，直至我生命的终结。

"小甜……"他再没有回复任何话语，但手往脸上一抹，是泪水。

合上日记，慕骄阳整理好自己，往警局赶去。

媒体的大肆报道使得爆炸案的凶手成为城市的话题人物，甚至有一群激进的小年轻封他为偶像，为他建网站，个别人还学他的样子，没本事放炸弹，但往公众场合扔燃烧的东西。

"是哪家媒体对他大肆报道的，不知道会引起反效果吗？这会使得他得意扬扬，会以为自己真的就是这个城市的主宰！"菲茨火气很大，命令尼克马上去和媒体沟通。

钟明泽说的话相当谨慎："投弹犯就是H，我们的侧写不需要推翻重来。纵火犯只会在烟熄灭后才开始下一次犯案。他的冷却期快到头了，我们得侧写他下一步会在哪里投弹。"

正说着，电话再次响起。

H又犯案了。

这次，是在一家颇有历史的饭店。

饭店建于1953年，是当时的一对情侣所开。男主人是从二战战场上归来的英雄，他失去了一条腿。但他的未婚妻终于等来了她的丈夫。

两人婚后一直经营这家饭店，他们的后代也一直经营。

这是一家家族式的五星级饭店，来此处吃饭的多是一家人。

H的幻想还是"家"。

慕骄阳等人赶到现场。

饭店的名字叫"美丽的一天"，就坐落在旧金山海岸边上。

一个小男孩受了点轻伤，蹲在饭桌边哭。

还是慕骄阳有办法，哄他停止哭泣："里昂，刚才有看见什么人吗？"

小里昂说："有一个叔叔走过来，和我说叫我走远一点，待会儿有爆炸。他还变戏法似的扔了很多玩具出来，小朋友们都跑出去抢了，然后就是嘭的一声。"

"他不再满足于事后重返现场，他还在现场看着爆炸发生。"慕骄

阳说，"但他对杀人依旧没有兴趣。这一次他没有杀挑选出来的罪人，那就意味着爆炸将会在短时间内发生。"

钟明泽打开全市地图，将所有适合一家人去的又具有意义与地标式建筑进行圈画。

慕骄阳觉得脑子里很乱，一个地方在他脑海里隐隐地浮现。

他猛一抬头，城市的另一边立着高高的摩天轮。

嘀的一声，他条件反射般拿起手机。是小甜："慕骄阳，你猜猜我现在在哪里？嘻，我偏不告诉你！在我一直想去的地方。我曾经想过无数次你陪我去，但没有关系，我很享受独处时光。这十二天，我玩得很开心。"

甜心刚和他在一起时，就提过很想去游乐场玩，还要坐摩天轮。可是他嫌她幼稚，拐了她回家。

想到这些，慕骄阳只觉心疼。小甜就是甜心，她虽然是分裂出来的人格，但是甜心喜欢的一切她都喜欢，也将最好的自己给了他，毫无保留，全心全意。

"外公，我知道 H 下一个投弹点在哪里。"慕骄阳的话还没有说完，就被铃声打断。

是游乐场发生了爆炸。

游乐场，不就是最适合一家人去的地方吗？适合家人去，也适合情侣去。

而此刻，甜心就在那里。

"甜心！"慕骄阳发出撕心裂肺的叫喊，像一头受伤的猛兽。

他一把打开车门，将警灯安到了车顶，亮起警报，然后将车飙到了最高时速。

四

慕骄阳最先到达游乐场。

炸弹发生爆炸的地方是在一处假山石后。

那里是一间糖果屋，说白了就是蜡像馆。但慕骄阳不再理会外界的一切，直奔摩天轮而去。

那个巨大的摩天轮像城市之眼，随着一圈圈的转动，像在一眨一眨。五彩的灯光从一个个水晶盒里透出来。

摩天轮又转了一圈，不同的人都下来了。

慕骄阳疯狂地给小甜打电话，可是没有人回应他。

他整个人绷得太紧，只要轻轻一击，就能将他击溃。

然后，他看见了她。

她就倚在舱里，头歪在玻璃窗上睡着了。

就那么短短的一瞬，他很确定她只是睡着了，因为她的脸蛋红扑扑的。他猛跑几步跃上去打开门，进入舱里。

玻璃舱又慢慢地升高了。

舱里的灯光很明亮，一本书还放在她的膝上，摊开的页面上放着一张照片做书签。

是小甜的照片。在加州的沙滩上，20岁的她穿着亮红色的比基尼，笑得那么快乐。甜心是不会这样笑的，甜心含蓄。她笑得张扬，带着天真和野性，连笑颜都有着惊心动魄的美。

慕骄阳放下照片，看到了书的内容，是《追风筝的人》。

她用笔在文下画了横线：为你，千千万万遍。

手机还被她握在手里。慕骄阳轻轻地取过她的手机，只见上面写着：骄阳，为你，千千万万遍。可是她没有发出去，存在了草稿箱里。

慕骄阳单膝跪了下去，握着她的小手，轻声对她说："小甜，为你，千千万万遍。"她，就是甜心哪！

他一说话，她就醒了。

眨了眨眼睛，她觉得不可置信，双手捧着他的脸说："我是在做梦吗？"

"多大的人了，坐着都能睡着！"他在她的身边坐下，并给外公发了条平安短信。

"阿阳，我玩得很开心。玩累了，就想睡觉了。阿阳，我以后就不会再出来了。你不必想我。因为我感觉不到了，也不会再想你了。"她抚着他的脸，轻声地说，"只有我走了，甜心才会永远地留下来。"

"慕骄阳，答应我，永远不要想我。"

他看着她不说话。

他那么好看哪！那对眼睛真好看，既有欧式的深邃，又是中国式的凤眼，眼尾微微吊起。他看着人时，分外专注，而一笑时，那对眼睛就更好看了，会说话一样。

小甜被他吸引，仰起头来亲了亲他的眼睛："阿阳，答应我。"

他还是不说话。

"你不答应我，我会很难过，走了也很难过。"

慕骄阳看着她说："小甜，为你，千千万万遍。"

小甜从不爱哭，但这一次哭了，哭得稀里哗啦。

慕骄阳吻了她，吻她的唇，辗转缠绵。

"慕骄阳，我马上就和甜心融合了，我想把她对慕教授的一切记忆抹掉。从此甜心简单快活，就是你初识时的样子。"

"不，小甜，不要这样。甜心有权利去爱别人。那是属于她成长的一部分。"

小甜咬了他的唇，他吃痛放开她，尝到了血腥的味道，又咸又辣。她再度扬起脸来，伸出鲜红的小舌尖将他唇瓣上的鲜血舔舐干净，才说："慕骄阳，甜心不允许自己爱上除你以外的任何人，否则我不会被分裂出来。"

两人无法谈拢，最后她跃到他的大腿上，搂着他就亲了起来，十分用力，几乎要吻进他的灵魂深处。整个舱摇动不止，他的脸都红了，她吻得太出格。

她不会告诉他的，也不需要征得他的同意。小甜是谁？她爱干什么就干什么！或许是她自私，但她希望慕骄阳永远快乐，不必因慕教授而吃醋。

当她再度离开他的唇时，她看见他睁开了眼睛，那对眼睛没有温度。怔了怔，小甜跃了起来，头还撞到了玻璃，她疼得嗌了一声，说："你……你是慕教授。你干吗吻我？"

"和你接吻的不是我，我没这个兴趣。你离开慕骄阳的嘴唇，我才出来的。"慕教授看着她说，"我和你谈一个条件。"

"你凭什么和我谈条件？"小甜很警惕，离他远远的。但她看着他时，脸莫名地就红了。

见她脸红，慕教授也是一怔。她就像被抓包的小孩，马上垂下头去，她的头低低地勾着，他只能看见她颤抖不已的卷曲眼睫和尖尖小小的俏丽下巴。

她居然害羞？

慕教授低笑了一声，再说话时，嗓音又低了一个度："就凭我和你爱着同一个人。你爱甜心，我也爱她。"

"我希望你融合时抹掉甜心对我的所有记忆。"顿了顿，他又问，"小甜，你希望我抹掉慕骄阳对你的所有记忆吗？"

小甜猛地抬起头来看着他，她的眼睛都红了，最后只是轻轻地说："忘掉好。"

小甜有小甜的刚烈，得不到，那就彻底放手，毫不留恋，决不纠缠。

慕教授说："好。"但在心底，他轻声说，我怎么舍得让他忘了你呢？

见他的视线始终胶着在她的身上，而摩天轮再度转了一圈，她咬了咬唇说："你干吗这样看着我？"

"你令我想起16岁的甜心，她当时和你性格差不多。"慕教授的声音比慕骄阳更为低沉。

"怎么可能？"小甜蓦地睁大了眼睛。

慕教授轻笑了声："是真的，小甜。她喝醉时就是你。慕骄阳没有感受到，但我知道，一直都是你。你和她一模一样，都是那么倔强。"

他又想起了十年前。

甜心偷偷地给他塞情书，就夹在她不会做的化学题里。她递给他，说："阿阳，你晚上帮我做作业好不好？我明天给你带巧克力来，你最爱的那种，有酒心的红色心形巧克力。"后来，他做习题时，看到了她专门夹在那里的书签，上面写着：为你，千千万万遍。

第二天，她跑来问他有没有看见她的书签。借口很蹩脚。但他说没有看见，习题本里什么也没有。那一刻，她的眼睫一颤，眼里有失落闪过。

他还记得，海边小木屋那晚，她也说了那句话：为你，千千万万遍。

"甜心少女时，是这个样子的？"

"当然，和你一样可爱。"慕教授的回忆终止，他看着她时，没有刚开始的冷漠，变得温柔。

"慕教授，当年海边小木屋是怎么回事？"

慕教授看着她，说："小甜，那不是值得回忆的事，应该忘却。"

"可是你连慕骄阳的记忆都抹去了。"

"我必须使慕骄阳忘掉一些事情，但过程中出了差错。慕骄阳对那件事太过执着，不肯放下，我只好用幻想控住术的记忆置换法来替他置换记忆，就像对A做的那样。但我没有成功，他的记忆又陷入了混乱，所以忘记了某些事情。所幸，那件事，他也忘了。那件事十分危险，会唤醒真实的慕骄阳。真实的慕骄阳并不完美。"

"我不懂。"小甜抿了抿唇。

"你还是个小姑娘，不需要懂。"他摸了摸她的头。

又轻叹了一声，慕教授说："你们都不必懂。慕骄阳也不需要知道真实的他是什么样子。我花了很长的时间来和他做斗争，才将真实的他关在了身体的最深处。所以，我还不可以和慕骄阳融合，小甜，你再给我一

些时间。"

"好的，阿阳，我都听你的。"说完这句话，连她自己都是一怔，脸瞬间就红得像红苹果。很奇怪，她对着慕骄阳从不脸红，脸皮厚得可以，可是对着他，她就脸红了。

蓦地，她又低下了头。倒是惹得慕教授笑："你还是和过去一样，一见到我就脸红。"

少女甜心一见到慕教授就脸红，说话都不利索，只有喝醉时才像换了个人似的，对着他十分孟浪。

她低声说："我走了。等我走了，你再放慕骄阳出来吧。到时，你记得将他关于我的记忆抹去。"

两人同时念起："为你，千千万万遍。"

慕教授看着她，她和甜心形神合一，就是同一个人。

"你还有什么心愿吗？"

五

小甜摇着头笑了，她闭上眼睛，不让泪水滑落："我想他再吻一吻我，可是又何必呢？"她刚说完，慕教授温热的唇就贴了上来，轻轻地含着她的唇，温柔缱绻，充满怜惜，就是和慕骄阳接吻的感觉。

他在她耳边呢喃："我永远不会忘了你。"

过了许久许久。

她再睁开眼睛时有些发蒙，说："阿阳，我怎么跑来了这里？"

肖甜心睡了很久，她觉得自己睡了一个世纪。

慕教授看着她，有些怜悯，轻声答："我们来抓 H，可是你受了伤，昏迷了很久。我记得你以前说过想来坐摩天轮，所以我带你来了。现在你醒了。"

他顺势将小甜的照片还有那本书一起卷进了自己的公文包里，不让她看见。

他不舍得她呀，所以他想自私一回，留下来陪伴她一段时间，以慕骄阳的身份。

"对哦。我记得我在环线火车上答应了你的求婚，然后就发生了命案，H 在到处搞爆炸。"肖甜心的脑子慢慢清醒过来。她扑了上去，抱着他亲了一口，说，"慕骄阳，你这个大木头，都带我跑来这里了，还一点都不懂浪漫。"

她都在拼命暗示了，他怎么还不懂啊！

她这么想来游乐场，是因为想让他在这里向她求婚哪！传说，在摩天轮转到最高点时向心爱的人求婚，两人一辈子都会很幸福。

慕教授懂了，于是跪了下来，说："甜心，你愿意嫁给我吗？嫁给慕骄阳。"

"哼，没有戒指！"肖甜心伸出手来晃了晃。

原本的8克拉钻戒太珍贵，被她放在蜜月套房的保险柜里了。

慕教授一怔，然后从公文包里翻出那本日记本，变戏法似的从最后一页的牛皮封底里取出了一只压扁了的草织小鸟，还有一张书签。这是连慕骄阳都不知道的秘密。

"咦，这不是我以前送给你的小鸟吗？"那时，他总是飘忽不定，说不定哪天就不见了。所以，她渴望变成一只小鸟，随时可以飞到他身边。所以，她做了一只飞鸟送给他，并把所有的心愿都写在了那些编制草片的背面。只有将小鸟拆下，才能看见里面的字。

见他要拆，她红了脸，说："娇娇，别看！"

可是他已经全拆开了，她羞得一把捂住了脸。

过了许久，她只听他用低沉的嗓音温柔地说："甜甜，睁开眼睛。"

他单膝跪着，举着那枚草编的戒指，说："甜甜，嫁给我，嫁给慕骄阳。"

时间一晃，十三年过去了。

斗转星移，许多人在人潮中走散了。但有些人，一眼就是千年、万年。

肖甜心扑进他的怀里，说："阿阳，我爱你，很爱很爱。爱你的好，也爱你的不好。"

连她自己都不知道，她和小甜相融后不再记得慕教授，却依然爱着慕教授。

"我都知道。"慕教授轻声地叹，轻抚着她的背。

他将那张早已泛黄的书签递给她，轻声说："甜心，为你，千千万万遍。"

她微微笑了："原来，你当年是骗我的。"

"因为我那时还受着自闭症的折磨，我不能了解爱是什么样的感觉，但你教会了我。"慕教授一字一句地说，其实是在向她表白。

她看着他，最终那滴泪还是滑了下来。他一仰头就将泪水吻去。她的泪水太珍贵，他不舍得让它滴落。她轻吻他的唇，说出的话近乎耳语："我爱你，永远爱你。"

她没有说名字，没有说慕骄阳。慕教授身体一震，但还是克制下了

所有的情绪，轻轻抱着她。

突然，天穹之下传来尖声惊叫。

慕教授顿了顿，说："甜心，玩够了就下去吧。我们还有工作，必须将 H 抓到。"

他在心里不断地说：慕骄阳，让我再待一会儿，我陪她一段时间，然后再也不会出来。

从一开始他就明白，他的爱注定见不到阳光，得不到祝福。

他爱得卑微。

"哎，也不知道为什么，我的脑袋就像植物人睡了好几年醒来后的感觉，什么都发糊。这里是怎么回事？你再说一下案情。"

慕教授将案件重新给她梳理了一遍。当两人站在糖果屋里时，肖甜心被看到的一切惊到了。

现场十分诡异。

在一个好像家的布景里，一个男人，一个十五六岁的孩子，和一个女人坐在那里。他们都被打理过了，头发梳得一丝不乱，穿着舒适得体的居家服，男人捧着报纸在看，女人在织毛衣，而孩子在写作业。

一副一家人其乐融融的样子。

男人大家都认得，正是翟林。那个孩子，慕教授也认得，是景蓝新接收的 Z。女人，暂时不知道是谁。而他们这"一家三口"都死去了。

凶手居然要被害人玩角色扮演。

"这里显示装修中，所以凶手有一辆看起来不起眼的厢车，凶手本人也打扮成装修员工进出。他做好了伪装掩护，且那辆运送尸体的车肯定已被丢弃。以他犯案的完美和谨慎来看，即使被监控拍到，也不会有实质性作用。翟林和 Z 是罪犯，如果推测没错，这个女人应该也是罪犯。但这起谋杀案做得非常精细，纵火犯不会有这样的闲心和耐性，所以不符合 H 的画像。但他们是同一个团伙，我想，是 F 在向我们打招呼。等 F 走远了，H 才引爆了炸弹，将大众的视线聚集到这里来。这也符合 H 下一次投弹必须死罪人的模式。这是两人一起上演的秀。"慕教授作出初步画像。

刚好法医和鉴证科人员到了。

慕教授和法医一起讨论问题，初步断定，三名死者都是因中风或脑出血而死亡。凶手应该是给他们用了阿曲库铵或多沙氯铵等神经牵制类药物。当药物过量时，就会造成死亡。这是初步推断，具体的结论，还要等详细的解剖和化验结果。

怕肖甜心不明白，慕教授解释："神经类药物会阻断大脑对肌肉的信号传输，受害者全身麻痹，但有知觉意识，就是不能动。"

"天！"肖甜心叫了起来，"真残忍。"

"对。F喜欢从精神到身体的虐杀。而这类特殊医用药是H提供的。所以这起案件里有两个凶手的画像，H是从，F是主。F一直没有出手，他没有太大的杀戮欲望，但近期可能遇到了什么刺激源，使得他出手了。这个近期的时间段是在半年之内。"慕教授总结。

"F的作案手法十分精细，这样的人有着超越常人的忍耐力。他的冷却期会比较长，除非遇到激烈的刺激源。而H会忍不住到处放火。纵火犯的冷却期一般较短，但H之前一直对投弹（纵火）控制得十分严格，应该是大哥哥洛泽使得他受了刺激。"肖甜心补充。

肖甜心在糖果屋里慢慢地走："H很聪明，他引爆炸弹，使得在附近进出的人大乱，甚至连这里都被波及，到处都是脚印，破坏了现场。H走的每一步同样谨慎到了严苛的地步。"

她在一面镜子前停下。

镜子挂在墙上，有两米多高，将那"一家三口"都照了进来。

她还注意到镜子上有一个类似F的图案。她一回头，就看到镜子的对面是一排窗户。慕教授说："如果是白天，太阳光射进来，可以将F的图案的影子投影到旁边这片墙上。"

鉴证人员马上取来照明灯，开始做试验。灯光从各个方位射进来，还考虑到太阳从东到西移动的轨迹。果然，那个F像一只小小的灰色翅膀投影在一边的墙壁上。

肖甜心陷入了沉思。

"你想到了什么？"慕教授问她。

"《心魔》。厉安安做男主演，安静做导演拍的电影。"肖甜心说，"F在模仿里面的情节杀人。所以，下一起案件，应该还是按照电影里的模式。"

电影里的凶手，一旦出手，必定震惊世人。

心魔，追逐所谓绝对"正义"的地下使者，是黑暗判官，只杀有罪之人。

H也是只杀罪人。

他们的身上都有B的影子。

第十九章 心魔再现

一

《心魔》获得了奥斯卡最佳外语片奖。

那是一部十分注重内心活动的戏，是从心理学的角度出发来拍摄的。

当坐在豪华的电影大厅里，再一次重温这部影片时，肖甜心还是觉得有些羞赧。毕竟她曾经的老板厉安安可是全裸出演。

倒是慕教授看得津津有味："真佩服安静这个东方不败，拍这样的戏，估计她也不会尴尬。"

他的后脑勺被重重地一击，他回头，安静正坐在他的后面瞪他："说谁是东方不败呢！"

慕教授只是呵了一声。

"十多年不见，你还是和当年一样令人讨厌哪，慕教授！"安静已经分辨出他是副人格了。十多年前，慕教授和肖甜心第一次来她家玩时，她就从洛泽那儿知道了。

"静静，叫他骄阳就好啦。叫教授多生分哪！你又不是他的学生。"肖甜心戳了戳慕骄阳的胳膊，示意他友好些。

"呵！"安静学着慕教授的样子也来了一句。倒是她的丈夫厉安安始终面带微笑地看着她，十分宠溺。

肖甜心见了，轻叹："静静，看见你和厉安安现在这么幸福，真是羡慕。"

慕教授听了，心中一动，圈着她轻声说："我们也会很幸福的。"

电影已经进入了高潮。男主将那面镜子挂在了受害人正对着的墙上，有一种嘲讽的意味。他取过受害人常用的口红，在镜子上写了一个他名字的大写字母。

那就是他的行为模式和标签，他会在每一起案件里留下他的签名。

如同 F。F 在刻意模仿。

慕教授陷入思索。F 肯定有自己的喜好和行为模式，留下一个字母"F"，不符合他的模式，甚至显得有点不入流，但他却这样做了，这其中肯定有深意。

他回头看了安静和厉安安一眼，心里涌起微妙感。

他从来都是独自一人，没有爱人，没有朋友。

后来，他有了甜心，为了能令他融入到正常人中去，甜心又为他介绍了厉安安夫妇。

可以说，景蓝和洛泽是他的兄弟，那厉氏夫妇就是他唯一的两个朋友。

蓦地一顿，他的心跳几乎停止。那是 F 对他的挑衅，F 和 H 选择的目标一样，都是他身边最亲近的人。

电影中场休息二十分钟。

这部电影长达四个小时。肖甜心也是侧写师，已经分析出来了。她转过身来看着厉氏夫妇，说："安静，你们要在美国待几天？"

这一次来美国，是因为《心魔》这部电影正在做全美巡回展。现在是《心魔》片方在本家的影视大厅里独家放映。全场只有五六个影评人，十来个业界大佬和几个忠实粉丝在场。包括他们四人，总共不到三十人。

安静答："十天吧。怎么了？"

慕教授握着甜心的手以示安抚，又对厉氏夫妇说："我已经和 FBI 打了招呼，他们会派一队人全程保护你们，直到你们安全离开美国。"

厉安安拍了拍好友的肩膀，说："你办事，我们一向放心。倒是你和甜心，要注意安全。"

一对好闺密也是许久不见，安静拍了拍她旁边的座位，说："甜心，

过来坐，让他们两个男人聊。"

于是肖甜心和厉安安换了一个位置。

刚坐好，安静就很使坏地不断眨眼。

肖甜心咦了一句，说："静静，你眼睛进沙子了？要不要我帮你吹吹？"

"喀喀，"厉安安回头："你别抢我的台词。"

安静睨了他一眼，他就不敢说话了。

慕教授又呵了声："电影院没有风，哪儿来的沙。"

众人："……"

好冷。

前面，两个男人诡异地静默，导致后面两个小女人说的话都被他们听得一清二楚。

安静说："试过了吗？"

肖甜心过了好一会儿才反应过来，脸都红了，低声嗔她："果然结了婚的女人都不要脸。"

"你不是从小到大都梦想着睡他吗？有什么不好意思说的，大家都是成年人了！"

肖甜心拧她的嘴："你不准说话。"

"是梦想嫁给他！"肖甜心憋得脸都红了。

"和睡他不是一个意思？"安静一向快言快语，"不过是睡他合法化而已。"

慕教授忍无可忍，回头来瞪她："这就不劳你操心了，灭绝师太。我们的闺房之乐非常和谐。"

"娇娇！"肖甜心羞死了。

"切，算了吧。你俩那纯情模样，一看就是没睡过。了解。"安静继续插刀。

慕教授气结："你……"

"被说中了吧，恼羞成怒了吧！呵！"安静怼他。

慕教授一张雪白的脸庞此刻红得能滴出血来："安静你这个女流氓，简直不要脸。"

安静依旧笑眯眯地说："教授，和你玩呢，人越大越回去了。知道你最护着宠着你家小仙女了，不舍得她受到一点点伤害嘛，懂的。"她指的是他只是副人格的身份，也在提醒他该规行矩步。

静了一瞬，慕教授当然是懂了。

只有肖甜心不懂。她此刻简单快乐，十分知足。

肖甜心看了看大家，又说："我们四个坐一起吧！"

"我才不要和慕变态坐。"

"我不要和她坐一起。"

两人同时说了出口，倒是把肖甜心逗笑了，她咯咯咯地笑着，十分快乐。

她叹："真好，好像又回到了高中时代。你们，我最爱的人都在我身边了。"

她并不知道，小甜虽然删除了她对教授的记忆，但为了不至于造成她的记忆链的严重断裂，保留了她在高中还不知道慕骄阳就是教授时和他相处的那段回忆。她以为一直以来她接触的慕骄阳都是同一个人。

安静听了一怔，轻轻地抱了抱甜心："对，我们都爱着你。"

四个好朋友坐到了一起。

肖甜心说："刚才我看到电影里有一段令人难忘的情节，男主莫心每次杀人前后，都会拿带了刺的鞭子反复抽打自己。"

"对自己施以笞刑。"慕教授说。

"我想 F 只是简单模仿，不会对自己施以笞刑。莫心这样做，是出于对杀人的愧疚，他在挣扎，非常矛盾。"肖甜心开始了分析。

"对。而且 F 杀人充满嘲弄的意味，但莫心是为了公理而行私刑，过程快速、简单、直接。两者有本质不同。通过这部电影，我们可以对 F 做出侧写，F 极度享受慢性折磨的过程，这才是性变态犯罪者的画像。"慕教授顿了顿，又说，"他冷静地看受害人被他操纵，直至药物输入过量而死，而且这个过程还相当漫长，至少持续二十天。他没有丝毫的同理心，是天生的冷酷麻木型的变态连环杀手。"

肖甜心接着道："如果是这样的话，F 不可能等到了 30 岁才动手。他应该在很早前就杀过人了，只不过他的冷却期可能非常长，甚至几年一次。再加上他又谨慎，是犯罪高手，所以一直没有被发现。我们可以从美国和国内近十年内的，没有破获的案件里做一个交叉比对，找出相似点，可能会有所发现。他的杀人模式暂时还是在杀害那些没有被判刑的罪人。"

一想通了这点，她马上给外公打了电话。

安静啧啧了两声："你俩连谈恋爱都在讨论案件，好没情趣。"

这时四周的灯又暗了许多，几乎要看不见半米外的人了。

"闭嘴吧。看戏。"慕教授怼她。

这时，银幕里出现了一个很美丽的海边小镇，那些富有人情味的屋子都是建在断崖峭壁上的，而脚下是平静的蓝色港湾，海水温柔，好像连海风都是温柔的。

苏莲托，是那不勒斯湾上的明珠。

画面换到了海与屋子的另一边，是一大片金黄的橘园，有工人在橘园工作。

熟悉的音乐响起，并非《心魔》的主题音乐，而是意大利歌曲《重归苏莲托》，抒情男高音的歌声十分动人，深情无限，诉说着这个发生在海边橘园的故事。

这本来是一首爱情歌，但传唱久了，表达的意思已经转换，变成对故乡的思念之情。

苏莲托是意大利那不勒斯海湾的一个小镇。

慕教授一怔，觉得有点说不出地烦躁。

而一个低低沉沉的悦耳声音跟着男高音一起唱："重归苏莲托，回到我身旁。"一个男人从黑暗的另一处走了过来，在慕教授四人身后隔了两排的位置上坐了下来。

男人将一罐汽水放在了他旁边那个男人的脚边。他还在轻哼那首《重归苏莲托》。

这首意大利歌曲是由两兄弟所作，哥哥作词，弟弟谱曲，曲调和歌词都分外抒情和唯美，使听到的人会产生思乡之情。

慕教授低叫了一声："糟了！"他猛地握住肖甜心的手，压低声音说，"H来了。"

或许，F也来了。

可是这里有三十个人，还有他和她最好的朋友。

二

肖甜心拿出手机一看，全无信号。

该死的H又带来了干扰器。

"H，你出来。"慕教授站了起来说话，"你本姓洛，叫洛心。"

他声音不大，但相信洛心是可以听见的。

这时，室内的灯光更暗了。

洛心缓缓地站了起来。

洛心的旁边有两个男人，慕教授不能刺激到他。

于是，慕教授又说："洛心，你出现在这里，有什么话想对我说吗？"

肖甜心也站了起来："洛心，厉氏夫妇是我的朋友，也都是好人。我知道你的本质不坏，你从来没有想过杀我，杀小草，不然我和小草绝对活不到今天。你挑选罪人做猎物对吗？今天，你带了炸弹来吗？我猜你带了。可是这里都是好人哪！"

洛心的手按在一个男人的肩膀上，他用英语说："来，亲爱的，上去宣读你的罪状。"

那个男人想反抗，可是一把枪顶在了他的头上。

男人一边走一边抖，站在电影银幕中间。这时，歌声结束，银幕上也切换回了电影《心魔》的片段。正是莫心在逼恶人宣读自己的罪状。

光影交错，安静认出了这是《心魔》一片的最大投资商克里。

克里站在那里，一直颤抖，可他拒绝说出自己犯下的恶事。洛心低笑了一声，忽然从衣袋里取出一把小刀猛地插进他的心房。

肖甜心呀了一声。

洛心笑得更快乐了："甜心，别急，死不了。我有分寸，他的心脏好好的，刀卡在肋骨之间，流的血也不多，绝对可以熬很久。"然后他转头对克里说，"你还不说实话吗？"

慕教授一直冷冷地看着洛心表现。

全场观众莫名沉默，没有人尖叫。

慕教授说："全场的人都被控制起来了。"

安静等人被吓得不轻，但还是维持着平静。

克里开始说实话了，他在黑市买入未成年少女和少年，致十多人死亡。但因那些人都是从黑市买来的，无人追究，所以他一直没有被发现。

"克里，你的记性太差了，是致十五个少女死亡，七个 10 到 14 岁的男孩死亡，就埋在你家后面的森林里呢，要不要我帮你把尸体起出来，嗯？"洛心又抽出一把小刀，极快地插进他的大腿，克里疼得叫不出声来。

安静尖叫起来，而厉安安抱着她，将她的头压进自己怀里："别看。"

肖甜心皱了皱眉头，咬着唇不作声。

"慕骄阳，你说，这个克里该不该死？"洛心轻笑，"克里使我想起了二十六年前的一天，夜雨一直下个不停，很冷的天气，女主人不在家，噢，那个该死的男主人，将手伸进了只有四岁的小男孩的裤子里去……"

随着他绘声绘色地讲述这个故事，肖甜心惊骇万分，手越握越紧。最后慕教授握着她的手，轻声说："没关系，都过去了。"

他不是慕骄阳，他没有任何感觉。

洛心又笑："最后这个意欲侵犯四岁小男孩的男人不知道哪里去了，哎，慕骄阳，要不要我帮你查查？"

"洛心，你弄死克里，对我没有半分影响。你究竟想怎样？"慕教授平静地说。

洛心说："不如我们来做一场游戏。"

"规则很简单。"洛心从黑色袋子里取出了一捆炸药。洛克将炸药绑到了克里的身上，克里不断地重复他犯下的恶行，只求洛心能饶了他。

洛心拍了拍他的脸，说："这个我可做不了主，决定权在我这位朋友的手中。"

这时，电影里切换了景象，不再是阴郁的夜晚，莫心又穿上了得体的西服行走于人间，对每一位路人微笑，厉安安的超高颜值使得莫心在白天里美丽得犹如天使。而光亮倾泄而下，罩在洛心头上、身上，洛心整个人如沐浴在光亮之中，圣洁无比。

他绝色的容貌使得看到他的每个人都惊呆了。

他的唇畔是一缕淡淡的笑，此刻顾盼，风华绝代。

他好看得使人恨不起来，是慕教授他们四人都熟悉的脸孔。

安静一愣，叫了起来："大哥哥？！"

洛心微笑看向她："你就是洛泽的红颜知己？我很喜欢你。"

肖甜心扯了扯安静，低声说："他是洛泽的孪生弟弟，他和洛泽不同。"

"有什么不同？到目前为止，我只杀恶人，替天行道。而洛泽在帮警察做事，我们都是一样在惩恶惩奸，为什么你们都欣赏他，崇拜他，而我却得不到应有的待遇？"顿了顿，洛心又说，"安静，你看，你写心魔，拍心魔，这个故事里的人本就游走在光明与黑暗之间，我以为你对这个故事，对莫心这个人是有理解的。不说赞同，你起码还是有理解的，对不对？"

似是受了蛊惑，安静说："对，克里这样的人，死不足惜。"

慕教授心头一跳，这样下去，所有的人都会出现斯德哥尔摩症候群，会帮助洛心对付自己。

"慕骄阳，你呢？我刚才的故事里提到的那个男人难道就不该死吗？如果不是因为那个小男孩藏了小刀，还刺伤了他拼了命地跑出去，那一晚，可能他就被那个男人侵犯了。难道那个男人不该死吗？"

"对，该死！"慕骄阳冰冷的声音响起，像冰山里流动的雪水，一点一点沁进人的心里，冷得令人发颤。

但下一秒，慕教授就将慕骄阳赶了回去。

洛心是个魔鬼。他试图唤醒真实的慕骄阳。

知道洛心暂时还不会动手，慕教授离开座位，在电影厅里走动。

他观察了每一个人，他们都面无表情，直挺挺地坐着。

"你给他们用了阿曲库铵等神经牵制类药物。"慕教授说。

洛心点头："对。你揭开他们的面具，可能会有有趣的发现。"说完，他又低低笑了起来，像恶作剧成功了的大男孩。

慕教授回头，对站在原地的甜心点了点头，于是她也走了过来，帮他将众人的面具——揭开。

这里有两个女人，二十一个男人，全部是震惊全美的变态连环杀人犯。他们每个人的身上都绑有炸弹。他们还没有死，只是不能动而已。

洛心又说了："看你俩的表情，你们应该已经认出这些都是通缉犯了。这二十三个人杀过的人数在三百个以上，这还只是粗略计算而已。慕骄阳，你说，这些人该不该死？"

慕教授不作声。

"小静，你说，他们该不该死？"洛心微笑着看向她，似在蛊惑，那对似是用海水做成的眼睛好看得过分，被电影银幕里的光影映着，像盛满了一池星光与月辉，温柔得能使人沉醉。

那声小静，也是过去洛泽曾唤过的。

安静的脸微红，但她只是说："洛心，你这样做是不对的。就像莫心，最后他也得到了应有的惩罚。我理解、同情莫心，但我写这部电影的初衷是劝人向善，要看到光明的所在，而不是导人向恶。"

"嗯，好女孩，你说得有点道理。"洛心又看向了慕骄阳，说，"你来选吧，如果你选择让他们死，那你们四人可以安全离开。我说到做到。但如果你不赞同我的意见，我也可以将克里交给你，他的炸弹控制着这里所有的炸弹，只要你能拆下这个炸弹之王，这个游戏就是我输，他们随你处置，你们也能活下来。怎样，你要不要玩？"

"哦，"他忽然抬起手来，看了看表，说，"不好意思，游戏已经开始了，不允许你不玩了。你还有一部电影的时间，也就是说你还有三个小时来考虑。"

三

慕教授看了安静一眼，说："如果此刻换了一个面目丑陋的人做着

同一件事，我想，你是不会赞同他的。美丽的皮囊确实能给恶魔加分不少，而且，洛心还是一个很会催眠的恶魔。"

一语惊醒所有的人。

安静收回了目光，而厉安安也从莫心这个曾带给他许多复杂情绪的角色里挣脱出来。

是，那些垃圾不值得他们同情，但不代表他们就可以按下按钮，将那些垃圾炸死。那个按钮一旦按下，这一生，愧疚都会折磨着他们，直到他们生命的终结，又或者他们会变成和洛心一样的人，才不会再受到折磨。

有时，黑暗是来自我们的心。

"看来我们是谈不拢了。"洛心耸了耸肩，然后将克里往前一推，说，"那你看着办。"

无论是慕骄阳还是慕教授，都不懂得拆弹。

肖甜心急得犹如热锅上的蚂蚁，她抱着他的手臂轻摇："阿阳……"

慕教授垂眸，对着她微笑着说："甜心，我会为了你守着本心。"

守着本心，一直是肖甜心想对他说的。之前的他，为了案件不择手段，甚至令她害怕，但此刻，她却感到了心安。

她抬眸看着他说："阿阳，我不怕，你去拆。你死，我陪着你死，你生，我陪着你生。总之，你也别想叫我独自去逃生，我不会走。"

然后，她直接走到了洛心身边，仰起头来看着他说："洛心，你放了安安和静静好不好？他们都是好人。"

洛心不肯，只是站在那里不动。

"你不是只杀坏人吗？"肖甜心不肯放弃。

洛心垂下眸来看她："甜心，有时为了成就一件事，需要一点牺牲。如果明天所有的报纸上都报道《心魔》一片的投资商、导演、主演都死于爆炸，那这部片会令所有人注目，我会令世人震惊。"

是了，她与骄阳对 H 的侧写不就是他要令世人震惊，兼活在他的阴影之下吗？他要成为主宰，成为洛泽，成为传奇。

其实，她和慕骄阳死无所谓，他们终究是在一起。只是害了安静和厉安安。她转过头来，看着自己的好友，眼神里充满自责。这种感觉几乎要令她窒息。

安静对她说："甜心，没关系。这就是命，不是你的错。"

厉安安握着妻子的手，问："你怕吗？"

· 418 ·　　"不怕。只要和你在一起，生死不过等闲。人终究是要死的。"安静说。

厉安安微微地笑了，亲吻了她的唇，对她说："我爱你。幸好，我们的孩子没有来。有猫安安陪伴她，她总不至于寂寞。"

肖甜心几乎要晕过去。

慕教授拍了拍她肩膀，说："甜心，你没有错。你尽力了。"

她一晃，才清醒过来。

洛心刚才又对她催眠了，试图击溃她本就脆弱的意志。慕教授看了洛心一眼。

"慕骄阳，你看，要你们这么多人陪这些人渣死，真的值得？选择权一直在你手上，只要你判那些人渣死刑，我就让你们离开。你看，小静的孩子还在家里等父母回去。你和甜心真的忍心？"洛心又开始诱哄。

他在诱哄出每个人的心魔。

"你这样做难道不是自私？为了维护所谓的灭罪先锋慕教授大义凛然的形象，不惜使得好友惨死，无辜的孩子失去父母？还有你的甜心，嗯？只有你离开，她才会跟着离开，那样她就可以活下来了。"

慕教授走到克里身边。克里的炸弹才是重点。见洛心还要说，慕教授淡淡地道："洛心，你太吵了。你急什么？"

洛心轻笑了声，走到一边的座位上，静静地欣赏起《心魔》这部片来。

但他一边看，一边低低地哼唱那首《重归苏莲托》。

慕教授将克里身上炸弹匣子上的玻璃盖打开，里面是一个黑色的面板，是有开关的。他小心翼翼地打开，里面有一排会滚动的数字键，六位数。

需要密码来解除炸弹！

肖甜心轻声问他："阿阳，你会解密吗？"

慕教授如实回答："甜心，我不是密码专家。"

他本以为她会失望，但她只是笑一笑，说："没关系，阿阳。我陪你一起想答案。我们还有时间。"

她和他都不能失去本心！是，那些人渣确实该死，但应该由法律来制裁他们。她和慕骄阳没有任何权利去主宰别人的生命。

看到她的坚定，慕教授说："放心。洛心把所有的犯人都抓到加州来了。真是聪明！加州是有死刑的，他们肯定会受到法律的制裁。"

洛心一脸玩味地看着他。

"我们是犯罪心理学家，洛心，要分析你还是不难的。"慕教授说。

"你一直在唱《重归苏莲托》。那是一首由两兄弟共同谱成的曲，表达对家乡的思念之情。你和洛泽都是意大利混血儿，意大利也是你的家。

你的内心深处在想念那个所谓的'家'。从你挑选的尹志达、黑色旋涡也可以看出端倪。"慕教授一直盯着他看，话不停地说下去，"你既妒忌洛泽，又渴望洛泽，因为他是你唯一的哥哥，和你一模一样，你会不自觉地想向他靠近，这是血缘的力量。可是怎样才能使他离开家庭来到你的身边呢？或许毁掉他就是最好的选择，所以你一直在媒体那里污蔑他。你对洛泽的情感太过复杂，所以我猜，你不会设置数字这么简单的密码，应该是英语，Twins（双胞胎），双胞胎？"

洛心一直表现得很轻松，但此刻眼里闪过微妙的情绪。

近了，但还是不对！慕教授抿了抿唇。

慕教授觉得自己需要做前摄，于是淡淡地开口："能最快地毁掉洛泽的办法你知道。你尝试过，但最后放弃了，改为选择别的方式。只有杀死小草，洛泽才会崩溃，丧失本心，最终走到你面来来。变态们的心理思考模式和行为模式与常人不同，不会因为这个而去向你报复，反而会激发起洛泽潜藏的杀戮因子。这才是变态们真正的思维。"

洛心走到肖甜心面前，挑起她的下巴，微晒："慕骄阳，这个方法对于你同样适用。"

慕教授一怔，脸色变得苍白。

"你猜出来了？按下去呀！"洛心笑着说，"可是你只有一次机会。按错了，就'嘭'。"

洛心往电影厅的大门走去："你还有时间，慢慢考虑。我不奉陪了。"

慕教授的动作快，他已经扑了过来要拖着洛心，谁料洛心猛一转身，将西服打开，露出捆在身上的炸弹："别碰我。"

慕教授蓦地停止了动作。

他不甘，可也只能看着洛心走出了那道门。

洛心回转身，看着他说："这道门上也装有炸弹。如果你们敢不按游戏规则来，我会马上按下爆炸键。"

"阿阳，你为什么要那样说？"肖甜心蹲了下来，和他平视。

他也正蹲着，在那儿研究炸弹的数字键。而克里躺在地上，已经被吓得晕了过去。

"设一个圈套引洛心出来，是抓到他最快捷的方式。不然，我们只能被动。"他压低了声音和她说话。

这些道理她当然懂，不然，她不会答应做黑色旋涡的诱饵。可是一想到小草和洛泽是她的朋友，她就狠不下这个心。

"放心，我们会保护好小草的。"

"欢迎大家来到洛心的乐园。"一边墙壁上挂着的视频器突然开了。洛心的面孔出现在大屏幕里，他与电影里执行私刑的绝色的莫心面对着面，互相辉映。

慕教授哼了一声："什么烂趣味。"

安静也忍不住笑了："其实还是很赏心悦目的，洛心很英俊。当然，我们安安才是真正的美神。"

厉安安只是宠溺地摇了摇头，拍了拍妻子的肩膀，说："去吧。"

就连肖甜心也忍不住笑了。见安静已经走到了自己身边，她握着安静的手，说："静静，对不起。"

"有啥对不对得起的。放屁！"安静踢了慕教授一脚，说，"喂，教授，你能想出答案吗？"

"本来快想出来了，被你一踢，没了。"

众人："……"

屏幕里的洛心也笑了。

慕教授抬头看他那熟悉的脸孔。一笑时，他唇边淡淡的纹路，他眼内闪烁的温柔光芒，不是赏心悦目是什么。果然是魔鬼插上了天使的翅膀。慕教授说："这些炸弹的威力不算太强，用来精准杀人，不会毁了整栋楼。大部分的连环杀手都喜欢重返犯罪现场，所以你不会走远，而且你已经直接参与进来了。我猜，你就在我们的下一层。"

"那又怎样？"洛心托着下巴说话，拇指指腹按在下巴上的那道美男窝上，看向大家时，那种眼神没有攻击性，他就像是大家许多年不曾联系的朋友。

"洛心，你想成为英雄，成为传奇，可是你教出来的翟林、尹志达、黑色旋涡，全是不上道的杀人犯。他们杀了那么多人，你算什么警恶惩奸的地下判官？你连莫心都不如。"慕教授说。

"你错了。即使没有我，黑色旋涡他们最终也会走上那条路，他们控制不住自己的杀戮欲，与人无尤。"洛心并不在意，微微一笑，道，"而且没有我，他们会因控止不了心中的欲望而大开杀戒，无差别杀人。有了我，他们的变态幻想才得以控制。"

慕教授蹙眉，洛心的内心非常强大。

见他眉心那点小红痣可怜巴巴地皱着，肖甜心一仰头就吻住了他的眉心，低声对他说："别放弃。"

慕教授思考得太久了。

洛心太无聊，又哼起了歌。是日文歌《樱花》。

慕教授心思一动，说："这首歌使我想起了洛泽，当年他孤身一人很寂寞。"

"可是如今他有娇妻和好儿好女围绕，令人嫉妒。"洛心接了下去。

"洛克已经没有了。"慕教授轻声叹，"心，我不想洛泽再失去一个手足。"

洛心眼睫一颤，忽地垂眸看向他，许久不说话。

"给你们看点有趣的吧！"洛心动一动手，屏幕切换了，跟洛泽一样的脸孔出现在屏幕里。

不，这个人就是洛泽，他穿着一身修身黑西服，游走在曼哈顿繁华的街头。

视频是实时动态的，洛泽轻轻侧身回眸，似乎是有人在喊他。

然后一群媒体蜂拥而至，将他堵截。有路人拿番茄扔他，被他侧身避过。他眉头轻蹙，眼神忧郁，整个人好看得像一幅油画。洛泽的英俊游走于古典与现代之间。这些，洛心并不拥有。

洛心许久没有说话，慕教授已经分析出他的心理状态，说："怎么？看到洛泽，令你自惭形秽了？也是，你拥有洛泽的容貌，却不能拥有他的风采。洛泽皱一皱眉都是美的，你永远模仿不来。你像个幼稚又鲁莽的孩子，一辈子也没有长大。"

顿了顿，慕教授轻笑了声，又说："不过你和洛克很像，洛泽会喜欢你的。在这世上，洛泽拥有的东西太少，他很珍惜你，所以他为你专程来美国。"

因为美国的很多地方没有死刑。因为洛泽知道，洛心总会随他去任何地方。

洛心懂了。他的呼吸变得沉重，透过麦克风传了过来。

肖甜心一怔，觉得慕骄阳的做法越来越奇怪了。

"洛心，不如，你到我们这里来，来我们身边，我们可以是一个阵营。你一而再，再而三地挑衅我是为了什么？为了让我加入你们的变态杀人狂乐团？"

"慕骄阳，你刺激不了我。你们能抓住我吗？不能！你们看，洛泽被泼红油了！再过去几十米就是他在上城区最大的那座私人博物馆，啧，都被泼了红油了。为什么呢？哦，你们听不见现场的报道。我说给你们听，享誉国际的洛泽原来就是吃心魔，专挑美貌的女子下手，手法变态残忍，喜欢将人做成雕塑。他是全美境内少有的吃人魔。呵，我的哥哥，他这一下出名了！"

难怪洛心没有对尹志达下手，一切都是为了嫁祸给洛泽。

"哦，忘了告诉你。你们忙着抓捕我和黑色旋涡的这半个月，洛泽杀了六个人，吃了六颗心。"洛心切换屏幕，再度看向大家。

肖甜心想，这是对大家的心理折磨，本来这里的时间就不多了。脑子里飞速旋转着，她忽然说："洛心，再唱首歌给大家听听。"

"小可爱，你在消遣我呢？"洛心轻声笑。

"你倒是不怕我。"洛心又说。

然后他轻轻地哼起了歌。他唱的是很发散的歌，没有歌词，也不知道是哪里的民谣，全球各国语言都有，但唱着唱着，他居然唱回了《重归苏莲托》。

肖甜心和慕教授暗暗对了个眼神。

名为叫他唱歌，实为对他侧写。

洛心所有的寄托都在洛泽身上。

"Brother（兄弟），"慕教授说，"你心心念念的就是哥哥，密码和哥哥有关。"

洛心的歌声停止了。他说："那你按下去。"

慕教授将兄弟的英文换成相对应的数字，可是滑动了一半又停止了。

黑色旋涡对那些女人刺的图案浮现眼前，既是一片抽象的旋涡，也可以组成双子星座。

"Gemini（双子星座）！"慕教授大声说，"既是指双生子，也是双子星座。"

全场一片寂静。

洛心在屏幕那头消失了。

糟了，他要逃了！

慕教授快速地将英文变换成数字，按下了最后一排数字。

黑色挡板嗒的一声开了。

大家全都倒吸一口气，静静地看着慕教授那双苍白而优美的手。

他将挡板揭开，里面是好几组错综复杂的线。

他们被骗了。

"哈哈。怎么样，慕骄阳，好玩吗？刺激不刺激？"

洛心那张俊美无俦的脸再度出现在屏幕里。只见他笑得璀璨明亮，不再刻意模仿洛泽低眉浅笑，这才是他原本的样子。

他的笑容天真又顽劣，他更像洛克，就是一个大男孩。

"不不不，不要将我和一个死人相比。"洛心对着慕教授摇了摇手指。

"他也是你的哥哥。"慕教授说，"H，你不守信用。"

"我没有说过解密了炸弹就不会boom（发出隆隆声）！"洛心笑。

"剪哪条线？红的，还是白的？"洛心开起了玩笑。

见慕教授要看手表，洛心又说："温馨提示，还有半个小时。"

时间一分一秒地过去。慕教授一动不动，只是看着那些乱成一团的线。

肖甜心一直安静地陪着他。

大家好像听见了时间嘀嘀嗒嗒走过的声音。

"嘀嗒，嘀嗒，嘀嗒。"洛心在那里念。他不肯再唱歌。

慕教授看了他一眼，说："洛心，你很吵。"

"饥饿游戏。"肖甜心忽然说。

"小可爱，你很聪明。明明拥有那么甜的一张脸蛋，可是眼睛却很毒，专门去分析别人的心思。"洛心说，"是《饥饿游戏》第二部里那个竞技场，隐藏的机关就是那个时钟，每次钟声响起，就会转换一次机关，杀一批人，以此反复回到原点。"

在数时间，回到原点。

什么是原点？肖甜心想得脑壳疼。

"别理他。他故意让你去侧写他，浪费时间。"慕教授轻轻撞了她的肩膀一下。

安静说："那你倒是剪哪。我又不怪你，剪错了大家一锅炖呗。"

慕教授："……"

已经没有时间了。

洛心数的嘀嗒声越来越快，简直就是折磨。

安静性子急，剪了也是死，不剪也是死，还不如一搏。她嚷："你不剪，我剪了！"

"静静，相信阿阳。他总有他的道理。"肖甜心拉了拉她。

可是慕教授一直保持那个姿势一动不动。

还有十五分钟。

门口忽然传来声音："你们怎么不让我进去？"

有工作人员回话："是克里先生吩咐下去的，谁也不准进去打扰大家观赏电影。"

是谁要进来？

肖甜心连忙跑过去，正要阻止来人，可是太急，脚下一滑，来不及了，门已经被打开，一个高大的男人自暗处走了过来，手一托已经抱住了她。

洛心又低笑了一声，说："有不请自来的朋友？那也欢迎你进入洛心的乐园。"

"又见面了，小不点。"男人低沉的嗓音传了过来，此刻就贴着她的耳膜，而他的手还扶在她的腰上。她想推开他一点，他反而揽得更紧。他又说："这里不是在放电影吗？我也是这部片的第二投资商，克里太不够意思，居然不叫上我一起。咦，怎么搞得像在开派对？"

"哥哥。"慕教授站了起来，直接走到他身边说，"哥哥，我还没有介绍，这是我未婚妻肖甜心。而现在，你进入了一堆炸弹里。"

"哥哥，你为什么来这里？"

慕林一怔，抬头看向大家，再看了眼地下躺着的克里和他身上的炸弹，才说："我错过了首映，但今天的怀旧场是 24 小时轮放，还有一批业界的朋友要过来看接下来的几场。"像是想到了什么，他猛地跑到门边，却听见洛心说道："只能进，不能出。一碰门，就'boom'！"

有高高低低的不同的人的声音往这边传来。洛心又说："不能让他们报警，不然我马上按下爆炸键。"

眼看着大家已经走到门边，慕林清了清嗓子，大声说："各位，请别进来。这里发生了一点事，请大家在外面稍等片刻。"然后他将厚重的红色大木门关上并反锁，隔绝了大家好奇的视线。

"你一直在思考怎么剪？"慕林问弟弟。

慕教授不回答，直至肖甜心戳了戳他，才嗯了一声。

慕林看了眼肖甜心，说："上次你打电话让外婆家准备婚礼和布置新房，就是和肖小姐结婚吗？"

慕教授抬·抬眸，淡淡地说："不是肖小姐，是我的未婚妻。你也可以叫她妹妹，我和她是你的弟弟妹妹。"

五

气氛有些怪，肖甜心觉得莫名其妙，于是又戳了戳他："哎，阿阳，

怎么办？你想到了吗？"

"我来吧。"慕林说，"我会拆弹。"

蓦地，丢失了的记忆一点点地复苏。肖甜心一惊，已经想起来了，再说话时"你，你"了半天，才说了下去："是你在游艇会救了我。那一次，我被炸得脑震荡，忘记这事了。"

慕林一笑，举起手来摸了摸她的头："现在想起来也不迟。"

慕教授也站了起来，恰恰将两人隔开。

慕林眼睫微闪，放下了手。

"哥哥，你会拆弹？"慕教授的眼睛里没有光，让人看不透。

慕林嗯了一声，道："在德国建筑系学习时，无聊，跟着人家学玩拆弹和爆破。毕竟，起房子有时需要爆破。"顿了顿，他又说，"骄阳，我是你哥哥，不是犯人，你不该用这种语气和我说话。"

似是想到了什么，慕林一惊，说："是你出来了？"

肖甜心听得云里雾里，慕教授一愣，说："哥哥，别说了。"

慕林没再说什么，蹲下来认真地研究那些线。

肖甜心如见救星，抱着慕教授的手臂摇了起来："大哥会拆弹，很厉害的。"

慕教授摸了摸她的头。

慕林见肖甜心对弟弟撒娇，手一顿，又动了起来，终于看到内核。

洛心说："还有三分钟。"

"这个太复杂。我能拆，但是最少要十分钟。"慕林很急，汗水从额间滑落。

慕教授拿手帕替他擦掉汗水，不让他分心。

"谢谢。"慕林说。

"时间不够了。"慕教授叹。

"他要你们做什么？"慕林问。

"杀了那些人，或者杀了我们自己。"慕教授答。

慕林不再说话，争分夺秒地研究怎么拆弹。

洛心说："时间不够的。慕骄阳，你怎么选？"

"一边是你最爱、最在乎的人，另一边是一堆渣滓。两边，你选哪一边？"

还剩一分钟。

肖甜心始终与他并肩面对，她的声音糯糯的，温柔却不失力量："阿阳，我信你。"

"剪红色的？"洛心笑了起来："不不，剪白色的吧！"

"或者你让那堆人渣死，我告诉你剪还是不剪。"

还有三十秒。

慕林说："弟弟，你决定。"

还有十秒，见弟弟没有反应，慕林举起了剪子，伸向红色。他判断是红色。

"不如选那些人渣……"洛心还在说。

"停！"慕教授大声喝止。

时间在这一秒钟停止。

慕林停下了手。

嗒！炸弹里的倒计时走完了最后一秒，也停止了。

《心魔》恰恰播放完毕。

洛心笑："慕骄阳，你真的很聪明。"他的影像渐渐模糊，声音也远去了，"拜拜。"

他逃了。

慕教授想，如果选择让那些人渣原地爆炸，洛心肯定会信守承诺放他们走，但是慕骄阳和自己就输了，输在没有战胜自己的心魔，会变成和洛心一模一样的人。

但无论剪哪一条线，都会爆炸，是洛心故意玩弄他。因为一个不能走到自己阵营里来的慕骄阳，洛心情愿毁掉。

不放弃那堆渣滓，才是坚守了本心。而摸透了洛心的想法，不动任何一条线，就是答案。

慕教授只是和甜心对视了一眼，她就懂了。

她一下子跃了起来，而他条件反射地抱着她的臀。她的香吻已经送了过来，她吻他的唇，说："阿阳，我为你骄傲。"然后她又吻了吻他眉间那点小红痣说，"你也很厉害。"

大家都在笑。安静打趣："甜心，这么饥渴？"

肖甜心呸她。

"阿阳，洛心逃了怎么办？"肖甜心眨巴着大眼睛看他。

"我们和FBI失去联系已四个小时，他们应该早就过来了。"慕教授说，"可能正在包抄围堵洛心。"

只有慕林还在研究那个炸弹，他研究了半晌说："如果当初我剪了

红线，就会启动另一个炸弹，还是那种子母弹。骄阳，幸好有你。"说完他站了起来。

这时，电影大厅的灯全亮了。

安静看清眼前这个一米九的瘦削的高个子，才惊讶地咦了一声："慕变态，你哥哥和你从身形到容貌都好像，不仔细看，还会认错人。"

慕教授抿了抿唇，说："他是我亲大哥，当然长得像。"

肖甜心也是频频点头："虽然不像洛泽那样的三胞胎一模一样，但也有七八分像。血缘好神奇。"

但慕林脸色越来越苍白，看着众人身后一动不动。

还是肖甜心首先反应过来，一回头，就呀的一声叫了起来，后面的墙边摆了一张小沙发，依旧是"一家三口"。

一家三口被摆出在看电影的姿势。而看起来有二十多岁的男青年"儿子"依靠在年龄不超过三十五岁的女人身上。不用问，女人扮演的应该是妈妈。

"两起命案。"慕教授说。

肖甜心疑惑："啊？"

"克里痛死了。"慕教授补充。

突然，轰的一声，整栋大厦摇晃不止。

"该死的！"慕教授骂。

肖甜心了然，定然是洛心引爆了埋在大厦的炸弹，分散FBI探员的注意力并趁机逃跑，这也符合他每次投弹必定有罪人死亡的模式。

三具尸体就被摆在放映机下面。放映机还在工作，光影交错间，一个朦朦胧胧的变形了的F图案被放映机投影到了电影银幕上，还是肖甜心最先发现的。

"这个F图案起初被固定在放映机上面，当大厦震动时，就垂了下来，被放映机照出来的白光一打，投影到了大银幕上，成了现在大家看到的样子。"肖甜心分析道。

"这一家三口的'杰作'是F做的。他刚才一直在，轮到洛心表演了，他才退场。他一直在这里看着我们，直到电影的第二部分开始。"一想到这个，肖甜心忍不住打了个寒战。

"别怕。"慕教授按在她肩膀上的手用了点力。

"这一次，他还是在幻想家庭吗？"肖甜心看着那三具被注射了过量神经类药物致死的尸体。

· 428 ·

慕教授已经登录了FBI的内部网，说："这三个人都是被通缉的杀人狂。女人是中美混血的教师，但杀害了十五名男生，男生的肢体在她家后院被发现，是邻居家的狗挖出来的。"

安静怒了："这些变态！"但她再看真切一些，又咦了一声，然后说，"乖乖，甜心，别说，她的眼睛和你有点像，都是大大圆圆的杏眼。咦，脸形也有点像。她是个漂亮的女人。"

慕教授做出了侧写："她利用美色将男孩子诱骗回家，和这些未成年男孩发生关系，然后再吃掉他们，好达成完全占有他们的心理。"

安静："好可怕。"

只有肖甜心听得面不改色心不跳。但她敏感，已经发现了其中的微妙，她仰起头来看着他不说话。

慕教授说："甜心，你已经做出了侧写。这三个受害者里，这个女人就是突破口，她才是F真正的目标。F的幻想是想和你组建家庭。"见她抖得厉害，他抱着她，将脸贴到了她脸上，她的脸很冰冷。

安静也替好友着急："怎么可能？你是说F这个变态爱上我们甜心了？可是他见过甜心吗？为什么会有这些乱七八糟的幻想？"

静了一瞬，慕教授说："F肯定是见过和接触过甜心的，这一类变态连环杀手不会对着虚无构思幻想。甜心就是他想要的人，他就在甜心身边，一直都在。"

他一直都在，沉默无声，如影随形。

这才是真正的可怕。

"幻想由上一次的随意组搭到现在女性面貌的具象化，F的幻想升级了。"慕教授说。

FBI来得很快，钟明泽也在其中。

厉氏夫妇和慕林被请出去了。

钟明泽说："F的幻想复杂而富于层次。"

"对。"慕教授说，"他表面看似在渴望家庭，但又将三个犯人组成一个家庭。"哼笑了一声，他又道，"'罪犯之家'？"

肖甜心接话："F在对家庭进行嘲讽。"

"既渴望家庭，又对家庭嘲讽。看来F应该是一名被领养的儿童。他的童年遭遇，应该是因为亲生父母的背叛。看，那名打扮成妈妈角色的女人，她的装扮最为一丝不苟，连头发丝都没有一根是乱的，而且她的唇部微微上翘，她像在笑，看起来很安详。F对妈妈怀有恋慕之情，我想，

他的养母应该是位很好的妈妈。"

"F的活动范围很广。"钟明泽沉吟片刻，道，"抓捕他有点难度。"

"对，F应该是常年在夏海市和国外两边跑。而且，他的目标看似复杂，但最后还是冲我而来。"慕教授说。他的神色很冷。顿了顿，他转头给本打了个电话："本，你帮我在中国和欧美等国家里大范围排查一下甜心近一年来接触过的时装高定客户，重点在有被领养经历，年龄在26-35岁，富有品位，生活看似积极，有异性缘，但一直没有女朋友的男人身上。这个人是华裔，但可能常年生活在国内。将嫌疑人往前十年的经历也翻一翻，再对比一下夏海市和美国本土出现的类似却还没有破获的案件。"

目前，他只能大面积排查了。

第二十章 初心

一

慕教授与众人出来，才看到大家还等在大厅外。

慕教授说："你们怎么还在？这栋大厦有炸弹。"

安静显然已经和慕林混熟了，笑着说："不是还有拆弹专家在吗？"

慕林只是好脾气地笑着摇了摇头。

"我来介绍。这位是甜心的外公，"慕教授为慕林和钟明泽互相引见，"这个是我大哥慕林。"

"你好。"钟明泽笑呵呵地走了过去。

"外公好！"慕林赶忙迎了上来，握住钟明泽的手。

这时，肖甜心和慕教授才注意到，慕林的左腿一瘸一拐，尽管幅度不大，但他们还是看出来了。

"大哥，你的腿……"慕教授有点欲言又止。

肖甜心急了，走了过去，仰着头看着他问："大哥，是不是那次救

我弄伤了腿？"

慕林一怔，只是温和地答："没关系。就是一点小伤，快好了。"

那次事故过去将近八个月了。慕教授说："之前你一直不和我联系，是因为伤吗？"

慕林抿了抿唇，说："我当时被炸昏了，顺着海潮被冲走，刚好被峡湾另一处游艇上的人救了，他们送我去医院做手术。但第一次手术的情况不理想，医生说会有截肢风险，所以我飞去了德国的一家私人医院医治。我在德国做了三次手术，现在好了。你和甜心都不要担心。"

钟明泽仔细问起所有爆炸的过程，想了一会儿，才说："骄阳，每一次出事，都有与你最亲近的人在场。"

"是。"慕教授道。

"大哥，你这次出席《心魔》巡映展，应该也是早早定下的行程吧？"肖甜心问。

慕林答："是的，一个月前就确定了。我是和另外几位投资商一起过来的，他们都是各行各业的权威人士，只不过共同爱好电影而已。"

慕教授一回头，就见到站在走廊另一边的朋友安之淳和他的妻子。安之淳对他招了招手，带着妻子快速地离开了。

"看来，H和F早早侧写出了我们的每一步。他们知道甜心和安静是闺密，肯定会来这个巡映展，也知道大哥会来，我会来。他们早早地等在了这里。"慕教授脸色一沉。

肖甜心握着他的手，摇了摇说："阿阳，你别担心。我们一起破案，我不会允许我们再出事的。"

慕教授一怔，俯下身来亲了亲她的眼睛，说："这句话应该我说才对。是我没有保护好你。"

"我现在不是好好的吗？没有你，我们都被炸弹一锅炖了！阿阳，请别怀疑，你是最棒的！"肖甜心笑眯眯的，尽量装出没有受一点影响的样子，说，"阿阳，我们下一步应该怎么做？"

慕教授附在她耳边低声说："我们去恶魔岛探访B。"

恶魔岛极富传奇色彩，是世界上最著名的监狱。好莱坞大片《勇闯夺命岛》就是以其为原型拍摄的。它的地理位置特殊，看似与渔人码头相隔，但因海水奇冷还有虎鲨环伺而变得与世隔绝。即使犯人逃狱，看着旧金山就在前方，也会因海水太冷而死亡。这群恶魔永远游不到终点。

这座小岛，风景奇美自不必说，岛上的绿植郁郁葱葱，海岸线蓝如瑰宝，更因关押过黑手党教父而闻名。因费用过于昂贵，这座监狱最后还是被放弃了。

但慕教授要带甜心去的那座海中小岛同样叫恶魔岛，也同样富于传奇色彩，它延续了前一代"恶魔岛"的传奇，只关押这世上穷凶极恶的罪犯。

在美国，慕骄阳同样拥有私人游艇。此刻，是慕教授在掌舵。

蓝如宝石的海洋一望无际，离旧金山市越来越远。

"这里的风景真的太漂亮了。"肖甜心吐了吐舌头。如果不是他说了是来工作的，真的以为他是带自己出海玩呢。

肖甜心老早就看到放在吧台里的红酒了。她取了酒杯走到他身边，正要喝一口，被他制止。

他说："肖甜心，你这个大酒鬼不能喝酒。"

肖甜心不服了："我酒量真的有这么差吗？"

他无奈地举起手来揉了揉眉心："甜心，你忘了上次喝酒的事了吗？"

肖甜心看着红酒舔了舔唇，嘟了嘟嘴，委屈巴巴地说："我上次喝了整整一杯，还能把你给明辉写的报告全部看完，兼完成分析。"

慕教授："……"很好，只记得工作的内容。

努力做思考状，她又说："难道后来我发了酒疯？我怎么不记得？"

见他一脸严肃不作声，她一把搂住他，把小脸蛋都凑他面前来了，说："娇娇，我那次没对你耍流氓吧？我记得没有哇！"

慕教授支支吾吾："我睡得很死，不知道……"其实是她热情得令他受不了，赶紧躲进"小黑屋"去了。

"哎，娇娇，你干吗脸这么红啊？"肖甜心睁大了眼睛，然后又一脸无辜的样子，"该不会是你趁着我喝醉了，对我胡作非为了吧？"

"肖甜心！"慕教授真的被气到了，她这人完全反着说！算了，不和她计较了，于是他又说："你悠着点。我们是来工作的。"

"那就是说回程时我可以喝了？"肖甜心比了个胜利的手势。

看到她活泼的样子，慕教授有些恍惚，她此刻和小甜一样快乐，小甜的人格在她身上体现。不，又或者说，这个才是真正的肖甜心，是他19岁时遇到的那个16岁的天真活泼的女孩，永远无忧无虑，即使他伤害她，避着她，她也始终以笑脸来面对，总是留给他最灿烂的笑容。

见他一直注视着她，她握着他的手放到自己脸上来，轻声说："阿阳，怎么了？"

"我想到了16岁时的你，就是如今的样子。"

"都过去那么多年了，你还记得我当初的样子呀？"

"永远记得。"

那是他这个嘴拙的人说过的最朴实无华但又最动人的情话。肖甜心心中一动，圈着他的肩膀，仰起头来在他下巴上印下一吻："你也让我记起了十年前的你。那时的你那么令人心动。"

他与她脸贴着脸，十分珍惜能拥有她的时光，即使这时光注定短暂。

二

因为靠海，所以环境十分潮湿。

走进监狱里，几乎见不到一点阳光。即使是亮了灯，也给人照不亮的感觉。

亮着的是白炽灯。

照不亮的，其实是人的心。

"为了惩罚那些恶徒，他们被剥夺了时间和光明。除了每个星期特殊的放风时间，他们基本见不到阳光。"慕教授说。

警卫再度为他们推开一扇门。

爬满铜绿的铁门吱呀一声开启，又关上了。

肖甜心留意到，为了防止越狱，铁门还带有电网。"比旧的恶魔岛还要守卫森严。"她也感叹。

"因为原来的岛虽是顶级封闭，却还是让黑手党教父逃走了，所以这里是真正的铜墙铁壁。"慕教授答。

"甜心，要不你在旁边的可视室等我。你能听见我和他的对话。"

慕骄阳说的话总有他的道理。肖甜心点了点头。他送她进去，门要关上时，她忽然说："阿阳，那个人很可怕，是不是？"

慕教授想了想，答："B，是我的心理学老师。"

另一间牢房里。

"坐。"本杰明对慕教授说。

"老师，很久不见了。"慕教授在本杰明对面坐下，将公文包放到了桌面。

公文包松开了，一张照片掉了出来，照片上是洛心。

本杰明不动声色地将视线从洛心的照片上移开，说："我还以为，你永远不会来看我了。"

"原本我确实这样想过。"慕教授说，"但我最近遇到了一些事。"

"哦，是什么事？"本杰明微笑，身体微微倾向了他一些。

"一边是我的挚爱亲人和朋友，一边是一堆渣滓。我要选择杀死渣滓还是杀死我所爱的人。"

本杰明听得入迷，托着下巴道："很有意思的选择题。"

"听完我的详细述说，难道你不觉得手法很熟悉吗？"慕教授只是淡漠地看着他。

本杰明微眯起眼睛："你不是他。"

"我就是他，没有分别。"慕教授知道他指的是慕骄阳，心下一跳，不自觉地摸了摸手中的戒指。那是一枚草编的戒指，是甜心后来找了草绳编给他的。他还记得，她和小甜融合后的那晚，走遍了唐人街，终于找到了她想要的草绳，为他编织了这枚戒指。她珍而重之地为他戴上，说："我没有金的银的戒指给你，只有最真挚的一颗心。"

慕教授忽然回过神来。他居然走神了。

"你有未婚妻了。"本杰明说。

慕教授不予回答。

"她也来了，就站在隔壁看着我们。"本杰明又说。

慕教授哼笑了一声，说："老师，你就不必进行心理对抗战了。"

"也对，我就是一败涂地，被你捕捉到了。"

"老师，在我和你的这场战役里，没有所谓的赢家。"

"老师，杀人使你愉悦吗？"慕教授忽然问。

慕教授看到他眼底一闪而过的笑意，或许说，他根本就没有笑，只是眼尾的纹路动了动。但慕教授知道了。

"我该叫你什么好呢？"本杰明说。

"Tom，"慕教授说，"为了适应不同的工作，我的另一个英文名。"

"Tom，这是为她而起的名字。"本杰明说。

本杰明用了"she（她）"，自然知道，他双重人格的事是瞒着未婚妻的。

"Tom，当初你对我进行侧写，捕获我，却从来没有听我讲述关于我的事。"

"我知道，你杀的人都是人渣。"

"是。他们来我的心理治疗室，来向我'诉说'。我有职业操守，我们的职业道德就是对病人的一切隐私保密。无论他向我说出了多少的'秘密'，我都不可以向警察说。可是我又能怎么办呢？我听着他们毫无愧疚地讲述怎样杀死另一个人，到了最后，我无法控制，只能亲手了结他们。"

"你不是亲手了结他们。"慕教授说，"你很厉害。你催眠他们，让他们互相残杀。他们或许变态，但其中的连环杀手极少，只有那么两个，可是你却将他们培育成一群连环杀手，一个杀死另一个，最后你下了一个指令，他们全部自杀了。"

站在另一边的肖甜心全身一震，终于明白了慕骄阳为什么要来见B。H的风格果然和B如出一辙。难道，H是B培养的另一个连环杀手，只是最后没有对他下达自杀的命令？

"Tom，"本杰明的话，令慕教授和另一边的肖甜心都回过神来，"这件案子过去快八年了，你为什么一直不来见我？"

"老师，你令我的信念受到动摇。我曾一蹶不振。"慕教授忽然剖白。

肖甜心心中一动，慕骄阳以"我"的身份来代入彼此的案件，试图用心理战术令B说真话。

慕教授说："你是我的老师，你那么和善，帮助过许多精神和心理有问题的人。可是到了最后，你却告诉我，你只是一个杀人犯。"

"你不认为我是英雄吗，Tom？就连我培养出来的连环杀手都只杀败类，这个世界上有太多该死之人。"

"我杀的没有一个是好人，我没有杀过一个好人。我从不越界。"

本杰明用了三次"never（从不）"，还多次提到了杀人。慕教授微笑："老师，可是杀人令你非常快乐，你没有一丝一毫的负罪感。"

"他们全是人渣，我为什么要有负罪感？"

咚咚咚，门外传来敲门声。

慕教授心跳快了一下，就见到她进来了。

肖甜心对着他笑了笑，脸有点红："阿阳，我来帮你。"然后她转过头来，对着B说，"老师，你好。我是慕骄阳的未婚妻，肖。"

本杰明看到她时，忽然愣怔，尽管他马上掩饰，但那个微表情过于直白明显。慕教授眉头一蹙，心道：老师认识F？还知道F一直觊觎甜心？可是老师八年前就入狱了。

F到底是在什么时候认识甜心的？慕教授感到疑点越来越多，越来越难以理清。

"老师，你认得我？"肖甜心马上做出侧写。

本杰明微笑着摇了摇头："怎么可能呢？我是第一次见你，但我在Tom的钱夹里见过你的照片，他去到哪里都带着。"

肖甜心的脸又红了，她相当娇羞。

慕教授想，甜心在玩心术，她故意示人以弱，以柔来攻击本杰明的心理防线。

果然，本杰明显得放松了些，问："肖是做什么职业的？"

"老师你猜猜。"肖甜心不接这个腔。他是业界极有名的心理大师，如果她撒谎，会被他发现，不答，反而能摸清他到底知道多少。

本杰明看了看慕教授，说："你是时装设计师。"

肖甜心眼睛一瞪，说："你是怎么知道的呀？"

"你的拇指上有戴专业顶指留下的戒痕，另外，你的衣服与 Tom 的衣服全是全手工做出来的衣服。Tom 的衣服严丝合缝，即使是做高定的大师也做不到如此精准，除非是你为他量身打造。你熟悉他身体每一处的骨骼和肌肤。"

这一下，肖甜心的脸全红透了。

当初，她和他在一起后，她给他做了许多衣服。每一次，他都是要脱光了让她来量身的，每一次都将她调戏得……

那些遐想适时停止。肖甜心垂下了眸子，将脸红掩饰过去。

"Tom，你的小新娘很害羞呀。"本杰明露出了这么久以来的第一抹笑容。

慕教授在心里呵了一声，她不是害羞，她才是最厉害的心理大师。

三

肖甜心甜甜地笑："老师，你还猜漏了一点。我还是他的贴身小助理，管他的一切工作和衣食。"

本杰明的注意力再度回到这个长相甜美的女人身上。

"是，我没有全猜对。"

肖甜心自顾自地将慕教授的公文包打开，取出里面的各式文件一一整理，偶尔还会和他讨论一些问题。

本杰明诧异："肖，你懂这些？"

"我有基础的心理学知识，负责整理他的文件、报告和论文。"肖甜心说的话真假参半。

一张"一家三口"的尸体照片不小心掉了出来，肖甜心赶紧不动声色地捡了回去。

"我可以看看吗？"本杰明说。

慕教授想了想，点了点头。

肖甜心将照片递给他。

"母亲在织毛衣，相当温暖，充满爱意。看来我们的凶手童年时应该过得不差呀，他对母亲充满眷恋。"本杰明说。

果然，那些成为猎物的人，都曾经是最优秀的猎人。本杰明同样会侧写，连环杀手的侧写技术，不像他们一样需要经过课堂培训，连环杀手是无师自通。

"可是这三个人都是连环杀人犯。"慕教授说。

"角色扮演，不过是凶手直接的心理幻想投射。他只杀坏人，但又忍不住对'家庭'这个概念嘲笑一番。他是来自领养家庭的孩子。他的养母对他很好，但不足以弥补他心中的缺陷。"本杰明说。

肖甜心内心震撼不已，这个本杰明非常厉害。

"老师，你认识 H 对吗？H，他称自己为 Heart。"慕教授开门见山。

肖甜心将洛心的照片放到了桌子正中。

本杰明看过后摇了摇头："不认识。"

这句话，是真是假？肖甜心研究本杰明许久，还是无解，B 藏得太深。

见慕教授一言不发，本杰明笑了声："Tom，没什么好奇怪的。我杀过那么多人渣，我在多数人眼里是英雄。他们为我建网站，他们崇拜我，所以模仿我的作案手法，不是什么新鲜事。根本不需要他们和我认识。"

"小姑娘，你为什么一直盯着我看呀？"本杰明忽然说。

肖甜心歪着脑袋，答："你看着不像美国人。"

本杰明微微笑："我是瑞士人，早年移民美国。"

本杰明已经 57 岁了，但他的相貌非常突出，有一种清心寡欲的气质，很冷，很淡，那对乌黑的眼睛又很温和恬静。他是一个充满矛盾美感的人。他的气质像湖水，尤其是那对眼睛，像阿尔卑斯雪山下的纯净湖泊。

这样的一对黑眼睛，她好像在哪里见过？心中一动，话已经说了出来，她说："你和我认识的一个朋友 King 很像，那对眼睛和眼神几乎一模一样。"

就连慕教授听了都是一惊，但他回过味来后发现的确是这样。

本杰明笑："人有相似，不足为奇。他也是瑞士人？"

肖甜心摇了摇头："他是中国人。"

慕教授只觉得好像透过千丝万缕的网，看到了网中央透出的那点微光。

"老师，你在这里操纵一切，使得监狱长上吊自杀。你可以杀任何你想杀的人，只要动动口就可以了。你没有见到阳光的权利，你没有上网和看报纸的权利，可是你对外界的一切知之甚详。"慕教授说。

"那个监狱长？他也是个人渣呀！骄阳，你不知道，他对这里的犯人做过多少恶心的事，他甚至用各种手段将犯人玩弄至死，有些刑罚你甚至连听都没有听过。"

"比如？"慕教授说。

"呵，多了去了。对了，他还鸡奸。"本杰明舔了舔后槽牙，"他将犯人的头反复压进洗手盆里，然后从后面干那些犯人，直至犯人死亡。"

肖甜心心头一跳，怎么和黑色旋涡如此相似？

慕教授站了起来，说："老师，再见了。"

肖甜心也跟着站了起来，走到门边，忽听本杰明说："你认为我认识H？"

慕教授停下脚步，回头道："老师，我是犯罪心理学家，要侧写你不难。你已经告诉了我答案。"

本杰明笑了笑："真相远不是你看到的这样。"

慕教授说："老师，你在故弄玄虚了。"

"那你觉得H最终想要的是什么？"本杰明看着他的眼睛，"让你成为和他一样的人？"

"他要证明自己能超越我，就像我超越你一样。我超越你，所以我抓捕到你了，老师。"

"骄阳。"这一次，这个称呼本杰明是用别扭的中文说的。"骄阳，"他又换回了英文，"你要小心了。"

离开那间白色的房间后，肖甜心说："B认识H，可是他被剥夺了上网的权利呀！"

"但只要他想上网和外界联系，总能办到。"慕教授说，"H催眠黑色旋涡杀人的手法，就和B在监狱里见到的如出一辙。"

慕教授走到偏中段的牢房，这里已经相对放松，看守的狱警也比刚才最里层少了许多。他停下脚步，说："甜心，其实这次来，我是想带你去看一个人。"

在另一间白亮的会面室里，慕教授要等的人还没有来。

狱警和他说："慕教授，你们还是回去吧。她不肯来了。"

慕教授稍一沉吟："她好像是在十天后上电椅接受死刑。"

"是。她这个案早就判下了，缓刑了八年，是时候了。"狱警又说。

　　慕教授又思考了一会儿，说："你去和她说，我知道她一切行为的原因，我能告诉她渴望的真相。"

　　慕教授看着她，说："甜心，你还记得八年前的孕妇案吗？那个凶手杀害了七位妈妈，她们的孩子如今都很大了。那些孩子都很感激你，是你使得这对连环杀手夫妻被绳之以法。"

　　肖甜心茫然，但一听到他说的，脑海里自然地出现了一些联想。小甜和她融合时，将这些她潜意识里记得的内容都还原了出来。此刻，他一提，她就如突然想起，什么都一清二楚了。

　　她脸色苍白，褪了色的唇微微地颤抖。慕教授一把抱住她，唇就贴着她的额头一遍一遍亲吻："甜心，记得我对你说过的话，'没关系，不是你的错。你尽力了。'"他开始下"缓冲带"，直至她定下神来。

　　见她的脸恢复血色，慕教授才从公文包里取出了一沓信，说："这些都是受害人的孩子们写的，寄到了BAU，这一次来美国，外公把这些信都交给了我。等我们见过她后，你再看。"

　　"好的。我没事，阿阳，你别担心。"

　　"甜心，当年的事，你还记得多少？"

　　"都记起来了。"

　　"很好。"

　　淡蓝色的铁门被打开，一个女人拖着脚链走了进来。

　　女人叫詹妮。

　　詹妮说："你说，你知道我做出那些行为的原因？"

　　"我为什么要那样做？"詹妮直直地看着慕教授。

　　明晃晃的白炽灯吊在那里，白亮的光刺得人眼睛疼。

　　那不是光明，是虚假的人造光。

　　这些变态连环杀手，有时候他们杀人是在寻求解脱，是在对自己日复一日地追问："你为什么要这样做？"

　　他们同样会感到痛苦、迷惘，和无所适从。

　　就如詹妮，很多时候，她不明白自己为什么要杀人，她只是本能地在杀人。

　　她问："Why（为什么）？"

四

　　"你知道自己憎恨女人吗？"肖甜心忽然说话。

慕教授一怔，便把主动权归还给她。

女人和女人的对话，或许会更有启发性。

詹妮全身一震，她已经认出来了，肖甜心就是亲手抓捕她归案的人。

"哈哈！"詹妮突然放肆大笑，像是要刺激她，"肖，我还记得你。你的枪口对着我的背脊时，枪口还是烫的，可我没有停止用力，我感受着她的力量在我的勒紧下流逝。你来得太迟了。"

肖甜心撑在桌面上的双手抖得厉害。

这里没有窗口，没有风，可是头顶悬着的那盏白炽灯一直晃啊晃的，晃得人的心在不断地动摇。

"够了。"慕教授在桌面上敲了三下。

所有的晃动全部静止下来。原来不是灯在晃动，而是她的心在摇动，因为心虚吗？肖甜心摇了摇头，不，不是她的错。

"甜心，你要坚信自己的信念。你没有错！"慕教授再次下"缓冲带"。

肖甜心坐了下来，恢复了平静，将主导权归还给他。

慕教授垂下右手，握着她的手，指尖在她的掌心挠了挠，既是逗逗她，也是鼓励她。

她脸红了，瞪着一对大大的水眸看着他，说："在办正事呢！"

"逗你欢乐，哄你开心，就是正事。"慕教授微微一笑，俯下身来，在她的脸颊印下一吻。

"你们感情真好，不像是装的。"詹妮打开了话匣子。

慕教授温和地说："詹妮，这就是爱情。爱情怎么会是虚假的？"

"我见过太多虚假的爱。"詹妮说。

"比如？"慕教授的声音温和、平淡，是倾听的姿态。

詹妮却笑了："我不告诉你们，我要带进棺材。"

慕教授不急着发问，就如闲聊般对甜心说："甜心，当时我只能通过本发给我的邮件大致了解那几起案件，和FBI沟通时也只能通过电话。当时，你也在现场，我和你通了电话。我们都认为凶手是女人，而你更准确地指出凶手憎恨女人，你是如何得出这个结论的？"

"母亲，代表的是博大、无私、宽恕与宽容，但凶手对她们进行了侵犯。非常强烈的复仇意识，已经超越了凶手在虐杀行为里的性行为。"肖甜心重复了当年说过的话。

顿了顿，她又说："而且在前几起案件里，女死者的首饰依旧佩戴在身上，并没有被拿走。如果凶手或者主要凶手是男性的话，会将首饰

这类战利品拿走，他们甚至还会将这些战利品送给女友。每次看到这些战利品，都能令他们如返犯罪现场，从而获得高潮。而最后一起案子里，女死者戴着的项链却被取走，就是这件案子的突破口。"

"对，那是条四叶草链坠。四叶草代表的是幸福。一般人眼里的幸福，就是拥有完美的家庭，还有他们的爱情结晶。"慕教授说。

"所以可以推断，与其说詹妮憎恨女人，还不如说她憎恨自己的妈妈。"肖甜心总结。

一听完她的话，詹妮一瞬间变得凶残，用力地捶桌子："你们什么都不懂！"

肖甜心也不看她，头一仰，看着他的眼睛问："你是怎么确认凶手是女人的？"

慕教授从公文包里取出一沓信件，正是当年詹妮打印出来的信件，将杀了受害人的事情告诉受害人的亲属，是一种挑衅。

指着那些信件，慕教授说："第一，寄来的信件带有女性化主观意识，提到受害人时刻意回避'她'，而用'这个女人'来替代，因为凶手本能地要弱化自己就是女人的概念。第二，受害人被发现时，身上没有衣物，证明凶手没有愧疚羞耻等意识，但也没有刻意取走她的一些首饰作为战利品，结论就像你刚才提到的那样，在奸杀类案件里，除了首饰或衣物、手袋、高跟鞋外，有时凶手也会取走受害人头发或身体其他部分作为纪念。我办过的一起案件里，凶手是恋足癖，取走的是受害人的一双脚，放在地下室的冰箱里，且绝对不准妻子碰那个带了大铁锁的冰箱。但在詹妮的这起案子里没有这种情况，凶手没有取走任何东西，只有唯一一个受害人家属称，他送给妻子的四叶草项链不见了。而这正是关键，证明女凶手除了复仇，还有妒忌。她妒忌那些婚姻和家庭看似幸福的女人，这证明她的童年肯定非常不幸，且和妈妈对她的态度有关。

"第三点也是最关键的一点，我在反复地看录像时，发现了一个形状奇特的黑点，放大之后，再根据家属的口供来推测，这个手持录像机拍摄强暴视频的人，正戴着一条四叶草链坠的项链，在拍摄时，无意中的晃动使得黑影投影到对面的墙壁上。所以作为主导的凶手是女性，且没拿走前几个受害人身上的饰物，却取走了代表幸福的四叶草，应该是和她的童年遭遇有关，正是她诉求的反应。

"之前的几起案件里，凶手选择风景秀丽的林区来抛弃死者，死者身上没有衣物，证明凶手没有愧疚感，且女性化意识强烈，在抛尸点选择上具有女性化的美学意识，且将杀人当作艺术，也证明了她的犯罪不会停止，除非死亡。但在最后一起案件里，凶手将受害人放进了溪水里，受害人的身体得到了清洗和遮掩，证明凶手愧疚了。综合以上因素推断，凶手应该是夫妻，且男方有很大的可能留有案底。"

这一次，詹妮不再说话。他们已经将她分析研究透彻。

她是护士，在那家医院里工作，选中的猎物刚好是一位刚怀孕的妈妈，她是通过化验单知道猎物怀孕了。而她的丈夫曾因在公众场合纵火入狱四个月。他们全都推理出来了。

就像知道她在想什么一样，慕教授悠闲地说："纵火就是性虐待犯的特征之一，但并不是绝对。"

肖甜心坐在那里，觉得恍如一场梦。她都不敢相信，可以这么平淡地把这些往事和他说了出来，揭了过去。

刚开始和詹妮对话时，她的心是虚的，是浮的，当詹妮以勒死孕妇来刺激她时，她真的觉得自己有一瞬就要窒息了。可是迷雾中，她看到了一个16岁的女孩子向她走近，周围的迷雾渐散，她到了一个窗明几净的教室，教室外开满芍药花。

那个女孩子的一张脸小小的，一笑时像可爱的小苹果。她蹲了下来，头枕在自己膝上，说："甜心，有什么难题，我陪你一起面对。"

可是当她睁开眼睛，重获力量时，那个小小的女孩子却不见了。只能听见她渐渐远去的声音，她说："甜心，以后的路都要靠你自己了。我将我的所有都交给你，你要永远快乐。再见了。"顿了顿，那个娇娇软软的声音又说，"甜心，代我去爱他，我很爱很爱他。"

她一直不作声，慕教授才察觉到她的不对劲，一看她才发现她泪流满面。

他轻声唤她。

肖甜心清醒过来，摸了摸脸，才发现全是泪水，也很迷惑："我也不知道为什么会哭，就好像听见谁在对我说话，给我支持鼓励，可是她走了。"

慕教授了然，只是替她揩去泪水，说："甜心，你刚才只是走神了，没关系。孕妇案对你打击太大，所以我才会带你来面对。现在好了，都过去了。"

"对，都过去了。"肖甜心点了点头。忽然，她只是本能地搂住了他，亲吻他的唇，呢喃："慕骄阳，我很爱很爱你。"

慕教授长长的眼睫轻颤，最终他将所有的情绪都克制下来。

他回抱她，说："我也很爱很爱你。"

等到甜心渐渐平静下来，他才回到案件上来。

慕教授说："詹妮，说说你的故事吧。"

五

见詹妮不愿意说话，肖甜心忽然说："詹妮，我原谅你了。"

詹妮瞪大了眼睛，就像见了鬼一样。

肖甜心咬了咬唇，才说："那些受害人家属永远都不会原谅你，但我原谅你了。"

"为什么？"詹妮问。

其实进来这么久了，詹妮说得最多的一句话就是"为什么"。

"和你的行为有关。我们这些侧写师是根据你们的行为进行分析，只有你告诉我们你的故事，我们才能告诉你为什么。"肖甜心说。

"从你的行为来看，你憎恨母亲这个角色，因为她伤害了你。"肖甜心再次说道。

慕教授沉默许久。这件案子并不是他负责侦破的，他只是根据资料做出部分侧写，但如今，在甜心的渐次剖析之下，很多答案呼之欲出。他说："我推断，最后一件案件詹妮之所以产生愧疚，是因为她在杀人后突然知道自己也怀孕了，作为母亲的同理心使得她产生了暂时性的愧疚。"

詹妮整个人都颤抖起来。

是了，这才是直击她心灵的东西。

肖甜心眼中闪过一丝不忍："詹妮，你的孩子呢？你想见见他吗？"

这一次，詹妮说得很快："我妈妈从不幸福，她酗酒，对我不闻不问。那一晚，她喝醉了，眼看着我被继父拉进了卧室，她也不来救我。"

她产生了杀人幻想，更从受害者变成施害者。继父对她做过的事情，让她在幻想里一遍一遍地对母亲这个角色进行施暴，直到她将幻想付诸现实。

他们这类人是变态的，所以被称为变态连环杀手。

这一类人不是精神病人，但这一类人有"幻想"。

医学技术发展到现在，依然无法用文字和精神学科心理学科来界定"变态"。

但这一类人是可悲的，他们的"幻想"大多来源于童年的伤害，"天生犯罪人"除外。

"我明白了。"慕教授说，"你不知道自己为什么要那样做，不知道你自己为什么指示丈夫强暴受害者，然后由你杀害她们，再抛尸。你不了解你的行为。"

见詹妮茫然又愤恨地点了点头又摇了摇头，肖甜心接了下去："因为你在不断重复你过往曾受过的伤害。你在一次又一次地杀死你妈妈和杀死你自己。"

詹妮听完，身体一震，忽然就笑了。

她总算是明白了，原来是这样。

"如果，当初妈妈没有那么对我……"詹妮低声说。此时她的声音不再尖锐，而是趋于平和释然。

"对。你会过上不同的生活，会是一个平凡但幸福的人，还会拥有自己的家庭和孩子。"肖甜心怜悯她，但这就是答案。

心理学家兼犯罪学家道格拉斯说过，"在我这么多年从事研究和对付暴力犯罪的过程中，我从来没有碰上一个罪犯是在良好的环境里长大的或者拥有功能齐全的、体面的家庭"。

肖甜心和慕教授同时念了出来。

慕教授一垂眸，她恰好抬眸，两两相望，看进彼此的灵魂。

是了，这世上，没有人比她和他更契合，这种契合是来自心灵上的。

詹妮感叹："你们很相爱。"

肖甜心看着她，这次是真的释然了，说到底，变态们很多时候也是这个社会、这些人类家庭的受害者。她问："詹妮，你的孩子呢？"

"我是在监狱里生下的她，她很健康。"知道肖甜心想说什么，詹妮连忙说，"不必了。她现在在一个很好的人家里成长，八岁了，会拉小提琴，参加了奥地利的小提琴比赛，得了一等奖。她永远不需要知道她有一个杀人犯妈妈。"

即使是变态，爱护孩子的心依旧是不变的。护雏是一种本能。

这也是黑暗里透出的光，是毁灭后尚能仅存的一点人性。

肖甜心忽然抬头，对慕教授说："阿阳，我们应该相信'人性本善'，决不动摇。"

这就是他们这一类人的初心。

慕教授的身体里，另一个"他"一震，感受到了前所未有的震撼。

当回到游艇上时，肖甜心还是处于出神状态。

见她情绪不佳，慕教授轻声问："要来杯酒吗？"顿了顿，他又说，"下午时你说这里景色好，今晚就住这里吧。明天我再开回去。"

肖甜心光着脚坐在甲板上晒月光，一抬眸瞧他，笑意里带着狡黠："不怕我喝醉了？"

慕教授哼笑了一句。

"不喝了。我待会儿帮你整理关于詹妮案的报告，这些对你很重要，是你教学的教案。"她抱着双膝歪着头瞧他，亚麻长裙子被海风一吹，飘飘荡荡的，露出她纤细匀称的长腿，在月下泛着脂玉光泽，像新雪。

轻咳了一声，他才说："刚才让海上餐厅送了新鲜食材来，我给你做海鲜餐。要不你回房间休息一会儿？"

"好呀！"她跳了起来。那模样活泼又娇俏。

"我想吃你做的辣蟹！还想吃鲜鱼羹，不过这次改放咖喱。这里是加州，我要来加州风味的！"她忽地跳了起来，双腿圈着他劲瘦的腰，给他来了个法式湿吻，吻得非常深，只是接吻就让他口干舌燥，浑身不对劲起来。

后来她呀了一声，跳到了甲板上，指着他说："你耍流氓。"

他已万分克制，但身体根本不是他的大脑能左右的，他只好说："甜心，你这样亲我，我还无动于衷的话，那你该着急了。"

"停！"她捂着红红的耳朵，嗒嗒嗒地跑回了船舱里。

慕教授在甲板上静了一瞬，方才，甜心和小甜的人格都在她那具身体上出现了。他忽然想，如果到了那一天，他和慕骄阳融合了，慕骄阳身上也会有他的影子吧？到了那个时候，甜心还会记得扮成慕骄阳时的他吗？还会想念他吗？

摇了摇头，他觉得不该再去想这个问题了，便转进了船舱里。

游艇的船身大，里面宽敞，房间也比别的游艇要多，因慕骄阳爱下厨，还附带了一个小型的万能厨房，十分人性化。慕教授围好围裙时才突然想起，自己不会煮东西。

慕教授："……"

为了不令甜心失望，他只好回到身体深处，去和慕骄阳"谈谈"。

当他听见她的叫声时，赶忙回到躯体里，并冲进了卧室。

原来是她拿着一对 Jimmy Choo（周仰杰）的粉红色鞋子在房间里转圈圈，别提多可爱了。

她转得太快，而他三步并作两步一把接住她抱在怀里。她咯咯地笑：

"娇娇，你真好！"

她赖在他怀里不动了，用双手抱着高跟鞋，粉红色的高跟鞋上还有许多闪烁的其他色彩，美丽得令人眩晕。她说："这可是为戴妃设计的鞋履品牌呀！"

慕教授含住了她的耳垂慢慢地亲着："周仰杰工作室最有名的还数婚鞋，我都替你准备好了。"是，他早一步，越过慕骄阳，为她准备好了。但一想到她要嫁的并不是他，他的心又开始钝痛，不是很痛，但很慢，很磨人。最后他不得不放下。

"阿阳！"她脸红红的，低声叫他。

"这个是配你的白裙子或白衬衣时穿的，我还给你准备了好些裙子，你去看看。我先去做饭。"慕教授吻了吻她，便离开了，没有让她瞧见他眼底的不甘。

第二十一章 不一样的你

一

慕教授做了一大桌海鲜，色香味俱全。

因满身烟火气，他还特意去洗了澡，换上了西服。是伦敦百年老字号SavileRow 的品牌，修身、典雅而含蓄。西服是墨蓝色的，但在灯光下看时，又会折射出淡淡的黛绿来。西服的面料是不带光感的质地，非常古典内敛。他站在镜子前时，还是会感到拘束，他真的足够完美，能衬得起她吗？

镜子里映出的是那粒淡淡的小红痣。

慕教授怔了怔，或许在她眼里，慕骄阳永远是完美的。

转身，他走出了大厅，将插在银质灯座里的红蜡烛一一点燃，然后他就安静地等待她的到来。

海风吹拂而过，他闻到了隐约的香味。

鼻翼轻动，他一点点地嗅，下一刻他的脸就红了，一路红到锁骨里去。

不是从前的芍药花甜香，也不是带了松木的清香。

这种香气很浓烈，是伊夫·圣洛朗鸦片香水。

"阿阳，你转过来看着我。"她柔柔地说。

慕教授慢慢转过身来，那一刻，全世界都安静了。

他的呼吸都静止了。

她挑选了一袭墨蓝色的丝绸晚礼裙，将修身线条一直从腋下延伸至腰臀，最后是脚踝。颈项上有一个挽结，露出她精致的肩线和纤巧的肩膀，前面挡得严实，但背后的风光十分性感，大幅度地光裸直至臀部。

她款款向他走来，露出尖尖的银色鞋头，是银色的 Jimmy Choo。

"我好看吗？"她俏皮地笑。

他们正置身于月光下，月光将她那一身浓郁的蓝映得流光溢彩。

她用卷发棒将头发养成了那种电影里才见的典雅又妩媚的复古大波浪。她的唇色是正红色的，如一粒饱满的红宝石，雪白的脸庞未加修饰，只是将长眉画得更为精致。

这种美是夺人心魄的。

慕教授低笑了一声，过来替她将椅子移开，非常绅士地请她坐下，才说："你美得勾走我的魂了。"他的手在她的雪背上流连，不舍得离开。

"乱说。"她嗔他。

他坐在她的对面，两人隔着红烛相望。

"试试。"他说。

肖甜心吃了一份辣蟹，香汗从鬓间滑落，滴于胸前的墨蓝丝绸上，性感得一塌糊涂。

"很好吃。"她笑，眼尾微微挑起，带着点勾人气息看向他。此刻的她像一只神秘冶艳的猫。

她红宝石一样的唇张了张，又说："能每天吃到你做的菜，很幸福。"

她将他做的每样菜都尝了，然后静静地看着他吃。

他问："我脸上有汤汁？"

肖甜心弯起眼睛笑："没有。阿阳你看着真是赏心悦目，令人食指大动。"

慕教授轻笑了一声，并不回应。

他不是慕骄阳，他不可以回应。

"你是我见过的这世上最英俊的男人。"她单手托腮看向他。

海风吹乱了她的发，他伸出手来，替她将鬓间的碎发别到耳后，看到了她耳垂上的水滴形钻石耳环，这对耳环衬得她一张小脸莹莹润润，璀

璨动人。

她侧了侧脸，将红唇印在了他的腕间，动了动眼睫，又看向他，说："阿阳，我是特意为你打扮的。"

"很美。"他发自肺腑地赞扬。

他收回手，手腕处是一枚鲜艳的红唇印。

"你也很英俊。"她说。

"那是你情人眼里出西施。"慕教授勾了勾唇笑了。他眼睛里有闪耀的光芒，就像满天繁星都从天上落入凡间盛进他的眼里了。

西餐讲究浪漫，慕教授约她到甲板上跳了一曲华尔兹。

两人身体相贴，贴得很紧很紧，他一手扶在她的腰上，一手沿着她莹润的雪背轻抚，不受控地一点点滑至臀部。"嗯？"她伏在他肩膀上轻吟了一声。

她咯咯地笑："你十分坏！"

"怎么说？"他的唇贴着她耳郭摩挲。

"明知道我个子不够高，还要我和你跳舞。"

他的手往她臀部一收，捏了一把，说："穿了我的高跟鞋，和我接吻刚刚好，哪里不够高了？而且你身材很好。"

她还是咯咯地笑："阿阳，你真会说话哄我开心。"

"在我眼里，你的一切都是完美的，这世上没有比你更美的女人。"

"嘿，情人眼里出西施。"

"对。"

气氛这样好，两人于月下拥吻。

这样的高度，接吻刚刚好。

"Tom。"她抚着他的脸庞轻声说。

怔了怔，他嗯了一声。

"你变得有点不同。"她贴着他的唇角流连，但并不吻上去。

心跳快了，他强迫自己冷静，必要时候说谎就好，不能让她发现。

"有什么不同，嗯？"他问。

"你更迷人了。"她轻声笑。

她贴着他的耳根，低声说了那句话。她的声音低低的，沙哑、勾人，说出的那句话令他马上有了反应。

他看着她，十分确定她没有喝酒。

她从未如今夜，桀骜难驯，如一匹脱缰的野马。

时光仿佛倒流，又回到十一年前的海边小木屋里。

她再度如那晚一样引诱他。

而这一次，她滴酒未沾，她是清醒的。

二

她缠他缠得很紧，要令他窒息。

呼吸间，全是她身上独有的鸦片香水的味道。

她忽然说："你记住了吗？"

"记住了，永生永世不忘，直到生命终结。"他答。

她可以不理智，但他不可以。

他们再跳了一段舞，汗水沿着她的背脊滑落，明明已是深秋时节。

他轻拍她的背，说："这里也有浴缸，虽然小一点，但能满足你泡澡的愿望。"说完，他跪了下来，替她除下那对高跟鞋，然后捧着她莹润的小脚，在脚背印下一吻。

她就踩在他的鞋面上，由他带着，进了卧室。

"睡袍在衣橱里。"他的话才说完，她已经将颈项后的挽结摘下，裙子唰的一下掉落在地上。他才意识到，她里面什么也没有穿。

"我……我去给你放温水。"说完，他飞也似的逃到了浴室里。

她在浴缸里泡了很久，舒服极了。

"唉，怎么办？我都这样挑明了，他还是无动于衷啊！真要等到结婚才能洞房花烛呀？这块不开窍的大木头。"她叹气。

而他就靠在门后，眼底有抹失落闪过，有那么一刻，他真想不顾后果冲进去告诉她，他不是慕骄阳，他是Tom，问她还想要他吗？

可是最终，他还是离开了。

肖甜心再出来时，才发现他也洗过澡了。他换了白衬衣和卡其色的宽松西裤，正坐在写字台上写东西。

他的刘海儿微湿，贴着他的前额，让他看起来像个大男孩。

"在写什么？"她窝进他的怀里。

她挑了慕骄阳送给她的那条火红的丝质睡裙，小吊带，深V，非常性感。

他觉得干渴，很艰难地将那些不适当的念头强塞回脑里去。

两个本子，其中一本是他的日记。她翻开来看，单是他对她做的心理评估就有一本书那么厚，刚才他刚刚写完了最后一份评估。他亲了亲她的发说："你的心疾已经痊愈。从今后，我再无须记录。我的任务完成了。"

他似乎有些惆怅。

她翻开日记细细地看，咦了一声，道："怎么有两种字迹？"

"我用左右手写字，故意学两种字迹。"他骗她。其实是他拿左手写字，他不会用右手书写。

她翻到了高考后他偷吻她的那一篇日记，指着他的唇咯咯地笑："你真坏。"他在她指尖上轻咬了一口。而她再看向他时，身体上泛起迷人的粉色来。

她早非当年的少女，情动得十分迅速，因为那个人是他。

而他一直看着她的眼睛，仿佛要看进她的灵魂深处。他的手箍在她腰上，很紧，但再无别的动作。

她看着他，红唇张了张，那句"你想不想……"还没说完，就被他轻声打断了。他说："受害人家属给你的信，你还没有看。"

她一封封地翻阅。当年最小的孩子，如今都已九岁了。"大姐姐，谢谢你为妈妈伸冤。没有你，爸爸还活在痛苦之中，如今一切过去。"落款：Candy（糖果）。

"Candy还那么小，说出来的话却很成熟。失去妈妈，使得她一夜之间长大了。真是可怜。"肖甜心的眼里有了泪光。

慕教授吻了吻她，轻声地哄："她的妈妈去世时，她才一岁。她的痛苦不深，而且也过去了。"

肖甜心合上眼睛，轻声说："只要受害人能瞑目，受害人家属能走出阴影，即使我们付出再多，也是值得的。"

这就是她和慕骄阳的初心。

另一边是厚厚的文件，肖甜心看见了，不禁惊讶出声："你工作效率真是高。"

他是有苦自知。若不全神贯注在工作上，她泡澡的那两个小时，他根本不知道该如何熬过来。

她看到他的开头语引用了一位犯罪学家的话："对我来说，这些杀手的外表下都是可悲的人类，在骇人的环境中长大。这不是在夸大我们应该给他们多少同情，这是一个简单的事实……我们已经见了太多，人们之所以对他们着迷，是因为我们完全不像他们，他们是深不可测的。"

一看到是和工作有关，她就认真了起来，在他的怀里坐好，仔细地看下去。这让他松了口气，渐渐地不那么心猿意马了。

"如果詹妮的妈妈是个合格的妈妈，那就不会有今天的悲剧。"肖甜心叹。

在这份初始教材里，慕教授引经据典，罗列多起案件，一同进行比较、分析、总结。其中一个案例，是一名有收集高跟鞋癖好的连环杀手。慕教授对他进行了多次访谈，知道了他的童年过往。他的妈妈喜欢女孩，因为男孩难以养活，偏偏她生了三个男孩。而他为了迎合妈妈，希望自己是个女孩子，就偷偷捡别人扔出来的高跟鞋穿，被妈妈发现，妈妈侮辱他，更当面烧了他的高跟鞋。从此后，他有了收集高跟鞋的癖好，直到最后走上了捆绑、折磨、杀人、收藏受害人穿着高跟鞋的断脚的连环杀手之路。

"警方从那个人的家里搜出了十六只不同人的脚，穿着不同的高跟鞋。"慕教授说，"后面是断脚的照片，你别看了。"

"没事，"肖甜心勇敢地翻页，也叹，"真凶残。"

"他还强迫女性受害者拍穿着高跟鞋的裸照。"慕教授道。

"这些就是典型，为我们侧写他、抓捕他提供线索。"

"对，也为以后遇到类似案件起前摄作用。"慕教授亲了亲她小巧的肩头，她总是和他心意一致，非常合拍。

"我采访他，了解他的过往。他说，他像一件垃圾，被父母踢来踢去。妈妈后来再婚，他跟着继父过，经常挨揍。他渴望稳定的生活。他说如果一切重来，但凡父母任何一方肯接受他，或许他就不是如今的样子。或许他会学业有成，是位律师，又或者是一名摄影师。可是，没有人给他机会。"

肖甜心想了想，道："母亲的羞辱常常是他们成为连环杀手的导火索。"

"从某种程度上来说，犯罪行为也是社会现实的产物。毕竟，人是社会性的，离不开社会。"慕教授总结道，"他们大多数人的堕落离不开糟糕的社会氛围和原生家庭的失控。他们之所以成为'变态'，是因为他们大多来自'病态'的家庭。"

他说的每一个案例都那么富有意义，加上他见识广博，见解独到，分析详尽，使得她完全听得入了迷，像求知若渴的孩子。

最后，文件夹被他合起。

他说："夜深，该睡了。"

肖甜心低声说："你抱我去睡。"

两人相拥躺在床上。

月光透过船舱洒了进来。

她静静地看着他，没有说话。

月光落在她的肩头，他的指尖也在她的肩头滑过，问："怎么还不睡？"

她抬起手来，拿指尖戳了戳他胸膛上那层淡黄色的细毛，说："它们都长出来了呢，真可爱，冬天抱着你睡一定很暖和。"

慕教授静了一瞬，明白了她的意思，于是将衬衣脱了扔到一边："来，抱抱。"

他是半倚着床靠的，她也就坐了起来窝进他的胸膛里，轻声笑："果然好暖和呀！毛茸茸的，还有点痒。"

她的话还真是令他哭笑不得。他只好说："你不嫌弃就好。"

只是这样抱在一起，没多久，他就难受得不得了，于是哄她："乖，你离开一点好不好？"

"不好，我就喜欢抱着你睡。"她耍赖，脸又往他怀里埋，痒得他想躲。

他难受，她都知道。

她忽然坐了起来，去解肩膀上的两根细吊带。

他一把按住了她的手，说："别这样。"

"你难受哇，阿阳，我只想帮帮你。"

他将她的手按在了他的心脏上，没有说话。

他一直看着她的眼睛，这让她受不了，她说："阿阳，你闭上眼睛好不好？"

他的手抚着她的脸庞，他再说话时，嗓音都哑了："我想一直看着你，今晚一直看着你，记住你。"

他取过床头柜上的酒杯喝了起来。他喝得很急，忽然一手压着她的后脑勺就和她吻了起来，将酒都渡与她。

那个吻，吻了好像有一个世纪那么漫长，她被他吻得醉乎乎的，有点眩晕，可是这一次，她相当害羞，多次避开他的眼神，都被他一把捏着下巴扳了回来，他说："我想一直看着你，拥抱你。"

她看着他的眼睛，一直看着，看进他的灵魂里去。

知道她酒醒后会忘记一切，他说："叫我的名字，叫我 Tom。"

"Tom。"她低低地叫，乖巧又温顺。

她抱着他，抱得那么紧："Tom，你记住今夜了吗？"

"永生不忘。"

这一晚的记忆，慕骄阳永远不需要知道。

这是他偷来的时光，也是他此生最难忘的时光。

这一刻，肖甜心是属于他的，是属于 Tom 的。

三

在海里，太阳出来得早，照得海水越发蓝，一晃一晃地投影在船舱里雪白的墙上，连着太阳星星点点的金光一并落在了卧室里。于是，他就醒了。

当他再睁开眼时，看到甜心就睡在他的身边，她嘟着红红的小嘴，睡得很香。

掀开被子，他下床。彼此身上的衣衫都在，他知道慕教授遵守了对他的承诺。

慕骄阳换过衣服，将早餐做好放进保温壶里摆在她床头，这样她一醒来，就可以吃到他的爱心早餐了。

在她额间印下一吻，慕骄阳轻声说："爱你每一天。"

他回到驾驶室将游艇开回旧金山市。

肖甜心出来时，已经是上午八时，马上就要到岸了。

慕骄阳闻到了香味，蓦地一僵，是"鸦片"的味道，昨晚她想引诱慕教授。

"怎么了？"她圈着他的腰身。

他一转身，她就踮起脚吻了上来。

"吃了早餐了吗？这里风大，快回去换了衣服再来。"

"吃过了。"

她还穿着昨晚那身性感睡裙，只是在肩上随意搭了一条暗红色的羊毛大围巾，真丝睡裙上鲜艳的红色在阳光下折射出炫目的光芒，雪肤黑发，她就盈盈地立于晨光之中，美得不真实。

"甜心，你很美。"

肖甜心嗤了一声："慕骄阳，你这是情人眼里出西施。"

"我们下一站去哪里？"肖甜心看他打扮就知道他有正事要做。

他西装革履，一丝不苟。

"查案，黑色旋涡案。"他答。

肖甜心盛装打扮。

因为慕骄阳和她要去画展，明辉的画展。

明辉是变态连环杀手的事早已传遍旧金山市，人们一边唾弃他，又一边收藏他的画作。

"啧，来卖画和来赏画的人真多。"肖甜心努了努嘴。

"从艺术角度来看，明辉的画造诣很高。"慕骄阳实事求是。

"但我觉得，人们为他的画蜂拥而至，是因为他的变态和死亡。"肖甜心在一幅画前站定。

慕骄阳看了眼那幅画，觉得有一种怪异的感觉涌上心头。他说："明辉满足了人类的猎奇心理，所以他本人受唾弃，画作却水涨船高。"

"听说还有作家要专门为他写传记。"她说。

慕骄阳点了点头："从某种意义上来说，那是好事。那位作家我认识，詹姆士是很严谨的传记类作家。他已经联系了我，希望我能为他提供资料，他想从明辉的童年写起，着重探讨明辉为什么会变态。"

明辉的妈妈进入画廊时，还戴着墨镜。

金晨不希望被人们认出来。

金晨看到那对站在儿子画作前的相当好看的男女。男人脸庞十分清秀，穿一身黛色西服，挺拔英俊，像从中世纪走出来的王子。而女孩子的脸微微扬起，她看着男人时，眼睛里像是有光。她穿一身宝蓝色的吊带贴身礼服裙，长长的乌发呈波浪状堆在她细细的肩膀上，有一种小女孩才有的天真和女人才有的妩媚，一笑时像电影里的茜茜公主。毫无疑问，这对靓丽的男女是全场的焦点。

那对男女，金晨认识，就是逼得她儿子身败名裂的罪魁祸首。

感受到毒辣的目光，肖甜心一侧眸就见到了金晨，拿食指戳了戳慕骄阳的腰，说："哎，那个女人恨极了我们。"

"所以？"慕骄阳有点好笑，这小女人满脑子都是什么奇怪的念头？

肖甜心笑了声："所以，我觉得她不会回答你的问话。"

金晨直接走了过来，一开口就是："你找我做什么？关于他，我不知道，无可奉告。"

肖甜心又戳了戳他的腰，一副"看吧，我就知道"的表情。

"这幅画，是明辉的作品？"慕骄阳问。

金晨看了一眼，答："不知道。"

"明辉是你的儿子，他的事情你肯定知道，他一直有给你写信。"慕骄阳笃定，她知道很多。

"不好意思，我有权不回答你提出的任何问题。"

"当年，你和情人幽会，可是明辉就在屋子里。他还是小孩，你对他毫不关心，你的良心在哪里，金女士？"慕骄阳的眼睛微眯。肖甜心知道，他相当不悦了。

金晨的脸有点扭曲："我以为他睡着了！"

"他非但没睡着，还看到了。他害怕得躲在对着浴室的房间衣柜里！他睡醒了，找不到妈妈，于是偷偷溜进你房间想找你。可是你呢？你这个'称职'的妈妈倒是给他好好上了一课。"

金晨有些歇斯底里，但人来来往往，她只好克制："我快死了，慕先生！"

慕骄阳毫不同情，只是问："只要你回答问题，我们不会再来打扰你。"

"当年，明辉看见你和情人偷情，那个男人在做时有没有将你的脸压进洗手盆？"慕骄阳说得直接，不给她留一点脸面。

金晨难堪过后干脆也就放开了说："没有。那个男人也就是从后面干我，我们对着镜子做！"

"你可以走了。"慕骄阳十分冷淡。

金晨瞪他："希望你以后别再来找我。"

"不会。你让我恶心。"

等那老女人走远了，肖甜心才说："你骂她恶心，简直大快人心呀！"

见慕骄阳在沉思，她又戳了戳他的腰，叫他："哎，阿阳！"

"乖，别勾引我，我在想事情。"

肖甜心气得嘟起小嘴，脸鼓鼓的："谁勾引你了，不要脸。"

"嗯，我不要脸，整天想着让你怎么勾引我。"

"娇娇！"肖甜心是真的生气了。

慕骄阳回过神来，摸了摸她的头，说："好了，不逗你了。"

"B一直在和H联系。是B让H知道了发生在监狱里的事，H在对明辉催眠时，为了更快地激起明辉的'变态'，于是将这一段假记忆移植给了明辉。B在大牢里，却操控着外间的一切。"慕骄阳说。

肖甜心皱着一张小脸，显得十分为难："B到底想做什么？"

"我也想知道他到底在部署什么阴谋。他这个人深不见底，我永远看不透他。"慕骄阳长睫一颤，眼内那些光全然暗淡了下去。

四

"这不是明辉的作品，包括左上角的几幅都不是。"一个穿着黑夹克的男人说。

肖甜心一回头，就见到那个男人正用探究的眼光看着面前这幅画，他戴着黑框眼镜，拿着的笔带有录音功能。"你就是为明辉写传记的詹姆士先生。"她用的是肯定句。

詹姆士爽朗一笑："这位小姐真厉害，居然一眼看出我的身份。"

"叫我肖就好。"

两人互相握了握手。

就连慕骄阳都打趣她："你的推理能力越来越强了。"

"我们要夫唱妇随的呀，我当然要跟上你步伐啦！"她踮起脚吻了吻他的唇。

慕骄阳心头一甜，摸了摸她的脑袋纠正："乖，你永远不必跟随我。我们不是从属关系，我们是并肩作战的灵魂伴侣，即使是从属关系，也是我属于你，跟随你。"

这人的情话真是一套一套的来，她推了他一把说："正事！"

于是，慕骄阳就明辉的情况和詹姆士谈论起来。原来詹姆士为了写明辉的传记，将他的生平包括作品都了解了一遍，研究得十分透彻，所以知道这些画作不符合明辉的风格。

对此，慕骄阳也认同，对肖甜心说："明辉的风格看起来外放，但其实是敛的、藏的。而这几幅的风格表面看起来'藏'，但实质外放。"

明辉画的是抽象画，这几幅也同样是抽象画。

三人面前的这幅画最有意思。

画里是一个旋转扭曲的世界。

街道、商铺、咖啡屋、星月夜，淡淡的蓝色调，还有荧绿色的街灯，一个穿着淡蓝裙子的女人一手拉着一个孩子，还有一个孩子蹲在地上逗青蛙，四个人的面孔都是抽象的。整个街道旋转成一个类似蛋的形状，十分有意思。

"这幅画的售价最高，已经高到了八位数。"詹姆士又说，"这幅画给人的感觉是万千气象藏于一个'蛋'里，但其实最渴望世人关注。"

"的确，这幅画最有意思。"慕骄阳说。

肖甜心想了又想，呀了一声，突发奇想道："这个'蛋'真像怀胎十月时的肚皮形状。"

肖甜心从导读人那里取来放大镜，放大镜落于右上角，那里是一个十字架，一座轮廓模糊的教堂隐没于街道扭曲成旋涡状的涡流里。而这个旋涡状就是"蛋"的形状。

"可以是教堂，也可以是教会医院。这是洛心的作品，回到最初的起点。"慕骄阳给出侧写。蓦地，他全身一震，对詹姆士说："谢谢。"

然后他拉着肖甜心风也似的跑了出去："我知道洛心会在哪里下手。他要回到最初的地方。他会约洛泽去他真正出世的那家医院。"

慕骄阳飙车直奔机场，而肖甜心马上电话通知外公和其他FBI成员。两人搭飞机去了纽约。

一下机，两人就赶到了洛泽所在的琉璃酒店。

琉璃酒店是洛家的产业，保安措施严密，洛泽才没有受到骚扰。

"师兄，最近还好吗？"慕骄阳一进屋就问。

洛泽顿了顿才说："一切尚好。就是我不能随意出去，会引起当地群众骚乱。"

小草给他和甜心泡了茶，还端来甜点："你们刚下飞机，还没有用餐吧？先填填肚子。"然后她又说，"现在纽约市民天天到小叔叔的私人博物馆去闹，还说小叔叔是吃心者。动不动就对我们喊打喊杀，我们哪里都不敢去。"

洛泽按了按她的肩膀，以示安慰。

慕骄阳意识到，群众的示威肯定越了界。他们不仅对洛泽的名誉造成了严重损害，甚至还威胁到他们的安全。

电视在播新闻，突然出现一个白人青年，拿燃烧的瓶子扔向洛泽，幸好洛泽避得快，不然得受伤了。

"小叔叔，你怎么不告诉我？"小女孩一回头，眼里就有了泪花。洛泽赶紧来安抚："小事情。我的身手你还不放心吗？倒是你，让我时刻担心。"

看到两人这么恩爱，肖甜心十分羡慕，于是拿手指戳了戳慕骄阳，说："哎，阿阳，我们也赶紧结婚吧！"

慕骄阳眸光一闪，握着她作乱的小手说："我们现在也很恩爱呀，不比他们差。"

肖甜心附在他耳边说："我指的此恩爱，非彼恩爱。"

慕骄阳的脸腾一下就红了，惹得洛氏夫妻都笑。一时之间，室内原本沉闷的气氛变得活跃。洛泽按了按妻子的肩膀，说："你别太紧张。"

四人正聊着接下来的防御和前摄准备，就听到洛泽的电话响了。

洛泽接起，对方的声音很大，就连慕骄阳都听见了。原来是有民众对曼哈顿上城的那座私人博物馆扔了汽油弹，警方都出动了，而负责安保的人员正在抢救里面的藏品。

洛泽蹙眉道："尽量保住藏品。"

"师兄，你在纽约还有其他展馆或私人博物馆吗？"

"在中城和郊外一共还有三个。"

慕骄阳让洛氏夫妻注意安全，也就先行离开。

他和甜心又赶回了警局，和钟明泽等众人等会合。

本也在，就抱着笔记本电脑在那儿找线索。

洛心的身世太神秘，FBI 几乎一无所知。

"试试往军队里找，入伍不够一年，因太爱出风头，不服管教，情绪易激动，心理综合报告有异常而被退的人员名单。"慕骄阳说，"C4炸弹是军队最喜欢用的。所以我想，洛心曾有服役经历。"

"洛泽在纽约还有另外三家私人藏品馆，哪一家附近有水域？"肖甜心紧接着他的话说了出来。

钟明泽看了两个徒弟一眼，嘴角微扬。

本十指如飞，在键盘上敲敲打打，突然指尖一停，说："专门存放雕塑的雕塑博物馆在长岛靠海的位置。它的平面展示图显示是建在海上，建筑风格十分杰出。"

长岛是纽约州的一个富人小镇，就在海中央，而那里不就是最佳逃生路线吗？

肖甜心问慕骄阳："洛心会约大哥哥在那里见面？"

"我想是的。但最终不会是在那个地方结束。"

"找到了！"本大叫了起来，"我找到洛心了，他的真名是Hunter·Tell·Heart，他是个孤儿，父亲不详，由母亲 Haley 独自抚养长大。但 Haley 已经在三年多前病逝。而且 Haley 只是一个普通的妇女，没什么特别的。但找不到他出生的医院，总不会是在家生的吧？"

"不会，肯定是在医院。"慕骄阳皱了皱眉，"找出全美已经关闭的医院，我们可能要做交叉比对。"

"这个需要很长时间。"本有些犹豫，"就算找出这些医院还要经过排除……"

钟明泽说："按 Shaw 说的做。"

慕骄阳的眉头越皱越紧，肖甜心都看不下去了。她抬起手来摸了摸他的眉，再戳了戳他那颗小红痣说："阿阳，别急，我们总会想到的。加油，小红痣。"

她最喜欢这样叫他了，小红痣，既是给他打气，又将他调戏了一遍。

他抓着她的指尖，放在唇上亲了亲，只觉得自己又满血复活。

"Tell 是瑞士姓氏。瑞士是个中立国家，没有加入一战二战，所以没有本国的英雄，但 Tell 就是他们口中的英雄。洛心的养母希望他成为一个英雄。他也渴望自己成为英雄。"再谨慎地分析了一遍，慕骄阳说，"所以这次他再出手，会要一批人付出生命代价，这样大家才会记得他。"

五

FBI 的人员分头行动，本留在警局大规模排查医院，而钟明泽与一队人去了洛泽在长岛的雕塑博物馆勘测地形，菲茨则带队去探访 Haley 的亲朋、同事，以期了解她的生平从而对洛心做出侧写。

回到酒店后，肖甜心一踢掉鞋子就嚷起来："哎，大家都在夜以继日地奋斗，你干吗要绑我回来呀？"

"睡觉！"他说。他把领带扯下来，直接扔在沙发上。

这么大火气？肖甜心光着脚丫踩在地毯上，快步跑了过去，跃到他的背上，他双手一弯，扶着她的膝盖内侧将她背稳。

"是我理解的那个睡觉，还是真的睡觉？"

慕骄阳哭笑不得，觉得眼前的人简直不是甜心，顿了顿也就了然，16岁时的她估计就是这么个无法无天的样子，他缓了缓才说："大战在即，我和你要养足精神。"

"原来真的是睡觉哇！"

慕骄阳背着她往卧室走，说："你洗了澡赶紧睡。我去把文件材料再看一遍。"

肖甜心洗完澡出来，就见到他对着一张照片出神。

是本打印出来的 Haley 的彩色照片。

洛心只是养子，当然和这个白人女人没有半分相似。

"想到什么？"肖甜心圈着他的肩膀在他脸颊上亲了亲。

"根据本从网络里搜到的基本信息，她是一个古板保守的女人。"

她吐了吐舌头："洛心可不保守古板。"

"她的生活两点一线，她往返于家庭、工作的医院。"

"一直工作？在哪家医院？"

慕骄阳亲了亲她："你还真是好奇宝宝。她一直工作到病逝。那是一家精神疗养与善终服务医院。"

"会是她生洛心的地方吗？"

"按侧写应该不是，她换了好几家医院。"

"很奇怪，按照她严谨、古板又保守的个性，对工作应该没有太多

或太强烈的调动热情。"她一拍他的脑袋说，"除非为了掩盖她曾经在其他地方工作的事实，所以不断调换工作环境。"

某大丹犬可怜兮兮："甜心，你干吗拍我的头？"

肖甜心嘿嘿笑："我拍多了会更蠢。你聪明可以多拍几下。"

慕骄阳："……"

肖甜心很贴心地为他拿来手提电脑，一边开机一边屁颠屁颠地跑过来邀功："我这个贴心小助理好吧！"可突然脚下一滑，整个人腾空扑了出去，就连电脑也飞了出去，慕骄阳只顾得接她，眼看着电脑直接飞出了他背后的阳台，变成了高空砸物。

电脑坏了，工作铁定没法继续了，慕骄阳说："甜心，你最好祈祷楼下没有人。不然，你就是杀人凶手。"

肖甜心眨巴了两下眼睛，也十分无辜："阿阳，这里是独栋开的二楼，一楼的整层花园加泳池都是属于你的，目前！"

慕骄阳："……"

"娇娇，我发现你真是财大气粗！"肖甜心笑嘻嘻，"读书时真没发现你那么有钱。"

慕骄阳揉了揉眉心，也笑着说："我开有多家上市的生物科技公司和一家大型制药集团，由家族里我的其他兄弟参与管理。所以说，养你的钱还是有的。"

"好的，我知道了，我会乖乖给你养着。可是，你能不能拿开你的手？"她的脸有点红，他的手正抓着她的"大白包子"呢！好窘。

慕骄阳赶紧收回了手，然后将她打横抱起，说："睡觉！"

肖甜心不乐意了："哎哎哎，你还没洗澡！"

"今晚太累，不洗了。"

"娇娇！"

"你放开我，我不要和不洗澡的邋遢鬼睡！"

"娇……嗯……"

其实，肖甜心提到的疑点正是突破口。

第二天上午八时，大家准时在警局集合。

经过昨天的探访，并没有得到太多的线索。Haley换过多份工作，但都是以医院工作为主，她是一名资深的护士。大家对她的评价都是她工作认真负责，业务能力过硬，在岗期间从无差错。

"这样一个人，如果不是因频繁换工作，绝对能做到中层及以上。"

钟明泽说着，又将她最后几年里的生活地图圈画出来，"她近十年长住这个区域。"

"证明她对此处有绝对的留恋。"慕骄阳补充。

菲茨说："据她的邻居说，她一向深居简出，没有什么往来的朋友。她也是一个沉默寡言的人。邻居甚至没有见过她的养子出入，证明养子洛心和她的关系不算太好。"

"看她的生平资料，她没有结婚。"肖甜心道。

"也没有生育能力。"本直接甩出了一份新找到的 Haley 的体检报告。这份报告是三十多年前的，没多久后，她就有了洛心。

这其中必定牵扯到一桩大阴谋。

"她前三份工作服务过的医院应该有一家就是她领养洛心的地方。"顿了顿，慕骄阳又补充，"或者是她通过胚胎技术获得洛心并生下洛心的地方，那里就是洛心要回到的起点。既是起点，也是终点。"

"甜心，我需要借你的大脑来用一用！"慕骄阳将本拨开，然后说，"除了本搜集出来的已关闭和已排除的医院，30 多年间剩余的医院尚有 326 家。这些医院的平面图全在这里，我需要你快速记下。"

"好，给我三个小时。"肖甜心也不多言，知道他总有道理，直接坐了下来，开始做快速背记。所有的图片一帧帧地快速刻入她脑海里。

本咋舌："这简直是最高配置的电脑。"

"电脑能和我家甜心的可爱聪明小脑瓜相提并论？"慕骄阳长脚一伸，狠狠地给了本一脚，直接将本踢下了转椅。

眼看天色渐暗，菲茨提议去吃饭："走走走，大家爱吃什么？中餐要不要？我们队中国人多。"

一番打趣惹得众人笑。大家忙了一天累得不轻，但听到有吃的也精神起来。

"你们去，我还差一点。"肖甜心公事公办。

钟明泽笑呵呵的："骄阳，她是工作狂。我们去吃，给你俩留菜。就知道你俩是一对时刻舍不得分开的小情人。"

慕骄阳去小卖部要了牛奶和热狗。她趴在速记，他就一口一口地喂她。等她吃完了热狗才反应过来："呀，你喂我吃呀？"

慕骄阳正要答话，电话响了。

何穆同说："你和洛泽为什么要带走双胞胎呢？我知道，你和洛泽都不是一般人，可是也要信任我们哪！我们能保护好孩子。"

"等等！你说我和洛泽带走双胞胎？"慕骄阳猛地坐直。

"就在前天。我当时和你说话，你也急着走，没说上两句。你要急着带双胞胎去美国，上了机，我更打不通你的电话了。"

"前天上午吗？"慕骄阳问得仔细。

"是。"何穆同答。

慕骄阳咬了咬牙，当时他和甜心在海上，没有信号，电话是不通的。他和甜心在海上过夜，B成功对他做出了侧写，更暗中通知了洛心。洛心以最快的速度回到夏海，并且带走了洛泽的一对孩子。

他和另一个人扮成洛泽和慕骄阳，成功地瞒天过海。

按时间来算，洛心应该到了纽约，他要以洛泽的一对儿女作为筹码，提出和洛泽见面的要求了。

"甜心，去洛泽的雕塑博物馆。快！"

第二十二章 心战

一

长岛就在海上，那是一个富人集中的地方。

《了不起的盖茨比》讲述的就是 20 年代发生在长岛富人区里的故事。

那是一个风景秀丽的地方，有风格各异又漂亮的别墅，一栋又一栋。

肖甜心忽然就想起了《了不起的盖茨比》里的那盏绿灯，一闪一闪，是盖茨比在守望、在想念黛西。她莫名地就有些伤感，好像自己也很想念一个人，那个触摸不到的人，就像盖茨比从来没有触摸到黛西。

"怎么了？"慕骄阳一垂眸就发觉她走神了。

慕骄阳开的是快艇，海浪一浪一浪打来，两人在夜色中，在海水里颠簸。她忽然抱着他的腰说："就是忽然很想你。"

慕骄阳怔了怔，轻叹了一声，手按在她的头发上揉了揉。

大战在即，谁也不敢放松。肖甜心马上收拾好了心情，下快艇时说："阿阳，别担心我。我只是看着夜色，觉得在大海里很孤单，一时感触。"

"我知道，你是想起了盖茨比对吧。"慕骄阳笑了笑，摸了摸她有些冷的脸颊，"那是我们一起看的爱情小说。我没同理心，看不懂，你就慢慢地解释给我听。那部书我让你送给我，我说回去再看一遍。其实那天是我生日，但是我没告诉你。"

"对对对！"一想起从前，肖甜心又成了那只快乐的小鸟，扑进他怀里，"阿阳，我最喜欢你啦！"怕他会有负累，她又说，"阿阳，待会儿进去大家小心。"她又看了眼手表，说，"和FBI会合的时间快到了。"

慕骄阳已经在快艇里掏出一把黑乎乎的东西，在那儿组装。她看见了，吓了一大跳，说："妈呀！MP5都出来了，你是要去冲锋陷阵？"

"洛心就是一个神经病，他很危险。"慕骄阳道，把一把手枪塞给她，"有点重。拿着。"

"没问题。我当年在BAU的持枪考试成绩是良以上。"

"嗯，良以上，还是当年。"慕骄阳抱着她的双手，教她做了个标准的姿势。脸贴着她的脸，他亲了她一下。

这都要撩。她哼了一声："是没到优怎么了？不用反讽的！"

慕骄阳将快艇停在相当隐蔽的地方，牵着她往前面的一个小坡爬："以后我教你，保管到优，手把手教。"

长岛三面环海，布满森林，确实是躲藏的好地方。

洛泽的雕塑博物馆背靠断崖，脚下是海，造型像一艘帆。低点的那栋建筑临海而出，外面是透明的深蓝玻璃，高点的那栋紧紧贴着悬崖而建，两者中间架一座全透明的空中走廊，低头一看，就是湛蓝大海。

慕骄阳走到一道紧靠山壁的暗门处，输入了洛泽告诉他的密码。门嗒的一声开了。

两人轻轻走进去。里面光线昏暗，只能透过前面的落地玻璃看到朦胧昏暗的月光。

因为放置着雕塑，所以空调系统常年恒温且温度偏低。"大哥哥会在这里吗？"肖甜心夹紧了夹克。

慕骄阳说："洛泽肯定到了。这里安静得不正常。"

两人走过空中走廊时，肖甜心只是往下看了一眼，腿就颤抖。慕骄阳扶了她一把赶紧跑了过去，进入主楼，更安静了。

想了想，慕骄阳把厅里的灯打开。

触目所及全是雕塑，是一个一个的"人"。

洛泽的雕塑以人物和人体为主。

这些"人"苍白、僵硬，此刻"包围"了他们。

肖甜心再次颤了颤："阿阳，你开灯，不怕被发现吗？"

"这里有全场监控，只要我们进去，洛心就会发现。所以我让本黑了这里的监控，做了个假的画面监控图进行替换。现在只能希望洛心不要那么快发现。他诡计多端，疑心又重。"

正说着，灯突然全亮了。

慕骄阳皱了皱眉，以为是被洛心发现了，忽然就听见外面有嘈杂的声音不断响起。

因情况不明，他脱下西服将手中的MP5盖好抱在胸前。两人走到靠近崖壁那边，垂头一看，居然来了一大堆记者，人人扛着长枪短炮。

"这到底怎么回事？"肖甜心瞪大了眼睛。

"不就是洛心的风格吗？每次出场都喜欢哗众取宠。"慕骄阳牵了她赶紧往下一个会馆走。

但这里实在太大，就像一个迷宫，被道道玻璃门所分割，照出每一个自己，看着镜中人时，只觉得哪个都不是自己了。

"做侧写吧。"慕骄阳说。

肖甜心一边走，一边对着手机微信发出侧写："洛心会在雕塑馆的主会场，但会在主会场里更隐蔽一点的地方。那里是属于洛泽的私人藏馆，全是他妻子的雕像，单独存放。"

慕骄阳接着道："洛泽是一个内心封闭的人，这样的人害怕打开自己。他选择的地方不会靠海，应该在四面或三面环山包围着的最里的地方，安全舒适又能见到阳光。最接近山崖顶的地方在东面，日出时阳光普照，那个地方很温暖，有全透的天顶。"他闭起眼回忆建筑平面图，一睁开眼，说，"走。"

所有的侧写都已发到外公的微信里，肖甜心跟着他小跑了起来。

"洛心要惊动世人，还特意叫来了媒体，他不仅要扰乱我们的视线，还要宣布惊天新闻。"慕骄阳道。

他带着她往一边的楼梯拐去。

顶层在五楼，从东侧上去还有一个大展厅，再从斜梯上去就是一个小的玻璃穹顶室。

"洛心将尸体摆在那里了。"肖甜心了然。

"对。"慕骄阳咬了咬牙，"我们的侧写总是慢一步。"

洛心是他们的猎物，但他们也是洛心的猎物。

洛心是猎人，也是最好的心理画像师。

洛泽在大厅里游走，四处很冷。室内光线幽暗，对面落地玻璃窗外只能看到压迫而来的山体。

一片土黄的阴暗。

"洛心，你出来吧。"洛泽说，"我按你的要求来到这里，也请你遵守诺言，放了我的孩子。"顿了顿，他又说，"他们都是你的侄子侄女。你若喜欢，他们会叫你叔叔。你是想和念的小叔叔。"他又轻叹了一声，"洛克已经不在了。"

其实，洛心已经是他唯一的兄弟。

血浓于水，永恒不变。

忽然，他听见存放肉肉雕像的那间"爱之馆"里传来响动。

一惊，他快步跑了过去，就怕洛心会毁了他为肉肉做的雕像。

是歌声，近了，是《重归苏莲托》。

慕骄阳已经和他分析过洛心的心理状态。洛心对他有向往。或许这就是血缘的牵引。

"心，我知道你不是冷血无情之人。你没有对肉肉和孩子动杀机，一直没有。你出来，哥哥可以帮助你。"

他一路小跑，无视两边伸出来的一只只"手"，那些人像雕塑诡异、苍白。

其实这里是有直达电梯的。

洛泽听见了响动。人声相当嘈杂。

他快步跑进了最东面的那间爱之馆。里面一个人也没有，洛心没在那里等着他。

但是他知道，洛心在操控一切。

他在播放歌剧就是证明。

环顾四周，肉肉的雕塑都在，一颦一笑生动美丽，看着他时，那对眼睛脉脉含情。

电脑忽然开了。

是洛心在操控。

他走了过去，画面里，是肉肉在一间密闭的房间。他的心疼得厉害。洛心要孩子的真正原因只是要肉肉走到他那边。

FBI对他和肉肉的保护滴水不漏，洛心没有机会下手，所以才会来要孩子。

"亲爱的哥哥，我给你一个地址，你听清楚了，请你过来。否则，我怕你见不到她了。别急呀，亲爱的哥哥，她来到我身边那一刻，想和念，我已经派人给你平安地送了回去。或许，已经到了你的酒店了。哥哥，别把地址告诉任何人，尤其是慕骄阳。哥哥，我想你。"

电脑突然黑屏。

洛泽非常焦急。他根本没说地址！

歌曲还在播放。

苏莲托，苏莲托！那不勒斯湾上的明珠！

海上明珠？！

肉肉就是他的明珠哇！也是他的眼珠子，是他的生命！

海上，海上！

洛泽猛地跑到最里间，那里肉肉的雕像雕工最是精美，用大理石雕刻，是以海上维纳斯为主题。她站在那扇洁白巨大的贝壳里。

那座雕塑静静地站在那里，是肉肉最美的姿态。有月光轻笼，她美得圣洁。

她就是他的爱神、美神哪！

果然，他在贝壳里找到了一张字条。

外头忽然传来尖叫声："杀人啦！"

二

走廊里，伸出来的僵硬、苍白的手开始溶化。

慕骄阳和肖甜心走近时，发现的就是那惊悚的一幕。

已经有部分记者比他俩还要早到。看到开合的电梯门，他说："是洛心开通了电梯让这些记者直接上来的。"

十二座雕塑，十二具尸体。

"那些白泥是怎么回事？"肖甜心走过去研究。

慕骄阳拨开一个正在拍照的记者，仔细地研究尸体，说："尸体的身上好像涂了什么东西，估计是会使白泥到了特定时间就溶化的化学物质。"

钟明泽和其他 FBI 成员也到了，他们要求记者出去，可是大家只顾着拍照。突然，更多的声音传来，那部电梯自己动了，关上门，一路沉了下去。

"洛心就在这座馆里，用电脑操控着一切。他要参与进来，不会是远程遥控。"慕骄阳说。

电梯门被打开，更多的人拥了进来。这次进来的是一群激进分子，

是一群年轻人，喊着要惩戒吃心者。他们手里拿着汽油、小刀等危险物。

肖甜心一震，就见外公指挥警察小队去阻止青年们进入。

一群人吵了起来，推推撞撞。有人大喊："吃心者就在里面，抓住他！"

顺着他指的方向看去，大家看到洛泽就站在最里间的门边，他的脸色苍白。

而那十二具尸体全是少女，白泥溶到了她们胸口的位置，露出心口空洞的地方，血已结痂。

"抓住那个变态！"有人将汽油往那条走廊泼，甚至还淋到了最近的警察身上，打火机被点燃抛了起来，啪的一声响，火舌蔓延。

许多警察把防火箱敲破，取出里面的灭火器去救火。

而洛泽就站在另一头，静静看着火舌吞吐，朝他扑来。

"洛泽！"慕骄阳大叫。

听到叫声，洛泽才醒转过来，开始帮忙救火。

大家乱作一团，人们互相践踏。

好不容易把火扑灭，忽听轰的一声，大家猛地抬头，只见四周烟尘滚滚。

"糟了！洛心在山头埋有炸药！"慕骄阳喊，"大家快散开！"

他始终紧握肖甜心的手，护着她向一边散去。山顶滚来巨大的石块，轰地砸了下来，整座大楼摇摇欲坠，而一处玻璃穹顶碎裂，砸下无数块碎石，大家哭喊着逃离。烟尘滚滚，灯火俱灭，四周地狱一样黑暗，所有的光明皆被吞噬。

四周有哭喊和呻吟声，许多人受伤了。

慕骄阳打开手电，忽然看到一座雕塑被一块尖利的碎石从头切割而下至腰部，白泥里面包裹着的正是吃心者尹志达。早已死去的尹志达被长尖块碎石劈成两半，血肉模糊。

肖甜心呀地叫了一声，慕骄阳猛地捂住她的眼睛："别看。"

菲茨指挥部分警察保护现场，部分警察控制那群惹事的青年，剩下的警察去救助伤者。

而钟明泽已经开始侧写："十二个少女是被尹志达杀害的。但是他失去了利用价值，也被洛心所杀，以示对罪人的惩戒。这些记者有备而来，刚才做的是实时转播。尽管电台拦阻了信号，但刚开始的一部分画面肯定已经被拍到并在各大新闻上转播。现在，洛泽成为全美最变态的吃人魔。即使警方保护他，他也会被受了煽动的愤怒群众围攻，除非我们能抓到洛心。洛心希望造成的轰动效果达到了。最后，他会回归平静，回到最初的地方。医院，给人安宁、新生的感觉。"

就是不知道到底是哪一家医院！

一个小警察走到洛泽身边，说："洛先生，我们需要保护你。"

洛泽看了他一眼，点了点头。

慕骄阳和肖甜心避开重重碎石，来到洛泽身边。

而钟明泽和菲茨等FBI成员进入了爱之馆。

钟明泽敏锐，看到电脑虽然黑屏，但插着电源，马上给本打电话。

"师兄你还好吧？"慕骄阳十分担忧。

洛泽只说了一句话："肉肉在他手上。"

不过十分钟，本已经恢复了系统，洛心说的话和洛心的影像再度重现。

"师兄，洛心到底说了什么？地址是哪里？"慕骄阳很急。

可是洛泽全程不说话。

"本，这段视频是不是被洛心剪辑了？你恢复需要多久时间？"肖甜心问。

"没有，我刚才就检查过了，就是原始版本。"

慕骄阳嘘了一声，大家安静下来。

电脑反复播放洛心说话那一段，但隐约有背景音乐。"本，还原那段音乐，调到最清晰。我要知道是什么。"

又过了几分钟，再放出来的歌声十分清晰。

"《重归苏莲托》。"慕骄阳和肖甜心同时说起。

慕骄阳不知道这是什么意思，但觉得肯定是暗示。他和肖甜心在这座没有被毁弃的房间里走动，看每一座雕塑。

"这里放的都是小草的塑像，受害者的尸体都被摆在了外面。这里没有被损坏，洛心用炸药炸山体时，炸药量、角度和辐射的范围控制得非常精准，避开了这里。洛心对洛泽的妻子，对洛泽，都有一份维护的心，但他可能没有察觉。非常矛盾复杂的心理。"慕骄阳说。

"对。"肖甜心点了点头，"洛心并不想害小草，他渴望洛泽，他想让洛泽成为他们的一分子。但如果洛泽不同意，他就会对小草下手。"

忽然，又有几个人冲了进来，他们大喊着杀人偿命。

肖甜心就着微弱的手电光看到了一张熟悉的面孔，她在脑里快速搜索，发现那正是最近这一周里报人口失踪的家属。当时，在新报的人口失踪备案里，大家根据侧写圈出了两个有可能是尹志达目标的受害人。这位

父亲的 17 岁女儿正是十二具尸体里的一具。"赶快带洛泽离开。这里危机四伏，不能再闹起来。"她语速飞快地道。

那个小警察引路："洛先生快跟我走。"

慕骄阳已经走到了那座以"维纳斯诞生"为主题的雕塑前，然后蹲下身去找，结果一无所获。

"师兄，你肯定知道地址！"慕骄阳一回头，才发现洛泽不见了。

四处浓烟滚滚，看不到路。而洛泽不见了。

"糟了！"慕骄阳喝了一声。

肖甜心也是一震："刚才那个年轻小警察就是洛心！"

"他挟持了洛泽！"

三

"这里只有我们最了解洛心，也一直在和他交手。"慕骄阳说。

"是的。"肖甜心会意点头。

"我们来做侧写。"慕骄阳说，"明辉是被洛心催眠的对象。与其说明辉对旋涡情有独钟，不如说是洛心。包括我们第一次和洛心正面交锋时，在夏海郊外的那座山间农屋里，洛心房间里挂着的画作就画了旋涡。在明辉的画展里也掺杂了洛心的作品。洛心不受世人关注，他明明才华横溢，他的作品比明辉的要优秀，但只能混在明辉的作品里，才得到世人的认可。他自卑又自傲，他渴望得到关注，而他更渴望可以寻得平静。家庭、母亲的虚假，使得他想要找寻真正的自己。旋涡和蛋归根到底都是一个意象，象征妈妈的子宫，那里是最安全的。这些意象在他脑海里反反复复出现，驱使他行动。他要回到的医院，我想，会有像蛋一样的建筑，十分直接明白。可能是地形上的平面图造型，可能是有类似蛋形的建筑等。甜心，我需要你将看过的三百多家医院的平面图、整体建筑图和医院内部分建筑造型等搜索一遍。开始，我还想不通到底是什么，现在就是要搜索这个东西。"

"好的。我需要一点时间。"肖甜心说，"我当时是快速强记，没有进行分析和搜索。现在已经有明确提示，我可以办到。"

但时间紧迫，不能等待。慕骄阳牵着她，在爱之馆里东摸摸西看看，果然被他找到了隐藏在这里的暗道。他寻了个空隙，带着她进入暗道，那里有直达电梯，两人坐电梯下去。

电梯一直往下，最后显示到了负三楼。"这里是海，洛心肯定备有快艇。希望来得及。"

"阿阳，我们不知会 FBI？"

"特勤队早已出动，就埋伏在附近。我们要赶紧找到洛泽，你专心找医院。"慕骄阳带着她冲出电梯，外面是个地下岩洞一般的存在，有暗流直通大海。

四周昏暗无比。

水滴声声，滴滴答答。

"骄阳，我想到了。还在长岛上，是圣心医院，医院门前就有一座蛋形雕塑，象征新生。"肖甜心迅速地报了一个地址，并把地址发到了外公手机上。

而慕骄阳则叫 FBI 把洛泽和洛心的妈妈也带往那个地方，顿了顿，他又对保护洛心妈妈的 FBI 队员说："注意。他们可能持有重型武器或人质，请求增援。"

肖甜心找到了被洛泽刻意收藏起来的快艇，跳上艇去开动了马达，说："阿阳，此行很危险……"

"对！"慕骄阳说，"你回去，和大家待在一起。我们知道地址就可以了。"他说着跳上快艇，谁料被她一把抱住腰："我们要么不去，要么一起去。你自己选择。"

慕骄阳咬了咬牙，最后将快艇开出了海面。

"洛心。"洛泽忽然说。

那个白人青年回过头来说："洛先生，你说什么？"

"不用装了，你就是洛心。"

"呵呵。还真是瞒不过你。"洛心将面具一掀，露出一张白皙的轮廓分明的脸来。

兄弟两人首次见面，莫名都是一震。有一种微妙、怪异又可怕的感觉涌动，从血管里流动，流遍全身，这就是血缘。

取下喉咙处粘着的变声器，洛心再说话时，声音也和洛泽一模一样："你好，哥哥。"

前面隐约出现了快艇的模样，但慕骄阳不敢开枪，隔得远，根本分不清谁才是洛泽。不，开近了也分不清，两人一模一样。

"洛心会让我们做侧写，开船的到底是他还是洛泽。无论怎么侧写都会有陷阱。最重要的是，洛心有防弹衣，洛泽没有。"

"是的，不然特勤队早开火了。这一次，我们不可以赌这一把。"慕骄阳扔下 MP5，取过肖甜心那把左轮手枪，说，"你来开船。"他瞄

准了前面的快艇，连开数枪，都是打在艇身的位置，企图逼停快艇。但隔得远，效果甚微。

前面的快艇加速，开得更急，眼看前方就是浅岸，一干人等束手无策。

一辆装甲悍马忽然从丛林里冲了出来，里面有重型武器在不断开火，逼得 FBI 与特勤队无法靠近。最终，洛心与洛泽冒着枪林弹雨跑进了悍马里，轰的一声响飞奔出重围，将几辆警车撞翻，警方死伤惨重。

"洛泽在帮助洛心逃离。"肖甜心叹，"他没有别的选择，小草就在洛心手里。"

慕骄阳的唇抿得紧，他一下了艇，就掩护肖甜心往最近的一辆警车跑。

慕骄阳开车，让肖甜心坐后面，可她执意坐进了副驾驶位："我可以帮助你。"

肖甜心二话不说，扯过两件防弹衣，迅速穿了起来。

慕骄阳把防弹衣穿好，看了她一眼说："坐好了。"一个漂移后，他几乎将油门踩到了底。

慕骄阳的车与两辆特勤车还有一辆警车同时撞进了那间圣心医院。

"大家注意，洛心可能在此布置有了大量人质，不要随便开火。"慕骄阳用车内的无线电说道。这是他和甜心侧写出来的结果。

突然，一点火光亮起，医院车库内开出好几辆改装过的四轮车，上面夹着重型武器，对着警车疯狂扫射。

慕骄阳将车开得更快以避开枪火："怎么回事？"

轰的一声，慕骄阳的车身遭到火力重击，几乎侧翻。"去死吧！"慕骄阳举起 MP5 的同时，肖甜心已经抢过了他的方向盘，但她还是本能地说："你别开枪，我可以避开对方的火力！"然后她用力打转，让车躲开了前面的火力。

有两辆改装车侧翻，车上的人被打中，或伤或死。

而那辆最难缠的车左扑右转向着慕骄阳的车冲来，火力太猛，将风挡玻璃都打裂了。

"别开枪！"肖甜心看到慕骄阳举起 MP5，那枪身就在她肩膀过去一点。

"该死！"慕骄阳对着车上那人连开好几枪。

终于，一切安静下来。

车库里突然开出了更多的改装车，这种车底盘高，既像摩托又像坦克，只不过上面全空无防护，开车的人简直就是自杀式靶子！

"天！那些就是人质，那一批又一批的狂徒被逼向我们开枪，不然死的就是他们。他们其实想冲出医院逃命！"肖甜心大喊。她和慕骄阳的侧写不可能出错！这些向警方开火的人本身就是人质。

　　"下车，赶快！"慕骄阳扯她。

　　"你说什么？"她拉了把耳朵。

　　慕骄阳一个拐弯，将车逼停在有遮掩的地方，将肖甜心提下了车。两人趁乱往医院的侧门跑去。

　　啪的一声，子弹从二楼的窗户射出，慕骄阳反手射击，子弹将窗户打得爆裂。

　　两人从侧门进去。

　　"慕骄阳，你这个浑蛋，我说了别开枪，我能处理！"

　　慕骄阳十分无奈："甜心，安静。我们接近洛心了。"

　　"你说什么？"肖甜心咬牙，"你这个浑蛋，在车内开枪，我听不见了！"

　　慕骄阳对她做了个手势，她就懂了，终于安静了下来，用手指比暗号。又过了好久，她才觉得那阵耳鸣消停些。

　　洛心让洛泽看到了小草。

　　洛泽什么也没有说，只是站在那扇窗前看。她看不见他，只有他看得见她。

　　"你到底想怎样？"洛泽转过身来，对着洛心。

　　兄弟两人的视线再次相触。

　　洛泽看了站于洛心身后的保镖一眼。

　　这里很安静，听不见外面交火的声音，是做了防弹和隔音处理了。

　　"哥哥，我们是一样的人。我希望你能加入到我们这个家庭里来。"

　　"这不可能。"洛泽微微摇了摇头。

　　"哥哥，对你，我还是很了解的。我们是三胞胎，有神奇又微妙的感应。当你生病时，我会生病，即使我们隔着半个地球。当你痛苦时，我也感到痛苦。可是，唯独当你幸福时，我感觉不到幸福！只有杀戮和鲜血才能使我平静！"洛心对他张开手，"哥哥，当你想杀人时，我都知道。你举起猎枪，可是你太胆小了，只敢射杀棕熊和公鹿。在法国少管所打架的感觉是不是很爽？"

　　见洛泽猛地沉下脸来，洛心哈哈地笑："看你的样子我就知道，你又欺骗你家小公主了。你对她说，只是打伤了他们对吧？怎么个伤法？你

只是废了那鸡奸犯？远不止了！你用削尖的牙刷捅得他肠穿肚烂，若不是送医及时，那人就死了。怎样，当时的感觉是不是很爽？还想再试试吗？"

洛心的话刚说完，一道门开了，一个巨型大汉用枪指着一个男人，将男人推了进来。

"亲爱的哥哥，我知道你的口味。你只爱杀那些穷凶极恶的人，你看，我们兄弟俩是一样的。那个人是全美有名的通缉犯，我就把他交给你了。"说着，他将一把削尖了的牙刷塞到了洛泽手上。

被枪托用力一敲，那个犯人猛地向洛泽扑了过来要杀他。

但洛泽只是避过那人的攻击，并不还手。

"亲爱的哥哥，杀了他，我马上放了我们可爱的肉肉。"

"肉肉不是你该叫的。"洛泽面如寒霜。

"杀了他，我和你有什么分别。"洛泽拒绝。

看着哥哥不断躲避攻击，洛心轻声笑道："我和你本就没有任何分别。我感觉得到，你恨那个鸡奸犯。他不是用关系转院然后直接出少管所了吗？那个人渣杀了人，进了少管所还害死好几个人。所以，我帮你把他杀了。"

"你！"洛泽停了脚步。那人拿着刀就往洛泽身上扑去，被洛泽一侧身躲过，拿左侧肩用力一撞，那人被撞中肋骨，痛得跌倒在地。

"你若要同情他，大可直接将牙刷插进他的心脏，他死得不会太痛苦。换我出手，只怕他要求你快点杀他。不过我不打算动他。"

洛心的话刚说完，那个持枪的巨型大汉推开门出去了。而洛心的保镖站到了主人面前保护他。

不妙的预感涌了上来，很快，洛泽就看到玻璃对面的那扇房门被推开了。

"别紧张，亲爱的哥哥，我对强暴那玩意儿看不上眼，太不上道了！我也不会让她太痛苦，我有分寸。"

洛泽再不顾地上那人，猛地扑向门边，可是凭他之力根本打不开！

"哥哥，你是希望她死，还是那个人渣死？"

一道选择题，洛心给过慕骄阳，这次轮到洛泽。

只是这次更直白。不是炸弹，无法以时间去抗争。

那道绳子猛地勒上了小草的脖子……

四

"医院内部太安静，这里做了防弹和隔音措施，核心地带还有重兵把守。洛心会在最大的那间大厅里，他渴望成为全世界的中心。"慕骄阳站在西边的副楼看向窗外，那里竖立着一座小型摩天轮。

忽然传来嘀嘀咚咚的歌声。肖甜心也看向窗外，小摩天轮旁边的旋转木马开动了。

"这个洛心还真是个神经病，居然在这家废弃的医院里建了个游乐场。"肖甜心的语气低沉了下去，"这个缺爱的孩子，也真是可怜。"

"他在欢迎我们的到来，他知道我们来了。"慕骄阳给本发微信，得到回复后，说，"甜心，我们最多只有二十分钟的时间。本可以屏蔽这里的监控系统二十分钟。我需要你找到去往最中心最大的那间会议室的路，用你的大脑。"说着，他看了眼天顶上的通风系统。

绳索在小草脖子上一点点地勒紧。

"你还需要选择吗？难道你愿意你最爱的人为你死去吗？"洛心的声音响遍整个大厅。

那个犯人又站了起来，对着洛泽挥出小刀。

有打斗的声音传来。

而洛心不知道的是，离他站着的位置不远处，那里的通风盖轻轻地移了移，突然，嗒的一声后，慕骄阳从那里跳了下来："师兄，不要！"他反应极快，在保镖举枪的同时开枪，保镖倒地。

可是太迟了！慕骄阳看到另一边房子里小草那张由通红转青白的脸。洛泽看了慕骄阳一眼，那一眼，只是短短一秒，可慕骄阳不懂得该怎样形容，就好像，他要失去洛泽了。

尖利的牙刷猛地插进犯人的心窝。

来不及了！

但……

慕骄阳猛地转过头去，小草房间的天顶上的通风盖被打开，肖甜心跳了下去，然后开枪。那把小巧的左轮手枪射出的子弹准确地打中了那男人的脑袋。

肖甜心沉着冷静，飞快地跑过去松开小草脖子上的绳子，然后检查，跟着是做急救。最后，小草张开了嘴，大口大口地呼吸。

慕骄阳的眼底闪过喜悦。

而肖甜心虽然看不到他，但一直看着那道玻璃，对他微笑。

"迟了，洛泽已经加入了我们。他尝过了杀戮的滋味，一切就来不及了。"洛心微微笑。

　　一直垂着眸的洛泽轻轻抬起了头。他的眼眸沉敛，没有一点光。那不是慕骄阳认识的洛泽，他更像一个陌生人。那是杀手才有的眼神。

　　洛泽的人格分裂了，是新的分裂，他现在只是一个杀人魔。

　　"弟弟，你好。"

　　洛泽取过洛心递给他的枪，一步一步地向慕骄阳逼近。

　　慕骄阳暗叹，此刻自己腹背受敌。

　　"师兄，你回来。小草很好，甜心救了她！"慕骄阳步步后退。

　　"她对于我来说已经不重要。"洛泽脚步一动，飞快地扑了过来。慕骄阳本能地躲，却被他反手一扣，两人贴身搏斗，然后就是嘭的一声，洛泽的枪对着慕骄阳就是一下。

　　慕骄阳倒退了两步，一脸不可置信地看着洛泽，又看了看一边的洛心。

　　慕骄阳眼尖，发觉洛心将手放进了西服内袋里。他手里还有一把枪。

　　洛心笑了笑，从内袋里取出一块手帕来，擦了擦嘴角。

　　"心，虽然他穿着加厚防弹衣，但这样近距离射击，他的肋骨起码断两根。接下来你想怎样？我们怎么逃出去？有他在手，我们才有和警方谈判的砝码。"洛泽扔掉枪，一脸平静地看着弟弟。

　　洛心看了看他，似在研究什么。

　　慕骄阳倒了下去，捂着伤口，连吸气都极疼。他的确断了一根肋骨，所幸并没有插进任何器官里。很艰难地，他又爬了起来，扶着桌子站稳。

　　他没有说一句话，只是咬着牙看着洛泽。

　　刚才本给他发了信息，特勤队已经攻进来了，这里所有门的密码也已经被黑了。特勤队清场还需要十分钟。洛心拥有一小队雇佣军，所以清场需要时间。

　　"洛心，难道除了洛泽，你就没有别的想见的人吗？"慕骄阳吐出一口血说道。

　　"小师弟，我劝你不要说话了，不然我怕你熬不到直升机来。"洛心走到他身边，居高临下地俯视他。

　　"你不想见一见你的亲生妈妈吗？"慕骄阳说。果然，他看到洛心的脸色变了，虽然只是一瞬，但洛心动心了。

　　"她马上就到了，你只需等待十分钟。"慕骄阳轻声说，"你要我做人质我会配合你，但请你放甜心和小草离开。她们只是女人，何必为难她们。"

　　洛心轻拍了拍他那张苍白的脸，只见他的嘴抿得紧，可那抿着的唇角还是微微往上翘着的，像个执拗又天真的大男孩。"小师弟，你的女人可不简单，她比男人还可怕。一个她，抵得上一百个男人。"

慕骄阳一惊，猛地看向玻璃窗。只见她尽管克制和冷静，但一对眸子里露出了慌张。他太久没有给她信息了，她担心他出事。然后，他又看到她将小草拖到了办公桌下面藏起来，而她悄无声息地躲到了门后。

没有任何声响，门开了，只是小小的一条缝，来人带着反光玻璃，可以看见里面的人的站位。可是没有人？那男人猛地冲了进来，还没来得及转身，就被肖甜心打中了脑袋。

啪啪啪，洛心鼓起掌来："真是勇敢的女人，令我刮目相看。够辣，真想上她！"

"你真恶心！"慕骄阳挥拳，直接打到了洛心脸上。

洛心没有躲，吐出一口血，看了看慕骄阳，笑："好了，没有断开来的肋骨断了。有没有错位？捅进哪里去了？"洛心摸了摸他的脏器，疼得他面容扭曲。

洛泽面无表情，看了慕骄阳一眼。

慕骄阳吃了亏，洛心故意激他。

"你的女人很够味，不过她是属于 F 的。我从来不和兄弟抢女人。"洛心拍了拍他的脸说，"看到你现在这个表情我真是开心。带着两个女人走太麻烦，算了，今天就放过她们。你听，是螺旋桨的声音，嗡嗡……嗡嗡……"他抱着地上那具保镖的尸体跳起舞来，一边跳一边说，"外面和你们玩枪火的男人都死光了没有？我简直就是为民除害呀！全是杀人犯，明天新闻一报道，我就要成为全美的英雄！我为你们无用的警方捕捉到了三十个通缉犯和二十个没有被发现的连环杀人狂。他们当中有些还吃人，真不上道，茹毛饮血，原始人？"

随着他说完，最后一步舞步也跳完了。洛心让尸体做了个下腰，然后把尸体往边上一扔，走了过来，用一把枪抵在慕骄阳的腰后："起来吧，我们俊俏的小师弟，该上飞机了。"

他完全放松了警惕，直到一把枪抵在了他的脑后。

"别动，枪不长眼。"洛泽低沉的声音响起。

他倒是很配合，还乖乖地将双手背到身后，笑眯眯地看着哥哥。

洛泽的手箍着他的脖子，枪依旧抵在他头上。

"亲爱的哥哥，你回不去了。即使你杀的是个变态杀人狂，你也算是杀了人，尝过那种滋味，那种生命在你手中流逝的滋味，从此后，世间

万物对于你来说都失去了味道和意义，你再不会去爱人。即使你回到肉肉和儿女身边，日复一日，你会感到疲倦，最后，你会拿起手中的屠刀。"

"师兄，别听他的，他在催眠你！"

"我知道！"洛泽和慕骄阳的话同时响起。

慕骄阳一怔，正想着该怎么劝，洛泽又说："我没有杀他。我只是将牙刷插进了肋骨之间，避开了脏器。"

洛心笑了一声："我真是低估了你们。原来，你和他才是兄弟。你从来没有将我当成弟弟，你不会走到我身边来，从一开始就是。"他眼内的亮光渐渐熄灭。

洛泽从他口袋里取出手机，以防止他对杀手下杀死小草和甜心的命令。

"心，你一直是我弟弟，这一点永远也不会变。我更希望你能走到我们这里来。"洛泽轻声叹气。

慕骄阳发现了很不妥的地方。洛心虽然像疯子一样，但他的冷静完全不合理。

慕骄阳心里在快速做分析，只听洛心又说："哥哥，我很羡慕你，虽然你的过去也不幸福。你也喜欢窗外那架摩天轮对不对？我能感受到的，你很想和妈妈一起坐上去。可是她却抱着洛克在上面欢笑，她忘记了你。你很孤单，于是分裂出一个又一个你来陪伴你自己。当这个世间太过寂寞和寒冷时，许多许多个你就被分裂出来。洛泽，你只是导师洛泽的替代品。就连你的妻子，她所爱的，也不过是那个本我人格导师。呵，他才应该叫洛泽。你呢，你什么也不是，导师甚至没有给你起个名字。还有你，慕骄阳，那个女人，她爱你吗？你们兄弟俩真是有意思又相反的一对呀，肉肉爱上了主人格，而那个女人爱你的副人格，Tom 才是她真正爱的，她想和 Tom 上床，非常想。"

抵着洛心的头的那把枪在颤抖："你胡说！肉肉爱的是我！"

<h2 style="text-align:center">五</h2>

慕骄阳深呼吸一口气，疼痛使他清醒："洛心，别再对我们用心理控制术，没有用。"顿了顿，他又对洛泽说，"师兄，我们是她们唯一的支柱和希望。你应该相信自己，也相信你的枕边人。洛心什么也不是。"

那把枪再度贴紧了洛心的头。

洛心笑了一声："慕骄阳，难道我有说错吗？你连 Tom 这个人的存在都不敢告诉她。你怕失去她。"

"洛心，是慕教授不希望甜心知道，他真正想的是让甜心获得真实的幸福。慕教授要比你想的伟大，我比你想的要坚定。你再也无法催眠我了。"

顿了顿，慕骄阳又说："师兄，你别开枪，他在这附近埋有炸药。"

洛心笑了笑："被你看出来了。我身上装有生命监测仪，如果我生命衰竭，那整座楼的炸弹就会进入倒计时。如果我马上死去，就会嘭的一声爆炸！"

慕骄阳和洛泽没有任何胜算。

洛心轻轻推开了洛泽的枪："哥哥，你不应该用枪来对着我的。毕竟，有时枪也是会走火的。"

两方形成对峙局面，谁也奈何不了谁。

"哥哥，你不跟我走吗？直升机到了。"洛心又说。

洛泽始终举着枪："弟弟，你回头还来得及。"

"不，来不及了。我天生如此，渴望杀戮。这就是慕骄阳和你一起分享的研究项目，我是天生犯罪人。你们救不了我，我也不想被你们所救。我会一直杀戮下去，直至生命终结。"洛心一步步退后，往大门处走去，"你可以选择来或不来。来，我们一起走，我可以放过慕骄阳他们。不来，我就走了。你也不会想对我开枪的，我死，大家一起死，我们同归于尽。"

"洛心，如果可以选择，如果见到你的妈妈，或许你会有新的想法。没有人是天生犯罪人，后天环境很重要，如果你在亲生妈妈身边长大，一切会不同。"慕骄阳说。

"有什么不同？不是成为洛泽，就是成为洛克那样的人。他们都因同一个母亲而失去了自我。只有我没有失去自我。"洛心已经站到了门边。

门开了。

"是，是我的错。直到今天我才醒悟，我的过错造成了我的三个孩子一生的不幸。"洛泽妈妈从门外走了进来。

见到她的那一瞬，洛心的身体僵硬了片刻，但也仅仅是片刻。他垂着头不说话。

肖甜心也跟着进来了："洛心，你无路可走了。"她持枪对着洛心，洛泽妈妈挡在他身前说："求你，别开枪。这是我仅有的两个孩子了，我希望他们两个都好好的。"洛心看着维护他的妈妈，身体猛然一震，一种微妙的、从未有过的感觉涌遍全身。

可肖甜心不为所动，将枪又举高了一些越过洛心妈妈的肩头，但她看见一侧的慕骄阳对她摇了摇头，而他还捂着胸口，嘴边是血。"阿阳？"

她赶忙跑到他身边，轻轻扶着他。

慕骄阳的话很简短："洛心死，炸弹爆炸。伤，炸弹倒计时开启。"

"洛心，你简直是天才。"肖甜心放下对着他的枪。

洛心听了，扑哧一声笑了出来："小可爱，我真是越来越喜欢你了。"

"别，我承受不起变态的变态爱慕。"肖甜心努力忍住翻白眼的冲动。

慕骄阳也笑："你居然还有心情开玩笑。"

肖甜心亲了亲他的鬓发："我们都被逼得无路可走了，总要有点盼头。瞧，阿阳你笑起来多好看。"

洛泽妈妈转过身来对着洛心，看着他，然后颤抖地伸出了双手。

洛心看着她的手一点一点贴到了自己的脸上。这个女人即使年过半百也依旧美丽得惊人。岁月并没有在她身上留下太多痕迹，她的一对眼睛乌黑明亮，看着他时，他从中看到了另一个自己。是，她是他们的母亲，他们都像她。

"妈妈！"他低声叫。

"我的孩子！"她的眼眶早已湿润，"我怀胎十月，辛苦生下两个孩子。可是，你也是我的孩子呀！我没有感受过你的心跳，但我一直有一种感觉，觉得失去了一个孩子。你叫心对不对？妈妈失去了一个孩子了，你回来好吗？妈妈会一直陪着你。心，放过你哥哥和小草。一切都是妈妈的错，妈妈没有尽到为人母的责任。"

这些话是对洛心说的，也是对洛泽说的。

她渐渐老去，看到洛泽一家的幸福，她才明白自己这一生到底失去了什么。

"已经太迟了。"洛心一步步往后退，并没有离开那道门。

慕骄阳一怔，脑里做着所有可能的打算。尽管这些后果，他早已想过。

他觉得洛心见到最想见到的人，感受到了来自母亲的温暖，他满足了，不想再逃了。

"洛心要自杀！"肖甜心低声道。

洛心已经走到了窗边。

按慕骄阳的要求，FBI 的成员都没有进来，否则会引起洛心的逆反心理。

洛心说："大家走吧。我给你们二十分钟全部撤出去，然后我往下跳。还会有几分钟时间缓冲，才会爆炸。回到最初的地方，既然走不了，我不会离开这里了。"

见大家都不走。洛心又说："我说到做到。你们选择。我不会杀你们任何一个人。你们有二十分钟离开这里，大家都安全，死的只是我一个。"

又是该死的选择！慕骄阳拿手机通知大家全部退出医院。

"你们也快点吧，你们还有二十分钟，别浪费时间了。"顿了顿，他又说，"我想和慕骄阳单独说几句话，两分钟时间。我会把时间补进去，现在，你们还有二十二分钟。"

肖甜心看了慕骄阳一眼，最后，带着大家离开。洛泽马上去找小草。

"慕骄阳，你一早就分析出来了我的所有心理状态。你知道见到妈妈后我的选择，只有死亡才是解脱。你没有大家看到的那么高贵。"洛心看着他的眼睛说道。

慕骄阳抿了抿唇，嘴角一压，道："洛心，我没有选择。我要保护洛泽一家还有甜心，我只能权衡该放弃什么。其实，你也可以走到我身边来。洛泽会为你请律师，你妈妈会等你。"

"有什么区别，坐牢坐十年，二十年还是一辈子而已。"洛心轻笑。他低眉浅笑，就是洛泽的模样。

小草只是晕了过去。洛泽将她交给了甜心，对妈妈说："你们先离开，我马上来。"

洛泽妈妈看着他，说："你是我的孩子，我了解你。我不走。你也要保证自己和洛心的安全，他始终是你的弟弟。"

"阿阳不走，我也不会走。"肖甜心马上让离这里最近的一名特警过来带走小草。

"这样做，洛心就赢了。大家都不走，大家都给他陪葬。"洛泽的眼眶红了。

可妈妈和肖甜心十分固执。

三个人再度出现在慕骄阳面前。

"甜心，你怎么不走？"慕骄阳猛地回头。

她咬着唇不作声，眼眶很红，但没有哭。

洛心轻笑。

钟明泽用扩音器说话，和他谈判，但他都不予回应。

洛心爬上窗台，说："你们都不走吗？只是死我一个，你们做出了最正确的选择。"

"弟弟，你不是被选择的那一个，永远不是。我们不能，也不应该拿你的生死和我们的生死去权衡哪一个更重。对我来说，你们所有人比我的生命还要重要。我既救不了你，也救不了他们，我很难过。弟弟，回到

我身边。"洛泽对他伸出了手。

洛心一怔，取出了遥控器，按下了炸弹的取消键。对他说："哥哥，你看，我取消了。即使我死，你们也不会有事。哥哥，再见了。"说完，他仰头往外倒去。

"啊！"洛泽妈妈猛扑了过去想扯他。而离洛心最近的洛泽已经第一时间跳了出去，抱住了洛心的脚，洛泽半边身体悬空，是慕骄阳一把抱住了洛泽的腰身，用尽力气想将洛泽拽回来。

"哥哥，放开我。慕骄阳快坚持不住了，你和他都会跟我一起掉下去。"

"你死，我陪你一起。"洛泽咬了咬牙。洛泽妈妈也死死地搂着洛泽，可是她扯裂了他的西服，他在一点点往外倾。

慕骄阳搂着洛泽的手用尽了力气，他的肋骨更疼了。而肖甜心已经从另一头跑了过来，将绳子扔给洛泽："大哥哥，快！"

洛泽将绳子绑在洛心的身上，而慕骄阳和洛泽妈妈一起用力去扯洛泽。肖甜心将绳绕过房间水管绑死一并用力拉，先是帮助慕骄阳将洛泽扯了回来，再和洛泽、慕骄阳还有洛妈妈一起用力将洛心拉了上来。

落地的那一刻，洛心始终紧闭双目，不愿再睁开眼睛。

得到慕骄阳的指示，一众FBI成员冲了进来，冰冷的手铐铐在了洛心的双腕之上。

一切尘埃落定。

洛泽走了过来，说："骄阳，对不起。当时我没有别的选择。"

"我知道。洛心在测试你，而且他手里还有一把枪，如果你不开枪，他会直接打爆我的头。他是为了复仇而来。他成功地瞒过了大家，大家都以为他要拉拢我。但其实他有两个目的，一是拉拢你，二是处决我。B就是他的养父或教父。"在最后关头，慕骄阳完成了对洛心的所有侧写。

"洛心的养母Haley拥有和B一模一样的眼睛，这是由遗传基因决定的，他和Haley是兄妹。"慕骄阳又咳出了一大口血。

"乖，别说话。你需要休息。"肖甜心帮助医务人员将慕骄阳扶上了担架。她看着他的眼睛说："我陪你去医院。"

他们根本什么都不用说，只需彼此一个眼神，就知道对方想做什么。慕骄阳笑着闭上了眼睛。

他很疼，需要沉睡。

第二十三章 那些有她的美好时光

一

慕骄阳做了手术，在床上躺了小半个月。

后来，肖甜心陪他回夏海市养伤。洛泽为送他，启用了洛氏的私人飞机。

洛心在美国受审。因为这件事，洛泽拜托慕骄阳，让他去劝景蓝到美国帮忙。景蓝是全球权威的心理学家，他的证词非常关键。洛泽希望景蓝能为洛心做精神鉴定。

慕骄阳是个坐不住的人，一回到夏海市的小别墅里，就和景蓝商量这件事。

"我的证词不是全部，还是要通过美方的司法精神鉴定。"景蓝蹙眉。但考虑到洛心对"天生犯罪人与犯罪人格"项目的研究有帮助，甚至是一个突破口，他又说："不过洛泽家的基因十分奇特。人格分裂属于潜藏精神病况一种，会遗传，所以洛心极有可能是双重或多重人格患者。如果杀

人的是另一个人格，真正的洛心将会被判无罪释放，但会被永久或长期关进精神病院。"

"就像二十四个比利？"慕骄阳挑眉。

"对，二十四个比利。比利被当庭无罪释放。"景蓝又道，"其实有优秀的律师，他大概坐十年牢，甚至八年就出来了。他所在的美国的州没有死刑。"

"我希望能为他争取转到你的精神病院。"慕骄阳说。景氏的精神病院关的不是普通精神病人，那里堪称铜墙铁壁，比恶魔岛还难以越狱。最重要的是，那里与世隔绝。

景蓝点了点头："我尽力。"

回到夏海后，慕骄阳基本上还是在床上躺着的时候居多。

幸好有哈比给他解闷，还有肖甜心伺候，他的日子倒也过得舒坦。

只是某日，肖甜心工作时，他吃醋了。他开始不断地看时间，一个小时、两个小时过去了，她还是没有看过他一眼。

汪！哈比好像在说：看我呀看我呀，我最可爱！

慕骄阳怼它："蠢东西，别挡着我看甜心。"

肖甜心没反应，她的心只在工作上。慕骄阳很受伤。

同样受伤的还有哈比。于是，被主人怼了的哈比圆润地滚走了。

笨猪飞到他头上来，啄他：你敢骂我的狗？打狗还需看主人呢！

因为是肖甜心的鸟，他不敢造次，于是说："甜心，和你说个有趣的故事。一天，一个客人去朋友家做客。朋友对他说，你逗好乖就好，别逗不乖。不乖它脾气不好。客人看了看架子上非常美丽可爱的鹦鹉和面前凶猛的斗牛犬，点了点头。主人离开去泡茶。客人去逗鹦鹉，鹦鹉忽然学着主人的语气说：'好乖，去咬他！'甜心，你知道最后结果是什么吗？"

无人理会。

理会他的只有愤怒的小鸟。笨猪发了疯似的啄他：啾啾啾，居然敢绕着弯来骂我！啄死你啄死你！

慕骄阳也火了，一把抓住它，恨不得拔光它的毛，这时肖甜心突然抬头，就看到了那一幕。

"娇娇！你几岁了？还和一只鸟打架？"

哈比：汪汪汪！哈哈哈。

慕骄阳："……"

心生一计，慕骄阳忽然叫起来："哎哟！"

肖甜心脸色一变，赶紧跑了过去："阿阳，你哪里不舒服？"

他扮难受，说："你亲亲我就好了。"

她红着脸坐到他身边，扬起小脸衔住了他的唇，细细吸吮。只是他的呼吸越来越急促，她推开他一些，说："好了，亲了。"

慕骄阳觉得渴，叫她亲自己，简直就是火上浇油，活得不耐烦了。他说："你不准不理我。"

"乖，我要工作呀！"她又亲了亲他，说，"而且还是替你工作。"

"好吧。"他也觉得是自己无理取闹了。

又过了几天，趁着天气好时，肖甜心拿来轮椅推他到花园去看风景。

某大丹犬秒变傲娇宝宝："就那变态吃人柳，有什么好看的？"

"那你只负责看我好不好呀？"肖甜心笑眯眯的。

傲娇宝宝又秒变大丹犬，一直点头。

"可是只能看不能吃，很委屈。"他看着她，漂亮的眉眼都变得活泼起来。肖甜心看着他，有些恍惚，最后天边晚霞都化作了她脸上的绯红，她低着头，眼睫一直颤呀颤的，说话时声音很细："你都这样了，还想这些有的没的。"

慕骄阳拍了拍膝盖，说："来，抱抱。"

她只好坐到了他的怀里，他将脸埋进她的颈窝间，轻声叹："甜心，都怪这该死的伤，我不能一口吃掉你。"

"你这人。你读书时从不会这样口无遮拦。"她仰起头来，已经是春天了。

头顶是一树樱花。

夏海市今年的春天来得早，气温高，院子里的樱花都开了。

"阿阳，你看，多漂亮。我们没有错过花期。"

慕骄阳看着她，手抚着她动人的大眼睛，然后是红润的唇瓣，说："是，我没有错过花期。"然后他深深地吻住了她。

又过了几天，他的伤口不怎么疼了，他就弃了轮椅。她扶着他到院子里去晒太阳。

哈比在草地上不断翻滚，慕骄阳黑着脸喝止它："你是马戏团出来的吗？"

花树下，正在青花瓷案上泡茶的肖甜心听了轻声笑："你得多谢景蓝，给它开发了那么多技能。哈比在逗你开心，你看不出来？"然后她一把抱起哈比搂在怀里又揉又亲。这让慕骄阳更不爽了，他噘了噘嘴："它又不

是你，只有你能逗我开心。"

肖甜心咯咯地笑，模样又俊又俏，让看的人挪不开眼睛。

她抬眸时，刚好一片樱花瓣飘落，就贴在了慕骄阳眉心左边一点点的地方，和他的小红痣相映成趣。"阿阳，你真好看。"她抱着哈比笑着看他，就像从前那个十四五岁的少女，看着他就脸红，看着他就发呆。

他抬起手来弹了弹她的眉心。

她只是好脾气地笑。

和她一起的时光十分美好，美好得让人贪恋，想要永久留住这一瞬间。

他拿来本子给她画画。

他一笔一画勾勒，她的轮廓，逐渐清晰。

画里是她抱着哈比在对他笑。

她看到成品后十分喜欢，用手轻抚画中的人，说："阿阳，你画得真好。"

"是你长得好，不是我画得好。"

她的脸又红了，最后她飞快地在他唇上一啄，说："慕骄阳，我很爱你，很爱很爱。"她的声音很轻，但他听见了。

从前，在午后安静的校园天台上，她在看海，而他在一边给她画画。

他画的是她的侧颜，有海风轻吹，他的油画画风细腻，甚至能看见蓝色的海风似的。那时，她看了，可欢喜了。她看着画轻声说很喜欢。然后她趁他收拾画具时，说："我很喜欢你，很喜欢很喜欢。"

"甜心，这句话可能迟了十二年。那年，在校园的天台上，我也很想对你说，'我很爱你，很爱很爱'。我送画给你，就是想说我很爱你。我只画爱的人。"慕骄阳坐在青花瓷凳上，扬起脸看她。

她站着泡茶，不知道是被茶气热的，还是因为什么，她的脸很红，她的额间还有晶莹的汗珠，混着一股淡淡的芍药花香。"喝茶吧！"她给他一小杯清茶，"只能喝一点点，你还要吃药。"

原来当年自己说的话，他都听见了。低着头，她又说："我一直爱你，从未间断。"

最后一点樱花花瓣全撒了下来，樱花树的花期过去了。

两人在这小小的院落里，拥有了最安逸美好的时光。

二

慕骄阳休养好后，已是八九月盛夏时节。

英国常年处于雨季，天气偏寒冷，即使是盛夏气温也不过 25℃，这时举行婚礼是最好不过的。

　　结婚请柬早已由他亲自寄出，等到他抱着她上飞机时，她才发觉，什么他都处理好了。

　　为了能把哈比也带过去一同观礼，慕骄阳让洛泽用私人机载他们。

　　慕骄阳的老家在一个靠近海边的偏僻乡村，用他的原话来说，就是鸟不拉屎的地方。所以，慕骄阳行程的第一程不是回家，而是带着她去了剑桥。

　　回想起洛泽抱着她家哈比，站在飞机梯上说"慕骄阳，你就把这玩意儿给我，还让我带它去你乡下的家？"时的模样，她就止不住大笑，在车后座上滚了好几圈。

　　慕骄阳开着经典敞篷老爷车，还是几十年前的那种款，一踩油门引擎老响。见她那模样，他忽然说："这里有什么好滚的，我房间的床可以让你慢慢滚，从床上滚到床下都没问题。"

　　肖甜心脸一红，坐好，不滚了。

　　他们进入李琴公园了。

　　慕骄阳在这边拥有一套公寓。

　　车子沿着古典的街道慢慢驶过，慕骄阳说："我之前在这里听过一段时间的课，所以还保留着那套公寓。我们这三天就住这边吧，我带你四处走走。"

　　公寓是独栋的红砖小楼，不大，只有两层，但倚在剑河旁边，一眼望去全是碧草与剑河，一切美好得像是童话。天空蓝得像水洗过似的，晶莹得像覆着一大碗冰蓝色果冻。最好的季节便是现在，有天鹅和野鸭子在剑河里游弋，处处看着都能令人怦然心动，心生欢喜。

　　到这里的第一天，肖甜心醒得特别早。

　　七点的晨光带着花露的香气，还有小草草尖上的味道。她接了水管，在给院子里的蔷薇、玫瑰、芍药还有海棠浇水。

　　慕骄阳走出家门时看到的就是那一幕。他的女孩穿着洁白的裙子，长发飘飘，赤着脚在给花淋水。

　　其实，她才是开在他心上最美的那一朵花。

　　家里虽然一直有用人打扫，但他也想陪着她一起收拾属于他们共同的家，于是他也打了桶水来，仔细地擦拭一层大厅的落地玻璃窗。

　　她一回头就看到他了，挥了挥手对他笑。阳光灿烂，无数金光全落在她的身上，而花洒溅起的水花也沾湿了她的鬓发与裙摆，她脸上晶莹

的水珠在阳光下跳跃，晶莹剔透，整个人像水晶做的。他的心莫名一动，放下抹布，对着玻璃写下了一行爱的诗篇。

莎翁的情诗，他用英文花体字写。其实意思再简单不过，为的是写下一句简简单单的：我爱你。

她走到窗下坐了下来，而他写完后也坐了下来，隔着一道玻璃门，和她的头相贴。她一抬眸就能瞧见他的微笑，他眉梢眼底都是温柔。

后来累了，她和他就躺在后花园里，那里正好被阳光照着，十分温暖。两人十指相扣，平静地躺着，听鸟虫唧唧。

他侧身，伸出一只胳膊给她枕着，她窝进他的怀里。风拂过，世间万物都仿佛静止，只有情人间的呢喃温柔缠绵。

后来，两人在温暖的阳光里睡着了。

午后醒来，他带她去剑河撑篙划船。

剑河穿城而过，连接起大部分的古老学院，包括剑桥大学。

河岸两边的风景秀丽而宁静，沿着河水缓缓而过。肖甜心叹："这里真的太宁静了，远离都市喧嚣，让人想归隐。"

慕骄阳笑了笑，没有说话。

各种树木郁郁葱葱，而树林后中世纪的古堡若隐若现，还有许多的哥特建筑，让人看得忘了时间，恍如置身画中。

后来的那三天，他什么事都不干，就是带着她撑篙划船。

他们经过了无数的高等学府，还穿过了叹息桥，途经无数教堂。那些庄严肃穆的氛围，红砖墙和爬满岁月痕迹的青藤，一一在两人眼前展现，又过去。

这样子，仿佛时间已经过去了许多年。

撑累了，慕骄阳就会挑一个安静的地方上岸，那里会有铁质椅子，历经岁月的打磨，锈迹斑斑，看着却让人觉得可爱。

两人会在椅子上小憩，他将做好的熟食拿出来喂她。每次都是他喂她，一点一点地喂，一口一口地喂，从不厌倦。

有时，他撑累了，会停了长篙，两人随波逐流，漂到哪里都会欢喜。

十分恬静的时光。

在剑桥的最后一天，他又带她去了沿河不知名的地方。岸上的景色特别美，一仰头可以看到一处高崖上尖尖的塔楼，那是一座古老的教堂。已是黄昏，薄雾飘了起来，让人看不清楚天边的景色。他在草地上铺了碎花垫子，而她枕在他的膝盖上，两人有一搭没一搭地聊天。

"高中毕业时，你问我想去哪所大学。其实，我想和你一起来剑桥读书。这里的日子最为安逸，我们只需要做学问和恋爱就够了。"他忽然说。

肖甜心叹："可是我们却选了最为危险的专业和领域，处处布满荆棘。"她滚了滚，趴在他身上，才发觉，他真的是全好了。他的胸膛一如既往地坚硬、有力，可以给她想要的安全和保护。

"我发觉，来了这里，你的话变少了。"她又说。她的指尖划过他的脸庞、他的眉眼、他的唇，最后又回到了他那颗小红痣上。

看着她，他心生眷恋，他的意志力太强，在无意识时已经越过了慕骄阳出来了。慕骄阳和她收拾屋子太累，在后花园里睡着了，醒来后便是他了。

她还在戳他的小红痣。他忽然问："你是什么时候想嫁给我的？"

"就是和你一起在校园天台上看海那会儿呀！"她笑嘻嘻地说，"那次本该全年级一起去春游的，我们没去，偷偷跑上了天台。"

慕教授叹："那时你还那么小，就明白自己想要什么了。你这辈子不会爱上别的人。"

"是。我只爱过你呀。"肖甜心咯咯地笑，亲了亲他眉间的小红痣。

"即使是和慕骄阳一模一样的人，你也不会爱上他。从一开始你就只爱他。"

"你说得我越来越不懂了。难不成你还有孪生兄弟？你可别吓我！"她以为他在逗她，故意吐了吐舌头。

"没有。"他抚着她的发，"世间只有一个慕骄阳。"如果一开始，他没有慕骄阳的皮囊，而是别的人，她永远不会爱上他。是他明白得太迟。

但他还是庆幸自己拥有慕骄阳的皮囊，所以，他还能真真切切地拥有过她，他才不至于是路人。

他慢慢地闭上了眼睛。

那间光亮的房间里，慕骄阳坐在椅子上等他。

"其实你有想过夺得我的身体控制权？"慕骄阳忽然问。

慕教授想了想，认真地回答他："是的。当我靠近她，我会控制不住想要更多。一开始我本能地排挤她，认为是她使你意志坚定不愿沉睡，所以我逃避她。但当我和她在一起，我就会想要取代你。"

"那为什么你愿意回到身体里来？"慕骄阳问。

"因为她最爱的是你，她和你在一起很快乐。看到她快乐，我想，原来幸福的感觉是这样的。我也累了，我想沉睡了。"

慕教授知道他还有很多事想问自己，可是有些秘密自己不能说。于是，他回到了自己的"房间"躺了下去，开始沉睡。

不，融合的时间还没有到，慕骄阳还需要他！看了眼对面黑漆漆的房间，那里关着一头猛兽，需要他去看护。如是想着，他睡了下去。

"阿阳？"肖甜心叫了他好几次，他才醒来。

"阿阳，你刚才做梦啦？"她拨拉着他长长的眼睫。

慕骄阳抓着她的小手放在唇边亲了亲："我睡了很久？"

"就半个小时吧？天知道呢？"她亲了亲他眉间的那点小红痣，说，"阿阳，我最喜欢你啦。"

"我知道。"

"喜欢得忘了时间，所以我只顾着看你啦！"

"我知道。"

"哼，你什么都知道哇？"

"不，我什么都不知道。不是说女人的心思最难猜吗？不，我什么都不知道。"

扑哧，她忍不住笑了起来。

他也笑了，手牵着她的手，直至回家都没有再松开。

三

慕骄阳的老家在约克郡下面的一个小村镇里，有点偏僻，叫不上名字，但因生长着数不清的野蔷薇，所以叫蔷薇小镇。

蔷薇小镇再过去一点，是有名的海边小镇 Whitby（惠特比），也是吸血鬼之乡，那里遍布棺材、坟地和残破的修道院。哥特风，中世纪的味道，很有意思。

当看到"蔷薇小镇"的木制指示牌时，肖甜心可喜欢了，说："娇娇，你家真有意思。"

"这边以前其实叫绵羊镇，整个镇都是绵羊，有时绵羊堵在小路上，汽车半天都通不过去。地方也不大，但靠着海边，风景奇美，所以每年来这儿旅游的人还是很多的。"慕骄阳给她讲述小镇的历史。

可能是有点即将见到他家人的胆怯心理作祟，肖甜心忽然指着天边的灯塔说："娇娇，那座灯塔好漂亮。我们上去玩好不好？"

慕骄阳看了眼时间，的确也还早，于是答应了下来。汽车沿着海边悬崖慢慢地开了上去。

风很大，她快乐地伸开了双手，他听见她大声地喊："我在拥抱风，我在拥抱自由。"用牛津腔说的，听着有点像念老电影台词的那种调调，他就低声笑。

那座灯塔很古老了。

灯塔的周围布满了鲜艳如火的野蔷薇，而灯塔的砖是最古老、最灰暗的色泽，远远看去像被烈火焚烧，于烈火中得到永生。

下了车，肖甜心才发现灯塔的背面是一小片丛林，郁郁葱葱，将神秘迷离掩于其中。一片淡淡的薄雾从丛林里飘了出来，景色美是美，但有一种凄凉的味道。而前面的海浪猛地扑来，打在巨大的断壁之上，轰轰隆隆像怪兽巨吼。太过于突然，她被吓了一跳，赶紧抱着他的腰说："阿阳，吸血鬼出来了？"

慕骄阳揉了揉眉，要笑不笑的："你是《夜访吸血鬼》看多了，还是《德古拉》看多了？"

"嘿嘿。"肖甜心干笑了两声。

他牵着她的手走上灯塔的最高层。

灯塔的灯光每扫过一处海面，会产生轻轻的一声嗡的振鸣。每闪动振鸣一次，慕骄阳便对她说一次"我爱你"，按照不同的国家语言来说。起先她觉得很浪漫，微笑着，红着小脸蛋，可爱极了。后来，英法德意日西中都说完了，她开始听不懂了，而他还在说，说完一次吻一次她，最后她的唇被吻肿了，她抗议："不许再说我爱你。"

慕骄阳皱着眉，那颗小红痣可怜巴巴的。

她说："好吧，你说了许多遍了，以后换我说。这样才公平！"

慕骄阳的心头甜哪！他搂着她，静静地看着远处的大海。

两人相拥在这世上。

灯塔非常高，两人就似凌空。

"哎，阿阳，你不说话，我不习惯。"

慕骄阳指了指海那头镇上的另一处与之相对的高崖，说："看到那边的庄园了吗？那边的爱玛庄园被誉为英国最豪华的豪宅之一，第四代主人因妻子爱玛嫌弃附近的村庄影响了她赏景的视线和心情，将整个村庄买了下来，把整座村庄迁移了。"

她咋舌："哇！真总裁风！我也想要霸道总裁爱上我！"

慕骄阳揉了揉眉："你喜欢那座庄园哪？呃……我明天去问问价钱，听说他家第 N 代主人最近很缺钱，我明天就去买了……"他的话还没有

说完，就被她吻住了。她吻得很深，令他几乎缺氧，最后她舔了舔小舌头，在他耳边吹气："好啦，知道你也是真总裁。我要那大房子干什么，又住不完。你把自己给我就好了呀！"

话一说完，她就羞得转身要逃，才踩在通道的第一级上，就被他从后一扯，整个人腾空被他扛了起来。

她吓得呀地叫了一声，他说："回家！我马上把自己给你！"

她羞哇！赶忙说："不急的不急的，我们马上就举行婚礼了。"

慕骄阳拍她的屁股："怎么，怂了？刚才调戏我不是很来劲儿吗？放心，马上给你。"

她一把捂住脸，觉得真是怂了，怎么办？这里是他的地盘哪，她简直就是羊入虎口随他欺负！

楼梯很长，有很多很多级。怕他累，她说："我重，你背着很累的，快放我下来吧！"

"别质疑我的能力，我怕你待会儿没力气求饶。"

肖甜心："……"

知道她脸皮薄，他补充了一句："才87斤，有多重？以后你要多吃点！"

她嘟囔："阿阳，要不，你背我吧！"

他顿了顿，说："好。"

她就伏在他背上。他的腰细窄修长，但肩膀与背却很宽阔，靠着很舒服很安心。她就叹："阿阳，我真喜欢你呀！"

"阿阳，背我一辈子吧！"

"好！一辈子！"他和她约定，"一辈子不够，还要下辈子，下下下下辈子。"

穿过 Whitby 海边小镇的那座残破不堪、百孔千疮的哥特式修道院时，肖甜心还是深深为之一震，当时夕阳正好坠于修道院残留的半壁尖塔上，有种苍凉的感觉。

这里是德古拉的地方，还流传着他的故事和身影。莫名地，她又抖了抖，却是惹得慕骄阳低低笑："原来我们甜心天不怕地不怕，却怕鬼！"

"慕娇娇！"肖甜心恼了，伸出食指戳他眉间的小红痣，"不准告诉别人！"她吓唬他。被大家知道了多丢人哪，她才不要！

慕骄阳看着她笑，眼底闪过一抹狡黠："看你怎么贿赂我了。"

他的话使她红了脸，又乖乖地坐好了。

她穿得有点复古，身上是白色的塔夫绸做成的裙子，一抹亮眼的嫩绿长丝巾系在她乌黑的长发上，脚上穿的是 JimmyChoo 的香槟金透明蕾丝高跟鞋，她像个甜美的小公主，高跟鞋为小公主又增添了一丝性感的诱惑。慕骄阳赶紧移开了目光。见他的表情突然变得怪怪的，她脚一伸，尖尖的鞋跟沿着他的脚踝一直往小腿肚钩了上去，是那种轻轻的钩，一下一下，她说："你干什么？"

"你知道我想干什么的！"他憋了半天，最后只有这一句话。

肖甜心赶紧要缩腿，却被他一把捏住了脚踝。

"谁让你穿这么性感的高跟鞋！"

"高跟鞋是你送我的呀，怎么突然又不让穿了？"

慕骄阳一怔，那是慕教授送给她的鞋。顿了顿，他说："嗯，是我送的。意思就是，希望你跟我走。"

"好，我跟你走，天涯海角。"

"好。"慕骄阳看着她，揉了揉她的发。

她嘟囔："阿阳，你可以松手了吗？我脚麻了。"

慕骄阳不为所动，还在她的脚踝处摩挲。她又说："阿阳，开车注意安全，心猿意马很容易出事的。"

他猛地缩回了手，看着她咬牙切齿："你很希望出事是吗？"

她的眼睛骨碌碌转了一圈，整个人伏了过来，她倚在他的肩上，咬着他的耳朵说："回家出事没问题，这里可是海边。"

"你！"

看到慕骄阳被自己调戏了，她笑得可欢乐了，声音飘出老远。

慕骄阳的家与其说是古堡，不如说是庄园更恰当一些。野蔷薇庄园占地面积极广，占了整个的村庄，单是车道就不知有多深。

庄园在半山坡上，对着大海，后面靠着森林。而庄园下去一点，靠近海边的地方有零星的木头小屋，全是属于他家的产业。

看到一群群的羊在海边的崖壁上跳跃，肖甜心觉得十分好奇："你家的绵羊？"

"庄园下面农户的绵羊，当然全是属于我的资产。"

"真总裁！"她对他比拇指。

"嗯，也就绵羊总裁，不值什么钱，全是绵羊，也难为能博得美人一笑了。"

"嘿嘿，慕骄阳，你越来越会说话了。"她笑眯眯的。看得出她心情好极了，也很喜欢这里。但当她看到黑漆漆的雕花大铁门近了时，她又

开始坐立不安了："阿阳，我这样穿是不是太不得体了？"她觉得沮丧极了，觉得应该穿小套装的，正要把丝巾摘下去，手却被他按住。

他说："你这样就很好，真的。我的家人都很好，他们巴不得我在车上就和你结婚生娃，最好马上把你绑在慕家。他们不会嫌弃你，他们只会嫌弃我。"

肖甜心："……"

那道乌黑发亮的雕花大门徐徐开启。慕骄阳的车子才驶进第一匹车道，已经有仆人在迎接，叫他："少爷。"顿了顿也向她打招呼，"美丽的小姐，您好！"

管家驾着由两匹高头大马拉着的马车出来迎接。

用人帮慕骄阳停车去了。管家说："少爷，小姐，上马车来吧。"

这里的用人和管家都是金发碧眼。管家年纪长，但十分风雅。而一旁高大的用人一队队地走出来，为两人鞍前马后。他们都很年轻，估计也就20出头，又俊又俏，脸太白，连一点点的红都挡不住。肖甜心看得移不开目光。

"哼！"慕骄阳不爽了，突然就将她打横一抱抱进了马车，也不放她下来，继续公主抱。

"娇娇，快放我下来，我自己坐。"她扯了扯飘起的裙摆，觉得自己真是不端庄。

"不放！"他闹脾气，就因为她看异国美男的时间超过了三秒钟。

她说："娇娇，别闹。"

"没闹！"他继续不爽。

见她的视线在那儿飘，慕骄阳忽然就对着她娇艳的红唇咬了下去。

而在一旁穿着红衫白裤制服大步走着的年轻人一个个都红了脸，但都目不斜视继续走。

"嗯。"她被吻得只能求饶。最后管家说："少爷小姐，到了。"

慕骄阳嗯了一声，将她抱下马车。

"快放我下来。"

无视她的抗议，慕骄阳全程对她公主抱，直接走进了大厅。

那里是另一个天地，一应家具金碧辉煌，水晶灯，红蜡烛，粉的红的玫瑰与其他鲜花，还有穿着礼服与礼裙的美丽的男男女女，真真复古又优雅，像误入了《唐顿庄园》的片场。

肖甜心吓得一下子就没了声音。

然后她就听见哧的一声笑，一个穿着金色礼服裙的高挑儿女子走了过来，说："Shaw，这就是你的小新娘？好袖珍。"

四

　　"嗯。"慕骄阳淡淡的，继续抱着她。肖甜心急了，知道他怕痒，在他的腰眼上狠狠地拧了一把，他哧了一声，她趁机下来了，红着脸看着金色裙女孩子说："你好，我叫肖甜心。"

　　这时，她才看清楚，对方是个白人女孩，有一对异常漂亮的绿色眼睛。

　　见碧眼美人不说话，她更紧张了，就怕慕骄阳的家人不喜欢她。正失落着，那个碧眼美人走近一步用好奇的眼光打量了她许久，才说："天！居然真的有人肯嫁给 Shaw 那个怪物。老怪物也有人要？这什么世道！"

　　肖甜心："……"怪物就算了，老怪物都出来了。

　　慕骄阳笑了声："好了，怪物都结婚了，不是怪物的正常人还嫁不出去，真好！"

　　肖甜心："……"你这是反讽？

　　碧眼美人笑着拍了拍肖甜心的肩膀说："Honey(蜜糖)，不好意思啦，我不会说中文。我叫夏绿蒂，是老怪物最小的表妹。我们都很喜欢你。因为是你拯救了天下苍生，接受了这么个怪物……"

　　夏绿蒂的话还没有说完，肖甜心已经被慕骄阳牵走了。

　　肖甜心："阿阳，这样忽视你表妹真的好吗？"

　　"没关系。她再说下去，要表达的也是那个意思。"

　　众人都介绍完毕后，肖甜心才发现，慕骄阳的那些表姐、表妹、弟弟、哥哥围在一个圈圈里说着悄悄话。

　　"不用看了。他们意思无非就是这样：'谢天谢地，怪物总算有人要了。这个女孩好可怜。'"

　　肖甜心："……"

　　顿了顿，慕骄阳低笑了声："没那么紧张了吧？你看，只有我配不上你的份儿。"

　　肖甜心一怔，脸红红的，踮起脚吻了吻他："你的家人都是很好的人。"

　　"当然。你能嫁我，她们觉得你委屈。"

　　她戳了戳他的腰，说："委屈才怪！"

　　他抱着她转了好几个圈，转呀转的，转到了舞池中央。猩红的镶金边地毯在彼此脚下蔓延，他将她放下，两人随着音乐共舞。

大家纷纷加入进来，一起翩翩起舞，是一曲华丽抒情的华尔兹。

慕骄阳牵着她又转了一个圈。她的裙摆长而大，一转起来像一朵开在红毯上最洁白的花，清丽无匹。

她说："你家真奢华，像真正的贵族。看得出，墙上挂的画全是历经了几个世纪的真迹。还有那银质餐具、水晶杯碟，样样奢美。那些木质家具比你和我还要年长。"

慕骄阳轻吻她的发："因为你嫁给我，这里才会焕然一新。这里是我外婆家，老伯爵和伯爵夫人不喜奢华和铺张浪费，但你和我结婚，总得铺张一次。"顿了顿，他又说，"刚才外婆打电话问我你喜欢不喜欢这里，我说你很喜欢。所以这座城堡现在是你的了，是外婆送给你的结婚礼物。"

肖甜心的眼睛睁得老大："阿阳，这怎么可以？"

"其实他们住在城里，这里除了宴客，平时都不住人。难得你喜欢，这里能入你的眼，外婆外公不知道多高兴。怎么样？这里可不比爱玛庄园差。"

"阿阳，你这样，我压力很大。我这个人有很多缺点，没那么好……"她的那些话被他尽数吞进腹中。乐曲止，两人深深拥吻。

全场都鼓起了掌。

肖甜心红着脸回望众人，只见自己的父母、外公都来了。站在父母身边的，肖甜心认得，其中一个是慕骄阳的妈妈，看过去应该就是他的爸爸、外公外婆、哥哥慕林，还有慕家的亲人。

慕骄阳的爸爸是外交官，爸爸那边的亲属也是达官显贵，只是更为低调，家族根基在国内，而非海外。而他妈妈那边，娘家是政坛常客，和每个参议员都关系亲密，所以老伯爵十分受人尊敬。

慕骄阳把大致情况和她说了，就领了她到父母身边。

她紧张得叫人时都在结巴："阮……阮阿姨好！"

阮常淑笑眯眯地说："小可爱，还叫我阿姨？该叫妈妈！"

肖甜心羞了，被慕骄阳催促着快点叫，她的脸红透了，叫了声："妈妈。"声音很轻，但阮常淑听见了，高兴得一把搂住了她："哎！真好，我又多了个小公主。之前一直想要一个公主，可是两个都是男孩子，我那个纠结呀。哈哈，现在好啦，我也有女孩啦！"

阮常淑也是混血儿，家风洋派，送出手的礼物并不是玉类珍玩，但也十足珍贵，是有三百多年历史的祖母绿镶钻石项链。首饰盒由慕林捧着，

递了过来。

阮常淑接过，打开说："祖母绿代表的是永恒的爱，现在送给你和娇娇。你和娇娇一定要幸福到白头。"

慕骄阳接了并替她戴上，在她的额头亲了亲，对妈妈说："会的，妈妈，我们会很幸福。"

看到女儿得到慕家的喜欢和认同，肖家爸妈十分开心，肖妈妈眼内含着泪水，还是见惯大风浪的钟明泽淡定，只是含笑看着他们。

慕骄阳很细心，把她的家人都请来了，也让两亲家提早见了个面。肖甜心扯了扯他的衫袖说："阿阳，谢谢你。"

他笑："应该的。"

哈比不知道从哪里圆润润地滚了过来，金黄色的它很漂亮，被毛被吹得发亮，身上还有狗用香波的味道，它穿着一件深蓝燕尾服，可爱得不像话。

肖甜心呀了一声，抱起它亲个不停："哈比，你在这里玩得开心，都忘记我了吧？"

慕林走了过来："它已经不认我这个主人了。"顿了顿，他又说，"我没有什么礼物送给你和骄阳，就把哈比给你们玩吧。"

慕骄阳捶了他一记："你的礼物真敷衍。"

慕林低声笑，拍了拍手，两个用人抬了一盏雕刻成天鹅形状的水晶灯过来，说："这是我准备的结婚礼物。"

"大哥，很漂亮，谢谢你。"肖甜心笑着说。

"应该的。"慕林微微颔首。

慕骄阳正要说舞会开始了，肖甜心眼尖，发现了向她跑来的人，正是闺密安静。

安静说有超级棒的结婚礼物送给她，然后将她拐到房间里去了。

慕骄阳安排下去的用人非常贴心地带肖甜心去了她和慕骄阳的房间，就是备好的婚房。

卧室非常大，有两百多平方米，被分隔成好几个区，以免显得空旷。一扇一扇的古董屏风立着，将房间分隔得典雅又不失情趣。

在最里面有一扇檀木做的屏风，上面有山茶刺绣画屏。安静识货，叫道："这是香奈儿家的屏风。"

肖甜心只是点了点头，其实比起外面的古董屏风，这个反而是最不值钱的，但显得经典而时尚，冲淡了卧室的厚重感，显得更为温馨。不过她看到那张巴洛克宫廷风格的大床时，还是吓了一跳。

就连安静都笑她："够两个你和两个慕骄阳滚来滚去了。"

肖甜心脸一红，嗔她："说什么呢你！"

"你家慕骄阳不就这个意思吗，羞什么！"安静笑嘻嘻地拉了她过去，然后从衣袋里取出一个被密密实实包裹了好几层的黑袋子来。

"你搞什么玩意儿？这装的不会是尸体吧？"

但结果却是，看到真容时，肖甜心红了脸。

那是一套复古的束身内衣，背后有绑带，单是看着就让人脸红，这脱的时候得多……肖甜心赶快收起了那些旖旎的想法。

"这玩意儿好吧！"安静摸了把好友的胸，"哎呀，我们慕同学真有福。"

"安静！"

"快试试。"

因为待会儿要跳舞，所以慕骄阳早早给她备好了晚礼服，此刻就放于床上。那是一袭水蓝色压银线的礼服裙，设计复古，裙摆大，腰线部分特别紧，而领口处开得低，刚刚卡在肩头，露出整个肩膀和半边胸脯，而领口处还镶着一圈白色的花瓣。

当她穿上性感的束身内衣走出来时，安静一直比大拇指："慕骄阳今晚一定得流鼻血。嗯，这个好，助你今晚扑倒他，将他吃干抹净。"

"静静，你这个女流氓！"她被安静拥着，换上了那套水蓝色的裙子。安静给她上妆和做了鬈发。

她的发又长了，被安静的一双巧手侍弄，不一会儿就被做成了一缕一缕的鬈发，安静还给她盘了一个好看又飘逸的发式。肖甜心往梳妆镜里一望，自己也呆了。

"好看吧！多像电影里的茜茜公主呀！你颈项上戴着的祖母绿项链也很衬这套裙子。慕骄阳一家很有心，一早给你配好了。"安静知道她是甜美系的，不适合浓妆艳抹，所以给她化的妆容清新又唯美，衬着她一对雾蒙蒙的大杏眼，真是漂亮极了。

当她踩着他为她备下的尖尖细细的高跟鞋走到卧室门口时，发现他已经站在那里等她了。他先是一怔，然后脸红了。

他被安静调笑了一番："怎么？见到你家小仙女，看呆了？"

慕骄阳牵着甜心的手，说话时有些结巴："你把我的魂都给勾走了。"

肖甜心一怔，在游艇那一晚，他也说过同样的话呀！她的脸也很红，她抬眸看他时，那对眼睛水汪汪的，刚要说话，他就吻了下来。

"喀喀，我还在呀！别拿我当空气呀！"安静笑。

慕骄阳很无奈，说："安静，你就不可以消失一会儿吗？"

"静静，过来，别妨碍他们小两口。"厉安安穿着一身黑色燕尾服，站在旋转楼梯旁对妻子招了招手。

等人都走了，慕骄阳抱着她转了好几圈，然后再度吻住了她。

"阿阳，别吻了，我的妆都花了。"

他放下她，说："甜心，今晚你很美。"然后他从内袋里取出了一个红丝绒盒子。

盒子里是一对珍珠耳环，由无数碎钻镶嵌成白山茶的样子。

他替她戴上。

肖甜心这时才注意到他换过了衣服，是白色的燕尾服。他就是古堡里走出来的王子。

"阿阳，你真帅。你是我的白马王子呢！"她踮起脚，吻了吻他的小红痣。惹得他轻声笑，说："你这个小花痴。"

五

慕骄阳和肖甜心携手走了下去。

站得离楼梯最近的是慕骄阳的表兄弟和堂兄弟们。其中一个兄弟一抬头，就看到了穿着蓝裙子的美丽女孩子，忍不住赞道："很久没有见过这么甜美的美人儿了。"

夏绿蒂走了过来说："那是！难得的是这么漂亮的女人居然肯嫁我那怪物哥哥，简直是世界第八大奇迹。"

慕林笑着弹了弹表妹的额头，说："你这张小嘴真刻薄，那个可是你哥哥。"

"我最喜欢大表哥啦！怪物哥哥还是离我远点好！"夏绿蒂拉了慕林去跳舞。见慕林的眼神胶着在那个娇小甜美的小女人身上，夏绿蒂笑嘻嘻地说："大表哥，我发现了你的小秘密。"

"胡说什么。"慕林轻斥她。

"听说你为了她差点废了一条腿，可是人家不爱你呀！"夏绿蒂又看了眼表嫂，说，"你是喜欢她脸蛋儿漂亮，还是胸够大？那条裙子的领口开得非常低，是欧洲人的尺码，啧，她的腰那么细，胸却大。"

"喀喀。"慕林说："夏绿蒂，我没有喜欢她。你别乱说。"

夏绿蒂嘟了嘟嘴："哎，你们男人最近都喜欢甜美系的？这妞儿太甜，

尤其是笑时，估计床上不够辣。就怪物哥哥这么禁欲的才好这口。"

"喀喀。"慕林斥她："表妹，你说得过火了。"

毕竟是真洋人，和他们始终有点不同，慕林也没有过分责备她，说："你表嫂很漂亮，一笑时梨窝浅浅，像茜茜公主，这世间很少有这么纯真的笑靥了。夏绿蒂，别欺负她。"

大厅里一片觥筹交错。来的人非常多。

肖甜心挽着慕骄阳手臂走到最后一级时，慕骄阳快一步走下去，然后对她半弓腰做了个请的姿势。她伸出手，而他接过她的手，另一手揽着她的腰，抱着她转了半个圈，她镶着银边的蓝裙子在灯光下流光溢彩，大大的裙摆散开像一朵花。当她脚尖一碰地，就被他带着直接滑进了舞池，惹得观众叫好声四起。

看她的小脸蛋红扑扑的，慕骄阳说："你看，你美丽得吸引了全场人的目光。"

其实，她还是第一次见他穿白色正装，还是燕尾服，目光简直就是胶着在他身上的，一时忘了搭话。他低笑了一声，说："甜心，你的眼神这么赤裸裸，任谁都看得出来，你很想吃掉我。"

"娇娇！"她气得真想凑上去咬他一口。碍于人多，最后她只是咬住了他的唇，外人看着像在接吻，结果内里滋味，慕骄阳得乖乖受着！她还真把他的唇咬出了鲜血。

刚好慕林和夏绿蒂舞到这一边，夏绿蒂看了倒吸一口气说："怪物哥哥，你未婚妻好够劲儿！"

慕骄阳笑了笑，有点口无遮拦："嗯，她比我辣多了。"然后他咬着肖甜心的耳朵说，"尤其是喝醉了之后。"

肖甜心只好装淡定，开始目不斜视，也不理会他，让慕骄阳吃了瘪。直到洛泽夫妇也到了，她才肯搭理他。

一对天使小宝贝已经一岁多了，会走路了呢！他们由爸爸和妈妈各拉一个，还拉着一只蠢萌的斗牛犬，两个小宝贝的肩上还各站了一只白冠的鹦鹉。哈比见到同类太高兴，一直在斗牛犬脚边翻来又滚去，惹得大家都看着它笑，傻哈比还不自知。

慕骄阳叹："真羡慕洛泽！"顿了顿，他又说，"甜心，我们也要努力了。我不要什么小太阳，他会和我争宠的，我要一对女孩。"

她扶着他臂弯的手滑下去一点，在他腰眼处捏了一记："你想太远了。"

他侧过脸来，咬着她的耳朵说："我今晚就要，嗯，要一对女孩。"

她羞得不行，想逃又根本无路可去，被他的大手一揽，两人滑进舞池中央。乐曲一变，两人开始跳今晚正式的第一支舞。

然后有越来越多的人步入舞池。

安之淳和他的小妻子也来了。

转了一个圈时，陆蔓蔓向那对新人说祝福语。

肖甜心眼看着陆蔓蔓又舞远了，不得不叹："除了小草，我还是第一次见如此美人。真的太美了，她们都是天上遥不可及的星。"

"你才是天上最美的那颗星。"慕骄阳将她俏丽的小下巴扳了回来，"你今晚只准看着我。"

洛泽和小草也在跳舞，一对双胞胎跟在父母身边，各抱着爸妈的一条大腿跳，那模样可爱极了，惹得肖甜心咯咯地笑。两对情侣碰面，小草挤眉弄眼："甜心，你不用羡慕。过了今晚，你很快也会有宝宝的。"

肖甜心再度觉得自己要嘭的一声爆炸了，羞得直接埋进了慕骄阳怀里。

慕骄阳不爽了，怼她："走走走，你离我们远一点，不要教坏甜心。"

然后他们看到景蓝也来了。

景蓝喜欢安静，在一旁喝酒。他身边还跟着那个十岁的小男孩Ａ。

Ａ见了肖甜心，小跑了过来，对她说："姐姐，祝福你们新婚快乐。姐姐，你好漂亮，像茜茜公主。不不不，茜茜公主的笑靥都没有你甜美。"

"Aaron，谢谢你能来。你的祝福是我收到的最好的礼物。"肖甜心很感动，放开慕骄阳，在Ａ的额头上印下一吻。Ａ一直在改变，在变好，不再麻木不仁。这就是慕骄阳和景蓝的工作令人骄傲的地方。

慕骄阳从Ａ的手上接过一捧玫瑰，顺势递给了甜心，真诚地说："Aaron，谢谢你。"

两人相拥而舞，十分感叹。肖甜心说："阿阳，能嫁给你，我很幸福。你是如此迷人，如此特别。你，你的工作，你为人类所做出的贡献，使我觉得自己特别渺小。你是如此不同。"

慕骄阳轻声笑，拥着她继续跳舞。

不多一会儿，肖甜心的堂姐肖甜静也来了。她穿了一身火红的舞裙，踩着高跟鞋从阶梯上跑了过来。听见远远的噔噔声，众人望去，是一个火一样耀眼美丽的女郎。她抹着玫瑰红小烟熏的眼影，眼线勾勒得细而翘，唇是裸色的，却显得丰润而性感。她喊了一声："哎，甜心，哎，妹夫。"

肖甜心回眸，咯咯地笑："这花招多多的女流氓打扮得这么妖艳，

不知道今晚会是哪个男人中了她的迷魂阵。"话还没说完，她就瞧见景蓝冷了脸，将酒杯往旁边一扔。水晶杯发出叮的一声，很快声音又被歌舞声掩盖过去了。

她的堂姐没有来得及进来道贺和送出结婚礼物，就被一身清冷的景蓝拉到了走廊外的阴影里，压在高大粗壮的罗马柱上亲。

肖甜静一时愣怔，没反应过来，看清来人时也是一阵发慌，但很快收拾好了情绪说："你摸哪里呢？你干什么，再摸我喊非礼了。"

"干你。"景蓝看到这个失踪多年的女人，气得肝疼，直接咬住了她的唇继续亲。

肖甜心有些蒙了："呃，那个……阿阳，他……他们是个什么情况？"

慕骄阳想了很久，叹道："我没有你的超级小电脑，不过我好像记得，景蓝的初恋女友的名字和你很像……"

"什么？"肖甜心跳了起来，简直像是发现了新大陆，"不会吧？姐姐和我说，她和前任是在酒吧认识的，一夜情。这个……这个景蓝不是性冷淡吗？不是还有洁癖吗？不是不能接受体液横飞吗？"

慕骄阳一怔，小甜也说过差不多的话。

他低笑了一声，将她的脸扳了回来："好了，我觉得你就不需要操心他们了。我看到景蓝已经拖了她回房间了。你还是将注意力集中到你老公身上来比较好。"

肖甜心沉默，拖回房间……

"真是好黄好暴力。"她低声叹。

"喀喀。"慕骄阳觉得自己的脸在烧。这个小姑娘，有时真不懂她在想什么。

可是这个小姑娘就要嫁给他为妻了。一想到这里，他又觉得很甜蜜。

她就是他的幸福哇！

他搂着她的腰，他们的身体贴得更紧，两人跳着最亲密的舞，踩着相同的舞步，他们的步伐永远一致。

他在她耳边轻声叹："甜心，今晚就给我生一对女娃娃好不好？"

"好不好？"

"嗯。"她勾着头，下巴贴着他的胸膛，说话的声音细细的。

第二十四章 我愿意

一

今晚其实是订婚宴。婚礼在五天后。

一曲舞罢，六层大蛋糕被推了出来。蛋糕的奶油香飘出很远，惹得哈比和斗牛犬大乖坐在蛋糕前，看着上面的蛋糕流口水。

慕骄阳牵着肖甜心的手走到蛋糕前，肖甜心要仰起头来才能看到那对全手工做的巧克力娃娃，是穿着白色燕尾服的慕骄阳和蓝裙子的她。她说："呀，好萌。"

他就笑："你负责吃掉我，我负责吃掉你。"

在众人的祝福声中，他替她戴上求婚钻戒，然后切开蛋糕。香槟满洒，大家一起起哄，他亲吻了他的未婚妻。

后来的节目他们都不再参与。分吃了彼此的巧克力娃娃后，慕骄阳蓦地将她抱起回了卧室。

他倒也没有一关了门就将她压在墙上亲，但她已经因自己的想法羞

红了脸。开了灯后，他才放她下来，见她那娇羞又期待的小模样，他低笑："看来你想得比我还要长远哪！"

"娇娇！"她踹他。

哈比在门外抓门，想进来。慕骄阳说："哈比，滚去找哥哥。"

"它好可怜。"肖甜心还想说话，被他吻住。然后两人像在跳一曲华尔兹，一边跳，一边亲吻，最后，他将她带到了梳妆台前。

舞会还在继续，外头的喧嚣繁华尚未落幕，他就将他的公主抱回了卧室。坐在妆台前时，她才发现这里的布置焕然一新，红烛点点，满室迷离。她最爱的铃兰花和海棠花一簇簇开得灿烂，犹如无数可爱的白色风铃和粉色玉碗点缀在每一处地方，一室鲜花怒放，还有一蓬一蓬的红玫瑰，在地上被摆成了大大的心形。

他轻声问："喜欢吗？"

"喜欢。"她笑着答，但就是不敢看他的眼睛。

他替她摘下头饰，是发网，布满碎钻和珍珠，缀在她发间，一片璀璨闪烁。当他取下，如瀑黑发倾下，落了他满身。他吸着鼻子轻嗅："真香。"

依旧是她惯常用的芍药花，甜美动人。"甜心，我不急，今晚还很长。你也累了，先去洗澡。"

"嗯。"她低着头，那抹绯红沿着她的脸庞和颈项蔓延至雪白饱满的胸脯，令他呼吸一窒。他骂了句："该死的！"

她抬眸看着他，问："怎么了？"然后见他目光直勾勾地看着她胸前，她也就明白过来，本能地就想躲，却被他圈住："还要害羞，嗯？"

他的手已经钩到她蓝裙子的拉链，哗啦一声，裙子直直地坠落，铺在两人的脚上。当看到她的内里风景，他真的觉得自己要克制不住，想扯烂她的内衣。"谁买的？"他一手捏着她的下巴，让她看着他，一手已经去解她背后的结。可是那些结简直可恶，没有成千也有上百，他一只手根本解不开。而她又太紧张，呼吸一急促，胸脯跟着起伏不定。

"该死！"他俯下身去，在她的颈项上用力一咬。她呀了一声，叫得又娇又软又媚。

结果就是，这解衣服解扣子就解了四十分钟。

最后，他真的投降了，说："你们这些女人，天生和鲸骨有过节吗？这么残忍，把人家做成束胸衣！"

"阿阳，太紧了，你给我松松。我以后再也不穿了。"她可怜巴巴地看着他，吻了四十分钟，她的唇都肿了。

　　肖甜心的脸红得要滴血。她都不敢看他，赶紧又转过背去，双手撑着桌面，但一抬眸就见镜子里的他灼灼地看着她。她一时控制不住想象，就想到了某种姿势和画面。

　　显然他也想到了，连续咳了好几声。

　　她只好说："阿阳，要不我找安静来解？"

　　"你敢！"他急了，一下子压了上来。她都感觉到了，呀了一声，赶紧闭上双眼。他只好又退开一点身体。

　　他一边研究那些缎带和结，一边凉凉地问："你不是喝了香槟吗？"

　　"阿阳，妈妈怕我们喝醉了，所以换给我们的是水。你喝时没发觉吗？"

　　慕骄阳："我只顾着看你，哪知道喝的是水是酒。"

　　他的话惹得她娇声笑。他来气了，用力一扯，她就觉得胸和肺都要炸了。他贴着她的背，和她耳鬓厮磨："我看你以后还穿不穿。"

　　后来那件束身衣终于解开了。在他以为可以一饱眼福时，才发现她里面还有一件贴身的真丝吊带打底裙。

　　无视他灼热的视线，她赶紧逃进浴室里去。

　　隔着门板，她听见他低低地笑。后来，她也忍不住笑了。他们两个呀，还真的是傻。

　　她换了他递给她的睡裙。

　　睡裙是粉色的，有泡泡袖，宫廷复古设计，算是将她包裹得十分严实的。

　　她出来时，脸上很红，真是忐忑又期待。

　　慕骄阳就坐在床边，穿着棉质的白衬衣和休闲裤。他头发微湿，低垂着头，像个刚长开的男孩子。听见声音，他抬头，对她招了招手说："过来。"

　　她赶紧跑了过去，扑进他的怀里，又惹得他低声笑。他捏起她的一把鬓发在指间摩挲，打着圈："以前不是说很想吃掉我吗？我现在就在这里任你鱼肉，你倒害羞了，嗯？"

　　"阿阳！"她捶他的胸膛，被他一把抓住了小手，然后他顺带一推，便将她压进了宽大的床里。天鹅绒的被褥，热得她要发烧。

　　他就撑在她的身侧，深深地看着她。

　　她闭上眼睛，轻声说："阿阳，别这样看着我。我害羞。"

他又轻声一笑："准备好了吗，我的公主殿下？"

过了很久，才听见她嗯了一声。

"你帮我解。"他咬着她的耳朵说。

她红着脸一颗一颗地给他解纽扣。

"会害怕吗？"他问她，十分宠溺。他对她一向珍而重之，小心翼翼的，她都知道。她摇了摇头，再说话时声音哑了："我不怕。你……你轻点，我怕痛。"

他吻了吻她的眼睛，轻声答："好的，我轻点。"

他将她抱进毯子里裹紧，才开始脱她的裙子。

裙子的领口很大，还有一个结挽着，一扯开，裙子就散了。她有些羞，想躲，被他箍着，他的身体贴上来，他的肌肤有点冰凉，使得她颤了颤。他就笑："还说不怕。"

她咬一咬唇，回嘴："谁说我怕了！"

他俯下身来咬住了她的红唇一点一点吸吮，像在品这世上最美的甘露，最烈的烈酒。

她就像只小小的猫一样窝在他的怀里。他亲吻她的唇，温柔而细致，一遍一遍地以唇舌描摹她的唇、她的舌、她的齿。她快要缺氧了，他才恋恋不舍地放开她。

月色温柔，灯光亦暖，发出淡淡灯光的一盏灯就立在床边，在他身上晕着橘黄色的一团光。他轻抚她的发，低低道："你害怕吗？"

他真好哇！问了那么多次，不过是为了照顾她的感受呀！她咬了咬唇，唇畔有浅浅的梨涡，摇头，声音细细的，羞涩得不可思议，但这次非常肯定："不怕，是你，我很喜欢。"

他很认真地看着她，说："放轻松，将自己交给我，好不好？"

她红着脸点了点头，再不肯看他了。知道她害羞，他没再说话，头一低伏进被子里，吻在了他一直想吻的地方。

他其实是保守，绅士，又克制的。他给了她极致浪漫的前戏，但进入时，他却相当强硬。

她被吓了一跳，本能地往后退，却被他扯住了双腿，他说："乖，别怕。"然后他直接又强硬地进入了她的身体，她疼得直抖。

他看着她，一直看着她，她的脸色真苍白呀，他是真的心疼，用手指揩去她眼角的泪水："你疼得都哭了，泪水那么多，真是水做的。"她一向坚强，独立又倔强，像个女战士，此刻却如菟丝花将他攀紧。

她说："没关系，我很开心。"

她看着他，淡淡的月色沿着他宽阔的肩膀漫开，他的背部线条紧致流畅，随着他的身体起伏，他的每一个动作都性感得不得了，她能做的只是紧紧地攀附着他。疼痛过后，她感到了快乐，而和最爱的人结合，是这世上最大的幸福，她将自己完整地交给他，她随着他一起踏进了天堂。

果真是金风玉露一相逢，便胜却人间无数。

她累得睡了过去，慕骄阳搂着她的腰，头贴在她光裸的背上，却未曾入睡。刚进入时，他已经控制不了自己，其实相当粗暴，明明她那里还有一层柔韧。现在回想，他实在相当后悔，他应该更温柔点的。十二年前慕教授并没有和她发生关系，那慕教授为什么要对他撒谎？而且还令她以为自己和慕教授发生了关系，而觉得背叛了他，还差点自杀？

慕骄阳还在思考，楼上传来咚的一声，把她也弄醒了。她还在迷糊："咦，地震了？"

慕骄阳低笑了一声，十分不怀好意地回她："我们楼上住着景蓝。估计景蓝他们都来了好几回了，我们怎么着也不能比他们差。"他再度贴了上来，咬着她耳朵吹气，"刚才你站在镜子前的姿势实在太美，要不我们去那里再来一回，嗯？"

"才不要！"她红着脸想躲开，可是床太宽，她滚开一点，他马上贴了过来，直接将她抱起，说："真的不要？"

"不要……嗯……"

二

她那么保守的人，怎么可能同意他的提议。

他抱她起来，给她穿上睡裙，再在外面套件同色系的丝袍，将她包裹得严严实实了，才说："长夜漫漫，睡觉多无趣，我带你去探险。"

一听见探险两个字，她果然来了精神，一个劲儿地点头。他揉了把她的发，说："小鸡啄米呢？"

灯光就笼在两人的身上，他一垂眸，就看见她白皙的颈项间和前胸上星星点点的红点。她的皮肤太白，又嫩，轻轻一碰就红了，刚才他就看见了，她的大腿根红了，上面全是他的指印。不能再想了，他赶紧收敛了心神。

轻咳了一声，他才说："这里有密道，看看你找不找得到。"

她一听，赶忙东摸摸西敲敲，终于发现一道屏风后的书房那里有一扇墙是空的，她高兴得跳起来嚷："找到了。"

然后又是一声咚，在夜里听来简直让人心惊胆战。等她明白过来，她的脸就红了："娇娇，你家都不隔音的吗？"一想到刚才她和他颠鸾倒凤，她就……

慕骄阳也很无奈："我家的隔音设施非常好，他们那个玩法不太正常，简直是变态。果然又黄又暴力。想不到景蓝是这么禽兽的人。"

"慕骄阳，你不要学我说话！"她生气了，羞极了，用力一捶墙壁，墙壁突然翻转，将她推了过去，而他手疾眼快，身影一闪，也跟着她一起进入了密道。

里面很暗，没有灯火。他贴着她的身体低低地笑："我们在这里来一次，也很不错。一定很刺激。"

"慕骄阳，你给我闭嘴。"

"放心，这里只有一条道，别人进不来。真的只有我们两个人。"

"你能不能想点别的。"

"我比较想干你。"

"……"她觉得跟他无法交谈。

"下次吧，等你放开些，我们再做。"他低低地笑，牵着她的手往前走。

肖甜心越走越纳闷，他刚才那话真是……"喂，这里都没有灯的吗？"

"有。"他答。

"那干吗不开灯？"她问。

"摸黑比较有情调。"

她踹他："情调个鬼。"

"嗯，某人最怕鬼，搞不好，这座古堡，可能真的闹鬼！"

"啊！"她跳到他的身上，"娇娇！"

后来，他就抱着她走，一直走到城堡的外墙前。他推开那道暗门后，两人已经站在了城堡的外缘，可以看见不远处平静的大海。一轮月挂在大海上，映得海水蓝蓝的，露出难得的温柔。

他吻了吻她的肩膀，逗她："猜猜这条暗道是干吗用的？"

"为了逃生吧。这样的古堡肯定得有逃生密道。"她翘了翘可爱的小嘴角，觉得自己答对了。

他笑，摇了摇头。

"不是呀？"她嘟着唇，皱着眉，那模样别提多可爱。他就爱逗她，说："逃生通道是有，但肯定不开在主卧。这是古堡第一代的伯爵偷情用的。美丽的情人在墙的另一边轻敲数声，伯爵将墙翻转，将她压到了墙上。"

刚说完他就整个人压了上来，将她抵在历经数百年依然傲立的墙砖上。墙砖粗犷，有砂砾和凸起摩擦着她的肌肤，使得她战栗不已，而他抵着她。她要用双手撑着城墙才不至于滑下去。她觉得够了，都要哭出来了："慕骄阳别这样，你……你欺负我。"

他太高，这样的姿势令她疼痛。她忽听他轻叹一声，他贴着她的背，放慢了速度："甜心，只有疼痛才能令你铭记你和谁在做。"

她咬了咬牙："你别这样……我怎么可能忘记……"她羞死了，真的哭了，还是那种号啕大哭，"我只会和你一个人上床啊！以前是，现在是，以后也是呀！你为什么要那样说我！"

他慌了，赶紧将她扯了过来，搂进怀里，哄她："不哭了。是我不好，是慕骄阳不好。"

"慕骄阳，你这个大浑蛋！"她狠狠地咬在他的肩膀上。他一动不动，任她咬。

"你这根大木头！"她又加大了牙劲。

"对对对，大木头。"他又哄。

她不咬了，仰起脸来拿那对水汪汪又湿淋淋的大眼睛瞪他："你是复读机，还是鹦鹉？好乖还是不乖？"

原来他说的笑话，她听见了。他笑："你是好乖，我是不乖，你咬我吧！"顿了顿，他轻吻她的耳珠说，"我是你男人。"

两人就站在百年城墙前亲吻，风吹起了她的发，缠绕着他肩头。他说："甜心，叫我的名字。"

"阿阳。"她抱紧他的腰，将脸埋进他怀里。

"乖，叫我的名与姓，也是你的姓。"

"慕骄阳。"她叫他。

"你的慕骄阳。"他搂紧了她，很用力，勒得她都痛了。尽管有点莫名，但她察觉出了他对她惊人的占有欲。他也猜到她在想什么了，说："现在才发觉，其实我就是个变态对不对？可是迟了，你已经是我的人，以后也只能是我的人。"

肖甜心嗫嚅："阿阳，你不是变态，你很善良。"

城墙外缘的确设置了逃生装置，就是钢缆和可以直接滑下城堡到达海边的吊环。他替她扣好绳扣，抱着她一起滑了下去。整个过程短暂而刺激，感觉像在飞翔。

迎着风，她大声地叫，风吹起她的裙摆，那抹红在夜色里翻飞，惊

艳了他的整个时光。他在她的耳边说："我爱你。"她回头，与他拥吻，他的手箍着她的腰，箍得很紧。后来，两人降落在海边的小木屋屋顶上，钢索刚好穿过木屋的屋顶，然后他抱着她从一边的斜板里滚了下去。

下面是厚厚的草地，草地厚得像地毯。他亲吻她，十分激烈。两人滚着滚着滚进了小木屋里。

"怎么了，你累了？"慕骄阳亲吻她眼睛。

她有些羞涩，被他这样注视还是不习惯，咬了咬唇说："我想起了以前，也是在海边的小木屋。那一晚，你准备去美国，却独独瞒着我。我喝醉了，也只有借醉才敢那么勾引你。其实我希望你能留下来。"她说着说着，猛地捂住了自己的脸，"可是，你进入时，我喊痛，太痛了。你怕我痛，没再继续。后来我哭了，求你别走。可是，我突然就晕了过去。阿阳，你以后再也不要离开我，好不好？"

原来这就是当年的真相。最后想必是慕教授要走了，所以催眠了她让她睡去。而当时的她知道是谁，但因小甜抹去了她的记忆，所以她的记忆有断层，以为当年是他。小甜和她融合的时间越来越久了，所以她的一些支离破碎的记忆又涌现了出来，她已经能勉强记起当年在那间海边的小木屋里发生的事。他很心疼，搂紧了她，轻声哄："甜甜，当初是我不好，以后我都不会再走了。我是属于你的，永远属于你。"

三

那一夜，肖甜心做了梦。她梦见了当年那间海边的小木屋。

那一晚令她刻骨铭心。

慕骄阳明天就要走了。他瞒着她，躲开她，她都知道。

她借醉勾引他。

今夜，即使在梦里，她都不能将当年的事情记起了，因为当年她喝了酒，她几乎忘记那些过程了，但还是记得他的亲吻那么温柔。他说，他会一辈子记得她的。那一刻，她悸动不已。她还记得他进入时，很痛，很痛，是那种撕裂一样的痛。

有多刻骨铭心，就有多撕心裂肺。

她疼得整个人痉挛起来。他看着她时，那对眼睛里有焦灼，有克制隐忍，还有想要不顾一切的疯狂。可是最后，他只是推开了她。她后悔了，抱着他哭了起来，她说："阿阳，你别走。阿阳……阿阳，你不要离开我。我把自己给你呀，你抱抱我吧！"

他抱着她，需要努力地克制，她都知道。他抚着她的发，叹气："甜心，我不可以再进去了。现在还不是时候，会造成大面积的撕裂，我不可以这么自私看你痛苦。"

她抱着他号啕大哭，很没有尊严，但她求他留下来。她一直喊他的名字，慕骄阳，慕骄阳，一遍又一遍。

后来，他好像是在叹息："你想要的只是慕骄阳。"他抱紧了她，甚至还咬了她的肩膀，咬得她痛了，血渗了出来。她迷迷糊糊的，只听见他叫她，甜心甜心地叫。

她的头昏昏沉沉的，但也觉得他的声音变了，不再像刚才那个他，像她初识的慕骄阳。他用双手捧着她的头，说："我一定是在做梦，我只有在梦里才见得到你。我被关了太久。我很想你。"

他们滚哪滚，滚到了海滩上，偏偏起潮了，他们落了海，她本就喝醉了，游不起来了。他只好去救她。当两人回到岸上，她早已晕过去。而他也是筋疲力尽，他沉睡了将近一整年，又刚回到身体里，和她一番折腾，形神消耗太大，再度昏了过去。

那个久远的梦，不仅肖甜心做了，慕骄阳也做了。

他们做了同一个梦。

但肖甜心始终以为都是同一个慕骄阳，而他将梦的层次分清楚了。

他是学心理学的，自然知道那些梦意味着什么。当年，他昏过去后，慕教授在黑暗里对他说："慕骄阳，你的心魔未除，我要代你出来。我出来得越久，你的心魔的力量就会越小。给我十年时间，如果它消除了，我将身体还给你。骄阳，你要记住，我对你没有恶意。"

心魔？是什么心魔？看来是慕教授的力量，他对自己的催眠起效了。十年光阴，自己已经忘记了许多事情。童年的记忆，有些已经很模糊。而17岁后的一段时期的记忆也好像消失了。

慕骄阳坐了起来，看了看自己的双手。他还是那个慕骄阳。

他看了眼身旁睡得很熟的肖甜心，亲了亲她的唇，独自走到了海边坐下。

天亮时，是小绵羊舔醒她的。

她实在是太累了，推开小羊说："阿阳，别吵我，我还想睡。"结果她一睁开眼，看到的就是一头白白的小绵羊，它还在咩咩地叫。

她摸了摸绵羊的头，说："乖，让甜甜睡觉觉。"

然后她就听见哧的一声低笑，再抬眸，刚好他俯下身来，他的眼睛

明亮有神，就那样锁定了她的视线，他说："嘿，大懒鬼，你还真能睡。在这里也睡得那么香。"

她脸一红，就直直地坐了起来，见他眸色一深，她才想起自己没有衣服，她又猛地缩回了那匹刚织好的布里去，还将自己裹了好几层，他就笑："躲什么，该看的我都看过了。"

"你浑蛋！"是谁让她那么嗜睡呀，还不是他。他那浑身用不完的劲简直让她害怕。他挑起她一缕发在她的鼻尖上扫了扫，调戏："对二的三次方还有疑问吗？"

她连忙摇头："没疑问没疑问。"

"之前，你不是对二的三次方这个方案可不可行很怀疑吗？这么快就没疑问了？"

"没疑问没疑问！"

"你是复读机吗？是鹦鹉吗？是好乖，还是不乖？"

肖甜心只好软软地求："我好乖的。阿阳，你把我的衣服拿给我好不好？"见他要去拿衣服，她又问："现在几点了呀？"

"下午三点。"

睡了那么久？她觉得简直无法面对城堡里的任何人了。

慕骄阳进来时，脸色有点古怪。她说："快把衣服给我。"

他将衣服给她。她一抖开，脸都气青了。好好的睡裙和睡袍全被他扯烂了。

他只好再度出去了。

他出去给管家打了个电话。

当他回来时，她猛地从布团里探出头："咦，阿阳你回城堡去拿衣服这么快回来？你走捷径？衣服呢？"他伸出手去捞，什么也没有。

他忽地压了下来，说："我会飞吗？五分钟飞回城堡又飞回来？"

肖甜心觉得自己要崩溃了，尤其是管家的声音出现在小木屋外时，她猛地缩进了那团布里，希望这里有道缝可以将自己直接塞进去。

慕骄阳出去拿衣服，她在里面听到管家说："少爷，夫人说了，海水凉，影响受孕，下次不要这样做了。"

慕骄阳怔了怔，说："知道了。回去告诉外婆，是我太任性，以后不会了。"

一想起他和她还在海里……她又缩回了布匹里，不愿出来了，还是他哄了好久才肯钻出头来。肖甜心穿好衣服后，看见他就来气，直接扭头走了。

他笑嘻嘻地说："甜甜，难道你还想这么高调地走进去吗？"

肖甜心脸皮薄，转了过来对着他狠狠踢了一脚。他一把将她抱起，就往通向密道的暗门走去，说："让我也当一回风流的伯爵吧。从这里回去，直接通向我们的卧室，我们回去继续，嗯？"

每天都是各种宴会舞会。

整个庄园歌舞升平，彻夜狂欢。一片奢华的景象。

肖甜心和安静坐在舞厅的一边聊天。

肖甜心休息够了，此刻容光焕发，非常美丽。她依旧穿着那种复古的欧洲宫廷裙，头发卷着，轻轻坠于光洁的肩头，模样俏极了。安静看了她一会儿，笑了："看来你家男人喂得你很饱了。"

她脸一红，就去捏安静的嘴。安静伏在她的肩头咯咯地笑，悄声问她："怎样怎样，战绩如何？"

肖甜心觉得羞，只是说："令人受不了。"

谁料被走到她身后的肖甜静听见了，哇的一声说："看着妹夫那么斯文，原来这么生猛，让我家妹子受不了哇！"

肖甜静比较流氓，也粗鲁惯了，嗓门有些大，附近的人都听见了，纷纷掩着嘴笑。肖甜心急得就去拉她："女流氓，你给我闭嘴！"

慕骄阳也刚好和景蓝一起过来，自然听到那群女人在聊什么，脸上红一阵白一阵，气得凉凉地说："景蓝，看来你还留了力，你女人中气十足。"

肖甜心没看到已经走近风暴中心的男人，问姐姐："甜静，你和景蓝到底怎么回事？听阿阳说，景蓝很……暴力？"

"你忘了你姐是干啥的？"肖甜静拍了拍大腿，金色的吊带紧身礼服裙下，大腿那里别着枪，"他居然还想把我铐床上。我把手腕掰脱臼了再掰回来，还真疼啊！可是我哪儿能吃亏呀，我就和他打呗。后来我压着他，才发觉，他还是像当年一样迷人。嗯，我就把那手铐赏他了呗。"

"然后你就走啦。"肖甜心拍了拍胸口，"你没事就好。"

肖甜静捏了捏她的小脸蛋，说得特别媚："甜心哪，你咋能这么纯情呢？美色当前，我当然是把他给享用了。"

肖甜心："……"女流氓好可怕。

慕骄阳忍不住哧的一声笑了，肖甜心一回头就看见冷着一张脸的景蓝，她一下子站起来，叫了声："姐……姐夫？"

肖甜静不乐意了："你乱叫什么，我又没说要他做我男人。"

景蓝蓦地走了过来，逼得肖甜静退了几步，正好被他压在罗马柱上。他用一只手撑着罗马柱，看着她，他的眼神不再像是平静的湖，此刻像是要倾覆的大海，充满攻击性："都不知道做了多少回了，还不是你男人？"

这对话简直不能听，安静早跑了，肖甜心也被慕骄阳拖走了。

两人一边走一边不忘感叹，肖甜心说："想不到景蓝是这样的叫兽。"

慕骄阳再次笑了。

四

宾客们玩得很快乐。

而这一边是家宴。

拼成马蹄形的长桌代表幸运。大家在长桌上落座。

已经是傍晚时分了，也该用晚餐了。

菜式全是肖甜心爱吃的。肖妈妈看到了十分感慨。

慕骄阳还在不断地给她夹好吃的，她嘟着嘴说："我哪里吃得完。"

他就宠溺地笑："你吃不完时，我帮你吃。乖，多吃点。"

管家带着侍者不断地上菜，每一样好吃的都摆到了肖甜心面前。

就连肖妈妈都看不过去了，招呼大家不用这样。

伯爵夫人微微地笑了，她优雅地取过餐巾抿了抿嘴，用生硬的汉语说道："要的。她能答应嫁给阿阳，是这木头几世修来的福气。"

阮常淑也笑："我十多年前刚看到甜心时就喜欢得不得了。那会儿，娇娇带球撞了她，她一张嘴治得娇娇妥妥的，我就知道有戏。"

慕骄阳还在和几个堂兄弟谈着生物制药集团的一些事，听了，握着肖甜心的手说："对，我对她一见钟情。"

这样当着大家面表白，肖甜心脸很红，赶忙低着头吃菜。

夏绿蒂揶揄："表嫂这么容易脸红？都是变态表哥的人了。"

"喀喀。"肖甜心直接被噎着了。

慕骄阳给她递了杯水，说："慢点。"然后他呵斥表妹，"你想你的哲学不及格是吗？你的老师是我朋友。"

"变态！"夏绿蒂扁嘴。

慕林一直坐在一边，不怎么说话，静静地动着刀叉。

他就坐肖甜心对面，所以肖甜心一抬眸就瞧见他在切牛扒，动作优雅无比，切下一小口，吃了一口。他察觉到她在看他，便对她笑了笑，十分友好。

哈比从楼梯那儿滚下来，屁颠屁颠地去找慕林玩。这几晚，哈比跟慕林睡，跟这个前主人总算是混熟了点。慕林抱起它，说："小不点，你来干什么？"

慕骄阳放下刀叉，说："我吃饱了。"

一时间气氛有点微妙。

阮常淑看着大儿子，也是感概良多，于是关心起他来："阿林，你看你弟弟都要结婚了，你呢？"

慕林一下一下地顺着哈比的毛，沉默了一会儿才说："没有遇到合适的人。"

阮常淑叹气："之前，也就是一年前，我记得你说过你有喜欢的人了，还说想要带回来给我和爸爸见见的。"

"她呀。是我不够好，她爱上别人了。"慕林轻声笑，说，"妈妈，你就别操心我了。马上就是弟弟的婚礼了，该你操心的事多着呢。"

阮常淑不高兴了，说："胡说。谁说我家儿子不够好？是她没眼光。我家阿林最好了！比娇娇那根浑木头好一百倍。"

慕林还在笑，那眉眼好看又温柔，他说："嗯，她是挺没眼光的。"但说出来的话十分宠溺，一听就是他的揶揄话而已。

阮常淑看着她的大儿子，他也放下了刀叉，低垂着头，在抿红茶。她叹气。慕林听见了，对着妈妈微笑："妈妈，你这是什么表情？我很好。"

肖甜心也帮腔："就是呀，我们大哥这么好的人，是女孩子没眼光。大哥，你会遇到更好的。"

慕林点一点头，回答："当然。"

饭后，大家在桥牌室玩牌。

阮常淑玩了一会儿，就说："娇娇，你陪甜心去跳舞。大厅那里她的朋友多，她才没那么拘束。"

肖甜心的脸很红，她轻声说："妈妈，我陪你玩很开心呀。"

阮常淑拍了拍她的手背，说："快去玩。你们年轻人陪我这老人干什么。嗯，不爱跳舞，跟娇娇回房间玩一样的，更好玩。"

"妈妈！"肖甜心的脸都红透了。

"呀，这还是当年的小辣椒吗？哈哈哈！这么不禁逗。"阮常淑推她和慕骄阳走。

站在廊柱下，看着远处墨色的海，肖甜心就靠在他怀里，说："阿阳，你的家人真好。"

慕骄阳吻了吻她的发："因为你很好，所以大家都喜欢你。"

肖甜心回转身，就看到大厅里热闹非凡。水晶灯都亮着，那么大一盏，其他小厅也都挂着一盏一盏的水晶灯，而墙顶和天花板上有精致的浮雕，红白相间的墙壁上挂着各式古董油画，被灯光一打，泛出历史的古旧感来，却与这个现代摩登的大厅十分微妙地融合在了一起。金色的壁炉，土耳其的织金地毯，一切一切都美好得像童话。她叹："在这里住久了，真的有种自己是公主的错觉。"

慕骄阳将她的身子扳了回来，看着她的眼睛，很认真地回答她："你本来就是公主，我的公主殿下。"

"阿阳，你越来越会说情话。"

"为你，说一辈子也不够。"顿了顿，他说，"甜心，为你，千千万万遍。"

两人于月色下拥吻，海风吹拂起她乌黑的发和香槟色的裙摆，她的眼睛那么亮，而她唇畔的微笑那么美，他看着看着就着了魔入了迷。

她就笑他："大木头。"

趁着月色好，花园里的玫瑰开得正盛，她想散散步消消食，于是慕骄阳折返回去为她拿挡风的围巾。

他记得，她的围巾就搭在下午的休闲室里，那里有个微型图书馆，她爱在里面看书。那里还放了好些家庭相册。下午时，她就坐在靠窗的位置上看他小时候的照片，看得可欢乐了。一想到她，他就觉得心中全是甜蜜。

刚要推开休息室的门，就听见里面咦了一声，慕骄阳停住了脚步。是妈妈在里面。他正要敲门进去，就听见妈妈说："这个女孩子看着有点眼熟，像……像甜心。"

慕林说："是的，是她。"

"天，真的是她呀！那时她才八岁，那么小小的粉粉的一团，像宫廷壁画里的小天使。那时你弟弟还在美国跟着他养父，寒暑假才会回来我们这边，你一个孩子也挺寂寞的。我还记得，你说过想要个妹妹。可是我和你爸爸没能怀上。"

慕林只是嗯了一声，又翻了一页。

这些相册是慕林的成长记录，从他出生到读大学，再到步入社会，三十三年时光浓缩在这二十本厚厚的册子里。

慕林再翻了翻，她的照片没有了，只有那么四五张。

"你14岁生日时，带回来一个小妹妹，居然就是甜心。太不可思议了。"

阮常淑还是叹。

慕林笑了笑："嗯，那会儿她很皮，也住在我们家这一区。她爱爬树，我有一次经过树下，听见有小女孩在树上哭。我一抬头就看见她了。她对我说，'大哥哥，我脚麻了，爬不下去'。后来，我让她跳下来，我接着她。结果接着她后，就甩不掉这个小尾巴了。她爱跟着我。"

"是。我还记得，寒假的那段时间，她喜欢跑来找你玩，你还带她去了好几次游乐园。可是她不喜欢和大人说话，我们问她名字，她也不肯说。"

"嗯，那时她告诉我，她叫甜甜。"慕林答。

慕林是二月十四日过生日。那年的生日，只有他和她过。父母太忙，都在国外。家里只有用人和她。他还记得，她说："林哥哥，我长大后嫁给你好不好？"

那时，他就笑："为什么要嫁给我？"

"因为你好看哪！"她说。小小的一个女孩，什么都不懂的年纪。他就笑："你太小了，我没兴趣。我只想要一个妹妹。我不喜欢弟弟。"然后他又问，"你这么小就懂什么是结婚？"

她就歪着头说："我喜欢和你一起玩。我见爸爸妈妈结婚了才能天天在一起玩。"

现在想来，童言无忌，她只是喜欢和这个大哥哥玩而已。

"后来怎么就不见这个小姑娘了呢？"阮常淑也感叹。

"寒假一结束她突然就搬家了，来不及告诉我。后来，那年因为我们一家要去美国陪弟弟，所以回来后，带着弟弟一起，也搬了更大的房子，就和她断了联系。她才八岁，没有手机，我们平时联系，都是她来我家里找我玩。每当她往我窗户扔石子，我就知道是她来了。"

阮常淑忽然就懂了，说："阿林，你老实告诉我，你喜欢的人就是她对吗？别骗妈妈，你是我的孩子，你骗不了我。"

慕林轻叹一声："是不是都无所谓了。她已经是弟弟的妻子。"

"阿林，你能明白就好。"阮常淑安慰他，"阿林，往事不可追，你应该向前看。"

"妈妈，我知道。你不要担心我，我很好。看到她幸福，我也很高兴。"

"原来，你是为了她，差点断掉一条腿。"阮常淑心里很痛，却也没有别的办法宽慰这个儿子。

慕林沉默许久，说："是。"

"孩子，都会过去的。妈妈会永远陪着你。"阮常淑揽着儿子的肩膀，亲了亲他的额头，说，"妈妈永远爱你。"

慕骄阳沉默地离开了那里。

见到肖甜甜时，他的心情也比较闷。他从来没有想过，她会是哥哥心仪的人。

"咦，阿阳，我的围巾呢？"

慕骄阳抿了抿唇，说："我忘了。"

"你老了呀，记性越来越差了。"她逗他。

慕骄阳看着她，将她一抱，就往房间走："哦，老不老这个问题，你会知道答案的。"

五

明天中午就要举办婚礼了。

所有的事情都基本上安排妥当，要操心的无非就是一些小事。

慕骄阳趁着有空，在书房里和钟明泽谈关于 F 的问题，参加会议的还有景蓝。

"甜心呢？"景蓝有些奇怪，这样的场合她也应该一起来。

慕骄阳说："她太累，还在睡。"

钟明泽完全西化，说话没什么顾忌："小年轻热情些是好，但也得节制，别纵欲过度。"

"喀喀。"慕骄阳没想到外公这么直接，连忙拿起茶杯抿了一口茶做掩饰。倒是惹得看戏的景蓝笑了起来。

慕骄阳说："其实关于 F 的事情，我不想让她太担心。"

"洛心还是不肯说实话吗？"慕骄阳问。

景蓝斟酌了一番道："洛心的问题有些严重。通过检测，他拥有十六个人格。"

就连钟明泽听了都倒吸一口气。

"H 是拥有最强烈意志的人格，但其实他只是第十人格。李昊是第十一人格。前面的人格比较平和，有一个 6 岁的小男孩，有一个 17 岁的少年，还有好几个我不一一叙说。但真正的本我人格洛心永远停留在 15 岁，在他通过电视见到洛泽的那一年，他受到了很严重的刺激，所以产生了 H。因为看到洛泽，他才知道自己过往的人生是假的。15 岁的洛泽因雕塑作品首次获得国际大奖，在电视里露面又刚巧被他看见了。真正的洛心是个很可爱的男孩子，温柔、善良、有礼貌，但他的养母极度缺乏安全感，想将他私自占有，使得他受压迫，变得有点像明辉那样敏感、腼腆、内敛和多疑。我和洛心谈过，他说，Haley曾经说过，想将他杀死剁碎吃进肚子里，让他回到她的子宫，永远属于她。"

"Haley的母爱令人窒息，这是洛心加速变态的原因。"慕骄阳说。

景蓝点头："对，问题就在这里。H跟在B身边长大。我不了解B，也没见过他，但是从洛心和我的交谈里，我了解到B对H的成长至关重要。H从B身上学到了催眠术和高层次心理学。H很清楚我们想要知道F的下一步计划，或者通过他来侧写F，所以H已经自我毁灭，不是和洛心融合，而是直接毁灭消失。洛心没办法拥有关于H的任何记忆和想法。H永远不会再出现，我们面对的只是单纯的洛心。"

慕骄阳沉默。

"美方的司法鉴定通过了。洛心作为完全不知情者，在上个月终审时被当庭释放。但是他会进精神疗养院，要被关多久还不知道。我争取到了让他跟着我的机会，我去哪里他都跟着。"景蓝说，"现在的洛心完全无害。而且他脑海里关于你们的记忆全消失了，他只记得去看望他的洛泽和他妈妈。"

H这边的线索完全断了。

"F没有再作案了吗？"慕骄阳问外公。

钟明泽说："我一直和FBI保持联系，也对所有新的失踪案件全程关注。但F没有再作案，就像凭空消失了。我们往早十年前去查，的确找到了两起没有破获的案件，经过对比，就是F的作品。"说着，他把手提电脑里的资料夹打开，给慕骄阳看。

这两起案件也是"犯罪之家"，但还是有些隐晦。例如里面的罪犯并不是真的穷凶极恶，有些甚至像在凑数。但第二起其实最为典型，因为那个女人的面目和肖甜心有三四分相似。

"的确是F。"慕骄阳说，"但那时他没有使用《心魔》里的标记把他F的字母标签显示出来。"

"两起案件相隔的时间是三年，一共是六年。他的冷却期相当长，他有杀戮的欲望，但还不算太强烈。而他在不断进化，每次杀人都完成得更为完美。如果按照三年一次，或者更久的时间才开杀戒，那案件的数量不会太多，目前，全美能找到的早些年的案件只有这两起。以他喜欢表演的手法来看，他不会将尸体暗中处理掉，没有毁尸灭迹，按理说早该被发

现了。所以我认为，要不就是他没再动手，要不就是他在国内，或者在其他国家做了案子。但综上来看，他做过的案件不算多。"钟明泽分析道，"F 的年龄和 H 接近，会在 33-36 岁。"

慕骄阳怔了怔："他第一次犯案是在 23-26 岁。那就意味着，F 很早就认识甜心了。"

"一开始，我们以为尹志达才是在夏海郊外的农屋里帮 H 做通往山洞的内部建筑的人，毕竟尹志达在建筑集团工作，但现在细想不是。那个通往山洞内部的建筑风格严谨、大气、沉稳，又极富工匠味道，隐有大将之风，不是尹志达这么不上道的人能做出来的。看尹志达的挖心案就知道，这个人的做法十分粗糙，所以，那个山洞的建筑是 F 做的。而 F 的地位应该在 H 之上，又或者说，H 很尊敬他，听从他的指令。经过综合侧写，F 应该也拥有类似尹志达那样的公司或集团，而且 F 相当富有，比尹志达这样的公司高层要富有。因为他是该企业真正的老板。"慕骄阳一口气将侧写说完。

钟明泽补充："F 的道德感较强。他是性罪犯，但没有真正实施强奸。"

目前线索断了。他们没法做出下一步侧写，只能继续等待。

"美国 CSI（犯罪现场调查小组）那边也在尽力按照传统刑侦的方法查案。我们也一起努力。骄阳，不要气馁。我给你们上课时就说过了，画像不是万能的，有时甚至要等新的案件出来，才能继续下去。BAU 每年没有破的连环凶杀案那么多。我们不是神。"钟明泽拍了拍孙女婿的肩膀。

慕骄阳很忧虑，但最后只是嗯了一声。

回到卧室时，慕骄阳发现肖甜心已经醒了，她穿着一条白色的蕾丝裙子正在试鞋子。

透过落地镜，他看到了，是一对红色的高跟鞋。

那种红烈得如火，红得反光，但又不轻佻，在灯光下折射出异常妖艳的色泽。

那是一对婚鞋，专门定做的婚鞋。

慕骄阳走了过去，并没有像往常那样搂着她的腰和她亲昵。

"哎，阿阳，你回来啦？去哪儿啦？我一睡醒就没看见你。你给我挑的婚鞋我好喜欢啊！真的是超美！"她一转身就搂着他，亲了亲他的唇。

见他一动不动地盯着她的鞋，她说："怎么啦，阿阳，你好像不开心？"

慕骄阳握了握拳，又松开，才轻声说道："乖，我们不要这对。我再给你买一对婚鞋。我让迪奥、香奈儿、纪梵希、菲拉格慕他们家马上送过来，两个小时后就能到这里，他们每家带几百对过来，任你挑，总有你喜欢的。水晶鞋也可以，或者其他你喜欢的品牌也行。"

肖甜心愣怔了片刻，说："阿阳，怎么了呀？这对我很喜欢哪！JimmyChoo 工作室也是刚刚送到，我打开只看了一眼就爱上它们啦！而且这也是你专门为我去定做的呀！"

他猛地执起她的手，极为忍耐地说："乖，脱了它们。我不喜欢。那是属于我们的婚礼。"

这是这么多年来，慕骄阳第一次对她说了重话。

肖甜心沉默了一下，咬了咬唇，没有动作。她很喜欢这对鞋，也记得在游艇上的那晚他说过的话，说是花了很多心思专门请 JimmyChoo 根据她的脚部尺寸为她订做的。他说希望她能喜欢。"那晚，你明明说过……"

她的话被他打断了，他将她往两米长，一米多宽的红色软皮沙发上一推，她踩着十二厘米的高跟鞋失了重心，就跌进了专门试鞋用的沙发凳里，而他已经压了上来去撕她的裙子。她本能地抗拒，推他："阿阳，你干什么？"

他不说话，没有前戏，就已进入，她痛得咬破了唇。但她没有责怪他，也只当他是工作压力大，她轻轻地搂着他的肩膀，温柔地说："阿阳。"

他想去脱她的高跟鞋，可是那对鞋子是定做的，和她的脚跟、脚踝甚至脚趾皆严丝合缝，他太急，脱不下来。而面对她，他已经失去了自制，力度更大。

肖甜心痛得将唇咬出鲜血，但还是没有吭声。整个过程，他更像是发泄。那对红色的鞋子闪耀着火光，随着他的动作，也在一下一下地晃动，她的身体那么白，白得像最明亮的一团光，而她身下是火红的丝绒皮沙发，那种红与白的色彩刺激过于强烈，激得他红了眼睛。他就像是有用不完的劲，令她越陷越深，最后，那些婉转缠绵的低吟都从她美丽嫣红的唇瓣里吐了出来。

他的疯狂，他的强烈，使得她也攀到了最高点，她搂着他，紧紧地搂着他，两人在各种复杂又无法诉说的情感里爆发了出来。

后来她实在太累，就在沙发里睡了过去，是他抱她回床上。然后，他将那对红色的高跟鞋包好，扔到了垃圾房。

当肖甜心醒来时，慕骄阳已经去给她做晚饭了。尽管有大厨，但他知道她更爱吃他做的海鲜。

大厅的宴会依旧在继续，跳舞的人不分昼夜。每一个角落里都是演

不完的盛世繁华，但他只渴望有她的地方。

　　他上了五楼，这里很安静，朝着南楼，隔绝了一切的喧嚣繁华，可是当他推着餐车进了卧室后，发现里面空空荡荡，她并不在。

　　慕骄阳在城堡里找遍了，最后在垃圾房里找到了她。

　　她正蹲在那里，抱着那对红色的高跟鞋掉眼泪。

　　那对红鞋压在她心房处，她抱得那么紧。

　　他听见她骂："慕骄阳，你这个大浑蛋。"

　　是，他是她口中的大浑蛋，但她捧在心上的却是慕教授。

　　慕骄阳忽然很想抽一支烟。

　　他摸了摸裤袋，拿出印有奇异花草的盒子，取了一支烟，点上。

　　闻到烟味时，肖甜心很诧异，她一抬头，就看见慕骄阳站在门边，闭着眼睛吸烟。

　　她走了过，钩着他的尾指摇了摇："阿阳，你到底怎么了？"

　　慕骄阳睁开眼睛，说："甜心，对不起。下午弄疼你了是吗？"

　　"你想听真话？"肖甜心对着他勾了勾指头。

　　他伏下来一点，她就咬着他的耳朵说："没有哇，你弄得我很爽啊！"

　　慕骄阳一怔，忽然低笑了一声。

　　她抱着他的腰，咯咯地笑："好了，不生气了呀！"

　　慕骄阳摸了摸她的头说："没生气，是我自己发神经！现在神经发完了，就好了。以后不会了。"看了眼她放在脚边的高跟鞋，他又说，"这对就很好，是对你最好的祝福。就穿着它。"

　　肖甜心虽然不知道他为什么转变这么大，但还是说："鞋子已经脏了，不必了。我换一双就好。但扔了太可惜，我把它拿回鞋柜去放着吧。"

　　"你喜欢最重要。"慕骄阳将她打横抱起，提着她的高跟鞋往卧室走。

　　再后来，一整晚，两人都没有离开过卧室。

　　于是，庄园里流传出这样的艳闻：慕骄阳其实是暴君，把小新娘锁在房间里一整天，每天每夜都变着花样折磨他的小新娘。

　　闺密安静说："哇，想不到慕骄阳这么生猛！"

　　小草加入进来："看不出来呀！他总是一副保守过度的样子。"

　　女流氓肖甜静："我的天！妹夫这么勇猛，每时每刻都在干那事呀？我家妹子可吃不消，会不会死在卧室里呀？"

　　于是，庄园里又流出了无数个加强版版本。

六

新娘的婚纱和新郎的礼服都是肖甜心一针一线自己完成的。

她是高定服装设计师，没有人比她更了解服装，也没有人比她更了解自己和慕骄阳需要什么。

她曾为他量身无数次，根本不需要再进行任何修改。

当她捧着黑白两套西服走到慕骄阳面前时，他愣怔许久才说："甜心，你什么时候做了我的礼服？"亏他还一早给她和自己备了婚纱和西服。

她笑的时候十分腼腆，眼睛亮亮的，像天上的星星，看着他时有了少女才有的娇羞。她的声音又轻又软，听得人心痒痒的："你刚做完手术回到夏海市，其实还是睡觉的时间居多。我就晚上赶工，偷偷把衣服做出来了，就想给你一个惊喜。"

他抱着他的小新娘转了好几个圈圈，亲了亲她的唇说："你本身就已经是上天给我最大的惊喜。"

两人换过衣服，对着镜子一照，都笑了。

他的西服笔挺，每一分每一寸严丝合缝，将他宽肩窄腰的完美身材都勾勒了出来，而一双长腿被包在修长笔直的裤管里，简直就是百分百的完美。

而他的小新娘更美。婚纱的设计很简单，小裹胸，两边花瓣一样的袖子卡在肩膀下来一点的位置，与前胸的弧度形成一个美丽的弧线，腰那里束着，原本就纤细的腰如今更是盈盈不堪一握。他只是看了她的腰一眼就倒吸了一口气，将她往镜子上一压，咬着她的耳朵说："真想现在就要了你。"

她咯咯地笑，那模样别提多俏了。她说："现在庄园里都说你是夜夜笙歌的昏君，说你色令智昏，说你纵欲过度……"她被他吻得说不出话来，而他还在继续加深这个吻，就听见管家的咳嗽声，管家说："少爷，少夫人，时间到了。"

她红着脸推开他。

她的裙摆是花瓣的形状，衬得她像一枝娇艳的白玫瑰。她戴着珍珠与钻石镶嵌的项链，可爱的耳垂上戴着一对红宝石耳环，衬得她一张莹润小脸泛着艳光。

"等等。"他说。

他推开保险箱，从里面取出一顶钻石王冠，说："我的公主殿下，让我为你戴上王冠。"

单是珠宝首饰，慕骄阳就为她置办了许多。她戴好钻石王冠，笑骂他奢侈。他咬着她的耳朵说："不奢侈。等你给我生了小女孩，以后都可以传给她们。"说得她又红了脸。

管家牵来了一匹神俊无比的高头大马，马的前半身是黑到发亮的色泽，唯独额前有白色的菱形斑点，而后半身却是一尘不染的雪白。另一个侍者还开来了一辆香槟色的劳斯莱斯，车头经过加高改装，一路开来，贵气中透出威严。

慕骄阳就问她："我的公主，你想坐车还是骑马去教堂？"

"那匹阿伯露莎好漂亮，还像你一样有美人痣哎！我喜欢它！"肖甜心太喜欢这匹马了，阿伯露莎是极为罕见的马，而且还这么漂亮。

"你喜欢，它就是你的。你可以给它命名。上去吧，我的公主。"慕骄阳抱她上了马，然后纵身一跃，也上了马背，牵着缰绳跑了起来。

而其他的宾客则由庄园里的侍从负责接送。

在马背上奔腾，肖甜心愉快极了，她从没有想到，他会为婚礼做那么多，细致到了每一个地步。而她什么都没有打点过。

她脚上穿的依旧是那对小红鞋。

本来她想换掉的，但她半夜醒来，才发现他一直在给鞋子擦拭。她心疼他，对他说别擦了，他只是仰起头来对她笑，那笑很温柔，他说："你穿着它们的确是最美的。小红鞋代表的是幸福。明天，我希望你能穿上它们成为最美的新娘，我的新娘。"

马跑出了庄园，眼前是一片辽阔的大海，蔚蓝蔚蓝的，美得不似人间。她再回望，那栋庄园就立在半山上，灰黄色的砖瓦透出了沧桑的历史感，与面前的海又和谐地融为了一体。那里已经是她的家。

教堂本来就离野蔷薇庄园不远，不过半个小时他们就到了。

教堂同样隐没于葱郁翠绿的群山之中，是全白色的，不同形状的穹顶或圆或尖，从一片黛绿里探出头来。

慕骄阳抱了她下马，并一路抱进了教堂。

这座教堂有一千多年历史了，但依旧白得一尘不染，白得发光。

"就让这座从中古世纪保存下来的千年教堂，见证我们不朽的爱情。"慕骄阳吻了吻她的眼睑。

所有宾客都已到齐。

有管风琴圣诗班现场演奏和歌唱，乐曲声和歌声宛如天籁，神圣庄严。

所有宾客都回头看着那对俊美的男女，而肖甜心挽着慕骄阳的手一步一步地走了过去，无数的花瓣往她和他的身上飘来。

一根一根的蜡烛立于教堂里，那些烛光星星点点，明亮而温柔。她忍不住往上望去，穹顶那么高，像要看不到顶，而另一边的玫瑰窗忽忽地一亮，洒下了无数彩光，彩光落在他们的身上，就像上天给予的最美祝福。

那一刻，他回眸，视线与她相触，两人笑得幸福而甜蜜。

他牵着她的手，已经走到了牧师面前。

牧师要说的话其实不多。

当问他是否愿意娶她为妻时，他答："我愿意。"

轮到牧师问她了。

她轻轻地闭上了眼睛，那一刻她感觉很幸福。

慕骄阳的心提到了嗓子眼，他不自信，他多疑又敏感，他怕她想嫁的其实是另一个慕骄阳。

可当她睁开眼时，她微笑着回答，十分坚定："我愿意。我愿意嫁给那个半夜不睡觉为我擦拭婚鞋的男人，我愿意嫁给那个只为我画肖像画的少年，我愿意嫁给那个不懂得表达却一直等待着我的慕骄阳。我以我的全部生命起誓，从今天开始，我全心全意地爱他，直至生命的终结和灵魂的消逝。"

那一刻，慕骄阳哭了。

泪水就那样毫无征兆地流了下来，滴落在她的手背上。

肖甜心微笑着看向他，然后握起他的手贴在自己的脸上，说："慕骄阳，我都明白。"

他没有再去问她明白了什么，任何话都已是多余，或许他也不需要去明白，他只要用余生去爱她、护她、珍惜她、宠她就够了。其他的都不重要。

神父将放有戒指的托盘递到了两人面前。

慕骄阳和肖甜心认真而执拗地看着对方的眼睛，为彼此戴上了婚戒。

戒指就卡在无名指上，很牢很牢，连着通往心脏的血管，感受彼此同一个频率的心跳。

婚戒与求婚戒指相比显得十分朴素，为的是日常工作和生活时也能佩戴。

下面起哄声四起，都要求他亲吻美丽的新娘子。

慕骄阳看着她的眼睛说："肖甜心，我爱你，这辈子，下辈子，下下辈子都爱你。"

　　他今天穿着她为他设计的一套黑色的西服。他的样貌本就俊雅，庄重的黑色衬得他的眉眼越发深邃，他黑曜石一般的瞳仁清亮又平静，既像秋日下的湖，又像夜月下的海，深邃美丽得像会说话。而他雪白的脸庞上，眉间的那点小红痣就显得更加鲜明。她看了他许久许久。

　　像看了一个世纪那么久，他的目光也始终注视着她，等待她给予的承诺。她仰起头来亲了亲他眉间的小红痣，微笑着回答："我也是，只爱你，慕骄阳。"

　　他低下头来，亲吻了他的新娘。

　　礼成。

　　他身体里的另一个慕骄阳也微笑着闭上了眼睛，轻声地说："甜心，你会很幸福。为你，千千万万遍。"

　　下午，宴请宾客饮宴的婚礼在庄园举行。

　　靠海那边的花园早已布置好了，花园里拉起了无数的彩带和彩色气球。

　　回到庄园后，用过了午餐，慕骄阳就逼着她去休息了。可是她兴奋得睡不着，于是他就在床上抱着她给她唱歌，哄她睡觉。

　　这招还挺管用，后来她听着听着真的睡着了。

　　他也累了，正想和她一起休息，却听见管家在敲门。怕吵醒她，他连忙跑了出去。

　　原来是管家来报，之前的工匠们一时疏忽，把花圃里的木栅栏涂成了天蓝色。

　　慕骄阳沉吟："甜心喜欢海棠。海棠花色是粉红色、粉白色或红色，和天蓝色并不相衬，而且那一片花里还搭配了红玫瑰。若是原木色或淡黄色也还算漂亮。"顿了顿，他说，"我去刷吧。"

　　管家动了动唇，但最后什么也没有说。

　　后来，肖甜心睡醒了，就走到了窗边眺望，果然在花园一角里找到了他的身影。

　　他在给一排排的木栅栏刷上白油漆。

　　肖甜心心中一动，有温热的液体滚了下来。

　　隔着一整个花园，她轻声对他说："阿阳，我爱你，很爱很爱。"

　　爱你年少时的单薄眉目，爱你成年后的历尽沧桑，爱你转身时的淡淡风华，更爱你为我停留时的静谧安宁。你把守候，凝成了时光里最无声无色又最坚固的爱。

身后传来脚步声，很轻盈，但他还是听见了，因为来的是他心爱的人呀！

他刚要回头，就听见她说："英俊的王子殿下，需要我帮忙吗？"

他笑着站了起来："你来这里做什么？待会儿还有很多事情要忙，你会累的。"

她咯咯地笑，笑声动听悦耳像银铃。她就附在他的耳边吹着气："那你晚上别那么折腾我，我就不累了呀！"

"休想！"他哼笑了一句。

"流氓！"她笑着回他一句。

她就站在海棠前，穿着一身火红的礼服裙，脸上未施脂粉，但唇不点自朱，那道弯眉不描也似着了墨色，美丽得不可思议。

他揽着她就是一通热吻，也不顾来来往往的宾客在那儿笑。

安静说："慕骄阳，你也太饥渴了吧！"

肖甜静："妹夫，你不对了呀！整天虐待我妹妹。"

肖甜心红着脸推开他一些，说："还是我帮你吧，快一点。"

慕骄阳点了点头说好，递了一双白手套和一把刷子给她。

两人就在太阳下刷木栅栏，阳光温暖，海风时时吹来，十分凉快。

肖甜静叹："妹夫，你和甜心感情真好。"

对甜心姐姐总得友好，慕骄阳回过头来，微笑着说："应该的，我该宠着她。你和景蓝的感情也很好。"

肖甜静脸一拉，走了。

慕骄阳："……"我哪里得罪她了？

顿了顿，他说："老婆，你姐姐很难伺候。"

肖甜心和安静都笑了起来。

七

木栅栏漆好了，是漂亮的白色，慕骄阳涂得很仔细，他漆的白色是最好的，一气呵成，一点也不拖沓、重复。

因为他心静。

从前的他有自闭症，心里静，人也静，他没有情感。可一旦他动情，就会给你最真挚、最深沉的情感，将他的一整颗心都给你。

肖甜心握着他的手，说："阿阳，能嫁给你真好。"

他就轻声笑："傻丫头。"

"阿阳，我又想起了海棠春睡。那会儿你真傻，就是一根不开窍的大木头。"她在海棠花下转了一个圈，红色的裙摆散了开来。她转得太快，最后倒在他的怀中，她就伏在他的膝上，任红色的裙摆沿着碧翠的草地蔓延开来。

她不就是海棠春睡吗？慕骄阳低低地笑："那一年，你的睡颜十分娇憨。我就想，你睡着时原来那么可爱，的确就是海棠春睡。"

他们的衣衫染上了白漆，她和他一起回卧室换衣裳。

他换上了那套她为他做的白色西服，而她再度换上了洁白的婚纱。

古堡的海边婚礼简单又奢华。

洛泽夫妇的一对天使宝贝做花童，托着肖甜心长长的洁白头纱，而哈比和好乖各穿了一身西服跟在天使宝宝的身后，屁颠屁颠地一起走过红毯。

肖甜心无意中回眸，看见哈比扭着小屁股，咧着嘴角笑着，真是可爱呀！她忍不住哧的一声也笑了。

慕骄阳也回望，看见的却是想和念那对龙凤双胞胎花童，他们漂亮得不像话，走路还有些歪歪斜斜，却是在认真地走着红毯。他就俯下身吻着她的脸颊说："甜心，真想把你捆进卧室里 365 天不出来，直到生出天使宝宝为止。"

她咬他的唇："暴君！"

礼花在两人头顶炸开，已是黄昏。

斜阳坠于深蓝的海面上，摇摇晃晃。肖甜心轻笑："夕阳喝醉了。"

"慕骄阳也醉了。"他看着她动人的脸庞轻声说。她就咯咯地笑，十分欢快。

烟火很美丽，映亮了半边海面，像海中生出的一朵朵鲜艳的花。

无数的玫瑰花瓣落在两人的身上。安静顽皮，一捧一捧地将玫瑰花瓣往肖甜心身上扔，居然扔进了她的心窝里去。女流氓肖甜静就喊："妹夫，把花瓣咬出来咬出来。不对，吸出来！"

旁边有一群人在笑，在起哄。

肖甜心羞得去瞪她，结果她的头顶有一片阴影笼下来，吓得她想逃。她的身体被他固定着，他的脸已经埋了下去，果真用唇舌去撩、去挑、去钩那片花瓣。

"阿阳……"她的声音都在颤抖，而他一手箍在她的腰上，一手固定着她的背让她逃无可逃。

不知道过了多久，五分钟，十分钟？最后，他终于仰起了脸来，红得妖冶的唇上咬着一瓣同样娇艳欲滴的红玫瑰花瓣。他的那对凤眼微微上挑，他半勾着头，抿了抿唇，眉间那点小红痣红得更为鲜艳。他直勾勾地看着她，姿态当真风流。

而肖甜心凝望他，忘记了时间，忘记了呼吸。

底下的女宾已经沸腾起来。安静也是看得心跳快了一拍，扯了扯身边的丈夫说："安安，他比你还会用眼神挑逗女人。"

厉安安："我什么时候用眼神挑逗女人了？我也就挑逗过你一个女人而已。"

安静味声笑："你在 T 台上时颠倒众生，不及他此刻眼神一二。"

厉安安说："现在的慕骄阳是要开屏的孔雀，不用美貌，如何吸引异性和他交配？"

夫妻两人的对话惹得小草哈哈笑，她搂着洛泽的手臂摇了摇说："小叔叔，想不到慕骄阳还有这么性感的一面。开了荤后，估计从前那个清朝出土文物不见了。"

洛泽也在笑。

倒是肖甜静走到妹子身边，捅了捅她的腰眼说："哎，看傻了？虽然说妹夫秀色可餐，可是你们二人发情也要看时间地点。"

"姐姐！"肖甜心回过神来，瞪了她一眼。

慕骄阳牵着肖甜心的手走到了专门为了婚礼而搭建的白色穹顶下。

他轻轻地掀开她的头纱。

不再需要任何人主持，他对她说一些两人才能听见的情话。

他的小新娘笑得真娇俏，让他忍不住去吻她。

底下所有的宾客为他们鼓掌，给他们送上最真挚的祝福。

那一天是属于慕骄阳和肖甜心的。

当繁华落尽，当宾客散去，两人倚在卧室的阳台上，看着眼前的大海，什么也不做，什么也不说，只是静静地相依偎。

哈比得了特赦，进入了房间，此刻就像个满足的孩子，蜷在两人脚边呼呼大睡。

"阿阳，我很幸福。"她抵着他的肩膀轻声说。他没有说话，只是贴着她的鬓发亲了亲，然后圈紧了她。

海面波光粼粼，月亮正照在海中的浮礁上。花园里还有乐队在演奏抒情的乐章，也不知是谁奏响了竖琴，那撩动人心弦的声音一点一点飘了

开去，蔓延至海面之上，就连月亮听得都醉了。

他心头一动，忽然就将她抱了起来回到床上去。

巴洛克风格的床很梦幻，其实有些女性化，她知道，是他想给她公主的感觉。层层帷幔覆下，再也看不清里面的光景。

而他很温柔，一直很温柔，一遍一遍地亲吻她的眼睛、嘴唇，一遍一遍地描摹她唇瓣的形状。

她还穿着那件婚纱。这一次，他很小心翼翼，当他的手探到那道开在腋下的隐秘拉链时，她红着脸轻声说："我来。"

他说："好。"但他脸上也红啊！

她都不敢看他，离开床，坐直了身子。她半侧着头，去钩那道拉链。她脱衣服时的姿势美极了，他看得大气也不敢出，完全像个青涩又毛糙的小伙子，外表呆着静着，但心里早已紧张得能掀翻海里的浪。

她也紧张，结果一直拉不下来。他低笑了一声，整个人覆了上去，对着她的锁骨一点一点地吻、咬，而他的手一拉，嗖的一声，那道拉链被拉开了。

她露出十分美好又光洁的背部，而他将她的手从花瓣似的袖子里抽了出来，坠于肩头的那件婚纱终于还是滑了下去。

她想拿手去挡，被他拦住了，他说："你真美。"他的手一拨，她满头的乌发坠了下来，铺于胸前，美得楚楚动人，激起他想要狠狠蹂躏的破坏欲，但最后全都化为了温柔一吻。他轻轻一推，将她压进了被褥里去。

他温柔得像海，一圈一圈地将她包围，她就是海里那小小的舟，随他起伏，任他予取予求，任他带她去往天涯海角，通往快乐的彼岸。

第二十五章 蜜月里的暗涌

一

慕骄阳原本预订了上午十点的飞机票，两人度蜜月的第一站是荷兰。

本来想让她多休息一会儿，可大清早七点没到，房门就被敲得震天响。

肖甜心揉了揉眼睛，问："谁呀？"

慕骄阳："景蓝。"

"他为什么总喜欢大清早的骚扰人哪？以前没有女人，没法说。现在有了我姐姐，还要闹哪样呢？"

肖甜心睡眼惺忪，斜靠着床背时别提多性感。

她扯了扯猩红的被子掩在胸前，懒洋洋地斜了慕骄阳一眼，慕骄阳全身的骨头就都酥了。见他脸红，她起了坏心，钻进了猩红的被子里，从另一头爬了出来，雪白的身体还掩在被子里，窈窕性感的曲线若隐若现，而扬起的一张小脸就那样看着他，带着点直勾勾的味道。他吓得赶紧站了起来，而她哈哈地笑："不逗你了。我再睡一会儿。"钻进被子后她又哼

了一声说，"都怪你，往死里折腾我。我睡十天十夜也补不回来！哼！"

慕骄阳简直哭笑不得。

他披上睡袍，去开了门："景蓝，你大清早的又发什么神经？"

谁料景蓝一把推开他，说："我不是找你。"

慕骄阳没反应过来，再要拦已来不及。

肖甜心还倚在床靠上假寐，听见脚步声就懒懒地说："嘿，阿阳，你舍不得我对不对？赶回来和我亲热呀！"

气氛一时有些胶着，慕骄阳冲了进来，听见她的话也揉了揉眉心。景蓝忽然说："小甜？"

肖甜心很诧异，长睫一抖，微微掀开狭长的眼帘，然后红着脸将自己再缩进被窝里一点，说："姐夫，你就不可以等到正常时间点出现吗？什么小甜？姐姐这样和你称呼我吗？"

原来只是小甜的人格特征在她身上出现。看来她和小甜的融合非常紧密和谐。"甜心，你姐姐呢？"景蓝问。

肖甜心又看了景蓝一眼。他很急躁，甚至在肖甜心没穿衣服这么不成体统的情况下，他也丝毫不回避。

"姐姐不是和你在一起吗？"她欲言又止。

"景蓝，你可不可以等她换上衣服？"慕骄阳不动声色地走了过来挡在她身前。

景蓝也顾不得那么多，根本不动："我一醒她就不见了！"说到不见两个字时，他几乎咬牙切齿。

慕骄阳这时才想起来问："甜心，你姐姐是做什么的？"

肖甜心忽然说："景蓝，你还是放弃吧。她要消失，谁也别想找到她。当年就是这样，她妈妈病重去世，她也没有出现。"

肖甜心的话十分犀利。就连慕骄阳都多看了她一眼，觉得她身上某些尖锐的东西显了出来。她身上有小甜的特质，他一直知道，否则以甜心的羞涩，是不会这样和一个男人说话的。

"景蓝，如果她足够爱你，她会回来的。"肖甜心说，"请你现在离开可以吗？我没有穿衣服。"

景蓝一走，肖甜心就扑了上来，把慕骄阳给压到了床上去。她亲了亲他胸膛上那片毛茸茸的毛，仰起头看着他说："大浑蛋，昨晚折腾坏我了，我现在要欺负回来！"

慕骄阳整个人被她压着，有些错愕，但他已经闻到了她鼻息间呼出来的淡淡甜葡萄酒味。

他一回头，就看见昨夜搁在床头柜那里的酒不见了。

她每吻他一下，就仰起脸来看他一次，那眼神直勾勾的，带着点媚。这个哪儿还是昨晚羞涩的、被动承受着他所有进攻的甜心呢？她伸出小舌头，在他的腰窝处舔了舔，他倒吸一口冷气。而她咯咯地笑，既纯真又调皮，她一口咬在他的肚皮上。

他想要反抗，将她直接压进了床褥里，猛地撞了进去。她疼得倒吸一口气，嗔他："慕骄阳，你还真是像个毛头小伙子，那么着急干什么呢你！"

慕骄阳的眸色凝了凝，她刚才叫他慕骄阳……他的思绪又有些发散，想起了很久以前，他若是惹她生气了，她就会连名带姓地叫他。无论哪一面，其实都是甜心哪。他的眼神变得温柔，他轻声说："甜心，我爱你。"

蜜月的第一站，是荷兰的风车小镇 ZaanseSchans（风车村）。

慕骄阳和肖甜心到的时候已经是傍晚，当时她还有些感叹："来得晚了，小镇的风貌变得不清晰了。"

入夜后，小镇是很安静的，他牵着她的手在河边散步。偶尔见到吃草的奶牛，她就会挥挥手，说："奶牛小姐，你好呀！"

他轻声地笑，揉了把她的发，觉得她就像小孩子一样。

巨大的风车一座一座，像守卫故土的勇士。当夜雾飘过，风车的轮廓迷迷蒙蒙，安静中又透出了沧桑。

每一座风车都很老了。

又走过一段宁静的湖泊，他们就见到了有着红砖屋顶的漂亮屋子和屋子旁有着红色叶片的风车磨坊。这一段湖泊里还有一座小桥，小桥旁是一棵树。"一座桥，一棵树，就像在等一个人。"肖甜心忽然轻声说，顿了顿，又说，"以前，我一直在想，为什么就等不到你呢？我等了一年又一年，后来又想，我都等到老了，你还不来。我也想做一棵树，一座桥哇！在你归家的路上，那样我就可以见到你了。"

后来，她整整等了他十年。一个女人最美好的时光，其实她都给了他。

慕骄阳心中一动，牵着她的手更紧。他和她在小桥上坐了下来，脚下是带着薄薄雾气的湖泊。他说："甜心，我还是让你没有安全感吗？"

她揽着他的腰，声音软软的，充满撒娇意味："不会呀，阿阳。我现在很幸福。所以回望来时的路，只觉得一切都是值得的。可能大风车转动得太慢，让我觉得好像有点想家了呢！"

慕骄阳说："蜜月才走了第一站，宝宝都没有制造出来，你就想回家？

休想！"

　　她恼了，扑上去撕他的嘴："慕骄阳，你怎么就不能想点别的东西呢！"

　　"哦。那昨天是谁缠着我，缠了一个早上加一个上午，害我要把飞机改签的，嗯？"

　　"反正不是我！我什么也不记得！我现在只觉得全身散架，昨天上午肯定是你又欺负我了！"

　　这一下，轮到他很委屈了，但他只是说："甜心，是你欺负我了。明明是你把我吃得透透的，可是你不认账，不想负责。"

　　她羞得又要去捶他，被他低头吻住。

　　有一只黄色的小鸟飞落在枝头上，唱起了动听的歌来。

　　她一抬眸，才发现是夜莺。

　　他和她静静相拥，听着夜莺歌唱。

　　后来，她就倚在他的肩头睡着了，就连他抱着她走了很远很远的路，走回农家小馆里，她都不知道。

　　当她醒来时，已经是凌晨五点了。

　　而他一直和衣而坐，没有入睡。"咦，你干吗不睡觉？"她从被窝里钻了出来，身上只有一件水红色的吊带睡裙，他赶紧拿来睡袍裹紧了她。"别着凉了。他说，"我想一直看着你，不舍得睡。"

　　她咯咯地笑："一大清早的就说甜言蜜语。"

　　他将木窗推开，眼前的景色美得让人感觉如在仙境。

　　肖甜心哇了一声，她已经被眼前的美景迷住，移不开眼睛。

　　"风车小镇最美的时候是凌晨五点。"慕骄阳搂着她说，"我们住的地方在小山腰上，看风车镇，没有比这里更好的地方了。"

　　窗外飘着晨雾，又薄又淡，但再远去一些，白雾就变得浓了起来，将整个风车小镇轻飘飘地裹着，小镇好像是建在天空中。

　　远处那座红色的风车十分惹眼，被薄薄的晨曦一照，微微透出金光来。每一座风车都是淡淡的轮廓，像剪影，和树，和桥，还有河流汇成了一帧一帧的美景。远处的群山是黛蓝色的，而风车是金色的、黄色的、橘红色的，有生命的。

　　这座农家别墅里也有一座风车，就静静地站在她的目光所及之处，像最虔诚的卫士。她忽然就明白了，说："阿阳，你为我做的，我懂了。有你的地方就是家，我每天都在家里。"

　　"是。"他亲了亲她的鬓发，"有你的地方，也才是我的家。你为我等待十年，我为你守候十年和剩下的余生。甜心，分别的岁月，无论多漫长，我都不会爱上别的人。所以，你会等到我的。"

"是，我一直知道。所以我一直等待，从不放弃。你和他们，和别的人都不一样。你会回到我身边。"她靠在他怀里，又说，"阿阳，你看，太阳升高了，那些雾气又变了呢。天哪，那一片云是紫红色的，好漂亮！那片紫色的云下，就连大风车都被涂成紫红色啦，就像……就像莫奈的印象画。"

那种紫红是缱绻的、淡的、薄的、温柔的。

这里的每一处风景都像画一样！美好得不像话。

他低声地笑，手在她的锁骨上掠过，他的指尖轻轻地摩挲过去，令她又痒又麻。他说："你身上的肌肤也被云霞涂成绯红色了。"他轻轻地一挑，她的薄裙就滑了下去坠在腰间，他说："景色这样美，这个时候怀上的宝宝一定很漂亮。"

她脸红着想要推开他："你这个流氓。"

可是他已经贴了上来，她逃不掉了。他咬着她的耳朵说："你会喜欢流氓的。"

二

慕骄阳带了肖甜心去瑞士。没有去苏黎世。那个全欧洲富豪聚居的城市，落在慕骄阳眼里，只有一个字：俗。

那会儿，她就嘟着红红小嘴呸他："苏黎世多美呀，靠着阿尔卑斯雪山，还有苏黎世湖，想想都美死了。街道每一处都是入画的风景。只有你，看到的就一个俗字，也不知道是谁俗。"

他气得咬她的红唇，堵住她的话。

后来，她踏上那片纯净的土地，却一个字也说不出来。

小镇的美比起城市远胜千万。慕骄阳带她去的地方，都是绝美的小镇。

"这里连空气都是甜的。"她惊呼，可是下一秒，就被他吻住了，他满意地舔了舔舌头，才懒洋洋地说："胡说，这世上，只有你的呼吸和你的吻是甜的。"然后咬了咬她的耳朵低语，"还有你的身体，也是甜的。"

她的长睫扑扇扑扇地一直颤抖着，她没有接他那些极不要脸的话，转过头去看吃草的奶牛。她又挥了挥手，说："嘿，奶牛小姐你好呀！"

夏日里的琉森湖非常美，像镶嵌在蓝天下的一块碧蓝宝石，又像琉璃一般薄透纯净，难怪会叫琉森湖。

　　慕骄阳牵着她的手走进那座傲立于山顶上的琉森古堡，边走边说："这里要到了冬季才最美。等冬天了，我再带你来。"

　　肖甜心咯咯地笑："说不定到时我就怀上小太阳了呢！有了小太阳就不能到处走动到处飞啦！而且我怕冷呀！"

　　"那等明年，我再带着你和小太……"顿了顿回过味来，他说，"嗯，明年冬天再带你们一起来也是可以的。不过我不要什么小太阳，我要带着我的一对小月亮来。"

　　肖甜心哈哈地笑："你以为你是神吗？一定就是小公主呀！"

　　"对，我就是神。肖甜心你要是生不出女儿来，你就死定了，我会把你捆在床上直到你生出女儿来为止。"慕骄阳在她翘翘的屁股上拍了一下。

　　"暴君！"肖甜心气得小脸鼓鼓的，举起两只小拳头一直捶他。他包着她的一对小拳头笑："你真袖珍，手掌都是小小的。"然后俯下身来说，"不过你的大白包子可不小。"

　　"咯咯。"

　　听见声音，肖甜心羞得赶忙推开他一些，就看见景蓝站在两人身后。

　　"姐……姐夫。"

　　慕骄阳哼了一声，说："不就和你姐睡过几回，现代男女睡来睡去的，睡醒就各奔东西了，怎么就变你姐夫了。"

　　"阿阳！"肖甜心拧了他一记。

　　景蓝面无表情，将钥匙又放回袋子里去，转身就走。

　　"喂，开不起玩笑了，连襟兄弟。"慕骄阳想起正事，拍了拍景蓝的肩膀说，"有劳连襟兄弟了，我们就小住几天。"

　　"呵！"景蓝要笑不笑的，将钥匙放进肖甜心的小手里说，"甜心，在这里好好住着，我代你姐姐照顾你。至于这家伙，我不太欢迎，你看着办。你心情不好了，也可以把他扔出去关外面，我无限欢迎。"

　　肖甜心瞪大了眼睛："姐夫，这里是你家？"她还一直暗戳戳地以为这里是以古堡为背景主题的古老酒店。

　　"嗯。后面还有家里自带的农场，里面养着好些奶牛。这里的时鲜蔬菜和牛奶、奶酪等奶制品都是自家奶牛出产的，很新鲜，你多吃点。"说完，景蓝低笑了一声，"说不定你吃了这里的牛奶就怀上牛奶一样白的小公主了。"

　　"娇娇小弟弟，来个白雪公主怎么样啊？"景蓝说完就走了，背对着两人举起手来摇了摇，"新婚快乐！"

被喊娇娇小弟弟的某人："……"

等景蓝走远了，肖甜心哈哈大笑，戳了戳他的腰，说："娇娇小弟弟。"

"你想现在就被我剥光吃净吗？"慕骄阳气得牙痒痒，将她一逼，直接把她压到了落地玻璃窗上。见她死死咬着唇，脸都红透了，他才说："你放心，景蓝不会再折返。住在这里的七天，这片土地上不会再出现除了我们以外的人。所以，你爱怎么玩就怎么玩。"

她推开他："我才不要和你玩。"

他挑了挑眉，笑得十分不怀好意："哦，你不和我玩，你还能和谁玩？"

"我和……"她靠近他一些，将手搭在他的腹肌上，沿着紧实漂亮的腹肌一路滑至性感的人鱼线，再往下一点点，她猛地收回了手，说，"我和奶牛玩。"她说完真的就转身要出去了。

他都被撩成这样了，哪里还肯放过她，一把扛起她就往宽大的旋转楼梯上去了。古堡很美，大而空旷，穹顶镶嵌着彩色的琉璃玻璃，此刻阳光照射下来，透过彩色琉璃折下千道万道彩光，落在了她的身上和脸上，她看起来美得不可思议。

她已经被他放到了楼梯的第二层平台上，她的绿色连衣裙被他脱掉了，就铺在她的腰上，像从她身体里开出的春天。他就低声说："这套碧色的内衣很漂亮。"

她咬了咬牙，侧过脸去，声音很细："你就不能等到回房间里去吗？"

她的发很长很长，像海藻，铺在米黄色的土耳其地毯上，也铺在他的肩膀上。而从天而降的彩色的光像在打着圈，跳着舞，晕染在她雪白的身体上，像一幅难以描绘的画，唯美、朦胧。他更深地进入，逼得她十指紧紧扣进了地毯里，她被他扳着下巴扭了回来，两人视线交会，她更紧张了，张了张嘴，想说些什么，可是出来的声音又娇又媚。她想闭上眼睛，却被他阻止："乖，看着我的眼睛。我想一直看着你。"

她羞得要哭了，哑着嗓子说："你欺负我！"

而他一叹，只是将她抱得更紧，贴着她的耳朵说："甜心，我爱你，很爱很爱。"

后来，他抱了她到客房外的露天温泉泳池去泡温泉。

她累坏了，只能紧紧地倚在他的怀里。两人静静相拥，观赏群山风光。

他指了指池壁下，说："这里往下就是一个70度的陡坡，一直往下延伸，这里可是海拔一千多米的高度！怕吗？"

　　她轻轻地摇了摇头："摩天轮都坐过，这个怎么可能怕！但没有见过这么美的景色倒是真的。"她就靠在他的怀里，懒懒地说着话，因为刚才的欢爱，她说话时特别娇。他从后抱着她亲了亲她的耳鬓，说："你看对面的雪山。"由于海拔高，所以即使是在夏季，山顶上也还是覆着皑皑白雪，给人的感觉就是无数雪山迎面而来。雪山脚下是青青的草地，而琉森湖就在山脚下，倒映着雪山，还有连绵千里的碧色山林。一切美得不可思议。

　　他亲了亲着她的耳珠说："等冬天我再带你来。到那个时候，看见的全是晶莹剔透的冰雪世界，就连琉森湖都像雪峰里含着的一粒透明的冰珠子，漂亮极了！而天空很蓝。"

　　泡温泉的确是种享受。慕骄阳很体贴地端来了各式小点心和热牛奶，就放在木托盘上，木托盘轻轻地漂于水面，她渴了饿了取起食物就能享用。

　　可是他哪儿能放过这么好的机会呢，几乎是每一口鲜奶，每一口甜点，都是他亲自喂进她嘴里的，他还不忘含着她软嘟嘟红润润的小嘴反复亲。两人就在群山的拥抱下热吻，那种甜，两人皆是此生不忘。

三

　　属于景蓝的琉森古堡位于最佳的风景点。与之相对的另一处略矮的山头在900米高的海拔上，那里也有一座古堡。那座古堡非常有名，是一家极难预订到的贵族温泉酒店。

　　肖甜心觉得自己特别幸福，可以占据最美的山头，颇有一种"山中无老虎，猴子称大王"的意思。她那点小心思被慕骄阳看穿了，他一直笑她小心眼儿。

　　"哼，住在这儿多美呀！最好的风光，都霸占到了呢！还是景蓝会享受。"彼时，肖甜心正在古堡后面的农场里给奶牛挤牛奶。

　　牛奶很香甜，可以直接喝。肖甜心也不客气，拿一个小杯子装了满满一杯，坐在草坪上喝鲜牛奶。

　　因为要劳作，所以她换了黛色的棉质宽松衣服，还系了围裙，用白色的布包着头发，俨然一个俊俏的小妇人。他就提着另一个大桶等着，要给她盛牛奶。起风了，她的白色方巾被吹了下来，尚未飘至草地就被他接着了。

　　他替她将鬓发别在耳后，再替她将头发包进方巾里。她仰起头来亲了亲他的唇，以做奖励。这里地处开阔处，被群山围绕，亦可以看见琉森湖。

因是夏季，所以四处群山碧青，只留顶尖儿藏着一点白雪。

因是早上七点多的光景，朝霞初起，将碧青的山峦、雪峰、湖泊、田野全晕染成了淡淡的紫红色。云雾缭绕，与朝霞交织，就像仙境。

慕骄阳见她这么喜欢这里，抿了抿嘴角说："你喜欢这里呀，那我让人在这边的山头也盖一座城堡吧。"

肖甜心是笑倒在他怀里的，她哈哈大笑："娇娇，等你的城堡建成，我们都七老八十了。"建一座城堡需要很多很多的时间，而且后来建的，也没有历史质感了。她还在笑："偶尔到姐夫这里住住就挺好呀！"

置身仙境，有时什么都不需要做，躺着晒太阳就是极大的享受。但慕骄阳的电话突然响起，是景蓝的来电。

接完后他沉默了一会儿，便马上带着肖甜心出发了。

开着一辆适合跑山地的车，他开了五个小时才到了景蓝所处之地。

这里的外围有雇佣军在山野里埋伏巡逻，也看不出什么边界线，这里像一处世外桃源。经慕骄阳指点，她才看到了隐匿于各处山坳里的重型武器。

"景蓝的'寂静之家'不是精神病院吗？"肖甜心问。两人的车刚好进了一个山洞，黑暗猛地袭了下来，然后出现的是两旁幽幽暗暗的壁灯，她看得清楚，有好几挺机枪设在暗点、盲点。

慕骄阳说："有些极端变态连环杀手，我们需要研究他，他就会被调来这里。而有些变态杀手本身有严重的精神病，不适合一般的重刑监狱。还有一种变态杀手从未犯案，但他们的杀人幻想非常变态凶残，包括食人者，我们也将他们终身关押此处。"

说白了，这里关的是穷凶极恶的变态。

肖甜心点了点头。

过了山洞，再开过去一点，是一个天然的湖泊，湖泊很大很深。沿着宁静透明的湖泊一直开下去，始终不见任何人和建筑的影子。她将车窗打开，把头搁在车窗上看湖泊，湖泊倒映着冰蓝冰蓝的天。这里的景物纯净到了极致。

又开始爬坡了。

终于，在一处十分开阔的山巅之上，肖甜心看到了那座像修道院一样的建筑。那座建筑不算太大，但也不小，是蓝白色的，有白色的墙体、蓝色的穹顶、有蓝色的圆穹顶，也有蓝色的尖塔楼。

寂静之家环湖而建，四处可见碧蓝的湖。在巨大的白色门前，景蓝

等在那里。

这里的时光仿佛是静止的，非常宁静。仰起头来，能看见的只有群山和蓝天，听见的也只有风声和草木生长的声音。

"这里适合精神病患居住，可以抑制他们发病的次数。"肖甜心说。

慕骄阳点了点头。

下了车，他们由景蓝带着往寂静之家的深处走。这个修道院一般的建筑建得很巧妙，是与自然环境融为一体，呈对半开的椭圆形，山林生长于其中。

"后面也有农场，没有危害的病人会到那里劳作、晒太阳。生活简单，与牛羊为伴。"景蓝说。

又过了一个小山坡，那里背风的地方有一个小小的湖。湖水是冰绿色的，像从天上掉下来的一块琉璃薄糖。有一个男人坐在湖边画画。

看他的背影熟悉，肖甜心已经不自觉地走了过去。

慕骄阳要跟上去，被景蓝阻止，然后他吩咐手下的一个女护士说："带他和甜心到会客室坐坐。"然后他示意慕骄阳，"会客室里说的话，我们隔着一间房间都可以听见。"

要让肖甜心来做主导了。

"他来了这么久，除了早期的H人格突然崩塌消失时，他肯和我们对话，后来一直不肯再开口了。"景蓝说。

听见轻轻的脚步声，洛心忽然抬头，看见是肖甜心后莞尔。那抹笑纯真无邪，无论是男女老少看到了都会怦然心动。

"你来了吗？"洛心站了起来。他很高，一站起来就显得她很娇小，她需要仰着头看他。他察觉到了，脸一红，又坐了回去。

他没有说太多的话，但看得出来他很开心。他将架子上的画取下来递给她。

肖甜心看了一怔，那是自己的画像。

不远处的慕骄阳看见了，眉心一蹙："怎么回事？"

"洛心喜欢她。"拍了拍他的肩膀，景蓝又说，"这点就很奇妙了。他有十六个人格，有些人格甚至尚未被发现。根据我给他做的新一轮人格测试，他的人格分裂情况可能要超过二十四个比利了。还有多少个洛心，没有人说得清楚。之前，他不记得甜心，但在最近这十天里，他开始画画，画的都是她。"

对于景蓝的暗示，慕骄阳马上懂了："你是说，F有可能就是他其中一个人格？"

"极有可能。"

"可是 H 应该是要对我进行报复，才开始跟踪观察我。而我和甜心是在一年多前才在一起。"

肖甜心跟着护士离开，洛心也跟着。由于她是第一次来，洛心非常绅士地走在前面为她带路。众人走进城墙，往里面的长廊走去。

一道白色的门被打开，洛心首先走了进去，就像以前这样做过无数次。

那里很安静，隔绝一切声音。护士给两人各倒了一杯鲜牛奶就走了。

"甜心，你试试看。这里的牛奶都很新鲜香甜。"洛心说。

慕骄阳和景蓝在另一边的房间。

景蓝从助手那里接过一沓画作。那沓画用文件夹装着，一幅一幅地翻开，全是肖甜心。一颦一笑，十分美好。

画有上千幅。再往下翻，肖甜心的脸庞更为稚气，像个高中生。但鉴于她本身就是娃娃脸，实在显小，所以这些画应该是她 20-24 岁的模样。

景蓝为慕骄阳解释："H 的意识自我摧毁后，洛心刚记起肖甜心时，记忆里的她是现在的样子。随着在这里住得久了，洛心好像能记起一些画面，他画下了记忆深处隐藏得更久远的东西，包括年少时的肖甜心。我已经和他做了简单的测试和交谈，我推测，他早在十年前就接触过肖甜心。当然，那个他可能是 H，又或者连 H 都不是，而是 F。本来 H 就善于易容，想必 F 也懂得。还有一种可能，还是洛心本人，而他第一次见到甜心的记忆被共享给了 H 或 F。"

因为是来工作的，肖甜心换了简洁的小黑裙，包臀铅笔裙和白色的坡跟皮鞋使她整个人显得气质干练，和往常不同。洛心一直仰着头看她，看着看着又会脸红。他忽然说："Moon（月亮），你还是穿平常的那种裙子好看。我第一次见你时，你就穿着苹果绿的连衣裙。腰很窄，但散开的蓬蓬裙刚到你的膝盖，十分俏皮。"

肖甜心的英文名从来不是蜜糖。因为慕骄阳是太阳，所以她给自己起的名字是月亮。听他提到绿裙子，她有点印象，抿了抿唇，说："心，是带白色波点的吗？"

"对。"他点了点头，脸又红了。

洛心并不年轻。他与哥哥洛泽同岁，36 岁了。可是他的那种笑容腼腆干净，是少年人才有的。而且此刻，他就像个情窦初开的少年。

他穿着一身蓝衬衫和白色西裤，干干净净地坐在湖边时，本身就像

一幅永恒而古典的油画。他没有 H 的癫狂和孩子气，他的气质澄净透明，像秋日下的湖泊。

"可是我不记得见过你呀。那条裙子是我 7 年前穿的，那一年我即将 21 岁。正在安工作室做设计师。"肖甜心开始有技巧地问话。

"呵，你的女人脸红了。"景蓝说，"也对，洛心比你英俊。"顿了顿，他又说，"如果他还善于操控人心，那就更糟糕了。毕竟，好的皮囊本身就胜过千言万语。"

"你是说，洛心暗中隐藏自己达到操控大家的目的？"慕骄阳想起李昊，洛心的另一个人格。洛心本就是一个分裂而可怕的人，如果现在的腼腆、单纯、孩子一样的脆弱只是他的表象，那后果不堪设想。

"暂时来说，我测试出来的结果是洛心没有危险性。"景蓝答，"他这个人太复杂，没有人看得透他，所以只能关着他。目前他也对外面的世界没有向往，只喜欢留在这里发呆或画画。当然，他画的都是肖甜心。"

可视玻璃墙的另一面。

洛心伸出修长的手指，轻触了一下她的杯子，说："Moon（月亮），你的牛奶不烫了，快喝吧！"

他接着回答她的问题："那一年我 15 岁。哦，不对，按景蓝告诉我的，我现在 36 岁了。那一年，我 29 岁，要去举办人生的第一场画展，所以我去了安工作室做高定，是你和厉安安接待我。我选择了你做我的设计师。"

她戴有耳麦，只听见慕骄阳对她说："是他和明辉一起举办的画展，抽象画，主题是'爱的幻想'。他只能以明辉的身份将自己的画作插进去。"

她翻开手机，慕骄阳已经将资料调度出来了，他将两百幅画一并发了过来，明辉的画与洛心的画混在一起。她迅速浏览，最后停在一幅画上。穿绿裙子的女孩在雨中跳舞，绿裙子带着白色波点，她与整个天空、大地融在一起，像一个小小的旋涡。雨是明净的、淅淅沥沥的小雨，不是那种浓墨重彩的黑灰阴暗，而是充满了春天的气息。任谁都看得明白，他是"恋爱"了。

"这个穿绿裙子的女孩是我，对吗？"肖甜心将手机递给洛心，也记起了，她是在雨天穿着那条裙子接待了一位客户。她把客户名发给慕骄阳，尽管她也知道那只是化名，洛心用的是一张假脸皮。

"那是我最喜欢的一幅画，是我见到你后才画的。"洛心说。

"我从来没有那种感觉。但当我第一次见到你，你笑得那么甜美，你的笑靥真诚、开朗、明媚，甜得像蜂蜜一样，我忍不住就想靠近你。所以，我选了你做设计师。"洛心改用英语说道。本来很肉麻的话，用英语说出就像在念一首英文情诗。

肖甜心的脸又红了，她觉得脸皮发烫。

她不傻，慕骄阳能侧写到的，她也能侧写出来，虽然，她要比慕骄阳慢一拍。所以，她的脸又渐渐白了。

洛心最符合 F 的侧写。

忽然，她决定放手一搏。

她突然发问："洛心，我知道你和 H 是有微妙感应的。尽管你和 H 从来没有交流，直到他消失，你才知道有他。洛心，你知道 F 吗？"

<h2 style="text-align:center">四</h2>

洛心蹙起眉头，在认真地思考。

最后他摇了摇头，说："不认识。"

肖甜心忽然说："你喜欢我对吗？"这次，她没有再脸红，完全是公事公办的态度。即使他是 F，她也不怕他，他不是已经被关押起来了吗！而且，心理师也是可以将不好的人格消灭掉的。有景蓝这尊大佛在，她更不怕他了。

洛心没想到她那么直接，脸再度红了。他轻咳了一声，垂下头去，把玩着自己置于膝上的手指，他的眼睫一颤一颤的，看得出来，他极度害羞。的确就是景蓝描述的那样：天真、腼腆、内敛，智力没有问题，但年岁还停留在更小的阶段。

"你不说，但我知道了。"肖甜心更加直接，"你喜欢我。"

洛心抬起头来，有点诧异，但又舍不得移开目光，他的视线自她的脸庞移到她的唇上。她的唇嫣红，唇形十分好看。"你想亲吻我的嘴唇？"肖甜心又说。洛心赶紧移开目光，端正坐好。刚才，他不自觉中身体微微地向她这边倾来了。

肖甜心说："嘴唇本身就是充满性暗示的器官。我觉得你身体内拥有 F 的人格。景蓝已经和你沟通过了，你体内已知的人格有十六个，还有尚未检测出来的。"

"是。我知道自己生病了。"洛心低垂着头回答，不敢再和她视线相触。

肖甜心蹙眉，他害怕她，抗拒她，因为她的话伤害到了他。

"甜心，让他回忆，当年他去找你做衣服时，是以哪一个身份。"慕骄阳说。

她将过于强硬的态度收了回去，轻声说："洛心，你还记得当年你是以哪个身份去见我吗？我不记得了，太久远了。而且，那时的你不是这个样子的。我和你哥哥是好朋友，我若见过你，绝对不会忘记。"

　　洛心抱着头，很痛苦："我只记得和你的相遇。记得你穿绿裙子，可是我自己却是一片模糊。"

　　他越来越痛苦，起初是把头埋在怀里不断颤抖，后来直接滚到了地上，不断地拿脑袋撞击地面。

　　景蓝冲了进来，替他打了针镇静剂，冷淡地下逐客令："今天到此为止。"

　　两人离开寂静之家，回了琉森古堡。

　　回到古堡时已是傍晚。

　　慕骄阳开了一整天车，但也不嫌辛苦，亲自给她做饭。他做的是瑞士有名的奶酪火锅，怕她嫌腻，他还给她做了香辣蟹。

　　吃饭时，气氛有些沉闷。其实她吃得差不多了，可他还是不厌其烦地给她剥蟹壳和蟹脚，把白莹莹又带着红丝的蟹肉一一剔出，放在一个白瓷小碗里。她忽然说："我们这蜜月，还要继续下去吗？"

　　慕骄阳的手一顿，然后他将剥好的蟹肉放进她嘴里，答她："当然继续。过两天，我带你去芬兰看极光。不过去前，我们还要再去……"他的话还没说完，她就说了下去："去见一见本杰明，B。"

　　他就笑了："甜心，我们真是非常和谐。"

　　她红着脸纠正他："是默契。"

　　"嗯，无论是在生活上、工作上，还是床上，都很默契。"

　　她坐得更为端正："你就不能想别的吗？"

　　"度蜜月，任何时刻都在想上床，很正常。这是人之常情。"他也回答得特别认真，认真得近乎调戏。见她有些坐立不安，他就说："好了，不逗你了。我问厉安安要了一份当年的客户名单，你提到的那个白人客户，其实就是戴着白人面具的洛心。他是一个拥有跨国房产的地产商，喜欢在各个国家的旅游城市盖起度假村、五星酒店及小别墅，其集团下拥有建筑公司，完全符合F的侧写。重点是，在他见了你后，他在美国犯下的第二起连环凶杀案里，那个女人和你有三四分相似。"

　　见她也放松下来了，他就说："在完全搞清楚前，我会保护好你的。我不会放任任何一个漏洞出现，或许F还另有其人，这个可能，我们不能忽视。"

她放下饭碗，嗒嗒嗒地跑到他身边，窝进他的怀里说："我都听你的。"

这一来，还真让慕骄阳哭笑不得，他的两只手还捧着一只大大的沾着辣汁的螃蟹脚，全是辣椒油。他喂了她一口，问："好吃吗？"

她嗯了一声，答："好好吃。"然后她又揽着他脖子，把红唇递到了他的耳边轻声说，"可是没有你好吃。"

他怔了一下，还有满手的油，可是她已经吻住了他。她的吻都是辣的，非常辣，而她的小手已经探进了他衬衣里。

后来，他把手上的辣椒油抹她一身，可是他吻她时，就被辣得不轻，他咬了咬她的小嘴："真是自己找罪来受。"

她已经将他压到了地毯上，凳子被踢翻了，他不小心钩到了桌布，扯下了碗碟，乒乒乓乓碎了一地。她俯下来吻他的唇，而他已经进入了她，美妙又和谐。

看她在他身上起伏的模样性感又娇俏，知道她的心思，他就哄她："甜甜，别怕，F 不会伤害到你。我也不会允许任何人伤害你。"她累了，伏在他身上，轻轻嗯了一声，他一个翻身将她压在了身下。

一室春光旖旎。

等慕骄阳将客厅的东西收拾好，再回到卧室时，才发现她在泡温泉。

他便脱了衣服，下了泳池陪她赏夜景。

听见他的脚步声，她头也没有回就说："住在这里真好，仰望星辰，坐拥群山，入目都是美景。"

海拔太高，即使是盛夏，到了这里都是凉的，尤其是在夜晚。温泉的水汽扑面而来，晕着远处的山景，一切变得朦胧起来。泳池下有碧绿的灯，将温泉水映成碧色的，潋滟无比。"这里的确美，尤其是冬季。裹在毛绒大衣里，将自己丢在阳台晒太阳，一不小心，一天就会悄然过去。"慕骄阳从后拥着她，她也就靠到了他的怀里。

他们泡了太久的温泉，怕她会渴，他给她带了原味的 Rivella（瑞唯乐）。Rivella 是一种牛奶汽水，清清凉凉的，淡淡的酸甜，很爽口，还有小小的气泡，味道却像香槟，是这里的特产。"我还是第一次喝这个汽水呢。"肖甜心舔了舔嘴唇，十分喜欢这酸酸甜甜的味道。"是景蓝用他家的鲜牛奶提炼乳清酿成的，本质上还是牛奶。"慕骄阳说。

在泳池里，她赤着脚，挨着他时，只到他的肩膀，他圈着她就笑："你真袖珍。"

她仰起头，他也正垂眸看她，天上的星辰全落进她的眼睛里，潋滟

生辉，那么亮又似映着山巅雪光，漂亮得不像话。他吻了吻她的眼睛，说："早点休息。我明天带你去骑单车。"

第二天两人都起得早。

他从杂物房里找了两辆单车，两人只带了水、一些吃食和两本书，就出发了。

今天的她穿了白色上衣配浅蓝色背带牛仔裤，乌黑的发被编成了一条长长的鱼骨辫，就随意搭在胸前，她还戴了一顶粉色的草帽，就像个大学生，可爱极了，哪里还有半分小妇人的影子，让他看了好几回。

她踩着脚踏将单车骑得飞快，骑到了他前面去，她才回转头笑他："看什么呢？"

他就来追她。

没什么目的，只是骑到哪里就是哪里。

累了，就找一棵大树停下来，铺上毯子，往树荫下一躺，舒服极了。她最爱靠在他的身上。而他看书，厚厚的一本。她看了一眼，是晦涩难懂的纯心理学大部头。她就笑："这个比起犯罪心理学还要难一百倍，只有你才啃得下。"

"因为你在这里，我才啃得下。"他说。他一手抚着她的发，一手拿着书看得入神。她佩服他一心多用，故意逗他，俯下身去咬他的唇，咯咯地笑："这样还看得下去吗？"

他也笑，放下书就去捞她，抱着她亲吻。

阳光打在他的脸庞上，他的脸白皙如玉，泛着淡淡的光。雪山的白投进了他的眼眸，他的虹膜变得透明，竟泛起淡淡的冰绿色，很浅很浅，换了平时根本看不到。她看得入神，赞他："娇娇，你这美色，真是让所有女人都想吃掉你。"

慕骄阳的脸红了，其实他一个男人很不习惯老被说美，于是他就纠正："我是男人，不美。"

她从袋子里取出一个红得诱人的蛇果，咬了一口，然后说："想吃吗，美人儿？"

她根本就是在调戏他呀！他抿了抿唇，不作声，一心想要纠正她："不是美人。"

"想吗？"她将蛇果在他面前晃来晃去，"想吗？你就直接说想不想！"

蛇果真的红得近乎妖冶，和她的唇一样红，只不过她的唇色像淡淡的晚霞，粉粉的润润的，只有在装扮时才显出唇中一抹艳色来。他看了又看，低声说："想。"很想，很想，很想亲吻她的唇。

肖甜心一仰头，就含住了他的嘴，和他分吃同一口蛇果。"好吃吗？"她继续调戏他。

他咬着她的耳朵说："你更好吃一点。"

她就不作声了，只是静静地伏在他的胸膛上，听着他的心跳声。他玩着她的小辫子，笑她："不继续调戏了？"

她就捶他。

后来，两人笑作一团。

两人骑着单车下了一个小斜坡，沿着草地骑了很远，见到远处零星的一些农家小屋，还有许多的奶牛。

"这里是景蓝的庄户。"慕骄阳指着她身边的一头奶牛说，"嗯，这头奶牛也是属于景蓝家的。"

她咯咯地笑："你和景蓝还真是登对。一个是绵羊总裁，一个是奶牛总裁。"

慕骄阳敲她的小脑袋："整天胡思乱想什么！"

琉森湖一直在他们身边，无论去到哪里，都能看见一面澄净的湖。她深呼吸了一口气，鼻翼微微动了动，看她的模样就知道她喜欢这里喜欢得不得了，他就说："他是你姐夫，你喜欢这里，可以多过来住。"

"好呀！下次我拉着甜静过来。我们两家住一起，说不定，到时我和你都有小阿阳啦！"说着她停下车来，摸了摸还是很平坦的肚皮，说，"不知道这里住上小阿阳了没有。"

慕骄阳有点不爽，哼了一声："我看，一定是小公主。"

"哦，你的眼睛是 X 光？才几天？B 超都还看不出什么来，你就看出来了？"

两人一言不合，又斗起嘴来，可是她和他心底快活呀！她一边踩着脚踏，一边哈哈大笑，而他就紧张地跟在她身后，生怕她摔跤。这个时候他才后悔起来，不应该带她出来骑车的，搞不好，她真的已经怀上他的小阿阳了。

越想越觉得危险，最后，他把她那辆车扔了，她只好坐他的单车回去。她就抱着他的腰，把头靠在他的背上，而他在努力地爬坡。见她一直很安静，他说："甜心，像不像从前？那年你 14 岁，做了手术，也是我每天这样骑着车载你回家。现在，我也载你回家。"

有你在的地方，就是家。

她闭上眼睛，唇畔露出甜甜的笑，轻声答："阿阳，能和你在一起，真的很幸福。这也是我一生的梦想，而我的梦想实现了。"

五

慕骄阳再度回到了恶魔岛。

其实，他很不愿意面对 B。

穿过重重铁门后，肖甜心说："这里的看守更严了。"

当两人在全白的牢房外见到 B 时，肖甜心说："对他进行了严密监控？"

"嗯。我上次离开后，向相关部门做了请示，换了一个狱长。而且，禁止任何人和他交谈，剥夺了他所有放风的机会。他是重点看守对象。"

肖甜心了然，B 随时可以催眠任何人。

他们进入 B 的牢房，里面连桌子椅子都没有，只有一张床和一个独立厕所。

这次不是在类似"会客室"的牢房了。B 看见两人一同进来，微笑道："Tom，你不害怕我吗？"

B 没有叫他慕骄阳，而是沿用慕教授上次留下的称谓。慕骄阳握了握拳，唇抿得紧。肖甜心轻轻握着他的手，说："老师，我和 Shaw 结婚了。他身份太多，但他更喜欢 Shaw 这个名字。"

Tom 是平和的，是温情的猫。而 Shaw 是狼，一匹永远将自己置于猎手位置的狼，一旦盯住了猎物，就会捕捉它，死死咬着它，除非猎物投降，否则他不会松开咬着猎物的口。慕骄阳，就是那匹狼。

从进来的那一刻开始，一直是本杰明在对他施压。哪怕本杰明什么也没有做，话也不多，只是微微仰起头对两人微笑。

但肖甜心很好地打破了这个局面。慕骄阳平静地走了过去，没有座位，他就席地而坐。而肖甜心紧挨着他，也坐到了地面上。他连忙去拉她起来："地面凉……"万一你怀孕了呢。那句他没开口的话，她懂了。她红着脸又站了起来，就倚着他站。

"你们感情真好。"本杰明坐在床上，他的双手被束缚衣绑在身后。他们防他像防极度危险狂躁的精神病人。

"老师，我帮你解开。"肖甜心已经走了过去，也没有向慕骄阳请示。

"你不怕我？"本杰明仰起头看她，那笑容澄净无比。他看起来是个一身干净玲珑剔透的男人，十分无害。

肖甜心轻声笑："老师会食人吗？"

"不吃。我不是那种变态连环杀手。"他依旧微笑，脸上淡淡的。

"你不食人，自然不会一口咬掉我的半边脸呀！"

"当然不会。你很漂亮，没有人会舍得这样做。"

肖甜心已经将他的束缚衣解开，说："老师要催眠一个人，用你的眼睛和嘴就够了。用手指去敲击或做暗示，是最低等的。如果是我，我会要求狱警给你戴上说不出话的嘴套，吃饭喝水时才给你解开。"

本杰明的身体僵了僵，他意识到她是个厉害的女人。她这次来，和上次的气场完全不同。

慕骄阳低笑了一声。

本杰明得到解放，略微活动了一下手指，十分克制。他又说："你们来，我猜猜是为谁，H还是F？你们其实都怕F对吗？他就像潜伏在苍茫夜色下的猎豹，而你们只是互相取暖，瑟瑟发抖的羔羊。"

慕骄阳的眸色渐深。他切断了本杰明和外界的一切往来，本杰明被关在这个连窗户都没有一扇的房间里，没有任何放风的时间，更不会有人和他说上半句话、半个字，他不可能再通过别的狱犯利用网络和外界取得联系。可是，他知道慕骄阳的每一步怎么走，也知道慕骄阳怕什么。

肖甜心回到他身边，手轻轻地按在他的肩膀上。于是，他的一颗心又平静了下来。他反握着她的手。

"你们在瑞士度蜜月，可是又急匆匆地赶到了美国找我。"

慕骄阳一直看着B的眼睛，不和肖甜心对视，也没有说话。

"你们将H带去了瑞士。"本杰明又说，"H这个可怜的孩子。"

肖甜心内心震惊，他们来了这么久，什么都没透露，而B都推理出来了。但她将那些震惊掩藏得很好，不露出一点端倪。

她的一只手按在慕骄阳的肩膀上，身体微微前倾，问："老师，H，是跟在你身边长大的，对吗？"她用的是肯定语气。

本杰明轻声叹："其实，他落在你们手上也好。你们都是好人，能体谅他这个孤苦无依的孩子。"

"不，我不是好人。"慕骄阳说，"必要的时候，我也会让景蓝给他做电疗。"

电疗，等于是不公开又合法的刑罚。受刑者非常痛苦，但对治疗多重人格的确有帮助。肖甜心按着他肩膀的手紧了紧，慕骄阳感受到了。但为了确定F是谁，为了她的安全，必要时刻，他会不顾一切。

"Tom，看来你和你妻子的意见产生了分歧。"

慕骄阳不可察觉地蹙起眉心，但又马上恢复平静。

"洛心很英俊对吗？英俊得令你看见他就会脸红。"本杰明笑着对肖甜心说道，并不打算遮掩，"心很喜欢你。七年前他第一次见到你时就喜欢你了。他给我寄来许多幅他画的画，里面全是你。"

"你在暗示 H 和 F 共用洛心的身体。"肖甜心说。

"不，我从不做任何暗示，我只说我看到的东西，那些很表面的东西。内里的，需要你们去发掘。"他头一转，看着慕骄阳说，"Tom，别对洛心那样做。Tom 不会想这样做。"

慕骄阳已经无法控制情绪，紧紧蹙起眉头。

"我会把你们想知道的告诉你们。对，Haley 是我的亲妹妹。洛心是她十月怀胎生下来的，过程很辛苦，也很痛苦。保胎针打了上千针，没有人能了解她作为一个母亲的伟大。"

"你相当于洛心的教父，肩负起的是父亲这个角色的责任。你们的原生家庭十分沉重、压抑。而洛心本身拥有人格分裂的基因，所以，在家庭的重压下，他分裂了。"肖甜心做出侧写，"洛心的心理术是你教给他的。你明明知道他一直在分裂，却没有帮助他控制。"顿了顿，她又说，"老师，可是你为什么要告诉我们，洛心最后会回到那家医院呢？旋涡，你一直在给我们提示。"

见慕骄阳自进来后话极少，肖甜心忍不住看了看他的神色。

"因为我想让你们帮助他。"本杰明说，"我不是坏人。最低限度，没有你们想的那么坏。慕骄阳，你也是跟着我学习的，学了三年。你清楚我的为人。当年洛心还小，他的人格就开始分裂，无法逆转。我就让他跟在我身边学心理学。Haley 总是害怕他会找到亲生父母离开她，时常要求他在人前戴起白人面具。她刻意压抑、抹走洛心的自我。到了他 12 岁时，我才发现这个情况，后来在我的要求下，让他跟我住在一起，才能以真面目示人。他很可怜，他的本质不坏。"

"他对你有刻意的模仿，模仿你杀穷凶极恶的罪犯。"慕骄阳终于肯说话，"但是，他越过底线了。他爱上了杀戮，底线越来越低，尽管他在刻意控制，但他开始纵容被他定为目标的猎物大开杀戒，例如尹志达、明辉。"

"我一直做得很隐蔽，即使是你，也花了三年的功夫才确定是我。我从来没有在洛心那里露出破绽，但他还是发现了我的秘密，并且一直在观摩。这是我的错。"顿了顿，本杰明又说，"Haley 也只是普通的女人。她渴望有自己的孩子，可是她天生不孕。当她知道有机会当母亲时，她苦苦地哀求我。所以我妥协了，让我的朋友在给洛氏夫妇培养胚胎时，给她做了一个，放进了她的子宫里。"

"你见过 F 吗？"慕骄阳突然问。

本杰明乌黑的瞳孔有一刹那的紧缩。

B 没有回答，而是反问："慕骄阳，你的内心获得平静了吗？"

不再是 Tom，而是慕骄阳。

"我告诉你 F 是谁，能令你的内心获得平静吗？"他指了指心脏的地方，又说，"慕骄阳，你这里有一头猛兽，就快要冲出来了。你，心魔难平。"

"慕骄阳，谁都可以是 F，那不过是你内心的一头魔。你与魔鬼同行。"说完这句话，B 拒绝开口。

进来的狱警重新给 B 穿上束缚衣。

两人离开监狱。

此刻，慕骄阳手里拿着五幅画。

让他每一到两个月画一次画，是本杰明被剥夺交谈、放风晒太阳等权利后唯一提出的要求。

这些画的场景令慕骄阳感到熟悉。熟悉但又记不起来，叫不上名字的街景，熟悉但又记不起来的高楼。每一幅场景都很熟悉。

B 渴求的东西都在这五幅图里。

没有做任何停留，慕骄阳驾驶游艇离开恶魔岛。

望着深蓝的海，肖甜心有一刻走神。慕骄阳看了她一眼，没有说话。

她回到卧室，就看到了那瓶置于妆台上的鸦片香水。

将盖子打开，熟悉的气味包围了她。那一晚，他拥着她在甲板上起舞，海水的味道，月亮的光辉，他的每一个眼神、动作，他身上的气味一一涌现。轻笑了一声，她才记起看过的一则关于说香水的文章。这世上，就连记忆都是会骗人的，唯独气味不会。

她记得当时的他的气味。

放下香水瓶，她回到他身边。

她没有用鸦片香水，但打开时有一两滴沾到了她的指尖。

闻到她的香水味，慕骄阳身体僵了僵，又平复下去。

"你不喜欢这个香味对不对？"肖甜心抱着他的腰，将脸贴到了他

的背上。

妆台上的香水有许多瓶，每一瓶都是不同的味道，可是她再次挑了那一瓶。沉默了一会儿，慕骄阳答："喜欢。"

"没关系。我知道你喜欢我用芍药味的香水。我只是好奇，你怎么会给我备了那款香味。"见他欲言又止，她就笑了，"我和你开玩笑呢，看你紧张的。"

她走到他身边，问："本杰明的话，你信吗？"

慕骄阳说："真假参半。如果他只是想给 Haley 做母亲的机会，完全可以选择更合理化的试管婴儿方案。我总觉得他是有意挑选洛氏夫妇的基因。"

慕骄阳本身就是生物学家，可能是出于职业病，他总觉得 B 做的事情，或许和基因密码有关。洛泽三兄弟就是最好的例子。

"甜心，B 很狡猾，他是只老狐狸。在 F 的问题上，他的回答是在故意扰乱我们的视线。"

"你觉得，B 在刻意隐瞒洛心就是 F 的事实，为了误导我们根据他的侧写做出反侧写，所以这样说？"

"洛心到底是不是 F，我会继续查。但他喜欢你，是真的。"慕骄阳说。

他将 B 的话重述了一遍。

两人一下了游艇，马上搭飞机赶回了纽约，去了 BAU 的大楼。

钟明泽已经等在那里。

F 在十年前犯下的两起案件的所有资料都在了。

由于时隔多年，重返犯罪现场唯一靠的就是眼前这堆资料。慕骄阳也没有多说，坐下来就开始工作。这个过程，他都没有看她一眼。

肖甜心咬了咬唇，没作声。

钟明泽说："甜心，陪外公出去喝杯咖啡。通宵看档案，困死了。唉，看来我还是老了。"

慕骄阳抬起头说："外公，我帮你去买吧。"

"不用。你忙。"钟明泽笑眯眯地拉了她出去。转角就是咖啡机，肖甜心快步走了过去，给外公买了一杯咖啡，还给慕骄阳也买了一杯。

钟明泽若有所思地看着她，当她一回头，他笑眯眯地说："甜心，和骄阳闹别扭了？"

"没有哇！"她咬了咬唇。

钟明泽叹了声气："这个孩子，占有欲太强。这不是好事。"

肖甜心张了张嘴，但又不知道该说什么，于是只好沉默。

回到办公室后，她将咖啡放在他的手边："阿阳你开了一整晚船，你也喝杯咖啡提提神。"

他正对着一张照片看得入神。肖甜心随他的视线看去，是第二起案件里，那个面容酷似她的女人倒在了沙发上，一丝不挂。而作为"父亲"和"儿子"的另外两名罪犯死在了卧室，被摆成了"父亲"拿着一本书给"儿子"讲睡前故事的模样。那个"儿子"的扮演者是名袭击夜跑者的连环杀手，专门在夜跑的街道上杀害夜跑的女性。这个凶手22岁，但被摆在床上做出听讲故事的姿态，像个七八岁小孩子所处的状态。

"当时的F还保留了孩子一样的幻想。他渴望像孩子一样活着，简单，无忧无虑，有父母疼爱。"肖甜心说。这样的侧写，和H的幻想如出一辙。F和H共用洛心一个身体的推测，再次得到验证。

"女死者尽管没有被侵犯，但已经是性犯罪。"慕骄阳补充，"而且，按照正常的家庭模式，应该是由'妈妈'来给'孩子'讲睡前故事，而不是'爸爸'。所以，女死者被单独摆在另一个地方，是F对她的占有。我已经和景蓝谈过，洛心不存在勃起障碍，他并非性无能。从F犯下的所有案件来看，F并非性无能。F想要的不是这些替身。"顿了顿，他抬起头说，"甜心，洛心很危险，你要避开他，不要被他无害的样子欺骗。如果他是比李昊还要厉害的心理控制大师，他可以随时切换状态操纵洛心来迷惑大家，甚至洛心本人可能就是F，他在扮演无辜的人。"

肖甜心咬了咬唇，最后只是说："骄阳，别对他用那个疗法，太残忍了。"

慕骄阳态度强硬："他存在16个以上人格，有些未检测出来的人格可能极度危险。"

他这话根本说不通。肖甜心感到很苦恼。

"你是因为他和洛泽一模一样，对他有好感。他以洛心的悲惨遭遇来迷惑你，控制你，令你产生移情。这个人很可怕。你只需要想，他除了那张皮，和洛泽没有一点相似的地方，就可以了。"慕骄阳淡淡地道，看着她时情绪不明。她转身要出去。他又说："甜心，你看，B对我们的离间达到了。"

肖甜心在门口站定，回望他："可是你从来没有和我说你打算对洛心用什么治疗方式。如果你肯主动和我说，我想，我会更能明白你的想法。或许，在这个问题上，你我始终无法同步，但……算了，我出去买杯咖啡，我困了。"

怕他误会，她又说："我不是怜悯洛心，只是觉得不人道。"

六

她倒了一杯咖啡，尚未喝进嘴里，杯子就被抽走。

她一仰头，他的吻就压了下来，铺天盖地。

他揽着她，直接把她压到一边的墙壁上，吻得很火辣。她咿咿呀呀地抗议，后来干脆努力合上嘴，可是他的攻势太热烈了。

他的手掌心很温暖，覆在那一团上揉着，开始时激烈，后来变得轻柔，而掌心贴着她的身体又慢慢滑了下去，一下一下地在她腰肢上流连。

"喀喀。"一边走过的同事忍不住提醒他注意形象。

可是慕骄阳哪里还管这些，依旧抱着她不放，掘开她的唇舌，他的舌头再度侵了进去，卷着她的舌尖追逐戏弄。她被他吻得受不了，这人太霸道了。她推他又推不开，在她真的要发火之际，他松开了她，说："老婆，别生我气。"

"本来不气，可是你这么流氓，我现在火气很大！"

她这样说，就是不气了。慕骄阳低声笑，然后说："老婆，你不能喝咖啡。"

对哦，她一直在备孕，和他每天都……说不定真的有了。不能喝。好吧，看在这个的分儿上原谅他。"哼，看在还没有出世的小阿阳分儿上，我原谅你吧！"

慕骄阳很委婉："我觉得是小小甜心。"

和他根本说不通，她真的火大，拿起他的手狠狠地咬了下去。

他很痛，但一动不动。

她就不咬了，问："痛吗？"

他点头。

"痛，不会避吗？"

他摇摇头。

"大木头！"她放开他的手，但又踮起脚，在他的唇上吻了吻。

亲也亲了，摸也摸了，两人和好了。

等两人回到办公室，钟明泽看到她的一张小嘴都肿了，笑眯眯地明知故问："甜心，咖啡很烫吗？"

她没反应过来，说："我没喝。"慕骄阳又笑了一声。她反应过来后，脸红成了番茄。

钟明泽笑呵呵："好了好了，小两口床头打架床尾和。"

她在慕骄阳身边坐下，和他一起看案件资料。

还是那张女死者躺在沙发上的照片。

"你一直在看这幅照片。"肖甜心说。

慕骄阳指了指照片："总觉得有违和的地方，但是我也说不上来。"

菲茨补充："当初的资料夹更厚，是 Bell 经过反复推敲后整理出的这份资料。他也说这张照片很违和。本已经从网络上着手调查，看看能不能有所发现。"

钟明泽点了点头，说："的确，我也是第一眼看去觉得照片很不舒服，所以挑了出来。"

肖甜心拿起照片再看。

技术员当初拍照时，重点在女死者身上，女死者的头枕着沙发的扶手，眼睛经过 F 的处理，是睁开的，一只手垂着，另一只手搭在沙发背上，她的两条腿微微地张开。双腿张开的角度虽然很微小，但暗示了凶手当时渴望进入的心理状态，可见这个女人令 F 很有感觉。造型肯定是经过特意摆弄的，可当事人 F 并没有注意到自己做出这些行为的原因。而她和慕骄阳这一类人，就是要对他们无意识而发的行为进行分析。厘清思路，肖甜心说："F 渴望进入，但因为……"顿了顿，她又说，"她还不是他最想要的猎物，所以他放弃了。他透露出了这些心思，而女死者的头微微地仰着，换一个角度看，我推测，是 F 在看那幅画。透过女死者的眼睛看那幅画。"

那幅画就挂在斜对着沙发的墙壁上。因为只是拍摄时连带进入的背景，所以拍得很不清晰。"像夜空繁星的油画。"她又说。

任谁都看得出来，F 想和她发生关系。慕骄阳恨不得现在就冲去瑞士杀了洛心，但他知道，自己不可以乱。

本哪还不会意，马上进行了搜索。十分钟后，只听见他倒吸一口气，说："这幅画出自明辉画廊。"

"但画画的人不是明辉，是洛心。"肖甜心和慕骄阳同时说起。

本进一步解释："查了购买记录，的确是这位女死者自己买的。排除了洛心或 F 将画挂到那里的可能。"

但无可否认，这就是 F 的标签。一开始，这就是 F 的标签。F、H 共用洛心的身体，所以，F 有时会无意识地将 H 的东西作为自己的标签，挂在受害人家里。后来，他想到通过伤害慕骄阳身边的朋友而达到伤害慕

骄阳的目的，于是才改为模仿《心魔》里的手法。

这样，一切都说得通了。

本将那幅油画放大，是一个类似旋涡形状的星象图。

"回到最初的地方。"慕骄阳轻声念道。

肖甜心点头："对，H和F最初的地方就是洛心。"

菲茨和钟明泽进行另一步侧写，都一致认为F花了大量时间在跟踪女死者上，跟踪时间最少达到两个月之久。"F应该是结识了这个女死者，和她上演恋爱游戏，感到幻灭时就杀了她。所以，她会买F的画不奇怪，可能本身就是F向她推荐的。毕竟，他们是'情侣'。"钟明泽总结道。

本把女死者生前的一系列照片从网络上抓取出来。

大屏幕上，女死者的照片一张一张地播放，她活着时十分生动，一笑时有一个浅浅的梨窝，她是中美越混血，有三四分神似肖甜心，一笑时最像。

慕骄阳马上给景蓝打电话，说了最新发现。而景蓝又调派了一队雇佣军来防备洛心。可以说，寂静之家被重兵包围。如果洛心要"越狱"，那等待他的结果只有死亡。

"景蓝，不要让任何人和洛心说话。"顿了顿，慕骄阳又说，"洛心是顶级的催眠大师，你要小心他。"

"知道了。"景蓝的回答十分平静淡然。

第二十六章 极光下的杀机

一

既然已将 F 锁定，大家的工作可以告一段落。会有专门的 FBI 人员和景蓝一起询问洛心，试图唤醒他的 F 人格，确认他所犯下的罪行。但这项工作暂定在明年三月份，组员有钟明泽、菲茨、慕骄阳夫妇。

公事已了，慕氏夫妇当然继续度蜜月。

九月中到十月底，两人几乎游遍了欧洲。两人的蜜月从夏季延续到深秋。慕骄阳看肖甜心的眼神越来越意味深长。因为，她的小腹还是一如既往地平坦、紧致、细滑。当她被他再度塞进飞机时，坐在豪华舱里，他的眼神落在她平坦的小腹上，她就拍了拍他的肩膀说："阿阳，你这样让我很有压力。"

慕骄阳倒是轻笑了一声："老婆，我觉得我还是不够卖力。"

肖甜心只觉得自己腿软。她恼了，红着一张脸啐他："慕骄阳，你太过分了。我现在看到床就怕。你别指望我给你生小月亮了，我要和你分

床睡！"

一听到要分床，慕骄阳很委屈，最后只好举手保证不再来，只是单纯抱着睡觉。

"你确定？"她满腹疑惑。

"百分百确定。我要抱着你睡的。"他在她脸庞上蹭了蹭，撒娇。

下机后，又转了好几趟车，她触目所及全是雪，还好像是在大山里兜了好久的圈。最后她问："阿阳，你到底要带我去哪里？"

已经是十一月了，但这里是雪之国，冷得不得了。

慕骄阳低笑一声，说："来冷的地方好。"顿了顿，他附在她的耳旁说，"冷的地方，我才不容易发情。"

肖甜心的脸又红了。

慕骄阳带她去的地方是耳朵山。

他告诉她名字，她大呼好可爱。他亲了亲她的耳朵，说："这里是圣诞老人的故乡，是个童话世界。"

芬兰是一个可爱又神奇的国度，是童话世界，是极光之国，还是千湖之国，风景尤为壮观美丽。

小镇除了雪景，还有一小栋一小栋的房子。房子造型奇特，像彩色的糖果，屋顶有圆的有尖的，又是七彩的，为这个雪的国度添上瑰丽。

随处可见的还有雪橇和麋鹿。

她太喜欢了，就走上前去对麋鹿挥了挥手："你好呀，麋鹿先生。"

他就好脾气地笑，满是宠溺。

在村的中央有一棵巨大的松树，听人说，这棵树已经生长了数百年。树上挂满彩灯、礼物、金苹果，是一年四季皆盛装以待的圣诞树。树旁还有一个圣诞老人和麋鹿。圣诞老人并没有坐在雪橇上，而是坐在树下的椅子上。

慕骄阳告诉她，这是许愿树，大家有什么心事或心愿都可以告诉圣诞老人。

"真的？"她的眼睛一亮。

"真的。"慕骄阳看着她忽然说，"去吧。有什么心愿告诉圣诞老人。"

看着她踩在雪里，脚下是窸窸窣窣的雪声，他就笑了。他没有告诉她的是，只有小孩子才会去向圣诞老人说心事或愿望。可是有什么关系呢，她在他心里，永远是那个软软糯糯的小女孩。

她在长椅空着的地方坐下，就坐在圣诞老人的旁边，她低声说："圣诞老爷爷，我想给阿阳生好多好多个小女孩。我向你许愿哦！嗯，我再悄悄地说，其实我还想要一个小太阳。你会实现我所有愿望的，对吗？老爷爷，我是不是太贪心啦？"

圣诞老人依旧是微笑着看向她，笑得非常慈祥温柔，仿佛在说："好姑娘，你的愿望都会实现！"

她许了愿，又小跑着回到他身边。他替她将松了的耳套戴好，说："冷，你别丢了耳套。都多大了，还像孩子一样。"

她挽着他的手跟着他走："阿阳，你不向老爷爷许愿吗？"

他摸了摸她的头，说："我的愿望已经实现了。"他的愿望就是娶到她呀！她仰起头看着他，眼睛有点红红的，突然她就跃了起来。他抱着她，她亲了亲他的眼睛说："阿阳，我最爱你啦！"

后来，他就一直抱着她，像抱小孩子一样抱她回住的地方。

她还穿着大大厚厚的长羽绒服，问："我不重吗？"

"不重。我抱着刚刚好。"

两人租住的房子像个微型版的童话小古堡，有珠宝、彩糖、巧克力一样的圆顶和尖顶。整座小屋是彩色的，在白雪里漂亮极了。一进屋，里面的摆设也是彩色系的，还有一棵圣诞树。她就大呼："这里是我的糖果小屋。"

他只是笑。

知道她喜欢小动物，主人家里的两只小腊肠狗也被留在了这里。两只小狗热情活泼还可爱，围着她转。她高兴得尖叫不已。慕骄阳就说："这两只比哈比可爱多了。"

她抱着一只，抬起头来笑骂了他一句："胡说，哈比全世界无敌可爱。"

他又哼笑了一声。

傍晚时分，他就拉着她去附近的菜市场买菜，然后回家给她做大餐。吃完晚餐，两人就相拥着半躺在沙发上看书。

旁边就是壁炉，烧着火，一室温暖。而两只腊肠狗则蜷在他们脚边呼呼大睡，十分可爱。

她抱着一本安徒生童话看起来，而他依旧在看枯燥艰涩的心理学大部头。

她感叹道："每次看美人鱼的故事，都恨王子有眼无珠。"

其实慕骄阳从来不看这些在他眼里根本是"弱智"的书，但在初中时，见她在看，他就和她一起看。他喜欢《丑小鸭》，但他从来不觉得自己最

后能变天鹅。天鹅是慕林，慕林幽默风趣，大家都喜欢他。而他只是丑小鸭。

他抚着她的发，一下一下："并不是有眼无珠。只为了救命之恩就答应娶一个人的话，是报恩，不是爱情。当时那种情况，王子落水，小美人鱼救了他就走了。一面之缘，怎么可能生爱。但人类公主衣不解带地照顾，而且还和王子有过长时间相处，日久生情，这才是爱。其实王子并不薄情，更非有眼无珠，我觉得只是不爱。爱情里没有对错，也没有先来后到。"

"娇娇，你居然还看童话，而且还有这么深刻的见解。"肖甜心啧了两声。

他就笑着戳了戳她的额头："因为你看，我才看的。"

白天时，两人就在小镇里闲逛，看沙米人饲养的麋鹿表演雪橇滑行。而麋鹿们都是饲养熟了的，表演完后，就会自由地在小镇里溜达，这里看看，那里嗅嗅，好几次还跟她和慕骄阳回了小屋。

那些麋鹿肥肥胖胖的，也挺懒的，有时候三五成群地轧马路，可爱极了。慕骄阳还和她说，这些鹿很好吃，有时会偷偷地组队进超市偷东西吃。有一次两人逛街时，刚好看到三只麋鹿偷偷进了超市，在里面吃得很欢腾。她就哈哈大笑，笑得帽子也掉了。他替她捡起帽子，拂掉里面的雪渣，再替她戴好，还不忘说一句："小孩子！"

白天，两人玩得很快乐，而那些夜晚，两人就抱着书，在屋子里消磨时光，温馨极了。后来，就连她都叹："这样的氛围，如果是儿女成群，围着我们转，就好了。或许会很辛苦，会很吵闹。但真的很幸福啊！"

慕骄阳看着她，最后只是伸出手来摸了摸她的头，说："甜心，会有的。我有信心，我们会儿女成群。你别急。"

她就气得扑进他怀里捶他："谁说是我急了，明明是你急！哼！"

"是是是，是我急。"

后来，在半夜时分，当一缕极光从两人卧房的窗边飘过时，慕骄阳叫醒了她。她惊呼："太美了！"

"这里的极光不多。我带你去极光森林看极光。"慕骄阳圈着她的肩膀，吻了吻她的发。

她倚在他怀里懒洋洋地说好。

她紧紧地拥着他，反正啊，有他的地方就是家呀！

她是愿意跟他去天涯海角的。

二

极光森林占地面积极广，无穷无尽地蔓延，在这片雪原里看不到城市，只有雪山、深林和极光。

两人共乘一辆雪地摩托，跟着导游的雪地摩托一路过去时，看到了来自全球的各家酒店集团各占山头建起的极光酒店。酒店一家比一家精致华美，简直就像星辰从天穹跌落人间。

"阿阳，你看，那些圆形的玻璃屋好漂亮，切割得像圆圆的宝石，一粒一粒地排着，像盛在白丝绒托盘上呢！"她指着那些玻璃屋，"我们是不是住那里呀！"

慕骄阳只是随意地看了一眼，说："哦，那里就是看着好看，不中用，全透明，没一点隐秘性，不适合我们。我们的在更好的地方。"

她脸一红，当然明白他意有所指，她在他的腰眼上拧了一记，哼了一声。他就低声笑。

慕骄阳所挑选的极光酒店肯定是最好的。酒店在极光森林山上的最高点，抬头就可看见瑰丽奇幻的极光，而远眺就是连绵的雪山。

肖甜心很喜欢这里。

晚上，两人就窝在全玻璃穹顶的透明房子下，看着变幻莫测的像一段一段彩带的极光在空中飞舞，那种感觉根本无法用任何文字或者语言来形容，十分震撼。

那种美丽达到了极致，惊艳极了。

在她紧张得连呼吸都快忘记时，一片蓝绿交替的极光争相出现，像在比赛似的，那种幅度和波长一个比一个大和高，排山倒海，你要压过我，我要胜过你，最后撞在一起，化成同一片荧绿又渐渐远去。

他搂着她，而她就窝在他怀里。他对她说："肖甜心，慕骄阳爱你，一生一世爱你。"

在极光下说情话，这根大木头完全开窍了呀！她咯咯地笑。慕骄阳低下头来，拧她俊俏的小鼻子，说："我在对你表白，你认真一点。"

她举手投降："我很认真地在听啊！"

"到你了。"他忽然说。

"啊？"她显然没领悟过来。

"到你向我表白了。这样才公平。"慕骄阳抿了抿唇，说得不情不愿。

肖甜心嗔他："娇娇，本来我觉得很浪漫的，现在浪漫全被你毁掉啦！"

"哪儿有？"慕骄阳也很委屈。想了想，他从地上捞起西服，从衣

袋里取出一个锦盒，示意她打开。她呀了一声："你又有钻石送我呀！"

可是打开一看，是一对草戒。那是肖甜心和慕教授互相折给对方的婚戒，慕骄阳都知道，可他只是轻声说："你一直很紧张这对戒指，还经常带在身边，但草编的容易坏。所以，我给你用更稳固的盒子装起来了。"

肖甜心看着他，眼睛不自觉地就红了。她揉了揉眼睛，温柔地说："草戒不能常佩戴，只是一种纪念。"

"我知道。"慕骄阳说，"你想戴时，我陪你一起戴。"

"嗯。"她点了点头，感动得抱牢了他。而他已经取出那对草戒替她戴上了，戴在她左手上。而右手是他替她戴上的婚戒，永不取下，直至生命终结，一起归于尘土。

像是想到他要说什么，她说："阿阳，我们若是老死了，就埋在有绵羊的地方，就在野蔷薇庄园边上，那里是我们的家。"

"好的。我们在那里土葬。嗯，夫妻合葬，永远不分离。"

"这两对戒指我们也戴着。"

"好。"

"阿阳，我们是不是很傻，都还没有活够，就说死了。"

"不傻。人难免一死。白头偕老结伴走来世的路，很好。"

"阿阳？"

"嗯？"

"轮到我向你表白了。"她再偎进他怀里一点，"我要给你生很多很多个孩子，有儿有女，我们儿女成群。"

我很爱你，才愿意给你生很多很多个孩子。

"好。"他懂了，转过脸来，吻了吻她的发。

而这时，奇迹出现了，一道绚烂至极的碧绿波光在两人旁边的窗户上闪烁，突然而至，一划就过去了，像哪个顽皮的孩子拿荧光笔忽然就画了一笔过来。

"天！"她惊得叫了起来，喜悦铺天盖地。

他轻笑："上天听到你我的愿望了。他说，会实现的。"

她变得越来越懒，每天都窝在极光酒店里，根本不愿意出门。

慕骄阳就嗤笑她："小懒鬼，不愿动吗？我带你去看雪湖，非常漂亮。"

"才不要。冷死了，我最怕冷。"肖甜心根本不理会他，缩进了厚厚的毯子里，仰着头看蔚蓝的天空。

"白天又没有极光，我们出去玩，可以去坐驯鹿雪橇，还有一大群雪橇犬陪着跑，很有趣的。你不是最喜欢狗狗吗？"慕骄阳抓起她的鱼骨辫逗她小小挺挺的鼻尖。她摇了摇头，坚决不去。

见她的鱼骨辫因为睡觉睡得松散了，他替她将发辫解开，取出木梳蘸了一点芍药花味的香膏给她顺着发，然后替她编好了辫子。他手巧，还给她按摩头部，她太舒服，居然就睡了。他看着她低喃："这么嗜睡，难道是有了小太阳？"说着，他把手轻按在她的小腹上。她已经开始做梦了，只觉得小腹那里蕴着一团火，暖暖的，无意识地一把抱住他的大手，梦呓："小太阳……"

"哼，我才不要小太阳，还没出来就开始和我争宠了。我要小月亮！"慕骄阳十分不爽，她连做梦都不喊他的名字了，太气人了！

这座观赏极光的酒店房间分为两部分，一半是木屋，里面有独立的卫浴、厨房和客厅，而另一半是全玻璃的房子，270度景观，玻璃穹顶，视野非常好。白天时，人可以躲在木屋里，晚上才出来看星空赏极光。

知道她爱吃鱼，慕骄阳打算亲自下厨。于是他拿了凿冰的工具，提了鱼桶拿了渔具就出去了。

他坐在那里钓鱼，一坐就是半天。他一边手拿着书在那儿琢磨，一边等鱼上钩。后来，鱼线动了，他也没有反应，依旧坐在凳子上一动不动，眉头拧得紧，显然是被书中的内容难住了。

"英俊的王子殿下，再不拉杆，你的鱼要跑啦！你的公主要饿肚子啦！"

他一回头，唇就被她吻住了，他手一揽，将娇小的她收进了他的怀里。

她穿了一件火红的羽绒服出来，羽绒服长及脚踝，还有一顶帽子，将她整个人裹得像茧一样。他就笑她："这么怕冷？早知道，我带你去夏威夷算了。"

"这里好，我喜欢极光。"她伸出手来揽着他。她的手套也是红色的，那种鲜艳的红，越发衬得她的小脸雪白雪白的。她脸上那对眼睛大得过分，说话呵出的雾气使眼睛显得水汪汪又蒙眬。她的睫毛又长又翘，上面居然还凝了薄冰。他在心里叹气，真是冷坏了他的洋娃娃。

她看了眼他的书，咯咯地笑："阿阳，看来你是和这心理学磕上了。其实你可以请教景蓝。"她拿起他的书一看，才发现他看着的部分和多重人格有关。顿了顿，她说："还在担心洛心吗？"

慕骄阳只是回："希望F真的就是他，那样我们可以省去许多麻烦。"

想了想，他又说："我在想一套方案，应该可以问出他是不是F，但

还要完善。"

后来那几天，他经常坐在湖边钓鱼、看书。她在小木屋里睡觉，睡够了就坐雪橇去湖边找他。

他看书，她就坐着东画画，西画画。有时是画服装设计图，想给他做几套新衣裳，有时就画他。后来画着画着，画了一只毛茸茸的、黄黄的、很可爱的小鸭子。其实是《丑小鸭》里的形象，可是这只小鸭子特别可爱漂亮。

他一抬头就看见了，说："原来我的心思，你都知道。"

她笑眯眯地将小鸭子递给他："要侧写你的一切不难哪！而且都不用侧写了，读书那会儿，我看小美人鱼，你看丑小鸭。后来那套童话画册里丑小鸭那本不见了，我就知道是你偷偷拿走了。"

被抓到现行，他脸红了，支支吾吾了半天，她嘘了一声，将手指放于他的唇上，说："阿阳，你只会是天鹅。而且，即使是小鸭子，也很可爱。我从来不觉得小鸭子丑，我一直觉得它可爱。你也很可爱。你读书时不爱说话，但是大木头很可爱呀！"

他亲了亲她的眼睫："你真好。"

她的眼睛痒痒的，她忍不住咯咯地笑。她坐进他的怀里，然后给他看她新的服装设计稿："你看，这是明年春夏款的西服。你穿白色好看。我用了全白真丝面料，但会将真丝染色，在衣服的腰腹部分做出水波纹渐变的荧绿色效果，就像我们晚上看到的极光缎带。而衣服内衬的口袋那里，绣有一只嫩黄色的小鸭子。你一打开衣服取内袋里的东西时，就能看到了。这样每次你看到小鸭子时，就会想起我，还会想起我们的极光蜜月之旅，好不好呀？"

"好。"他亲了亲她的唇。

天空开始飘雪了。

整个山林银装素裹，漂亮极了。树枝像一条一条的冰凌，每一片树叶上都覆着一层雪。而天空飘下的雪是六边形的，晶莹剔透，尚未沾地就似要化了。

她伸出手来接着一片雪："啊，真的是六边形的！"她惊呼，惹得他低声笑。她真是像小孩子一样。

两人在漫天雪花里热吻。

后来雪渐渐大了，他就说回去了。

谁料肖甜心又缠住了他，一边亲吻他软软的唇，一边说："乖，再亲一会儿！"他就笑，然后更用力地抱紧她，以最大的热情去亲吻她。

两人抱着你侬我侬，可是当她睁开眼睛之时，诡异的一幕发生了。

一个美丽苍白的年轻女子，在漫天飞雪下，从清澈的河水里缓慢地漂过。她和他们隔着一层冰。

那个场景，可以用震撼来形容。整个冰雪世界那么纯净，那么一尘不染，而那个女子也是异常美丽，却没了灵魂，只是静静地在冰下漂荡，无根可依。

震撼，诡异，唯美，所有矛盾的元素都糅合在了一起。

肖甜心极力地克制自己才没有尖叫起来，当尸体漂到她脚下时，她刚要跳起来，他就抱着她站了起来，低声说："甜甜，别怕！"

三

慕骄阳联系了当地的警方，但因为这里是在深山里，所以警队来得很迟。

芬兰是一个旅游大国，治安非常好，有时好几年都不出一起凶杀案，所以出警速度慢。只能靠慕骄阳和肖甜心维持犯罪现场秩序。

起初只是因为事出突然，所以肖甜心才会吓得有点失分寸，但过后就好了。慕骄阳和她站在冰面上分析。

那个女子还在冰面下漂来荡去，漂在离两人不远的地方。她穿了一件白色的蕾丝连衣裙，眼睛处围着一条粉色的丝巾。当时还在下雪，整个场景非常唯美。

慕骄阳说："那是一张披着衣裙的人皮，连着头发从头顶一直剥下来，直至脚底。"

肖甜心脸色一变。

终于等到刑警大队来了。队长叫 Niemi，中文名海角。

海角看了眼现场，觉得现场十分怪异，但又和大自然巧妙地融合。他把觉得矛盾的地方说了出来。然后，他听见慕骄阳和肖甜心同时说："仪式感。"

"抛尸的现场很有仪式感。"慕骄阳对海角队长说，"N，这个凶手已经变态，是一个连环杀手。这起案件不会是终止，只会是序幕。他杀人很有感觉。"

海角只觉头皮发麻。因为近百年来，这里从来没有发生过凶杀案，更不要提出现连环杀手。若是凶杀案就算了，难不倒他们，但凡涉及变

态连环杀手，就不是他们擅长的了。知道海角担心什么，慕骄阳出示在BAU和苏格兰场的相关证件，这一来，海角拧着的眉头立时就松了。

技术人员协同蛙人，终于将尸体捞了上来，如慕骄阳所说，只有一层皮，一层披着衣服的美人皮。

鉴于没有更多的发现，侧写数据太少，慕骄阳眉心拧得紧，思考了一下，说："凶手对这里的环境非常熟悉，应该是这一带的人，或者过去生活在这一带。"

"怎么可能！我们这里近百年来都没有一起凶杀案。这里的人们善良热情，根本不可能出变态。"另一个叫Virtanen（溪）的警察说道。

海角安抚他，示意他别打断慕教授的分析。随后海角对慕骄阳说："慕教授，很抱歉，我们这里民风淳朴，请您谅解。"

慕骄阳点了点头，然后耐心地对溪警官解释："V，如果是外地游客或外人犯案，是不会有耐心来营造现场的。这需要掌握没有旅客来到这里的时间段，这是冒着被发现的危险而做的案子。所以凶手只能是熟悉这里的人。"然后他转头对海角队长说，"N，我需要一份住在这里或在这里拥有产权的所有人的名单。"

海角有点犯难，说："这当中包括了各大极光酒店集团的股东和老板们，他们是有钱人，且多是外国人，很难缠。"然后他马上给局里打了电话，让人即时罗列名单。

慕骄阳说："对，这些股东老板或许是外国人，但在这里规划酒店，对这里的地理环境绝对熟悉。"

肖甜心趁着他和海角说话之际，已经想了很多。她一直盯着那层皮看，上面没有血，一丝都没有，被处理得很干净，凶手的身份只有两种可能：一是医生（或拥有一定医学知识，如吃心者尹志达）；二是对打猎有兴趣的人，懂得制作动物标本，所以懂得如何剥皮（鉴于这个杀人场景极富艺术性，还需消耗大量时间、精力和财力，排除附近猎户）。

肖甜心将所有的可能都和慕骄阳说了。

因为回城里的法医所太遥远，所以警队过来时，法医和助手已经将一切所需器具带到了这一带的医院里。可是只有一层皮就有些难办，不能明确地知道死因。鉴证科人员也定点在这里办公。慕骄阳说："暂时没有尸骨，只能研究死者死前曾服食过何种药物。"

他的观点和鉴证科主任相同，于是他们剪了死者的头发放进试剂里开始分析数据。

慕骄阳全程参与。肖甜心不在行，所以等在外面。但过程又太漫长，她由海角队长陪着回到了案发现场。

"肖，有什么问题吗？"海角问。

肖甜心一边沿着冰冻了的河岸线走，一边说："只有人皮，而没有骨架，总给人一种不协调感。"

海角从来没有接触过变态杀手，耸了耸肩说："可能凶手就是这样处理尸体吧。"

"既然是剥皮，为什么要披上衣服呢？剥皮怪更爱的是完整呈现的人皮，这才是真正的艺术，亦符合他们的幻想。如果披上衣服，那就是说，他的幻想重点不在剥皮上，他是要表达什么呢？"肖甜心进一步分析。

可惜的是，海角完全跟不上她的思路。突然，她叫了一声："队长，马上调一只警犬，哦不，这里的猎犬也行，我需要它的鼻子。"

不明所以的海角正要打电话，肖甜心就听见了狗吠声，她一回头就看见慕骄阳牵着一只高大凶猛的猎犬走了过来。

他穿了一身灰色的羊绒大衣，里面是银灰色的西服，戴着皮手套，牵着一中"黑背"站在雪松下，松叶一簇一簇从他额前掠过，他轻轻地拨开松叶，雪簌簌而下，撒了他一身，他的眼睫都是白的。他挺拔而耀眼，面目清隽、英挺，对着她微微一笑时，英挺的眉目又变得温柔起来。

她快步走上去扑进他的怀里，笑着说："阿阳，你简直就是我肚子里的虫啊！"她想什么，他都知道！

他轻咳了声，摸了摸她的发，说："你这个比喻不对，我们是心有灵犀。"

慕骄阳将女死者的围巾给"黑背"嗅，然后两人牵着狗，让狗沿途寻迹。海角与两个警察也跟着一起。

慕骄阳忍不住责备了她一句："甜心，以后你不可以擅自行动。"

她吐了吐舌头说："我就是突然有灵感了嘛！而且还有三位警察在呀，我又不是一个人。"

慕骄阳牵着她的手又紧了紧，他说："以后你要跟着我。再急的事情，我们一起去办。"

"嗯。"她点了点头。

走了一个多小时，大家都累了。眼看着太阳即将下山，肖甜心困惑："难道我的推理是错的？"

"没错。我在实验室时一想到这点，就马上命人带了一只善于追踪的猎犬来了。"慕骄阳说。那只"黑背"显然觉得是在说它，回头看了两

人一眼。

肖甜心摸了把狗狗的头说："乖，把那位可怜的受害者找出来。回去，我奖励你肉骨头。"

慕骄阳将她那句话用芬兰语说了一遍，"黑背"一听见"肉骨头"三个字马上变得兴奋起来，拽着绳子猛走。

肖甜心说："好现实呀！"

他低笑了一声。

突然，狗的鼻翼猛地扩张，它变得更为兴奋。后来，它拉扯着狗绳跑了起来。大家也就跟着一路小跑，终于看到了尸体。

被剥落的肉骨架被扔在湖边，背靠着一棵大树，雪压弯了树的枝头。尸体呈低着头跪着的姿势，双手垂在一侧，像在祈求赎罪。尸体上的鲜血渗出来，非常恐怖。而雪一直下，像在冲洗什么。而冲洗的是"什么"，或许就是凶手特定的行为标签里的一条。

尸体被剥皮，从头至尾只剩下一副肉骨架，一想起那张皮连十根手指和十根脚趾都保持完整，肖甜心就忍不住取出保洁袋呕吐起来。

那个场景十分诡异。如果说冰河上漂着美丽的人皮使人感到惊悚，但那种惊悚只是入皮，没有入骨。现在，当一具带血的尸体跪在那儿，血肉模糊的头没有脸，却低垂着，那种惊悚与恐怖就是入骨的。

就连海角都叹："幸好村民没有往这边来，不然看到不得吓掉半条命。"

慕骄阳一边给肖甜心拍背，一边问："N，没有游人或村民到这里吗？"这里处于上游，又是山背的地方，景色过于单调，只是银装素裹，并不特别。他已经想明白，凶手应该是在这里将人皮放进凿开的冰洞里，让人皮漂到更下游一点的湖里。

"对，这里完全看不到极光，森林又密，景色单调，而且连酒店都避开这边，不建在这附近。所有根本没有人来。"海角回答。

肖甜心用纸巾擦了擦嘴后说："看来凶手很熟悉这里的地形，应该是本地人。"

法医和鉴证人员又匆忙赶了过来，一同来的还有另一位技术人员。他抱着一部笔记本电脑说："这位女死者的身份调查出来了。她是从挪威来的游客，大概在十个月前来到芬兰看极光。我们能这么快查出来是因为她也算是位名人，她是挪威的一名当红演员。"

"她的过往背景情况怎样？"慕骄阳问。

挪威和芬兰接壤，是邻国，在两国之间经常往返也是常事。她十个月前来这里，或许是有亲朋在这边。

技术人员回答："据挪威那边警方回答，女死者因为是当红影星，所以人际关系复杂，但还没有什么有用的发现。"顿了顿，他又补充，"对了，她是匈牙利移民，十岁移居挪威。"

"吸血女伯爵！"肖甜心见大家看着她，她摸了摸头说，"听见匈牙利，第一时间想到那位有名的嗜血女伯爵巴托利。"

慕骄阳看着她，若有所思。想了想，他忽然说："换句话说，巴托利代表'邪恶'。"

见法医蹲下来开始初步检查，慕骄阳也跟了过去。慕骄阳取来镊子翻看皮肉，观察了许久，然后说："看起来很新鲜，像不超过三天。"

法医说："是。"然后他取出肝温计，的确是不超过72小时。

肖甜心没有走近，但也加入进来，说："挪威方面称，她的家人早在十个月前就报了失踪。她不可能迟迟不和家人联系，所以她在十个月前就出事了。她被凶手抓了，但为什么凶手在最近三天才杀了她？凶手一直囚禁她？但看她的皮囊保持得完美整洁，凶手不太可能虐打她，但又为什么一直关着她？"这些问题一一抛出，大家才发现疑点重重。

慕骄阳对法医说："有劳了，回去你检查一下软组织，看细胞是否出现爆裂。"

法医说："你怀疑尸体被冷冻处理过？"

法医检查尸体是有一套检查规则的，先做最常规的检查，然后他们根据尸体的现状进行解剖检查，再就某些疑点进行分析和检查，再根据警方的反馈做特定检查。若非慕骄阳提醒，他并不需要做软组织检查。

"为什么凶手将她杀了，还要保存起来？"肖甜心很惊讶。

慕骄阳想了想，答："或许，这就是突破口。为什么？"

四

一整个晚上，慕骄阳和她都留在办公室里看这一带的人员名单，包括酒店老板这些有钱人的背景，将其一一细分出来。

将近凌晨四点时，法医过来和慕骄阳汇报进展。原来，女死者的确在九个月前就死亡了，是在死后被剥皮，但并没有服食什么药物或控制神经的镇静剂，也没有遭受到虐待。

"不知道凶手是不是无差别杀人。"肖甜心说。

慕骄阳道："只有一起案件，很难加以对比分析。但凶手在意的不

是杀戮本身，而是杀戮后的仪式感。就像他有一种使命，他必须完成它。"

两人你一句我一句，正在做侧写，忽然办公室的电话纷纷响起，吓了肖甜心一跳。而双眼红肿的海角队长接听后，看向两人时显然十分沮丧，说道："又发生命案了。"

肖甜心黯然，觉得心很疼。尽管她也知道，这是迟早的事。慕骄阳温暖的掌心落在她头上，他说："我们努力就好，为死者捉到凶手，令他们瞑目。"

大家在夜里行走，天上是四处闪烁飘动的极光，美丽、绚烂，却又显出一抹哀凉。因为有极光，所以雪林并不黑暗，海角走在前面解释："有些游客喜欢在户外看极光，所以发现了第二具尸体。"

肖甜心沉吟："第一和第二尸体被发现的时间如此短暂，甚至不超过一天……"

她其实已经想到了什么。慕骄阳接了她的话头："或许，这就是凶手要冷冻存放尸体的原因。他希望一次性地展现给世人看。"又或者，是展现给他看。如果是后者，凶手就是冲着他而来，对他已经做过了多次侧写，知道他和肖甜心会来这里度蜜月。

犯罪现场到了。

漫天极光飞舞，照亮了树下坐着的女孩绝美的脸庞。

这一次没有剥皮。为什么？

第二个死者是女性，很年轻，也是穿着美丽圣洁的白裙子，眼睛围着粉色的丝巾，姿势像倚在树下休息，腿上还放着一本书。

她被摆出低着头像在看书的姿势，但她的脚踝被齐齐切断，穿着妖冶的红色高跟鞋的双脚被挂在她倚的那棵树上，形成一种强烈的反差。

"像巨大的讽刺。"肖甜心说，"第一起案件，找到被剥皮的尸架后，也是给人这种感觉。"

"是。"慕骄阳走了过去，在尸体面前站定，仔细观察每一处细节。

海角有些诧异，咦了一声后说："这个我认识，是临省有名的花滑运动员，但她的风评好像不大好。"

慕骄阳一挑眉："说下去。"

"据说，她为了获得参赛资格，曾在另一名竞争对手的冰鞋上做了手脚，导致对手做高难度旋转时摔倒造成终身瘫痪。但因证据不足，律师为她打赢了官司。"海角说。

一切已有迹可循。

大家全都在通宵工作。

第二位受害者的尸检报告出来了。同样是做了冷冻处理，生前没有遭到任何虐待，死后被切割双脚。

而挪威警方也根据慕骄阳提示的"侧重调查死者私生活"方面进行了调查，得出的结果是，第一名死者，那位女演员，仗着年轻貌美成功地获得了某传媒大亨的青睐，成为其情人，但她逼得大亨的妻子患上严重抑郁症，最终跳楼自杀。整个过程被年仅八岁的孩子看见，看到自己的妈妈摔得脑浆迸裂，那个孩子更是得了严重心理障碍，目前还在疗养院治疗。

"剥夺！"肖甜心说道，"剥夺美丽的皮囊和双脚，因为这些就是她们赖以生存的资本，也是她们的罪恶之源。还有就是惩罚。所以，凶手的喜好不在于虐杀，也不享受过程，他只享受他最后做成的作品。"

由于是被冷冻保存的，所以尸体的一些远早特征还存在。例如，死者死前曾发生过性行为。慕骄阳补充："这是一个性犯罪者。他的猎物大多是'邪恶'、'漂亮'的女人，要符合'邪恶'和'漂亮'这两项特征。因为女死者的下体没有撕裂，我们的凶手还是一个善于'调情'，有异性缘的男人。这个男人应该衣冠楚楚，品位不俗。即使不是十分英俊，也定是清秀周正的白人男性。"

因为没有更多的资料，暂时画像侧写只能到此。慕骄阳说："加大搜查森林的力度，要让他有紧迫感。这个人有十分充裕的时间作案，还有存放尸体的空间，懂得基础的医学知识，对此处的地理环境十分熟悉。他知道下雪抛尸能掩盖他的足迹以及其他痕迹，具有反追踪的高度警惕性，给外人的感觉应该是个严谨、严于律己但对外人宽容的人，也是一个有钱人。往这里的独栋独户的小别墅住宅主人和各极光酒店老板及高层方面做调查，还要重点留意这一群人里过往的一切细微的事情，如有没有留有案底或之前是否住在这一带。"

这个范围十分广，嫌疑对象有好几百人，所以只能等待。

因为一天一夜没合过眼，加上太过寒冷，又在雪山里跑了好几趟，肖甜心有点吃不消了。她还想继续查案，但慕骄阳强行将她抱了回去。

一进屋，他就责备她："你这个工作狂！"然后他马上给她放热水洗澡。

当她整个人窝进蓄满热水的木盆里时，热气一蒸，她就舒服得伏在木桶边上睡了过去，最后还是他抱她回卧室。他给她擦拭水珠，快速套上衣服，还不忘说："工作上那么要强，生活上完全是个小孩子。"

他搂着她正要睡下，忽然接到了电话，捞起手机一看，是景蓝。

他的心猛地一提，他接起："是不是洛心有什么事？"

"放心，他被关在琉森湖湖底，有重兵把守。没有人能救他出去，他自己也出不去。"顿了顿，景蓝又说，"但是我接到了一张尸体照片和一通信息，让我到你这边来。我马上上飞机了。"

这一次，是冲着他来，还是冲着景蓝而来？

慕骄阳仰起头，看着漫天飞舞的极光陷入了沉思。

第二天一大早，慕骄阳再度接到了一通电话，是慕林打来的。他说，他到了芬兰。

慕骄阳依稀记得，哥哥的酒店业遍布全球，的确在芬兰有哥哥的分公司，好像就是现在他住着的这一家，他哥哥是第三大股东。

想让肖甜心再多睡一会儿，慕骄阳没有叫醒她。

他穿好衣服，就在一边的小酒馆里和哥哥见面。

因为寒冷，彼此都喝了杯酒。

"哥哥，你怎么会突然过来？"

慕林也有些茫然，说："酒店突然要开股东大会，说有突发事件，让各大股东尽快过来。本来每三个月都会召开一次股东大会的，一般会提前十天通知。但这次叫得很急，听说是酒店有贵宾食物中毒，所以我只好赶过来，听一听危机公关的说辞和决定相关方案。"

他亲近的人都以各种理由被召集过来了。慕骄阳的心又是一沉。

忽然，慕骄阳说："哥哥，这一行，我想托你保护甜心。"

慕林脸色一变，问："骄阳，怎么回事？"

慕骄阳只是摇了摇头，说："没什么，可能是我多心了。"顿了顿，他看着哥哥，很认真还很执拗地说，"哥哥，这件事你别和甜心提起。而且你一定要保护好她。我就怕事情真的来时，我不一定能及时来保护她。"因为，可能我自身也难保。

慕林不赞成："弟弟，你直说了吧，此行凶险是吧！你和她说，劝她离开，回到美国，让她外公和FBI保护她！"

叹了一声，慕骄阳摇了摇头："如果我能劝她离开，我就不用拜托你了。"

"哥哥，你一定要答应我！"

慕林沉默许久，最后说："好，尽我所能。"

五

慕骄阳回到玻璃房时刚过八点，但显然肖甜心已经醒了。

他在卧室没找到她，闻到了香味也就转去了厨房，她正在煮甜粥。听见脚步声，一回头就嗔他："喂，大木头，你是不是自己躲起来吃好吃的去了？"

慕骄阳快步走了过去，从后一把抱住肖甜心的腰，顺势将脸埋进了她的后颈窝里，贪婪地嗅着她的气息，声音闷闷地传来："饿了一早上，哪里有的吃。你不多睡一会儿？"

"哼，你一走，大暖炉没有了，我就冷醒了。"话里是满满的撒娇意味。他就低声笑："现在回去继续睡。"

"才不要！"她转了过来看着他，然后闻到了可疑的味道，她皱起鼻子吸了吸，呀了一声，"慕骄阳，你居然一大早就偷偷喝酒！"

她的脸色红红的，气得嘟起来的小嘴也红红的。他忽然说："我饿了。"

她正要说给他盛一碗粥，可是他将她一抱，放在料理台上，他的吻就压了下来。

她心跳快了起来，却去推他："还是大清早……"她的声音越来越小。

他要去脱她的衣服，她誓死不从："冷……阿阳，我们回被窝里去……"

他说："我会让你热的。"

她坐在料理台上，只能靠圈着他的劲瘦腰身才勉强支撑没有滑下去。他的动作太大，碰到了一边的碗碟，于是碗碟勺子噼里啪啦碎了一地。

"阿阳，你慢一点，我受不了。"她撑着台面几乎要哭了。而他看着她，红了眼睛，他的手箍着她的腰箍得很紧很紧："遇上你，我停不下来了。"他俯下身，一口咬在她娇嫩的耳侧，感受她脉搏的跳动，"你已经要了我的命。"

那一场欢爱十分畅快淋漓。后来，她累得没有半分力气，他就盛了粥抱着她在被窝里喂她。她赌气，不肯吃，他就一口一口含在嘴里再喂给她，还要调戏她："好吃吗？"

她不答。

"你看，多甜，像你一样甜。"甜粥已经被他用嘴唇和舌喂了进去，他咬着她的小嘴低笑，"可是远没有你甜，怎么办？"

她脸一红，气呼呼捧过碗自己喝粥，拒绝听他接下去的话。

他还是低低地笑。喝了粥后，她依偎在他的怀里，又睡了过去。这一次，她睡得很踏实，很香很甜。

中午时分，肖甜心才醒来。

然后慕骄阳带着她，到酒店为游客而设的玻璃屋饭店去吃饭，一起吃饭的还有景蓝和慕林。

肖甜心见到两人时很诧异，说："姐夫，大哥，你们怎么也过来了？"

见慕骄阳微微地摇了摇头，慕林微笑着回答："我是其中一家极光酒店的股东，酒店有住客食物中毒，所以我赶过来做危机处理。"

景蓝清淡地说："有点无聊，就过来了。"

肖甜心："……"

"呃……姐夫，我姐姐不会跟过来的，你不要抱有幻想啊……"她说着说着，见景蓝冷着一张脸挽着手坐在那儿，于是说不下去了。

她的姐夫真的好像读书时班主任的化身。听见慕骄阳低笑了一声，肖甜心拧了他的大腿一记，最后还是决定把甜静给卖了，说："姐……姐夫，我姐去香港了。她在那边的警局上……上班。"

景蓝默了默，忽然笑了，露出一口洁白好看的牙齿，说："甜心妹子，姐夫很可怕吗？你怎么变口吃了？"

他笑时，眼睛是弯弯的，像春风拂过湖面，很轻很柔。他是十分温和好看的一个男人，可是肖甜心看着他，还真的是怕。

慕骄阳不爽了，护着自家老婆怼景蓝："去去去，谁是你妹子！"

碰巧一位男士也是认识慕林的，走了过来打招呼。慕林和他坐在另一边聊了几句，他从公文包里拿出规划图纸和慕林讨论一些问题。

慕骄阳发现这个容貌清秀的男人穿着猎装，而手上有握枪的薄茧，看来是打猎爱好者，于是问："今天天气好，你是要出去打猎吧？"

男人停下讨论，笑了笑答："叫我大卫就行。是的，准备去打猎。"

慕骄阳点一点头，又转过来继续和景蓝说话。

突然有点吵吵闹闹。

慕骄阳转头一看，是一队媒体提着摄像机，举着麦克风在采访一个男人。

那是一个白人男性，高挑儿挺拔，气度不凡。年纪在 36 岁上下，容貌英俊，十分赏心悦目。

肖甜心诧异："咦，这是极光酒店的老板？"

慕林微笑着说："甜心，你认识他？他是这家酒店的老板贾斯丁，他在全球开有数不清的酒店。"

"不认识呀，只不过推理得出他就是老板啦！"肖甜心吐了吐舌头。

慕林好脾气地摇了摇头："又是用你和骄阳的那套侧写？简直是犯规，我们这些凡夫俗子在你们眼里都是透明的。"

穿猎装的男人已经过去和贾斯丁打招呼了。

慕骄阳忽然问："大哥，你的朋友也是酒店的股东？"

慕林答："也不算朋友，同事吧。他是极光酒店的设计师，也拥有部分股份。最近这边的副楼要装修，所以他过来看看。"

原来为了看极光，这家名为天幕酒店的规划是分为两部分的，一部分是建于极光森林里的独栋独栋玻璃屋，而另一部分是建在悬崖上的大型传统酒店。当旅客想体验更舒适的客房服务时，可以回到传统酒店里去。传统酒店的客房很难看到极光，即使见，也是偶尔见到，不像在极光森林里那么频繁地看见极光。

听了慕林的话，连肖甜心都被吸引了过来。大卫很符合极光杀手的侧写。

一顿午餐才吃了一半，慕骄阳的电话突然响了。

海角在电话另一头说："慕教授快过来，第三具尸体被发现了。"

六

现在是下午两点三十分。

雪已经停止。

慕骄阳对了对时间说："上午十点左右才停的雪。"然后他指着那排稍显凌乱的足迹，向海角问道，"这是发现人的足迹吗？"

海角回答："是的。这边的山林里看不见极光，所以没有任何一家极光酒店建在此处。但这里临湖，雪景也很漂亮，会吸引画家或风景摄影师。发现这里的是一位摄影师，所以他之前有拍照，从照片看，没有任何脚印。"

景蓝分析道："凶手是在下雪时将尸体移出来的。但雪地难行，为了更为快捷，我猜他用雪地摩托运尸体，将尸体包裹好，绑在雪橇上由雪地摩托运载过来。可以问问附近居民或户外极光爱好者，有没有发现行迹可疑的雪地摩托。他不会用麋鹿拉雪橇，动物对尸体或血腥味敏感，他不会冒这个险。"

风吹过，温暖又耀眼的阳光落在飘荡的白裙子上，随着白裙子一起飘荡的还有一双苍白的脚。

再往上，是一具犹如扯线娃娃一样的尸体。死者年轻貌美，穿着一

袭白裙，看起来圣洁无比。但她像玩偶一样被吊在树上，摇摇摆摆的，十足讽刺。和她一同被吊起的还有代表律师的黑袍和假发，以及不再平衡的天秤。

"很讽刺。"肖甜心说，"这个女人应该是名律师，她巧如舌簧，黑的可以说成白的，白的可以歪曲成黑的。我推理，她应该被剥夺了舌头。"

海角和一众警察立刻会意，马上把尸体放了下来，让法医检查。

法医和鉴证科人员早到了，他们迟迟不动手，是为了让三位犯罪心理学家第一时间看到现场，从现场环境和尸体身上寻找灵感。

法医证实了肖甜心的推测，死者的确被割掉了舌头。海角给局里的技术人员打电话，马上排查本国所有报了失踪的律师，看看到底能不能找出死者的身份。

鉴证科员说："3号死者身上戴有十字架项链，是银质的，雕工精美。"

慕骄阳抿了抿唇道："第1、2号女死者身上不见有十字架。"

鉴证科员回答："1号没有，但2号有。只不过卡在衣服里，我们发现后打了报告，但报告还没有交到你手上。"

慕骄阳沉吟片刻："1号的皮囊是在冰河里漂浮，可能被冰下的水流冲走了。毕竟那是第一起摆放尸体的现场，凶手第一次做，可能还不够完美。所以每一起都在改进。这个十字架代表的是什么？"

十字架本身就是一个标签，变态连环杀手的标签。

见大家都不作声，慕骄阳又说："我觉得，在下雪时摆放尸体，不仅仅是出于掩埋痕迹的目的。当然，这个是很重要的原因，不然在雪地里行走绝对会留下脚印、车印。但大雪落下，本身有清洗、冲刷的意思，清洗冲刷死者的罪恶。"

"清洗冲刷死者的罪恶。"肖甜心和他同时说了出来。慕骄阳温柔一笑，揉了一把她的发，把她的发都揉乱了。

在回程的路上，慕骄阳对海角说："回去后通知天文台，请标出未来十天内，哪天会下雪。加大巡山力度，如果我们能在他摆弄移尸现场时抓到他，将会省很多力气。他的标签之一就是在下雪时行动。"

警局办公室里，慕骄阳三人开始了侧写。

"他的仪式感使得他的表演更戏剧化。疾恶如仇的表面下是在'展现'，也是在挑战警方。这一类连环杀手极度渴望表现自己，警署要和媒体提前打好交道做前摄工作，不要给他起任何名称，否则他会更兴奋，可能会开始猎杀新的猎物。因为目前来看，他抛出来的尸体都是他过去杀害的。一旦他兴奋，就会改变模式了。"慕骄阳说。

溪警官相对年轻，经验不足，于是问道："那是不是说，暂时他都不会继续大开杀戒？"

景蓝接了溪的问题，分析下去："杀人本身就需要大量时间，现在是极光季，人口相对密集，不是他下手的好时机。"

"但他是一个优秀的猎人，能够在人群里展开诱骗。这和他谈吐风趣幽默，长相清秀干净，看起来无害有关。所以，如果是他一早就看中的猎物，我想他还是能将人诱骗至他的私人地方的。鉴于这个画像，那个地方的范围可以进一步缩小，应该是一座不错的小别墅，否则受害者会因察觉到危险而不愿前往。小别墅就在极光森林里，离小别墅区可能会有些远，但也不会太偏僻，隔音设施好。"肖甜心说道。

溪学到了许多知识，点了点头。另一名警察将三人的侧写一一记录在案。而海角和技术员在查找拥有本地物业的外国人，大家都十分忙碌。

慕骄阳又加了一条："所有爱出风头、有表演欲的连环杀手都有回到犯罪现场的习惯，可以在这三起案件的发现地暗中巡逻。"

海角突然叫了一声："这个风光摄影师尼尔在极光村拥有独栋别墅，在别墅区的最边上，和小区的各栋别墅都隔得最远，靠在雪山脚下。他是一个富二代，家族十分有钱。"

"第一个发现案发现场的人也是他。"慕骄阳和肖甜心同时说，两人视线交会，都笑了。

慕骄阳对坐在电脑前工作的技术员说："再帮忙查一查天幕酒店建筑设计师大卫的个人资料，他是一个外国人。如果有困难，可以打我在美国 BAU 的朋友本的电话，他能帮忙。"说罢他将本的电话报了出来。

申请搜查令需要时间，慕骄阳的意思是尼尔和大卫都不能放过。

还是肖甜心细心，问海角："队长，申请搜查令有难度吗？毕竟涉及外国人。"

海角揉了揉头发很肯定地说："不难。我们这里整整一百年都没有凶杀案。为了保证大众安全，维持这里的秩序，谁都没有特权，该搜还是得搜。这起系列案实在太恶劣了。"

中途，肖甜心去了趟洗手间，这个时候，景蓝趁机将照片拿了出来。

慕骄阳和众警察一看，是第一起案件的女死者照片。她赤身裸体躺在手术台上，身体上的每一寸肌肤细腻洁白，是十分完美的皮囊。

"应该是凶手剥皮前所拍。摄影很有艺术感，不是随便拍的，选取

了角度，还配合了灯光。淡淡的橘黄光晕在尸体身上，像一幅朦朦胧胧的油画。"慕骄阳说。

"是。"景蓝点了点头，把留言也给大家看。很简单，只有一小段：欢迎到极光森林来，游戏开始了。景，我想和你做一场游戏。景，你是如此可爱，令我深深着迷。

景蓝本身是心理学家，分析道："他用第一人称'我'来说话，而且语气里透露出他想和我亲近的状态，很中性，好像没带恶意，有邀请的意味。而且，他认识我，他对我非常熟悉。"

慕骄阳身体一震，洛心的影子浮现出来。的确，就像洛心对洛泽的态度。他抿了抿唇，不作声。

"你有什么看法？"景蓝转头问他。

第二十七章 解开谜题的十字架

一

看法。

慕骄阳觉得很不舒服。

海角咦了一声，问："凶手是个同性恋？噢不，他和女人发生关系，那就是双性恋。他的下一个猎物会不会是景教授？"

景蓝的脸色更冷了，他斜了海角一眼，不说话。

知道自己惹景教授生气了，海角憨笑着摸了摸头。

慕骄阳对海角友好地一笑，说："不是同性恋，他只是表达了想要亲近的意思。但若亲近不到，就会毁灭。"

"可是景教授除了是心理学家还是犯罪学家，而凶手是坏人，注定是你们的猎物，怎么会想亲近？"

当地民风淳朴，对变态连环杀手根本不了解。用"坏人"这个字眼，海角队长淳朴简单得可爱。但慕骄阳也没有戳破。

　　猎物为什么向猎人表示亲近？因为猎物也想成为猎人，和猎人一起捕猎。他希望景蓝走到他那边去。

　　慕骄阳没有把这番话说出来，只是对景蓝说："等这里的案件结束，我要去一趟美国，重新了解 B 的一切。"

　　景蓝扶了扶眼镜，淡淡地道："知道了。"

　　肖甜心再回来时，发现办公室里的气氛有点怪，她就哎了一声，嗒嗒嗒跑到慕骄阳身边，一把挽住他的胳膊，说："怎么了？"

　　慕骄阳看着她时笑得很温柔，他觉得她就是那团光，可以照亮他的生命。有她在的地方，才拥有光明与快乐。他说："我们去游湖吧，顺便找找灵感。"

　　聪明如她，马上就懂了。他要深入到"变态"的内心世界里去。

　　景蓝刚下飞机就跑了案发现场，也累了，于是回了玻璃屋去休息。

　　山林里并非所有的湖都结冰。在警局看极光森林的地理图册时，慕骄阳知道这边的另一个山头地势较低，所以湖没有冻起来。

　　但因为要跨山头，路程较远，所以慕骄阳驾车带着肖甜心开了一整个下午加晚上，入住了酒店，打算第二天中午用餐后再去游湖。

　　躺在星空下时，肖甜心依偎进他的怀里，见他心事重重的样子，她就叹气。

　　可是她叹气了，他居然也没发现，她就起了坏心眼。

　　她伸出小手，从他的红丝绒睡衣下摆探了进去，沿着他结实的小腹摸了上去，一边摸一边说："小腹真性感，啧，连肚脐眼都很漂亮。嗷，你的胸膛毛茸茸的，好可爱。"然后她又开始往下摸，"不知道人鱼线下面是什么风景呢？"

　　慕骄阳一把抓住了她的手，一个翻身已经将她压在了身下，她就咯咯地笑："娇娇，这里不是带玻璃屋的小木屋哦，这里没有隐私。"她原意就是逗逗他的，没想怎样。

　　"你这个小妖精！"他抓起她使坏的手放到唇边咬了一口，可是又不舍得，结果只是轻噬然后转为舔吻，一边吻一边看她。她的脸瞬间就红了。

　　"给我。"他咬着她耳朵低低地说。

　　她哪里禁得起他缠，半推半就，就被他得逞了。

　　他的动作很轻很柔，两人十指交缠。

　　她像蒲苇，而他是磐石，她柔，而他刚。

　　她随他慢慢地起伏，像一波又一波的海浪卷起又退下。

忽然，头顶闪过大片的极光，一浪一浪，就像此刻两人的起起伏伏。她扬起小小的下巴，咬着唇，发出极为压抑的轻吟。他说："甜甜，睁开眼睛，你看，极光在跳舞。"

她很羞涩，但还是睁开了眼睛，他眼里盛着极美的光，极光的绿映亮了他漆黑的瞳仁，他的虹膜再度透出浅浅淡淡的绿色。她仰起头来吻了吻他的眼睛，轻声叹："阿阳，你好看得不像话。"

她紧紧地攀着他，随着他和极光一同起舞，共渡快乐的彼岸。

明明是做着成年人的事，可是为什么却像两个小孩子偷到了糖吃那么甜蜜呢？他说她甜，其实他也很甜哪。她伏在他身上，指尖在他胸膛的毛毛上画着圈圈。

"累吗？"他温柔地问。

"嗯。"她懒懒地答。

他揽着她光洁的肩膀，手一下一下地抚着她修长细润的雪白手臂，轻声说："你是不是想和我说案情？"

她坐起来一点，看着他的眼睛，说道："你开车来这里找灵感，是觉得凶手会转移地点？"

"是。从犯罪心理地图来分析，其实只要还在极光森林地界，这边的大片地域都是他的'乐园'，他不可能仅仅熟悉一处山头的地形。高海拔山林里都是暗中巡逻的警察，这种紧迫感可能会促使他放弃那座山林。"

第二天中午用了午餐后，趁着天气晴朗阳光灿烂，慕骄阳带肖甜心去游湖。

因为和这附近的警察事先打了招呼，所以他们一到湖边就有船备好停在那里了。

湖清澈通透，像一块绿宝石镶嵌在雪山上，静谧而害羞，那种绿是很淡很淡的绿，淡得羞涩，像多情的少女。天空很蓝，倒映在湖面上，一切都是静静的。

冰天雪地里，只有这一面湖始终涌动着水波，还没有结冰。他划桨，她就抱着素描本画他。

湖里也倒映着一个他，眉眼清隽而温柔。他看向她时，微微一笑。而湖面荡起小小涟漪，他的身影也跟着晃荡起来。岸上缀满雪花或挂满冰凌的美丽的树，和他一起倒映在湖上，倩影朦朦胧胧地晃动。

待她的画完成，他已将小船划至水中央。绿色的湖面上也结起了一小块一小块的浮冰，漂漂浮浮，估摸着到了明后天，这面湖也要成冰湖了。

她就叹："阿阳，这里的景色真美。不知道的，还以为你是昏君呢！带着我在这里假公济私。"

"哦，昏君吗？你昨晚就很喜欢昏君。嗯，对着你，我色令智昏。"他嘴角噙笑，有意逗一逗她。

她脸红了："娇娇！"她举起拳头就来捶他，小船晃动起来。他急了，一把抱住她，说："小心！"

两人坐在一起，她偎着他，而他搂紧了她。他低下头来吻了吻她的发心，她的头发带着他最爱的芍药花香气，他又吸了吸，唇移到了她的眼睛旁轻轻地覆了上去，再然后攫住了她的红唇。

只是轻吻，他有分寸。放下她后，他才说："这里景致这么好，难道你不觉得很符合追求完美的他的品位吗？"

肖甜心恍然大悟，难怪最近这几晚和白天，只要一有时间，他就看地图，纸质版的、网页电子版的，他都看。他是希望先凶手一步，找出理想的摆放尸体的地点。

"我猜，他下一步会将尸体放进船上推入湖里。如果我是凶手，我也选这里，这里最完美。"慕骄阳说。

"你不叫警察来这边搜山，是不希望打草惊蛇？"肖甜心完全明白过来。

"对。"

"可是如果我们遇上他，他要逃怎么办？"

慕骄阳报了报唇，说："我已经和海角商量好了，海角在此地名望很高，他在湖的各个方位安排了当地居民暗中监控。他们都是些十分敏锐的猎户，会发现猎物的。而且，由真正的居民在这里把守，比起警察把守要更隐秘、更不易察觉。只要知道他的行踪，再马上出警，他就难以逃脱了。"

两人在湖里待了许久，直至极光开始闪现，肖甜心才发觉已经将近晚上七点了。

肚子里传来咕咕两声响，肖甜心垂下头来看了肚子一眼，唉，真是不争气呀！

慕骄阳笑着摸了摸她的肚皮，调戏她："哟，这么快饿，难道是有了小月亮，我们的小月亮饿了？"

"娇娇！"

"好了，估计今天没有收获了。我们回去吧，明天再来。"慕骄阳一边划桨往回去，一边说，"你从袋子里拿块蛋糕垫垫肚子，回去我带你去吃热滚滚的火锅。"

他又划了一会儿，起雾了。

白雾渐渐变浓，透出一股寒气。湖面上的倒影几乎看不见了，周围全是一缕一缕的水雾。肖甜心摊开戴着手套的双手，轻轻一拨，那些水汽和白雾就似调皮的孩童般散开了，然后又慢慢地围了过来。

她呼出一口气道："真冷。"

天色已经黑透，但空中极光涌现，置身旷野，漂亮极了。

然后白雾又开始淡了、薄了、散了，星星点点的极光映在湖上，像在湖里洗澡，晃起一缕一缕的蓝、绿和紫色的光。

她看得入神，刚赞了一句"好美"，诡异的事情发生了，也是她最先看到的。

她看到了一艘剪影单薄的小舟，顺着水流向他们漂荡而来。

白雾又散去了一些，她看清了，小舟上没有人。

她一紧张，整个人站了起来，小船晃动得厉害，她又坐了回去。

慕骄阳也看到了。

他将手按在她抱着他胳膊的手背上，用带着鼓励的语气温柔而克制地说："甜心，你要有心理准备。出现在这里，船上只有死人。"

慕骄阳将准备好的烟花点燃，给埋伏在另一处的海角发出信号。天空开出了一朵璀璨的花，和极光相辉映，凄艳到了极点，就像眼前这艘已经慢慢经过了他们的船身的小船。

慕骄阳一把将小船扣住，不让它漂走。

肖甜心看见里面躺着一名白人女性，她拥有绝美的面容，黑发如瀑铺开在小船上，安静、美丽。这一次，是一个绝色的女人。

反差太大，还很惊悚。肖甜心忍不住对着另一边的湖面呕吐起来。

二

女死者被安放在一艘小船上，船在湖上顺水漂荡。

冰天雪地里，岸上挂满冰凌的美丽的树，倒映在冰湖上的孤单船影和树木的倒影，天空中闪现而过的冰蓝极光和在湖上缕缕掠过的极光，映亮船中女人安详美丽的脸庞。她有一头很长很长的发，像睡美人。

慕骄阳让甜心扶着小船，他取出绳索将两条船绑在一起，戴上白手套后，他才探出手来，轻轻地拨开女死者那头看起来生机勃勃的发。"是假发。"慕骄阳说。然后他又仔细检查起来，过了一会儿，又对她说，"她

的大脑没有了。"

肖甜心倒吸了一口冷气，觉得凶手越来越变态了。

他又检查了女死者的右手腕，说："和前三起一样，致死原因都是割腕放血，且是在没有服食安眠药的情况下。"

"凶手很自信，这类人在现实生活中应该是有社会地位，有话语权的人，别人多听从他指令行事。且他喜欢绝对的控制。"肖甜心马上用手机录音机记录侧写。

"割腕只用了一刀，非常准确地割断动脉。其实大多数人反复割上很多刀都割不准动脉。再者，他对1号死者剥皮，连十个手指和脚趾都保持完整，这是一项具有很高难度，需要极为复杂细致的技术的作业。他的手法比起之前作案手法粗糙的尹志达简直堪称完美。你看，这一处大脑被完全地剜出，需要极为复杂的过程。综合以上侧写可以得出，他不是首次犯案了，在这起系列案之前，他应该杀过人。"慕骄阳分析细致，把画像进一步细化，"我推测，他应该读过医科，后来转了其他行业。"

肖甜心把所有侧写发到了景蓝和海角的语音信箱里。然后她深呼吸一口气，低下头来看那具尸体的大脑层，确实如慕骄阳所说，处理得非常干净、利落。剥落大脑的技术十分完美，像出自真正的医学生。

岸边越来越吵闹。

"怎么回事？"肖甜心的眉心皱起小疙瘩。

慕骄阳说："他这一次刻意引了众人来，然后迷惑警方的视线。他既可以参与进来，又方便逃跑。"说完，他再度低头检查尸身，将白色的睡裙掀开，里面还有一层白色贴身里衣，再掀开，一个银质十字架显露出来。

"这是他无意识的投射，还是故意为之，让被害者……去忏悔？"肖甜心问出了关键。

慕骄阳向她投来赞赏的一瞥，然后说："这个问题还需要再研究。如果是后者，对我们来说就是无意义的，如果是前者……"

两人上了岸，慕骄阳第一时间在人群中搜索，看有谁对现场被发现的兴奋点是超越命案本身的。这一次，凶手已经不甘心事后重返犯罪现场了，他要亲自参与进来。

而肖甜心眼尖，已经看到了摄影师尼尔，但在来来往往的人群中，忽然有人骑着雪地摩托飞奔而去。得了慕骄阳暗示，已有警察暗中盯着尼尔。

伏在暗处的海角队长驾着雪地摩托一跃而起，疯狂地追了出去。

溪警官正要跟着追去，被慕骄阳一拦，慕骄阳直接骑着摩托带着肖甜心走了。

溪只好搭另一个伙计的摩托走。

慕骄阳拿对讲机和海角沟通："这里是下游，尸体的船是从上游放下来的，但不排除凶手早已回到下游混在人群里一起看热闹。"

海角回："上游甚至其他方向的岸边都有本地的猎人和警力，暂时没有发现。"

另一边也窜出五六辆警用摩托一起围剿疑凶。但疑凶太狡猾，一早蹿进一条岔道，往另一个地方拐，有三辆警车没跟上。

海角和慕骄阳还有另两辆车只能按顺序通往窄道，等过去后，疑凶不见了。他们沿着车痕追过去，前面是一大片居民住宅区，是一栋一栋的独立小屋。过往的交通工具都是雪橇和雪地摩托，车痕凌乱。

肖甜心说："海角队长，一直向前走。他不会隐藏在这里，这里太吵闹，不符合他的口味。"

大家一边走，一边听肖甜心解释："应该是与其他住户隔得更远的独门独户，屋子或是砖房结构，或是木屋外镶有一层铁皮，又可能是厚厚的一层海绵毯子。屋子外可能挂有兽类的皮毛，剥得完整漂亮。"

"或有玫瑰窗，窗上绘有圣母马利亚彩绘。"慕骄阳补充。

一直往前开了许久，住户的房屋才开始变得分散，出现了一两栋木屋，但都不是。再往前开，他们看见一栋砖墙屋，有马利亚彩绘玫瑰窗。海角一喜，回头看向慕教授，说："这里?"

慕骄阳说："不是。"他开着摩托加速前进。

海角有疑惑，肖甜心说："玻璃窗破了两个洞，住的人太随意，不会是他。"

"对。"慕骄阳道。

突然，一栋小木屋出现在众人眼前，屋前有摩托经过的痕迹，木屋上有一层海绵毯子覆着。

"那面墙很奇怪，那里应该做窗户更为合适。"慕骄阳指着一处墙体说道。那里覆着由好几张兽皮拼成的一整张皮。溪马上去检查，他掀开一点喊道："是玫瑰窗，看起来应该是一个人物彩绘。"

他们没有搜查令，不能进去。

慕骄阳突然从摩托上跃了下来，一脚踹开了门。他看着目瞪口呆的众人说："我不是警察，如果要告，就告我私闯民居好了。我身后有一众律师等着。"

肖甜心猛地扑了上去，亲了他一口说："阿阳，你太帅了！"

他低笑了一声，说："他已经跑远了。你们别进去，我站在这里看看就行。"

木屋里有齐全的剥皮用的器具，闪烁着令人恐惧的冷光。肖甜心颤了颤，抱紧了双臂。

有一张动物皮刚被剥下来没多久，还没有经过处理，血淋淋的。木屋里有相片摆在最中央，也符合对疑凶的侧写，那么骄傲自大的一个人，肯定是把自己的照片放在最显眼处的。

木屋很大，分四层，后面还有一个改建的仓库，用来做木工。主屋的布置其实很有风格，看得出主人很有品位，但令人觉得违和的是那张剥下来的兽皮还有一应刀具。试问有哪个女人在和疑凶约会时，一打开房门看到这些不尖叫的？

慕骄阳蹙着眉，走进客厅拿起照片看，照片里是酒店的建筑设计师大卫。

他轻声说："一切太顺利了，顺利得诡异。"

海角跑了进来说："已经拿到搜查令了，另一位警官正在送过来，鉴证科人员也跟着过来。但这里是大卫在本地的第二个住处。另一边在同时搜证，包括尼尔的住处一起。"

但慕骄阳只是淡淡地嗯了一声就走出了木屋。他和肖甜心看到扯下兽皮后的那扇玫瑰窗，玫瑰窗迎着极光的照耀非常美丽，圣母马利亚展露着微笑，温柔而包容。

"是这里吗？"肖甜心问。

"是这里，但现场肯定早被清理过了。而且，就像是凶手故意要引我们发现这里似的，太刻意。"慕骄阳说，"有许多矛盾的地方。"

海角让副队在这里主持大局，他则和慕氏夫妇开车回警局，景蓝也过来了。

回到警局，慕骄阳和海角一起讨论用传统刑侦方式追查这间木屋的原始拥有者。

肖甜心问："你怀疑大卫不是真正的拥有者？"

"是。我们不能放过任何一条线索。"慕骄阳答。

"还要尽可能地调出一切监控，看湖上游附近的所有线路通向哪里，在那附近问问当地群众最近有没有见过陌生人出入。以这位凶手的自信，我想他不太可能用假面皮，而是会以真面目示人。"慕骄阳说。

见大家要出去搜证，慕骄阳又加了一句："让鉴证科员重点搜查大卫的后仓库，而非主屋。"

尼尔被带了过来，海角问慕骄阳夫妇要不要一起审问。

慕骄阳和肖甜心正要去审讯室，办公室的电话骤然响起，海角接起，原来是又出现了一具尸体。

慕骄阳的脸色很难看。景蓝适时说话："骄阳，你今天差点就抓到他了。他在公然挑战你，所以又抛出了一具尸体。"

肖甜心看了丈夫一眼，发现他嘴角下压，似在思考什么。她一个激灵，马上让海角拿来了这一片山林更大面积的地图，并将它钉在黑板上。

她更是快一步拿起笔递给他，慕骄阳终于笑了，他拧着的眉心松开，接过笔的同时摸了摸她的发。果然，她和他同时想到了。

"我希望一次性起出所有尸体。这里户外环境气温极低，我想他已经趁着昨晚大家不知道他会跑过来作案的时候，把剩下的尸体都摆放好了。"慕骄阳说，"队长，你先带队员去现场，并把照片拍好，以便我们做侧写用。尼尔由景蓝负责审问。"

"好的。"海角让另一名资深探员和景蓝一起询问尼尔，他带队赶赴现场。

一切迫在眉睫。

三

慕骄阳一直在思索。

海角还专门给他带来了一位当地的向导。慕骄阳把要求，例如风景优美、人迹罕至、有标志性意义等标签罗列出来，和向导一起看地图，最后在这一大片山林里画出了三十多处地方。

肖甜心眉头紧锁："阿阳，地方太大了，发动所有警力也需要时间。而且凶手真的杀了那么多人？"

慕骄阳从证物袋里取出两条银质十字架项链，链坠垂在空中画出弧度落下，然后摇摆。他抿了抿唇说："十字架应该是有意义的。我觉得凶手一直在用假的画像误导我们。但他是一个变态，所有杀人的过程，其实都是他自己的投射，如果所有的投射都是假的，那他根本享受不到乐趣。所以，这个十字架是他的无意识投射。"

顿了顿，他又补充："十字架上雕刻着耶稣受难的景象。背叛，第十三个门徒……我推测，他杀了十三个人。"

背叛吗？

背叛，才是让他觉得愤怒的真正原因吧！

慕骄阳和肖甜心站在审讯室隔壁观看审讯。

景蓝和慕骄阳的灵感是一致的，他将尼尔拍的所有风景照全部放在桌面上，观察尼尔的表情，问看似无关的问题，将好几张照片一一抽了出来。

"阿阳，景蓝抽出来的尼尔的风景照有一半和你圈出来的地方相同。"肖甜心只是陈述事实，没有说尼尔就是凶手。

慕骄阳说："你也觉得尼尔不像凶手是吧？"

"他好像不具备剥皮、挖大脑的那种绝对冷静，冷静到变态的程度。"肖甜心答。

慕骄阳沉默了一会儿，最终说："我想，凶手冷冻尸体的另一个目的，是食用。"

正陪着两人，顺便做记录的年轻小警察皮吕听得懂英文，他再也忍不住，取出袋子狂吐起来。

皮吕很不好意思，一张脸憋得通红。慕骄阳反而走了过去拍拍他的肩膀说："没关系。芬兰犯罪率极低，食人对于你们来说是骇人听闻。嗯，习惯就好。"

肖甜心拧了他一下："娇娇，你说多错多。"有这样安慰人的吗？

"挖心、挖大脑，是要剥夺这个人的人格。而且挖的那个人有极大的可能具有食人倾向。被挖大脑的死者极为美丽，是世间少有的绝色女子，我想，凶手其实最爱这个女人。她令他很有感觉，所以他才会吃掉她的大脑。"慕骄阳分析完毕，给景蓝发了条问话内容。

只见玻璃的另一面，景蓝取出手机，将全美吃人魔被抓后，在他们的住所拍到的那些恐怖图片调了出来给尼尔看，微笑着问："尼尔，你喜欢吃人脑吗？味道如何？要不要加一杯红酒？"

景蓝一手持手机，一手托腮，手指在唇瓣上摩挲，浅淡的笑意一点点化作虚无，唯有一对平静到极点的眼眸漆黑如鸦羽，深深的，沉沉的，无法看到底。

尼尔本以为是玩笑话，一看到手机上的照片，他忍不住呕吐出来。

"不是他！"慕骄阳和肖甜心同时说了出来。

皮吕完全不理解，于是肖甜心只好解释："真正的吃人魔看到这些图片会控制不了自己而被吸引，连假装都很难做到，他们会兴奋，甚至会想要收藏这些照片。"

"好变态。"小警察又想呕吐了。

慕骄阳耸耸肩："这就是变态的思维模式，和常人不同。"

皮吕望天："我理解不了变态。"

慕骄阳拍了拍他的肩膀说："你挺可爱的。"

皮吕："……"

慕骄阳忽然对肖甜心说："甜心，你下载一套加密的吃人魔文件给他慢慢看，对他以后破案会有帮助的。让他更深入地了解变态的'幻想'，沉浸进去。"

慕骄阳和肖甜心的交谈一直说的是英文，皮吕突然哇的一声狂吐起来。

肖甜心又狠狠地拧了慕骄阳一记。

某大丹犬很无辜。

景蓝走了出来，对他们摇了摇头道："凶手不会是他。我给他做了一套人格测试，他的心态是平和的，目前还达不到变态的地步。但他在某些问题上撒谎，例如，他认识其中一位或者这三位女性死者，但他假装不认识。他有偷窥癖，我推测，他有跟踪其中一名或多名受害者的嗜好，伺机偷拍她或她们的裸照。"

"先把他关着。"慕骄阳说，"有搜查令，要把他所有照片拿过来慢慢检查，有时看似寻常的东西反而是帮助破案的关键。"

小警察皮吕马上拿起电话对搜集证据的同事说，重点搜尼尔的照片。

突然，门被敲响，另一队鉴证科的科员马歇尔跑了进来说："我们在你们追踪到的大卫的第二间房子的仓库里搜集到一些毛发，经过比对，是三号死者的毛发，其他的还没有和一号、二号匹配的。"

慕骄阳说："只能说明受害者曾在那里出现过。大卫现在人呢？"

皮吕接听完海角的电话后，回答："大卫失踪两天了。"

本局的技术员配合挪威警方，还和美国那边的本协同工作，把三个死者的基本资料找到了。第三名女死者是瑞典人，25岁，是一名大学老师兼研究药理学的生化博士，也是一个变态连环杀手，用毒药杀害了多名学生，她用假的证件偷渡到芬兰，被瑞典通缉，但一直在逃。

肖甜心全身一震，三号果然是最典型的，三号才真正符合凶手的变态幻想。

本的声音透过电脑传了过来："Shaw，我还通过网络查到，一号经常登录的网站都是一些变态网站，例如喝处女血能永葆青春什么的。我合理怀疑，一号除了逼得别人的老婆跳楼孩子发疯，暗地里还应该曾经拐骗

少女到她家中，并将她们杀害取血。因为她是当红影星，所以她的经纪人每隔三到四个月会从她的全球影迷会里挑出一位幸运儿到她家来见偶像。目前，已有五位 12 到 21 岁的女孩失踪，但找不到尸体。还有，我在网络上发现了一号死者修改过身份证，她应该比实际年龄大十岁，目前 34 岁，但看起来就像二十四五岁。"

肖甜心猛地抬头看向慕骄阳，这次的连环变态杀手和本杰明还有洛心十分相似。

但慕骄阳只是点了点头，淡淡地说："知道了。"

见她看着他，他抬起手来抚了抚她的发，说："吸血女伯爵巴托利呀！还真是被你的灵感捕捉到了。又是一个变态的邪恶女人。"

四

经过一天一夜的搜索，出动十只猎犬，终于在慕骄阳圈出的三十多处地点搜出了十三具尸体。

所有的现场照片都被即时传送到警局里。

慕骄阳与肖甜心还有景蓝开始了全面侧写。

皮吕在做记录，而另一边依旧连线，本用黑客技术追查线索。

首先是对第三名死者的总结。慕骄阳说："她是瑞典在逃的通缉犯，为人师表，却用知识、药理、生化技术杀害了学生。所以，她依靠的传授思想与学术的头脑被剥夺。她的大脑被食用，可见凶手对她的深沉爱意。她是十三个死者里面最典型的，而她的身份还是老师，这也是凶手对她产生深爱的幻想之一。投射在凶手身上，他渴望师长，而师长和父亲的角色也有相近，凶手对他的父亲怀有深厚情感，他想念父亲！"

肖甜心将所有的照片打印出来，一一贴到黑板墙上。

剩余的十具尸体呈现出的是不同的表达方式。

第四号死者身穿白色裙子，眼睛处系粉色围巾，被放在山林一处。她被摆出坐在一块大石上低着头看着什么的姿势。肖甜心说："重点是她放在腿上的画架。所以我推测，她是画家，或者是有绘画功底的设计师。她的手被切断，随意扔在一边，而画笔还放在画板上她能看见的地方，却再也拿不起来了。她依靠的双手被剥夺。"

这个是芬兰本地人，所以本在进行比对分析时，结果出来得比较快。他说："是一位时尚杂志的插画师。"

肖甜心点了点头，接着分析。

第五号死者的穿着打扮与四号死者相同。整个人完好。法医检查时，揭开死者的粉红丝巾，她闭着的眼皮下少了一对眼珠。而一套绣有猩红十字架的哥特风白裙被扔在她的脚边，她被摆出在地上摸索衣裙的姿态。出于同是对衣服的敏感，肖甜心又说："这名死者的职业，我更偏向于时装设计师。做衣服，尤其是做刺绣和缝纫时要靠一对眼睛，更靠一对眼睛发现美和获得灵感。她的眼睛被剥夺了。"

剩下八个死者的情况，甜心没有一一述说。但凶手的作案模式大致相同，十三个死者的真正死因全是割腕放血，所以人的外表都保持完好。所有虐待，如缺失手、脚、眼睛等都是在她们死后做的。她们都很像一幅幅充满艺术感的画作，被安排在湖边、湖里和树旁。

慕骄阳开始画像。

他说："第一，凶手富有、英俊、优雅，有艺术品位，具有伪装出来的'疾恶如仇'的品质。他与十三个女性都发生了性关系。但由于不是强迫发生，所以他是个有异性缘的英俊男人。

"第二，他的仪式感使得他的表演更戏剧化。疾恶如仇的表面下是在'展现'，也是在挑战。我的初步画像是他在挑战警方，但其实他真正想挑战的是我和景蓝，因为我们是'灭罪先锋'，是'罪恶克星'。他想挑战这两个头衔。

"第三，他应该是各大极光酒店的高层人员或老板，或是住在森林边的富翁。考虑到作案的难度，凶手需要拥有大量金钱。凶手为人冷漠，他英俊、年轻、爱打猎，喜欢将动物尸体剥皮做成标本。他对地形熟悉，具有反社会人格，且拥有专业的医学知识。我这里经过细分，包括失踪的大卫在内，把范围缩小到了五十人。这里是名单，有劳本了。要拥有专业的医学知识是相当难的，本，我希望你就这点深挖。这里剩下的十个受害人全部身份未明，你帮我连进全球失踪人口记录档案里寻找比对，尽快找出这十个人的身份，并看看其中是不是有大量非芬兰的外国人，我要印证其中的一点推理。"

本说："好的，我尽全力。"

技术人员从肖甜心那儿接过名单，一一报给电脑另一端的本听。

慕骄阳站在另一半黑板前，黑板上是一幅三米长，两米高的地图。

景蓝说："你想到了什么？"

"十字架。每个女性受害者脖子上都挂有一枚银质的精致十字架，也是这个指向使我联想到十字架背后的东西。这是构成凶手的行为模式，

是他不自觉的引用，因为十字架、十三、背叛、复仇、展示、惩罚，这一切构成他的幻想部分，也就是他的签名。所以，他杀的都是坏人，而这种行为代表惩罚。"

慕骄阳这段时间以来反反复复地看地图，对地形的走势相当敏感。他将那三十多个圈出来的地理位置再看了一遍，然后拿起笔将发现尸体的十三处地方再度圈了一次。

他取来不同颜色的笔，将十三个地方用线连起来，可是按不同的方向连了十多次，还是不满意，找不到灵感。

正在这时，警局的电话再度响了。

是海角的急电。他说："我这边刚接到最新的人口失踪报案。考虑到最近发生的性质非常恶劣的系列案件，我们马上立案了。但由于是临镇的警察负责的，他们一直找不到人，才想起向我求助，所以已经延误了十三天。"

他开的是免提。景蓝皱眉："失踪太久了。"

"又是十三。"慕骄阳陷入了思索。而肖甜心也知道失踪太久意味着或许人早死了，但她还是对海角说："队长，你别急。我们这边已经有点眉目了，我们尽量争取把人救回来。"

挂了电话后，景蓝问："骄阳，你觉得人质活着的概率大吗？"

"这三个人是他新诱拐的，而且他的冷却期突然变短，我想他改变作案模式了。这一次，他想和我们玩一个游戏，所以我想被拐的人暂时还活着。"

技术员将海角发过来的资料给大家看。失踪的是三名年龄在25-30岁的女人，都是芬兰人。其中一个女人是毒枭的情妇，一个女人是妓女，还有一个女人是贩卖妇女儿童给暗网的人贩子。

这一次，凶手选得相当随意，这三个女人长相普通，和那十三具美丽尸体相比十分一般。景蓝说："这一次凶手很急。"

慕骄阳答："因为这三个人是为我们而准备的。我们刚到芬兰半个月，时间太赶，他来不及做别的，也就诱拐最容易诱拐到的。这三类人都很喜欢钱，而凶手有钱。"

肖甜心说："凶手要我们找到那三个女人。可是天大地大，从哪儿入手呢？"

慕骄阳拉着她后退了几步，对她说："甜心，你觉得那十三个点连起来会像什么？"

"其实你已经有答案了。"肖甜心说。

"我想听听你的意见,你的意见对我很重要。"慕骄阳看着她的眼睛,很认真地说道。

被他这样注视,这样信任,她心里快活呀!脸一红,她就说:"不如我们一起画。"

"好。"他拉着她的手一同走上前去。他高,所以画最顶层的,她就画下面的。经过几次调整,最后,慕骄阳说:"这个钥匙形状有点意思。"

十三个点,最后经过连线,最接近的那个形状是一把横着的钥匙。

景蓝轻声笑:"你俩真像在做一道求爱方程式。"

慕骄阳听了也笑。

两人又手牵着手,站到了两米远处看黑板上的地图。思索了一会儿,慕骄阳和肖甜心同时喊了出来:"是十字架!横着的十字架。"

景蓝微笑点头:"你们画时是当局者。"

肖甜心有些羞赧:"姐夫,既然你看出来了,为什么不说?"

"让你们一起解答,我在下面看解出的方程式答案,最有意思。"景蓝依旧微笑。

肖甜心默了默,心道:还真是像班主任哪!

接下来的事就容易办很多。慕骄阳分析推测,十字架的尾部就是大家要找的地方,人质被囚禁在那个大致范围里。

技术员和当地向导沟通,根据十字架尾部的经纬度推出了大致的位置。

但海角还没有回来,他和慕骄阳通了电话,为了确保安全,一定要等到他回来才能一起行动。他从临镇的大山赶回来,还需要将近两个小时。

因大战在即,所以慕骄阳他们马上回了酒店休息。

回到酒店后,慕骄阳和肖甜心和衣躺下。他心事重重,因为他没有对她说实情。凭直觉,他觉得这名凶手是冲他来的,并不是仅仅挑战"灭罪先锋"和"罪犯克星"这两个头衔这么简单。

"阿阳,你还不睡?"她伏到他身上吻了吻他温软的唇。

慕骄阳和她拥吻许久,才说:"甜心,这一趟你别去了,你就待在天幕酒店里。"

肖甜心不搭话。她看向窗外,这里看不到极光。这里是传统的酒店,房间一个个排开,他们是在顶层的总统套房里,安保系数高。这一层只有两间总统套房,另一间住着的是慕林。慕骄阳在刻意保护她。

"会有危险是吗？"她问。

"谁也不知道是什么在等着我们。"他握着她的手放在唇边亲了亲。

肖甜心仰起头来俯视着他："你知道的，我不可能答应。"

慕骄阳想了想，说："甜心，你已经为人妇了，不能再像从前那么任性。这段时间以来，我们没有做任何避孕措施，我们不能冒这个险。"

他一提到这个，她的心就软了。但一想到她才来完"大姨妈"没多久，她就抗议："我刚来完亲戚呢！"

"也有九天了。以我们的……频率，谁也不敢保证什么。我不能冒任何一点危险。"慕骄阳说。其实他说这些全是为了哄她，他只是不想她置身险境，唯一的方法仅仅是利用"可能怀孕了"这个借口。

肖甜心还是不说话。她可是拗得很的。于是，慕骄阳只好说了重话。他说："甜心，你还记得我和你的婚礼吗？你的外婆永远缺席了。"

她的眼中有一刻失神。他又说："还需要我再说一遍你外婆是怎么去世的吗？作为你外公的妻子，她是一个普通女人，但在罪犯眼里，她就是可攻击的对象。当时，外公还在办一起很恶性的连环杀人案，凶手向你外公挑衅，最后更是在外公家中，让你外公外婆保持通话，让你外公亲耳听着你外婆被枪杀。你外婆去世时，你妈妈才三岁。外公一直像没事人一样，可是他的伤痛始终在。他为了正义事业奉献了自己的一生。甜心，你我的工作很危险，或许有一天，我们也会面临这样的困境，但我绝不会让你出事。我情愿出事的是我，我只希望你好好活下去。甜心，即使我们被分隔在两个世界，最后我们也会同穴，永远在一起。万一，我是说万一，我真的出事了，你要像外公一样坚强地活下去，等你老去，我会在另一个世界等着你。但如果你不遵守这个诺言，你胆敢有一点点不爱惜你自己的生命，即使上穷碧落下黄泉，我们都永不相见。"

"不要说这样的话。"她一把捂住他的唇，这话多么不吉利。

他们是生则同衾，死则同穴，永不分离的。

慕骄阳却说："甜心，我们做这一行，就要准备承受这样的后果。变态们可能会报复犯罪学家本人，或报复他们的家人。但你很聪明，所以你不会有事。我需要你坚强。你也不要忘记，最后，我们会共同埋葬于野蔷薇庄园之下。这世上再不会有人记得我们，但我们融为一体，永不分离，再不用管尘世俗事，记得我们的只有成群而过的绵羊。"

他的手按在她的小腹上，那么温暖。他说："我希望已经有一个小公主在这里了。你喜欢小太阳，那就小太阳也行。反正将来我们还会有很多机会要好多个小公主。"

她顿了顿，说："好吧，那你和景蓝万事小心。"

"好的。"慕骄阳亲了亲她的唇，说，"海角派了六名特警在暗中保护你。"沉默了一会儿，他又说，"甜心，你一定要坚强。如果，我没有回来……"

"好，我会小心，你也一定要平安归来。"她马上截断了他的话。

"一言为定。"

"一言为定。"

他已闭上眼睛，她躺着他的怀里温柔地说："阿阳，你说错了。不会只有绵羊记得我们，还会有无数的慕氏子孙记得我们。我们还有很长的路要走，所以我们会儿孙满堂。"

他嘴角一勾，笑了："是，我们会儿孙满堂。"

五

慕骄阳小憩了一会儿。

海角的电话一到，他猛地睁开了眼。

他迅速地站起，而肖甜心也跟着起来了。她利索地替他抚平套头毛衣的褶皱，拿来羽绒大衣替他穿上，并扣好纽扣。

"万事小心，我在这里等你回来。"肖甜心郑重地交代，像所有留在家中等待自己的丈夫平安归来的警察的妻子。

慕骄阳温柔一笑，说："我不会忘了我们的承诺。"他指的是如果出事，她答应过他的，一定要好好活下去。

其实，他在向她要承诺。她抿了抿唇，说："我也不会。我们会儿孙满堂！"

他站在门边，十分不舍，回头看了她一眼说："万事小心。"

他还是走了。

肖甜心若有所失，但还是乖乖地躺回到床上去，拥着被子强迫自己睡觉。

另一边，慕骄阳、景蓝和海角还有一众警探骑着雪地摩托在风雪中飞驰。

地图上连起来的十字架的尾部指着的那片区域其实地域宽广。真要寻找，也非易事。

搜山大队也一起配合寻找。考虑到人质被关押许久，队伍里还有一

位法医在。

海角、溪、法医三人与慕骄阳还有景蓝一组,他们在一条岔道上,和其他队分开。这一带山林岔道太多,又全是雪白,慕骄阳把红色标签打在树桩上以做记号。

这一片像是猎户区,每隔几百米会出现一栋林中木屋。这无疑增加了他们的搜救难度,因为这些木屋里可能就关押着他们要找的人,可他们目前无疑是在大海捞针。

最年轻的溪沉不住气了:"慕教授,真的是这一带?可木屋这么多,哪家是?"

其实慕骄阳心里也没有底,这一次,不会再有圣母的彩绘玻璃,会是更原始的地方。

景蓝问他:"你有什么想法?"

"凶手肯定将人质关在这一带。他很聪明,懂得如何隐匿才更安全。"慕骄阳放慢了速度,仔细打量路过的木屋。

他一抬头,迎着迷蒙的风雪,忽然发现了不远处耸立着的十字架。十字架在风雪中若隐若现。

显然,景蓝也看到了。他说:"到了。"

"是。"慕骄阳答。

一行人加速赶往十字架处。

十字架在一座雪山脚下。

石屋是用炸药将山体炸出空洞后沿着山体而建的。在石屋离地十多米高处有一扇异常美丽的玫瑰玻璃窗,但上面没有圣母马利亚图像。

而山体石壁的外层搭了一层木屋檐、木门框,和木门框上的巨大黑色十字架一起立在那里。

慕骄阳和景蓝说道:"他始终是个扭曲的变态,所以他杀人时会代入自己的幻想。不然,他得不到乐趣。十字架和玫瑰窗是他无意识的投射,也是他的自发行为。"

"对。"景蓝想了想又答,"但是也可能是他故意为之,引我们上钩,里面布满陷阱。"

慕骄阳早把这点想过了,他说:"里面埋有炸弹。"

海角一听有炸弹,马上一惊,可这里是旅游区,又是郊外,哪里有拆弹专家。溪说:"队长你忘了,橡木林教授刚好在这边度假,就是有点远。"

景蓝说:"你哥哥不是懂拆弹吗?"

慕骄阳马上反驳："不，他得保护甜心。"

到了这里，慕骄阳一众才发现，手机和对讲机的信号都失灵了。凶手加了干扰器。

得让一个人回去带拆弹专家过来，还得让一个人去把附近的队员集合并带过来。于是海角让法医去带专家过来，而溪去找其他队员。

溪说："要不找消防队，从云梯上去把玻璃窗打破从那儿进去。你看，这道石门推都推不动，一点缝都没有。"

慕骄阳摇了摇头，说："别碰那扇窗，估计窗后埋有炸药，一打破它一切就都完了。"

海角骂了句"见鬼"，没想到凶手如此狡猾。

溪和法医不敢耽误时间，马上走了。

景蓝对了眼时间，说："刚才离我们最近的是皮吕带的队，带他们过来一去一回需要半个小时。"

正在此时，石门突然开了。一个经过处理的尖锐声音说道："欢迎来到我的乐园。"

慕骄阳眸子一沉，知道他的游戏开始了。

海角急着救人，哪怕里面的三个人只是社会的最底层人员。除了那个人贩子，另外两个人其实不算太坏。

景蓝拦下他，说："等大家一起行动。"

"只怕他不会如我们所愿。"慕骄阳说。

突然，石屋里传来一声女人的尖叫："救命！"叫声戛然而止。可是漆黑的山洞里没有女人跑出来。

他们又等了三分钟，石屋里没有一丝光，也没有一点声音。

"该死的！"慕骄阳低骂了一句。下一秒，女人痛苦的尖叫声贯穿夜空，而海角已经咬了咬牙冲了进去。

别无他法，慕骄阳和景蓝也跑了进去。

然后，他们听到背后轰的一声，石门被关上了。

景蓝平静地走回去摩挲那道门，淡淡地道："我们被封死了。"

他们已经没有退路，只能向前。

这里太黑暗了，大家根本连路都看不见。

慕骄阳问了声："队长，你还好吧？"

"嗯，我就在你们前面，我摸到了楼梯。就是太黑了。"

"队长，你哪里也别去，就在那儿等着我们。"慕骄阳说。

景蓝正要取出手电筒，石室忽然亮了，不算很亮，但也有橘黄的一团光挂在头顶。

三人一抬头，只见离地面二十多米处悬着一盏灯，是最普通的那种橘红的灯泡。紧接着，两边的壁灯也亮了起来，但光线依然微弱。只有那扇玫瑰窗户始终明亮，透出圣洁的光芒。

玫瑰窗折射出五彩的光，投在地板上轻微地跳跃，那种感觉神圣又庄严。

"玫瑰窗那里还装有灯。"景蓝说。

"四处都是黑暗，唯那扇窗是光明。就像……"慕骄阳在努力搜索那个词，找寻那个感觉，"就像是圣父或圣母在那儿看着，给世人以审判。"

景蓝想了想，点头："的确是这个感觉。"

三人上了楼梯。

和一层的空旷不同，二层的摆设就像简易的家，虽简易但也十分雅致。慕骄阳说："是凶手的品位。"

他又看到墙壁是雪白的，一尘不染。每样家私都很干净整洁，地上摆放着猩红的沙发，透明的玻璃桌，桌子上还摆有花瓶，水晶花瓶里插着一朵海棠干花。

慕骄阳蓦地一震，凶手会对甜心不利！

景蓝一把按住他的肩膀，用很轻很缓却很坚定的声音道："骄阳，别急。只有你平安出去，才能帮助她。"

他没有说"救"字，只说帮助。

海角意识到问题的严重性，对慕骄阳说："慕教授，请放心。我派去保护肖的是六位特警，身手了得。"

慕骄阳逼自己集中精神，四处观察环境以完成对凶手的侧写。

墙上挂有许多油画，全是世界名画，十分珍贵。但一一看完，也并无特异之处。风景画、人物肖像画、抽象画、印象派画都有。

慕骄阳看到走廊尽头有一道门。

他走了过去，轻轻一推，门开了。

从布置来看这里像卧室，可是挂着的却是《耶稣受难图》。

又是和十字架有关的！慕骄阳咬牙，凶手"被背叛"的投射十分强烈。

景蓝站在离他五米远处，也推开了门。里面也有画，画的是圣母怀抱着圣婴，还有两个小天使围着圣婴飞翔的情景。"凶手无意识的投射，是对母亲的渴望。他的妈妈没有伤害他，但在他成长的过程中对他很冷淡。

可这不足以造成他变态。"景蓝说。

海角也推开了一扇门,然后大呼:"天哪,真变态!"

原来这里是属于儿童的房间,还放有摇篮。地上铺着宝宝地毯,放着一地的玩具。墙上挂着的唯一的一幅油画,上面是天神宙斯,所有欧洲人的父亲。

慕骄阳和景蓝先后进入这个房间。

慕骄阳说:"凶手和爸爸的感情更好。"

景蓝忽然说道:"就像洛心和养父本杰明的感情更好一样。"

原来,他也发现了。

慕骄阳点了点头。

忽然,那个尖锐的声音又响了起来:"大家对看到的还满意吗?我给了那么多信息供你们侧写,你们发现什么了?噢,别忘了那三个疯子,如果你还找不到她们,那么我就替你处理掉她们了。"

一说完,声音再度消失了。

慕骄阳想了想,走回主卧。

那幅《耶稣受难图》表达了他强烈的情感,他时刻觉得被背叛。可是被谁背叛?

慕骄阳伸手去摩挲那幅画,终于摸到了凸起,他一按,整面墙翻转过来。

里面很黑暗,是一条不知通往哪里的过道。三人只好继续朝前走。

忽然间,四周变得空旷起来,能看到前面淡淡的一点彩光。慕骄阳加快脚步跑了过去,原来这里是一个隔层,一低头就可以看到他们刚才进来的一楼大厅和另一面墙上的玫瑰玻璃窗。

如慕骄阳所推测,无论身处何地,都会被这扇窗所照耀,如同凡人走到这里接受天神的审判。

"队长。"慕骄阳叫海角,可是一回头,没有看见他。

幸好,景蓝还站在走廊的尽头。

他快步跑了过去:"海角怎么不见了?"

这里太暗,唯有靠近玫瑰窗那里才能感受到光亮。景蓝揉了揉眉心说:"刚才听见那边传出一声叫喊声,海角就冲了过去。我们不能分散,所以我在这里等你。"

慕骄阳和景蓝沿着分岔小道走到了尽头,那里是死路,只有一面石墙。

慕骄阳用力推,石墙居然开了。

两人走了进去。

门又轰的一声关紧了。

这里有一盏灯，发出惨淡的白光。

两人往里走，在尽头看到一张木板拼成的床，上面躺着一个女人，已经死去多时。但他们还能闻到浓重的血腥味。

慕骄阳掀开那张厚厚的毛绒被子，被子下的尸体被一件厚厚的羽绒服包裹着，但是已经干了的鲜血染红了床单，染红了那件裹至脚踝的羽绒服。

"死因好像是被割断了颈动脉。"景蓝伸出手来，指了指女死者的颈部。

慕骄阳仔细看死者颈部的伤痕，是三四条刀痕。他说："凶手力气不够，反复割了好几次。下颌那里也有一道勒痕，是人手勒的。"

慕骄阳从衣服内袋取出手套戴上，拿起死者双手仔细看手腕处，又说："手腕有被绳索捆绑的痕迹。"然后他拉下了羽绒服的拉链。

死者的身上坑坑洼洼，惨不忍睹，一块一块的肉被割走，割得毫无章法，有些地方割得太深，已经露出了白骨。

而死者腰部那里还有被什么勒过的痕迹，不是绳索。慕骄阳推理："杀人的是两个人。力气都不够，一个人双手合抱用力勒受害人的腰部，另一个人一手勒着受害人下颌，一手持刀反复割颈部。凶手是两个女人。"

景蓝白皙的脸更为苍白，但他还是平静地说："这里没有见到任何碗碟和吃的喝的，也没有饮用水和食物残留的痕迹。"

慕骄阳一震，说："糟了！海角有危险！"

然后石室另一边传来嘭的一声枪响。

第二十八章 谁是猎手

一

慕骄阳和景蓝猛地冲了过去，却被一道石门阻隔。

慕骄阳拼命地捶打，石门纹丝不动，过了不知道多久，五分钟？十分钟？石门忽然开了。

慕骄阳走在前面，景蓝将一只手按在他的肩上，说："别冲动。"

"嗯。"慕骄阳跑了过去，只见海角躺在血泊之中。

慕骄阳赶忙检查他的伤口，是腹部中枪。

海角还有意识，吐出一口血说："你们赶快走，别管我。"

"队长，别说话。"慕骄阳冷静地说道。他的眸子又黑又沉，他说："我会带你出去的。"

景蓝已经从房间里找来布条，帮助慕骄阳一起给海角包扎伤口尽量止血。

慕骄阳一直很警惕，他观察四周的动静，然后说："那两个人质靠

与人相食熬过十三天无水无粮的日子。凶手应该对她们下达了命令，杀死我们她们才能存活下去。所以其中一个装受伤，趁队长救她时抢了他的配枪并开枪。"

海角点了点头："是，她扮受伤。"

这样的诡计只能成功一次。现在她们躲起来了，一个人手里有枪，一个人手里有凶手留给她们的刀。

慕骄阳和景蓝扶了海角起来，一起向前走。

海角说："你们留下我，出去了再回来救我。"

慕骄阳坚持："这里有炸弹，我们命悬一线。要么一起出去，要么只能死在这里，不可能再有机会回头救你。"

景蓝说："你闭嘴吧！再说下去只是妨碍我们。"

那声尖锐的变声又响起："你们还要带着这个窝囊废一起？呵，让我来看看，给你们准备了什么好玩的游戏。有两个女疯子，合计把最先病倒熬不下去的人贩子杀掉了，还吃了她的肉，喝了她的血。不知道接下来，她们会怎样对付你们呢？也是生吃你们的肉，喝你们的血吗？"

前面有一道黑影一晃而过。

慕骄阳手中持有枪，但并没有扣动扳机。他握枪的手颤了起来。

他在挣扎。景蓝发觉，他的道德底线开始动摇。

"为了生存，她们是被你逼的。"景蓝淡淡地说道，顿了顿又加大了声音，"这样的情况，在法庭上可以辩驳。你们两位都不是穷凶极恶之徒。当时没有选择，现在有。你们可以放下武器走出来，我们带你们离开。"

慕骄阳忽然抬起头来，他的那对眼睛是澄净透彻的，他整个人很淡然，身上没了刚才的戾气。

"你是慕教授。"景蓝说。

慕教授点了点头，淡淡地道："我来帮助骄阳。"

"你们最后给她穿好衣服，放到床上，盖上被子，是因为你们感到愧疚。我可以理解你们。你们不想和我们同归于尽就走到这边来。这里装有炸弹，不管他当初给了你们什么承诺，最后都会杀了你们。他在极光森林里已经杀了十三个人。"慕教授说道。

显然是为了给她们思考的时间，慕教授和景蓝扶着海角开始寻找出口。

一个低弱的女声道："没用的。我们找了十三天，根本没有出口。"

"你给我闭嘴，不要相信他们！"另一个道。

慕教授看着远处拐角那道淡淡的光，想了想道："出口在后门。向着玫瑰窗的光亮走，会指引你们找到出口。"

然后，他们听到了窸窸窣窣的声音。她们跑远了。

景蓝压低声音："她们其中一个人的手中有枪，要小心。"

三人走得慢，但还是走过了转角，始终向着光亮走去。慕教授说："以你的专业眼光来评估，她们的心理状况如何？"

"其中一个人有很深的愧疚感，所以将尸体盖了起来。她对我们没有动杀机，否则刚才可以向我们开枪。但也有可能是她惧怕我们两个男人，还在思考下一步。"

"向弱的那个下手，攻击那个支配者。"两人同时说起。

慕教授说："你们被关了十三天，这位海角队长一听到消息就急得马上赶了过来，他本来就为了破十三人被杀案而两天两夜未眠，跑了无数山头，只为了将十三个丧尽天良的人的尸体起出来。他说，谁也不能代替法庭行私刑。"

景蓝接着说："他说绝不会放弃你们。他找了很久，一找到这里，明知道有陷阱和危险等着他，可是他义无反顾地第一个冲了进来。他家中还有两个孩子等着爸爸回家。他的妻子已经病逝，那两个孩子，可能很快就没有爸爸了。"

他们听到了一声抽泣。

慕教授在大脑里拼命搜索从本那里看到的信息。那位毒枭的情妇，名叫金的女人是个孤儿，很小的时候就因车祸失去了双亲。

"金，别哭。你是金对吗？你是不是想起了你的父亲？车祸时，他为了保护你，将车往另一边撞去，他被撞成了肉泥，而你的妈妈第一时间解开安全带扑到你身上保护你。你看，现在海角队长伤得很重，可是他的家中还有两个孩子，她们就像你当年那样，期待着爸爸回家。她们已经没有妈妈了。"慕教授的声音低醇又温柔。

他的话在空荡荡的空间里回荡。

景蓝扶稳了海角，慕教授松了手。

支配者会向他们出手。

黑暗里，慕教授听见了子弹上膛的声音，为了不伤到景蓝，他走得更偏，说："金，我可以帮助你。是你下手的，对吗？可是明明你力气更弱，你却选择了首先拿起屠刀，为什么？我猜你怀孕了，为了宝宝，你才割下了第一刀。"

哭声忽然止住了。

"可是你很内疚，非常内疚！是你替她穿好了衣服，也是你一个人将她抬回床上去，并盖好。"慕教授又朝前走了几步，"金，到我身边来。后门那里会有机关，你相信我，我们一起离开。"

由始至终，慕教授都避开另一个人，不提她的名字。她受到了孤立，又是支配型人格，感觉到了危险，会首先发动进攻。

他躲到了一块大石头背后。

脚步声近了。

他忽然又说："当初枪在你手里，对吧，金？因为如果是另一个人开枪，就会一枪打中海角的心脏或太阳穴。是你留了他一命。那现在呢？枪被她抢走了是吧？因为你没有杀死海角。"

更进一步分化了两人。

"呵呵。"尖锐的声音又响了起来，"精彩，精彩！慕骄阳，你那张嘴真厉害。这是背叛！郝妮尔你还不快动手！"

金已经背叛了和郝妮尔的同盟。

凶手说"背叛"两个字时尤其狠厉。慕教授想，那是他直接的投射。

慕教授已经离开了刚才说话的地方。

郝妮尔压低脚步声跑了过去，嘭的一声，子弹打在石墙上。她一惊正要躲，左侧一道颀长的身影猛地向她扑了过来。她举起枪正要射击，那道影子一闪，子弹打空，而慕骄阳强劲有力的手臂一收，勒紧了她的脖子。

她拼命挣扎，他的手抓着她持枪的手拼命往石墙上击打，咔嚓一声，她的手脱臼了，她吃痛，枪掉了出去。他在她快要断气之际收手，郝妮尔沿着石墙滑了下去，而他已经拿回了海角的配枪。

慕教授耳朵一动，听到了脚步的移动声，是属于女人的，不是凶手。

他说："我没有杀死她。我来这里不是为了杀死你们的。我们都希望能带你们出去。金，请你去找绳子来好吗？把她捆起来，她有攻击倾向。我们一起出去。"

金从阴暗处一步一步走了出来。

她问："凶手真的不会放我们出去？"

"当然。"慕教授目光诚恳地与她对视，"他的目的就是要困死我们。你就算把我们三个都杀了，他也不会给你任何回应。他是变态，只是一个神经病。难道你要拿肚子里的孩子和他赌一把？"

金全身一震，最后选择扔掉了手中的刀。

慕教授向她微笑，点了点头，说："我也很希望能快点成为爸爸，我能理解你的感受。我会帮助你的。"

金的动作很麻利，她找到绳子后就将郝妮尔捆绑好了。

慕教授拍醒了她，说："我们没有时间等你。你要走就走，不走就留在这里吧。"

郝妮尔站了起来，恶狠狠地看着他们。

金跑过去帮助景蓝扶着海角。她低声说："警官，对不起。"

海角只是平静地点了点头："我原谅你。"

慕教授用枪指着郝妮尔的后背说："走吧。"

景蓝和金扶着海角慢慢往前走。

一行人向着那点若隐若现的光走，终于走到了玫瑰窗所处的方位下。慕骄阳看着那扇窗，看了许久，然后沿着窗下左边的方向走了几步，那里是一个缓缓的上坡，他点一点头，景蓝带着大家又跟了上去。

他们绕到光的背面去了。

坡度一直在上升。终于，一道门立了在那里。

金一直很安静，但嘴角挂着淡淡的温柔笑意。

慕教授集中精力研究门上那道密码锁。

那声尖锐的声音又传来了："慕骄阳，你以为真的能走出去？"

"我很好奇，你为什么要绕这么大一个圈，直接炸死我不好吗？为什么还要设置密码？"慕教授说。

那个人在笑，嗓音尖尖的："那样就不好玩了，对你没有丝毫折磨感，那实在没意思。"

"可是这样做就会有变数。或许我就解开了密码安全出来了呢？虽然我不是解密专家。"慕教授一上来就开诚布公。

凶手又不说话了。

为什么？为什么凶手要这样做，仅仅是为了折磨他？慕教授回头看了景蓝一眼。

景蓝就站在那里，笔直挺拔，与他对视时目光也是冷淡如水没有丝毫波澜，那对眼睛漆黑纯净，像冬日下的琉森湖。

这样的一对眼睛，慕教授在另一个男人那里看到过。那些隐晦的秘密还是经由甜心一语道破。

慕教授轻声叹息，其实以景蓝的聪慧或许早猜到了。他说："你要向你的哥哥或是弟弟打招呼是吗？景蓝是 B 的儿子，B 和一个中国女人

生的儿子。"

凶手笑了，他的嗓音越发尖锐："有一个杀人狂父亲，这就是事情的真相。King，感觉如何？有没有感到相同的杀戮血液在沸腾？"

二

"不好意思。我的基因里少了一个 Y，是 XY。我很平静，我连杀鸡做菜都不会，更不要说杀人。我最讨厌鲜血。"景蓝平静地说道，脸上一点表情也没有，仅仅是唇边的细纹在说话时轻微地动了动。

"你要背叛我是吗？"凶手说。

慕教授想，他又一次提到了背叛。

"你我从未同道，何来背叛一说。"景蓝冷淡地驳了回去。

"我们都是 B 的儿子，我们应该做相同的事情，因为我们身上有相同的血液。"

慕教授的眉心蹙起，他觉得似乎是走到了风暴的中心，可真相究竟是什么，还是抓不住。

"你为什么要冷冻那十三个女人的尸体？我不相信是因为要等我来到芬兰，才向我展示。"慕教授说。

凶手答："她们是我的战利品，一开始是为了收藏。我每天都会去看望那些美丽的收藏品，她们由我一手打造，才拥有了灵魂。明明我与世无争，躲在这冰天雪地里，可是你却突然出现了。我看到你的那一刻，就觉得有火在燃烧。所以，我将她们一一剥皮剜眼挖脑断手。你不是喜欢侧写吗？我就让你进入到我的乐园里来。"

慕教授又问："你把三号的大脑吃了？"

"对。她最美丽，你此生也从未见过如此绝世美女是吧？她很好吃。"凶手似乎还在回味，连声音也低了下去。

"食物和性是人类的两大原始欲望。你本质上还是性犯罪者。"慕教授说。

最美丽的女人吗？慕教授的眼神变得温柔，在他心中，甜心才是世间最美丽的女人。

"慕骄阳，你的问题太多了，可是留给你的时间不多了，你只剩最后十分钟。"凶手的话刚说完，密码锁后传来嘀的一声，是炸弹倒计时启动了。

景蓝已经扶着海角走到了他身边，问："你有答案了吗？"

慕教授很无奈："我真的不会解密。我不是万能的。"

"他做这么多，最终的目的无非就是要将我们引到这里困死。在外面，有警察保护，他很难对我们下手。所以他将那些变态珍藏一一抛出，然后供我们侧写，引我们到这里。我觉得他对我们起了杀心。"景蓝分析。

"是。"慕教授答。

"在这里，他还想让我们看到人吃人的景象来击溃我们的意志、我们的信念。"

慕教授听了景蓝的话怔了怔，其实慕骄阳已经动摇了。这一招非常有效。

景蓝又说："但是，他没有料到金怀孕了。比起 H 来，他弱得太多，也不是最优秀的猎人，他很难对我们做出侧写。所以，他一直躲着你。如果不是因为你来了芬兰，瞬间刺激到他，我想，终其一生，他都会选择躲开你和我。金代表的是仅仅残余的最后一点人性，她只是为了孩子活下去。所以，我们走到了这里，没有被他击溃意志。"

那他最后要做的是什么？是毁灭！是背叛！

这间石屋里的所有东西，如他仿画的油画《耶稣受难图》、代表父亲的宙斯、《最后的晚餐》，都是他的心理最直接的投射，反映的是景蓝和慕教授对凶手的背叛，因为景蓝和慕教授都等同于背叛 B。

"背叛，还是毁灭？"慕教授低声说道。

景蓝平静地看着他："你试试换成数字开锁吧。"

上一次，洛心给他的谜题是"双子星"。那这一次呢？背叛，还是毁灭？

凶手笑了："每个人都在背叛。慕骄阳，不单是你。或许你的小宝贝也会背叛，谁说得准呢？"

慕教授的手颤了颤，然后他强迫自己定下心神。

没有时间了。

突然，一个词猛地跃了出来。

"Revenge（复仇）！"慕教授迅速将英文字母按摩斯密码解码转换数字，当最后一个数字被输入后，他听见凶手轻声叹息："如果你死了，一切复仇终止。或许，你该庆幸死的是你。否则……"

凶手的声音消失了。

甜心有危险！

门锁嗒的一声开了，慕教授听见嘀嘀声越来越紧促，他急忙说："快跑！是子母弹，这里马上要爆炸了。"

他将门打开，可是金第一时间冲了出去，接着是郝妮尔。他们三人被挡在了最后面。

海角叫："扔了我！"

慕骄阳是有家室的人，但景蓝没有。所以为了让他逃得更快，景蓝选择抬起海角的脚，走在最后。

慕教授和景蓝抬起海角，一前一后猛地冲了出去。

他们用尽全力奔跑，最后在轰的一声巨响中失去了意识。

在中国有这样一则传说。人在弥留之际或是死后，会走到一座桥前，那座桥叫奈何桥。

奈何桥前有一棵树。人若是对尘世有什么想念和不舍，可以站在树前回望。回望归家的路，或是心中爱慕的人。

慕骄阳已经走到了桥前，思绪混乱，不知道自己是谁。他已经一步踏上了奈何桥，但听见身后有人在叫他："阿阳，阿阳。"

是他熟悉的声音，是甜心！

他退了回来，手扶着那棵树，转身回望。

他看到薄雾聚拢，来时的路已看不见，但她自迷雾中渐渐清晰，她穿着一身洁白的婚纱，是婚礼上那一套。她看着他轻声地笑："阿阳，你看，一座桥，一棵树，好像在等一个人。"那是蜜月时，在荷兰风车小镇，她对他说过的话。

她是在说，她在等着他，等着他回到她的身边。

他向着她跑了过去。

肖甜心做了一个梦，她梦见慕骄阳回来了。

所以，当他轻轻地走到她的床边，伸出手来抚摸她的脸庞时，她觉得自己还是在梦里。

她握着他的手，说："你回来了？"

"嗯。"他的声音很低。

她说："我刚才梦见你到了一座桥上。我多怕你会走过去呀。听老人说，亲人走前都是要回来看看尘世的人的，所以会入梦。我希望那都不是真的，是骗人的。"

他没有回答，但他抚摸她脸庞的手是暖的。这样，她就放心了。

她想，他一定是太累了，所以话不多。没关系，人平安回来就好。

她好像闻到了什么香味，淡淡的，幽幽的，很好闻。

她就笑了："大木头，你是不是破了案，然后还给我采了一株花回来了？”

他已经躺了下去，双手撑在她身体两侧，然后轻轻地吻住了她的唇。

慕骄阳是被痛醒的。他的半边肩膀被轻微地烧伤，已经做了处理。

让他抬着海角走在前面而走在最后的景蓝伤得更重。皮吕说："慕教授，海角队长没熬过去，已经走了。"他说着已是泣不成声，但还是说了下去，"景教授还在手术室里进行抢救。"见他脸色苍白如雪，皮吕连忙说，"你放心，医生说了，景教授的求生意志非常强烈，他会没事的。"

慕骄阳马上扯开输液针，站起来披上大衣就冲了出去。

皮吕连忙要去阻拦他，他说："现在谁在负责？凶手还没有被抓到。"

"是溪警官，他虽然年轻，但他一直是最得力的副队长。"

溪没有一点破获连环凶杀案的经验。海角尚且不能自保，更何况溪。慕骄阳很急，他冲了出去，一把扯过雪地摩托，开始在雪地里疾驰。

风雪早停了，现在是凌晨四点。漫天的极光在闪烁，一浪一浪堆积。整个雪原空荡苍凉，伴着他的，只有比雪比山林还寂寞的极光。

"甜心，你一定不能有事！"

慕教授已经将石屋里的记忆分享给了他。他明白凶手最后那句话的意思。如果他死在石屋里，一切复仇终止。如果他没死，那甜心就会……

是，那才是比死更难受的，那才是他真正付不起的代价！

走廊里静悄悄的，慕骄阳踏上了红色的地毯。

突然，躲在阴影里的三名特警站了出来。

慕骄阳觉得自己的一颗心才算是放下了一半。

"有没有什么动静？"他问。

"回慕教授，没有。这里很安静，没有人到过这里。"

慕骄阳点了点头，轻轻地开了锁。

屋子里很黑，一点光亮也没有。

他的心又猛地提了起来。他记得，他临走前让她一直亮着灯的。

他飞奔进卧室里，卧室里也是一室的黑暗幽寂。

"甜心！"他颤抖着叫了出来。没有人回应。

窗户开着，窗帘翻飞。这里是 30 层。外面一直有特警站在雪地里仰望这里，不会有人试图从窗户进来的，只有经过走廊！

他好像闻到了淡淡的香味。刚要走到床边，他的脚踢到了床边的一支白色香氛蜡烛。蜡烛余烟已尽，只剩一丝袅袅余香带着一点甜意。

他的心一颤，然后他看到了床上睡得正香甜的她。

可是，有什么在心中猛地一动，转而分崩离析。

突然，他感到了撕扯。

很突兀地，他脑海里出现了一片血红，沿着他的视网膜漫延至他的眼核、眼珠、眼膜，然后是整个的眼睛。全是红，是血海，是一个男人自高楼坠下，血管爆裂，血渗透进了他的鞋，一直渗进他脚心里。

男人是那个企图侵犯他的第二任养父。

啊地呐喊了一声，他的身体里像有一头困兽要冲出来了。

然后他听见慕教授的声音，慕教授对他说："醒醒，骄阳你醒醒。"

慕教授语速飞快，说道："骄阳，我和你融合，我帮助你。从今往后，你就是你，再不需要我做你的影子。"

"不，不是现在。有些事，我要搞清楚！"慕骄阳企图抵抗融合，可是最终，他的意志被吸收，他也吸收了慕教授的意志以及全部的喜乐。最后，慕教授说："小甜很爱你，你别忘记她。因为，她就是甜心。甜心永远爱你。再会，骄阳。"

他再次睁开眼睛，什么也没说，默默地捡起地上那香氛蜡烛，然后用塑料袋包裹好，走到套房的一角，撬开一点砖，一个暗格出现。他用钥匙将暗格打开，将蜡烛放了进去，并将暗格还原。那把钥匙被他放到了衣橱里挂着的他的西服的内袋里。然后他平静地给酒店打了一个电话，说将包下这间套房两年，希望这两年里一切保持原样，谢绝对外租住。

当一切被处理完毕，室内的所有香气散尽，他才将窗户关好，在她的床边坐了下来。

他轻抚她的脸庞，她是这个世上唯一令他魂牵梦萦的女人哪。

嘤的一声，肖甜心醒了。

看见是他，她笑得很温柔也很明媚，像春日的海棠花，也像天上最皎洁的月亮。她说："我梦见你回来了，你就真的回来了。"

但慕骄阳只是安静地看着她，有一丝不易察觉的伤感。

"怎么了？"肖甜心坐了起来。

"海角队长死了。"慕骄阳说。

他将放于床尾的羽绒服取来，披在她的身上。

她怕冷，即使开着暖气，也穿着一套棉衣裤。她的泪水打湿了他的手背，双臂紧紧地抱着自己："海角队长那么善良，他家里还有一对小女孩等着他回家……"

"别哭。"慕骄阳隔着她那件红色羽绒服紧紧地抱着她，"我答应你，一定会将凶手绳之以法！"

三

肖甜心一直很难过，毕竟和海角队长也相处了一段时间。她马上起来，要去换衣服回警局做侧写，可是才刚站起就晕倒在地。

慕骄阳替她按压人中，让她清醒。

他一探她的额头，发现她发烧了，幸好不是高热。

可是时间太赶，刻不容缓，他必须马上对凶手做出侧写。而且还有很多资料在警局，做侧写需要回到警局。

门外传来一小队人走动的声音。特警队长敲了敲门，说又增派了三人过来保护。

她强撑着躺回床上，说："我身体一向好，先用退热贴贴着，我睡醒就退烧了。你快去吧！放心，有九个特警保护我呢！"

慕骄阳看着她，似有许多话要说。他眼中有深深的眷恋，她勉强睁着眼睛看着他，觉得他那对眼睛给人的感觉有点哀伤，像是不舍离别。很自然地，她就想起了在游艇的那一晚，他送她高跟鞋，给她做烛光晚餐，他和她还在甲板上跳舞。

她握着他的手贴到脸上来，他的手心真暖哪。她轻声说："阿阳，你曾说过的，穿了你的高跟鞋，和你接吻刚刚好。其实，游艇那一晚，你还想说穿了你的高跟鞋，就要跟你走对不对？可是，现在我病啦，就不跟你去警局了。我觉得很累，想睡一会儿。"

他的身体一震，一半是自己的意识，而另一半是慕教授的意识，他和慕教授刚融合，彼此间还存在没有黏紧的人格分离区。他的意识尚未抵达，他却听见自己的声音说道："甜心，乖乖在这里等。我回来了，再给你做烛光晚餐，或者我们可以去户外在极光下跳舞，那种体验肯定很好，不比在游艇上差。"

"好呀！那甜甜等你回来。"才刚说完，她就睡过去了。

他又看了她一会儿，等站起来时，慕骄阳的意识与力量又全部汇聚在身体里。

慕骄阳对门外的特警做了交代，便先行离开。

警局里，所有的资料都被放到了慕骄阳面前。

他坐在桌前一一翻阅。

这时，他十分想念甜心。她的脑袋里简直像安装了超级小电脑，她

可以在半个小时内把这些资料看完并记录。

叹了一声，他加快了浏览速度。

本一直连着线，回答他的问题。

本说："和你推测的基本一致。十三个女死者里，有八个死者是非芬兰本地的外国人。"

"这样就会造成即使死者失踪，家属报警，死者也难以被发现的情况。为他犯案提供便利。"慕骄阳说。

"的确。这个人很有反侦查头脑。"本答。

慕骄阳抿了抿唇，可是这样做，就必然会有一个致命伤！景蓝说得对，和 H 比，凶手弱得太多。要抓到他不是难事，只是时间问题。

桌面上摊开着一堆照片，全是从尼尔家搜出来的照片。

溪红着眼睛走了过来："慕教授，有什么你尽管吩咐。"

然后不等他问话，溪说："另一队跑周边的警察回来了。根据在河上游对居民录的口供来看，他们最近见过大卫在附近出现，而且出现的次数颇多。"

慕骄阳看着手中的照片出神，在几千张照片里，这一张，其实应该是尼尔对某位女性猎物的跟踪偷拍。

而电脑的另一端，本正在替慕骄阳将尼尔的上万张照片一一分类，好找出有线索的东西。

溪走近了一看，说："呸！真是不知羞耻世风日下。"

慕骄阳看了他一眼道："我和你看到的侧重点不同。"

慕骄阳将照片拿到溪面前，说："仔细看。"

知道他是在教自己查案，溪只好红着脸去看。照片只拍到女人洁白身体的下半身和处于站位的男人的一半身体。女人的上半身被木窗遮挡，而男人的头没有被摄进去。女人躺在粗糙的木案上，木案和她娇嫩的肌肤形成鲜明对比，她的两腿打开，而男人西装革履，站在她腿前。

"看到了什么？"慕骄阳再次问道。

溪的脸更红了。皮吕也走过来帮忙，同样看得面红耳赤，腼腆地说："慕教授，你就不会感到不适应吗？"

慕骄阳十分无奈："我看过的还有变态连环杀手为女受害者拍的无数下体照，还有穿着红色高跟鞋的断脚。这样的照片很多，但也是凶手最直接的诉求，是破案的线索。你有兴趣，我发给你慢慢看！"

电脑另一边，本笑了起来。

皮吕脸色一变，连忙摇头。

慕骄阳说："你再要吐，出去吐。"

皮吕："……"顿了顿，为了表示自己不是那么无用的，他说，"男人的皮鞋很昂贵，西服也是，和这个室内场景格格不入。"

溪道："这里是大卫第二间木屋的后仓库。"

"是。你们都还算有救。"慕骄阳给予肯定。

本把这张照片放大了一百倍，发给慕骄阳看，声音也即时传了过来："女人的右大腿根部内侧有连着的两颗小痣。"

溪连忙会意，马上和皮吕一起翻阅法医报告。

"是最漂亮的瑞典女老师。"溪答。

慕骄阳说："从照片里女人的肌肉状态来看，当时她是活着的。"

大家一起找，又找到了几张照片，还是三号。三号的大腿紧紧缠着男人。所以，她也没有被用安眠药，他们发生关系是你情我愿的行为。

"本，你查一下这个女人的网络信息，例如她一般爱看什么网站。"慕骄阳说，"还有二号、九号，都是芬兰本国人。其他几个国家的人，她们都爱逛什么网站，全部查出来，然后交叉比对。"

本不说话，马上开始工作，十指如飞，非常投入。

那些照片太杂乱，还有很多是风景照，但都和女死者被发现的现场有关联。溪说："要不我再去审问他？"

"尼尔和相片里的男人没有交集。尼尔不缺钱，不会为了钱而去勒索。他真正的嗜好仅仅是拍和看这些下流的照片。尼尔是性无能。"慕骄阳说。

皮吕瞪大了眼睛："从这几张照片就可以看出？"

慕骄阳十分无奈："从他拍摄的角度来看，他对女性的下体很感兴趣，可是他更感兴趣的是男性在发动攻击时的状态，即用力地撞击。他抓拍的多是这个角度，用心理学术语来说，是对他自己的投射。他渴望狠狠地撞击，可是他无法做到。"顿了顿，慕骄阳又说，"你看这一张，拍摄的还是同一个男人，那对皮鞋相同，但衣服不同。而男人在性交时，手在卡女人的颈项。这张照片拍得很用力，证明尼尔已经开始变态了，他会杀人是迟早的事。你们放了他后，记得时刻留意他，然后追捕他。因为这件系列案闹大了，已经成为尼尔的导火索，他在半年内必将达到变态，开始杀人。"

"鉴于他对肢解、血腥的恐惧，他选择的杀人方式是扼杀。"慕骄阳总结。

皮吕和溪同时握着慕骄阳的手说："老师，收我们为徒吧！我要跟着你学犯罪心理！"

慕骄阳："……"

电脑里的本已经笑得绷都绷不住。

慕骄阳只是说："好吧。我把一件重要的案子完结后，未来三年会在中国的夏城市教书，教的就是犯罪心理。你们可以来听课。"

"这个不像是大卫。"溪说，"大卫性格豪爽，虽然西装革履，但他的风格更粗犷，而照片里的男人穿着斯文精致。而且这种男士尖头鞋对男人的要求高，一要够帅，二也要是那种平常就不怎么需要走路，有车代步的男人。"

"是，这里就是突破口。大卫只是清秀，人也健谈，但不太像是很有女性缘的男性。重点是，他爱打猎，我见了他好几次，他平时一般穿靴子，仅仅穿了两次皮鞋，还是宽头那种。"慕骄阳说。

本把另一份名单发了过来，道："你要的有专业医学背景的嫌疑人，有十五个。对了，还有一个，但他本人没有学医的履历，可他家族的成员是医学界的权威人士，包括他的妈妈，是一名神经脑外科主任。"

"这个人是谁？"慕骄阳猛地一震。

"是天幕酒店的老板，贾斯丁。"本答。然后电脑视频里又传来嘀的一声，本大呼："有了！十三名女性，其中七人都登录过一家名为'极光之恋'的网站。那是一个类似角色扮演和交流的聊天室网站，登录后可以和里面每个人聊天，互相勾搭。"

本又开始快速地敲打键盘，最后说："尽管其中一个 IP 使用了不同的代理器，随意切换在任意国家登录，但这个 IP 用户和这七个女人都有聊天，而且内容相当暧昧。"又用了一点时间，他说，"IP 地址最后落在大卫的家里。"

慕骄阳站了起来："走，带上大队马上出发！凶手是贾斯丁。他和大卫本就是同一家酒店的老板和下属，互相认识。这样的情况下，大卫租下那栋木屋，根本就是替贾斯丁租的，只不过以大卫自己的名义。"

溪正在召集人马，三名警察从外回来，正是去河上游搜集证据的治安警察。治安警察马上汇报："有新发现，除了大卫在河上游附近出现过，我们还把一百名嫌疑人的照片分发给居民看，有一个居民记得另一个男人和大卫同时出现，当时两人在交谈。那个男人是天幕酒店的老板贾斯丁。"

无论是犯罪心理，还是传统刑侦，最终殊途同归！

溪高兴得叫了一声："队长，我们给你报仇！"

慕骄阳首先冲了出去，他还是慌了。甜心就在那家酒店哪！

四

快六点了。

极光早已停止舞动，乌沉的天幕出现曙光。

六名特警在肖甜心房门前走动，一直处于高度警惕的状态。

肖甜心在睡梦里很不安稳，她总是做梦，梦见他回来了。

在梦里，深蓝的海水轻晃。她又梦见了在恶魔岛的游艇上的那一晚。她和他在月下起舞，她累了，就倚在他的肩头，她垂下眼眸，看到了脚上踩着的小红鞋，是那对他送给她的婚鞋。

"你想跟我走吗？"梦里，他问出了那一句一直没有出口的话。

肖甜心抬头看他，一直看着他，看着看着，眼睛就红了。

"你想吗？"他轻叹了一声，伸手替她拭去泪水。

她没有回答，一直一直看着他。

然后，她就哭醒了。

她夜半醒来，他不在她身边。

衣帽柜那里传来嗒嗒声。

肖甜心一惊，连忙披了羽绒服起来，走到衣柜那里。

她将退热贴撕掉，摸了摸额头，退烧了。

"甜心。"衣柜那里传来低声的呼唤。

她的心一跳，她连忙将衣柜门打开，慕林钻了出来。

她正要说话，他将手放在唇边，做了一个别说话的动作。

他又钻回了衣柜里，并对她伸出了手。

她飞快地跑到鞋柜处提起运动鞋，急匆匆看了一眼外面大门的门缝，只见一对皮鞋停在她的门前。

她记得特警们穿的是军用靴。

肖甜心飞快地躲进衣柜，轻轻地将衣柜门关紧。

她脚尖一触地，就被慕林拉着手臂催促："赶紧走！快！"

她把雪地靴穿好，跟着他跑了起来。

慕林拉着她钻进了床底，原来那里有一道暗门。

两人将暗门复位，沿着密道奔跑。

慕林在前面带路，将自己的围巾摘了下来让她戴着并遮挡脸部。他

推开一道暗门后，就到了直达电梯那里。

两人是从酒店的后门离开的。

那里早备有一辆雪地摩托。慕林一把将她拉了上来，两人在雪地里飞驰。

他越骑越快，她几乎抓不住车的边沿了。他说："抱紧我。"她犹豫了一下，双手抱紧了他的腰身。

"你指路，我们马上回警局。"慕林语速飞快，"酒店大门外还有三名特警巡逻，但应该是凶多吉少了。"

风雪渐大，四周白茫茫的。尽管有她指路，可很快慕林就发现两人迷路了。

肖甜心让自己冷静下来，想逼自己认清路，可雪越来越大，飘落的雪花坠在她的眼睫上，冰冷一片，让她刺疼。"什么声音？"她的心忽然一紧。

慕林低骂了一句说："他追上来了。"顿了顿，他又说，"他应该派来了杀手。"

慕骄阳已经将在石室的大致情况和她说了。她的身体猛地一震，她知道凶手不会亲自来杀她，只会派杀手来。而凶手则要去……

雪地摩托还在飞驰，不能停下，否则两人只能被杀，可是越跑，前路越迷蒙。

当慕骄阳带着一众警察赶到天幕酒店时，就发现三名特警倒在了树丛绿化带里，只露出半截靴子。

他连忙往酒店的顶层赶去。

守在门前的六名特警全部中枪倒地，仅剩的一名特警用仅余的一口气说道："她……她逃出去了。"说完，特警咽下了最后一口气。

溪见慕骄阳住的房间的大门开着，他急着想去查探，就要往房间里冲。

"小心！"慕骄阳一把将他拉了回来，溪才看见门边上有一根很细很细的线。

"快撤退，有炸弹！"慕骄阳迅速往回跑。

一众警察尚未跑到楼梯口，轰的一声，强大的冲击波从走廊一角席卷而来，慕骄阳再度被炸药的威力冲撞飞扑倒地，当他再爬起来时，耳朵里嗡嗡地响，他知道自己脑震荡了。

剩下的七八名警察伤得很重。凶手很聪明，炸药并非安放在慕骄阳住着的总统套房里，而是在走廊上。

慕骄阳留了两人善后，带着溪与皮吕还有四名特警冲了出去。

雪地里还有雪地摩托远去的痕迹。雪变大了，再不追赶，只怕就会找不到甜心了。可是，贾斯丁真正要去的地方……

慕骄阳陷入了两难。

可下一秒，他咬了咬牙，已经将摩托车发动，沿着痕迹飞驰。

慕林带着肖甜心躲进了一个天然石洞里。

两人已无路可逃了。

外表看似石洞，可越往里走，肖甜心越感不妙。因为石洞开始出现人为的痕迹。

见她因恐惧而颤抖，慕林压低嗓音说道："别怕。或许是猎人住的荒野小木屋。"

肖甜心摇了摇头，说："刚才我听见我们身后左右两方都有渐近的摩托车声音，你为了逃避，沿着没有声音的方向拐去，一直跑，然后到了这里。我觉得，这是凶手设下的局，故意将我们逼到这里。"

慕林的脸色变得苍白。而且多条车痕会拖延慕骄阳和警方的追踪时间，因为警方必须分析车痕的走向。他从衣服内袋里取出一把枪交给她，说："保命要紧。万事小心。"

正说着，嗖的一声，一枚子弹射了过来，堪堪从他的脸庞擦过，一道血痕浮现，血渗了出来。第一轮攻击开始了。

这里本就昏暗，为了不引来敌人，慕林将手机的照明灯也熄灭了。黑暗里，他拉着她，慢慢地往里走。两人都压低了声音，每走一步都特别小心，生怕弄出了什么声响。

忽然，有什么从她脚面爬过，吓得她身体一僵。他已经蹲了下来，在她脚面上一捏，原来是只老鼠。他将老鼠放进了一道石缝里。他之前看到过有延伸的水道，有水从上面渗出，落到外面，所以老鼠能爬出去。

果然，两人才走了二十分钟，就听见了外面的枪响。应该是杀手将老鼠的声音误以为是他们了。

慕林嘘了一声，拉着她继续往里走。

两人开始往上走了。

然后狭窄空间渐宽，她看见了一道淡淡的七彩光。

肖甜心蓦地想到了慕骄阳提到的石屋里的玫瑰玻璃窗，窗壁装有灯，照耀着整座石屋，像在给世人以审判。

她脚步一顿，停了下来。见慕林还在走，她一把拉住了他。为了能

使说话声再轻一点，她只好更靠近他，在他耳边说："别走。里面有杀手等着我们。"杀手就在玫瑰窗下。

两人卡在一条过道上，进退两难。

慕林扯了扯肖甜心，带着她往一条偏道走。那里窄，像一条岔道，可以通往石屋的另一处。两人慢慢走了进去。这时，劲风扫过，慕林本能地转身挡在肖甜心的身后，而肖甜心则感觉到了他的胸膛撞在她身上的力度。他中枪了！

可是，慕林没有发出一点声音，只是死死地咬着唇，咬出血来。

"你……"她的嘴被他的大手捂着。他贴着她的耳朵说："别说话，躲起来。"他指了指另一边，那里是一道很窄很窄的密道，肖甜心以眼神示意他，而他只是笑了笑，说："我去引开他们。"一说完，他就小跑着过去了。

肖甜心咬了咬唇，眼里有泪花在转，可是只能乖乖地猫着身躲了进去。走进去好几米，完全进不去了，但左边还有一个地方凹着，她整个人窝了进去，蹲着死死地抱着自己的双腿。她瞪着一双大眼看着，可是除了黑暗，什么也看不见。

慕林是对的，这里很安全。

可是他生死未卜。

慕骄阳在仔细研究和分析车痕走向。

追到这里，出现了四五道摩托车痕，因为风雪，车痕被掩盖，变得模糊起来。

溪很急，任谁都看得出，是有四五个从不同方向而来的杀手。

脑海里，那个低醇的声音对慕骄阳说："你看，像不像围捕？"

将猎物赶往固定的地方，就是围捕。知道他和自己想的完全一样，慕教授叹："在凶手选定的地方肯定还有杀手等着。骄阳，去吧，根据你心中的想法去走。"

慕骄阳将四五道车痕都分析完毕，赶往靠东的一条道。那一带，越走居然越开阔，而他发现，刚才还看得见的细细的一道车痕已经被风雪完全掩埋了。

怎么办？一众警察都在问他这个问题。

他又向着前面开去，只见有两三个木屋出现。溪知道，追踪的难度更大了。

"找沿山而建的石屋。或许没有玫瑰窗，但一定会有十字架。那是贾斯丁直接的心理投射——背叛。"慕骄阳说。

最终，一行人见到了那座石屋，没有门，可自由进出，在洞口上方刻有一个十字架图案。

这一次，大家是有备而来，都戴上了夜视镜。

肖甜心抱着自己，紧紧地挨着背后的石壁。她感到越来越寒冷。

她哆哆嗦嗦地开了开口，白雾喷了出来，呵气成霜。

好冷。她的手指都被冻僵了，现在就算让她握枪，她也没有力气握紧了，更别说扣动扳机。她想闭上眼睛睡觉。然后，她似乎听见慕骄阳和她说："甜心，醒醒，别睡。"好像还有 Tom 和她说："甜甜，别睡。"

然后她就听见了四处响起的激烈枪声。一个激灵，她完全清醒了过来。

而在这时，她又听见了细微的声音在向她一步步逼近。

她猛然收紧全身的肌肉，然后蹲好，双手持枪不让它抖，悄无声息地对准了来者。

如果杀手来了，她就会给他毫不留情的致命一击!

五

嗒的一声，是子弹上膛的声音。她站了出来，手中的枪毫不犹豫地对准了来人。

"甜心，是我。"

手枪掉到了地上，肖甜心扑了上去，抱着他哭了出来。

"好了，我来了。不哭了。外面的五个杀手都被就地击毙，我们安全了。"慕骄阳搂着她，十分心疼，"甜心，让你担惊受怕了。以后我们都要一起行动，再不分离。"

当她被他抱出石屋时，天已经亮了。雪停了，太阳也爬到了半空之中。他轻声叹："今天是个晴天，晚上还会有美丽的极光。"

这时，她才想起慕林："大哥他……"

"没事，甜心，别担心。他只是被子弹打中了左肩，刚才已经被送去医院了。"

可是两人都知道，一切尚未结束。

赶去医院的途中，肖甜心担忧："贾斯丁虽然是凶手，但是没有实质的证据指向他，对上法庭不利。"

这一点也是令溪感到十分棘手的原因。而且困住慕骄阳与景蓝的石屋也被炸毁了，里面的一切物证都被毁掉了。

慕骄阳说："血缘。我们几个都可以做口供，凶手在石屋里多次提到了血缘。他是本杰明的儿子。只要抓到贾斯丁，取得 DNA 对比就可以了，其他的让陪审团去判决。"

景蓝回到了单独的病房，手术尚算成功。

景蓝的门外有四五名警察守着。

再过十分钟，就是医生要过来查房的时间了。另一队的队长看了眼时间，然后，他打开病房门，只见景蓝侧躺着，面对雪白的墙壁，一动不动。

还是不放心，队长走了进去。看他睡得很好，呼吸均匀，队长这才放了心。

掩上门，队长就在门边的凳子上坐下。

一个医生推着推车走了过来。

队长看了眼他的胸牌，于是站起身，给医生开门，然后随医生一起进去。

医生站在景蓝身边看着他输液的管道，里面的药水一滴一滴地滴落。

听外面的医生说，他刚度过了危险期。见队长就站在他身旁，医生说："你帮忙给他转一转身，我要做检查。"

因为这里是小医院，所以医务人员紧缺。凌晨时分天幕酒店的爆炸造成了八名警员受伤，其中三个还在做手术，护士都在忙。

可队长显然有些犹豫，而在他犹豫的那半秒里，医生突然转身将针头扎进了队长的颈项。队长即时晕了过去。

医生取出手枪，正要对床上的人开枪，背对着他的人猛地跃了起来，一把枪对准了医生的眉心。

贾斯丁漆黑的眼眸猛地一凝，他中计了。

慕骄阳持枪对准了他："别动。你动一下，我就扣动扳机。"

外面的警察全进来了，肖甜心跑进来检查队长的情况，见他没事才呼出一口气。慕骄阳对她说："我说过了，这位不入流的凶手先生对药理和毒理一窍不通，他制造不出来毒药。"

但 H 可以。H 才是那个最可怕的顶级连环杀手。

"你的最后一步计划必定驱使你回来杀死你的弟弟。因为他那么优秀，你完败给他，你不甘心。所以，你要亲眼看到他死亡，没有什么比一枪致命更令你感到血液在沸腾，充满快感。"

一边的溪喷了一声："变态的世界不可捉摸。一般人失败，但又没有足够的证据时，第一念头是逃跑，反正他有钱，逃出国再说。"

肖甜心点了点头："对，这就是变态，不能以常人逻辑来推理，他不完成心中的幻想，是不会走的。"

这也是她和骄阳可以抓到 H 的根本原因。他们这类人不会逃，除非 gameover（游戏结束），或者他们取得胜利。

在她和骄阳还有外公的那个非黑即白的世界里，有时龙①会取得胜利。

慕骄阳用手枪逼着贾斯丁往后退，而旁边的警察全都围上来举起枪对准他，他无路可退。

"你们没有证据。"贾斯丁依旧是风度翩翩的样子，半点不惊。

的确，他们没有足够的证据。抵在贾斯丁眉心的那把枪又紧了紧。

"阿阳。"肖甜心快步走到他身边，手按到了他的肩膀上，她温柔却坚定地对他说，"阿阳，外公上课时提过的，有时龙会取得胜利。很多事情，我们无能为力。尽全力，无愧于心就好。"

溪说："老师，我们可以用刑侦手段再从头去搜集证据。"

门忽然开了。

景蓝由医生推着进来。他始终睡在病床上，无法坐起。完成手术后麻药刚过，他一清醒，就非要过来。

贾斯丁看着他，他们是兄弟，但容貌上差别巨大，唯独一对眼睛相似。

"King，你居然帮着外人算计你的哥哥。"贾斯丁哂笑。

是的，慕骄阳和溪联同医院的医生一早就商量好了。慕骄阳知道贾斯丁的真正目标是景蓝，所以他一直让医生保持手术中，也派了重兵守着手术室，直到他救出甜心，回到医院做好准备，才让医生推了景蓝出手术室。医院里也有小道，慕骄阳早从另一个房间进入了手术室，并打扮成景蓝的样子被推进了这里的病房。

慕骄阳的枪又戳了戳他的太阳穴说："不好意思，景蓝不是你的弟弟。你们不可能同道。"

贾斯丁笑得很轻蔑："血缘是很神奇的。慕骄阳，有一日你会明白。"

"B 有什么计划？"景蓝问，尽管气若游丝，但他很坚决，"还有 F。洛心体内真的拥有 F ？"

贾斯丁忽然笑了："F……"

---

① 出自心理学家兼犯罪学家道格拉斯语录。很多时候，变态连环杀手会逃脱侧写师和警察的追捕，取得胜利。在外国，龙是邪恶的代表，和中国代表吉祥的寓意不同。

他忽地回头，对着慕骄阳笑："Shaw，看好你的小新娘，她尝起来非常美妙。"

慕骄阳脸色一白，手用力一捶，枪托打中了贾斯丁的脑袋，血瞬间流了下来。

景蓝看着贾斯丁，又问了一次："F是谁？"以他的专业眼光来看，洛心太平和，内心毫无波澜，不像还拥有F的人格。但显然，慕骄阳不会相信。

贾斯丁露出诡秘一笑，动了动眼珠子，笑着看向慕骄阳说："你们会后悔的，后悔当初为什么不死在石屋里。死了，复仇终止。"说完，他猛地转身，手枪指向景蓝的方位，一切发生得太快，慕骄阳别无选择，只好开枪。

贾斯丁倒了下去。他一直睁着眼睛看着景蓝。

"好了，现在，龙被斩下了头颅。"慕骄阳说。他的语气十分冷漠。

景蓝的目光从贾斯丁那儿移到了慕骄阳身上，那一声枪响，像是谁开启了慕骄阳身体里的潘多拉盒子。

景蓝说："我想和慕骄阳单独谈谈。"

众人很担忧，但还是清场并一一离开。

见肖甜心站在那儿，景蓝放缓了声音说："乖，甜心，你也出去等。"

等她也离开了，景蓝说："慕教授，请你出来，我有话和你说。"

慕骄阳在雪白的病床上坐下，摊了摊手，说："不好意思，我们融合了。他从此以后不存在了。"

这个慕骄阳十分冷漠。

景蓝在心中分析，贾斯丁针对肖甜心说的话，使得慕骄阳心中的阴暗面开始扩散。甚至，贾斯丁有意让慕骄阳杀死他，这样才能逼出真实的慕骄阳。

"尝试过杀人的滋味如何？这就是你嗜血的本性吗？就是因为你体内多出的一个Y？你想让B的阴谋得逞吗？他被你抓到又如何呢？他被囚禁在恶魔岛里，可是，外界的一切尽在他掌握之中。慕骄阳，你还不醒醒吗？"景蓝说完后咳出一口血来。

慕骄阳心中一动，但身体已经快思想一步将景蓝的头扶稳。景蓝抬眼看了看他，慕骄阳眼神澄澈，再说话时，声音低醇动人："你别说话。我的意识还能残存一段时间，我是慕教授。"

景蓝说："他现在的心理状况很危险。"

"对。如果昨晚我不和他融合，他已经完全崩溃。"慕教授说，"发生了一点事，但我也搞不清楚，我们需要一点时间，所以我强行和他融合了。"

景蓝说："去找洛心。你去。慕骄阳的心理状况不稳定。"

慕教授只是摇了摇头："我已经给慕骄阳起了三道缓冲，无论遇到多大的事，他都可以熬下去，只要甜心一直在他身边。我会尽量控制他的情绪，但我的确要开始消失了。而当我完全消失，那三道缓冲对慕骄阳将更为强烈。我相信，无论多大的困难，他都可以熬过来。"

说完，慕教授闭起了眼睛。

极光在天空中飞舞。

肖甜心高兴地跳了起来，她拉着他手摇哇摇的："阿阳，你看。你说对了，今天是个大晴天呢！"

慕骄阳注视着她，只觉心中一片安宁。

肖甜心扬起脸来，极光的绿光盈满他的眼眸，他的虹膜再度透出了绿色，很淡很淡，一闪而过。她说："阿阳，你今晚好像有点不同。"

他笑了："没有什么不同，我还是我。我答应了你，今晚要邀请你跳一支舞。我的公主，赏脸吗？"

为了今晚，她可是盛装打扮哪！

她将红丝绒连衣裙穿了出来，她知道他喜欢她穿红色的。因为寒冷，那件如火一般的长羽绒服，她没有脱。

她像冰天雪地里的那一团火。

慕骄阳的下巴贴着她的额头，他和她共舞。踩着最慢的拍子，他们一点一点地舞。偶尔，她火红的裙摆会飘起来，露出她一双纤细的小腿，小腿束在长筒靴里，不露一点肌肤。他就叹："真后悔呀！就应该带你去夏威夷。我想，你穿火红的比基尼一定超级棒！"

肖甜心脸一红，在他的腰上拧了一下。他贴着她的耳朵软软地吹气："怎么办，你这么辣，很想一口吃掉你。"

说完，他一把将她抱起，回到了玻璃房子里。只是，他没有待在玻璃房内，而是抱着她回了连通的小木屋。

他将她放到了床上。

他想要吻她，她却坐了起来，说："阿阳，我来。"

倒是他脸上一红，说："好。"

小木屋内暖气很足。她先除去了那件火红的羽绒服，然后替他除下

那件烟灰色的羊绒大衣，再是他的黑色西服。她轻笑："阿阳，你今晚穿得还真是正式，还系了领带呢！"说着，她轻轻一拨，他的领带就松开了。

他的衬衣扣子被她解开了三粒，露出里面雪白精致的锁骨来。她低下头去，一口咬在了他的锁骨上。他闷哼了一声，然后她就放轻了力度，慢慢地舔舐。他又闷哼一声。

她抬起头来看他，只见他眼眸清透，并未沾染太多欲望。她怔了怔，说："阿阳，你不想吗？"

"当然想。"他回答她。

他的思绪飘得有些远了，他说："我又想起了从前，那时你爬上了树下不来，是我接着你的。后来，我就一直重复做那个梦。你没有穿衣服，只有脚上那对红色皮鞋，你在树上荡啊荡，然后跳下来抱着我滚进了草丛里……"

他的声音低了下去。

他眼中的清澈沾染上了欲望，他看向她时，带着复杂的情绪，他一直很温柔，照顾着她的感受，那种感觉令她悸动。他的眼睛很清澈，里面很平和，在他眼底，她看到了不一样的自己。

她看得受不了，一口咬在了他的喉结上。他闷哼了一声，更为用力地撞击，与刚才的感觉不同，是她一向熟悉的方式。

"叫我的名字。"他极度地渴望和压抑，各种复杂的情绪都迸发了出来。

"阿阳……"她不再顾及那些矜持，大声地喊了出来。他使她快乐，她要让他知道。

"我爱你！"她在他耳边低喃，"很爱很爱你。"

第二十九章 终极双子星

一

建筑师大卫被找到了，他被贾斯丁关在了天幕酒店的夹层里。从一开始，贾斯丁就想拿大卫当替罪羊，他会在杀了景蓝后逃跑之前杀了大卫，可没来得及下手，大卫就自杀了。

而景蓝伤得太重，目前不适合移动，只能在芬兰待着。慕林取出体内的子弹后再度不顾医生强烈反对自行出院，并且立即飞离了芬兰，只在离开后才给慕骄阳发了条短信报平安。他一向神出鬼没，行踪不定，这么多年了，慕骄阳也习惯了，便没再去理会他。

慕骄阳和甜心再度坐上了飞机，他们要去位于瑞士中部比尔根 Mount Bürgenstock（勃艮第山）的寂静之家见洛心。

当飞机的航程进行到一半时，慕骄阳做了一个梦。

依旧是那座高楼，那个面目可憎的男人跳了下来，血与脑浆浇到了他的鞋子与裤管上。他自己一点一点地往上望，他是慕骄阳！看着那个男

人坠楼的是慕骄阳！突然，他听见了熟悉而低醇的声音开始对他施以缓冲："慕骄阳，正视他！别再逃避，以前你可以忘记，现在你已经足够强大，可以去正视，因为甜心一直陪着你，你应该是她眼中的光明。别让龙取得胜利。"

慕骄阳突然惊醒，只觉大汗淋漓，而慕教授和他再度重叠，两人的意识越贴越近。

"怎么了？"肖甜心替他拭去满头汗水，咯咯地笑了起来，"哎，娇娇，你天不怕地不怕的，还会做噩梦啊？难道你也怕鬼？嘿，梦见鬼了吧！"

慕骄阳睁眼看到她，她的笑容那么明媚，可以抵消他心头的阴暗，可以温暖他余生的岁月。慕教授说得对，有甜心陪着他，还有什么是过不去的呢？他抓着她的小手放在嘴边咬了一口："你不就是那只淘气鬼吗！"

她娇娇地窝进他怀里，温柔地说："阿阳，你是不是压力太大了？"

"没有的事，我很好。"他在她的鬓发上吻了吻，然后小手贴在她的小腹上咬她的耳朵，"昨晚要了你那么多次，不知道这次有没有怀上呢？小太阳也好哇！"

"娇娇！"肖甜心推开他，"大白天的不正经！"

他就笑，只觉心情大好，只要有了她，这世间的事都变得简单明朗。

他们是在那间琉森湖湖底的活动室见的面。

本来慕骄阳不想让她参与进来，但考虑到她更能令洛心放松，所以慕骄阳最终带她一同进了活动室。

洛心见到肖甜心，有点紧张，一张白皙的脸染上绯红，在靠着耳朵的地方，就那么一点点。

"你们坐。"他很腼腆，一直紧张地站着。

慕骄阳深呼吸了一下，才用温和的声音说："你也坐吧。"

"听这里的医生说，你找景蓝找得很急。景蓝受伤了，还在芬兰待着，要过一段时间才能回来。"慕骄阳又说。

洛心看了看肖甜心，说道："我觉得你们有危险。我……我不想甜心出事。真的。我对她没有恶意，可是你们都不相信我。"

肖甜心给大家都倒了杯水，并将水杯递到了洛心面前，说："心，我相信你对我没有恶意，但F有。"

肖甜心将从恶魔岛带出来的五幅画放到了桌面上，正是本杰明的画。她说："心，你见过这些画吗？"

洛心凝视许久，说："应该是见过的，我在教父那里看到过。应该是很多年前了，超过十年了。"

肖甜心对慕骄阳说："本杰明只是在重画十多年前画过的画。按侧写来看，我觉得和你有关。"

慕骄阳看着洛心说："这里铜墙铁壁，连信号都没有。是你要求景蓝将你关在这里的，为什么？"

洛心看了看天顶，忽然就笑了，是那种很澄明的笑，干净无垢。肖甜心也抬头看向天顶，原来那里有个1米长1米宽的正方形，是透明的，在底下可以看见湖底的鱼，每一尾鱼都很悠闲。其实洛心也羡慕鱼的自由。

"因为我怕我真的就是F，会伤害到甜心。"洛心垂下眸来，倒是笑了一声，自嘲起来。

那一刻，肖甜心觉得心有点疼："心……"

慕骄阳看了她一眼，只是说："移情。"他在提醒她。

肖甜心眼眶很红，但再没有说什么。

洛心的指尖划过本杰明画中的街道，他的眉心蹙起。思索良久，他终于说："这里我有印象，像夏海邻市的街道，好像是叫偏角街。十四年前，我随教父去过那里。他还对我说，那条街上住着一个恶魔。"

"我当时就说，那没有人来除去恶魔吗？教父对我说，会有人来做这件事的，不需要我们操心。"

十四年前，洛心22岁。景蓝和慕骄阳沟通过，那时洛心刚被军队开除没多久，他整个人的思想陷入混乱，也从那时起分裂出更多人格。慕骄阳说："好的。洛心，谢谢你。"

见他们站起要离开，洛心忽然握住慕骄阳的手腕，欲言又止道："慕骄阳，我希望你相信我，我觉得我的身体内没有F。这段时间，我陷入了人格认知的迷茫里，我觉得身体里有很多个'我'在和我说话，他们很吵。我甚至还能感觉到曾经存在过的H，可是我感觉不到F。我觉得我真的不是F。"

"我们会分辨。再见。"慕骄阳很坚定地牵了肖甜心离开。

在门将要关上那一刹，肖甜心回望洛心，但什么也来不及说，门已经关上了。

"别被他那张皮迷惑。"慕骄阳淡淡地道。

肖甜心咬了咬唇，说："那你觉得他说的那条街是真的吗？"

"最精明的猎人，懂得设虚实相辅的陷阱，然后静待猎物落网。"慕骄阳回答她。

离开湖底的囚房后，其中一个教授和慕骄阳说："慕教授，我们打算带 A 去香港做一个国际学术研讨，多国的心理学家都会出席。"

慕骄阳淡淡地嗯了一声，道："看牢 A，他是我们的宝贵资产。"

后来那两周，慕骄阳带肖甜心去巴黎逛，给她买新装、珠宝，但凡好看的一律买下来。

肖甜心对他比大拇指："土豪。"

他只是笑笑，转身又给她买更多的美丽裙子。

"娇娇，我自己就是服装设计师，要什么裙子我做不来呀！干吗浪费钱！"

他抱她起来转圈圈，两人就在香榭丽舍大道拥吻。

是舌吻，又湿又黏，他亲得很狂热，她受不住笑着推开他："你是哈比吗？糊人家一脸口水。"

他说："慕太太，你还没开始享受，就给你家慕先生省钱了。"说完他将黑卡塞进她手心里，"每次塞给你，你都要还回来，这次不许了。"

她心里那个甜蜜呀，她钩着他的尾指在街道上走，心里却还在回味那句"慕太太"。是呀，她不就是慕太太吗！一想到这里，她又咯咯地笑了起来。

而他只是宠溺地摇了摇头。

当路过一家精品店时，肖甜心忽然在橱窗前驻足。

慕骄阳一回眸，就看见了那对水晶鞋。那是周仰杰以前做的鞋子，而她对这个品牌情有独钟。

"慕太太，卡在你手上，喜欢就买。"他也看着橱窗里那对美丽的鞋子，那高跟细细的，多么诱惑。

肖甜心倒是有点腼腆："那种以前做下的古董鞋，只剩这个码了，不一定适合我的脚呀。算了，慕先生，我们还是继续逛吧。"

两人走累了，就在路边的咖啡店喝咖啡。只是他喝，给她点的都是果汁。她就觉得他充满恶意，跑来有香醇的咖啡的地方，却只给她喝果汁。

他温柔地哄："甜心，我觉得这一次，我会当爸爸。"

她脸红了，脸上多么烫啊！

她低笑了一声，垂下眸去。

远方已有落日，太阳光融进塞纳河里。

他轻声说："甜心，能在这里看落日，很不错。"

他又说："香榭丽舍在法语里是'极乐世界'的意思。"

见她要说话，他忽然说："你等等。"然后他就离开了。

他再回来时，手上捧着一个朴素的盒子。

"咦，阿阳你给我买了什么？"

他说："你打开看看。"

她瞬间被点燃了好奇心，笑嘻嘻地打开一看，是那对水晶鞋。

她有些惊讶，仰起头来看他，而他已经单膝跪了下去，扶着她的脚替她穿上了那对水晶鞋。

真的很神奇，这里的确是极乐世界，什么愿望都可以实现。

她的脚的尺码和这对鞋正好合适。

见她一脸错愕，他轻笑："我问了店主，当初这对鞋就是因为尺码太小了，没有人适合穿，所以一直卖不出去。"

"娇娇，你这是赞美吗？"她挥着拳头威胁，但眼睛里的光那么亮，是满满的惊喜。

"当然是赞美，你是这世上独一无二的。"他牵起了她的手，他的公主转了两圈，绿色的裙摆飘了起来，美丽得不可思议。

"慕太太，你要多笑笑，你一直不怎么快乐。"

肖甜心投进他的怀里，说："阿阳，我们该启程了。"顿了顿，她又说，"我一直很快乐，只是你自己爱在那儿瞎猜。"

"是，是我太害怕自己哪里做得不够好。"慕骄阳牵着她的手往回走。

"明天我们就去美国。"他说。

"阿阳，有什么事，我们一起面对。"

"好的，都听慕太太的。"

二

慕骄阳开船，两人再度驶往恶魔岛。

这里的海水特别蓝，蓝得浓郁，却比别处的冷，逃犯只要下到水里很快就会死亡。

她长时间地盯着深蓝的海水看，觉得寒冷。

慕骄阳轻轻地抱着她："就知道你怕冷。"

她在他的脸上蹭了蹭，他的鼻尖触到她的脸，有点凉。他说："快回卧室里去，别感冒。"

她嗯了一声，可是不舍得离开他呀！

"去吧。今天我希望你用鸦片香水，你用那个味道后特别性感，令

我很有感觉。"他亲了亲她的唇。

"呸，流氓！"她笑着离开了。

登岛时，两人浓情蜜意，恨不得时刻黏在一起一寸也不要分开才好。

所以，当本杰明见到夫妇俩时，眼底划过错愕。

本杰明哪里还不会意。这是慕骄阳在示威，暗示自己再也无法影响他的情绪。

肖甜心也很错愕，因为本杰明除了穿了束缚衣双手被缚，还戴了让他无法说话的嘴套，他的舌头是被固定着的。

本杰明的鼻翼动了动，是在嗅。他眼底露出戏谑。

慕骄阳让警卫替他除下嘴套。

"肖，你身上的气味真好闻。"

"老师，是伊夫·圣洛朗的鸦片香。"

"是别的男人的味道，你沾染了别的男人。"

肖甜心的脸色苍白。

慕骄阳轻笑了一声，说："老师，你就别玩唬人那套了，慕太太不怕吓的。"

"慕太太吗？"本杰明微笑，"有点意思。"

"老师，你的一个孩子死了。"见他脸色一变，慕骄阳又说，"猜猜是哪一个呢？"

本杰明瞬间变得沉默。

慕骄阳也不催促他，忽然又说："你有什么特别想念的地方吗？或许我会大发善心给你寄几张明信片过来。"

本杰明的神色变得温柔。

慕骄阳知道了，的确有那么个地方。他说："是瑞士吗？你和贾斯丁的妈妈在那里相遇。你希望是景蓝死了呢，还是J呢？"

本杰明再说话时，神色落寞，也不再掩饰："无论是谁死了，我的心都会跟着死去。他们每一个都是我的孩子，包括洛心，也包括你。骄阳，你也是我带出来的，你也是我的孩子。"

"是J死了。"慕骄阳说。

"我知道。你们并无悲伤，所以不是景蓝。"

"景蓝只剩半条命。"慕骄阳回答。

肖甜心适时加入进来："景蓝的一对眼睛很像你。他不是跟着你长大的，难道你就从来不想他吗？"

女性的温柔，有时是攻克一切的最坚实有力的利器。肖甜心刻意地将女性化元素加重，诱使他开口。

而本杰明也陷进了过往日子的回忆里，再说话时眼神平和，声音温柔："景蓝的妈妈是个很美丽的中国女人，也是我的助理。我们相处，日久生情，甚至已经决定了要结婚。我那么爱她，可是她最终离我而去。"

"为什么要离开你呢？"慕骄阳蓦地笑了，"是不是因为你们的思想不同步？"见他身体一震，慕骄阳又接着说了下去，"她是你的助理，必须到达心理师的高度，甚至她也是一位心理学家。她可能在相处的过程中发现了你平和表象下的杀戮欲、破坏欲以及控制欲，所以她为了孩子的健康成长，选择了远离你。"

慕骄阳突然话锋一转，说道："现在来说说贾斯丁在芬兰犯下的杀人案吧！他并不是为了惩罚坏人。关于这点，我和景蓝后来修正了初步的'惩罚坏人'的画像，因为贾斯丁的最终目标只是杀戮。景蓝和贾斯丁基因相似，但贾斯丁多了一个 Y，而景蓝从一开始就能抑制自己。"

"贾斯丁和你一样，都是为了满足自己的幻想而在杀人。本杰明，别再给自己装裱了，什么只杀罪人，你只是想杀人，和贾斯丁一样。"说完这句后，慕骄阳站了起来，牵起肖甜心的手，对他道，"老师，后会无期。"

"等等。"肖甜心折了回去，轻声说，"老师，F 不是洛心对吗？"

本杰明只是说："他们都是我的孩子。"

"我不会告诉你们是谁的，作为一个父亲，我不可能亲手推自己的孩子去死。洛心是我的孩子，我爱他。他是我一手带大的，从他很小时开始就跟在我身边了。那时，骄阳你都还没有出生。三十六年了呀！"

"J 很蠢，他很小的时候我就发现了。后来，我告诉他，要避开你，远远地避开你。他是件失败的作品，可是我依旧爱他。"

"我们不同道，说不到一起。走吧，甜心。"慕骄阳已经率先走了出去。

"慕骄阳，其实我们是一样的。你以为不是，其实是。如有一日，你心中信仰尽毁，我很好奇，你又会走到哪一步？Shaw，我很期待。"

慕骄阳脚步一顿，平静地开口："如果你是指偏角街，对不起，对我起不了什么作用了。"

B 叹气："不，Shaw，远远不止这样。"看了肖甜心一眼，他不再作声。

那艘游艇在浓郁得化不开的蓝里漂泊。

慕骄阳随它漂泊。

他心事重重，一直在卧室的书桌上埋头苦干。

肖甜心洗了澡出来，看到他还在思索，便走过去陪他一起研究。

于是两人像是玩起了一问一答的游戏。

第一轮，肖甜心先问："B的话，哪句是真的，哪句是假的？"

"都是真的。"

"他真的在意这些孩子？"

"真假参半。"

慕骄阳蹙着眉思索。

"B对贾斯丁有真感情吗？"

慕骄阳的眉头蹙得更深。

这一次，肖甜心没再问问题，而是说："他用'失败的作品'这五个字来形容自己的孩子。"

换了是她，作为一个母亲，哪个孩子再蠢笨，都是可爱的，都不是失败的，更不会是作品！她又说："骄阳，如果你的孩子也很笨，你会看不起他吗？"

"不会！"慕骄阳马上否定。

然后一切豁然开朗。

真假参半，贾斯丁是B首先放弃的那一个孩子。

第二轮"游戏"开始。这次轮到慕骄阳问了。

"他在意的孩子，他选择放手，不让他们在他身边，是，不是？"

肖甜心分析了一遍，说："的确像是这样。景蓝从小不在他身边长大，甚至都不知道他的存在，所以景蓝的成长最为平和、健康。洛心，他也在意。他也在意你。是他告诉你洛心最终会回到起点，也是他让你去考虑不要杀死洛心。他一直在干预，可是他对贾斯丁从不干预。"

"F到底是谁？"

肖甜心听到这个名字时，脸色有些白，但还是以理性的心态去分析："F也是B的孩子。但我觉得，B已经放弃了他。"

"所以，我们得重新开始侧写，找出F。"慕骄阳说，"可是我让本查找过往36年里B的一切行动和与他产生交集的人，都没有符合的。"

肖甜心说："回到最初的分析，我们与FBI的侧写都指出F是被领养的孩子，且养母对他很好，但他依旧变态了。即使他有杀戮的基因，可是也要有一个导火索，才会导致他变态。这个导火索是什么？"

"或许，来自另一个基因的传承者，一个变态嗜血的父亲。"

"变态的父亲。"

两人同时回答。

慕骄阳一怔，心中荡漾起一片柔情蜜意，话已经脱口而出："我们真是和谐。"

"是思想同步，心有灵犀。"她在他大腿上拧了一记，可是手带起时却不小心碰到了他的大腿根部。

她脸一红，就要起来，却被他压到了地毯上。他咬着她的耳朵笑得特别坏："我们果然和谐，连思想和动作都高度一致。"

"嗯……"她极力吸气，才不至于尖叫出来，"阿阳，我们继续……"她说话都在打战。

"当然继续。"他笑。

太深了，那一下，她的脚指头全卷了起来。而他伏在她发间轻嗅："我喜欢这个味道，鸦片很适合你。真性感哪！"

她一直抖一直抖，在他怀里抖成了小小的一团。这一次，他给了她最温柔的体验。

她颤着说："虽然是 Haley 生下洛心的，但他始终是属于被领养的范畴，而且 Haley 对他不好。而我们的侧写中 F 的养母对他很好。"这段话她说得断断续续，极为艰难，他一直在使坏。

"是。"他答。看着她时，他的眼神清澈如溪，在他的眸心里能看到彼此灵魂。

她撇开了脸去不看他了，她羞哇！

"甜甜，我会回答你所有的问题，现在专心一点。"慕骄阳咬着她的唇，再度做着他和她最爱做的事。

那些甜蜜的事。

后来，他抱她去洗澡，在那个窄小的浴缸里，两人忍不住又再来了一次。

这一下，慕骄阳可是累坏了他精致可爱的洋娃娃。她那么小小的一团，就伏在他的肩膀上，他拥抱着她，她听着他的喘息声渐缓，她伸出指尖逗逗他的耳郭说："阿阳，你真甜哪！"

这一晚，她的兴致很好。可是他怕她身体吃不消，于是哄她："甜甜，我们去甲板上跳舞好不好？"

"好呀！"她答得特别欢快，哪里还疲乏。他就轻声笑："慕太太这么精力无限，看来能给我怀上一个强壮好动的小太阳。"

她拧了拧他的耳珠："哎，阿阳，你的头发长了点，有点自然卷！真好看！"她说着亲了亲他垂在耳侧的发卷。而他则安静地搂着她，享受属于两人的恬静时光。她又说："阿阳，你在我心中，无论什么都是最完美的。"

他温柔地说："你是情人眼里出西施。"

他抱了她到床上，给她擦拭身体，然后说："甲板上风大，穿暖一点。"

"好。你先出去等。"

等他离开了，她再度为他梳妆打扮。

依旧是上次那套深蓝如海的露背礼服裙，配银色的 JimmyChoo 高跟鞋，鞋也还是上次那一对鞋。妆容也依旧是上次那个妆容，带着复古的典雅，一抹烈焰红唇魅惑又热情。她知道，慕骄阳会喜欢的。

指尖在那些美丽的香水瓶上流连，最后她选择的依旧是芍药花香，也是慕骄阳最喜欢的她的香味。

当她走到船舱大厅时，他已经等在了那里。

他也还是穿着那套黛蓝色的修身西服，背对着她。他的身影挺拔修长，像乔木。她唇角一扬，还叫她穿暖些，他还不是一样穿得单薄。

骄阳的鼻翼轻动，他闻到了熟悉的香甜味道。那一款香，她从 14 岁开始用。他还记得他撞到她的那一天，他闻到的就是芍药花香。他记了十三年，依旧是当年的少女香。

他微笑着缓缓地转过身来，对她伸出了手："慕太太，赏脸吗？"

她踩着高跟鞋向他走来，摇曳生姿。

她将手交到了他的手上。

"等等。"他将西服脱了下来，盖到她的身上。他的指腹在她光洁润滑的雪背上摩挲，他轻语："风大，你穿得太少了。"然后他牵着她上了甲板。

月色融融，照耀着两人。

是一支慢舞。她贴着他，而他将她搂在怀里，慢慢起舞。

他说："回答你刚才的问题。我想洛心可能真的不是 F。我们的初步画像是正确的，F 的养母对他非常好。他的所有行为，都在他近一年内做下的两单案子里寻到答案。所以，F 的确有很好的养母，而洛心不是他。"

又轮到她问了："那我们该怎么查起？"

"八年前，我就将 B 的住处和他的医院都查找过了，并没有和现在的 H、F、J 三人相关的信息。所以，白天时，我问他有没有特别想念的地方，其实就是在对他下套。我想，所有的秘密依旧被他藏得很好。"慕骄阳答。他拥着她转了一个圈，一只手抚在她的背上，她顺势做了个微微的下腰。

他垂眸，和她视线相触。

两两相望，他和她都忘了要说话。

她看着他，他的眼神那么清澈，就连虹膜都变得透明。那对眼睛真好看，就好像对世间万物都无欲无求。他是这天地间最纯净的一个人。

他微微一收，又将她抱在怀里，继续跳舞。他的叹息声就在她耳鬓之间："甜甜，我当然也会有欲望。我只对你有欲望。这世界让我心如止水，但唯独你是不同的。"

她伏在他的怀里娇娇地笑："那敢情好哇！我就怕你对我没欲望啊！"

他耳根微红，知道她是故意捉弄他，又亲了亲她的脸颊，然后说："进去吧。"

"所以，我们明天要再去 B 的医院，到属于他的办公室里查找是吗？"她由他抱着回了卧房。她笑眯眯地说，"你给我脱裙子。"

他单膝跪下，替她除下了那对高跟鞋，然后双手捧着她的脚掌心，他虔诚地低下头去亲吻她的脚背。

"是的。B 最留恋的时光是有景蓝妈妈的时光，她是他的真爱。所以，他会把他觉得最重要的东西都收在那里。我和你已经完成了对 B 的所有侧写。"他坐到床上来，替她解下了绾在后颈项上的结，丝质的裙子如水一般滑了下来。

原来，她里面还穿了一件打底的真丝吊带裙子，是珍珠白色的，像最柔最亮的一团月光轻笼在她身上。而她咯咯地笑："娇娇，看到我还有一件，很失望？"

居然还敢来调戏他！他低笑了一声，在夜里听来，低醇又性感。他说："睡吧。要了你两次了，我怕真的有了小太阳。不能再要了。"

她眨了眨眼睛，觉得他的自控力居然变好了。她对他比了个大拇指："娇娇，厉害的！"

他真是哭笑不得。

他脱了西服，依旧是全裸而卧。

她伏在他毛茸茸的胸膛上说："你这习惯还真是……"她亲了亲他柔软的毛毛说，"可是我很喜欢！"

他侧身，伸出手来让她枕着，拥着说："睡吧！"

两人相拥而眠，就像两个偷到糖吃的孩子，在梦里都是笑着的。

那一刻，在海的中心，全世界静止。

三

慕骄阳非常谨慎，为了不出任何纰漏，他把本杰明曾经工作过的两家医院，包括他的三处房产都去看了。

由于是第一次知道景蓝的妈妈曾是 B 的助手的事情，所以慕骄阳通过本了解到，原来景蓝的妈妈离开后，她的一切信息都被抹走，抹得干净又彻底。

为了将侧写做到最准确，慕骄阳和肖甜心还实地探访了以前和本杰明一起工作过的同事。这些同事后来分散在全美各地，而且他们的资料都是绝密的，还是通过本弄到手的。

于是，这趟行程，两人花去了两周的时间。

当搭乘列车再度回到纽约时，肖甜心叹："为什么和本杰明有关的东西都被列为机密呢？"

慕骄阳抚了抚她的发，轻声道："因为本杰明的案子影响太大。当初他还将手伸到了某个政坛人物的身上，牵扯太广。他培养出来的变态连环杀手杀过的人，加起来总数达到了数千以上，他们所犯下的是极为恶劣的案件。媒体根本不能提他，他的一切都被封锁。而曾和他一起工作过的同事也被刻意放逐到全美各个不同的地方。有个别和他走得近的人，还曾被探员跟踪了长达三年之久。我记得有一个连环杀手是生化专家，他将病毒扩散到空气里，当时造成了二百多人死亡，情节相当恶劣。而这个生化杀手杀的都是平民，所以 B 才意识到自己一手教出来的杀手或许已经开始失控，于是 B 下达了让他们互相残杀，最后自杀的指令。当然，在 B 接触他们时，从很早的时候就对他们实施了催眠。"

"B 真可怕！"肖甜心倚在他的肩头，看着窗外绝美的景色。他们坐的还是他向她求婚时坐过的那趟环线列车。

慕骄阳忽然说："甜甜，你看落日。"

落日坠于蔚蓝的海水里，晚霞将海水染成了淡淡的紫红色，有一种别样的柔情，就像此刻的他。

"甜甜，我初中毕业后，陪伴你一年多，但最后我离你而去。在美国的那些日子，其实很苦。我当时不明白这究竟是什么样的心情，后来才懂得，是因为我想回到你身边。我每次想你时，就坐这趟环线。有一次，我坐了一遍又一遍，足足一个月。那一个月，我不洗澡，不刮胡子，不剪头发，后来下车时，胡子已经很长，头发也很长了。我就想，那就这样吧，我要把胡子一直留着。胡子有多长多浓密，就代表我有多想你。"

她蓦地抬头，再看向他时，眼睛都红了。

她从不知道，他留胡子，是因为她！

可是最后她轻笑出声："我一开始还以为是你太帅，怕被女人骚扰，所以才留的胡子。"

慕骄阳的耳根红了，他轻声道："甜甜，我不帅，也没有别的女人喜欢我。只有你对我那么好，从没有嫌弃我，也没有放弃过我。"

"阿阳，你是在这里向我求婚的，还给了我大钻戒。以后，我们每年的结婚周年纪念日都来坐这趟环线列车吧！这次，换我陪你坐。从年轻坐到老，我陪你坐一辈子。"

他俯下脸来，额头贴着她的额头，温柔地说："好。以后，我们还带着小太阳和小月亮一起来坐。我们一家人都坐这趟列车。"

她亲了亲他眼睛，伸出尾指来："一言为定！"

他钩着她的尾指，轻轻地摇："一言为定！"

景蓝的妈妈是个怎样的女人？

此行，慕骄阳和甜心找到了一个很重要的人，是曾在本杰明的医院工作时间最长的心理学家。也因此，他被探员跟踪了三年多的时间。这位心理学家说："她是一个温柔的女人，我从没有见过如此温柔的女人。但她的温柔很有力量，她是一个内心很强大的女人。"

"你不知道她和本杰明真正的关系吗？"慕骄阳问。

心理学家摇头："不听你说，我根本不知道她和本杰明是情侣关系。她虽然是他的助手，但整间医院里，没有人会觉得他们是一对。"

火车进站了。慕骄阳将耳机取下，也关掉了录音。录音里记录了多位证人的话，他们的证词基本一致，景蓝妈妈是个正直的女人，要强，但对谁都很温和有礼。她的善是发自内心的。

"景蓝的妈妈和 B 没有同居。我记得当初去搜捕 B 的三处房产时，没有任何一点女人在那里生活过的痕迹。只有一串千纸鹤风铃挂在他的书房里，是唯一的带点女性化的东西，想必是景蓝妈妈亲手所折。我认为他最留恋的地方还是在办公室内，而非其他任何地方。"慕骄阳收拾好行李，牵着肖甜心的手走到列车门边，等待列车停靠。

肖甜心说："因为只有在工作的地方，才是本杰明和心爱的人能朝夕共处的地方。"

顿了顿，她又说："可是我们离开恶魔岛后，不是马上去了他两所医院的办公室找了吗？都没有发现！"

"我们肯定还遗漏了什么！"慕骄阳答，"既然查案的方向是对的，那我们就从头再来，还是在办公室里找。但医院，选择景蓝的妈妈工作过的那一家，另一家可以排除。"

两人一下了火车就风尘仆仆地赶赴下一个目的地。

本杰明作为大股东的一家心理治疗院。

走进医院大门，肖甜心就看到了一座小型的旋转木马。

整座医院都是白色的，唯独那座旋转木马是彩色的。

"我之前调查过，这座旋转木马是他后来建的。那时我就隐约觉得他建旋转木马的原因不简单，但找不到更好的侧写灵感。现在推理，其实是因为景蓝不在他身边长大，他幻想家庭，渴望走进自己孩子的世界，于是建了这座旋转木马。他建木马的那一年，正是景蓝出生的那一年，而洛心四岁。洛心也是他从小看到大的，是他对亲生儿子不在身边的补偿。他将所有的父爱都倾注到了洛心身上，想通过补偿洛心来达到补偿景蓝的幻想。所以，他对洛心寄予厚望，给他起了属于他的国家的瑞士名字。这里是两座医院里唯一拥有旋转木马的医院，更是他和景蓝的妈妈相爱相守的地方。我们要找的答案肯定在这家医院里。"慕骄阳牵着她加快了脚步。

他们乘坐直达电梯，一直上到十楼的顶层。

当门打开，这里是一个全白的世界。

即使是白天，这里的白炽灯也比别处工作的地方要亮，照耀着这个白得通透的世界。

本杰明的办公室早被封存了，还被设了一堵白墙完全封死。最近白墙才被拆除，露出以前的一道门来。

见两人到了，钟明泽和FBI众探员走了过来，说："你们离开后，这里一直被人严密监控，我们的队员24小时轮值。"

慕骄阳取出钥匙打开了那道门锁。

那道门被推开，轻轻地磕到了墙壁，发出嗒的一声。

慕骄阳说："外公，我只想和甜心一起进去，我需要绝对安静。"

"好。"众人守在外面。

那道门再度被关上。

"阿阳，我不懂。既然本杰明是极度危险的人物，为什么他的医院还开着？"肖甜心在这间两百多平方米的办公室里四处走动，仔细观察，不放过任何一处细节。

"因为警方对外界是封锁消息的，世人不知道本杰明，也不知道他犯下的案件。这所医院不关闭，是出于这个原因的考虑，不想让人察觉出特别。"他答。

慕骄阳在办工桌前坐下，闭上眼睛。于是肖甜心就不说话了。慕骄阳需要绝对安静，他要再度走进凶手的内心世界，站在凶手的位置去思考。

肖甜心看着书架出神。

这里放有许多心理学书籍，但有些空格里放着玩具，是巴掌大的布偶熊。

本杰明并非性犯罪者，所以拥有这些玩具是出于对他孩子的爱。看来，这就是对景蓝的投射，也是他内心仅剩的一点柔软，这点柔软也和景蓝的妈妈有关。所以，他要藏起来的重要东西就在这里，在这间办公室里，因为他觉得这里最安全。

可是在哪个地方呢？

"在卧房。这里有本杰明的卧房，走吧，我们进去。"慕骄阳做出侧写。

他站起来离开书桌，而她踩着高跟鞋嗒嗒嗒地小跑到他身边，一把牵住他的手。他就笑："急什么，我等着你。"他替她将碎发别到耳边，然后带着她走到了书墙后的玄关处，玄关隔开，后面就是一道暗红色的门。

门没有带锁，他转动门把，门就开了。

两人一同走了进去。

卧室的风格简单，但刷了淡黄的油漆，给人非常舒服安静的感觉，适合休息。

卧室颇大，有二十多平方米。双人床和简易书桌、书架都配备齐全。以一堵屏风隔开床和沙发。沙发对面挂着电视机。

"麻雀虽小，五脏俱全。"肖甜心评价。

慕骄阳点了点头。的确，有这么个地方，不再需要回到别处的房产。他说："这里虽然没有景蓝妈妈生活过的痕迹，却处处有她的影子。"

"是的。这张书桌的一角雕刻着一丛虞美人和一只蝴蝶，应该是景蓝的妈妈所挑选的。"肖甜心说。

那本杰明的秘密会在哪里？

肖甜心把所有的抽屉和角落都翻遍了，就连床底有没有暗格都看了，却一无所获。

"你现在做的，八年前，FBI就做过了。"慕骄阳说。

"娇娇，你不早说！"她气鼓鼓地看着他，那样子像个胖河豚，真可爱！

他忍不住走过来捏了捏她的脸蛋，说："甜心，你好像胖了点。"

"哼，还不是你！每天都做那么多好吃的给我吃，能不胖吗！"

他又捏了捏她的苹果脸，说："只是胖了一点点，更好看了。你以前太瘦了。"

他放开了她，然后靠在一根柱子上仰望着双人床上的天顶。

"居然在卧床边上做一根柱子，好奇怪呀！虽然搭配得很好，但就是怪怪的。"肖甜心说。

"为了倚在这里看，包括睡在那里。"慕骄阳指了指床，又说，"躺在床上仰起头，就能看到天顶。"

天顶也只是一处装饰，装有几盏小射灯。

肖甜心马上走到墙边，按下了所有灯的开关。床正对着的那面天顶的射灯忽地亮了。

就像许多人喜欢天顶设计一样，这里的天顶也布置得很漂亮，镶嵌有各式卵石和水晶，被灯光照着，闪闪发亮，晶莹剔透，闪烁璀璨，真是漂亮极了。

"这里也是景蓝妈妈布置的吗？真浪漫！"肖甜心说。

慕骄阳抿了抿唇，不作声，他觉得近了！

"太漂亮了。把房间里的所有灯都关了，只留天顶的射灯和镶嵌在水晶卵石里的几盏小小的灯，四处漆黑，只有天顶闪闪烁烁，犹如璀璨星空。"肖甜心赞叹。

一顿，她忽然叫了起来："星空！"

他也笑了，回望她，点头："是，星空！"八年前，他和整个 FBI 摸不透的一些东西，现在已经豁然开朗。

"我们快叫外公进来吧！"

"甜心，等等。"他牵着她的手，说，"我想自己研究。"

肖甜心一愣，便点了点头，说："好。"

慕骄阳将星空图拍摄下来，放到手提电脑里的专业软件里去排图和对比。他一一修正，最后听见她说："黑色旋涡案里，明辉反复刺在女受害者身上的是双子星座。而洛心设定的炸弹里，解锁答案也是'双子星'。"

"是。"他已经确定下了所有的连线，的确就是双子星。双子，双子星，本身就是很微妙的一个词。

慕骄阳找来梯子，爬了上去，在天顶上一格一格地摩挲。花了两个小时，一无所获。

肖甜心在下面看，其实更为客观。她开始分析，道："α 星和 β 星就像友爱的两兄弟，卡斯托和普尔尤克思。可是弟弟 β 要比哥哥 α 更亮一点。但是，无论是弟弟 β 还是哥哥 α，都要比与它们平行的另一串星要亮。它们两兄弟要比 τ、ε、μ 和 δ、ζ、γ 亮。用中国古话来说，哥哥叫'北河二'，弟弟叫'北河三'，哥哥和弟弟都是由六颗星组成的'六合星'，还真是……兄弟俩长得多像啊，果然是双胞胎，除了弟弟星更亮一点，其他完全相似。"

慕骄阳全身一震，她想得比他要远，她的侧写术达到了很高的高度。他的手已经按到了弟弟星，那里是一颗硕大的水晶，他按了按，果然会动，一转，水晶被卸下，那里有一个暗格。他打开暗格，取出了一本日记本。

肖甜心的眼睛亮了起来，她对他比了比拇指。

慕骄阳又从哥哥星那里找到了另一本日记。

他将两颗水晶复原。

他从梯子上下来后，什么也没说，抱着她就是一通热吻。

她被吻得脸都红了，最后拧了他一记，他才松开她。

"娇娇，别一言不合就吻我。"

慕骄阳抱着她，说："甜心，你才是最厉害的。慕太太比慕先生厉害，慕先生心悦诚服。"

顿了顿，他又说："甜心，日记本的事，别告诉任何人，包括外公。答应我，好不好？"

四

"为什么，阿阳？"

慕骄阳抿了抿唇，说："有些事，我想搞清楚。"

两人正说着话，慕骄阳的电话响了。是一个陌生的号码。

他按下免提："喂？"

"慕教授，你好。我是中国香港特别行政区重案组督察肖甜静。我想邀请你和甜心过来一趟，给我们一些意见和指导。这里发生了看似毫无关联，但又有所牵连的案件。"

肖甜心和他对视了一眼。

慕骄阳离开本杰明的办公室后，对外公说："我和甜心要去一趟香港。

这里的事，等我们回来再处理。"

钟明泽点了点头。

在上飞机前，坐在候机厅里，慕骄阳给本打了个电话，拜托他仔细查找本杰明的家族情况，越详细越好。本则回答他，本杰明的家族都在瑞士，要黑进去需要时间，且要知道慕骄阳查找的方向。慕骄阳拿着电话，顿了顿道："往本杰明家族以上三代都查查，还有他的所有亲属以前、现在的情况。"

挂了电话后，见她若有所思地看着他，他揉了把她的发说："我要证明一些事情。"

慕骄阳经过深思熟虑，其实已经做出了一套针对洛心的问话。此刻见还有一个多小时的时间，他要确定，洛心到底是不是 F。于是，他拨通了寂静之家的电话。

是副院长接的电话，然后他将洛心带出了湖底囚房，来到地上接电话。因为长时间不见阳光，洛心更白了，白得几乎透明，嘴唇也是苍白的，人也很瘦，风一吹就会倒一样。肖甜心看得很心疼。慕骄阳轻声说："如果确定不是他，我会让他回到地面。"

洛心见到了屏幕里的肖甜心后就微微笑了。他的笑容一如既往干净又温柔。他说："我会回答你们所有我知道的问题。"

慕骄阳针对他做了很多提问，而有些其实是心理学的东西。因为这段时间她一直在学习，所以基本的也能听得懂。如景蓝所言，洛心的内心很平和。

慕骄阳问了几十条问题，忽然话锋一转，问："心，你渴望有小孩吗？"

洛心有一刹那愣怔，然后本能地看了看肖甜心，忽然脸就全红了。他摇了摇头："没有，我从来没有渴望过。那样就不纯粹了。我只是简单而纯粹地喜欢甜心，我喜欢看她笑。她一直在我的脑海里。"

这个就是他的幻想，多多少少有点变态。他的脑海里全是她。肖甜心一震，要很克制才没有让自己流露出别的情绪。她想到的仅仅是，洛心一直幻想她，那就意味着，终有一日他会渴望将幻想实现。

"不会。"慕骄阳适时打断了她的想象，也终止了她的恐惧。他对洛心说："好的。我明白了。我会让副院长带你去原来的房间住。你太久没见阳光了，会生病的。你是景蓝的病人，你得等到景蓝回来。"

洛心一怔，没想到慕教授会对他如此温和，他脸一红，说："谢谢。"然后他又急忙说，"慕骄阳，你一定要保护好甜心。"

"一定。"

"甜心，F的幻想是渴望和你建立家庭，他想拥有和你的孩子。这才是确定谁是F的重点。洛心不是。"

肖甜心觉得一切太可怕了。

他就安慰她："别担心。从今往后我一步都不会离开你。而且B的日记本里肯定有答案，我一定可以找出来。我已经分析了三分之一的内容，也一直在让本暗中帮我查找我要的某些联系。"

她听了他的话，才放下心头的大石。她依靠着他的肩膀说："有你在，我不怕。你是灭罪先锋慕教授，没有罪犯逃得出你的五指山。"

他亲了亲她的发，回答："当然。"

眼看着就要登机，慕骄阳提了行李箱，刚要拉她的小手，她忽然干哕起来。他给她顺背，而她忍不住向厕所冲去。

慕骄阳急坏了，看着她的背影说："不会是吃错东西了吧？我做的菜都煮熟了呀！就连牛扒都煎十成熟了。"

见她久久不出来，他实在是心急火燎的，最后冲了过去，往里望了望，所有的门都是打开的，只有她一个人。于是他冲了进去，揽着她的肩膀给她顺气："老婆，是昨晚的海鲜不够新鲜吗？"

这时一个拉着孩子的妈妈走了进来，刚好听了小两口的话，然后说："看你俩像新婚夫妇那么甜蜜，还没有孩子吧？如果是想要孩子了，不能吃太多海鲜哪，海鲜寒凉，万一怀上了，更不能碰了。"

"甜心，我是不是要做爸爸了？"他高兴得也不顾这里还是女厕，举起她来就转圈圈。她羞得捶他的肩膀："娇娇，你别听风就是雨。我可能就是昨晚没盖好被子，肚子着凉了！"

可是他二话不说，牵了她就往机场各处走。她就纳闷了："阿阳，你要去哪里呀？"

"我要找药店，我要验孕棒！"

肖甜心听得脸红了，连忙呸他："慕骄阳，这里是机场，没有药店的！"他这是没常识呢，还是没头脑哇？

慕骄阳忽然停下脚步，回转身一把抱住她，叹："甜心，我真是心情太复杂了！又高兴，又害怕，又紧张期待！"

肖甜心一怔，轻轻地回抱他，温柔地说："阿阳，我们会有很多孩子的。你别急。"

她的温柔总能使他获得平静。他抱着她，说："好。我们一起等待小天使的到来。"

但慕骄阳下了飞机后，无视肖甜静派来接机的人，上了车后，就说："先别去警局，我要去趟药店。"

但时间的确紧张，肖甜静那组的副队长李斌说："慕教授是哪里不舒服吗？我让手下去买。"

"我要去买验孕棒！我老婆可能有了！"慕骄阳说得一本正经，非常严肃。

"娇娇！"她压低了声音叫他，还在他的手臂上拧了一下。他说："查案是大事，可是我和你的孩子也是大事！"

前面开车的小刑警蓝凌喀喀了两声，耳朵根都红了。

最后他们在警局附近找到了药店，慕骄阳跑下去买验孕棒。

李斌笑着说："肖小姐，你和慕教授感情真好。"

"喀喀。"这一次轮到肖甜心红了脸，咳了起来。

"李队，我是甜静的妹妹，你叫我甜心就可以了。"她的视线一直胶着在慕骄阳的身上，见他出来后一脸开心地向她奔来，她轻抚小腹，希望真的能有一个小宝宝在肚子里面。

慕骄阳急躁得像个毛头小伙子。

一进了警局，他就将她往女厕推去，说："你用。我和甜静先开会。"

李斌和蓝凌都忍不住笑了。

见她一脸羞愤地看着他，他还不知道意思，说："你会用吗？要不要我给你说明？"

"娇娇！"她真的是气得急了，用力地拧了他一把，踩着高跟鞋嗒嗒嗒地跑进了厕所。

他摸了摸下巴说："这么高的鞋跟可不行。"

肖甜静也走出来了，说："妹夫，不要那么担心。李斌跟我讲了，我叫人买了平跟鞋，马上就送到。"

慕骄阳不由得多看了肖甜静一眼，她的工作效率真是高。

肖甜静要办公，脂粉未施，连口红都没有涂，一头波浪鬈发被她扎成马尾，她穿一件白衬衣加浅灰色小单西，配浅色牛仔裤、球鞋，非常精神。没有化妆的她五官明艳，美得很有个性。而且她很高挑儿，穿平跟也有一米七以上。

见他打量她，肖甜静笑了一声："怎么，妹夫不认得我了？"

在这里，她讲一口流利的粤语。

慕骄阳不会说粤语，但完全听得懂，交流没问题。

他看到了她的胸牌，高级督察，管整个重案组。而她人年轻，不过28岁左右。"你是甜心的姐姐，不过你比我小，我就不叫你姐姐了。"他微笑着打了个招呼，对她伸出手，"甜静，你好。"

肖甜静哈哈大笑，性格一如既往地豪爽。她握着他的手，然后说："我曾在英国跟景蓝修读过犯罪心理学课程，有半年的时间，所以对连环凶杀案、变态意识等都有了解。在过去的半年里，这里发生了一些奇怪的案件。我觉得和连环凶杀案有关，但其他人不同意我的观点。"

见她提及景蓝时十分平静，就像在陈述客观事实，慕骄阳心道，这个景蓝，将来有罪受了。

肖甜静已经迎了他进去。

在大会议室里，A队人马全部集合，在看档案资料。

肖甜静将发生的六起案件一一展示给慕骄阳看。

慕骄阳在心中快速地分析。

"第一起案件发生于半年前。那时你和甜心刚举办了婚礼。当时所有人都没有注意到一个特殊的情况，在这个女性受害者失踪的前一日，一名16岁大的街头混混也失踪了。"肖甜静说。

"第二起案件发生于五个月前，间隔一个月。又一名女性受害者失踪，同时报失踪的，是一名13岁大的，刚从少管所放出来的男仔。这名男仔在女性受害者失踪的前一日已经失踪。"肖甜静又说，"更为巧合的是，每当女死者被发现，第二天就会出现未成年男性的尸体。女性受害者都是死在各自租住的公寓里，而两名男性死者分别死在不同的游乐园里。"

"而第三起案件开始，又有了变化。不再出现女死者，但未成年男性死在各自的家中。他们都没有父母，是孤儿，但有父母留下的村屋或公寓。至于第六起案件，因为该名未成年男性死者没有自己的家，也是个混混，和一群人住在一起，所以凶手安排了一个独立的'屋'给他，就建在人烟稀少的海边。搭一座简易布景墙，做成屋的样子。"

肖甜静放下手中的报告，话暂时讲完了。

"是有点意思。"慕骄阳说。顿了顿，他回答："凶手的幻想一部分是'家'。"

"家！"肖甜心的声音在门外响起。

慕骄阳一喜，马上冲了过去，搂着她，和她低语："老婆。"

他的声音音色低醇绵长，他就像在撒娇，其实是在询问。

她笑了笑，咬了咬他的耳朵："阿阳，是真的，你要当爸爸了。"

慕骄阳高兴得抱着她就是一通热吻，哈比式的，吻得她的小脸蛋和红唇湿淋淋的。

她羞急了咬他，而他吻得更加深。

一众同事纷纷贺喜。

肖甜静也笑："好了，有了好消息，我们的慕教授破案会更有动力。"

慕骄阳搂着她，就站在投影仪旁。他说："可以并案处理。所有的案件看似南辕北辙，实则是同一人所为。"

文员林达马上替肖甜静打申请并案处理的报告。

肖甜静终于松了口气："之前，我说要并案处理，他们说我欠缺证据。现在有了你的专业评估，一切就好办了。"

"Sailing，"技术科人员递了一份 DV 光碟给肖甜静说，"凶手寄来的光碟我们已经做了解码并处理过了。很遗憾，依旧没有任何发现。"

慕骄阳说："马上播放。"

屏幕里是两名女性受害者死前的影像。她们在和凶手调情，她们眉眼生动，都在施展自己的魅力，笑时妩媚无比。

肖甜心说："凶手是个英俊富有的男人。这两个女人都发自内心想取悦他。我想，他十分英俊。"

"她们想和他上床。"慕骄阳说得更为直接，"但我看了尸检报告，两名受害人都没有和凶手发生性关系。"

肖甜心的眉头拧得紧，她说："凶手凭他的样貌，即使不富有也绝对能得到他想要的女人，说到底，还是变态。他没办法融入到正常的男女社交关系里，因为他根本不懂如何和女人相处，没有同理心，感受不到感情。他善于伪装他的变态，让他看起来和寻常人没什么不同。"

顿了顿，慕骄阳又说："但最为重要的是，F 来了香港。这两个女人，或眼睛像甜心，或笑时神似她。平面照不太好分辨，但视频里的人是立体化的。"

慕骄阳的话一说完，所有人都变了脸色。

见肖甜心一张小脸变得惨白，慕骄阳抱紧她，说："我会尽快抓到 F。"

将光盘寄到警局来，证明凶手受到了刺激，想要公开挑战警方了。可是，世界这么大，他完全可以在欧美作案，怎么又到了中国香港？

正在这时，慕骄阳和肖甜静的电话同时响起。

慕骄阳这边，是寂静之家的负责人打来的，说："11 岁的 A 失踪了，已经失踪两天，我们必须报警了。"

而肖甜静放下手机，说："大家马上出发，又发生了新命案。一个 11 岁的白人小孩被弃尸海边。小孩身份未知。"

一切已有迹可循。F 来香港，最想下手对付的是 A。因为 A 经他和景蓝改造逐渐变回了普通人，可对于 F 来说，A 是 F 他们那个团体的背叛者。

第三十章 因为爱

一

发现 A 的地方是在郊外人迹稀少的海滩边上。

依旧是一个背景搭成的"家"。

慕骄阳走近一看，A 被摆放到了床上，是一张简易搭成的双人床。

当确认是 A 时，肖甜心忍不住流下泪来。她走到他身边，戴着白手套的手握起了 A 的手，喊他："Aaron。"

可是有着金黄头发和碧蓝眼睛的 Aaron 再不会说话了。

"Aaron 已经在转变，他和普通男孩子一样善良了，他会一直变好的，直至他成为正常的人。可是 F 却不给他这个机会。"肖甜心黯然。

慕骄阳只是轻轻地抱了抱她，给她安慰。

当他放开她后，站在屋边看着这里的一切，陷入了沉思。F 为什么转变了模式?

收拾好心情，肖甜心也进入了工作状态。她将盖着 A 的被子掀开。

只见 A 穿着一套西服，不是 A 的西服，而是成年男人的西服，是阿玛尼高定，一套十万元。

"凶手再度转变作案方式，前三个男孩子穿的都是自己的衣服，而这里，他给 A 套上了成年男人的衣服。"肖甜心说，"应该是凶手自己的西服尺码。凶手在一米八六至一米九。"

即使是在欧美，也算是"高海拔"了。慕骄阳转过身，微眯着眼睛。

肖甜静已经看完全场，带着法医一并过来。陈法医说："既然是做了并案处理，我就来说一下。前六起案件的两女两男，包括后来的四个男性都是死于服用阿曲库铵过量。而这里的第七起，受害人的外表没有任何伤痕，死亡七十二小时后也没有被虐打的瘀痕出现，所以应该也是服用神经类药物过量导致的中风或脑出血造成的死亡。当然，详细的还要等我回去做了解剖和等化验结果出来才知道。"

"在美国的两起案件里，两个'犯罪之家'，六名被害者也是身上无外伤，死于服用阿曲库铵等神经类药物过量造成的脑出血死亡。"肖甜心说。

"我说过了，凶手就是 F。所以，他的手段一致，只是出现了变化。"慕骄阳回答。

肖甜静也加入进来："一般来说，连环杀手都有自己的固定行为模式，我们称之为'标签'。既然如此，他们是不会改变杀人模式的。这里的七起却总是在改变。"

"是 F 的衰退期，还是其他原因？"肖甜心开始思考。

"除非生病、受伤，长期未作案导致多年后再作案时年老衰弱，不然，凶手都不会衰退。最后一项可以划掉。"慕骄阳说，"但也不排除另一种可能，他有了新的灵感，但会有一个转变的点，是什么事令他发生了转变？"

肖甜静在这个窄小的布景板里重新走了一圈，说："你们在美国遇到 F 的两件案子，我在车上时已经大致了解。但这里七起案件没有出现 F 的标签。"

"他早期的风格也不带 F 标签，挑选模仿《心魔》是为了威胁我以及我的朋友。就像这里的头两起，这两名受害的女性都不是罪犯，只是普通的白领女性。"慕骄阳答，"F 的标签隐藏在案子里。就像那两名女性受害者，一个戴着领带，上半身全裸，而下半身穿着男式的西裤；另一个是穿着男式的白衬衣，其他没有穿。这就是 F 的标签。两名女死者穿的

是代表 F 的衣服。"

肖甜心咬了咬牙说:"代表占有。F 没有侵犯她们,但受害者穿着他的衣服,本来就包含了性。"

众人出完现场,又回到了警局里。

凶手是个外籍人士,还是变态,很难按传统刑侦的手段去破案。

就连肖甜静都不知道应该怎么处理,只是说:"两名女性死者在半年前都被公司调派到海外学习。她们一个在美国,一个在法国,都是半年后才回的中国香港。她们热爱泡吧,经常出入兰桂坊。她们人缘很好,从来不得罪人,工作出色,也因受到上司的赏识而公派出国学习,其实是为升职做准备。她们都没有固定的男朋友。"

"F 应该是在国外认识她们的。F 容貌出众,但实质变态,为了掩饰变态,他也会像正常男人那样出入各式派对,常去酒吧,甚至将自己扮成花花公子的模样。"慕骄阳回答。

"从前,F 只杀罪犯,但其实他已经开始控制不了自己,当他看到和甜心有相似之处的人,他就会想要得到并占有。所以当他的想象幻灭,他就杀掉了那两个无辜的女人。"慕骄阳想了许久,觉得中间一个很重要的点想不通,是什么导致 F 转变了,改为只杀男性的模式?

肖甜心说:"F 模仿《心魔》一片,其实他自己都觉得不舒服。因为《心魔》里的莫心是要警恶惩奸,当了地下判官,每次杀死坏人后,他心里也不好过。但 F 不是,杀戮只会令他愉悦。不知道大家有没有看过美剧《嗜血法医》,里面的法医从小就有杀戮欲,他是一个变态,就连他爸爸都知道。他还有一个妹妹,一家四口过得幸福快乐,是很健康的家庭。但他就是变态了。他爸爸从他七八岁大虐杀小动物时就看穿了他的本质,于是教他打猎。后来,他的爸爸知道他已经无法控制了,迟早会杀人的,于是劝他只杀坏人。后来,那个法医一直在黑与白的地界游走。"

"是,这就是最典型的'天生犯罪人'人格,也是我们定义的'变态'。莫心本身不热爱杀人,他不是变态,顶多是心理扭曲。而嗜血法医就是变态,但他依旧有良知。可是 F 没有。所以,他只是一个变态。从现在开始,只杀坏人这个标签可以撕掉了。我想,这也是 B 放弃他的原因。B 认为他们不同道。"慕骄阳说。

接着,他话锋一转:"F 对香港的几个村及附近海域的分布情况十分熟悉,知道哪里人少,适合让他布置弃尸现场,所以最近这半年里他多数时间留在香港。调查一切和建筑业、造船业、船业运输业,包括建筑假日酒店、度假村等有关的企业高层和老板中的外籍华人，年龄在28-36岁。"

"我想，他下一个目标依旧是未成年少儿犯，但肯定是出了少管所，或者未成年的街头混混。重点在于这些混混都是孤儿，无父无母。要获得这些人的资料，最好的办法是从社署相关人员那里获得，可以往那几个方面去调查，也便于我们尽快找到下一个受害目标。"慕骄阳说道。

他一说完，就对上肖甜心那对亮晶晶的大眼睛。她对他比大拇指："阿阳，厉害！"

慕骄阳的耳根就红了。

肖甜静马上就要带队去社署。慕骄阳说："我们一起去吧。"

经过维多利亚港时，肖甜心叹气："第一次来香港，结果没机会逛逛购物天堂，却要调查案件。"

肖甜静噎她："和妹夫在巴黎还没逛够吗？"她转头又对他说，"妹夫，你不会是整天只把我妹妹关在房间里虐待吧？"

"姐姐！"肖甜心的脸红得不像话。开车的蓝凌一直笑，肩膀抖着，想忍都忍不住。

蓝凌年轻，好奇心重，问道："慕教授，你是怎么看出下一个受害人是孤儿和混混的？"

"他在心中要杀死的就是他自己。他后来杀的六个男孩子都是他自己，A除外。这是由他的幻想所决定的。F本来就是孤儿，他有养母，有家庭，但他认为自己是孤儿。"慕骄阳作出画像，但这只是其中一点，还有一点，他还没有想出来，但可以肯定和甜心有关。甜心才是构成F幻想的最重要一部分。

肖甜静找社署相关人员问话，而蓝凌已经拿到了所有问题青少年的名单。

慕骄阳在四周走着，许多办公的女性在看见他后，目光在他身上都移不开了。

他也在一一细看每位女性。

肖甜心走过去，钩住了他的尾指。

"怎么了，慕太太？"他微笑着回头，握紧了她的手。

肖甜心黑溜溜的大眼睛转了一个圈，但她没有说话。

他哪里还有不懂的："吃醋了？"

"那边那个大美女一直在看着你。"肖甜心笑眯眯地说，"慕先生结了婚，行情还是那么好哇！"

慕骄阳在她俏丽的小鼻子上捏了捏，说："在我眼里，只有你一个人才称得上是美女。"顿了顿，他又说，"我是在找一个人，这个人应该或直接或间接接触过F。"

"这么神奇？"肖甜心瞪大眼睛。

然后，他拉着她走到了她说的很漂亮的女人面前，说："你穿得很朴素，看起来还相当保守，但你下了班后，最喜欢去的地方是酒吧，寻找一夜情。"

肖甜心："……"别那么直接呀，娇娇！

果然，大美女漂亮的脸蛋一拉，她再说话时语气就不好了："有何贵干？"

"你在酒吧时，有没有见过一个异常英俊的男人，身高在一米八六到一米九？他富有，衣品很好，谈吐不俗，见识广博，只要出现，必定吸引全场人的目光。"慕骄阳说。

美女座位上有牌子，她负责的就是问题青少年。肖甜心只觉精神一振，慕骄阳总是走在所有人的前面。

美女想了想说："我没有遇到过，但我闺密的男性朋友很符合你的描述，而且他们就是在酒吧认识的。"

"是哪家酒吧？"旁边的李斌马上问。得到回答后，他和肖甜静做了交接，马上去酒吧要监控，并让酒保做口供。

"她是你的闺密，你没有见过那个男人？"慕骄阳又问。

美女撇了撇嘴："这种极品男人，能让我见识到吗？肯定是自己揣紧捂实就怕人撬墙角咯！"

"不过我闺密说，她男友好有爱心。他因为富裕，所以想助养孤儿，又说了他以前也是孤儿。他对那些问题青少年也很同情，说想帮助他们，还提到可以给我们署提供爱心资助，建立基金什么的。而且他很大手笔，没用支票，第一期就给了五百万现金。所以第一批受惠对象的名单已经列出来了。"美女又补充。

肖甜静直接走了过来，她拍了拍慕骄阳的肩膀说："妹夫，你帮我们节省了最宝贵的时间！"

他已经直接将范围缩至最小。

美女将名单交出来，里面只有一百人。比起蓝凌手上的几千人，的确是节省了许多时间。

"甜静，我和甜心会为你筛选对象。到时你们负责跟踪，就能捉到F。现在，我带甜心回酒店休息，顺便帮你找出下一个受害人。"

二

从国外到香港，十多个小时，他们一下了飞机就开讨论会、跑案发现场和去查案。肖甜心有了身孕，的确不像从前，已经有点吃不消了。

回到酒店，她洗完澡，一躺在床上就睡着了。

知道她累，慕骄阳心疼得不得了，也就只能希望快些破案，可以带她回野蔷薇庄园好好安胎。

他还在反复看这七起案件的照片、各份报告，还有凶手寄来的光盘，忽然本的电话就到了。

他走到阳台去接电话，那里对着海，景色很美。香港的繁华和国外比，又是不一样的烟火。可是他无心观赏。

"我不知道算不算关联，但我往五代前追溯了。本杰明家族时不时会出臭名昭著的连环杀人犯。从古至今，每隔几十年，有时一百年，就出一位。有令欧洲闻风丧胆的街道开膛手，也有只是错手杀人的普通型凶手。当然也出了许多名人，例如著名作家、政客、医生或大慈善家、科学家等。最近一代，是他爷爷那辈，他爷爷的哥哥曾是令全美闻风丧胆的山路杀手。我只是不明白，这和你查案有什么关联。"本说。

"谢谢你。这些很重要，我觉得和本杰明研究的课题有关。他应该是在研究家族杀戮基因是否会传承。"慕骄阳回答。

本一愣，思考了一会儿，说道："其实和你还有景蓝他们研究的那个项目也很相似。"

这一次，轮到慕骄阳沉默了。

它们的确是有异曲同工之处。

回到书桌前，慕骄阳一边快速地翻看本杰明的日记本，一边研究那份问题青少年名单。

H、J已折，其实F的力量已经很微弱。是这个令他的潜意识觉得自己衰弱，所以造成了他的衰退期吗？慕骄阳站起来，在一旁的小黑板上写写画画。

他顺便将两个女性受害者的照片也贴到了黑板上。以前，F喜欢把罪犯组成一个家庭，现在为什么反而把男孩子扔到了游乐园，不把一家三口放在完整的一处？且缺少了作为"父亲"的那个罪犯？

除非，他认为他已得到或能得到他最想要的女人，那些替代品不再符合他的幻想，所以不再组成家庭。男孩子被扔在游乐园，是对自己童年

的投射。他渴望家庭，虽然这个领养家庭使得他很快乐，很留恋，但始终不是他真正的家！

F的幻想想要具象化，他觉得自己得到了甜心，所以后面的五起案子里全部没有女人，只有男孩！慕骄阳全身一震，只有这个画像才合理。F杀死的男孩子是死在"家"里的，因为那就是他的投射，那些男孩子就是他。和甜心共建家庭，他已经不缺女主角，"孩子"的角色是他，"父亲"的角色也是他！他已经拥有了甜心！

心中有什么东西在涌现，在芬兰的一幕幕不断倒带回忆，最后卡在了他和景蓝从石屋逃生，他回到酒店内，踢倒了蜡烛香熏那里。可是他再想回忆，却什么也记不起了。他甚至忘记了有蜡烛这个细节。"有什么？是什么？！"他的头很疼，很想记起，只记得隐约的香味，最后连香味的那段记忆都消失了。

慕教授忽然对他说："睡吧！先别想，总有一天你会想起的。睡吧，睡吧！"

慕骄阳开始抵抗："你别催眠我！我要知道真相！我记得，我离开酒店前没有关灯！这个我记得！你不能把这一个疑点也抹走！"

"睡吧！总有一天你会记起，很快了！到时，你已经查出了所有的真相。到时，我会完全消失，你会成为你喜欢的自己。睡吧，慕骄阳。"慕教授耗尽心力，看着他自光明里睡去，只觉得自己也累了，他快要消失了。可是还不可以，慕骄阳还需要他，他还要支撑着。

寒冬即将到来。

三岁，并非妈妈所对他说的两岁。三岁的他的记忆回来了。公园里，他在坐滑梯。看护他们的保姆去买水了。

六岁的哥哥在他身边。哥哥说："慕骄阳，我不喜欢你。我想要一个洋娃娃一样的妹妹。以前，妈妈带我去海边玩，我和妈妈非常快乐。直到她告诉我，她怀孕了。我想好吧，要一个妹妹也不错，可是她生了你。然后，妈妈陪伴我的时间就变得很少了。"

再然后，他不说话，走到一边的树荫下坐好。

哥哥也走了过来，站在树下看着他："好吧，我也没有那么讨厌你，但我的确一心想要妹妹。刚才对不起。"

忽然，一个男人从树后跃了出来，把两个小孩子吓了一跳。然后，男人只是思考了几秒钟，猛地抱起了更小一点的慕骄阳。

慕骄阳哭喊着要妈妈，慕林抓着他的手用力拉扯，但最后眼睁睁地看着弟弟被抱走。他站在树荫里，沉默着，没有说话。

画面再度转换，慕骄阳17岁，站在一栋高楼前。

那条街叫偏角街。

然后那个无路可走的男人从高处跳了下来。

四岁的记忆，令慕骄阳记了十多年，每夜在梦里折磨他。

当他用黑客技术搜集了那个男人犯罪的所有证据后，他犹豫了。

这是个该下地狱的男人。

他在17岁那年的夏季跟踪了那个曾经虐待他的养父，然后发现了他虐待侵犯男童的秘密，这些秘密都保留在了那个男人的电脑里，供男人反复观看。他利用黑客技术将那些光盘放到了互联网上。

但其实他可以把光盘交给警察，可那一刻，嗜血的本性使得他想做亲自裁判的那个人。只是一刻，他只有过一刻的犹豫。那一刻，龙取得了胜利。慕骄阳将一切公之于众，最终逼得养父跳楼身亡。而那些孩子尽管被打了马赛克，却有人因承受不了，精神受到重创。其中一个孩子选择了割腕自杀，虽然抢救及时，但后来住进了精神疗养院。

知道自己造成错误的那一刻，慕骄阳崩溃了。在他将近成年的那一个关卡，他杀戮的基因完全复苏，无法控制。终于，所有的记忆都回来了。

慕教授对他说："骄阳，别再责怪自己，也别再执着于从前。那时你还小，你的做法不成熟，那时也没有人可以帮到你。所以别再怪自己，学会放下。"

慕骄阳自黑暗中醒来，回到光明之中。他看着慕教授，从前眉心没有红痣的慕教授已经拥有了那颗痣。自己和慕教授已经无限贴近。

慕骄阳叹："你是为了让我保持善良本性，用了幻想控制术，将这段记忆抹除，用了其他记忆来置换。"

"是。"慕教授说，"而且为了抑制你的嗜血本性，我只能尝试夺得身体的主导权，让你沉睡。你睡得越久，戾气就越淡。"

原来如此，其实慕骄阳自己就是自己的心魔。

慕骄阳自梦里醒来。

肖甜心在轻抚他的脸庞："阿阳，醒啦。你怎么了，刚才做了噩梦？"

慕骄阳看着她，心中有无限柔情蜜意。他说："甜心，阴天已经过去了。"

肖甜心温柔一笑，在他身边坐下，道："看来，你想通了很多事情。"

慕骄阳握着她的手，将他17岁那年发生的事，一字不漏地全告诉她。

肖甜心的内心足以掀起滔天巨浪，但她一直微笑着，给他鼓励。最后，

她只是说："骄阳，那时你还小，还没有意识到这样做会带来的严重后果。如果你意识到会是这样，一定不会那么做的。骄阳，你可以去为自己做错的事赎罪，但这么多年过去了，你该学会放下。等案件完结，我陪你将所有当年的受害人找出来，我们一起向他们道歉。"

慕骄阳蓦地一震，看着她，忽然泪水就滑了下来。

那是他内心丑陋的伤疤，他一直拒绝去面对。他逃避，他挣扎，甚至崩溃，唯独没有想过要去面对。"好。甜心，我们一起去。"他忽然跪了下来，将头枕在她的膝上，双手搂着她的腰，如同稚儿寻求母亲的安抚和庇护。

她轻抚他的发，说："阿阳，我明白了为什么后来你一直逃避我，造成了你我的一再错过。你觉得自己有问题，你不能和我在一起。其实，你说出来，我会陪你面对。现在是，当年也是。阿阳，你真傻。"

"是。我觉得自己配不上你，也害怕会伤害到你。所以我总是在想要和你一起，不要和你在一起这两个选择里挣扎。"他把脸埋进了她的小腹里，紧紧地贴着，那里已经有了他和她的小生命。

从此，他和她血脉相连。

她还是温柔地说："以后你都不用再挣扎，因为我们会很幸福。"

三

看着桌面上的一堆文件，肖甜心忽然说："F的表面身份是个社会上的成功人士。"

慕骄阳点了点头。

肖甜心看着那份问题青少年的档案，她一目十行，快速浏览，说："F是个勤奋好学、有野心的人，所以才能获得成功。他必定聪明！这一百个青少年里，只有这个何亮最聪明，又样样肯学，如果他得到了资助，或许就会一步步蜕变，最后成为一个成功的人，就像F。"

所以，F会选择何亮成为他自己，完成幻想。

慕骄阳马上给肖甜静打电话汇报进度。

肖甜静也及时给出反馈："李斌去酒吧做了调查。我们可以相信F做了伪装，例如戴着墨镜或口罩。他不直接露脸，而且他很善于躲开各个监控摄像头，包括酒吧外面大街上的天眼都被他躲开了。所以，没有人见过他的真面目。另外，我们找到了社署那个女负责人的闺密，她被弃尸垃圾场。她不像甜心，F接近她仅仅是为了要下一个猎物的名单。那个女人同样没有被侵犯，但是死于刀刺。"

开的是免提，慕骄阳回答："因为愤怒。那个女人只是他要利用的对象，并非他的猎物。用神经类药物杀人需要大量时间和耐心，他没有这个耐心。而且这个女人可能撩拨了他，所以他要反复用刀刺以缓解愤怒。"

肖甜心接道："而且F是在嘲笑她，所以把她扔去了垃圾场。"

慕骄阳说："F还不知道我们已经锁定了他。他弃尸垃圾场，虽然地方偏远，但肯定有监控会拍到，我们可以找出他的车辆。他不会租当地的车，他开的应该是辆中规中矩的SUV，黑色。车不算名贵，但也不便宜。而且这辆车已经贴了黑膜，看不到里面。还有一个可能，是他用来运输布景墙的那种微型厢式货车。"

"他会对何亮动手，所以你们要暗中跟着何亮。这一次，必定能够抓到他。"慕骄阳说。

长夜将尽，他们已经看到了曙光。

接下来，肖甜静等一组人严阵以待，一切都布置完毕。

各处都设有路障，而他们的活动处也安设了据点。

但他们跟踪了五天，依旧不见F出现。

而各处天眼的对比结果出来了，F开的是一辆黑色的SUV。果然和慕骄阳所料不差。但是，因为是夜晚，车又贴了黑膜，所以监控拍不到F的真容。

而且F很谨慎，第二天就扔掉了车，又把假的车牌拆掉，直接扔在路边。

但那一处其实靠近海。

慕骄阳思索很久，对甜心说："F不打算改变作案模式，依旧会选在海边。"

这时，他已经将本杰明的日记全部看完。

许多以前看不透的东西，渐渐明朗起来。

"阿阳，你心事重重。"肖甜心刚沐浴完出来，在擦头发，就见他倚在阳台边，看着远处的大海出神。

"我要订最快的一班飞机去英国。我想找妈妈问一些事情。"慕骄阳说。

"你订好机票了？"

慕骄阳摇了摇头。

肖甜心放下毛巾，拿起手机打电话订了两张机票。

两人默契，一个才开口，另一个马上知道对方的心意。

她肯定是要跟着他去的。

一下了飞机，慕骄阳就带着肖甜心直奔野蔷薇庄园。

最近慕氏夫妇都在休假，所以留在庄园里体验乡村生活。

见到慕骄阳和甜心时，阮常淑很惊奇，说："咦，娇娇，你和小媳妇的蜜月结束了？是不是钱不够哇！不够，妈妈出！你得带着甜心玩遍全球哇！"

为了不让父母担心，慕骄阳不说查案的事，倒是报了喜："妈妈，甜心有了。我们是特地回来给你和爸爸报喜的。接着我们就回国内，给肖爸爸他们也报喜。"

这一下，阮常淑可高兴坏了，她拉着甜心说一定要在这里养胎。肖甜心配合着慕骄阳撒谎，说给国内的亲戚报了喜后，就会过来。

但慕爸爸毕竟不是一般人，看出了慕骄阳心事重重，于是先让甜心去休息。

慕骄阳牵了她的手回房间去，说："甜心，你先睡。就是有一些事，我要问问妈妈。明天我们就走了。"

已经走到电梯口，他将古老的雕花铁门推开，忽然就将她打横抱起，走进电梯里去。

电梯门是透明的铁门，她脸很红，说："快放我下来，妈妈爸爸看着呢！"

"看不见了。"慕骄阳看了眼电梯，"二楼了，他们看不见了。"

回到房后，自然是一番亲热，他根本不舍得离开她。

已经是二月，春天已来，但还是寒冷。

慕骄阳替她生好壁炉，再亲了亲她红红的唇，说："等我回来。我抱着你睡，保证一点都不冷。"

"嗯。"她点了点头。她的耳朵红红的，她被他亲得有点娇，还有点羞涩，可爱极了。

慕妈妈在视听室看电影，随便选了一部电影，就是那部《茜茜公主》。见儿子来了，她笑嘻嘻地说："你的口味呀！看看，我们甜心和茜茜一样漂亮。当年你在夏海，还有英国，甚至美国都备有这部影片，我就知道，你想念那个姑娘。幸好，现在这个小姑娘被你骗到手了，还有了身孕，以后都跑不掉了。"

慕骄阳的耳根有点红，他不禁说道："妈，你越来越为老不尊了。"

似是想到了什么，慕妈妈也叹："你是有着落了，可是你哥哥还没有。"

慕骄阳一时有些烦躁，便起身去泡茶。

是锡兰红茶，慕骄阳给妈妈的那杯加了点奶。

窗外，树影婆娑，被庭院温暖的灯照着，树叶摇动时，像一波一波碧色的浪。树影下是已经盛放的海棠花，粉粉白白，一朵一朵，美丽极了。

阮常淑也看到了那些美丽的海棠，便说："你给那处花圃做了地下热泉灌溉系统，种的植物又是你培植的品种，一年四季都能开花。你很爱甜心。"

她顿了顿又说："以前我还不太明白，原来一切都有迹可循。当年你18岁的时候，和甜心走得很近了，两人互有意思，只差没有点破。可是在那一年，慕林和我说，他遇到了以前那个小妹妹，但她还小，他想等她长大他再去找回她，向她表白。后来没多久，他就变得很低落。我问了他几次，他都不肯说，后来他就马上飞去了德国完成大学学业。现在想来，应该是他看见你俩在一起了。"

那一年，甜心还是我15岁的小姑娘。

兜兜转转，话题又回到慕林身上。

"妈妈，"慕骄阳打断了她的回忆，"哥哥真的是你和爸爸的亲生儿子吗？"

阮常淑一愣，呸了他一句："娇娇！你发神经吗？敢质疑你妈妈，你是说你妈妈给你爸爸戴绿帽子了？我呸死你！你哥哥可是你老娘亲怀胎十月含辛茹苦生下来并亲自带大的！"

慕骄阳一愣，没想到会是这个结果。

他脸色有些苍白："妈妈，会不会是你和爸爸领养的小孩，你们不好意思对外面说，也是为了照顾哥哥感受。"

阮常淑直接给他一个栗暴，敲得他脑袋疼："你有病就去治。你哥哥是从你老母亲肚皮里钻出来的。"说完她轻轻掀开了上衣的一角。

慕骄阳看到了妈妈小腹上的那道疤。

难道他真的猜错了？

阮常淑叹气，站起来走到放家族相簿的地方，一边找相册，一边说："你哥哥爱甜心不比你少。他为甜心两度受伤，也不求回报。你得感谢你哥哥。这么多年了，他还是单身。妈妈就知道他放不下。"

她找到了要找的照片，翻开给慕骄阳看："你看，那时妈妈的肚子多大！"

原本说第二天走的，但考虑到甜心的身体，慕骄阳又多留了一天。

肖甜心怀上了孩子却依旧坐不住,她在庄园里到处跑,后来还趁他午睡时,跑去骑那匹阿伯露莎。虽然那匹良驹性格温驯,而且有管家看着,但还是把慕骄阳吓得半死。后来,为了惩罚她,他扛了她回房间,再不许她出来。

她就骂他:"暴君!"

可是现在,他想做暴君也做不了呢!她有了身孕哪!这一来,坐在卧室里,你眼看我眼,慕骄阳真的很委屈。

看他那模样,她就咯咯地笑。

这时,他的手机响了。

他看了一眼,是本。

他到一边接电话。

"按你的要求,我查了你们慕氏一家的五代,暂时没有见到谁有暴力因子。犯罪史上也不见提及慕家。你是不是想多了?"本说。

"可能真的是我想多了吧。"慕骄阳答。

忽然,他又说:"我哥哥真的不是领养的?"

本说:"我黑进了当年的医院,你妈妈的确产下一名男婴。我甚至还以 FBI 的身份拜访了多名医生和护士,他们也证实了慕林是你妈妈剖腹取出的婴儿。你提供的慕林的 DNA 和你的 DNA 的相似度达到了百分之九十以上,你们的确是亲兄弟,你哥哥不可能是领养的。重点是,就算不查 DNA,你们从样貌到身材也有七八成相像。骄阳,血缘是很神奇的,骗不了人,他就是你的亲哥哥。"

慕骄阳身体猛然一震,记起本杰明也说过同样的话:血缘是很神奇的东西。

本说:"别让妒忌心蒙蔽了你。你哥哥喜欢甜心,但是他不符合 F 的画像。"

F 对养母有很深的情感,他很爱他的养母,也很尊敬她。他和养母没有血缘关系。而他的亲生父亲,更是一个变态。

慕林有很好的家庭。

慕骄阳再度陷入了思索。是妒忌心蒙蔽了自己的眼睛吗?

四

慕骄阳和甜心又回到了香港。

他俩必须协助肖甜静破获该案,并抓到真正的 F。

F新选定的猎物是何亮。

何亮是一个混混，叛逆但聪明。

15岁，正是要读书的年纪。社署负责人多次来找何亮谈话，希望他能回到校园。但他只想赚钱，跟着一些帮派小头目混。

警察暗中监视他，但他机警，早察觉这些天有人跟踪他，所以从酒吧包厢的后窗爬了出去。

何亮从水管上跳了下来，刚站稳，一对锃亮的皮鞋出现在他的面前。

"你很有化学天赋，将'丸仔'加料混了好几道，卖得更好，还省足了成本。"

"你係边個（你是谁）？"何亮十分警惕，后退两步。

男人很高，足足有一米九，戴着口罩，看不见他什么模样，唯独露出来的那对眼睛漆黑深邃，一眼看不到底。"放心，我不是警方的人。我有好货，想找人拆销。你还是学生，不惹人注意。"

"你想我带返学校？"

"你不想散去学校，酒吧都得。"男人讲。

"我要先睇货。"

男人眨了眨眼睛，说："跟我来。"

全港酒吧很多，但肖甜静等人毕竟是一直跟踪何亮的，自然知道他进了哪家酒吧。当久久不见他的踪影时，肖甜静就知道出事了。

她马上调取了所有监控，然后看到一辆白色的贴了黑膜的小型厢车出现在酒吧附近，后来拐了好几个弯不见了。

慕骄阳就在监视器旁边指挥，说道："以酒吧到离这里的海最近的路线为半径寻找，F仍然会选择海。这一次，他的犯罪冷却期太短，他应该是随机选取海边，布景墙就在他的厢车里，这次不会再有床，他太赶时间，只会将人放进'屋'造型里完事。"

仪式简单化，意味着他要离开香港，并且重新进入一个更为长久的冷却期，以完成新一轮更为完美的犯罪。肖甜心将这个结论说了出来。

大家听了都是一愣。

慕骄阳说："甜心说的是对的。大家要抓紧时间了。"

他正说着，蓝凌忽然叫了起来："在这里在这里！"他指着电脑屏幕喊，"看到那辆白色厢车了，离我们现在的方位很远了。"

"马上追！"众人冲了出去，纷纷坐上车。

肖甜静带着妹妹和妹夫，由她来开车，蓝凌负责追踪。

黑色车身在夜色里划出流畅的弧线。中环地带人多车多，可是肖甜静开得非常快。慕骄阳有点担心，又在检查甜心的安全带。

肖甜静说："妹夫，放心，我开车技术好。"她说着，又一个漂移甩了好几辆车。

慕骄阳的唇抿得紧，若非怕甜心再出事，他真不想带着她在这里飙车。

肖甜心拍了拍他的手背："没事的。你说过的，从今以后，你我寸步不离。相信姐姐，我们安全得很。"

蓝凌说："慕教授，我们静姐身手非常了得，就连亡命之徒都不是她的对手。"然后她又对肖甜静汇报，"我们在那一区的同事已经跟紧，随时同我们这边交接。"

慕骄阳沉默了一瞬，说："跟得太紧，很容易被他发现。F的反侦查能力非常强。"

眼看着就快到海边了，海风吹来，带着阵阵咸腥。这时，蓝凌突然说："厢车停在一个窄巷里，刚好堵着我们跟踪的车，我们过不去。另一头没有安排到警力，F和何亮不见了。"

"可恶！"肖甜静猛拍方向盘，发出刺耳的车鸣。

慕骄阳整个人都很沉静，他在思考。

肖甜静只好沿着海边开，多留意附近的环境。

此时，慕骄阳的手机响了。他看了一眼，是爸爸的来电，于是选择不接。但电话一直响，还是肖甜心替他按了接听键。

考虑到大家都在，慕骄阳没有按免提："喂，爸爸，我在办案。"

慕爸爸沉默了几秒钟，然后说："骄阳，听你妈妈说，你问你哥哥是不是亲生的。"

顿了顿，等不到他的回答，慕爸爸又说："你妈妈当年的确怀了你哥哥，十个月后生下你哥哥。"知道他时间紧迫，慕爸爸想快速把话说完，"慕林是你哥这点是毫无疑问的，可是……"

突然，广场传来了倒计时到达零后的嘭的一声，是礼花炸响。慕爸爸的声音被压了下去，听不清晰了。"我知道了，爸爸。"慕骄阳回答，然后挂了电话。

"我想，他应该不是随机选择海边。我要修正这一条侧写。他选好了地方，也知道警方有可能会跟踪他，所以他有两手准备。其中一条就是，他应该在要去的海边备有快艇，然后载着何亮去到他原本想要去的地方。"慕骄阳说。

肖甜静马上让大家留意四周海面的情况。

慕骄阳看着广场沸腾的人，才想起今天是情人节，也是慕林的生日。

十分巧合的日期。

广场上，一对对情侣在接吻。

慕骄阳拿起手机，给哥哥拨了一个电话。

没多久，电话就接通了："怎么想到给我打电话？"

慕骄阳听到了风声，很大。

"哥哥，生日快乐。"

"你还记得我的生日呀，难得！等我回英国了，我们再好好聚聚。我下个月回去。"

"哥哥，你现在又到了哪个国家？你总是神出鬼没。"慕骄阳轻笑了一声。

听出他的调侃，慕林也笑："你哥哥现在在巴黎街头揽着辣妹，正准备去吃饭。"

"嗯，你那边现在是下午五点。"慕骄阳答。然后他听见了电话里传来的欢呼的声音，还有《One I Love》（我爱的人）在播放，很适合情人节放的歌。

"当烈火使冰雪融化，当大海不再浩瀚，当岩石被太阳吞食，我对你的爱才刚刚开始……"那些销魂蚀骨的歌词，慕骄阳依旧记得。那是一首很经典的爱情歌。

慕骄阳说了再见，挂了电话。

"哪边的广场在放美芙的《One I Love》（我爱的人）？"慕骄阳再说话时语气十分淡漠。

肖甜心一震，不敢置信地看着他。

蓝凌在电脑上快速敲打，然后说："离这里两个码头的广场。不远，十五分钟车程。"

"叫快艇准备！"慕骄阳说。

众人下了车，就往码头赶，快艇已经准备好。

快艇太小，慕骄阳只带了肖甜心就全速冲了出去。

"甜心，系好救生衣。"他朝海中心开了出去。这一带只有一个岛，非常好找。

那个岛因传说有吸血蝙蝠，没有人敢上去，所以人迹罕至，很适合作案。

他们开了将近一个小时还是不见岛。

城市的喧嚣已经被他们抛离，他们像是陷入了与世隔绝的境地。

一众警察都在他们附近，其实他们很安全。

"真的是大哥？"肖甜心咬了咬唇。

"从这一刻开始，他不再是你和我的大哥，他只是F。"慕骄阳叹，"幸好我们发现得早，他没有机会伤害你。"

肖甜心的脸色很苍白。她很难接受这个真相。海上颠簸，她想吐，可是吐出来的全是水。她难受极了。

"甜心，忍忍，我看到岛了！"

岛非常大，要找人还真是不容易。

慕骄阳说："大家小心，他身上有枪。"

让慕骄阳意外的是，这座岛上居然有灯塔，灯塔高高耸立，和加州的那座恶魔岛居然有些相似。

肖甜心已经说了出来："F就在灯塔下，那里面朝大海。"

她咬了咬牙又说："灯塔还有守望的意思。他一定在那里。"

慕骄阳看了她一眼。

众人往灯塔所在的海边跑去。

他们人太多，要不发出声响很难。

肖甜静指了指，让大家分头行动，并率先隐进树林里，刻意压低了脚步声。

慕骄阳牵着肖甜心的手，猫着身也躲进了树丛里。

李斌身手好，所以跟着慕氏夫妇。可是这里的草丛很高，又浓又密，拐了几个弯，他和慕氏夫妇走散了。

这里有很多椰树，十分具有热带风情。可惜，再美好的风景，此刻都像蒙上了阴影，变得影影绰绰。

慕骄阳一直往灯塔方向走，然后绕了一个道，打算从后面袭击。

可是，当他放开她的手，率先冲出去时，却没有看到F。

没有"家"的背景，何亮只是安安静静地躺在沙滩里，姿态安详，犹如回了家。

海边就是他的家，就是F的家。

F曾说过，他最爱海边，那里有很多属于他和妈妈的美好回忆。那时，他还没有弟弟，妈妈最爱他。

大海就是F的家，所以他选择在他生日那天回家。

他的幻想完成了。

慕骄阳走在沙地上，海水一浪一浪地卷了上来，打湿了他的鞋。

当涨潮时，海水会将何亮卷进大海里，让他回家。

慕骄阳弯下身探何亮的脉搏。

他的颈上动脉还有微弱的跳动。何亮还活着！他身上没有外伤，肯定是服用了神经性药物。只要抢救及时，还有的救！

肖甜心也走出了丛林。这时，她看见一道黑影从巨大岩石后向慕骄阳扑去，手上执着一把锋利的刀。

"阿阳！"她大喊，猛地扑了过去，撞到了黑影身上。然而她的脚突然一歪，自己却掉进了海里。这时起浪了，她被大海卷了进去。

慕骄阳离得远，但慕林已经游了出去，并揽紧了她。

慕骄阳的心一沉。

他自然知道，慕林选择用刀而不是枪，是怕引甜静他们过来。

这里很隐蔽，他们要找过来需要时间。他杀了自己，然后挟持甜心坐快艇走，完全可行。

慕骄阳眼眸一沉，说："F，放掉她，什么条件我都可以和你谈。"

慕林冷笑了一声，托着肖甜心站在水里，不远处的礁石边停靠着一艘快艇。

"你逃不掉。在海上，我们还可以出动直升机，动作永远比你快。"慕骄阳又说。

"可是你永远不知道我会登上哪一艘游艇。这一带有几百艘游艇，你们没有几百张搜查令。"慕林拉着她要上快艇。

肖甜心说："大哥，你还可以回头。"

她没有叫他F，而是大哥，想用亲情打动他。

慕林的眼睫颤了颤，他轻笑了一声，不再掩饰，说出来的话十分赤裸："可是，甜心，我不想当你的大哥。"

肖甜心觉得很冷，全身都很冷。她有些惊惶地捂着小腹，那里有隐隐的坠痛感。

慕骄阳说："F，甜心怀孕了。她待在水里太久，会有危险。你挟持她，她很难熬到和你逃出去。F，她出事就是你想要的结果吗？"

肖甜心的小腿抽筋，她已经站不住了。她身体一软，猛地扎进了水里，慕林本能地弯腰去捞她，却听嗖的一声，一粒子弹飞快地直奔他而来，击中了他左肩下来一点的心脏处。他的枪跌进了海水里，他整个人彻底失去

了平衡。

"甜心！"慕骄阳猛地扑了过去，将她抱起。

他的泪水打湿了她的脸庞，他紧紧地抱着她，仿佛她是他在这世上的唯一。

是肖甜静开的枪。

肖甜静是神枪手，可是慕骄阳怕得要命。他猛地抬头瞪了肖甜静一眼，但重话终究还是咽了回去。那种情况，所有人都没有太多选择的余地。

慕骄阳抱了甜心上岸，马上生火，并把所有人的衣服都盖到了她身上。他们得等到直升机来，送甜心去医院。

慕林被捞上岸。他的左肩有旧伤，他伤得很重，已经陷入重度昏迷，但也还活着。

肖甜静忽然说："妹夫，我没有一枪让他毙命，你似乎很失望？"

慕骄阳抬起头，一对眼睛赤红："你什么意思？"

"你自己心里知道是什么意思。"肖甜静提醒他，"你在黑暗的深渊边上徘徊得太久了。慕骄阳，你要当心了。"

肖甜心感到寒冷，又往慕骄阳怀里靠，嘴里念着："阿阳……阿阳，我冷。"

他又抱紧了她，而一垂眸就看到她的双手紧紧搂着小腹。他的头贴着她的脸，他只想能用自己的体温温暖她，他的泪水沿着她的眼睫滑落到她的脸庞："甜心，我只求你没事。我们的日子还长，以后还会有许多的小太阳和小月亮。只要你喜欢，我们只要小太阳，要一群小太阳都可以。但现在，我只要你没事。"

他那么一个大男人哭了，抱着她哭得一塌糊涂。

所有人的眼眶都湿了。

而这时，天空中传来轰鸣声，直升机到了！

肖甜静望着漆黑的天幕，在心中祈祷：老天爷，你要保佑，甜心的孩子一定要保住！

五

肖甜心醒来时，发现慕骄阳伏在她的病床边睡着了。

可是她一动，他就醒了。

慕骄阳看向她笑得很温柔："甜心，我们的孩子没事。他顽强得很，可能这次我真的要失望了，会是个强壮的小太阳，不是小月亮。"

他装出一副委屈巴巴的模样来，她就笑了。真好，孩子没事！

她摸了摸他浓密的发，说："没关系，我下次给你生小月亮。"

"好。"他执着她的手放在唇边吻了吻。

见她醒了，他去买了热粥回来喂她吃，还帮她擦拭身体。等他一通忙完，已经满头大汗。

肖甜心按着他的手，说："阿阳，你好几天没好好合过眼了。你一直在忙着查案，还要操心我。别弄了。我也没什么问题，明天就可以出院了。"她拉了他在床边坐下，她便伏到了他的怀里。他抱着她小小的一团。

知道她有很多问题，但又不好开口问。慕骄阳叹了一声，说："我从本杰明的日记里找到了他跟踪记录的许多个家族，有好几万个，各个国家的人与人种都有。其中，有洛家、景家，以及我们慕家。但我们慕家那一份日记被本杰明撕去了，只有一些零星的记载及我脑部的扫描图，还有我的基因图谱。我也是属于人们口中'变态'的范畴。"

"所以，你怀疑到了大……"她一顿，改口，"慕林身上？"

"可是他不是你的亲哥哥吗？"

慕骄阳一顿，说："我妈妈的确生了一个男孩子。她还在怀孕时，就给哥哥起好名字了，就叫慕林。可是这个孩子一生下来就夭折了。是我爸爸怕她伤心，骗了她。并且，爸爸和知道内情的医生护士都签了保密协议，就连电脑记载都是按爸爸的意思记录的。所以我让本查，查不到任何有用的东西。但爸爸后来告诉我，慕林是我大伯的儿子。所以我们有血缘关系，也十分相似。"

"天！"肖甜心惊叫出声。他们是堂兄弟。

"我的大伯是震惊全美的杀人狂魔。他14岁时留学美国，15岁已经开始了第一次犯案，到他24岁被捕，经查核，杀了上百人。慕林是他和一个白人妓女所生。当初，他被慕氏家族除名，并且用慕家的一切手段将他的个人资料全部删除，慕家更是从海外回流国内落地生根，自然就不想再提起这一件事和这一个人。到了现在，这仍是慕家的核心秘密，从没有人提起，也绝不会提起。像我们年轻的一辈根本不知道这件事。而那个妓女怀孕时，找到了我爸爸，希望爸爸给她钱，还希望能把慕林留在慕家。爸爸答应了她，原本约定等她生产后就把孩子抱来我家，两个孩子一起养，可是我亲哥哥没这福分，早死了。爸爸为了瞒过妈妈，让当时只有八个月大的慕林提前剖腹产出世，并顶替真正的慕林的身份在我们家生活。"

慕骄阳一五一十全告诉了她。

"而 B，不过是像詹妮一样，在探寻自己到底为什么要犯下那些事，一切究竟是为什么？"

"Why？"

"所以，他操作了这个计划，也在严格执行。他希望最后每个人都能像景蓝。但他又控制不了内心的邪恶，想看看又有多少人会永坠黑暗。"

慕骄阳一口气说完，便沉默了。

肖甜心抱他，想用自己的体温温暖他。她温柔地说："幸好一切都结束了。"

"是。"他答，"等过几天，我就带你回野蔷薇庄园养胎，每天都陪你看窗前的那些海棠花。你喜欢动物，还有哈比陪伴你。"

在医院休息了三天后，肖甜心就出院了。

肖甜心留在姐姐家，由肖甜静照顾。而慕骄阳回了夏海市，向何穆同等人详细地述说了这一起案件，因为洛心的另一个人格李昊和 H，还有翟林、史密斯等人犯下的案子，都归夏海市管理。

在夏海市的那几天，慕骄阳不断接到来自美国那边的电话。因为慕林是美籍华人，所以他已经被转去了美国那边的监狱医院治疗。

BAU 部门主管和慕骄阳说，慕林一直想见他。

慕林做完手术一醒来，就提出要见慕骄阳，提了许多次要求。

"好的，我会马上飞回美国。"慕骄阳终于给出了回复。他和 F 总要有一个了结。

慕骄阳只是告诉甜心，他会在夏海市多留两天然后直飞美国。

在监狱的病床上，慕骄阳见到了 F。

"有什么就说吧。"慕骄阳打开了录音笔。

慕林躺在病床上，脸色苍白。他微微地笑了，眼神嘲讽。

慕骄阳执笔的手一顿，然后将录音笔放到了桌面上。

"你平常就是这样来探那些'变态'们的口风的？"慕林轻声地笑，"不是为了让他们讲实话，要将自己也融入到他们中去吗？你现在这是什么姿态？这么抗拒，你让我怎么放松呢？"

慕骄阳的眼部细纹一动，唇角下压，但他依旧坐着不作声。

"你不是想深入到变态的内心世界里去吗？"慕林坐直了身体，又说，"猜猜我现在在想什么？"

这一个才是真正的慕林，也就是 F。掀开那层兄友弟恭的外衣，他的内心邪恶又疯狂。

慕骄阳感到了无力："F，我曾经那么信任你，将我最珍视的人交给你托付。我把甜心交给你托付，可是你却想让我死在芬兰。"

"是。你死了，我照顾她，一直陪着她。终有一日她会感动，会爱上我。"慕林蓦地笑了，那种笑十分温柔，又狠辣，复杂的表情糅杂其中，竟令看的人觉得毛骨悚然。

"不会的，哥哥。"慕骄阳轻声一叹，叫了他哥哥，"我和甜心是灵魂伴侣。若失了另一个，我或她终生不再娶，终生不会嫁，穷其一生，只爱这唯一一个人。"

慕林眼中的温柔退去，他又说："有什么关系呢。你我从容貌到身形都相似，她会回心转意。她爱不爱我无所谓，留在我身边就够了。"

"皮囊再像，灵魂不同。你我的灵魂不同。"

"有什么不同，还不是差不多的一张皮。甜心能爱上慕教授的灵魂，自然也能爱上我的。只要我和你皮囊相似。"

慕骄阳脸色一白，不自觉地抿了抿唇。

脑海里，那道颀长身影自光影交界处走了出来，是慕教授。他说："骄阳，别被F诱出心魔。他同样懂得控制人心之术。别忘了，他是B的徒弟，不要轻敌。"

慕骄阳脊背一僵，然后放松下来。

"甜心几次遇险，你都在现场。一次是史密斯游艇爆炸案，一次是电影《心魔》的重放现场，一次是芬兰石洞里的枪战。"慕骄阳说，"你当时是有重返犯罪现场的嗜好，还是仅仅是为了甜心而来？"

慕林在听见肖甜心的名字时，神色变得温柔。这一切让慕骄阳感到恶心，他极力地克制忍才不至于爆发。只听慕林说："是为了保护她。H很癫狂，他时常陷入人格紊乱的状态，随便放炸弹。我只能跟着他去现场。而J一心只想复仇，不惜同归于尽，我阻止不了他伤害甜心，只能暗中保护她。"

不是为了重返犯罪现场吗？F是一个对杀戮其实没有过多欲望的人。他心理扭曲、变态，需要缓解变态幻想时才去杀人。慕骄阳快速地分析。这一类型的变态连环杀手很少见。他又问："十年间，你做了多少起案子？"

慕林答："就是美国的四起，加香港的八起。"

"香港是七起，"慕骄阳纠正，"何亮没有死。"顿了顿，他又说，"我和甜心结婚是你作案的导火索，改变了你的冷却期，使时间变得越来越短，因为你愤怒。之前，你一直控制得很好，极少作案，很少有变态连环杀手

的冷却期达三至五年以上那么长的。你不做案子时，在思考什么？"

"像正常人一样思考、过日子。当一切都令我觉得厌倦看不到希望时，我就会想杀人。"慕林答得很诚实。

慕骄阳想：他试图融入社会，但始终不成功。说白了是他的幻想得不到满足，他渴望甜心。

"F，你很聪明，早在十年前，就为自己找好了替罪羊 H。你在早年间犯下的案件，标签是受害人家中挂着的 H 的画。也是你，成功地扰乱了我和一众 FBI 成员的视线，令我们一直以为 F 是洛心的其中一个人格。"慕骄阳说。

慕林一耸肩，不置可否。他的确就是这么想的。

慕骄阳想到这里，坐直了身体，说："F，来说说你的事吧。你的童年过得非常幸福，比我要幸福。"他打算从 F 的童年入手去分析他的变态及其历程。

"怎么？慕骄阳你妒忌了？"

"是，我妒忌。你抢走了我的父母。三岁那年，你明明可以捉牢我的手并大喊，保姆就在附近，她听得见。可是你松开了手。我亲眼看着你松开了手。"慕骄阳抬起头来看着他。

慕骄阳的眼神纯粹、平和，没有恨意和妒忌。

慕林说："这个慕教授真是厉害，他在控制你呢！慕骄阳，恐怕你被骗了。他才是最厉害的那一个，他让你和他融合，然后他得到甜心。"

见慕骄阳不说话，慕林轻声地笑："我的人生没你想的好。爸爸总用奇怪的眼神看我，只有妈妈真心真意对我。可是后来我明白了，因为我不是爸爸的亲生儿子。而妈妈对我好，只是以为我是真正的慕林。她不是对我好，只是对叫慕林这个称谓的人好罢了。"

这就是他开始变态的转折点，也是导火索。"你是怎么知道自己的身世的？"慕骄阳开始了有目的的技巧性问话。

慕林陷入了沉思，然后说："在我 23 岁那年，那个妓女来找我。她来问我要钱，她以亲生妈妈的身份来勒索我，还说如果我不给，她就告诉妈妈真相。呵，这可悲的人性。然后更令我大开眼界的是我那杀人狂亲父，他简直颠覆了我的认知，为我开启了人生的新篇章。"

和他与甜心的外公分析的丝毫不差，F 是从十年前开始作案的。知道自己的真正身世就是他作案的导火索。F 和吃心者尹志达的变态历程极为相似。

"出身不能自己选择，但后来的人生可以。妈妈对你那么好。"慕骄阳说，"可是你却辜负她。"

慕林歇斯底里："她是对死去的儿子好，不是我！"

"一样的。你在她的身边长大，你们之间的感情不是虚假的。你13岁那年，妈妈和爸爸带着你和我去瑞士滑雪。你和妈妈迷路了。她为了保护你，脱下羽绒服包裹着你的一双腿放在她怀里暖着，而她险些就要被截肢。到了现在，一到阴雨天，她就会双腿发疼，几乎连站都站不起来。这就是母爱。慕林，你从不缺少爱，可是你甘愿走上变态的路。"

"可能这就是你所谓的天生犯罪人吧。我们这种人没有救了。"慕林垂下眼眸，十分落寞。

一切已经水落石出。

慕骄阳说："在 B 记载的日记里，另一个家族有一个男孩子，也有和你差不多的际遇。他在养父母家中长大，他甚至不像你得尽妈妈宠爱。他总遭受冷暴力，可是他成为最杰出的人，一名大慈善家。可见，没有谁是'天生犯罪人'。"

慕林冷讥："那你怎么不查查看他的大脑构造，还有他的血液基因呢？或许他只是少了一个 Y 而已。慕骄阳，我和你都多出了一个 Y。你和我将会是一样的人。我拭目以待。"

慕骄阳说："洛泽也多了一个 Y，他还受尽苦楚，可他是一个十分正直的人。"

"真的正直吗？"慕林哈哈大笑，笑得整个胸腔都在震动。他笑得太猛牵扯了伤口，又咳嗽了起来。

等不咳嗽了，他忽然说："骄阳，我伤得有点重，你坐过来说话。"

六

慕骄阳微眯起眼睛看他，他哂笑："怎么？灭罪先锋慕教授竟然惧怕一个不入流的变态？"

慕骄阳坐到了他的身边。

慕林从病号服的衣袋里取出了一把牙刷。牙刷的一头削得很尖。

慕林将牙刷塞到了他的手里，说："慕骄阳，此刻，你是不是很想杀了我？毕竟我是 F，我惦记了甜心那么长的时间，你一定很想杀了我！不如我配合你，我做出要伤害你的动作，你为了自保把牙刷捅进我的心口！"

　　慕骄阳要推开那把牙刷，却被他紧紧地握住了手，逼着慕骄阳拿稳了牙刷。慕骄阳说："我不会杀你。你要受到的是法律的制裁。这里没有死刑，但哥哥，你会被关一辈子，见不到阳光，被剥夺许多权利，直至你死亡。"

　　"别装了，你一直想让我死。在香港时，你就想借刀杀人。"慕林又往他那边用力，执着他的手，可牙刷的尖头却对准了自己的心脏。

　　慕骄阳平静地说："没有，我从来没有这样想。"他想甩开慕林的手。

　　这时，慕林忽然俯身过来，在慕骄阳耳边轻声说："芬兰那一晚，你就没有疑惑吗？那支蜡烛是催情的香氛。你和我有相似的容貌。骄阳，那一晚，她以为我是你。"

　　慕骄阳手中执着的牙刷此刻是一把利刃，他整个人从内至外分崩离析。慕教授在脑海里拼命呼喊："慕骄阳，你要熬过去。你要为甜心守住本心。骄阳，骄阳！"

　　慕林在他的耳边继续说："她一直叫着你的名字。可是亲爱的弟弟，你在哪里呢？你为了三个渣滓，被困在石屋里了。你多么伟大呀！你是灭罪先锋，罪犯克星啊！你不觉得讽刺吗，嗯？"

　　所有的画像都拼全了。

　　F得到了甜心，他不再缺女主人。所以死去的男孩就是他的角色，也是父亲的角色。他在幻想世界里完整地拥有了甜心。

　　慕骄阳啊地大叫一声，像绝望的困兽。而身体里的慕教授永远地闭上了眼睛，他说："再见，骄阳，我用我所有的意志助你恢复清明。你要记得，甜心永远需要你。我和甜心，我们永远爱你。"

　　那把刺向慕林的利刃停在了半空。慕骄阳仍在痛苦挣扎，他很想将眼前这个恶魔撕碎！利刃又往慕林那边去了。

　　慕林笑了，十分愉悦："慕骄阳，你说，甜心肚子里的孩子，是谁的呢？"

　　"啊！"他再度发出撕心裂肺的惨叫，然后将利刃朝着慕林的心窝猛地刺了下去。

　　铁门处传来急促的脚步声。"阿阳！"肖甜心猛地冲到了门边。

　　她的一声呼唤将慕骄阳唤醒。

　　他的双眼全红了，可是那双执着利刃的手却停了下来，然后又猛地刺了下去，刺在床板上。牙刷断裂时，刺进了他的掌心，鲜血淋漓。

　　他蹲了下来，抱着头发了狂一样地喊叫，像最绝望的困兽。而慕林只是平静地看着他，然后将视线移了过去，胶着在她的身上。

　　狱警打开了铁门，肖甜心扑了过去，捧着他的手垂泪。她哭泣，她低低地唤，像受伤的小兽："阿阳，你怎么了？"

她的泪水终于将他唤醒。

他伸手一摸，自己的脸上全是泪。

可是他已经完成了和慕教授的所有融合。他知道从今往后都要坚强，要为甜心撑起一片天。如果此刻，他崩溃，他会将一切搞砸，一想到甜心……

他再开口，嗓子全哑了，只是说："甜心，我没事。你出去等，我马上就出来了。"见她犹豫，眼神透露出惊慌，他说，"去吧。相信我，我没事。"

等肖甜心退出去了，慕骄阳用只有两人才听得见的声音说："F，你永远也赢不了我。我没有杀你，我赢了。F，我和你不一样。你想逼我沦为像你一样的杀人狂，B 也想看看我究竟会走到哪一步，所以放任你的所作所为。可是，我始终是我。"顿了顿，他又说，"F，如果你还有最后一点良知，你就把这个秘密烂在心里、肚子里，然后带进棺材里去。甜心很刚烈，当初她以为自己和慕教授发生了关系，跑进了海里想自杀。如果，你对她说了……F，这不会是你想要的结果。"

而我……而我会为了甜心永远保守这个秘密。我只要甜心每天开开心心的，就够了。

慕林沉默许久，然后说："她的肚子显出来了，四个月了，也是我在芬兰的那一个月份。那个孩子带着原罪而生。人生来丑恶，为赎罪而降世。你觉得呢？你说不介意，你说你爱她，但看着仇人的孩子在你的身边长大，你会有什么感受？你还会对他一如既往地好，还是仇恨他，让他失离于爱，一步一步重复所有在不幸家庭中长大的孩子的路？"

其实这也是对人性的拷问。慕骄阳的心突的一声停止了跳动，当再开始跳动时，又快又急，像有什么要冲破身体而出。但到了最后，慕骄阳只是摇了摇头："她的孩子就是我的孩子。"

慕骄阳又说："或许，当我凝望他的眉眼时，会有恨意，但他是甜心的孩子，也就是我的孩子。"

慕林问："心里话？"

慕骄阳的心很疼，但他知道，甜心永远是最纯洁美好的那个女孩子，一直没有变，直到永远。他爱的是她的全部，她的灵魂，她的思想，她的一颦一笑，当然还包括她的身体。但他不会纠结于那些过去。顿了顿，他说："我最庆幸的是，她没有出事，活得很好，一直在我身边。这样就够了。

剩下的一切，我来背负。这个秘密，她永远不会知道。那一晚，她以为是我，那就是我。她幸福喜乐，才是我一生所求。"

慕林不甘，渐红的眼睛垂下："明明是我先遇见她的。我爱她，我爱她！"

"爱不是伤害和占有。F，你是天生犯罪人，这一类人是冷酷的，又怎么可能有爱？"慕骄阳站了起来。

当他转身离开，慕林喃喃："你错了，弟弟你错了，我一直爱着她。只有在有她的生命里，我才有感知，才有爱恨。我爱她！"

慕骄阳的脚步一顿，但他没有回答，最后离开。当铁门被关上，他和他们的世界永远隔离。而甜心和他，将会有新的一天，新的开始。

依旧是隔离恶魔的岛。

他和甜心登岛，自岛上来，便从岛上去。

那一晚，他继续让游艇漂泊。

肖甜心倚在他的身边，说："阿阳，你下午时吓到我了。"

慕骄阳轻抚着她的头发说："我只是一时太激动失控了。他说他对他杀过的人没有任何悔意，所以我一时失去了控制，幸好你来了。"

肖甜心挽着他的手臂，撒娇："我在香港等了你一天又一天，后来忍不住给何队打了电话，可是他说你飞美国看犯人去了。我就猜到你是去找谁。我很想你，就飞来了。阿阳，答应我，以后别再离开我。"

"不会。我们永远在一起。"他亲了亲她的发。

他抱了她回卧室。她很快就睡过去了，而他则看着船舱外起伏的大海出神。

F说过的话，就连他自己都不敢去细想。若甜心怀的真是F的孩子，他看着孩子熟悉的眉眼，又会作何感想？

他站在深渊的边缘太久，垂下眸去，里面什么都没有，无尽的漆黑里倒映着的只会是他自己的影子。黑暗其实来自人的内心。他看到那个酷似F的孩子，肯定不会伤害孩子，但内心深处呢？可曾有过一丝动摇？

这才是慕林真正可怕的地方，F在拷问他所谓的人性。

六个月后，肖甜心生下了一对白白胖胖的可爱女儿。她们像一个一个的白团子，小小的、香香的、软软的一团。

当时是慕骄阳陪她进的手术室。她太娇小，怀的又是双胞胎，所以慕骄阳极力主张剖腹产，就是不肯让她受半点苦。

那时，她就撒娇使坏，她说："阿阳，我想顺产嘛！不然我和你去夏威夷时，都不敢穿比基尼了！"

一想到她穿比基尼，他就心神荡漾，但还是克制地说："我给你请来最好的医生主刀，开在比基尼线下面。你穿再露的比基尼都露不出一点刀疤来，除非你想全裸诱惑我。"

"娇娇！"她气得要咬他。他就笑："你是哈比吗？这么爱咬人？"一边待着的哈比很委屈，圆润地滚了过来，又被慕骄阳踹到了一边去。然后哈比再次圆润地滚了过来，它趴到甜心的大腿上，抱着她圆滚滚的大肚子，再后来它被肚子里的包子们踹了一脚，终于吓得滚开了。

看到它那样子，肖甜心忍不住哈哈大笑，而慕骄阳也看着她笑。那一刻，他觉得，尽管他和她来到这世间受了许多苦，但都是值得的。因为他们很幸福。

像是感受到他所想，肖甜心搂着他的腰，靠在他的怀里撒娇，说："阿阳，我们真幸运。像我外婆那么爱我外公，却早早离世。干我们这一行，总是会有危险。"

"是，我们很幸运。"慕骄阳答。

见丈夫出神，肖甜心轻声笑问："阿阳，你在想什么？"

慕骄阳抱着两个洋娃娃亲了亲，才说："想起你说穿比基尼给我看的。慕太太，等你养好身体，再休息三个月，我带你去夏威夷玩。慕太太，你可要遵守承诺噢！"

洛泽夫妇都在，小草哈哈大笑，说："慕骄阳，你真饥渴。"

肖甜心红着一张脸不说话，垂下头来，眼睫一直在那儿颤啊颤，真是纯真无邪又可爱。慕骄阳忍不住，俯下身来就衔住了她的唇。

"阿阳……"她推他，"还有人在。"

小草调皮，连忙说："没有人没有人！我们都是空气！"

慕骄阳在她身边坐下，把大宝放在她的怀里，自己抱着小宝。

大家都叹，他和甜心的一对女儿漂亮极了，将父母俩最漂亮的地方都继承了来。用小草的话说，是连老天爷都要妒忌的。

慕骄阳看着女儿时，眼神十分温柔。他说："甜心，你看，她们多漂亮，眼睛又大又亮，眼睫毛还那么长，都像你。她们一笑时甜极了，还是像你！她们长大了会是一对大甜妞儿。"

肖甜心俯下脸来，亲了亲大宝眉心那颗极淡极淡的小红痣，说："她们的眼睛虹膜是绿色的，还有你的小红痣。阿阳，老天真宠她们，她们比我漂亮多了。我要妒忌了。哼，居然不是一对小太阳。"

慕骄阳哈哈大笑，一手抱着小宝，一手揽着她，说："甜心，我说过了，在我眼中，只有你一人是美人。"

在此世间，唯你至宝。

肖甜心看着他温柔的眉眼，轻声问："你想给她俩起什么名字？"

慕骄阳怔了怔，说："小名就叫大宝小宝。本名，大宝叫慕爱心，小宝叫慕小甜。你喜欢男孩，以后再要一个小太阳就叫慕汤。"

肖甜心一怔："汤？"

"嗯，汤，尧舜禹汤，以后他会很有出息。"慕骄阳点了点头，"他的英文名就叫 Tom。"其实，是为了纪念慕教授 Tom。

后来，慕骄阳带着一对女儿去了监狱。

慕林看见一对女孩的眉间朱砂和淡绿眼睛便明白了一切。

他只是说："骄阳，我真是妒忌你。你总能得到最好的和我最为珍视的。"

慕骄阳抱着一对女儿站了起来，说："哥哥，这是我此生最后一次来见你，也是最后一次叫你哥哥。"

慕林说："你现在和慕教授有什么不同？他已经成功地取代了你！"

慕骄阳转过身去，走远了。

将一对女儿交给妈妈和甜心照顾后，慕骄阳独自来了芬兰。

依旧是那家天幕酒店。

他又回到了那间总统套房。

打开衣柜，他从西服的内袋里取出一把钥匙，然后走到一边，打开了那个暗格。

他再度取出了尘封的记忆，慕教授为他封印的记忆。

里面有那香氛蜡烛。其实，他是生化、植物学家。当初又怎么会不知道那种香味代表的是什么？尽管当时开了窗，气味很淡了，但是他知道，那是催情用的香氛，还带了致幻效果。是慕教授知道他会崩溃，所以抹走了他的记忆，更为他设下"缓冲带"，只有等他破了案，才会记起芬兰这一晚遇到的事。

放蜡烛的袋里还有一封信。慕骄阳打开，是熟悉的笔迹，是慕教授写的。

是慕教授用幻想控制术置换了他的记忆。因为慕教授知道，如果当初他知道甜心被伤害了，他会崩溃，最终会堕入黑暗。那么慕林就赢了，因为慕林要证明他们两兄弟都是流着相同的血，天生热衷杀戮，最终会成为杀手。慕林更希望甜心对这样的慕骄阳失望，希望两人越走越远。

慕教授写道：

骄阳，当年的海边小木屋，甜心要我别走，要我给她一个答案。我知道她喝醉了，只是敷衍她，说了你对那个变态做过的事，说你有罪，所以必须被关起来，由我出来。可是她潜意识里记得这件事。所以，当初洛心会对你下手，她让小甜通知你，让你死里逃生，可见她多么爱你，爱你的整个人和灵魂，爱你的好与不好，而不仅仅是皮囊。所以，我愿意成全你和她。我只求她幸福快乐。

正因此，我才会在芬兰的那一晚，在那一刻和你融合。因为如果你崩溃了，甜心也就支撑不下去了。以你的聪明，你迟早会找出凶手，可能绕了点弯，但你会熬过来，而不是毁于芬兰那一晚。说到底，我不能确定谁是F。作为旁观者，我隐约地察觉到这个人可能是慕林，因为他酷似你，再用了迷药就能骗过她。如果我不马上切断你的记忆和当时的意识，这个时候发现真相的你只会崩溃，甚至你会执行私刑亲手杀了慕林，从而成为慕林那个团队那样的人。而且这个只是我的推测，我需要你在稳定的心理状态下去找寻事情的真相。

所以，骄阳，请你原谅我。其实，那一刻，没有人比我的心更疼。我如身处地狱，时刻遭受凌迟。可是我愿意代甜心承受所有的苦。我想，当你看到这封信时，你一定将一切处理得很好。F被抓住了，而甜心无须知道真相，依旧是从前那个快快乐乐的小丫头。

骄阳，你要知道，我和甜心还有小甜一样爱你。

你的哥哥Tom
夜书于极光之城

所有的记忆都恢复了。慕教授下了催眠指令，只有他最后破了案，F坐牢后，他才会记起来，重回这里，找出这封信。更是慕教授为他保留了这间总统套房两年。为的是让他以最平和的心态走进这里，开启这里。

慕骄阳取来火盘，然后用打火机点燃了那封信。他把信连同香氛蜡烛，还有去监狱探访F做的录音母带一起扔进火盘，所有的往事被焚烧，最后灰飞烟灭，不留一点余痕。

慕骄阳感激慕教授为自己做的一切。

慕骄阳也终于了解了自己。人的一生，有时始终在追寻，追寻真实的自己，完成自己和自己的对话。而他做到了，因为甜心，也因为慕教授。

因为慕教授和甜心都爱他。因为爱！爱是可以摧毁一切、重塑一切、拯救一切的根源。因为爱！

（全书完）

番外一　每天都是蜜月

　　肖甜心生了大小宝后，为了尽快恢复身材，从一出了月子，就开始做减肥瑜伽。

　　而自从她来了野蔷薇庄园住，这里的花不分季节地盛放，什么时候都是花团锦簇。她就笑："阿阳，你看，你的两个女儿简直就是花仙子。我怀了她们后，这里四季都有繁花。"

　　慕骄阳没有揭破秘密，会有繁花是因为地下温泉灌溉系统。他抱着她在花园里转了好几个圈，才懒洋洋地说："甜心，你错了。她们不是花仙子，只是我们的贴心小棉袄。你才是花仙子。这里百花盛开，是因为要迎接你的到来。你是这里的女主人。"

　　肖甜心坐月子的那个月，慕妈妈和肖妈妈一直在。后来她一出了月子，为了让两人有更多甜蜜独处时光，两位妈妈就离开了，不过倒是给他们留了一个育婴师、两个月嫂。

　　肖甜心还专门请来了一位瑜伽教练。

慕骄阳家的健身房非常大，两千平方米，占了整整一层，而健身房里还开辟了泳池。她要练水上瑜伽，他便替她换了温水系统。

某一天，他去健身房找她时，就看到她在练水上瑜伽。

她的身材婀娜，其实恢复得非常快，腰肢虽不及当初纤细，但也还是很修长的，而胸脯更是美，在水中若隐若现。他看得脸红心跳，等反应过来时，人已经跳进了水里。

他还真是把她给吓了一跳。

她穿着金色的比基尼，在他眼里性感得要命。她还没反应过来，他就抱着她一阵狂吻："慕太太，你不是说过喜欢粗暴一点吗？今天，我可以满足你！"

这一次他很狂野。

可是她还是有点担心，担心自己身材走样，很没有自信。而他将她抱出了水面，就放在了水池最上面的楼梯平台上。他俯下身来，亲吻了她那道淡淡的疤。已经五个月了，她的疤很淡了。当初用的又是美容线，其实还真的看不到什么。

"阿阳别看，很难看。"她想去遮掩，可是被他挡开了。他说："甜心，你很伟大。所有母亲都是最伟大的。哪里难看了？很性感！"说完他又往下亲了下去，那里是淡淡的妊娠纹。她身上有妊娠纹的地方，他都亲了，已经是压抑到了极致，可他还是照顾她的情绪，说："我每晚都给你涂祛纹膏，坚持下去都会消失的。"

她就嘟嘴："每次涂油，你都不安好心。"

知道他忍得难受，她往他身上一挂，想给他个痛快，可是他说："套子在我的裤袋里，你帮我。"

她只好红着脸去摸他的西裤内袋，然后当着他的面拿了出来。

"撕开。"他说。

她想，好吧，慕先生想来点刺激的。于是她大着胆子，用嘴咬开了那道口子，取出来看着他眼睛吹了吹，然后给他戴了进去。

其实两人都已经等待太久，他一直紧紧地抱着她，十分用力，像要将她融进他的骨血里。

他咬她的耳朵，轻声叹："怎么办，甜甜？我觉得，我迟早要死在你身上。"

她脸红得不行，这人说话已经轻佻到了随口就来的地步了。知道他还没有满足，她抱着他说："阿阳，刚才感觉很好，要不我们再来一次吧？"

他蓦地看着她，只见她的肌肤都红透了，可是他喜欢哪！于是，他用实际行动告诉了她，他有多想爱她。

第六个月，他带她去了夏威夷。

两个嗷嗷待哺的娃被他扔到了洛泽家去。毕竟，洛泽和小草带娃有经验。

上飞机时，慕骄阳简直是用扛的。

因为他的慕太太临阵退缩了。

她软软地求他："阿阳，我们回去好不好？我很想念小甜和爱心呀！她们还那么小！"

他就吻她，吻得她反应过来时，飞机已经起飞了。

他说："甜心，我只想给你最甜蜜的二人世界。"

于是，她就不抗议了。他对她多么好哇！

等下了飞机，她还是紧紧黏在他身上的，她挽着他的手臂小鸟依人般，挽得很紧很紧。

这里碧海蓝天，美丽得不像话，但天气还很炎热。

回了酒店后，慕骄阳换了印有蓝白条纹还带椰树的夏威夷衫，配到膝盖的白色休闲裤。他从更衣间出来时，肖甜心简直看入了神。

他走过来，在她的小嘴上抹了一把，说："哟，慕太太流口水了。看来慕太太很想一口吃掉慕先生。"

她红着脸推开他，但又抵不住美色的诱惑，一把抱紧了他，亲了亲他的小红痣，说："阿阳，你穿夏威夷衫真好看。"平常他总是西装革履一丝不苟，现在这样，居然更英俊，让人移不开眼睛。

他将她一把抱起，顺势坐到了床上。她穿的是适合海滩的那种薄纱长裙，玲珑曲线迷迷蒙蒙。

他享受，她在他身上起舞。

已是黄昏，两人订的是沙滩小别墅，对面就是洁白的细沙和大海。太阳的余晖洒了进来，轻黏在她身上，是暖洋洋的橘粉色。他就叹："甜甜，你真美。"

他和她来了好几次，才觉得满足，才肯放她去海滩玩。

他跟她一起下海。

她薄纱下穿的是亮红色的比基尼。

解开纱裙那一刻，他简直不能呼吸。他咬她的耳朵说："真后悔让你出海，就应该关在房间里和你抵死缠绵。"

她红着脸推开他一点。

他忽然说："甜心，我发觉你的胸脯好像又大了。"

"慕骄阳，你给我闭嘴！"她气得要去捂他的嘴。

他很委屈，说："慕太太，这是慕先生在夸你身材好。可是，慕先生使劲讨你欢心了，待遇还不如哈比。"

肖甜心无视这只大丹犬，直接跃进了海里，吓得他紧紧地跟随。

后来，他还带她去了游艇上，两人出海，停在海中央，任小船在大海里漂荡。

那一晚他很守规矩，只是邀请她跳舞。

他们在月夜下跳舞，后来困了，他就抱了她回卧室，搂着她睡了过去。

夏威夷之旅结束后，两人又回到了岗位上，还破了好几起大案。

在闲暇之时，两人都是亲自带两个小孩，陪她们玩耍，和她们一起成长。

不知不觉，已过去两年了。

等到肖甜心提出想要一个小太阳时，他说，她是剖腹产，再怎样都得等够三年。可是她早看过医生了，医生说她的子宫恢复得很好哇！

她缠着他，可是每次他都戴套。

最后，她咬着牙暗戳戳地将套套都戳了无数个洞洞。

两周年结婚纪念日。

一对小天使被送去了洛泽家，欺负哈比还有大乖去了。

他带了她去荷兰风车小镇。

还是那座桥，那棵树，他站在树下对她说："一座桥，一棵树，已经等到了那对人。"

他和她，就是那对世上最幸福的人。

那一晚，他很温存。

后来，她果真怀孕了。

两人喜欢随遇而安，没有检查是男是女。

但是生出来时，依旧是一个异常漂亮的小女孩。

知道是囡囡那一刻，慕骄阳简直要高兴坏了。

他和她已经有了慕小甜、慕爱心，所以，他给三囡囡取名慕爱甜。

当时，她有点无可奈何，说："娇娇，你一个高级知识分子，难道在取名字上，不能上心一点吗？"

慕骄阳答得很认真："我取得非常上心和认真。慕骄阳爱肖甜心，反反复复只爱肖甜心。"

那一刻，她的脸很红很红，她娇羞得一如从前的那个少女。

那个少女被他用心珍藏，永远是初见时的模样。

这一个女孩眉间没有朱砂痣，但容貌与肖甜心有九成相似，慕骄阳爱她爱得不得了。他抱着她说："甜心，三个女儿里，这个是我最爱的，她最像你。"顿了顿，他又说，"甜心，我一直把你珍藏在心底，无论往后岁月如何变迁，哪怕你腰肢不再纤细，容貌不再美丽，哪怕你到了一百岁，依旧是我心中那个小女孩。"

那一刻，肖甜心哭了，流下的是最幸福的泪水。

这一生，有他这样宠她、爱她，她觉得很幸福。

番外二 慕汤虐爸记

肖甜心一直想要小太阳，后来当第四个孩子降生，真的是一个男孩时，她高兴坏了。

后两胎都是顺产的，而慕骄阳也始终陪着她进产房。他会一直握着她的手，给她打气，她累了，他就不断地和她说话。但生小太阳，她可是吃足了苦头，熬了十多个小时，疼得她死去活来，小太阳才肯出来。

那一刻，慕骄阳真想揍这个小兔崽子，居然敢让他的甜甜吃那么大苦头。

慕骄阳抱着汤，正想惩罚他一下，手刚捏到他的苹果脸，还没用力，小婴儿看了爸爸一眼，哇一声就哭了。

慕骄阳："……"

"娇娇，别欺负他！"肖甜心十分无奈。他也很委屈哇，抱着她的腰开启了撒娇争宠模式："老婆，我真的没有。明明是他欺负我。"

他指着汤说坏话，她怀里的小汤眨了眨眼睛，然后一口咬在他的指头上。

慕骄阳："……"

出院后，无敌俊俏的慕汤拥有了三个女儿都没有过的待遇，就是睡到了父母的房间，而且是每晚睡在甜心怀里的。每当慕骄阳一上床，他就哇哇大哭，慕骄阳抱着毯子灰溜溜离开了，他就破涕为笑。

慕骄阳心里委屈，站在门边，只见汤正摸着甜心的脸蛋笑得一脸甜蜜。

唉，都说儿子是妈妈前世的小情人，真的一点不假。自从有了汤，他已完全失宠。

已经四岁四个月的慕小甜走了过来，说："爸爸，小汤是早产儿，你要体谅呀！"多么懂事的小可爱呀，老父亲抱着小甜，啵地亲了一记："还是你最爱爸爸了。"

一岁半的慕爱甜爬了过来，抱着他的脚："爸……抱。"

好吧，奶爸慕骄阳只好搂着三个宝贝女儿取暖去了。

哈比圆润润地滚来：汪汪，抱我呀抱我呀，我是暖男。

慕骄阳："滚！"

慕爱心说："爸爸，不准欺负哈比。"

慕骄阳："……"怎么全世界都在欺负我呢？

慕汤的拿手好戏就是虐爸！

而且慕汤魅力太大，连哈比和笨猪都对他忠心耿耿，非常拥护它们的小主人。

每当甜心不在时，例如她去给三个女儿洗白白时，慕骄阳都会趁机欺负汤。

好比现在，汤尿了，慕骄阳明明知道，但就是不给他换尿片。

他会拿着尿片在汤面前晃："尿了，屁屁不舒服是不是？我偏不给你换！"见汤扁嘴要哭了，他又说，"哭呀！甜心在三楼，听不见。你尽情地哭！"

慕汤吸吸鼻子，不哭了，但一对黑漆漆的眼睛瞪着他，瞪着他！

"看什么，小兔崽子！信不信老子打你！"

这一下，慕汤爆发出了震耳欲聋的哭声。慕骄阳走到 CD 机前，放轻快的古典音乐，还不忘笑："来，小兔崽子，听听莫扎特，听多了，你会聪明点。"

于是无论汤哭得多大声，甜心都听不见。

但慕骄阳没有得意多久，哈比听见了汤哭，从三楼滚了下来，冲着

慕骄阳汪汪叫。

慕骄阳怼它："你也敢凶我，活得不耐烦了？！"他说完就去给慕汤换尿片，顺便拍了汤的屁屁一掌，说，"看你还哭！"

然后下一秒，慕骄阳悲剧了。哈比扑上来咬他的手，而笨猪也飞了过来，戳他的脑袋。

慕骄阳叹气，他在这个家，是越来越没有地位了。

甜心的笑声从楼道里传来，他赶紧将汤抱起，一边走一边轻摇。

肖甜心一进入活动室，看到的就是这父慈子孝，充满爱意的一幕，她对着慕骄阳笑得特别甜。

慕骄阳也笑："甜甜，我很乖呢！你看，我给他换了尿片，他可高兴了。"

还不会说话的慕汤撇了撇嘴翻白眼：才不！

肖甜心走到他身边，抱着他的腰轻言细语："嗯，我就知道阿阳你最好了！"

慕汤长得非常英俊，一对眼睛又大又圆，像肖甜心的杏眼。慕骄阳每每看着他的眼睛，都是喜欢得不得了的，就和肖甜心说："甜心，你看，他的眼睛多漂亮，女孩的眼睛都没他的生动呢。"汤还有像甜心的梨窝，慕骄阳拿手去戳戳他的一个小梨窝，忍不住赞叹："俊，像妈妈一样，好俊！"

一番话惹得肖甜心咯咯地笑。

其实除了眼睛和梨窝，慕汤整个样子还是像慕骄阳多，是她的小太阳！

活动室里，肖甜心抱着慕汤逗他玩，三个女儿围在一起看最小的弟弟，而慕骄阳就在她的身边，她感到充实、快乐和满足。

慕骄阳一抬头，就看到了她爱慕的眼神。忍不住，他就俯下身去亲吻了她的唇。

三个小女儿噢了一声，纷纷捂上了眼睛。只有慕汤不满了，挪了挪胖胖的身子，可是妈咪居然不理他？哇的一声，他又哭了。

肖甜心手忙脚乱，只顾得去哄他。慕骄阳："……"这个分明就是坑爹货。他现在呀，是真后悔，真不该要这小兔崽子的。

"哭什么！"慕骄阳火气大，他都多久没好好和甜心亲热了！

慕汤委屈哇，咬了咬手指，哭得更大声了。于是，慕骄阳被甜心踹了一脚。

慕骄阳委屈地说："老婆，他可能是尿了才哭的。要不我看看，顺便给他换个尿片。"已经是资深奶爸的某大丹犬，只想让甜心的视线赶紧从慕汤身上移开，回到他身上来。

"真的？"肖甜心半信半疑，"好吧，你来换。我去拿尿片。"

哈比这次很聪明，马上跑出活动室，跑上二楼叼尿片去了。

见她已经离开，慕骄阳露出冷酷一笑，开始教训："小兔崽子，再哭，信不信我拍你！"

见没了妈妈，汤不敢放肆了，吸着鼻子抽抽搭搭。慕小甜和慕爱心说："爸爸，你这样是不对的！要爱弟弟！"

慕骄阳拧了汤的小脸蛋一把，说："来来来，爸爸给你看看屁屁是不是湿了。"于是他麻利地脱了慕汤的小裤裤，把尿片拉开一点。突然，汤的"小鸡鸡"翘了起来，童子尿直接洒了他一身一脸。

慕骄阳："……"

肖甜心才回来，就看到了那一幕，忍不住扶着门框哈哈大笑起来，还不忘说："娇娇，小太阳给你斟茶递水呢！你看，他多爱你！"

慕骄阳暗戳戳地想，看我以后怎么收拾你这兔崽子！然后对她说："好吧，能博美人一笑，也值了。"

肖甜心脸很红，这人还是这么会说情话。她取来热毛巾，给他擦干净脸，然后红唇就吻了上去，说："阿阳，我最爱你啦！"

慕汤又不满了，在地上哼哼唧唧地翻滚。可是这一次，妈妈有了爸爸，遗忘他了。

可怜的小太阳只好趴在地上，撅着光屁股委屈巴巴地掉眼泪。还是两个大姐姐好，给他换好尿片和裤子，哈比和三姐姐爱甜一起翻滚逗他笑。

哈比亮出肚皮，逗得他哈哈大笑。

慕骄阳说："你看，有了她们和哈比，汤很快乐。"

肖甜心倚在他怀里，笑得很幸福："是，我们是幸福的一家。"